カルロ・ヴェッチェ

カテリーナの微笑

レオナルド・ダ・ヴィンチの母

日高健一郎訳

みすず書房

IL SORRISO DI CATERINA

La Madre di Leonardo

by

Carlo Vecce

First published by Giunti Editore S.p.A.,
Firenze-Milano, 2023. www.giunti.it

カテリーナの微笑——レオナルド・ダ・ヴィンチの母　目次

主な登場人物

各章の語り手たち

第1章　ヤコブ

黒海沿岸北東部、カフカス地方のチェルケス人の部族長。カテリーナの父。

第2章　ヨサファ

若くしてヴェネツィアの弁務官や評議員を務めるが、東方への夢やみがたく、妻の父の行政長官赴任に合わせて黒海沿岸の交易都市ターナに移り住んだ。

第3章　テルモ

リグーリア地方の孤児出身、黒海沿岸を足場に交易を行うガレー船の船長。

第4章　ヤコモ

ヴェネツィアで最古の貴族の家系のひとつ、バドエル家の末弟。コンスタンティノポリスの商館で働いた約四年半の詳細な会計記録『勘定の書』を残した。

第5章　マリヤ

ロシア南部の寒村でタタール人の奴隷狩りに遭い、コンスタンティノポリスに運ばれたのち、ヤコモに買われた。

第6章、第10章　ドナート

フィレンツェの箱作り職人の家業を嫌ってヴェネツィアに脱出し、実業家となるが、生命と自由の危機を経験する。モンテオリヴェートのサン・バルトロメオ聖堂のために財産を遺贈した。

第7章　ジネーヴラ

フィレンツェ中心街のサンタ・マリア・ノヴェッラ地区の貴族の家に生まれ、生涯ドナートを愛した。

第8章　フランチェスコ

フィレンツェの名家カステッラーニ家の騎士身分の当主。人文主義者たちと親交を深め、典籍を収集し、『回顧録』を残した。

第9章　アントニオ

祖父の代からの公証人という職業を嫌い、若い頃にバルセロナに移住して交易商人として活躍した。晩年は一族の出身地ヴィンチ村で私設の相談事務所を開いている。

第10章　ピエロ　（ドナートは第6章を参照）

アントニオの長男、フィレンツェの公証人。ドナートの家でカテリーナと出会う。

第11章　もうひとりのアントニオ

あだ名は「アッカッタブリーガ（突進野郎）」。ヴィンチ村カンポ・ゼッピでの農民の暮らしから逃れて傭兵となるが、失意のうちに帰郷する。

第12章　レオナルド

レオナルド・ダ・ヴィンチ。

第13章　私

本書の著者。ルネサンス期の歴史や美術の研究者。

＊本文中、訳者による補記は〔　〕で記した。注番号1、2、3……と照合する訳注を各章末に置いた。
＊《　》内は絵画作品名であり、一般に通用している表記に準じた。
＊「各章の語り手たち」は日本語版で独自に作成した。

わがカテリーナ、母へ

第1章　ヤコブ

ミウテの沼[1]に注ぐ川の岸
樺《かば》の林、夏の朝

娘を失いたくない。
馬は樺の木々に見え隠れする。
目で娘を追うしかない。
目は手に変わる。その手は伸びて、永遠に姿を消そうとする何かをつかもうとする。
命、閃《ひらめ》く光、乱れた記憶と残像の明滅。ともに生きたあの世界が消えるのか。

木々の幹は白く細い。樹皮は硬化した皮膚のようだ。冬は十二回もめぐってきた。あのときにつかんでいた、その同じ幹なのか。いや、海に近いここではなく、あれは連なる山々に抱かれた、わが部族の聖なる森だった。

そう、あのとき。禁じられていることなど気にもかけず、私は秘密の場所に入りこんでいた。馬を連れたほかの男たちと一緒に外で待つなど、とうてい耐えられなかった。妻の苦悶の叫びはすでに何時間も谷間にこだまし、かつて味わったことのない強い不安が私の全身を包みこんでいた。恐るべき悲劇がまさに最後の瞬間《とき》を迎えようとしていた。

　樺の幹を両手で握りしめ、丘から下へ広がる草地をただ見つめる。丘の中央には大きな胡桃《くるみ》の古木があった。その葉は秋の風で散り失せ、空に向かって伸びる枝は、天に犠牲を捧げるかのように見える。年を経た根は岩の隙間でくねり、そこに透きとおる清水が滾々《こんこん》と湧き出ていた。胡桃の幹、根元より少し上に、枝を組んだだけの手作りの十字架が掛けられていた。

　妻に付き添ったのは一人のマミク（産婆）だけであった。マミクは横たわる妻と泉の間をあわただしく行き来して、血で赤く染まった布を替え、それを泉で洗った。土の上に敷かれた薄い藁《わら》の寝床に仰向けに横たわる妻。妻は高い叫び声を上げ続け、腕と足を縮めて全身をこわばらせ、頭をうしろに強くそり返していた。

　その前日まで、すでに数か月のあいだ、村の中心にある大きなわが家では、マミクと年長の女たちの忠告すべてがしっかりと守られてきた。生まれるのは息子に違いない。女たちは「おお、気高き《ブシ》ヤコブの第一の息子よ」と声を揃えて歌い続けた。ナルト叙事詩[2]の英雄のように、わが部族でもっとも気高く崇められた動物である馬の年に、勇気と力をもって部族を導く運命を授かる、元気な息子が生まれるはずであった。

　妻は日没後の外出を控えていた。箱や石の上に座ること、蛇を殺すこと、幅広のカップで水を飲むこと、すべての物忌みを守った。家の中心の炉には火が焚かれ、炎が弱まったり消えたりしないように細心の注意が払われた。しかし、すべての厄除けにもかかわらず、つわりはひどくなり、日増しに衰弱が進んだ。ひどい貧血を繰り返し、女たちはなにかしらの悪魔が妻と胎児を狙っているのではないか、と恐れおののいていた。それは、喉の渇きから女と胎児の血を求める残忍な魔女アルマスティ[3]であったのかもしれない。ある女は「髪を振り乱した裸の老女が、夕暮れどきに身を翻して家のほうに向かうのをたしかに見た」と言っていた。その悪魔を遠ざけるため、女たちは夜どおし、扉の前に清めの炎を灯《とも》し、枕と藁袋の下にお守り、鋏、ナイフなど、さまざまな金属の小物を置いた。出産に備えて、村の外れ、せせらぎの音が絶えない場所には、すでに藁ぶきの小屋が用意されていた。

秋は深まり、妻の命の火は消えようとしていた。まだ穏やかな気候ではあったが、村の長老たちは、「闇の国から氷のような風が吹き降ろす頃だ。大地のすべてはすぐに厚い雪の衣に覆われ、世界が白と沈黙に支配されるときは近い」と警告していた。衰弱して血の気が失せた妻は、力のない声で「聖なる森の胡桃の木の下に早く連れて行って」と何度もせがんでいた。「水と岩の力が欲しい、大きな木が放つ命と樹液の流れにあやかりたいの」と彼女は苦痛の中で絞り出す弱々しい声で繰り返していた。あまりに強くせがむので、かなり具合が悪かったにもかかわらず、どうにか板に乗せ、マミク一人を付き添いにしてそこに運ぶことにした。家を出たのは夜明けだった。空に雲はなく、空気は張りつめて冷たかった。聖なる森には女と介助の者だけが入り、介助の者は湿った大地に藁を敷き広げるとすぐに戻る決まりだった。私と男たちは馬を降り、森の入口でじっと立っていた。男は誰一人として中にとどまることが許されない。その中で何が起こっているのか、すでに混乱していた私にはわかるべくもない。マミクは胎児が母体から出られるようにと、不気味な呪文を唱え始め、からみあって結び合わされた謎の品々を広げ、結び目をほぐしながら水と風を呼びこんでいた。

ひときわ高い叫び声で私は凍りついた。妻は身体を上に向けて激しく弓型にそらせたかと思うと、すぐに背を落とし、そのまま動かなくなった。距離を保って森の入口から妻を見守るしかなかった私は動転し、いったいそこで何が起こっているのかわからなかった。両足の間にうずくまるマミクに隠されて、妻のようすを見ることはできない。そして突然、細く鋭い声、辺りを切り裂くような高い叫び声がふたたび響き、取り乱したマミクはせわしない動作に続いてナイフとおぼしきものを握り、血にまみれた小さなものを抱えて泉のほうへ駆け出した。かん高い声でわめきながら、マミクはその小さなものを、何回か氷のように冷たい水に浸した。その小さな身体から赤い血が洗い流された。

私はわれを忘れて草地を駆ける。呆然と立つマミクの濡れた目には恐怖があふれている。それは、いままさに起こってしまったことへの恐怖、あるいは男がけっして目にしてはならないものを力ずくで見ようと迫る私への恐怖、私が犯そうとする冒瀆への恐怖だったのだろうか。私が目にしたのは、藁の上に力なく横たわる妻の身体だった。その肌は雪のように白く、その口は奇妙に緩み、生気を失ったその目は青い空に向かってむなしく見開いたままであった。命を産むその部分は割け、黒ずんだ多量の血で汚れ、両足は地面に敷かれた藁の上に力なく投げ出されていた。「アルマスティが女の血を飲み干してしまった」ぶつぶつと混乱した言葉でマミクはそうつぶやいていた。

ああ、妻は大地に帰り、その聖なる血は大地から胡桃の大木の根に吸い上げられ、活力ある樹液として地上に戻ってくるとでもいうのだろうか。新たに生まれた命に、妻は自らの血と命を捧げ、大地に帰った。血には血、命には命。私がわが娘をはじめて見たのはそのときである。母親そっくりの大きな目はきりりと開き、澄んで輝いていた。娘に手を差し出したとき、その深く青い目がじっと私を見つめているかのような不思議な感覚に打たれた。

その後六回の冬を経て村に戻るまで、娘に会うことはなかった。「死者の家」と呼ばれる家族の墳墓、その大きな石板の下に妻を埋葬してから、老いた母と乳母に生まれて数日の女の子を託した。乳母はロシア系の奴隷で、名をイリーナといった。

大地は悲嘆と苦悩の暗い闇に覆われていた。北風がヒューと音を立て、雪が舞った。私は十分な武器を準備し、部族の戦士たちを集め、過去を振り返ることなく村をあとにした。それまでの私には長男の誕生しかなかった。最高君主《ワルク》であるイナル・ネクフ、[4]すなわち隻眼の大王イナルから兵役招集を受けていたが、妻の出産まではそれを無視し、長男の誕生を祝うつもりだった。始祖アブドゥン・カーンの子孫にあたり、クルファタルの息子であるネクフは、聡明な王子として軍政に秀で、山地や谷間のあちらこちらに誇りをもって割拠していた部族長と長老に対し、団結して共通の敵に立ち向かおうではないかと呼びかけていたのである。私は凄惨な戦いに身を投じるために、言われるがまま招集に応じた。戦場の私は、あたかも敵に与えた死に対して自分をどう慰めたらよいかを探し続けるかのように、われを忘れて戦った。味方の戦士たちにとって、私の戦いは勇猛果敢であり、英雄的であると同時に冷酷非情に見えただろう。しかし実際のところ、それは絶望的な死への欲求から生まれた超人的な殺戮であった。

戦場から村に戻ったとき、私はずいぶんと変わっていた。容貌は固くこわばり、顔の皺と傷跡は長く伸びた髭と金髪でわずかに隠れるのみであった。眼差しは鋭く深い悲しみを湛え、その目にはなお戦場の燃え盛る炎と流血の残像が映っていたことだろう。生と死、どちらであろうと私にとっては同じことであった。頭と心の中にはもはや何も残っていなかった。

　その日は冬の終わりを告げる新年の祝いの前日であった。そうとは気づかずに、私は馬に乗り、なんとかこのときまで生きのびた戦士たちと村に近づいていた。うしろには小さな馬車が続く。御者は黒っぽい服を着た小柄な男であった。私はフェルトのブルカ[5]〔厚手のマント〕の下に鎖帷子《くさりかたびら》を着け、シャツは三つ歯ヘドル[6]で粗く織った襟当てのないファスチアン[7]である。革の帯から腰当てが伸び、幅広のズボンは長いブーツに差しこんでいる。斜めに伸びる肩掛けには矢筒と長い弓が下がる。脇の鞘《さや》にはシャシュカ[8]〔剣〕、すなわち狙った相手に毒蛇のように素早い一撃で致命傷を負わせる弓形の軽い刀が隠されている。銀のニエロ〔黒金〕象嵌《ぞうがん》[9]で仕上げたその鉤形の柄は鷲の頭を思わせた。

　尖った兜《かぶと》を脱いで頬当ても外し、金髪を風になびかせるように頭を振る。丘の最後の曲がり道を谷に向かってゆっくりと馬を進め、村の最初の家並みに近づいていく。われわれに気づいた女たち、老人たち、そして子供たちは、道の脇で声も立てずにそれぞれ身を寄せ合い始めた。疲れ切った戦士たちの姿の中に誰か知る人はいないか、愛する人、夫、息子、父親の顔が見えないかと目を凝らしていたのだ。

　村の中心にあるわが家《ウーナ》の前で歩みを止める。木を組んで、葦と枝を組み藁で葺《ふ》く建て方はほかの家々と変わらないが、構えはやや大きい。何も変わっていないようだ。裏手には、妻が妊娠した夏に私が高く作り直した土塀がそのまま残り、馬小屋、客人用の別棟、家畜の囲い柵、畑と木々、春の準備をすでに始めている果樹の庭など、すべてがそのままであった。

　柱廊の下に、下僕や使用人から離れて彫像のように身動きしない小柄な母の姿を見つけた。その傍らには、女奴隷イリーナが立っていた。五回目か六回目の冬を迎えた女の子と手をつないでいる。そう、その子に違いない。私の娘！　青い目と長い金髪。その目はじっと私を見つめている。気持は高ぶっているようだが、その澄んだ目に涙はない。母の目、イリーナの目、そしてその空き地に居合わせたすべての人々の目にも涙はなかった。わが部族では涙は見せてはならぬ弱さの印であった。

　馬から降り、無言で母を強く抱きしめ、イリーナと目を合わせ、それから背をかがめて少女と向き合った。少女にとってははじめて会う見知らぬ人だ。私ははっとわれに返り、見る人に恐れしか与えない自分の風体に気づく。私は微笑みを知らなかったし、これまで生きてきて微笑んだことはなかった。少女の名前すら知らない。イリーナはそれを察して、みながそう呼んでいる名「ワファ・ナーカ〔空の瞳〕」をそっとささやいてくれる。少女の目は母親と父親の目にそっくりで深く青く澄んでいた。草原の上、あの日の広く青い空。全能の最高神テシュクエ[10]が私の愛する女性を連れ去り、かわりに男ではなく、女の赤ん坊を残していったあの日の空、どこまでも青く冷たく澄みきった、悲しみと絶望に満ちた果てしなく広い空が記憶によみがえった。小声で「ワファ・ナーカ」と言いながら、ぎこちなく少女に手を伸ばす。少女はやや戸惑ってイリーナを見たが、イリーナが微笑んだので自信をもって私に近づき、目を伏せることなく首に抱き着いた。

　あとについて来た馬車も家の前で止める。御者を客人《コナク》として迎え、友人や使用人とともに、家《ウーナ》の中央にある大広間に案内し、みなは炉の火を囲んで座についた。私の留守中、家長として家の主を務めた母が絶やすことなく守ってきた聖なる火、家の中心となる火である。御者は名をデメトリオスといい、ギリシャ生まれの商人であった。大王イナルの町ザンシェルク[11]からここまで彼は私と一緒に旅してきた。ザンシェルクはイナルの祖父アドゥ・カーンがプソス川[12]の南に建設した町である。そこで出会った彼は私の名をすでに聞いていたようで、片言でカフカスの言葉も話した。一方、私はデメトリオスが自分から名乗るまで彼を知らなかったし、会ったこともなかった。しかし、ヤコブという私の名が、黒い海《シ・フィツェ》の岸でデメトリオスを助けたのである。下船するやいなや、怪しまれた彼は港の兵士たちに取り囲まれた。もし彼が、自分は部族長ヤコブの客人《コナク》であり、もてなしという聖なる義務によって身分を保証されているはずだと言い張り、ザンシェルクにいた私の面前に連行されなければ、兵士たちは彼を拘束し、商品をすべて奪っていたことだろう。物々交換の品物とは別に、デメトリオスはじつははるか彼方の地、シ・フィツェ〔黒海〕よりもはるかに遠く離れた国から持ってきた特別の品を携えていたらしい。ここに来るまで彼は「貴殿の母上にお会いし、お伝えしなければならないことがある」と繰り返していた。

私はデメトリオスを母に紹介し、広間の片隅でみなからやや離れて話をするように促した。するとギリシャ人デメトリオスは母の前で深く腰を下ろして一礼した。これにはその場の全員が驚いたが、それを意に介さず、彼は短い口上を言いながら、指輪らしき小さな品物を取り出して母に差し出した。母は何も言わずに彼の言葉と指輪を受けた。

私は母が話さないことを知っていた。子供のときから、母の唇から言葉の一つも発せられたことは記憶にない。母は身ぶりで思いを伝えていた。母がそうなったのは、はるか以前のこと、結婚よりも前、私が生まれる前だと聞いた。タタール族ティムール・バルラス[13]の焼き討ちにあって、まだ煙の消えない村に戻って兄弟が連れ去られたことを知り、むごたらしく槍に貫かれた父の頭を見たときからだった。

母がデメトリオスの態度に心を動かされたことに気づいて、私は内心とても驚いた。しかし、動揺はほんの一瞬で、その一瞬の心の動きに自ら困惑したかに見えた母は、すぐに落ち着きを取り戻し、ギリシャ人に礼を返してから、部屋の中央に置かれた長椅子に向かい、ワファ・ナーカの隣に背を丸くして腰を下ろした。そのあいだ、女たちは手際よく簡単な夕食を整えていた。

母は手で合図し、みなが食卓に着いて夕食が始まった。食卓に並んだのは、黍《きび》のラヴィオリを入れたスープ、ニンニクのソースで味つけした羊の茹で肉、胡桃と蜂蜜の甘菓子である。戸棚から出した銀の盃は、私、戦友、そして客人に敬意を表して丁寧に拭われ、そこに黍を発酵して蜂蜜を入れたマクシマ[14]が注がれた。一人の女が横長の響き箱《ブシネ》に張った馬の鬣《たてがみ》の二本の弦に長い弓を走らせ、緩やかな旋律を奏でていた。

夕食を終えると、炉を囲んでギリシャ人デメトリオスがゆっくりと話し始めた。この地の言葉は彼にとってとても難しいようで、単語や発音を間違えるたびに聞いていた者は笑い、話をさえぎって、あれこれと言い方を直したり、正しい単語を教えたりした。しかし表情豊かな顔で周りの者を一人ひとり見回しながらたどたどしい語りは続き、生き生きと動くずる賢そうな目と大きく巧みな手ぶりは、一座のみなを退屈させなかった。

しばらくすると誰も笑わなくなり、みなはぽかんと口を開けて真剣に彼の話に耳を傾けるようになった。苦しい遠征を終えた戦士や遠くの国から売られてきた奴隷たちは別として、ここの村人は、山の峰々の向こうや小川が幅を増して川となる平原の彼方に何があるのかを知らなかった。そうした村人にとって、彼の話はとても信じられない驚きの世界であった。みなの驚嘆とは別に、私はワファ・ナーカを見つめていた。しかし少女は私の視線に気づくことなく、不思議な話に耳を傾け、わかりにくい言い回しを理解しようと努力していた。

デメトリオスが語るには、ターネ川〔ドン川〕とプソス川が注ぐミウテの沼の先には、トゥアーレ・テイメンの海〔アゾフ海〕がある。それは大地が左右から接するように広がる海で、その先に、大きな黒い海《シ・フィツェ》があり、そこに日が沈む。ギリシャ人はその大きな海をエウクセイノス〔好ましき海〕と呼ぶ。新たにその南岸に達した東方の民族は、それを黒い海《カラ・デニズ》と呼んでいる。そう、私はその海を見たことがある。山の尾根が続くそのはるか彼方に、遠くでぼんやりとかすむ細い帯のようにその黒い海は長く伸びていた。

「世界は」とデメトリオスは続ける。「太陽が沈むその最後の水平線で終わるのではない。大きな黒い海といえども、南に向かって徐々に狭まり、それが閉じるところに私の町がある。その町は世界でもっとも美しく、もっとも豊かで、ドームの都市、金の彫像の都市といわれる。その先には、また別のさらに大きな海が広がり、その水は塩を含み、海底は深い。その海は多くの大地、多くの民族、そして無数の島々に囲まれ、その水は大地のすべてを囲む膨大な水の世界へと流れこんでいる。その海の向こう側はアエギュプトス〔エジプト〕と呼ばれる国で、きわめて暑く、民は雪を見たことがない。そこには、どこから始まるのか誰も知らない大きな川が流れ、その国とその川は世界の始まりと同じぐらいに古い」

デメトリオスは、じつはその国からカフカスに来ていた。類を見ない豊かな都市、勝利の町と呼ばれたアル・カーヒラ〔カイロ〕で、王バルスバーイ[15]から、カフカス派遣の命令を受けていたのである。デメトリオスが黒海北東岸の出身だと聞いた王は、自分もまたその地方の出身であり、海からも見える高い山々の麓《ふもと》で生まれたが、少年の頃タタール人の襲撃で捕虜となったことを明かした。そしてアル・カーヒラで奴隷として売られたが、最後にはこの地域全体の支配者、王《スルタン》にまで上りつめたという。ここまで話して、デメトリオスは王位の象徴である白百合の紋章を刻した金属製のメダルをおもむろに取り出し、一座のみなに見せた。

これがその国の貨幣だと聞いて、みなは興味深そうにそれをじっと覗きこんだ。この地、高い山々では誰も貨幣を使わない。もし、たまたま手の中にコイン数枚があったなら、お守りとしてどこかにしまうか、穴をあけて首飾りにするだろう。必要な物は部族のあいだの物々交換で手に入れ、ごくまれにここに来るヘブライ人やアルメニア人の商人たちとの取引もほとんど物々交換であった。

王バルスバーイがデメトリオスを自らの古い先祖の土地カフカスに派遣したのは、一族でカフカスに残る唯一の人物、王の姉に自らの栄華の近況を伝えるためであった。バルスバーイによれば、姉はプソス川の水源の北に広がる高地の集落の首長に嫁ぎ、ヤコブと名づけられた息子を産んだという。ここまで話したデメトリオスは、母にあらためて王の挨拶を伝え、持参した贈り物を鞄から取り出した。

このなりゆきにその場のみなが驚いたのはいうまでもない。出てきたのは、中央に白百合の紋章が入り、金糸を編みこんだ絹のヴェールで、これは王の姉にと用意されたもの、そして宝飾の柄《つか》を備えた短剣で、こちらは姉の息子すなわち私ヤコブに用意されたものであった。しかし、もっとも重要な贈り物は母とその一族を守る不思議な指輪で、デメトリオスはすでにそれを母に手渡していた。バルスバーイは少年の頃、全能の神が預言者モーセに語りかけた聖なる山の麓に行き、そこに開かれた修道院16の修道士たちからその指輪を受け取ったという。

母に指輪を見せてもらう。飾り気のない鈍い銀色のリングで、表面に大きな印が一つと小さな印がいくつか彫られていた。大きな印は交差する線で、馬や家畜に押す焼き印、あるいは武器や岩に彫る目印のように見えた。指でなぞってみたがその印の意味はわからなかった。

わが部族のみなと同様、私は文字というものがどのような働きをするのか知らない。近くの部族がそれを使うのを見たことがあるといえばあるのだが。「死者の家」や墳墓では、大きく古い石板に奇妙な意味不明の線刻が彫られているのを目にしたことがある。文字というものはそのままでは空中に消えてしまう言葉を石の上に刻みこみ、時が経っても失せることのないように言葉を封じこめ、この世界と死者の世界の境界を言葉が自由に行き来できるようにする魔法の道具の一つに違いない。「死者の家」の傍らに置かれた石に文字が彫られるのはこのためだろう。それは、発せられた言葉が身体のようにいずれは塵となってすべて消えてしまうことのないように、岩に深く彫りこまれた死者の言葉なのである。

指輪に刻された印も、疑いなく文字という魔法であった。私は問いかけるような顔つきでデメトリオスを見た。彼は線が交差する大きな印をさし、「これは組み文字《モノグラム》というもので、いくつかの文字を重ねて一つの言葉を作る方法なのです」と説明した。指輪のモノグラムは、三つの音a・i・kに対応するギリシャ文字の組み合わせだという。デメトリオスは、私がわかるようにほかの小さい文字も一つずつ区切って、a・i・k・a・t・e・r・i・n・iと発音し、続けて完成した語を大きな声で「エカテリーニ Ekaterini」と読み上げた[17]。

一つの名前がそこにあった。偉大な純潔の聖女カタリナ[18]の名である。その遺体はモーセの聖なる山の麓の修道院に安置され、崇拝されている。目の前にあるのは、聖女の遺体に直接触れることで聖なる力と勇気を注ぎこまれた特別な指輪であるという。カタリナは元の名をドロテアといい、アレクサンドリアに住む処女であった[19]。ドロテアは神からの贈り物を意味する。彼女は、蜂と蜂蜜の守護聖人にして聖なる母でもある聖女メリッサ[20]、そしてその子キリスト、全能の神の幻視を見た。全能の神はドロテアを聖女とし、指輪を与えてキリストの花嫁とした[21]。そのときからドロテアは純潔の聖カタリナと呼ばれた。その後、悪意ある迫害者たちは、キリストとの結婚を無理やり断念させようと厳しく迫り、斬首の刑を科す。刑を受けた彼女の遺体は天使たちによって元の形に戻され、空を駆けてモーセの山の頂に運ばれた。死後も彼女の金髪は奇跡的に伸び続け、その遺体からは絶えることなく治癒の油が流れ続けたという。

家の外と谷は夕闇に包まれた。新年の夜が始まる。大気、水、大地、そのすべての恩恵を受ける生命の根源は力強く息を吹き返す。いま耳にした幻想的な話をそれぞれ思い浮かべながら、みなは炉の周りに座ったまま動こうとしなかった。その静謐を破るのは、炉で燃える炭火のはじける音のみであった。その沈黙の中で、娘と目が合い、すべきことをしていないことにふと気がづいた。娘はまだ名を与えられず、清めの洗礼も受けていない。わが部族では、泉の脇に立つ聖なる胡桃の幹に手作りの十字架をかけて崇拝する習わしがある。しかし、険しい山に囲まれたこの地に、ショジェンあるいはシェクニクすなわち十字架の祈禱師や巡礼修道士たちは来たことがなかった。

もうそこへは行きたくない。そこは私にとって死の場所だからだ。愛する妻はそこで命を落とした。だが娘が生まれたのもその場所だ。一年でもっとも重要な祭り、草や木々と動物と生きとし生けるすべてのものが命を吹き返す祭りのときは、そこに戻るべきかもしれない。娘は命の復活の象徴である。十字架のもとに湧き出る祝福の聖なる清水、マミクが母の血液を洗い流したその水を娘の頭上から注ぎ、その小さな身体を清めるべきだったのは私であった。

娘にはどの名前がふさわしいだろうか。奇跡の指輪を握りしめた私は、すでに心の中でそれを決めていたのだが、「家長の伝統と慣習を定める掟《ハブゼ》によるべきだ。正しくは、子供の誕生後、はじめて家の敷居を越えた部族外の人間が名づけの役目を担うはずだ」と言った。この慣習に従うならば、ここで娘の名を宣言する人間はデメトリオスだということになる。彼は私を、指輪を、そして母を順に見て、娘が生まれた日時を尋ねた。私はイリーナを見る。イリーナは強いロシア語のアクセントで、「それはこの前の馬の年《ジルキ》の始まりから二つの月と十の日を経たときだった」と答えた。

デメトリオスは目を閉じ、商人がよくするように、頭の中ですばやく計算を進めた。暗算を終え、もったいぶって「その誕生日は聖エカテリーニの祝日と同じ日、ギリシャの暦では一一月《ノエンブリオス》と呼ばれる月の二五日目にあたる」と断言し、「もし私の計算に間違いがなければ、最近の馬の年は世界の創造から六九三六年のはずだ」とつけ加えた。

これで疑いの余地はない。彼は娘を厳粛に見据え、その名前を高らかに言い切った。「エカテリーニ」全能の神がキリストとの神聖な結婚の印として聖女カタリナに指輪を与えたように、私はデメトリオスに負けぬ威厳をもって手の中の奇跡の指輪をわが娘に授けた。部族の長の娘という誇りを抱いて、エカテリーニはその場のみなの前で指輪を指にはめる。指輪は華奢な指にはまだ大きすぎたので、指輪が指から抜け落ちるという縁起の悪いことにならないように、カテリーナはその小さな手をしっかり握りしめた。

ふたたび村に戻ったのはそれからさらに六度の冬を経てからだった。私は山脈の南、大王イナルの軍営地にいた。母が亡くなったという知らせを受けたのは氷が解け始めて川幅が広がり、雪解けの新鮮な水流がシ・フィツェ〔黒海〕に注ぐ頃であった。大王から許可を得て、先祖代々の「死者の家」に母を埋葬するため、軍営地から一人で村に戻った。川筋を遡り山中の険しい隘路《あいろ》に馬を進める。知りつくした道であった。なお深い雪が残る難所では馬を降りて歩き、兄弟で助け合うかのようにその手綱を引いて先を急いだ。

私の心はさらに固く閉ざされていた。変わらぬ金髪だが、とくに髭にはちらちらと白い毛が混ざる。ベルトの片側にはシャシュカ〔剣〕を、もう一方にバルスバーイから下賜された宝飾の短剣を下げていた。私は一人の戦士であり、戦うことに慣れきっていた。考えること、思い出すこと、感情を抱くこと、そのすべてを押し殺し、ただ生きるためだけに本能的に身体を動かし、敵と戦ってきた。

しかし、村の手前の曲がり道の向こうに谷間が開け、雪解け水が流れる川を目にしたとき、私ははっとわれに返り、心に新たな血が通う鼓動を覚えた。私を迎えるこの景色、小屋や家々の藁屋根から立ち上る煙、高原に向かう緩やかな上り傾斜にそって広がる緑の土地が、戦いですさんだ心を揺さぶる。その広い牧草地で、父はかつて、風よりも早く馬を駆る術《すべ》を子供の私に教えてくれた。東に向かって谷は狭まり、両側には徐々に険しい山が迫る。分け入ることのできない原始の森が始まるその場所に、いまなお大きな胡桃の木が立ち、澄みきった水が滾々《こんこん》と湧く、あの聖なる森があるのだ。春は始まったばかりだった。草原は緑の牧草と小さな草花に覆われ、彼方の果樹林では木々が白や桃色の蕾《つぼみ》をつけはじめていた。

葦と藺草《いぐさ》の花を敷いた革のベッドで花嫁と抱き合って過ごした、たった一度の春を思い出して、私の胸は締めつけられるように痛んだ。その思いは娘カテリーナにつながる。たった一度、最後に会ったのは六年も前のことで、記憶はぼんやりとしかたどれない。

娘は立派に成長しているだろうか。女性になったのだろうか。この六年という歳月で、部族の女たちは娘に何を教えてきたのだろうか。部族の掟《ハブゼ》が定めることすべてを娘は学んだのだろうか。もう、結婚相手の若者を探してやらなければならない年頃だ。近くの部族から強く勇気のある若者を探し、その両親と私で血の契りを定めなければならない。しかし、結婚によって娘は永遠に去ってしまう。それが女の運命だ。部族の老人たちは、娘は客人のようなもの、客人のようにやがては去っていく、といつも言っていた。

娘に会ったらなんと言うべきだろうか。何を言っていいかわからない。私はいつも口数の少ない男だった。文を続ける長い議論はできない。家族の誰もが長い話をしなかった。寡婦となった母は私に話しかけたことがない。私も娘に何も言う必要はないのか。何か言う準備だけはすべきだろうか。「ワファ・ナーカ」と心の中でつぶやいてみる。いや、客人デメトリウスが宣言してくれたあの素晴らしい名前、エカテリーニ。気高いヤコブの誇り高き娘エカテリーニと呼ぶべきだろう。

村への道を降りていく。尾根に誰かが一人で立っている。身なりと体型からして、それは大人ではなく少年だ。少年は私のほうを見ていない。戦士が馬に乗って近づくようすには気づいていないようだ。尾根の向こう側に注意を向けている。尾根の向こうには浅い谷と灌木の茂みが続き、狩りの獲物にはこと欠かず、ときに大きな獲物も姿を見せる。少年は身体には大きすぎる弓を抱えていた。このような少年には、兎や鳥など手ごろな小さな獲物を射る訓練で、小型の弓をよく使わせるのだが、彼の弓はそれとは違って大きかった。ぴたりとしたズボンの裾を長靴に入れ、細身の上着の腰には短剣を挿した厚いベルトを締め、肩から矢筒を掛けている。

その動きやすく整った身なりは、すでにどこかで目にしたような気がする。私がかつて慣れ親しんだ姿そのものだ。少年は長い髪をまとめるために、よく似合ったフェルト帽をかぶっているが、波打つその豊かな髪は帽子に収まりきらず、耳のうしろに垂れていた。近くの木には、鞍を置かない若い馬がつながれていた。赤みがかった栗毛で顔の中央に星のような白い印をもつ馬であった。

その少年は誰なのか。誰の息子なのか。イナルとともに宿営に残った私の戦友の息子なのか。あるいはすでに死して母なる大地に戻った戦友の遺児なのか。古くからの部族仲間のとり決めに従って、近くの部族から《アタリカテ》わが部族に見習いとして雇われてきた少年かもしれない。

惹かれる気持ちを抑え、そっと馬を降り、私は音を立てないように注意してブルカ〔マント〕を脱ぎ、胸当てと武器を外し、驚かせてみようかと生えたばかりの草の上に靴を滑らせて若き射手に近づき、背後にそっと立った。引き絞った矢が谷に向かって放たれる瞬間、いやその一瞬前に、大きな両腕で私は少年を抱き締め、笑いながら高く抱き上げた。放たれた矢は獲物を外れて遠くに飛び、馬は驚いていないいた。鹿は茂みに逃げこんでしまった。少年はもがくが、私の腕の力は強く、逃れられない。帽子は脱げ落ち、長く豊かな金髪がほどけて波打った。

抱き上げた少年を草の上に投げ出して立ったまま見下ろした。少年にしてみると、陽光を真正面に受けて立つ私は巨人のようだったかもしれない。反撃に出ようとすぐに短剣に手をかける。鹿のような大きな獲物を彼はまだ狙ったことがなかったのだろう。しかも、私のせいで仕留め損なったのだ。と、次の瞬間、彼は激しい動きを石のように止めた。なお怒りをとどめる顔をしかめ、眉をひそめてはいるが、彫の深い端正な顔立ちは優しく穏やかで、凛とした女性の雰囲気が感じられる。その目は青空のように青かった。その唇から一つの言葉が発せられたのを私は全身で感じる。恐れでおののきながらも、少年は尋ねるようにとまどって口を開く。「お父さん《アダ》?」その言葉で、私も石のように固まった。

私たちは肩を並べて座った。お互いを見つめることはなく、視線は緑の谷と山の上を流れる雲に向いていた。私の馬は若い栗毛に近づき、二頭は静かに早春の草を食んでいる。と突然、娘はそのまま私には振り向かずに馬に向かってさっと手を上げ、ひと言「ヴァグワ（星）」と呼んだ。馬の名前だった。私も馬に向かって手を上げる。果てしなく広がるアジアの草原を疾駆したタタール人やモンゴル族が乗った馬の血を引く私の馬は、青みがかった黒つやの毛並みで、馬体は若馬とそれほど違わないが、敏捷強靭な動きを支える筋肉が盛り上がり鬣《たてがみ》と尾は長く、騎手とともに年を重ね、かいくぐってきた幾多の戦場で受けた多くの傷跡を引き締まった体軀に残していた。馬の名は「ザーシュ（夜）」であった。

ゆっくりと視線を移し、私たちは静かに目を合わせた。カテリーナの顔は日を受けて端正に輝く。奇跡の指輪をはめた左手を見せ、娘であることをあらためて示すその女性。それはまさに時を経ても記憶からけっして消えることのない、かつて心から愛した花嫁の顔であった。はたして時は本当に過ぎ去ったのだろうか。どう答えてよいかわからない。記憶は混乱し、私の目の前にあのときの耐えきれない恐怖と絶望が広がる。

しばらくして、父と娘、二人は立ち上がり、草の上に置いた持ち物を拾い集め、ヴァグワとザーシュの手綱をとって村に向かって歩き出した。二人のあとに二頭の馬が続く。

長老たちは、母の葬儀の場に私を案内した。葬儀は部族の掟《ハブゼ》に則って、すでに数日前から始まっていた。母はプソス川に沿う谷ではもっとも由緒ある一族の出で、山地に住む素朴な村人からつねに特別の尊敬を受けていた。タタール人ティムール・バルラスの侵略で母の家族が受けた悲劇は、母への尊敬の念とともに語り継がれていた。とくに商人デメトリオスの訪問のあと、母はじつは世界でもっとも強い権力を誇る王の姉であった、という噂が村に広まり、その敬意はさらに高まっていた。王族という出自は、村人すべてに畏敬の念を抱かせたのである。したがって長老たちは、しきたりでは部族の長または重要な人物に限って行われる名誉葬儀を母にも執り行うことを決めていた。普通の葬儀では、死者が地上世界に生きる者を守り続けるように、遺体は「死者の家」に運びこまれ、その不死の魂は地下の冥界へドリ[22]に託されるのだが、名誉葬儀はそれに先立って行われる。

私は葬儀壇の下へと歩いた。死せる母は玉座に座る女王のように、壇の上に座して安置されている。目は閉じられ、もっとも美しい衣装を着け、その袖から黒く骨ばった手が出ていた。内臓を取り除く儀礼を終えた遺体は、麦藁のように軽く見える。すでに八日間、遺体はその形で壇上に置かれ、村の人々、近隣の村人たちが弔敬に訪れていた。壇の下には、銀盃、肩掛け、そして武器、弓、矢など、彼らが供えた品々が置かれている。遺体の左側には少女が一人座り、絹布を結びつけた矢で、ときおり蝿《はえ》を払っていた。私は石の上に座り、沈黙のうちに母をじっと見上げていた。わが部族では涙は恥とされるので、それを見せぬまま、二時間あるいは三時間が過ぎただろうか。日没を迎えて、私は一人で壇に上がり、母の身体をそっと両腕に抱きかかえ、くりぬいた大きな丸太の中に、供物とともにゆっくりと降ろした。棺の丸太は「死者の家」に運ばれて墓の窪みへ降ろされ、周囲に立つ者はその上に弔意とともに砂と土をかける。古くからそこにある板のような岩の脇には、すぐに塚が作られる。

広い家の中に私とカテリーナの二人だけが残された。母は死の直前、イリーナとオレグに自由身分を与えていた。オレグはロシア人の男奴隷で、すでに長いことイリーナと夫婦同然の関係だった。二人は、母から小さな土地と、かつて客人用に使っていた小屋を住居として与えられ、とても喜んでいた。イリーナは村にいるほかのロシア人同様、かつてタタール人に奴隷として捕らえられ、わが部族とタタール人との戦争でわれわれの捕虜になった。奴隷とはいえ、山に囲まれた素朴な村に連れてこられたことは、イリーナにとって身分の解放にも等しい大きな変化であった。われわれの家族そして村人たちにとって、等しく尊重すべき人間であり、わが一族の一人ともいえる女性であった。母がワファ・ナーカの乳母にイリーナを選んだのは、彼女がオレグとのあいだに息子を産んだばかりのときで、母の顔を知らぬわが娘はイリーナの乳首から豊かな生命の乳を吸って育ったのだ。

私の母は言葉を口に出すことはなかった。しかし、イリーナは細かい気配りでその気持ちを完全に理解した。時が経つにつれ、イリーナはわれわれの言葉を少しずつ話すようになった。とはいっても、洗礼を受けたわが娘のことは、愛情をこめてロシア語のカティア、あるいはカチューシャと呼びたがった。

カフカスの言葉を話すイリーナのアクセントは、すぐそれとわかる強いロシア語の癖があり、それを聞くカティアは遠い異国の地の情景を思い浮かべ、冒険への憧れを募らせるのだった。闇の国との境では、凍てつく北の大地を流れる大河と夜明けの天空に、緑と青の虹をまとった悪魔と妖精が躍るのだという。

揺り籠を揺らしながら、イリーナは母国の不思議な言葉で幼女をなぐさめ、子守歌で寝かしつけ、ときにおとぎ話を聞かせた。カフカスの昔話は最後にほっと安心できるものばかりでなく、赤子を食べる魔女バ・ヤーガ[23]のように、恐ろしい化け物が出てくる怖い話もあった。そんなとき、幼いカティアは身を縮めて怖がったようだ。また川の流れはとても危険なので、そこに幼い彼女が近づかないように、イリーナは「川底にはえもいわれぬ美しい裸身の人魚ルサールカ[24]が隠れていて、川に入った子供をつかんで離さず溺れさせる」という話をカティアに信じこませた。ところが、じつはそれが逆効果であったらしい。カティアは澄んだ川の流れに前よりも近づいて、この話に出てくる人魚を覗き見ようとしたという。彼女は川底の砂利で身をくねらせて銀色の背を見せるチョウザメの群れの中に裸身の人魚がいたと信じていたのだ。

丘の上で出会ったときと同じ服装のカティアは、髪をうしろできりりと束ね、炉の脇に座ってそれまでのように生きてきたかを誇らしげに語った。青い瞳にはきらめく炉の炎が映り、頬は次第に紅潮していった。私は身じろぎもせず耳を傾ける。少年のような撥剌さと抑揚のある話し方の魅力は私をすっかり虜にして離さない。カティアの言葉はわかりやすく、自信に満ちていた。だが完璧とはいえなかった。口をきかない祖母とロシア人奴隷によって育てられたのだから驚くことではない。ほかの誰一人として教えることがなかったので、高貴な身分の女性が仲間うちでのみ使う内緒の言葉、チャコブサ語[25]すなわち「狩り言葉」を使うこともできなかった。カティアはどの言葉を使うのか迷ってふっと口ごもるが、すぐ流暢な話しぶりに戻った。私は自分からは多くを話さず、じっと聞くのが好きだったので、そうした彼女の話を心から楽しんだ。

六年前、私が村に帰ってきたときのことは、カティアの記憶に鮮明に刻まれているにちがいない。それはおそらくカティアにとってもっとも古く、もっとも美しい思い出だろう。柱廊の前で馬を降り、その荒れた手で自分の顔に触れた戦士の姿。ただ、長旅で汗にまみれ汚れた武具をまとう戦士の身体は、少女の鼻につんと感じる不快な体臭を放っていたはずだ。防具の鎖帷子《くさりかたびら》の金属の臭い、長靴の革の臭い、ぬかるみや糞を踏みつけて蹄《ひづめ》を神経質に打ち鳴らす馬の臭い、そうしたさまざまな臭いもまた、カティアの記憶にはっきりと残っただろう。

私の中でもっとも鮮明な記憶は、カティアが私から奇跡の指輪を受け取り、指にはめたことだ。か細い指から抜け落ちて恥をかかないように、カティアは指輪をはめるとすぐに拳をしっかりと握りしめた。そしてそのとき、彼女は自分に与えられた外国語の名前、エカテリーニをはじめて耳にする。正式な名前が決まったが、村の女たちは、ワファ・ナーカ〔空の瞳〕という名を使い続け、乳母イリーナにとっては、女の子らしい可愛い名前カチューシャがお気に入りだった。いま、父と二人だけで囲む炉の脇で、カティアはふたたび誇らしげに指輪をはめた手を私に見せ、ややうつむいて手提げの中を探し、折りたたんだ布を取り出して広げた。亡くなる直前に祖母から彼女に託された素晴らしい金糸刺繡のヴェールである。

少女カティアは一人で成長した。男の子供はほかの家族に見習いとして預けることが許されたが、カティアは父の帰りを待ちながら家で育ち、その父が戻れば将来が決まるはずであった。イリーナとほかの女たちは作業をともにしながら、家事のすべて、田畑の手入れ、家畜の世話について知っておくべきことをカティアに親切に教えた。

「私は畑を耕すこともできるの」とカティアは自慢する。柄つきの鋤《すき》で土を起こすのだが、骨の折れる力仕事を頑張るものの、やはり畝溝はほかの農夫と同じようには深く掘れなかったらしい。カティアは黍の種まきができた。袋に片手を突っこみ、貴重な種を扇形にまくのである。豊穣の神ソジェレシュと刈り入れの神トヘゲルジュ[26]の名を唱えて、秋の豊かな収穫を願う祝福の連禱を歌いながら種まきは続く。田畑の見張りもできるようになった。鳥や小さな動物が種や芽をついばんだり、掘ったりするのを追い払うのである。鋭い鎌を大きくふる草刈りの技も身につけた。

「そして大きくなってからは」、とカティアの話は続く。豚、鵞鳥《がちょう》、牝鶏《めんどり》など家畜の世話の仕方を学んだが、かたくなに拒んだのは、欠かせぬ食料とはいえそれらを自分の手で殺すことだった。生きるために狩りは避けられない。離れた位置から獲物の命を奪うとき、獲物が苦しまぬようにカティアは正確に急所を突く矢を放った。そして絶命した動物の脇にひざまずいて、神々にその魂を受け入れてくれるように祈ったという。

「大の苦手は蜜蜂なの」。話題が変わり、憂いから微笑みに表情を変えてカティアは言う。どうやって世話をするのかがわからず、いつも驚いて巣箱から逃げ出してしまうそうだ。刺されたらと思うと怖くてたまらず、蜜蜂を守る女神メリッサに、「蜜蜂には何も悪いことをしていません、どうぞ命だけはお助けください」と心の中で必死に祈ったらしい。一方、カティアは蜂蜜の味には誉め言葉を惜しまない。聖なる女神メリッサがいつかは死すべき人間に賜った金色に輝く甘い贈り物に感謝しつつ、恵みの旨みを楽しんだのだろう。

カティアはしばしば牧童たちと一緒に丘の上に登った。しかし、高い山岳地への季節移動について行ったとき、牧童たちは目に見えない境界から先にカティアを行かせなかった。山羊の小さな群れを一人で放牧に連れ出すことも許され、長く明るい色の毛並みの大きな牧羊犬一匹を連れて群れを率いることになった。夕方、狼の襲撃から守るため、囲いの中に山羊を呼び集めると、カティアは小さな横笛メルゲゼイを取り出して吹いた。牧童たちはアミシュ[27]がその歌を作ったと信じていた。ときおり木々の先を吹き抜ける風が、それと同じ旋律を奏でるかのように思えることがあった。そんなとき、カティアは岩のうしろに身を隠すのだった。それを奏でているのが熊のように毛深い半裸のアミシュだとしたら、死ぬほど怖い目で睨まれるかもしれなかったからだ。

カティアは山羊の出産も手伝った。仔山羊が生まれるとすぐに小川の冷たい水で洗った。乳絞りを覚え、それを保存し、発酵させてアイラン[28]を作り、乳の一部を桶に移してチーズにする方法も学んだ。力がついてくると狼の襲撃から身を守るため、長い棍棒と祖母からもらった短剣をいつも身につけて出歩いた。イリーナは口癖のように「世の中には狼よりたちの悪い動物がいるのさ」とつぶやいていたが、カティアが「それはどの動物なの？」と繰り返し聞いても口をつぐみ、何も答えようとしなかった。

祖母は何度か、一族にとってもっとも重要な仕事をカティアに頼んだ。祖母一人が続けてきた炉の管理である。炉は家の中央にあり、そこで燃える炎はけっして消してはならなかった。すべては雪に埋もれ、家から出ることもままならない冬の長い夜、祖母は女たちと大きな広間で過ごした。女たちは糸を紡ぎ、織物をしながら話しこんだ。祖母と女たちの熟練した手さばきによって革の上に刺繍が施されていくようす、指を素早く動かして、古い縦型の織機にたて糸とよこ糸を巧みに通して織り上げていくようすに少女カティアは心を奪われた。生地、布地、襟巻、敷物などに生き生きとした色彩が織りこまれ、おとぎ話の動物や人形たち、部族のトーテム崇拝の図案、勇気と力の象徴とされる鷲、狼、獅子、雄牛などがつぎつぎと描かれていく。カティアはそれに目を凝らし、麻布の巻き癖を延ばす女たちの作業を手伝った。うっとりとした眼差しで紡錘を回す不思議な手の動きに見入っていたカティアは、すぐに同じ動作で羊毛を紡ぐことを身につけた。

カティアは王《スルタン》から贈られた金糸織のヴェールを見たいと祖母にいつもせがむのだった。それを手に取り、細かく見て、目に見えないほどの絹糸と金の糸がどのように組み合わされ、透明な布地が作られるのかを調べ、「髪の毛のように細い金の糸はいったいどうやって作ったのだろう」と自問するのだ。それを見たイリーナは、「そのうちこの子は金髪を切って絹糸と織り交ぜるだろうよ」とカティアをからかっていた。冗談を真《ま》に受けたカティアは、ちょっとふくれて家を出て、鍛冶職人の炉に行くことが多かった。カティアは炉を「火の洞窟」と呼んでいて、職人に「とても細い金の糸を作るにはどうすればいいの」と尋ねたらしい。鍛冶屋はにっこり笑ってハンマーを降ろし、「それは蹄鉄作りの神トレプシュ[29]だけが知っている秘密だよ」と答えたという。トレプシュは人が使う道具と武器を発明した神であった。

　時は流れていく。祖母を見ているうちに、カティアは部族で魔術者にのみ受け継がれてきた秘術を自然に身につけていった。生けるものの輪郭をそのまま捉えることでその魂をも捉えてしまう秘術、すなわち柔らかい赤い岩片や炭の破片を使って端切れの上に柔らかな線で生き写しの像を描き出す技術、あるいはナイフの先端や尖った黒曜石で石や木の板などの表面にその像を彫り出す技術である。カティアは、敷物に見た想像上の動物、あるいは金糸織ヴェールに見た入り組んでからみあった植物や花の複雑な図案、それらと同じものを描き出すことができるようになった。祖母はほかの女たちが作る敷物の絵柄を大きな麻布に赤チョーク[30]で描く技術にことのほか優れていた。口をきかない祖母にとっては、言葉のやり取りで説明するよりも図で示すほうがはるかに容易だったはずである。

　家事と仕事から解放されると、カティアは牧場や森に急いだ。大自然とそこに生きる動物の世界に飛びこんで、植物が見せる季節ごとの変化、繰り返す生と死の循環を肌で感じるのだった。慣れないうちは森に入るのが怖かった。薄目を開けて、森と木々の女神メズグアシェ[31]の加護を祈りながら恐る恐る進んだという。しかし、カティアはすぐに木々の種類を見分けられるようになり、ちょうど人間がそうであるように、木々もまた、似ているところや違っているところで、いくつかの群に分類できることに気がついた。木々は、形や大きさ、葉の色、さらに、水滴に打たれる音、一陣の風に吹かれて鳴る音によって、互いに言葉をかけあっているのだ。樺、栗、胡桃、コバノシナノキ、橅《ぶな》、楢《なら》、それらの樹林は山々の傾斜を覆い、季節に応じてその装いをみごとに変えるのだった。カティアは目に見えなくても、近くに動物がいることを感じ取った。鹿、ノロジカ、猪の存在はすぐにわかる。もっとも危険な動物は、足跡を見つけ、唸り声やザワザワと動く音を聞いて、遠くにいてもそれを察知した。狼の咆哮、ジャッカルの唸り声、乾いた落ち葉にも重い体重で痕跡が残る熊の足跡である。

カティアがいつも長いスカートと木靴を泥や落ち葉で汚して帰ってくるのを見て、祖母は頭を横に振った。ある日、祖母はカティアを自分の部屋に連れていき、木箱を開けた。カティアはそのときまでその木箱の中を見たことがなかった。祖母は中から一〇歳から一二歳ぐらいの男の子が着る服を取り出した。それは私ヤコブが子供のときに来ていた服で、母は将来の孫のために大切にしまっておいたのである。襟なし上着、ベルト、ジャケット、ズボン、一足の長靴を揃えた祖母は、驚くカティアに身ぶりでそれを着てみるように促した。

カティアは服を脱いだ。二本の細い棒で形を整えたクヴェンシベ〔コルセット〕は外さなかった。ここ数か月、カティアは自分の身体の中に不思議な変化が起きていることを感じていた。奇妙でつらい変身が始まったようだった。腕と足は伸び、身体全体の整った形と均整が失われていく。その感覚は日増しに強くなり、以前はクヴェンシベを苦もなく着けて楽に動けたのだが、いまは乳首が妙に圧迫され、ときに苦痛を伴うこともあった。

そうした悩みで疲れ、妙にいらだち、気分が悪くなって身体を横たえていたある日、カティアは両脚の間、小さなもう一つの唇から温かい液体が流れ出ているのに気がついた。スカートの下からそこに指をあてるとその指には血がついていた。事情がわからず驚くカティアに、イリーナは「お前は女になったのだよ」と喜びながら言い聞かせ、さっそくお祝いをしてくれた。

男の服は少しばかり大きかったが、全体としてカティアによく似合っていた。それからというもの、カティアは屋外ではいつも、家でもしばしば男の服を着るようになった。少年たちと遊ぶカティアはまるで男の子で、彼らもカティアを特別に意識することなく仲間として受け入れた。家々と川の間に広がる草地では、追いかけたり、組み合ったり、木刀で打ち合いをして遊んだ。弓矢の使い方、馬の乗り方をカティアに手ほどきしたのは、彼ら、少年たちであった。

祖母はうすうす気づいていたのだが、カティアの最大の夢は自分の馬を手に入れることだった。ある朝、まだ眠っていたカティアは、誰かに手を引かれて目を覚ました。起こしたのは祖母で、手を取ってカティアを外に連れ出した。外は雨で寒かったが、カティアはその輪郭が柱につながれた仔馬だとわかると、興奮して飛び上がり、勢いよく外に駆け出した。

ぬかるむ水たまりをはだしで駆け、馬に抱きつき、馬小屋に連れて行って専用の場所を作ってやる。それは赤みがかった栗毛の美しい雌の馬で、顔の中央に白い星形の印があった。名前はすぐにヴァグワ（星）と決まり、彼女の唯一の「女友達」となった。駆け足で進むと、神話に出てくる有翼の駿馬アルプのように、ヴァグワには羽が生えているのかと思える速さだった。そしてアルプのように、ヴァグワは女主人カティアの言葉を理解することができた。ヴァグワが来てからというものの、カティアはさらに頻繁に、さらに大胆に、さらに長いあいだ家を抜け出すようになった。その行動範囲は、強い風が吹きまくる山々と高原との境界にまで広がり、イリーナと家の使用人は不安を感じるまでになった。ときには丸一日ないし二日もたってようやく帰宅することもあった。遠出をしたあるとき、狼の遠吠えを聞いていたイリーナはひどく心配し、カティアがやっと無事に帰ると泣き崩れ、祖母はカティアの頬を骨ばった手でぴしゃりと打った。

夜になり、カティアの話を聞きながら、あらためて娘への愛情をさらに強く意識する。まるで息子であるかのように感じる。娘とともに、娘のために、私の命もここで生まれ変われるのかもしれない。十二回の冬を遡ったあの日、大きな胡桃の木の下で妻が息絶え、戦乱の暴力と血の中に自らの命を捨てようと村を出て行ったあのとき、私の命はまだ断たれていなかった。おそらく、まだ一つの希望が残されていたのだ。私自身にとって、私の家族にとって、私の子孫にとって、わが部族《トラブク》にとって、そのただ一つの希望は一人の息子ではなく、いま目の前にいる一人の女、エカテリーニだったのだ。

ふさわしい結婚相手を選び、その男にカティアを託すときまで、けっして離れることなく暮らそうと心に決める。長い話のあと、カティアに沈黙を促して指輪をはめた手を取り、頭を私の胸にそっと引き寄せ、波打つ金髪を優しく愛撫した。カティアは目に涙を浮かべて泣き始めた。しかし、それを恥ずべきこととは感じない。カティアはついに父を見つけ出したのだ。

丘と森の目に見えぬ境界の彼方の高地、風の神ジュイトへが支配する草原にカティアと遠出するようになった。ヴァグワがザーシュに続く。斜面で鍛えられたカティアは体力をつけ、さらに活発に颯爽と馬を駆った。長い弓の扱いを学び、自分で石を研いで鏃《やじり》を作り、それを軽く細い枝につけて矢を準備した。シャシュカ〔剣〕をつかみ、素早くシュッと音を立てて、獲物に見立てた古い袋をめがけて一撃を加える訓練も巧みにこなした。

ある夜、満天の星空の下でカティアと焚火を前にする。遠い空で先祖の魂が光るのだと私は空を指さした。はるか昔の先祖も一緒にそこで光っていたに違いない。伝説が伝える男装の女戦士、弓と投げ槍で武装し、馬に乗って戦いと狩りの日々を自由に暮らした女戦士たちもいまは星となっている。それは神話ではない、と私は話を続ける。私はクバン[32]で彼らの墓を発見し、骸骨の脇に兜と剣が残されているのをこの目で見たのだ。彼女たちの首領はアマゾンという名で、その名は聖なる森に棲む母である月の神マーザに由来する。[33]女たちは、戦闘で男を殺さない限り結婚は許されなかった。

ここで話を止めて娘を見る。結婚という言葉が娘に戸惑いを与えたのではないかと案じたのだ。妙な心配を跳ね返すように、カティアは毅然として私を見返した。わが民族の救済と名誉ためにやむを得ず戦わねばならないとしたら、カティアは人間を殺すという状況に追いこまれるかもしれない。しかし彼女は、地上に生きる自分以外の存在からその命を奪うことを嫌った。まして、ただ結婚のためにやらねばならないとしたら、絶対に殺戮はしなかったであろう。いや、それ以前に、結婚というつまらない行動にカティアはまったく関心を示さなかった。彼女がただ一つ望んでいたことは、自由に生き、馬に乗り、父と一緒に高原を走ること、そしてそれが永遠に続くことであった。

夏の初め、大祭《トイ》に招かれたので、カティアを誘って行くことにした。大河テレク[34]の岸で開かれるトイは、ほかの部族の貴族たちと顔を合わせるよい機会だった。テレク川は山上の水源からプソス川と反対の方向に流れ、日が昇る大きな海[35]へと注いでいた。カティアは生まれてはじめての大きな旅行、父と旅するはじめての機会に興奮して喜び、頬を紅潮させた。

同行するのは戦士二人だけで、兜と鎧は着けない。肌身離さず持ち歩く武器、すなわちシャシュカ、弓、短剣を持って、まず北に進路をとって斜面を登り、高地の尾根へと向かった。カティアの服装もわれわれと同じで、フェルトの帽子をかぶり、ブルカをまとい、使い慣れた自分の武器、弓と短剣を持っていた。

天空に向かってくっきりとそびえるいくつかの岩塊を抜け馬を進めること二日、私は娘に行く手の右側はるか遠くを見るように促した。深い谷に刻まれて波のように凹凸を繰り返す高原の南の彼方には、天にも届くかと思われる二つの山頂が神々しい姿を現していた。ほぼ同じ高さでひときわ高くそびえ、白く輝く気高い山容であった。

それは、わが民族の聖なる山オシャマホ[36]である。屹立する双峰の間には神々が棲むとされる。古代カフカス人たちにとって、オシャマホはすべての山々の母であり、その名は至上の幸福の高峰、雪の峰を意味した。山の国を意味するタウランもオシャマホの別名である。生命すなわち水はそこで生まれ、わが聖なる森の泉に湧き出る。その水はチョウザメが遡上するプソス川、そしてほかのすべての河川へと注ぐ。世界でもっとも高い山であった二つの峰は緩やかな谷でつながれ、預言者ノアの箱舟がそこに打ち上げられたと伝わる。[37]すべての大地をのみこみ人類の種が絶えた大洪水から、ノアは動物のつがいと生き物を救ったという大昔の話である。その後、山は雪と永遠の氷で閉ざされたが、その内部には精霊の炎がいまなお閉じこめられ、隠されている。そのため、ときに山は地響きのような大音響とともに震え、熱く有毒な蒸気を吹き出す。

私たちは岩の間で休み、しばしその偉大な山体を眺めた。残光を放ちながら夕日が沈み、高地と世界のすべてを影が支配し始めていた。しかし、双峰だけはなおも長いこと、広がる夕闇の中で光を受け、その姿を失わなかった。そして最後に、右の山頂だけが暗い夜空に光る。山頂の氷の刃は、さかさまになった月の鎌、あるいは長い尾を引いて天空をよぎる流れ星を思わせた。流れ星は深刻で恐ろしい混乱の予兆とされた一方、古代の博士たちは、その方向に万能の神と聖メリッサの子キリストが誕生した洞窟[38]を見つけたのである。

長い旅を続けて高地を降りると、われわれはテレク川の合流地に着き、そこにテントを張った。そこにはすでに多くのテントが張られ、それぞれ目印の布や旗を立てていた。軍人、貴族、農民、職人、女性、子供たちが集まり、使用人と奴隷たちが馬を世話し、火をおこし、料理の準備をして、その向こう、祭りの広場では翌日の支度が進んでいた。一日限りの町がそこに生まれようとしていた。かつてこの場所で、ティムール・バルラス率いるタタール人がジョチと呼ばれた遊牧民を滅し[39]、ひと昔前までは茂った草の間に骨や頭蓋骨の破片、兜、剣などが散らばっていた。しかし、それらもいまとなっては消え去り、ただ、草原だけが広がっている。

テレク川は山を下り、南北の稜線の間に狭い谷を刻んで流れる。そのダリエランの渓谷には、ほかの多くの部族同様、かつてティムール・バルラスによって滅ぼされたアラニ族[40]の集落があった。伝説によれば、その昔、世界の征服者アレクサンドロス大王[41]がジンという魔術的な方法を使って、ゴグとマゴグ[42]という蛮族の侵攻を防ぐため、巨大な鉄の門をこの地に建設したという。数年前にこの隘路を通ったが、門柱も蝶番ももはや見あたらなかった。遠くからラッパの音を聞いたような気もしたが、それはおそらく谷を見下ろす絶壁の岩を吹き渡る風の音だったのだろう。

口がきけない母親の息子として生まれ、気難しく無口な子供時代からこれまで、私は長く話したことがない。ところがこの旅の日々では、それまでの生涯で話したすべてよりはるかに多くカティアと話した。物語、歴史、神々とナルトの伝説、また旅をしてきた土地とそこで出会った人々について、私は娘に絶えず語り続けた。これほどまで喋り続けたのは、ある重要なことがらを口に出すのを避け、できるだけ先送りするためだったのかもしれないと思う。村を出る前に話すべきであったのだが、まだ話していないことがある。

祭りの前日の夕方、テレク川の岸に張ったテントの中で私は娘と二人だった。もう隠すことはできない。

どのように伝えるか。母から学んだ無言のやり方がいいのではないか。言葉に出さずに伝えるほうがわかってもらえるのではないかと思い、私は娘をじっと見つめる。凜々しい青年のようだ。二十年以上前の私の服装をそのまま着てくつろいでいる。背は高く、細身で、長い金髪は束ねて首筋できちっと結ばれている。

大きくはない荷物から私は革の鞄を取り出した。旅の途中、これまで開けたことのない鞄だ。その中から、白布に金地の装飾をあしらった女性用の服を取り出し、絨毯の上に広げた。さらに、先の尖った帽子、トルコ靴一足、麻のブラウスを並べていく。

カティアは驚いてそれらを見つめ、その意味をすぐに悟った。父は、翌日、娘にその衣装を着せようとしているのだ。部族長たちは私をよく知っており、全能の神が息子を授けるという祝福を私に許さなかったことも承知していた。カティアはまず女性であることを示さなければならないと直感する。結婚の約束を取りつけること、旅の真の目的はそこにあった。しかも、父はそのときまでそれを口にしなかった。カティアの心は幸福感から一変して反感であふれるばかりになった。父は彼女を裏切ったのだ。父はいつも「自由こそは最高の幸福である」と言っていた。それは正しくなかったのか。男同士の取引で、父は愛する娘を見知らぬ男に与えようとしている。自由は女にとってではなく、男にとって最高の幸福だった。「私は誰とも結婚したくない」カティアは心の中で叫ぶ。永遠に自由でいること、父とともに馬に乗り、星空を楽しみ、広い草原とどこまでも続く山々を自由に疾駆すること、それがカティアの願いだった。

命令するような口調で、私はカティアにうしろを向いて服をすべて脱ぐように言った。カティアは胸を締めるクヴェンシベ〔コルセット〕だけを残してすべてを脱いだ。私は近づいてその結び糸を短刀で切った。クヴェンシベは敷物の上に落ち、三年ほど前にそれを着け始めてからはじめて、小さな乳首が弾けるように解放された。彼女はじっと立ち続け、私に背を向け、うつむいて敷物の幾何学模様を眺めていた。カティアに麻のブラウスを手渡してから、私は一枚の布地をそっと彼女の肩にかけた。手触りでそれが祖母から受け継いだ金糸織のヴェールであることはすぐにわかっただろう。「おやすみ」と小声でつぶやきながら、戦士たちと眠るために私はテントを出た。

夜が明け、川面は太陽の無数の反射で、踊るように輝いていた。その日は、偉大なる預言者イェリエ[43]を祭る日である。イェリエは轟音を響かせる火の馬車に乗って全能の神のもとへ赴いたという。雷と雨の魔術師でもあり、長老たちは蛇の姿をした嵐と雷の神シブレと呼んで祈ることもあった。人々はみな中央の広場に集まった。そこには蛇の像が掲げられた高く太い丸太が立てられていた。

私はテントに行き、カティアが出てくるのを待った。テントの裾が開き、白い衣装を身につけた女性が日の光の中にすっと立った。手先を除き、身体はすべて服で覆われ、顔は帽子と顎ひもで縁取られていた。もっとも大切な絹と金糸のヴェールは、ショールのように首もとに巻かれている。はじめて娘カティアの真の姿を見たような気がする。私は青く誇らしげな娘の目と目を合わせ、連れ立って祭りの広場へと向かった。

群衆はすでに、乾季のあとに田畑に十分な雨を降らせてほしいと聖なる預言者への祈りを始めていた。「ヴェ・イェレメ・シイ・シェーヴェ・ナシュヴェクスヴェ（おお、イェリエ、おお灰色の目をもつわが息子よ）」この年の祭りは、偶然にもその日に合わせるかのように起こった異例の出来事によって、さらに聖なる意味合いが高まったのだった。広場の中央に特別の車台が準備され、その上には一人の少女の遺体が横たえられていた。車台には二頭の牛がつながれている。そのうしろには、奉納品、食物、動物を山積みにしたもう一台の車が配置され、その二台は絶え間なく続く踊りの輪で囲まれている。「聖なる預言者イェリエ《コパイ・エラリ・イェリエ》」

を讃える祝禱が繰り返され、それに合わせてみなが踊っていた。祝禱と踊りは悲しみの儀礼ではなかった。遺体の少女は八日前、山の峰で雷に打たれて命を落としたが、その死は雷神シブレの祝福を象徴するとみなされた。雷神は少女の身体に触れ、自らの手元にそれを引き寄せたのである。群衆は歌と踊りによってシブレの祝福に感謝し、その降臨を喜んだのだった。

岩の上の祭壇では、犠牲としてイェリエに灰色の仔山羊が捧げられた。首が切り落とされ、皮が剝がされ、首と身の二つが高い柱の上に吊るされた。やや低い柱には、雷に打たれた少女の晴れ着が掲げられた。仔山羊の肉と臓腑は茂みの近くに運ばれ、燃え盛る大きな焚火でほかの羊肉とともに焼かれる。大鍋では、山草と強い香辛料を入れた湯で羊一頭《メリル・ゲヴァ》分が茹でられた。料理は鉢に分けられ、草の上に座る群衆に配られた。女たちはマクシマを入れた酒瓶を持って人々の間を回り、つぎつぎと杯を満たしていった。

私たちが座ったのは、王族とほかの部族の貴族たちがいるやや小さい輪であった。彼らはそれぞれ息子や娘を連れていて、お互いに紹介しあっていた。しかし、私とカティアはその一座の陽気な雰囲気に心底浸っていたわけではなく、型どおりの挨拶を交わしたに過ぎなかった。カティアは賞讃と注目の的で、貴族の子弟たちは少しでも話しかけようと入れ替わり近寄ってきた。しかしその固い表情は緩まず、口を開こうとはしないので、言い寄ろうとした者たちはややいらだって離れてしまうのだった。彼らの父親連中は困ったような視線を私に投げかけてくる。なぜこの絶好の機会を袖にするような冷ややかな態度なのか、と問いかけるような眼差しだが、ままならないものだ。

その件ではそれ以上のことはなかったが、注意深く耳を傾けていたその場の中心的な話題に私はふたたび巻きこまれることになった。予想どおり、北東に置かれた部族の見張り所から、隊商が東の海岸を出発し、オルダ・ウルス[44]の方向に動き出したとの確かな連絡が入った。隊商全体は、砂塵ではっきりとは見えなかったが、草原で育てた少なく見ても二千頭もの若い馬を従えていたという。かくも大きな戦利品の知らせに、周囲の戦士たちの目はぎらぎらと輝いた。

夏の暑い午後、日が山の彼方に落ち始めようとする頃、横笛とザンポーニャ[45]の音とともに響き箱《ブシネ》の鋭い音が祭りの場に響いた。太鼓とカスタネットがリズムを刻み、若者たちを踊りに誘った。最初の厳粛な踊りはカファである。男女が分かれてそれぞれ列を作り、つま先立ちでゆっくりと踊る。列が近づくと双方が手を取り合う。手を取り合った男女のあいだにはなんらかの感情が生まれることがあり、両親たちはその機を逃さずに婚約への準備を促そうとするのだった。聖なるイェリエの日にただちに婚約が成立となれば願ってもないなりゆきなのだ。

カティアは誰にも手を差し出したくなかったので、最初の踊りには加わらず、座ったままだった。次にカファからイスラメイにリズムが変わる。するとカティアは誘われるかのようにすっと立ち、大きな踊りの輪に入って身体を回して舞い、周囲の者たちは手を打ってその情熱的な動きを引き立てた。空気はなお暑く、川からは湿気が立ち、激しく身体を動かす若者たちは、ズボンの裾は長靴の中に入れていたが暑苦しい上着を脱いで草の上に投げ、シャツをはだけてたくましい身体を誇るのだった。女性たちは同じように礼服を脱ぎ捨てるわけにいかず、カティアは男の服を着てない自分を恨んだことだろう。もどかしいが、帽子とヴェールだけは外すことができた。解き放たれた美しい金髪は波のようになびき、金糸織のヴェールは首の結び目を緩めると、踊りの動きとともに大きな弧を描いて宙に舞った。踊ると心を圧迫するすべての呪縛から解放される。「私は自由だ」カティアは心の中で叫んでいた。

踊りが終わると、熱狂的な拍手の中で若者たちは座に戻って腰を下ろした。年老いた語り部が哀調をこめた旋律でナルトの叙事詩を朗々と唱え始めた。食べ過ぎたり、あるいはマクシマを飲み過ぎたりした者は眠気を感じていた。この緩やかな時間、目当ての女性を誘い出して木々の間に姿を隠す若者もいた。カティアは踊りに疲れ、汗をかいていたが、語りにも注意を向けていた。老人はナルト族の母サタナの物語を唱えていた。[46]それはカティアが好きな話で、生命誕生の神秘、また彼女自身の存在ともかかわる怪しい精霊世界の物語であった。

このうえなく美しく、魅惑的で賢く、魔術を得意としたサタナは、英雄ウリュズメグの母ゼラセが埋葬されてから九か月ののち、奇跡としてその墓から生まれた。伝説では、夜を徹した葬礼のあいだ、ウリュズメグはフェルトの鞭で母の遺体を打ち続け、一瞬のあいだ息を吹き返した母に自らの身体を重ねたといわれる。母は息絶えて埋葬されるが、赤子の泣く声が聞こえたので墓を開けてみると、そこにサタナが生まれていた。したがってナルト族の人々は、サタナは死せるゼラセが産んだ娘であると信じたが、同時に生前のゼラセはサタナの祖母でもあったことになる。また、サタナは兄であるウリュズメグの娘でもあった。その後、ウリュズメグはエルダと結婚するが、少女から女性となったサタナは、父であり兄でもあるウリュズメグを愛してしまう。サタナは策を講じて、エルダのショールと服を借りてウリュズメグに近づき、彼と身体を合わせてしまう。それを知って狂乱したエルダは自ら命を絶つ。

ここで、カティアは男と身体を合わせることが何を意味するのかよく理解できなかった。それは純真なエルダを死に追いやるほど重大な行為なのだろうか。カティアは怪訝な顔で私に話かけた。「一緒に旅したこの数日、お父さんの横で眠りたい、お父さんのたくましい身体に寄りそって休みたいと思っていたけれど」

サタナはその後、ほかのナルトの男にも身体を委ねる。サタナにとって、愛と性は逆らうことのできない奔流であった。サタナは全裸で水浴びをするのが好きだったが、性の欲望はその裸身を委ねる川の流れそのものであった。ある日、牧童ザルテュズは水浴びをするサタナを見かけ、その瞬間、恋に落ちる。性の衝動を抑えられず、ザルテュズの男の精《ナフシ》は、サタナの足元にあった丸い岩にほとばしった。話がここに来ると、女たちは訳ありそうな顔つきでにやりと笑いを浮かべるのだった。カティアだけはなんのことかわからず、まじめな顔をしたままだった。ほとばしる男の精とはなんなのか、知らなかったのである。丸い石は命の力を得て成長し始め、九か月ののち、それを割るためにトレプシュの助けが必要となった。中から取り出されたのは燃える火のように赤い皮膚をした子、英雄のソスランであった。その身体はすぐに川の水で清められ、雌狼の乳に浸されて不死身となった。サタナはほかにも多くの男と愛を交わしたが、女であることを悟られないように男装し、愛の行為を終えると、すぐに風のように自由に馬で駆け去った。こうして、サタナはナルトのほぼすべての民の母となった。

三日月は、目に見えぬ黒い手で引かれるかのように山々の彼方に沈む。星が輝きを増し、焚火にはふたたび薪がくべられた。男たちは強いブラッガの酒瓶を回しあい、陽気に歌を歌った。祭りは終わる。多くの家族は漆黒の闇夜になる前に近隣の集落に帰り着くため、すでに祭りの広場をあとにし始めていた。一方、遠方から来た豪族の多くは、川岸にテントを張っていたのでまだ残っていた。

迫る夕闇の中で、部族長の一人が周囲に座っていた若者たちに合図をした。最後の神事が始まるのであった。その場の全員は立ち上がり、川の合流点の手前にある湾曲した瀬に向かった。渦巻く本流から離れて、その水は透明で静かに流れ、磨かれた川石が浅い川床を埋めていた。私とカティアも立ち上がる。私はカティアの背を軽く押して、若者と若い女たちに続くように促した。これから何が始まるのか話していなかったが、彼女は興味をそそられたようだ。私は祭りを締めくくるこの行事をよく知っていた。十四年前、この機会に私はカティアの母を知ったのである。

川岸に着いたカティアが暗い中で目にしたのは、水に入り、はしゃいだり、しぶきを掛け合ったりする全裸の若い男女の奔放な姿であった。一瞬たじろいだが、彼女はすぐに服を脱ぎ始めた。自分の身体を恥じる思いはまったくなかった。麻のブラウスを脱ぐと、新鮮な夜の大気を胸いっぱいに吸いこみ、足の指には川の冷たい水の感触があった。足、腿、胸、そして乳首が澄んだ水に隠れ、全身をそこに浸し、ふたたび水の上に出る。長い髪は背中に垂れ、興奮が全身に走ってかすかな身震いを覚えるのだった。私は、かすかな光と水面に揺れるその反射の中に浮かぶカティアの裸身、その柔らかな神々しさに見入るしかなかった。これこそ牧童ザルテュズの前に現れたサタナの姿だったのではないか。まったく同じ月の光を受けて、川から立ち上がった少女の裸身、十四年前の冬に私が見た妻の美しい裸身はまさにこのカティアの姿そのものではなかったか。恐るべきことだが、私は自分の娘に恋をしてしまったことに気がついた。

翌朝、クヴェンシベを着け直すために、私はカティアのテントに女を送り、きつめに締めてふたたび男装をさせるように命じた。村に戻る行程は、ほとんど休まず往路よりも早く進んだ。約二十人の戦士たちがわれわれに同行していた。というのも、私の指揮でタタール人の隊商に奇襲をかけて馬を手に入れるため、一隊の男たちが私に託されていたからである。私はプソス川の低地一帯の地理に詳しく、樺の樹林に隠れて隊商を待ち伏せることになった。その小さな樹林は、以前に成功した襲撃でも待ち伏せした場所であった。カティアもわれわれと同じく馬に乗っていたが、旅のようすは往路と違っていた。

私はカティアに話しかけなかった。カティアは思いもしない私の変化の理由がわからず、私に近づくのが怖いようだった。無理に押しつけようとした結婚については、結局のところ何も起こらなかった。カティアもそれについては何も言わず、外から見る限り無関心を装っていたが、その目はオシャマホ山頂のように青く凍りついていた。カティアが心の中で泣いていたことは確かだった。

村に戻ると、私はすぐに出発しなければならないことだけをみなに伝えた。カティアはもう私と一緒に馬に乗ることはないような気がする。別れの言葉をかけるとき、ふと、英雄ウリュズメグがサタナに言い残した一節が思い浮かんだ。「遠く離れているとき、手のひらを突いてみるがいい。もし乳が出てきたら私は生きており、戻ってくるだろう。もし血が出たら、私はすでに闇の世界に旅立っており、そこからはけっして戻れない」

私は村の長老たちに作戦を説明し、二十名の若い戦士を配下にするよう説得した。川の下流へと移動する途中の集落でも、多くの若者を集めることができたので、低地に着いたとき、われわれの部隊は百名ほどになっていた。隊商と馬群の進み具合を確認するため、私は三組の斥候隊を東に向かって送り出した。作戦では隊商の背後から小隊が襲撃するが、これは仕掛けの攻撃で、驚いた隊商は護衛の兵士たちを置き去りにしてすぐ西に逃げるはずである。指揮をとる私と戦士たち全員は樹林に隠れ、近づいた隊商を先頭から急襲し、混乱する彼らと馬を川の上流へ追いつめる手筈だった。重い武器や兜は使わない。鎖帷子と軽い武器だけで十分であり、激戦にはならずにたやすく馬を奪うことができる計画であった。

プソス川の河口と沼から近い場所、樺の樹林の中に野営地を選んだ。北に向かうとフランク族の商人の町があり、その地を流れる幅の広い川の名ターネが町の名ともなっていた。逆の方向には小さな川が流れているが、川筋は湿地の中で消えていた。土地のようすは、われわれの山の村とまったく違っていた。溝やぬかるみに入って馬が足を取られ、つねに落馬の危険があるので、馬を乗りこなすのは難しい土地である。

前の晩から立ちこめた深い霧がすべてのもの、木々、馬、人を不気味な布のように覆っていた。夜明けとともに霧は徐々に晴れたが、朝を過ぎても辺りには乳色の輝きが残っていた。弱い陽光を受けた空気は湿気を含んで重く、風はなく、前日までの強行軍で疲れた男たちは、まだぐっすりと眠っていた。鳥のさえずりも聞こえず、いつになく不自然な沈黙が野営地を包んでいた。ひとり私だけは、帰ってくる斥候に野営の位置を知らせるために靄にかすむ樺の林の間を移動していた。そのとき、湿地の葦をかき分けてゆっくりと馬を引いて近づく人影が視野に入った。私は弓を準備し、矢をつがえた。と同時にその人影も私に気づいたようで、一つの言葉が問いかけるように発せられた。「お父さん《アダ》？」

靄の中から現れたのは、暗色のフェルト帽をかぶり、ベルトに小型のシャシュカを挿した若き戦士であった。ヴァグワを引くカティアである。脚を開き、戦士としてすっくと立っていた。村を出たときから、見つからないようにわれわれのあとをつけてきたのだ。娘を待つべきだったが、私はそうしなかった。傷口から血がほとばしるように、二、三の言葉が早口で口を突いて出た。「お父さんの言いつけを守るために来たの。もし家の名誉のために結婚しなければならないなら、私は戦場で男を殺さなければならない。そしてもし、部族のために戦わなければならないとしたら、私はお父さんを一人にせず、一緒にタタール族と戦うつもりだわ」何を言っていいかわからない。何を考えるべきかもわからない。なにも言わずに、私はカティアに近づき、荒っぽくその肩を抱きしめた。こうしてカティアの身体に接する限り、その胸の鼓動を感じ、髪の香りを深く吸い、しかも目を合わさずに済むのだ。こうして抱き合う限り、私の視線がその青く深い瞳に引きこまれてしまう恐れはない。

そのまま限りなく長い時が過ぎたように感じていた。巡視を始めたものの、それを途中でやめていたことは意識の外にあった。突然、ラッパの音が聞こえた。何が起こったのかと判断するまもなく、一本の矢がヒューと音を立てて私の頭をかすめ、樺の樹皮に突き刺さった。シャシュカを鞘から素早く抜き、振り返った私は、一団の戦士と男たちが別の方向から茂みに駆け下りてくるのを見た。この方向の警備を命じた若者たちは、おそらく油断してしまい、すでに倒されたのだろう。樹林の陰で休んでいた者はラッパの音に驚いて取るものも取りあえず、散り散りに逃げ出していた。眠るとしても、片目を開いて、武器を持って、馬の傍らで眠り、私の命令にただちに応える者たちだったが、もはや役に立たない。

唯一の逃げ道はぬかるむ湿地だと判断し、私は川のほうに向かった。しかし、男たちの乗る船が葦の中を近づいてきた。われわれはすでに囲まれていた。狩りをする者はここで狩られる獲物になってしまった。もはや抵抗は無駄だった。

私は仲間に「馬と逃げろ」と怒鳴った。次の瞬間、綱を解かれた数十頭の馬が本能から全速力で逃げ出した。その反対側では、何人かの仲間が命を投げ出して同志を救おうと応戦するが、襲撃をわずかに遅らせることはあっても食い止めることはできず、攻撃を受けてつぎつぎと倒れていく。

私は振り返ってカティアを見る。カティアは私の背後で棒立ちになって動けず、その目は恐怖で凍りついていた。彼女の肩に手を回し、守ろうとするが、その青い目の奥を見つめる私もまたかつてない大きな恐怖に包まれていたはずだ。カティアをすぐに抱き上げ、ヴァグワに乗せ、すぐに剣で乱暴にたたいて走らせた。自由。カティアは自由でなければならない。

口笛でザーシュを呼ぶ。しかし、逃げたのか殺されたのか、ザーシュは来なかった。

意味のわからぬ言葉で叫ぶ兵士と馬の蹄の音が聞こえる。馬がなくては逃げることはできない。敵に向かって振り返り、シャシュカ〔剣〕一つで彼らと戦い男として死ぬべき時が来た。仲間とともに地下の冥府へドリへに向かうのだ。しかしすぐにはそれができない。樹林の間を疾駆するヴァグワで逃走するカティアの姿を見失うまいと私は絶望的にあがくのだった。私の目は手に変わる。手は彼女を追い求めて伸び、父として最後の愛撫を娘に残そうとその身体に触れようとする。点滅する閃光のように、樺の木々の間に彼女の姿が見え隠れする。

突然、背中の奥に冷たい何かが強く突き刺さる刺激を感じた。それは深く伸び、心臓を貫いて木の幹に私を刺し通す。シャシュカが手から落ちる。力が入らず、動くことができない。硬化した皮膚のように手に残った樹皮をかろうじて握りしめる。体内の血が深い傷口から勢いよく吹き出し、母なる大地に滲みこむのを感じる。血には血を、命には命を。逃げる娘、愛するカティアの姿を永遠にとどめようとしっかり開く私の目に、なにやら白く薄い膜が覆いかぶさる。逃げろ。

1　ドン川の河口低地に広がる湿地。現在のクマ・マニュチ窪地でマニュチ川と総称される一連の河川が沼地を形成する。

2　カフカス山脈地域に起源をもつ神話群。英雄、武人、豊穣の女性などをめぐる物語で、いくつかの異譚があり、南西ユーラシアの神話研究にとって重要な史料。

3　カフカスから中央アジアに伝わる別名アルマス・ハトゥンは、出産中の女性から血を吸う悪霊。足先まで伸びた髪、長く垂れた乳房をもつ醜い姿の魔女で、森の奥深く泉湧くところに住むとされた。

4　グルジア系史料で大王イナルと呼ばれ、アディゲ諸部族を統一したカバルド人の王。一四五八年没。カフカス部族の始祖アブドゥル・カーンはイナル・ネクフの四代前の部族長。

5 カフカス（とくに北部）で男性が着用した厚手の長いマントをさすロシア語。イスラム圏で女性が着用するブルカとは別の衣類。

6 織機に用い、たて糸を一本ずつ上下させる道具。

7 短く毛羽立てた丈夫な綾織の綿布。

8 カフカス山岳地域およびその周辺で中世以降使われた鋭い剣で、長短の種類がある。

9 硫黄、銀、銅、鉛からなる合金ニエロ（黒金）を用いた象嵌。

10 カフカス地方の土着民俗信仰で崇められた全能の最高神、宇宙と万物の創造者。テシュクエの下には、身体をもたない神、人の姿の神の二種類に分かれる多くの神々がいるとされた。後述のトレプシュ（火、鍛冶、武器の神）、サタナ（女性と多産の神でナルト族の母）、メリッサ（蜜蜂の守護女神）、ヘドリクセ（死者を守る神）もテシュクエ支配下の神である。

11 カフカス北西部に位置した中世の城塞都市。

12 現在のプシシュ川。カフカス山脈北西部を水源として北に流れ、クバン川に合流する。

13 チャガタイ・ハン国の軍事統率者、ティムール朝創始者のティムール（一三三六―一四〇五）をさす。バルラス族出身であった。

14 小アジア・中東地域のボザと似るカフカス地方伝統の飲み物。寒い季節にとくに好まれる。トウモロコシないし黍の粉に少量の小麦粉、適量の発酵酵母を加えて作る。

15 エジプトを支配したブルジ・マムルーク朝第九代のスルタン（国王）、アシュラフ・バルスバーイ（生年不詳、一四三八没）。カフカスに生まれ、初代スルタンに仕えたマムルーク（奴隷身分出身の軍人）からスルタンとなった。

16 シナイ半島のシナイ山麓に現存する聖カタリナ修道院（正式名は救世主顕栄修道院）をさす。ユスティニアヌス一世が五二七―五六五年に創設した。ユスティニアヌス一世の母ヘレナの希望で建設された主聖堂はモーセが神の言葉を授かった場所とされる。聖女カタリナは斬首刑に処された（三〇五年）が、遺体は天使によって奇跡的にこの地に運ばれたと伝えられ、多くの巡礼者を集めた。

17 ギリシャ文字では、*Αικατερινη*（永遠に清らかな女性の意）となる。

18　アレクサンドリアのカタリナ（カタリナはラテン語表記、ギリシャ語ではエカテリーニ　二八七―三〇五）。イタリア語ではカテリーナ。聖カタリナ修道院ではギリシャ語も用いられていた。カタリナはアレクサンドリアの貴族の家に生まれ、キリスト教に改宗した母の影響で幻視を見たといわれる。幻視では、カタリナは天国で聖母マリアからキリストとの婚約を命じられた（神秘の結婚）。一八歳のカタリナはローマ皇帝マクセンティウスの前で五十人の異教徒学者を論駁してキリスト教に改宗させたといわれる。皇帝はカタリナに棄教を迫り花嫁に迎えようとして拒まれ、迫害に転じて車輪に括りつける拷問を命じた。しかしカタリナが触れると車輪はただちに壊れたので、斬首で処刑した。車輪（とくに釘を打った刑車）、花嫁のヴェールと指輪はカタリナの象徴とされる。

19　エウセビオス（二六三頃―三三九）の『教会史』によれば、ローマ皇帝マクシミアヌスは知性ある若き女性に狂気の情欲を抱き、信仰と純潔を守って皇帝の要求を拒絶した少女がいたと記している。神学者・歴史家アクイレイアのルキヌス（三四四／三四五―四一一）は、この少女の名をアレクサンドリアのドロテアであるとした。さらにローマの枢機卿で教会史研究家カエサル・バロニウス（一五三八―一六〇七）はエウセビオスの記す少女がアレクサンドリアのカタリナであると主張（一七世紀の神学者たちはこれを否定）し、カタリナとドロテアが同一の少女であるとした。おそらく以前からの伝説的言い伝えを根拠にした同定（ドロテアすなわちカタリナ）であり、本文の時代は、そのバロニウス同定以前であるが、デメトリオスは不確実な伝説を語っている。ここでいうドロテアは聖女として広く知られるカエサリアのドロテアとは別人。

20　カフカス地方のアディゲ神話とキリスト教の聖母マリア伝、さらに古くギリシャ時代のメリッサの象徴論が融合し、民間信仰となった。まず、メリッサはギリシャ語で蜜蜂を意味し、東地中海（クレタ島、エフェソスほか）の女神がその名を得て蜜蜂と蜂蜜の守護神となった。カフカスのアディゲ神話では、多くの神のうちメレムとメリッサが農耕、蜜蜂の守護女神とされた。とくに神々の母とされたメレムはキリスト教伝播（カフカスには四世紀前半）に伴う聖母マリアの影響を受けてアディゲ神話で神格化され、メレムと同類の女神であったメリッサも聖母マリアと混同されて、聖処女、聖母と見なされた。キリスト教伝播の過程で生じた聖人伝との混同、同化である。蜜蜂は純潔の象徴ともされ、キリスト教では聖母マリアと関係づけられる。メレムは秋の農耕収穫祭で、メリッサは夏の夏至祭りで祝う。

21 聖女カタリナに関する伝説、殉教者伝には、メリッサ、ドロテアの名は見えない。聖女カタリナにキリストとの婚約指輪をはめるのは、幼児キリストを抱く聖母マリアであったとされる。
22 チェルケス地方の民間信仰で死者の棲む永遠の冥界。
23 スラヴ民話に登場する妖婆。ナルト叙事詩ではエメゲンと呼ばれる魔女。
24 スラヴ神話に登場する水の精霊。南スラヴの諸民族は、大河の下流域の陸水や沼沢地、すなわち農地に脅威を与える水に対する不安と恐怖から、民間信仰として水の精霊を信じた。冬は川に、夏は森に棲み、若い女の姿をとるルサールカは若い男を歌声で魅了し、水の中に引きこむという。
25 チェルケス語群に属し、カフカス北西部で使われる言語。狩りを楽しむ王族階級が、秘密のやり取りをする時に使う宮廷言葉として「狩り言葉」と呼ばれた。
26 いずれもアディゲ神話における古代の神。ソジェレシュは偉大なる航海者で風と水を支配し、豊穣および幸福と病気の神であり、家庭の炉、家畜の守護神。トヘゲルジュは豊かな実りと刈り入れ、植物の神。
27 アディゲ神話で、半裸で貧しい身なりだが、野生動物を飼い巧みにならし、羊や山羊の大群を従える。トレガハシュとマミシュの兄弟で、ナルト叙事詩ではオシュハマホの頂上で神々の宴会に参加する。
28 バルカン半島から中東を経て中央アジアに到るユーラシア大陸西部・中部で広く普及するヨーグルト飲料。
29 アディゲ神話とナルト叙事詩に登場する鍛冶の神。ナルト叙事詩の英雄ナルトはトレプシュから鉄の道具、武具、武器を受け取った。
30 白に加え、赤褐色、黒灰色の顔料として古くから用いられた天然の描画材。発色のよい赤褐色石材（酸化鉄系の鉱石）は赤チョークと呼ばれ、のちにレオナルド・ダ・ヴィンチも使った。学校等で使われる現代のチョークとは異なる。
31 アディゲ神話では最古の女神で、果物と野菜、森と木の女神。のちに狩猟の女神ともなった。
32 アゾフ海の東に位置する地域。クバニとも呼ばれる。
33 ギリシャ神話に登場する女性だけの好戦的な部族アマゾネスの首領。当時のギリシャ世界にとって未知の領域であった黒海北岸域、カフカス、スキタイ、トラキアに散在した母系部族の社会が歪曲、誇張されて伝わり、神話化されたと考えられる。タナイス川（ターネ川）奥地が女戦士アマゾネスの故地とされた。

34　ジョージア北部ムツヘタ・ムティアネティ州の大カフカス山脈の高峰カズベク山に発し、カフカス北部を東に流れる。河口に広い三角州を形成してカスピ海に注ぐ。

35　カフカス地方から東にあたるカスピ海をさす。

36　オシャマホはアディゲ神話とナルト叙事詩で山の神であり、大カフカス山脈の最高峰エルブルス山をさす。神々はこの山の頂上に集まり、宴会を開くという。東西二つの頂上からなり、多くの氷河がある。

37　ノアの箱舟が漂着したとされているアララト山（トルコ名アール・ダール）も大小二峰からなり、カフカス山脈からは南に三〇〇キロメートル以上離れており、オシャマホ（エルブルス）峰とは異なる。山容が類似する高峰オシャマホがノアの伝説的漂着地とされたというカフカスのキリスト教化後の民間伝承と思われる。

38　キリスト教の影響を受けたカフカスの民俗信仰で聖母マリアと蜜蜂の女神メリッサの同化を示唆する。イエス・キリストの降誕の場所は、西方教会では小屋ないし馬小屋とされるが（「ルカの福音書」二―五以降）、東方正教会では洞窟とされる。

39　北カフカス地域は一四世紀末に版図拡大を目指して北進、西進するティムール軍と、トクタミシュ・ハーン率いるジョチ・ウルスの軍の激しい戦闘の場となった。ジョチ・ウルスは、キプチャク草原を割拠し、キプチャク・ハーン国（金帳汗国）とも呼ばれる。チンギス・ハーンの長男ジョチの末裔が組織した遊牧部族集団で、金の刺繍を施した幕舎を宮殿としたと記録される。

40　紀元前から北カフカス中央部に定住し、五―六世紀以降、次第にキリスト教化した民族。一一世紀頃に覇権を確立したが一三世紀にモンゴルの侵攻で衰退。一三八六―一四〇三年のティムール軍の侵略で民族は離散した。

41　マケドニア王国のアレクサンドロス三世（前三五六―三二三）は東地中海からインド亜大陸北西端に達する大帝国を打ち立てるが、カフカス山脈地域はその北縁であった。

42　『旧約聖書』「創世記」（一〇―一、二）、同「エゼキエル書」（三八―二、三九―一）、『新約聖書』「ヨハネの黙示録」（二〇―七、八）で言及される異教の蛮族。「ゴグとマゴグ」はキリスト教伝播がおよばない蛮族、打ち負かすべき敵をさす言葉として、中世を通じて広く使われた。一方、『クルアーン』（一八―八三、九八）では屈強な勇士（一説にアレクサンドロス大王）がゴグとマゴグの軍勢を破って、鉄と銅でできた壁の中に閉じこめたと記される。ジンはアラビア語で「精霊、妖怪、魔人」の意味で、アレクサンドロスに比定される勇士が魔術的な方法で鉄壁を構築し、蛮族の侵入を防いだという伝承を反映する。

43　『旧約聖書』の預言者エリヤをさす。五世紀以降、カフカス地方のキリスト教化に伴い、神話に登場する神は聖書の人物と同化されることがあった。神話でのイェリエは雷と稲妻の神シブレと同一視された。

44　オルダはチンギス・ハーンの孫（長男ジョチの長男）で、ウルスはモンゴル帝国を構成した遊牧部族国家。タタール族は北宋や遼の史書で「韃靼」「韃旦」などと記されるモンゴル遊牧民族。一四－一五世紀のオルダ・ウルスの領土はジョチ・ウルスの北、カスピ海の北、北東部に広がっていた。

45　バグパイプに似た楽器。イタリア中南部を含む地中海沿岸から黒海周辺域にかけて広く普及した。

46　叙事詩が伝えるナルト部族とサタナの物語は、北カフカス地域諸族に広く伝わっている。サタ、サタナヤとも呼ばれるサタナは北カフカスの自然の中に生き、賢く美しい自由な女性像を反映している。息絶えた母から生まれたサタナの誕生はカテリーナの出生に重なる。

第2章　ヨサファ

ターナ[1]近くの沼地
一四三九年七月の朝

靄《もや》で何も見えないこの沼地で、私はいったい何をしようとしているのか。

水は長靴の中に入り、靴下はずぶ濡れで下着まで滲みてきた。浅いがぬかるんだ沼地の葦に分け入ると息がつまるように蒸し暑い。鎖帷子《くさりかたびら》の重さで全身に汗をかき、剣と手綱を握るだけがせいいっぱいだ。武器を使う戦闘に加わるのははじめてのことで、恐怖を感じる。カフカス人は勇猛果敢で悪名高く、敵の目と首を正確に狙って弓を引くという。頬当て付きの古い兜は装着が面倒なしろものだが、喉の覆いも締めておかなければならない。金属の表面には泥を塗りつける。きらりと光る反射が敵に位置を知らせてしまうからである。これだけ装備を固めても蚊はどこからか入りこみ、シャツの下や首のうしろを刺してくる。濁った水には蛭《ひる》がいるかもしれない。しかし、それを引き剝がすことは無理だ。葦を払って進むために片手には剣を持ち、もう一方の手には馬の手綱を握っているのだ。

前方に樺の林がある。矢の射程よりも近いので歩みを止める。奇妙な、そして不気味な静けさが辺りを包んでいる。鳥の鳴き声もしない。癪《しゃく》にさわる蚊の小さな羽音だけは耳に残る。恐怖の胸騒ぎと緊張で全身が固まりそうになるが、それを払うかのように腹に力をこめた。敵はすでにこちらに気づき、木々の背後に身を隠して弓に矢をつがえているのではないか。狩りをする側と狩られる側の立場は鬼ごっこ遊びのようにすぐに入れ替わる。ヒューという矢の音に気づいたときはすでに遅く、矢は鎖帷子を貫通し、心臓を突き破っていることだろう。私は仲間に手で合図を送り、音を立てずに葦の茂みに身を隠すよう促した。息をひそめて突進の合図を待つだけである。

目を半分閉じた。わが町ヴェネツィアの記憶が鮮明によみがえるのは、こういった瞬間なのだ。単に水と石で作られたように見えるその町は、じつは夢のようにみごとな装置で組み立てられている。運河《カナーレ》、小運河《リオ》、小路《カッレ》、通廊広間《ポルテーゴ》、階下通廊《ソットポルテーゴ》、広場《カンポ》、路地奥の小広場《カンピエッロ》などが入り組む空間。大運河に面する広場、サン・マルコ聖堂のドーム、薔薇色の繊細な外壁を見せる総督《ドージェ》の宮殿、そしてサンタ・マリア・フォルモーザ聖堂[2]に近い私の家と広場。

父アントニオを早く失った子供として、私は早熟だった。まずラテン語、その後法律を学ぶようにと、文法学校に送りこまれ、共和国の役職を一段一段上るように期待されていた。財務長官、参事会評議員、総督補佐官など高位の役職や名誉職、あるいはさらにその上のドージェ帽をかぶる総督の地位に通じる栄光と出世の輝かしい階段である。誰がそんな出世を決めつけることができるというのだ。資金すなわちズゲイ〔お金〕については先祖からの貯えがあった。生活には十分で、余裕すらあった。合法、違法を問わない交易や怪しい仲介で手を汚すこともなく、ユダヤ商人、トルコ人、あらゆる人種の異教徒、修羅場を潜り抜けてきた狡猾なごろつき連中を相手にして、実らない交渉や頭を下げてゴマをすり続ける我慢の取引で苦労することもなかった。いわんや、ガレー船に乗りこんで船底にたまった汚水《ビルジ》の飛沫を浴びたり、排泄臭に息をつまらせることもなく、さらに難破して命を落とす危険とは無縁だった。
大陸領土《テッラフェルマ》[3]に瀟洒な邸宅《ヴィッラ》を構え、豪華な浮織《ブロケード》のマントをまとって広場を歩く貴人としての生活は、もちろん快適そのものである。若干二〇歳にして外国人裁判所弁務官の職を得てから、大評議会[4]の評議員まで出世の階段を上っていった。しかし、その直後から私は、評議会の議場、欺瞞と権力闘争に明け暮れるその閉じた世界に強い嫌悪と軽蔑を抱くようになった。

真実は外の世界にあった。有翼の獅子[5]の旗を掲げる帆船から小舟が降ろされ、湾の船着場や大運河に沿う商館と荷揚げ場所に運ばれる品々の色、香り、さらに活気ある言葉や運搬の音が作り上げる世界だ。東方の商人たちが身につける色とりどりの衣装や布、ターバン、絹、金や銀の細工、貴石の宝飾品、異国の香料、香油、香草、すべてが人間本来の感覚を刺激し、リアルト橋周辺の市場では無数の言語が飛び交う。国を分ける境界というものがない世界。それこそ子供の頃に私が夢見た世界ではなかったか。

バルバロ邸に出入りしていた旅行者の珍しい体験談を聞き、商館に出入りする船乗りたちが東方の港町で酒場の女たちを口説いたり、女たちと遊んだりした自慢話を小耳に挟んでいた少年時代。なによりも大きな感動を受け、夢を膨らませたのは、叔父の家に保管されてみなの羨望の的になっていたカタロニア版の羊皮紙航海地図を目にしたときである。私は時の経つのも忘れてそれを眺め、方位盤を頼りにさまざまな航路を思い描いては空想の世界に遊んだ。羊皮紙の上では、すべての航海はたやすく身近に感じられた。

文法学校では、ピオンビ監獄[6]に閉じこめられるよりも、さらにきつい幽閉生活を強いられた。地上階の鉄格子からはリアルト付近の街路が見通せる。東方から運ばれた奴隷たちが船から降ろされる。香油を塗った身体に布をまとい、素足にサンダル履きで、買い手の興味をそそるようにやや早足で歩かされ、競りの場所に連れていかれるようすをぼんやりと眺めることができた。授業中の居眠りは教師にとって最大の侮辱であったが、キケロの読誦となると眠気は避けられない。一方、オウィディウスの『変身物語《メタモルフォーシス》』[7]のように、空想的な紀行や古代の神話が記された書物にはおおいに興味をもつことができた。

意欲も能力もない落ちこぼれの典型と私を決めつけていた教師は、「ギリシャ語を学びたい」と私が申し出ると腰を抜かさんばかりに驚いた。その教師はかつてコンスタンティノポリスに滞在し、ビザンティンの偉大な学者に師事してギリシャ語に精通していたので、思いがけない申し出に喜び、かの地のようすを細かく話してくれた。空にそびえるドームと金の彫像を誇る素晴らしい古都の話を聞くのは、唯一楽しいひとときだった。教師はヘロドトス、アッリアノス、クセノフォン、ストラボンの一節を朗々と音読し、訳してくれる。それを聞いて、囚われの学生であった私はいつの日かその壮麗な都市に行くことを夢見たのであった。

学校では禁止されていた本のうちイタリア語（ヴォルガーレ）[8]やフランス語で書かれたものを自宅にいるときに内緒で買い求め、アレクサンドロス大王の遠征物語[9]をはじめ、地中海を舞台とする旅行小説、紀行記録、愛の冒険譚などなど、次から次へと貪るように読みふけった。ジョヴァンニ・ボッカッチョの『フィローコロ』[10]、ピエロ・ダ・シエナの『美しきカミッラ』、アントニオ・プッチの『オリエントの女王』、テュアナのアポロニウスの遍歴物語[11]、ジョヴァンニ・マンダヴィッラの『世界年代記』も読破した。フィレンツェの商人から借りたゴーロ・ダーティの『スフェーラ』[12]は、多くの細密画が添えられ、最後の部分では不可思議な魅惑を秘めるオリエントの世界が表現豊かに紹介されていた。なかでも、ポーロ家のマルコ・エミリオーネ〔マルコ・ポーロ〕[13]が成し遂げた契丹〔キタイ〕[14]に達する壮大な旅行の記録は想像を絶する内容であった。いつの日か、私も自分の旅行記を書きたいと思う。

家人は私に、出世のための結婚を迫った。良縁の相手は共和国でも名だたる貴族で富豪の家柄の娘、ノーナ・ドゥオードである。しかし、結婚はしたものの、抱き続けてきた夢を捨てることはとてもできなかった。プレガーディ評議会[15]が義父アルセニオ・ドゥオードを遠地ターナの行政長官に任命した際、私はその思いから、迷うことなく妻と生まれたばかりの息子たちに別れを告げ、随行者として義父の赴任地へ行くことにした。ロマーニア[16]で作られたガレー船に乗りこみ、ヴェネツィア共和国領内ではもっとも遠い港、世界の果てに向けて出発したのは、キリスト暦の一四三五年のことである。

このとき私はまだ二二歳であった。軽くなるようにまとめた荷物だが、何冊か愛読書を入れることは忘れない。結局フィレンツェ商人に返せなかった『スフェーラ』、叔父に無断で持ち出したカタロニア語の航海地図はもちろん持参する。ほかの書物は頭の中にしまいこむとしよう。教師が言っていたように、記憶した書物は誰にも奪われない。

数週間の航海でアドリア海、エーゲ海を進み、コンスタンティノポリスに到着した。そこでは、義父アルセニオ、書記官、書記兼公証人ニッコロ・デ・ヴァルシスとともに、やや長く煩わしい逗留を余儀なくされた。というのも、利益が少ないと船の所有者が不満を言い出し、ボスポラス海峡をさらに北上する航行を拒んだからである。夢の中では魅惑の美都コンスタンティノポリスであったが、現実のその地は、世界の塵と悪の吹き溜まりに凋落し、怪しげな悪臭に満ちた混沌の廃市であった。あわただしく街を歩き回って目にしたのは、ビザンティン様式の巨大な建造物、邸館、教会堂のすべてが、止むことなく続く衰退の波に侵され、神の罰を受ける破局に向けて自ら命を断とうとする都市の姿であった。

私はできるだけ早く出発したかった。航海を続けながらチョークで航海地図に航路を書きこみ、目的地で何を見たらよいかと思いを巡らせることがなによりの楽しみであった。次の寄港地は童話に出てくるような都市、もう一つの帝国の首都トレビゾンド[17]になるだろう。古代の著述家が書き残した文献に出てくる神話の土地の数々、とくにケルソネソス[18]と、現在メングレリアと呼ばれるコルキス王国[19]も興味深い。コルキスは、また、イアソンとアルゴー船の勇士たちアルゴナウタイが金羊毛の毛皮を求める冒険の目的地でもあった。[20]そこはまた、女戦士アマゾンが率いる女性部族アマゾネスの末裔たちの国であり、その神話と冒険譚を思い浮かべるだけでも胸が高鳴り、空想が広がる。メオツィアの沼地、ボスフォロ・キンメリオイの王国[21]、そしてスキタイ人、サルマシア人、クマン人[22]など伝説の古代民族の土地、どれも等しく神秘的だ。

夢に見た旅行先について、航海地図には何も記載がなかった。準備が整った最初の船でなんとか出発できることになった。帆は爽やかな風を受けているが、春の初めの風はあてにできない。案の定、航路は真北に向くことになり、ひとまずジェノヴァ統治下ガザリアのカッファ[23]をめざすことになった。返すがえすも残念な変更である。ジェノヴァ人は好きになれない。それは先祖代々から受け継いでいる感覚であり、ほとんどのヴェネツィア市民も同感ではないだろうか。しかし出航直前に、地中海のほぼ全域はいまやジェノヴァの統治下に置かれており、安全な航海にはジェノヴァ商人とうまく折り合いをつけるのが重要だ、と説得され、致し方ないと諦める。しかも、カッファという町の名前は、背筋の凍るような歴史を想起させる。約百年前、ヨーロッパ全土を死臭で覆った恐ろしい疫病すなわち黒死病《ペスト》がその町から流行したと言われている。

出航後、しばらく順調だった風は、航路半分の途中でぴたりと吹かなくなった。来る日も来る日も凪の海に霧が立ちこめ、船は櫂で進めるしかなかった。積荷は重く、櫂を漕ぐのは重労働で、右舷、左舷と大きく揺れが続いて、私はひどい船酔いに悩まされた。漕ぎ手の大部屋から上ってくる体臭と干し魚の腐臭で、絶え間ない吐き気に襲われる。飲料水も不足し始めていた。壊血病の兆候が出て、歯が二本も抜けた。今後は一生、けっして海路の旅はしない、私はこう誓うしかなかった。野望に満ちた探検家にとって、この旅はさんざんな始まりだった。

ある日、ついに陸地が姿を現した。しかし、そこには栄光の歴史や神話の土地を偲ばせる手がかりのひとかけらもなかった。メオツィアの湿地帯は、いまはザバッケの海[24]と情緒のない名で呼ばれている。その名の由来は、深くはない海水にザバクと呼ばれるイワシの一種が膨大な群れをなしているからである。風下に流され、海流の影響もあって、船は航路を外れて東へ進んでしまい、船長はカッファへの寄港を断念し、海峡に面するマトレーガ[25]のジェノヴァ領寄港地で飲料水と生鮮食料を調達し、先に進むことになった。

大河ターナの河口まで、湿地や沼沢地が混在する単調な海岸線をたどって北に進路をとるには、つねに櫂で漕がなければならなかった。いったいどこから始まっているのか誰も見当もつかない長い海岸なので、そこはかの地上の楽園[26]から続く岸辺ではないか、と言うものもいる。ようやく河口に着いたガレー船はさらに大河の穏やかな流れを遡り、しばらくするとマストの見張り台《トップ》に立つ当番水兵が、文明世界の果てる都市、ターナの塔を右手に確認したと伝えてきた。こうして私たちは、なんとか揺れのない地上に降り立った。船着場の市門にはサン・マルコの獅子が彫刻され、その門を通るわれわれの胸はいやがうえにも高鳴る。おそらくこの地は、有翼の獅子が到達し、開いた本に脚を置くに到った最遠の地なのであろう。[27]

ターナ。その光輝を夢見る私にとって、このターナもまた、子供の頃に老人たちから聞いていたおとぎの国の町ではなかった。老人たちが話したのは、前世紀のターナであったのだろう。数か月前のプレガーディ評議会では、委員の一人がターナの奪還を素晴らしい戦果であったと自慢していた。だが現実に目にするターナは、かつての夢の交易都市とはまったく違っていた。かつてのターナは、アストラハン[28]、サマルカンド[29]、契丹《キタイ》から北のシルクロードをたどる隊商たちの到着地、大博打と冒険の町、一夜にして財をなす行商人が集まるバザールの都市であった。中国やペルシアから運ばれた高価な絹、絨毯、香辛料、陶器、青銅や金の細工品などが所狭しと露天の市場に並べられたことだろう。その後、戦いのみに生きる軍将ティムールに率いられた屈強な騎馬兵がすべてを破壊し、焼きつくしてしまった。

何年かののち、ヴェネツィア人はやや平穏になったタタール族との友好関係を立て直し、用心しながらこの街に戻ってきた。しかしタタール族は、隙あらばヴェネツィアの支配下地域を攻撃し、略奪する機会をうかがっていた。周辺情勢が不安定だという理由から、地代の徴収、およびコメルキオまたはタムンガと呼ばれた商品取引関税の徴収を目的とする商館《フォンダコ》と倉庫がふたたび建設された。市街全体は市壁で囲まれ、塔が配置され、三基の市門が設けられた。主たる中央門はひときわ高い塔を備えていた。商人とともに、兵士、仲買人、高利貸、斡旋屋がこの町に戻り、多様な職業、人種、言語、信仰が混在することになった。司祭と修道士たちが教会堂と鐘塔を建設した。鐘塔は市壁とその塔よりも高かった。居酒屋食堂《オステリア》の背後を通る小路には安っぽい料理臭が漂い、近くには早くも例のいかがわしい店が一軒営業を再開していた。ただ、そこには以前の華やかな雰囲気はなく、前の店よりも目立たず、客を待つ女の数も少なかった。年増で太った女たちは厚化粧を塗りたくり、町で話されるすべての言葉を混ぜた仲間内の言葉を使って大声で喋っていた。

かつての黄金時代の隊商はもはやこの町を通らない。商人たちは紅海を経由してインドに向かう海上航路を使うようになったり、あるいはヘラクレスの柱[30]を越えて交易路開拓の冒険に乗り出したりしていたからである。東方からの隊商が途絶えると、それに応じてヴェネツィアからのガレー船の入港も少なくなり、量と種類で積み荷も減っていった。粟《あわ》、ソバの実、皮革と革細工、蠟《ろう》、塩漬けの魚、キャビアなど近隣地域の産物、北方の草原や南方の山岳地帯から運ばれる品物が廃れた交易品として残った。たまに運がよければ、山岳地の鉱山から運ばれた銅と金が積み荷に加わった。

市壁の内側には広い空地が残り、破壊された壁跡に葦や灌木が茂り、海風に細かく震えていた。風は乾いた砂塵を巻き上げてすさんだ土地に靄をかけ、秋の長雨になると、そこは歩くのもままならぬ一面のぬかるみとなった。冬になると、そこは氷で覆われる。

ターナでの最初の冬は最悪だった。すぐに熱が出て、咳が止まらず、長く寝こむことが習慣のようになった。早くも一〇月に入ると天候が悪化し、海上航路が閉ざされたので、帰国に向けてヴェネツィアへ出発することもできない。世界から隔てられたターナでの生活は、プロセルピナの略奪[31]にも等しいと実感する。ある季節は光の中で生きる者とともに、別の季節は冥府の闇の中で死せる者とともに過ごすという、あの神話である。ここは闇の季節に置かれた冥府なのか。北からの猛烈に強い風は止むことなく吹きつけ、建付けの悪い扉の隙間からも容赦なく入ってきた。そしてすぐに雪が降り始め、大河は凍りつく。少なくとも視界に入る限り、海にも氷が浮かぶ。すべては動きを止め、生命を感じることができない。人々はまるで虫けらのように、煙や埃、鼠が巣食う家の奥や倉庫に設けられた炉や焚火の周りに寄り集まってこの厳しい冬を乗り切るのだ。

春になったら、なんとしても最初に出航する船でヴェネツィアに帰るとしよう。しかし、負け犬のように恥をかいて逃げ出したくはない。それには、なにかしら義父から独立した成果が欲しい。そして、まず行動しなければならない。では何をするか。考えられるのは、この薄汚れた町ターナの外に目を向けることだ。

馴染みのない周辺地域について知見を深めるのは悪くない。タタール、ロシア、キプチャクの草原とクマニア[32]、アラニア[33]、ガザリア、カフカスといった地域、汚れたターナの外には、私にふさわしい胸躍る冒険、それによって得られる栄光と富が眠っているはずだ。財をなす近道はすぐ目の前にあった。ティムール劫掠後の復興が行きづまって息絶え絶えとなっているターナ、そこで手っ取り早く財をなす道は奴隷商人たちによる人間の取引だ。

公証人や聖職者たちの善良な顔つきの裏で、町の経済はほとんどすべての面で人間を商品とする取引によって回っていた。東方のバザールでは、若くて強い男、スラブ人、タタール人、カフカス人にいい値がつく。とくにマムルーク朝が支配するエジプトでは、奴隷商売がいい儲けになるのだが、実際のところ、その支配者たちですら、スルタンに仕えたカフカス人奴隷からの成り上がりにほかならなかった。

異教徒の勢力増大を危惧したキプロスの王族が強く抗議したため、形式上、人身取引は禁止されていたが、それはうわべだけの話である。一方、ヴェネツィアでは、需要が多かったのは女、若い女性、とくに少女であった。織物工房の働き手として重宝されたほか、掃除洗濯をする女中、乳母、幼児や年寄りの世話をする子守り女などの求人は絶えることがない。一家の主人がある欲求から女を求めることも多かった。妻や家にいる女性たち、聖職者には秘密とされたが、ヴェネツィアのような町ではすべての住人がこの種の隠しごとをよく知っており、知らないふりをしていただけであった。

人間の取引は汚れて濁った商売である。ヴェネツィアでは、公証人が認可した所有権に基づく取引という体裁をとって、それを合法的な商売に偽装するのである。この種の取引を専門とする公証人がいて、商品や財産に関する奴隷の売買すべて、転売、貸借、贈与、相続などを巧みにまとめ、法の網の目をすり抜ける契約書を作ってずる賢く儲けていた。

商品すなわち売買される人間は、怪我で壊れたり、年老いたり、あるいは使えなくなったりすると、廃棄することができた。年老いた女奴隷は身分解放という偽善的な善行契約を突きつけられ、屋敷の門の外に放り出されて裏通りをうろついて物乞いをするか、看取る者のない路傍の死に向かうことになる。人身売買を強く非難し、魂の安らぎを教える教会は、うわべの形式でそのふりをしているに過ぎない。その裏で人間の取引に見て見ぬふりをしている。精神と魂の健康を引き受けるということで、異教徒の男女に洗礼を授けるために司祭や修道士を派遣し、マリア、マグダレーナ、カテリーナ、ルチア、ベネデッタなどの聖人名を与えては奴隷の予備集団を作り出す。公証人と司祭のあいだには、不透明な相互依存の関係があり、そこに斡旋や仲介、おせっかいな口利きなどで稼ぐ一団の輩《やから》がうろついている。きらびやかな娼婦の商売の裏で似た者同士が結託しているのだ。

私はそういう裏の稼業が大嫌いだ。できそうなことは、自分で魚を育てることぐらいだろうか。魚を扱うならば、頭の中でのずる賢い取引よりも汚れずに済むのではないか。まず、貴族の服装をユダヤ人の高利貸に質入れし、きわめて質素な普段着で済ませる。次に、持ってきたゼッキーノ金貨[34]すべてをつぎこみ、タタール人の部族から、淡水魚を育てるために広い池を自由に使う権利を買う。場所はターナから大河を遡ること四〇マイルのボサガズ湖[35]の畔で、付属の施設として魚の干物加工場と塩漬け作業所も作る。こうして始めた事業は大当たりとなり、短期間で素晴らしい儲けが得られた。魚の干物はヴェネツィアの商船団《ムーダ》[36]に乗る水夫たちがなによりも好んだ食料で、岸から岸へと船着場をたどることのできない長距離地中海航路では、欠かすことのできない保存食であった。生産者として閉口したのは、船旅を思い出すと必ず腐敗した魚の臭いがよみがえって強い吐き気に悩まされることだった。服や手にはその臭みがしみつき、何度洗っても消えなかった。

冬に入り、川は凍り始めていたが、倉庫は塩をまぶした干し魚で満たされていた。来たるべき季節に来港する輸送船団に備えた貯蔵である。いい商売が続き、ターナでの生活はまんざらでもないと感じるようになった。町の外に住むタタール人部族との取引やつきあいも始まった。加工場では、ヴェネツィアの男と町の女のあいだに生まれた混血の男女、タタール人など、さまざまな人種を雇うことになった。

私が驚いたのは、雇われた使用人たちが自分たちの奴隷を連れてきたことである。連れてきたロシア人かカフカス人の奴隷たちにきつい仕事をすべて任せ、奴隷分の給料は取り上げ、自分たちは重労働を監督しているのだと言い訳するのだ。みなから「ユスフ親方《バロン》」と呼ばれていた私は、倉庫の中で、壇の上に据えた専用のガタガタ椅子に腰を下ろして作業を監督する。それを楽な仕事だと思った使用人は、すぐに「親方」をまねて、「監督」という言い訳で実質何もせずに賃金だけはかすめ取ろうとしたのだ。そこで私は、使用人のうち悪賢くも気の合う何人かと折り合いをつけ、奴隷たちを虐げることのないよう、注意を払うことにした。鞭の使用は禁止し、一人分の食糧がつねに過不足なく配分されるようしっかりと目を配った。

私はタタールの言語[37]を学び、タタールの服装で活動した。ゆったりとしたズボンを履き、裾を長靴に入れ、黒貂《くろてん》の毛皮をまとい、頭には白狐の毛皮を巻いたお気に入りの円錐帽子フツルザーネをかぶった。黒貂の毛皮は重かったが、ついに寒さに悩まされることがなくなった。金庫には、ズゲイ硬貨、ゼッキーノ金貨、ドゥカート金貨、ビザンティンのアスプロ銀貨、ディルハム銀貨[38]、異民族が使う怪しげな貨幣、ありえないような貨幣などが積まれていった。

市内ではすでに引っ越しをしていた。買ったのは市壁に近い石造りの邸宅で、大広間、付属の部屋、中庭があり、外に馬小屋と菜園がついていた。私は田園の新鮮な空気のほうが好きだ。船着場や市場広場の近くでは商館の不快な臭いが立ちこめている。おそらくあと少しで私はターナを発つだろう。市門のもっとも高い塔に登って満たされた気持になる。この視界の彼方に延々と続く広大な大陸を探検する日は近い。

古代の著作で読み、教師からも聞いた、あの広い世界を知りたい。この情熱は私を捉えて離さなかった。あるとき、その気持ちを行動に移そうと決め、まず古代ギリシャ都市タナイスの遺構を探しあてようと数人の奴隷を同行させて、騎馬の探索踏査を実行した。三角州の北辺でわずかな煉瓦壁の断片を見つけたので、それこそが古代タナイスの痕跡のはずだと信じて泥沼を掘らせたが、劣化した古代の貨幣数枚のほかは何も得るものがなかった。

そこからやや離れて草原に入ると、墳丘を見ることができる。ある程度の高さに土を盛った墳丘は、草原ではけっして珍しいものではない。草原の部族はその墳丘をクルガン[39]と呼んでいた。何年も前のこと、グルベディンという名のエジプト人ヤマ師が宝物を探しあてようと、カイロからこの地に来て二年ものあいだ竪穴を掘りまくり、コンテッベと呼ばれていた墳丘の一つを掘りつくした。彼は、ティムール帝国の軍勢によって滅ぼされたアラニア国最後の王インディアブがその墳丘に宝物を隠したというタタール人の女奴隷の話を信じたのである[40]。結局なにも探し出せなかったグルベディンが没して発掘は中断されたが、宝物がそこに眠っているという噂はその後も消えることがなかった。

凍るように寒く、雨風の強い一一月末の夜、商人ボルトラミオ・ロッソの家で、私と彼に加え、さらに五人の悪だくみ仲間が集まった。フランチェスコ・コルネル、カタリン・コンタリーニ、ズアン・バルバリーゴ・ダ・カンディア、ジュデッカのモイーゼ・ボン・ダレッサンドロ、ズアン・ダ・ヴァッレである。ズアン・ダ・ヴァッレはカスピ海に面したデルベント[41]でフスタ船[42]の船長になっていた人物で、アストラカンから出航する異教徒の船団を略奪する海賊として、けっしてお世辞ではない真の「名声」を得ていた。ボルトラミオが輸入したキプロス製の最高級ワインをたっぷりと楽しんだあと、グラッパの瓶に手を伸ばしてさらに飲み続け、ぼんやりと覚えていたゴンドラ漕ぎのカンツォーネをろれつの回らない口調で歌ったりと、上機嫌で騒いだ。

おおいに盛り上がった飲み会もそろそろ締めようかというとき、誰からともなくコンテッベの話題が出て、酔った勢いもあって悪乗りした七人は、コンテッベの宝物を探す発掘仲間となることで意気投合してしまった。掘削道具とその後の土壁補強の資材は、コルネルがコンスタンティノポリスで市壁の補強という名目で借り出しており、荷物はすでに七月にターナに到着していた。カタリンは発掘の誓約文をワインとラードの染みがついた紙に書こうとするが、ワインの飲み過ぎで手は震え、目の焦点は合わない。それでも乱れた筆跡でどうにかそれらしき体裁を作った。私はその書面に第八の仲間として、幸運と大きな利益を生む聖女カタリナの名を加えた。事実、この夜は、アレクサンドリアの聖女カタリナの祝日前夜であった。そう、私はかの車輪の聖処女カタリナの生涯をヤコブス・デ・ウォラギネの『黄金伝説』[43]で読み、敬虔な信仰を抱いていたのである。その晩の私はかなり酔っていたかもしれない。相棒たちに「聖女カタリナも八人目の仲間として戦利品の八分の一を受け取るべきだ」としつこく繰り返していた。これは当然だろう。宝物の八分の一は、ターナのサン・フランチェスコ聖堂にある聖女カタリナのイコンに献納されるべきなのだ。そこにはお人よしの司教フランチェスコが住み、寄進物資を集めて、修道士たちと貧民や解放女奴隷の面倒を見ていた。どん底にいる女たちのほとんどはそこでカテリーナという名を与えられるのだった。守護聖人である聖女カタリナのイコンの前でひざまずき、硬くなったパンのかけらを得られますようにと祈る女たちの姿は珍しいことではなかった。

宝物探しは晩秋と初春の二回行われたが、いずれも完全な失敗に終わった。掘って掘って、掘りまくったのだが、何も得られなかった。聖女カタリナは、はなからわれわれを見放していた。発掘は死者の安らかな眠りを邪魔する不敬の悪事であったからだろう。肩を落としてターナに戻ってきたわれわれをタタール人たちは嘲笑い、壊された墳丘をフランク族の石掘り洞窟と名づけた。クルガンの発掘で無駄になったドゥカート金貨はともかくとして、私の倫理感も地に落ちてしまった。志を高く抱いて古代文明に挑戦する偉大な発掘者は、欲で財を失った惨めな盗掘者に堕落したのである。市門の塔に登り、その外に広がる草原を見晴らして、すぐにでも汚れたターナを出ようと私は固く心に決めた。

ところが次の冬、壮大な劇のように大きな群衆が動くようすを目撃したのは、身体を動かさずにゆったりと遠景を見渡せる、まさにこの塔の上からであった。タタール族の遊牧国家《オルド》[44]の軍団がキチュ〔小〕・ムハンマドと呼ばれるハーン〔君主〕の先導でターナをめざしていたのだ。そのうねりは無数の人間と動物によって作られた巨大な蛇のように、凍結した川の岸辺を進んでいた。最初に現れたのは十数騎の騎兵部隊、次に百騎ほどの騎兵団、さらに多数の槍騎兵、軍旗歩兵が続き、尖った兜、毛皮を巻いた奇妙なターバンも見えてきた。来る日も来る日もこの限りない隊列は続き、その最後に高官、家人、側室を連ねたハーンが姿を見せる。ハーンとその随行者たちは、ターナの市壁の外に残る、壊れかけた古いモスクに宿泊するようだ。

町では恐れと不安が広がった。商人たちは店や倉庫に防御の板張りを打ちつけ始めた。血塗られた大虐殺という受難の記憶が消えないヘブライ人とアルメニア人[45]は窓のない家に閉じこもった。市議会は家々の扉をきっちりと閉じるよう決議を出した。大きな恐怖は異民族の来襲や略奪ではなく、伝染病であった。事実、かつてタタール・オルドの軍団に続いてやってきた不潔で飢えた人間と家畜の大群が汗や血などの体液をばらまき、そこに感染力の強い黒死病《ペスト》が隠れていたことがあった。商人が取引する布地の巻荷や安い香水の匂いが残る娼婦のショールなどを経て、黒死病はあっというまに広がった。扉を締め切るのは意味がないという者もいた。鼠は不潔な穴や通り道を必ず見つけるので、建付けの悪い扉は用をなさないのだ。

ただちに懐柔するための外交使節を送る必要があった。行政長官は贈呈品を入れた三つの長櫃を用意させた。ハーン、その母、軍隊の総指揮官ナウルスに渡すのである。それぞれの長櫃には、絹布の巻物、パン、リンゴ酒、ボザ[46]が入れられた。では、誰がそれを届けるのか。行政長官の義理の息子ヨサファすなわち私以外に贈呈使節となる者はいなかった。私はすでに「半タタール人」を自認しており、ほかの誰もその役を引き受けようとしなかったからでもある。

タタール人としての服装を整え、重要使節としての使命感に燃え、ヴェネツィア人としての誇りをもって、私は町はずれのモスクに向かい、東方世界の百万の人間の生と死を支配する偉大な王にはじめて謁見した。王は二二歳の青年で、退屈そうに淀んだ目をしたまま敷物の上に身体を伸ばし、宝飾で埋めつくした短剣をいじり回していた。一方、将軍ナウルスは大柄で屈強な若者であった。二五歳を超えているとは思えない。

ナウルスは主君にフランク族の代理人であると私を紹介した。彼ら異教徒たちは、ジェノヴァ人、ヴェネツィア人、フランス人、カタロニア人のいずれであろうと、西洋のラテン系人種をフランク族と呼んでいたのだ。この謁見は、二つの世界、二つの文明の接点に立ち会っている点で、私にとってまさに重要な瞬間であった。二つのうちの一つ、すなわち西洋の文明、古代ギリシャ、古代ローマ、キリスト教世界、教皇、神聖ローマ皇帝、そして「セレニッシマ〔もっとも高貴な〕」と呼ばれたわがヴェネツィア共和国の代理をこの私が務めているのだ。眼前には、未知の文明に生き、イスラムの教えを信仰する異教徒が立ち並ぶ。未知の文明の王、異教徒の統治者に謁見する栄誉がついに私に巡ってきたという思いで、私は笑みを浮かべた。

ナウルスの目配せに応じてひざまずき、覚えていたタタール語の言い回しで「セラーム・レヒム・イテゲズ（こんにちは、ようこそいらっしゃいました）」[47]とハーンに挨拶した。それに続く短い会話では、私のヴェネト語を通訳官が訳したが、正確な翻訳であったかどうかはわからない。贈呈品とともに、町は行政長官の善き統治のもとにあることを伝えられたと思う。ハーンは伏した視線を上げもせずに、「贈呈品は丁重に受け取らせてもらう、朕の守護により町は平穏であろう」と答えた。

ハーンはそう応じたものの、退屈そうに手元の短剣をいじるばかりで、気を揉ませる沈黙が続き、私は何をすべきか見当がつかなかった。何か別の表敬挨拶をすべきか、そもそも私は代理として接遇されていないのか、それとも初対面の場合、これで退去すべきなのか。緊張からなにも考えることができない。と、突然ハーンは顔を上げて私を正面から見据え、当惑してたたずむ同伴の随行員たちを見た。そして手を打ちながら笑いだし、なにやら言った。その言葉は笑いと同時で切れ切れだったので、通訳官は難しい通訳に必死になった。「この町に住む者がここに三人いるが、合わせて三つの目しかないとは！　なんという人種だ！」直前まで背筋を伸ばして彫刻のように動かなかったナウルスと列席の高官や将校たちも口を開けて笑い出した。私は外交団のほうを振り返る。通訳官ブラン・タイヤピエトラは隻眼で、行政長官の錫杖持ちでギリシャ人のヨアニス、さらにリンゴ酒の運搬係も同じく片目であった。

こうして、ターナの行政長官の外交使節、ユスフことヨサファ・バルバロにとって、タタール遊牧国家オルドの偉大なるハーンに謁見、という最初の重要な外交使命は無事に完了した。そこで、行政長官は収税吏コザダフートを迎え入れるため、市門を開くことになった。太って汗をかき、痩せた驢馬《ろば》にまたがって市に入ったコザダフートは、ターナに入るすべての商品に課される関税《タムンガ》を徴収するようハーンに命じられたのである。行政長官は、コザダフートと部下たちの当座の滞在場所として、市門の脇の空地を用意した。古い隊商宿の壁の跡が残るその空き地は、私の家からも遠くなかった。

ハーンの一団が引き上げると、そのあとに続く大群衆は、ゆうに六日ものあいだ、動物、荷車、無数の馬、駱駝《らくだ》、牛、そのほかの家畜類とともに列をなして移動を始めた。家を運ぶ者もいた。木造の家屋は解体が可能で、二階建ての家までばらして大きな荷車に積み、棒やフェルト、布地で荷造りをして運ぶのだった。タトーナの市壁から見下ろすその情景は壮観だった。全人類が命あるものすべてを伴って全能の神の前に出て、自分の生きざまの申し開きをするという最後の審判の日はこのような情景になるのかと思えてくる。

大群衆がどこへ向かったのかを知るのは、ひと月も経ってからのことであった。氷が解け、ボサガズ湖の漁に出るために船に乗りこめるようになった頃、愕然とする事実に直面した。漁師たちは、冬のあいだも氷の割れ目や流れで凍結しない箇所を見つけては漁にいそしんでいた。かなりの魚を釣り上げ、チョウザメをはじめさまざまな魚の塩漬け加工が順調に進んでいた。しかし、そこに数えきれない飢えたタタール人が蝗《いなご》のようにあとからあとから押し寄せ、漁師たちは逃げ出して木陰からようすを見守る以外なすすべがなかったという。タタール人は塩漬けであろうとなかろうとすべての魚を盗み出し、貴重なキャビアにいたっては一粒も残さず持ち去った。さらに、調味に加えて優れた保存材料となる純度の高い塩塊もすべて消えていた。また、樽をばらばらにして、樽板を荷車の修理補強に使った。製塩に使う碾《ひ》き臼を壊し、内部の鉄だけを取り出していた。仕事を失って肩を落とす職人をじっと見守るしかない。将来有望であった実業家としての地位をここで完全に失ったことを悟った。友人であると同時に商売敵であり、不誠実な競争相手でもあったズアン・ダ・ヴァッレが、うまいこと地下に隠していた馬車三十台分以上のキャビアをすべて盗まれたと知っても、それがまったく自分の慰めにならぬ状況であった。

しかし、すべてのタタール人が立ち去ったわけではなかった。彼らが町を出発してから二日後、市壁の脇にハーンの義弟エデルムーウ本人が現れ、光栄にも、使節を務めた私に対してお互いを客人《クナク》として待遇する関係になってほしいと申し出たのだ。手始めに、私が彼を自邸に招くことになった。訪れた彼は、特別に貴重なカンディア〔クレタ島〕・ワインの瓶を飲み干してしまい、半ば酔って、「私のあとについて、わがタタールの広い野営地に来てみないか」と誘った。この招待は感動的である。というのも、王家の一人である高位のタタール人とともに、その広大な野営地に堂々と向かうことができるのだ。

ターナを出発したわれわれ二人は、その後何日間も苦労して馬を進め、いまだに氷の解けていない川をいくつか渡り、ようやく列をなして移動するタタールの幕営地に合流した。まるで蟻の列のように大草原のあちらこちらに軍団が分かれているが、どこに行っても王族として顔を知られるエデルムーウは厚遇され、われわれには肉、パン、ミルクがふるまわれた。そして、ついにわれわれは謁見用の幕舎に入り、百人ほどの家臣の前でハーンと面会することとなった。上機嫌の酔漢エデルムーウはあらためて私をハーンに引き合わせた。それにしても、たった一人で多数のタタール人の中に放りこまれた私は、その後も解放されず、彼らの生活や慣習を学びつつも、いったい客人として迎えられているのか、あるいは人質となっているのか、よくわからなくなってきた。

軍団がさらに北に向かって進軍を始めたときになってようやく解放され、私はターナに戻ることを許された。軍団は北のロシア人の国に侵攻し略奪する作戦を始めたのである。しかし、帰路は一人旅ではなかった。エデルムーウは息子ティムールを期限つきの養子として私に託したからである。これはタタール人貴族が親しくなった客人に授ける最大の名誉であった。

私は喜んでティムールを迎えた。一三歳の活発な少年で、目の彫は浅く、褐色の肌をしている。ヴェネツィアに残してきた家族の記憶がほとんど薄れている私にとって、彼は息子のような存在になるだろう。男女の奴隷・使用人を身近に置いていたものの、私は心身ともに独身を通していた。すべての商人連中、そしてときに聖職者たちは、女奴隷の売買を請け負っていたアルメニア人の店に入り、恐怖で身を固くしているカフカスやタタール出身の女奴隷から好みの女を選んでいた。私はそうした商人や聖職者とは異なり、この地でともに寝る女性をもったことはなかった。ターナに来た最初の頃、新たに知り合った友人たちは、私をしきりに売春宿に誘ったが、私は心に決めた純潔の誓いを守り抜くことで満足だった。夜は二階の小さな寝室に引き上げ、ヴェネツィアから持参した書物を静かに開く。持参した書物は、鼠やゴキブリにかじられたり、かびで染みがついたりで、すでにずいぶんと傷んでいた。加えて、そのときどきの脈絡のない書きこみや覚え書きもあちらこちらに記入されていた。

ティムールが加わり、家はやや手狭に感じる。ヴェネト語の言葉や文章を教えたが、奇妙なアクセントは笑いを誘った。猫のように光るティムールの目を見つめながら、暗色の巻き毛を撫でてこの少年を慈しむのは私の喜びだった。女たちが盥《たらい》に湯を入れると、私はティムールをゆっくりと洗ってやる。細身で滑らかな身体はボサガズ湖の魚のようだ。ティムールが笑う。私が好きなのだ。「アブジ《おじさん》・ユスフ」と私を呼ぶようになった。

夏になった。タタール・オルドの移動による混乱がようやく落ち着いてきたので、川の解氷を待ってすでにターナに戻っていた商人たちとまた取引を始めることにした。再開した魚問屋から魚を買って塩漬けを作る事業、そして山岳地から運ばれる毛皮の売買ではいい利益があがった。次に待つのはサマルカンドの商人が一年前に約束した金《きん》の到着である。その金は純度がきわめて高く、ヴェネツィアに直送されて輝かしい家内産業となった金細工に使われるので、うま味のある商売が見こめる。貴重な商品は大規模な隊商に運ばれてそろそろ到着するはずであった。

ある日の朝早く、私はティムールを連れて広場に行った。そこは、都市の文化を感じ、わがヴェネツィアを思い出させてくれる唯一の場所である。一部分は石で舗装され、柱廊には店が並び、誇らしげにパラッツォと呼ばれる行政長官の館が面し、公証人の事務所、布告伝達官《アラルド》が条例や規則を読み上げる階段、サン・マルコの獅子の紋章、サンタ・マリア聖堂のファサード、ずんぐりした鐘塔が広場を囲う。ティムールと私は矢作り職人の店を訪ねた。町の周囲のゆるやかな斜面にある窪みに巣をつくる山鶉《やまうずら》や雉《きじ》を射るのに適した鏃《やじり》を選ぶためである。

突然、柱廊で騒ぐ声が聞こえた。タタール人の一団が現れたようだ。「ターナの南方三マイルほどの小さな川辺の森に百騎ほどのカフカス騎兵団が野営しているぞ」と大声を上げている。人に無害な狩猟のために騎兵団がそこにわざわざ陣を張ったとは考えられない。ターナの市壁に達する襲撃を計画していることは確実だろう。サマルカンドから来る隊商はどうなるのだろうか。カフカス人は駱駝もろとも金を詰めた木箱を奪うかもしれない。まだ取引保険《シグルタ》に署名してないので、もしそうなると前払い金の全額を失うことになる。

そのとき、店舗の奥から声が聞こえた。種もみを積んだ荷馬車を引いてターナに来ていたタタールの商人が、「カフカスの犬どもを捕まえに行こうではないか」と叫んだのである。どうやら騎兵は百人ほどらしいが、そのタタール商人は興奮して「おれは討伐に行くぞ」と息巻いている。商人の奴隷を加えて五人だけなのだが。それを見た私は、どうしたことか「おれも行くぞ。さらに四十人は集められる」と声をあげてしまった。騒ぎの野次馬は増えており、同調する者が手を挙げて、人数が増えるだろうと安易な期待をしたのだが、周囲の者は口を閉じたままであった。ひとりタタール商人だけが気迫をもって、「それだけいれば十分だ。カフカス人は女ばかりで男はいないぞ」などと決めつけていた。

　正気とは思えない男に調子を合わせてしまったことを私はすぐに後悔した。しかも、多くの市民の前で略奪への参戦を断言してしまった。カフカスの兵はけっして女のように軟弱ではなく、地上のどの軍団と比べてもはるかに屈強かつ勇敢な闘士であることはよく知っていた。何年か前のことである。ティムール軍が引き上げ、その後タタール・オルドの軍が駐留するまでの期間、君主のもとで団結し、伝説上の勇士であり冷酷非情な戦士として名を知られたヤコブに率いられたカフカス軍は、人を寄せつけない山岳地から平地に向けてタタール部族を追う掃討の軍を進め、まさにターナに迫ったのだ。残忍なカフカス戦士一人を敗走させるには、少なくともわが軍で十人の兵士が必要なのだ。百人が集結しているとすれば、敵はもはや大軍である。しかし、言い出したからには、もうあとには引けない。周囲に集まった人々は、どうしたものかと思案するふりをして広場から去っていく。一方、ティムールは目前に迫る冒険に興奮して私の袖を引っ張るのだった。

　私はズアンの弟フランチェスコ・ダ・ヴァッレを訪ねた。親友フランチェスコは、こうした事情と戦法に詳しいのだ。彼の提案で捕獲戦を進める実行部隊を作ることになり、危険をいとわずに参加した人員で戦利品をどう分けるかも取り決めた。フランチェスコが選んだ実行部隊のメンバーは、アルメニア人の商人、グリッパリア船[48]のリグーリア人の船長、少ない給金を増やしたいと願う兵士と石弓の射手、コンテッベの惨めな発掘を経験した老齢の戦士たち数人、そして武器を使える彼らの奴隷たちである。私とティムール、三人のタタール人奴隷を加えると、実行部隊に入る私のメンバーはたった五人だが、もしカフカス人全員を捕虜にできれば、私の取り分はそれでも捕虜十人ほどにはなるだろう。しかも出費の必要はない。養魚池で働かせるには悪い人数ではない。もしも事がうまく進めばの話だが。

フランチェスコの作戦は単純だった。弓と石弓で武装した少数の兵が斜面を降りて岸辺の船着場から舟に乗りこむ。小さな川の河口までそのまま舟で近づき、斜面を登って森まで進み、そこに待機してカフカス人の退路を塞ぐ。配置につき次第、白い鳩一羽を放つ。ティムールはどうするか。安全のため舟に残るのがいいだろう。ほかの全員は二手に分かれ、北側から接近し、森を区切る沼地の葦に馬と自分たちの姿を隠す。鳩が飛び立つと同時に、馬に乗って態勢を整える。フランチェスコの奴隷が合図のラッパを吹いたら、全員が飛び出して森に向かって突進する。本格的な戦闘にはならないはずなので、鎖帷子、弓、石弓ないし剣を持ち、動きやすい軽装備でいいだろう。必要以上のカフカス人を殺すことは避けるべきだ。行き過ぎた殺戮では捕虜が残らない。だが、獰猛《どうもう》に反撃してくる敵はただちに殺さなければならない。カフカス人は手に負えない野獣であり、奴隷としての生活になじまず、隙を見て逃げるか、死に物狂いで反抗する。

私は目を開けた。どれほどの時間が経ったのだろうか。十秒か、十年か。物音に気づく。兜の網目から、葦の間を縫って馬を引き、反対側の森に向かって進む少年の姿が確認できた。輝くような美しい栗毛の馬で、顔の中央には星のように見える白い印があった。そういえば、ターナの広場では捕えた人間をどう分配するかを話し合ったが、馬はどうなるのか。馬の分配については話し合っていない。この栗毛の馬は欲しい。できれば少年も。カフカスの衣装を着け、暗色フェルトの美しい帽子をかぶり、小ぶりの半月刀《シャムシール》[49]を腰帯にはさんでいる。大人よりも少年のほうが奴隷として躾《しつ》けやすいので、つごうがよい。奴隷たちのなかには、野生動物のように町での生活をまったく知らない未開の野人が多いので、ある意味、躾けるというより「飼育する」というべきかもしれない。

少年は身に迫る周囲の状況にまったく気づいていないようだ。私はタタール人の射手のほうに振り向いた。

射手はすでに少年に的を絞り弓を引いていたが、弓を下げるように合図を送った。振り返ると、少し動いた少年の姿は木々に紛れてよく見えない。いや、どうも少年は背の高いもう一人の男の前に立っているようだ。背の高い男はまっすぐに少年に近寄り、抱きしめた。こちらが動く必要はない。狭い川を遡る舟からの指令を待つだけである。一羽の白い鳩が飛び上がったら、われわれは態勢を整えて馬にまたがり、ラッパの音でいっせいにすべての方向から突進するのだ。

だが、ラッパの音は鳩の前触れもなく突然鳴った。わが軍の誰も白い鳩を見ていない。誰も攻撃の準備ができていないのだ。どうなっているのだ！　もし段取りに間違いがあったら、カフカス人はわれわれを一人残さず切り刻んでしまうだろう。とにかく一瞬でも早く沼地から出て、馬に乗らなければならない。すでに周囲には矢がヒューと音を立てて飛び始めている。すぐそばのタタール人の射手が弓を引こうとしたが、一瞬の遅れで矢は喉を貫き、射手はどっと倒れ、鈍い音を立てて血が吹き出した。畜生！　私は声に出さずに叫ぶ。夢の中のように声は出ない。目の前の出来事すべてはただの悪い夢に過ぎないのか。兜の網目からはよく見えない。フランチェスコが私に貸した兜は対ジェノヴァ戦争で使われた年代物だった。馬に乗ろうとして滑り、ぬかるみに仰向けに倒れた。ここで英雄の姿を見せる余裕はない。タタール人の助けを借りて、なんとか足を鐙《あぶみ》に乗せることができた。全員が叫び声をあげて森に向かって突入し、私も拍車をかけて叫び、剣をかざして進んだ。実際には部隊長のふりをしているだけなのだが。

森に分け入る直前、樹々の間を疾走するカフカスの騎馬兵が見えた。しかし、その一団はわれわれをなぎ倒し、一気に壊滅させようとこちらに向かって突進してくるのではない。左に進路を取り、森の出口をめざしている。そこから踏み固めた細道に出て、馬を全力で疾走させ、逃げ延びようとしているのだ。美しい栗毛馬も矢にも劣らぬ速さで疾走し、少年はみるみる離れていく。それに気づいたが、もう遅かった。到底追いつくことはできないし、また追いつこうとするのは危険だった。彼らは沼地がどういうものか知り抜いており、十分に引きつけておいて待ち伏せの攻撃に転じるのだ。突然、わが騎兵団の中から、カフカス兵士は女だけだと豪語した、あのいかれたタタール商人が立ち上がり、わめきながら一人で少年と馬を追い始めた。仲間は「止まれ！」「戻れ！」と叫ぶが、彼の耳には届かない。カフカスの馬は土埃を巻き上げて疾走し、タタール人は靄のように立ちこめる土ぼこりの中に消え、彼はあっけなく命を落とした。

その後しばらくして、仲間とともに私は森に入った。戦いはすでに終わっていた。役に立たなかった兜を外し、たたきつけるように地面に捨てた。木々の根元には、死者、負傷者、捕虜のほかに四十人ほどのカフカス人が集められていた。多くはすでに縛られて地面に座らされていたが、何人かは縄の拘束にあらがい、怒りをあらわにして必死にもがいていた。おとなしく地面に座る者たちは口をきかず、恐ろしい形相で周囲を睨みつけていた。彼らは背中合わせに二人一組で縛られ、弓と石弓の射程内に放置されていた。死体と負傷者があちらこちらに散らばっている。負傷者のほとんどはターナに運んで治療するほどの価値はない。壊疽《えそ》でまもなく死ぬのを待つのみなのだ。多めに数えて二十人は捕虜として使えるだろう。この作戦に加わったメンバー一人につき二人の割り当てになるようだ。私の場合、惜しくも少年と素晴らしい栗毛馬を取り逃がしてしまった。馬は一頭も残っていない。すべて逃げてしまった。こちらにも少なくない死者が出ているので、結局のところ最悪に近い戦果であった。私は三人の奴隷のうち二人を失った。さいわいにも、ティムールは舟に残ったので無事のはずだ。

絶命したカフカス人の背後で足を止める。奇妙な体勢だ。二本の樺の幹に抱かれて立ったまま息絶え、手には樹皮が握られていた。心臓の位置で背中に大きく深い傷跡があり、剣で突き刺されてすぐに死んだと思われる。服装から判断して指揮官に違いない。あのとき少年を抱きしめていた人物だろうか。確かではない。武器を手にしていないように見える。切れ味のよいシャシュカ（剣）は背後から攻撃されたはずみで手から落ち、おそらくタタール人が持ち去ったのだろう。このような姿勢で敵に無防備な背中を見せて死ぬのは珍しい。逃げようとした体勢でもない。

遺体の前に回りこんだ私は、その男の威厳ある気高い顔に強い衝撃を受けた。髭を伸ばし、髪は灰色の混じる金髪であった。大きく見開かれたままの目は、私の目では到底追えないような無限の彼方を見つめていた。憐みの動作とともに私はその目を静かに閉じ、タタール兵に命じて遺体を地上に横たえ、その形を整えた。彼らは遺体を見るとその頭を切り取って戦勝記念として持ち帰ろうとするので、散らばった遺体を積み上げ、ジャッカルや禿鷹の餌にならぬよう土と岩でしっかりと覆うようにきつく命じる。タタール兵は、遺体から自分に役立ちそうなもの、売れそうなものをすべてはぎ取ってから、この厳命にいやいや従うのだった。

そのとき、川の方角、舟の上から叫び声がした。全力で走る。嫌な予感だ。舟の上で漕ぎ手の男が一三歳の少年を抱きかかえている。その胸に一本の矢が突き刺さっている。それまで誰もそれに気づかなかった。舟と岸のあいだで矢が飛び交う混乱の中で、ティムールは船尾で身を屈め、自分を守ろうとしたようだ。剣をかざして岸に突撃した男たちは、誰一人ティムールを気にかけなかった。舟に一人残った漕ぎ手の男は、しばらくして背後から少年を揺すったが、そのときすでに息はなかったという。大きく叫び、私は泣き叫びながら遺体を抱えて岸に運び、ターナに連れ帰るために馬に乗せるしかなかった。落ちないように固定し、ターナに向けて力なく歩き始め、残ったただ一人の奴隷、忠実なアイラトがあとに続いた。

***

夜。誰かが強く扉をたたく。

私は部屋の暗い隅に座っている。長卓の上に死せるティムールが横たわる。眠っているかのようだ。それを囲んで、可愛がっていた少年の死を悼んで女たちが泣いている。彼の身体を長卓の上に伸ばし、服を脱がせ、身体を丁寧に洗った。褐色に輝く肌をした成長期の少年の身体のなんと美しいことか。その胸に矢の傷が残るのみである。父親はターナから五、六日の距離にあるタタール軍団の野営地にいる。悲報の使者はすでに送った。父親が到着するまで、ティムールは長卓の上に全裸で寝かされる。扉をたたく音でわれに返り、扉を開けにいく。薄明りの中で、ゆらめく蠟燭の光に照らされたのはフランチェスコの顔だ。そのうしろには二、三人が立っているようだが、ランプの覆いの影でよく見えない。

フランチェスコは私を強く抱きしめ、すぐに本題に入った。仲間と国境警備兵を相手に、弱みを見せずにただちに「ぼろ儲け」の分け前について、折り合いをつけなければならない。捕虜はひとまず船着場にある倉庫に入れた。受け取った捕虜を売る仲買人への支払い、およびヴェネツィアとタタールに関する税はそれぞれが払う。市門の守衛は両目を閉じて手を出し、「美味しい」賄賂《マンザリア》を受け取るだろう。それも別勘定だ。つごうのよいときに倉庫へ行って自分の分け前を選べるということだ。ほかの仲間に対して優先権があるのは、最初の取り分となる二人の奴隷であった。フランチェスコによれば、グリッパリア船の船長はとにかく急いで話をつけたいということだ。彼の船は積みこみを終え、出航するばかりであった。「悲しみに暮れる葬儀に無駄な時間をかけたくない。逝ってしまった者は逝ってしまったのだ。生きる人間は生きる人間のことを考えるべきだ。死んだ少年は、キリスト教徒でもないではないか」と彼は言ったそうだ。

私は怒りで口から泡を飛ばすところだった。「私はお前たちとは違う」と叫びたかった。人間の在り方に関する賢人の言葉を若い頃から学んできた私だ。人種、宗教、生まれによって、一人の死が別の一人の死よりも重要になるような、あるいは卑しくなるような、そんな差別は存在しないし、存在すべきでないことを誰よりもよく知っている。しかし、ここ汚れたターナでは、私は人間を差別する彼らと同類になりさがろうとしているのか。

一人の売買でいくら儲かるかを計算するのに慣れ、目は儲け話を逃すまいと血走るようになってしまった。しかしいま、長卓の上に横たわって動かないティムールを前にして思う。生死のどちらであろうと、その身体は儲けや取引とは無縁であるべきだ。すべての人間は売買されることなく自由に生きるべきではないのか。命ある人間から自由を奪い、物のように扱って売る、右から左へ横流しする、なぜそのようなことが行われるのか。死んだ人間も同じだ。ティムールは何と引き換えに死んだのか。命を落としたほかの者たちは。これ以上自由を奪うのはごめんだ。もう十分だ。大声で叫び、人間の取引を平気で話すフランチェスコをこの場で打ちのめしたい。

しかし、私はその怒りの動作を突然止めた。目が暗がりに慣れ、フランチェスコの背後に一人の少年の姿を捉えたように感じたからである。背丈はティムールと同じで、おそらく年齢も大差ないであろう。泥で全身が汚れ、縄で縛られ、その端を二人のタタール人が持っていた。フランチェスコは私の顔つきから何を言っても無駄だと感じたのであろう。すぐにくどい説明を止め、私がたたきつけて壊した兜の弁償として二ないし三アスプロ[50]を請求することも諦めたようだ。口ごもってぶつぶつと言いながら、ランプの光が少年を照らすように、彼は脇によけた。その少年を見て私はわが目を疑った。美しい栗毛の馬に乗って逃げたあの少年だった。

獲物が思ったほどではなく、仲間たちが肩を落としてターナへの帰還を始めていたとき、フランチェスコは静まり返った沼地にある葦の茂みの中で小さな嗚咽を聞いた。奴隷とともにその声のほうに近づくと、少年が馬の脇でひざまずいている。馬はどうにか動こうとしているが、その足の一つは不自然に曲がったままだ。少年は逃げようとするカフカス兵に違いない。忍び寄る奴隷に気づいた少年は、背を低くして短剣を握り、怒りの叫び声を上げながら襲いかかった。だが、一撃を加えようとしたその瞬間、足を滑らせて泥の中に倒れこんでしまう。奴隷たちは泥の中から彼を引き起こし、やっとのことで抵抗を抑えて縛りあげた。泥で覆われた少年の顔には涙が流れた。むせび泣きながら繰り返した言葉は意味不明の「ヴァグア（星）」という語だった。馬は首をもたげ、濡れた大きな目で少年を見つめている。フランチェスコは馬をさらに苦しませないように、その首を鋭く掻き切った。

この捕虜は掘り出し物だった。フランチェスコと仲間たちは、この上等品は義理として私に献上すべきだと考えてくれた。そんなところだろう。そして、おそらく……。もういい、わかった。フランチェスコは、石のように冷たい私の鋭い視線を感じ、縄を私の手に委ね、踵《きびす》を返して奴隷とともに暗闇の中に消えていった。私は縄を引き寄せる。私の目と恐怖に満ちた少年の目が合う。明かりの中で見るその目は、澄み渡った冬の青空のように深く青い。わが故郷の町、ヴェネツィアの鐘塔から見晴らす、はるか彼方の山並みの上に輝くあの冬の空のように。

＊＊＊

顔に日の光を受けて私は目覚めた。

床にそのまま寝ていたので身体が痺《しび》れている。長いこと眠っていたに違いない。そして、記憶が戻る。部屋の中央にある長卓の上にティムールの遺体が置かれ、すでに蠅が飛び回っている。そのままではいけない。いつ父親が来るかもしれないのだ。柱廊の向こうでは、女たちがおどおどしながら黙ってこちらを見て言いつけを待っている。そうだ、思い出した。わが家にはもう一人の人間がいる。カフカスの少年。その世話を命じられた老いた下男は彼を空の鶏小屋に閉じこめていた。おそらく縄を解きもせず、水も与えずに放置したのではないか。乾いた泥がこびりついた少年の顔だったが、そこに輝く目、苦悩と恐れに満ちた目を私はぼんやりと思い浮かべた。まだあどけない少年だ。いまや長卓の上に物言わず横たわり、誰もその究極の平和を妨げることのないティムールのような少年。

身体を起こさずに忠実なアイラトを呼び、「子供を鶏小屋から出して、二人の召使いをつけて、服を脱がせ、身体を洗わせるように。それが済んだら洗濯済みのシャツを着せ、衣服を整えさせ、水とパンとチーズを与えるように」と命じた。アイラトは、何をするかわからないその野生児を見張るため、一緒にいなければならない。それだけ命じると、覚めることのない夢に浸り静かに長卓の上で永遠の眠りにつくティムールの脇に座って、私は沈黙の世界に身を置いた。

誰かが肩をたたく。困ったという表情で私を見るアイラトだった。起きてアイラトのあとを追う。部屋から召使いの女二人が出てきて、驚きあきれた顔で私を見る。女の一人は、コルセットのように見える肌着を手にしている。「男の子じゃない《ノン・セ・ウン・プテーロ》、男の子じゃない《ノン・セ・ウン・プテーロ》」強いタタール語のアクセントでヴェネト語を叫ぶ。私は中に入った。部屋に射す薄明りで、隅にある服と長靴が目に入る。泥で汚れたままだ。部屋の中央、洗濯桶の脇に白い身体が立っている。しなやかな曲線をもつその姿態は、長い金髪のかかる顔を伏せてうなだれ、両腕を下に伸ばし、手を重ねて恥部の薄い毛を隠している。その腰の線はウエストで引き締まり、胸に続く。そして硬く弾むようにわずかに膨らむ乳房。左手の指には指輪をはめているようだ。洗い終えたみずみずしい肌は、水をはじくかのようになめらかで、石鹸の香りがほのかに漂う。少女《セ・ウナ・プテーラ》だ。

身体を動かそうにも動かない。言葉も出ない。少女《プテーラ》は伏せていた眼を上げて私を見る。赤くはれたその目に、もう涙はなかった。泣きつくして枯れてしまったのだ。秘すべき部分を手で覆ってはいるが、裸体でいることの恥じらいは感じられない。恐れもまったく感じていないようだ。

突然、ある素朴な問いが浮かんで、私は愕然とした。この少女とどのように話せばいいのだろう。少女のような山の部族を目の前にするのははじめてだ。私の言うことは通じず、少女の話すことが私にわからないとすれば、話すということ自体、無意味かもしれない。カフカスの言葉は、口の中や喉の奥で発声する奇妙な音や雑音が混ざり母音らしき音がないので、この世でもっとも難解な言語だといわれている。

誰が少女とのコミュニケーションを助けてくれるだろうか。家にいるのはタタール人ばかりで、カフカス語との通訳ができる使用人は一人もいない。そういえばターナに一人だけ、わけのわからぬその言葉がわかる女、そして信頼できる女がいる。アイラトを呼び、「売春宿に行き、女主人《シオーラ》レーナ、カフカス人のマグダレーナを呼んで来い。誰にも言わずに、レーナになにも話さずに、とにかく引っ張ってくるのだ」と命じた。二人の女奴隷にも、口外しないようきつく言いつけたが、ま、これはそう長くは守られないと諦めるしかない。

少女には長い麻の上着を着せ、食べ物と飲み物を与えた。彼女は部屋の隅に座り、なにも口に運ぼうとしない。私は立ったまま黙って脇柱にもたれている。口は開いたままだっただろう。塩漬けにされて口を開いた養魚池の魚のごとく。上着を着てもなお、その光り輝く美しさ《インセンピアード》に圧倒されて、言葉も発せず、瞬きもせずに少女をただ見つめていた。

アイラトが帰ってきた。レーナが広間で私を待っていると言う。私は部屋の扉の鍵を閉めて広間に入った。レーナは、手拭きで蠅を払いながら悲哀の表情で死せる少年の顔を見つめていた。ベギン会[51]修道女のように暗色の服を着て、髪を隠すように黒布をかぶったレーナは、カフカス人には見えない。もちろん娼婦にも見えない。めいっぱいの贅沢を感じるのは、十字架を下げたビザンティン風の首飾り、むせるようなラヴェンダー香水の匂い、そして偽の貴石をはめこんだやや派手な指輪であった。指輪はかつての愛人から記念にもらった品である。

レーナは若さの盛りをやや過ぎてはいるものの、賢く、強く、ふくよかな女だ。ティムール軍の大侵攻の際に捕獲された女奴隷の娘で、アルメニア人の仲介屋が古くから営業していた売春宿を再開する際、彼女を店に引き取ったのである。レーナは狐のような小さく鋭い目をしていて、ある意味でずる賢かった。そうでなければ、狼だらけのターナで一人の女が生き延びることは不可能だった。公証人であり神父でもあった愛人から洗礼を受け、その境遇にふさわしいマグダレーナ[52]の名を授けてもらった。しかしレーナはその愛人の束縛を嫌い、貯めていたズゲイ〔お代〕で身辺を清算し、さらに年老いたアルメニア人から売春宿を買い取ったのである。

レーナは信頼にたる女だ。というのも私は、レーナとヴェネツィア人水夫のあいだに生まれた混血の少年を一年前から引き受け、養魚池で働かせていたからである。売春宿が開いているあいだ、母親はわが子を脇に置いて仕事をするわけにいかない。世の中は不思議なものだ。今度は私が娼婦に助けを求めている。予期せぬ無数の出来事が身の回りに起こり、かつて助けた人に助けを乞うことは珍しくない。

レーナにこれまでのいきさつを話そうとするのだが、なぜか気が高ぶり、話が前後してしまう。混乱しつつこの二日間の出来事をまくしたて、少女《プテーラ》がなぜこの部屋にいるのかというところまで話は進んだ。ここでレーナが少女に問いかける番になる。誰なのか、どこから来たのか、名はなんというのか、レーナはそれを聞き出すために呼ばれたのだ。そうだ、レーナにはこの家に何日か滞在してもらおう。賃金は弾むので、少女にいくつかのヴェネト語と簡単なやりとりを教えてもらおうではないか。

レーナはこの珍しい要求に驚いた。男が求めて止まない「誇り高き」商売を長年続けてきて、やや奇妙な提案や過剰な要求を受けることはあったが、このような依頼、つまり通訳を頼む男はいまだかつて出会ったことがなかった。話すこと、言葉を交わすことはこの商売でなんの役に立つというのか。目の前にいる少女の身体を上から下まで見て、隠された欠点がないか調べ、体重を推定し、目つきと身体のしなやかさを観察する。つまり、その少女を、自分の所有物として買うのか、転売するのかを決めて、売る場合はいくらの「商品」なのかを値踏みするだけで商売には十分なのだ。

話すことがなんの役に立つというのか。ある貴紳が言うには、ヴェネツィアでは、かの商売にあっても娼婦たちは見識ぶって詩を朗詠し、哲学の議論を繰り広げるそうだ。しかし、ここターナはヴェネツィアではない。ここではその商売に哲学は必要ない。身体そのものが言葉となる。その使い方は数えきれない。香り、髪、目、唇、舌、手、足、そして胸と下腹部の挑発的な動き。しかし、なぜだかわかないが、多くの客はうんざりするほど饒舌で、相手をする女たちに自分の生涯を延々と語り始めるのだ。それ以外になによりもまずやりたいことがあるはずだが。女たちは知らない言葉や俗語交じりの身の上話をなにひとつ理解しなかったが、レーナは、寝台におとなしく座り、相手に切なくうなずいて微笑むのが商売のコツだよ、と女たちを躾けていた。

そう、レーナが数日滞在することは可能だ。ちょうどここ数日は宿が休みの予定だった。女たちは各自で休みをどう過ごすのかを決めて、売春宿がその費用をもつことになっている。休業があけると、サマルカンドから大きな隊商が到着するので、レーナの店は地獄のような騒ぎとなるだろう。むしろそこには少女を行かせないほうがいい。

ああ、そうだった。サマルカンドの隊商。それを私はすっかり忘れていた。まずレーナにはこの件を絶対に漏らさないように口止めしておかなければならない。レーナはレーナで、「女にとんと縁のないヨサファの悪魔《ババルーコ》[53]が、昼夜を問わず何日か少女と私と三人で部屋に閉じこもるとしたら、町のお偉いさん、行政長官、神父さんたちは何を想像するだろう」とじつは下品な彼らの頭の中を鋭く見抜くのだった。それとは別に、レーナにとっては、地下室にしまってあるカンディア〔クレタ島〕の高級ワインも申し分ない飲み物であった。

レーナを小部屋に帰して少女につきあうように頼んだ私は、ふたたび一人でティムールが横たわる長卓の前に残った。蠅の数は増え、払っても効果がない。皮膚は気味悪く変色し、腹部には緑色の斑点が出ている。何かが中から遺体を食べているかのように、脚の間からは黒い汚水の筋が滲み出て悪臭を放っている。可哀そうな息子《ボヴァロ・フィオル》をなんとかしなければならない。エデルムーウが到着するまで、蒸し暑い場所にこのままという訳にはいかない。釘と防水糊でしっかりと蓋をすることのできる棺が必要だ。

しかし、それ以上考えを進める時間がなかった。誰かが扉を強くたたいたのである。通りでは人があちらこちらと行き交い、市壁からはラッパの音が響いて大騒ぎであった。サマルカンドから隊商が到着し、近くの隊商宿に入るところであった。「行政長官とコザダフートがお待ちです」と伝令は怒鳴って伝える。すぐ行かなければならない。しかし頭の中は混乱して、ティムールが眠る長卓の件、少女と女主人レーナを残してきた小部屋の件の整理がつかなかった。

＊＊＊

疲れ切ってやっと家に戻ったのは、夜になってからである。もう二日間も着替えもせず、身体を洗っていない。ティムールが載る長卓の横で、ぐったりと床に寝そべったままおそらく二時間ほどは眠っただろうか。やはり身体は痺れていた。鎖帷子は外したが、それ以外は森に向かった捕獲作戦のときから同じ服のままで、着衣すべては汗、泥、血で汚れきっていた。戦闘態勢では小用も着たまま済ませていた。履いたままの長靴も脱がなければと思うのだが、そのままになっている。洗わなければならず、また、中には小さな蛭《ひる》も入っているだろう。

悪臭を嫌った行政長官は鼻に皺をよせていた。襲撃が成功に終わったと知って、タタール人のコザダフートは私と仲間たちに騒がしい笑い声をかけまくった。エデルムーウが親しい友人であるにもかかわらず、「息子の死を知ったら、錯乱に震えてヨサファとその仲間の首を切り、槍で串刺しにするだろう」彼はこともなげにそう言って、また笑うのだ。こうした無神経かつ典型的なタタール人気質が私は心底嫌いだ。

サマルカンドの商人は、ペルシアとインドの国境に伸びる山岳地で採掘された純度の高い金を箱に詰めて運んで来た。私が上得意だという印象を、言葉巧みなその商人に与える必要はまったくない。価格についてはまだ交渉していなかったが、気もそぞろの私は相手の言い値そのままで買うことにしたので、商人は黙ってすぐに承諾した。ティムールと少女《プテーラ》のことだけが依然として混乱したままの頭から離れない。とにかくすぐに家に帰りたい。

金を詰めた箱をわきに抱えて広間に入る。長卓の上のティムールには蠅が群がり、腐敗が進んで死臭はますます強くなっている。その刺激臭は養魚池の不快な臭いを想起させる。床にはティムールの身長に合わせた荒削りの木棺が置かれている。私にはそれを準備するように言う気力がないと察したアイラトが作らせたものだ。忠実な奴隷アイラト、よくやった。

アイラトに命じて召使いをもう一度呼ぶ。ティムールの遺体と少女の身体を洗った二人だ。まずティムールをもう一度よく洗い、香油と虫除け油をふりかけ、布で巻いて木棺に納めてアイラトがそれを密閉する。木棺を市壁の外に運び出すには遅い時間だ。市門はすでに閉じられただろう。明日、木棺をモスクまで運んで石棺の中に仮安置し、父親が到着したら葬礼を行って石棺を閉じることになる。

金を詰めた箱を長椅子の上に置き、少女とレーナがいる小部屋にそっと近づいた。中からはレーナ一人のひそひそ声だけが聞こえる。少女はどんな声をしているのだろうか、聞きたいのだが、望みは叶わなかった。少し待ってから扉を開け、レーナを台所に行かせた。扉の脇に立って部屋の中で座っている少女を見る。少女は目を伏せることなく、あたかも無言で咎めるかのように、私をしっかりと見つめる。とうとうじらされた私のほうが目を伏せてしまう。私はあとずさりして扉に鍵をかけた。

レーナは私が戻るのを待たずにコップにワインを注いでおり、茹でた七面鳥のもも肉と手羽を手でむしって頬張っていた。家の主人のために浅い鍋に取り分けてあった料理だ。黒パンをちぎってはそのコップに入れ、ワインを飲んですっかり上機嫌だ。私はレーナに向かい合って座り、話を聞こうとしたが、頬張った口で「食べながら話すのは身体によくないよ。ゆっくり食べさせておくれ」ととぼけ、そのまま食べ続けた。しかし、急かすように見つめ、言い訳を許さない私の雰囲気を感じたのか、彼女はもも肉をかじりながら話し始めた。広間の大きな暖炉では、赤いコークスの火が徐々に弱まっていた。壁には黒く使いこんだフライパンの間に、女王の姿に描かれた聖女カタリナと車輪のイコンが掛けられ、静かにわれわれを見ている。教会堂でその聖女を仰ぎ見る機会がとりわけ多かったわけではないが、私は聖女カタリナを深く信仰し、礼拝では必ず蠟燭を灯した。

レーナは脂で汚れた指で首から下げたギリシャ十字の飾りを外し、差し出すように私の顔に近づけた。レーナが小部屋に入ると、少女はすぐにそのペンダントに気づき、ひざまずいてレーナにはわからない言葉を口にしたという。ここで、私ヨサファは、レーナと少女、二人のあいだでもなおわかりあうのは容易なことではないという事実を知った。フランク族と呼ばれるヨーロッパ人は東方の民をカフカス人と総称し、タタール人やテュルク諸族と同じ言葉を話すものだと思いこんでいる。しかしその丘陵地帯では、谷間と山岳地に住む人々はまったく違っているのだ。遠い先祖を遡るなら血縁や近親の関係があるかもしれない。しかしいまでは、慣習、言葉、名前そのほかすべてでまったく別々の部族となっているのだった。

レーナは少女がチェルケス人だと言う。チェルケスは南の沿岸地域の部族だ。[54]さらにキプチャク人、タタルコシ族、ソバイ族、ケヴェルテ族、カバルド族など、入り組んであちこちに住む部族は数え上げるときりがなく、悪魔のみぞ知る複雑さなのだ。少女が話す言葉には、おそらくレーナの母国語と共通する語彙もいくつかあるだろう。言葉の一部が共通しているのかもしれない。しかし発音はまったく違う。ときに、ゆっくりと話せば少しはわかることもあるのだろうか。とにかく容易ではないということだ。「ヨサファの旦那、私に報酬を払うときは、これがどれほど難しいことかちゃんと考えてもらわないと」と言うレーナには一理ある。

少女は固く心を閉ざしていたので、部屋に入ったレーナはまず何をすべきかわからなかったらしい。十字架を下げた首飾りにひざまずいたが、そのあとはふたたび身を固くして部屋の隅にある椅子に座り、ただ壁を見つめるばかりでレーナのほうに視線を移そうともしない。では少女はキリスト教徒なのか。洗礼を受けているのだろうか。こう聞いた私にレーナは、「あんた方フランク族やその神父さんが言うような信者ではないだろうね」と答えた。

少女が十字架を崇めたのは、レーナが子供の頃にしたのと同じ感覚だったのかもしれない。主イエスがどのような存在なのか、ギリシャ教会、ラテン教会、ロシア教会、アルメニア教会のいずれであれ、教会での礼拝とはどのようなものか、といった知識や理解はレーナにもその少女にもなかったようだ。少女は、聖なる木に枝で作った十字架を立てかけて祈り、その栄光に対して犠牲を捧げるという、不思議な習慣についても、なぜそうするのかを知らなかったであろう。清冽な川の水で洗礼らしき儀礼を受けるとしても、その故郷には司教も神父もいなかった。原罪や地獄がなんであるのかについても少女が知ることはなかった。七つの秘跡も、十の戒律も知ることなく、ただ全能の神に無心の祈りを捧げ、両親と祖先を敬い、命を懸けて部族の信頼と言葉に応え、客人を聖なる訪問者として歓待し、女性と男性は等しく人間であると認めるその素朴な人々は、要するに自称のキリスト教徒よりもはるかに真のキリスト教徒であった。さらに不思議なことに、彼らは文字を知らず、読むことも書くこともできなかった。聖なる書物、福音書、聖書を持たないのである。賢いレーナでさえ、現在のところ読み書きはできないので、勘定や書きつけには、アルメニアの老人の助けが必要であった。

忍耐は限界に近い。お喋りレーナはすぐに話の筋を外してしまう。カフカス人のしきたりや風習など、わざわざいまこの時点であれこれ細かく教えてくれなくてもいいのだ。おもしろい話題もあって、私の日記に書きこんでもいいのだが、それは別の機会にしてもらいたい。少女のことに戻ろうではないか。名前は？　そもそも誰なのか。レーナは肉がなくなった七面鳥の手羽をフライパンに戻し、脂で汚れた手を私のほうに出して指にはめた指輪を見せた。

　脂のついた指に、ほかよりも質素な指輪があり、私の目を引く。はめ続けて古くなった白鑞《しろめ》の輪には、ギリシャ文字を組み合わせた組み文字《モノグラム》があった。*A I K*。わざわざ指から外して刻字を確認する必要はない。すぐに思いつくギリシャ語の名前を疑問形で発音してみる。エカテリーニ？

　そう、カテリーナ。小部屋に入ると、レーナはすぐに少女が指にはめていた指輪に気がついた。レーナも同じ白鑞の指輪を持っていたのだ。なんの価値もない指輪だが、何年か前、グルベディンとかいう通りすがりのエジプト人の客が、請求された料金の代わりに置いて行った見かけ倒しの指輪である。その詐欺師の男は「帰り旅では金と宝石をたっぷり持ち帰るぞ」とうそぶいていたが、その直後に死んでしまった。墓を掘って財宝を探すと言っていたようだが、レーナはその男が何をしようとしていたのかよく覚えていない。ただグルベディンは、レーナに渡したその指輪は奇跡の指輪で、砂漠にある修道院の修道士から受け取ったと言っていた。その修道院には聖女カタリナの聖遺物が保管されているという。聖女の遺体に触れた指輪から、宝石は石棺の中に落ちてしまったが、かわりにそこに神秘の力が宿ったという。

　レーナはその詐欺師の話をまともに信じなかった。しかし、身体を張った稼ぎをごまかされて怒ったものの、迷信を受け入れて、指輪は捨てるに忍びずとりあえず取っておいたのだった。十字架を下げた首飾りに続いて、奇跡の指輪がレーナと少女を結びつけたのであった。

　部屋に入ったレーナはまず型どおりの挨拶をして、ほとんど忘れていた古い言葉でいくつか少女に問いかけてみたそうだ。売春宿に新入りのカフカス女が来ると、レーナはその古い言葉を思い出すように使って、身につけておくべき職業上の手ほどきをしていたのだが、少女にその言葉はまったく通じなかった。少女はレーナの言葉がわからないのか、あるいはわからないふりをして、じっと壁を見つめるだけだった。一方的に話していたレーナだが、狐のような小さな目は指輪を見逃さなかった。少女の指から指輪を外し、自分の指輪と並べてみる。まるで対の指輪だ。レーナははっとひらめいたように、そこにあった名を読む。エカテリーニ。少女はレーナのほうに向き直り、はじめてレーナを正面から見据えた。

少女の名、カテリーナがそこにあった。カテリーナ、少女はすでにそう名づけられていた。だとすると、故郷にいるときに洗礼を受けたに違いない。いったい誰があの指輪を渡したのだろうか。人里離れた険しい山の中で道に迷って信仰をまっとうできなかった巡礼者だろうか。それにしても不思議な巡り合わせだ。マリア、マグダレーナとともにカテリーナという名は、女奴隷たちに洗礼を授けようと各地を遍歴する修道士たちがよく授ける聖人名である。では、この少女は誰なのか。どこから来たのか。あの湿地の樹林で、いったい何をしていたのか。なぜ少女は男装だったのか。子供のときによく読んでいた中世の騎士物語が頭に浮かぶ。少女はアマゾネス部族のような女戦士なのか。それとも、この少女は『美しきカミッラ』の美女、『オリエントの女王』に登場する娘の物語を秘めた存在なのか。その伝説の女たちは、最後に出会った王女と結婚するために大天使ガブリエルによって青年に変身し、男装で世界を遍歴するのだ。

レーナは喋り続けて喉が渇いたようだ。私ははやる気持ちを抑える。何かを飲ませなければ、さらに話し続けるのは無理だろう。仕方なくコップに高価なカンディア・ワインをなみなみと注いでやる。ワインにはおつまみも必要だろう。レーナは黒パンを浅鍋に浸し、香料をまぶして胡椒を利かせたソーセージをそれに挟んだ。口に頬ばりながら、レーナは続ける。

「そうなのさ、このカテリーナは王女といってもいい人だ」レーナはこう言いながら、小部屋から持ち出してきた折りたたまれた布を差し出した。広げてみると、白百合の象徴が描かれ、金糸を織りこんだ素晴らしいヴェールである。わずかに泥で汚れている。レーナは、コルセット、長靴などと一緒に部屋の隅に脱ぎ捨てられた衣類の中からその布を見つけたのだ。少女はそのヴェールをショールのように首に巻き、肌身離さず持っていなければならなかったのだ。このヴェールは、おそらく数百アスプリもの値がつく非常に高価な品だ。王女でもなければこのように貴重な品物を身につけることはできない。もしカテリーナがここで女奴隷となるなら、このヴェール一枚ですぐに奴隷身分からの解放も可能だろう。しかし、おそらく彼女はそれを知らないし、これから自身の身に何が起こるかも知らない。

レーナは職業を通じて磨き上げた手さばきも交えてカテリーナをなだめすかし、その努力もあって、カテリーナはわずかだが、ついに口を開くようになった。二人の部族はまったく別だったが、カテリーナはレーナの言うことを理解するようだ。カテリーナの部族はカバルド族とよばれ、勇敢で戦闘を好み、55 人が近づけないカフカスの山岳地に住んでいたという。君主イナルがその部族を率い、山岳地域やコーパの川の谷に住むタタール人を攻撃し、ときにはタタール人を追って海岸線やターナの市壁まで攻めてくることがあった。こう説明するレーナだが、カテリーナの言葉をすべて理解したわけではなく、一部は身ぶり手ぶりで補っていた。カテリーナの言葉はレーナの言葉よりもさらに喉の奥で発せられ、難解だった。カテリーナは雪をかぶった高地の出身で、族長にして将軍でもあったヤコブの娘だという。ヤコブはイナルの右腕となった将軍で、部族の中でも世界においても最強の戦士であった。カテリーナは自分の勇気を父に見せようと、男装で身を固めヤコブを追って戦いに加わった。しかしフランク族に捕まり、その後、父にも会えていない。「全能の神の名において、奇跡の指輪への願いとして、自分を解放し、山岳地に戻して父に会わせてほしい」とカテリーナは必死に十字架の女主人レーナにせがんでいるとのことだ。

これで話はすべて済んだ。レーナはコップのワインをまたぐいと飲み干した。レーナはカテリーナの前では、「十字架の女主人」という身分になっている。気分をよくしたレーナは、「この家の高貴なるご主人はフランク族で、町でもっとも高名にして権力を誇るお人だ。ご主人は必ずお前さんの望みを聞いてくれるだろう」と約束したという。これが冗談でなければ悪い気持ちはしない。

さて、その後レーナはカテリーナにヴェネト語の言葉をいくつか教え、カテリーナはそれらをつぎつぎと覚えていった。頭がよく、進んで学ぼうとする少女であった。挨拶の言葉「おはよう《ブオン・ジョルノ》」「こんばんは《ブオナ・セーラ》」、そして「やあ《チャオ》」はいうまでもない。しかしレーナはかつて神父にして公証人でもあるなじみの客が笑いながら話していた言葉の意味までは説明しなかった。「チャオ」は「シャオ」に由来する言葉で、シャオはスキアーヴォすなわち男奴隷を意味する。スキアーヴォはスラブ人を意味したスクラーヴォから出た言葉である。かつてのヴェネツィアでは、奴隷や使用人はほとんどスラブ人だったからだ。少女を待ちける運命を思わせる話をするのは気が引けたのだろう。

ヴェネト語の授業はどんどん進んだ。生きていくために必要となる語句、動作に関する語彙も増えていく。「食べる」と「飲む」、「パン」と「水」。もっともレーナは水ではなくワインが好きだったが。「あなた」と「私」、「男」「女」。女は「女性」「婦人」「奥様」と言うこともあってレーナには奥様を使う。「少女《プータ》」「若い女《プテーラ》」も女性を意味するが、これはカテリーナに使う。続いて身体の各部分だが、これはそこに触れて覚えていく。カテリーナはブラウスの下に何も着けていない。頭、目、口、胸、そして赤ん坊に乳を与える乳首《ビキニョル》、胎児が育つ子宮《パンサ》、男と寝ることで赤ん坊が作られる場所、膣《モナ》。でも働かなければならないとしら、それはしないほうがいい。さらに背を屈める《バサール》、愛撫する《カレッサール》、キスをする《チュチアール》、鍵をかける《チアヴァール》、上る《モンタール》など、女主人レーナが日々の暮らしで知らなければならないと考える動作もある。カテリーナはこうした言葉すべてを、まず意味はさておいて、繰り返しながら覚えていく。正しい発音とアクセントの位置をまねるのだが、どうもうまく行かない。レーナは、虫歯が丸見えになるほど笑い出し、カテリーナにも作り笑いを強要するが、カテリーナはわずかに微笑むだけだ。

レーナはこの話を聞く私にも微笑んでほしかったようだ。話を聞いて私はすべてを理解した。カテリーナの父、偉大なる戦士ヤコブ、私は彼を目撃している。樺の木にもたれたあの遺体こそ彼だった。命を失ったその目に宿る底知れぬ深さを私は目にした。カテリーナはその死を知らない。カテリーナの父はいま、完全なる自由、人間が時間という障壁を越えたときにはじめて得る無限の自由を享受している。カテリーナがどこであろうと望む場所に行くとしても、父ヤコブとカテリーナはもはやこの地上でけっして出会うことはない。いや、だからこそ私は決めよう。カテリーナは自由だ。明日、カテリーナを市門に連れて行こう。そして馬を用意し、自由に行かせよう。心の中で短い祈りを捧げることで、ついに私にも安らぎが訪れるだろう。少女カテリーナ、その父の霊、そして哀れなティムールの霊を私が深く信仰する聖女カタリナに託すのだ。ティムールは受洗していないが、大きな問題ではない。

　砂糖菓子が載る盆に手を伸ばしながら、レーナは話を続けたいようだ。しかし、沈み切った私の深い沈黙をどうやって破るか、私のうつろな視線をどうやって惹きつけるか、いまのレーナにはわからないだろう。レーナはまったく酔っていないし、頭は明晰そのものだとしても。

　レーナが何を言おうとしているかは、その目を見つめればおおよそ見当がつく。開かれた本のごとくである。だが、これからがレーナにとってもっとも言いにくいことなのだ。女を抱けない男、子供を作れない《インセメニオ》ヨサファを説得して、カテリーナを自分の店で引き受けるという提案なのだ。商売柄しっかりとカテリーナの身体に触れたとき、レーナは素晴らしい乙女の肌の感触に驚いていた。どれだけ払ってもヨサファからこの処女を譲り受けなければならない。これほど素晴らしい女はこれまで店に一人もいなかった。カテリーナは、店の看板娘、ターナの女王になり、西から東からすべての旅人が彼女を目当てに店に押しかけるだろう。カテリーナを娘として教育し、育て、身体と頭で金を稼ぐ術をすべて教え、いつの日か自由身分を得られるようにしてもいい。ヨサファには正当と思える範囲で払うことにする。明日、なじみの神父兼公証人を呼んで契約を結ぶのだ。

「私は正直以上のばか正直だ」とレーナは言う。絹と金糸のヴェールはカテリーナ自身よりも高価なので、スカートの中に隠すこともできたのだが、すぐにヨサファに渡した。ま、これは仕方がない。もっとも、ヨサファはそれをレーナにくれるかもしれない。レーナが見つけたものなので、最低限の所有権、利用権はヨサファがレーナに認めるべきなのだ。割合は少なくても、金ないし現物で。ヨサファは好きなときに店に来て、カテリーナと寝ることができるという条件でもいい。料金は取らずに。

レーナが頭をひねり、ヴェネト語とカフカス語が混ざった言葉でうまく切り出そうとする、その最初のひと言を口にする前に、この筋書きを私はすべてレーナの目の中に読み取った。レーナがそのひと言を言い出せなかったのは、私がさえぎったからではない。まさに口を開こうとしたその瞬間、台所の小窓の板が強い風にあおられてバタンと音を立てたからだった。外からうろたえた叫び声がした。「火事だ、火事だ。逃げろ、逃げろ」私はあわてて立ち上がり、机を引っくり返してしまった。レーナは菓子とともに床に転がる。レーナ、金糸織のヴェール、少女、すべてを忘れて私は出口の扉に走った。外は血迷ってあちらこちらに逃げ惑う群衆でごった返していた。木材の焼け焦げる臭いが漂い、灰や火の粉が飛び、炎のついた燃えカスが粗末な小屋や馬小屋の藁屋根に落ち、延焼を広げている。夜空は突然の炎で明るく照らされ、地区の建物はみるみる破壊されていった。

群衆があれこれ言っていることからすると、どうやら古い市場《バザール》と隊商宿が火元らしい。そこにはタタールの徴税官コザダフートとその一族たちが滞在している。あわてて駆けつけた行政長官は、「なんとしてもコザダフートの一団を助け出せ」と声を限りに叫んでいる。もしも救出できなければ、ハーンはわれわれの責任を糾弾して、ターナの町を根こそぎ滅ぼし、無数の人命が失われるだろう。

どうやら広場とその近辺の倉庫や店舗は延焼を免れそうだ。桟橋、木部につないだ船も安全だ。広場近くの建物は間隔を取って建ち、空地や遺跡で飛び火が届かないからだ。一方で、火は乾いた北からの突風に煽《あお》られて、市壁に近い旧街区に迫っていた。隊商宿の出口はすでに火で崩れ落ちて逃げ道がなく、中にいた宿泊客は焼け死ぬしかないと周りの者が話している。この大混乱の中でどうやって救い出すのか誰にもわからず、暗闇の中では壁を壊す道具を用意することも不可能だった。

厚い壁の向こうから悲痛な叫び声があがる。壁の上から女と子供をロープで降ろそうとしているのだが、ロープは炎と重さで切れ、不運な者は地面に落ちた。この瞬間、私は啓示を感じた。思わず、家に捕らわれている少女のために聖女カタリナに祈りを捧げる。「私は少女に自由を与えます。そのかわり、聖女のお力でどうか私とこの町をお救いくださいい」と。そう、コンテッぺの惨めな作戦では、私のたっての希望で聖女カタリナが八人目の仲間となった。借り出されたまま返却していない錆びた発掘道具はいまどこにあるのか。私がクルガン発掘のリーダーだったので、わが家の裏手の倉庫に置かれている。墓から財宝を盗み出すために使う道具、死者の眠りを邪魔する道具、聖女カタリナはそれら便利な道具を背徳の行為に使うことを許さなかった。だが、いまそれらを救出の道具に変えることができるとしたら。

全力で家に帰り、ほかの者にも道具を配り、とくに私自身、ありったけの力をこめて壁を壊し始めた。正気を失って取り乱し、ただ「聖女カタリナ様、聖女カタリナ様」と叫び、ついに人の通れる穴が開き、煤で黒くなり窒息寸前の四十人ほどをそこから引き出したのである。徴税官コザダフートもその中にいたが、太った彼を穴から引き出すのは大変で、強く引き出されてひっかき傷だらけとなったが、どうやら命は助かったのだった。

＊＊＊

鎮火したのは夜が明けてからであった。私の家は無事だった。疲れ切って家に戻るが、なおこのときになっても、下着もシャツも着替えず、長靴も履いたまま、二日前と同じ服装である。まさに絵の具を出すパレットのようになった私の顔には、煤の黒と充血した目の赤がさらに加わっていた。ロンチリオーネの大男[56]よりもひどい形相だったと思う。

扉は広く開いていた。おかしい。大きな声を出してみるが誰も応えない。忠実なるアイラトさえいない。足を引きずるように広間に向かう。長卓の上には不動のティムールと群がる蝿が飛んでいる。しかし、床に置いたティムールを納める木箱が見当たらない。絹と金糸のヴェールも、金を入れた小箱も、かき消されたようになくなっている。小部屋のほうに進む力はなんとか残っていた。掛け金は外され、扉は開いたままだ。中には誰もいない。床には何もない。衣類と長靴も。唸り声をあげたかったが、もうそれだけの気力は残っていなかった。がっくりと気落ちして床に倒れこむ。意識を失う前、最後にひとつだけはっきりとわかった。カテリーナは逃げた。

1　アゾフ海に面するターネ川（現在のドン川）の河口タガンログ湾にあった古代ギリシャ都市タナイス。現在のアゾフ。古代より交易都市として繁栄した。一四世紀にヴェネツィア、ジェノヴァ両共和国の支配を受けた。一三九二年にティムール軍の侵略、一四七一年にオスマン・トルコの攻撃を受け、衰退した。ターナ近くの沼地はミウテの沼をさす。

2　ヴェネツィア市街カステッロ街区にある教会堂。一五世紀後半にマウロ・コドゥッシによって改修され、現在の構造となる。本書の時代には旧聖堂であった。

3　ヴェネツィア共和国の領土のうち、イタリア半島北東部の支配下地域をさす。ヴェネツィア本市に比べて広大で、一五世紀には貴族の別荘や農地経営の拠点が置かれた。

4　ヴェネツィア共和国の最高政治機関（一二世紀に設立）。委員は黒のトーガ（マント）を着用した。委員の定数、資格は時代によって変化したが、一四世紀初めには、二五歳になった男性貴族全員が参加した。

5　九世紀に聖マルコがヴェネツィアの守護聖人となり、マルコの象徴である獅子は、聖書で翼をもつと記されたことから、有翼の獅子がヴェネツィアの象徴となった。獅子の足元には、「開かれた本（聖書）」が添えられるタイプと「本を閉じて、片手に剣をもつ」および「書物を剣で刺す」タイプがあり、前者は書物（聖書）を開く平和な時代への希望を、後者は領土を守る戦いへの気概を示す。ヴェネツィア共和国支配下の都市には、その覇権を示す有翼の獅子像がしばしば設置された。

6　ヴェネツィアの総督宮殿内には、地下のポッツィ（井戸）と屋根裏のピオンビ（鉛）、二つの監獄が作られた（ただし後者の整備は一五九一年）。前者には重罪人、後者には罪状の軽い囚人が収容された。

7　帝政ローマ初期の詩人（前四三－後一七または一八）プーブリウス・オウィディウス・ナーソーが著した一五巻一万二千行におよぶ大作。ギリシャ・ローマ神話に登場する人物が生死を経て動植物、岩石、木霊、星、神などに変身、転生する幻想的な物語。

8　トスカーナ語を中心とする言語はヴォルガーレ（俗語）と呼ばれ、一四世紀のダンテの作品などにより、ラテン語に代わる言語、イタリア語として定着した。

9　二世紀にローマに住んだギリシャ人歴史家フラウィオス・アッリアノス著『アレクサンドロス東征記（アレクサンドロスのアナバシス）』をさす。

10　全五書からなる長編小説。中世の説話に基づき、スペイン王子と孤児の娘の恋を描く。フィローコロは娘を探す冒険で王子が用いた偽名。ここに記されたヨサファの愛読書は、理想の女性にかかわる主題が多い。

11　ローマ帝国期の著述家フィロストラトスによる『テュアナのアポロニウス伝』（三世紀）をさす。ヒスパニア（イベリア半島）からインドまでを遍歴したアポロニウスによる、荒唐無稽、超自然的な言説を記す。

12　ダーティは四人の妻とのあいだに生まれた二六人の子供たちについて記録を残し、『日記』『秘密の書』『フィレンツェ史』を著し、捨て児養育院（オスペダーレ・デッリ・インノチェンティ）の監事を務めた。『スフェーラ』は四書からなり、地理・天文（第一書）、気象・潮汐（第二書）、風・方位測定・航海術（第三書）、地中海南部・東部の重要港湾都市（第四書）を扱う。表題「スフェーラ」は球面・球体をさすが、とくに地球球体説（当時、教会の地球平面説とは別にイスラム文化経由で知られていた）を強調するものではなく、広く「世界」を意味したと考えられる。

13　マルコ・ポーロ（一二五四－一三二四）はヴェネツィアで代々続く商家に生まれ、一七歳のときアジアへの旅に出る。二四年間、一万五千キロの旅程を経て帰国、ヴェネツィアとジェノヴァの戦闘で捕虜となり、収監中に『東方見聞録』（原題は不明）を著した。

14　契丹（キタイ　九一六－一一二五年）は、華北と内モンゴル地域を支配した王朝（九四七－九八三年の国名は遼）で、金（女真族）の侵攻で滅亡後、一部の王族は西遼、北遼、東遼を建国したが短命に終わり、マルコ・ポーロの旅行時期とは重ならない。しかし、約二百年にわたってこの地域を支配した契丹（キタイ）の名は残り、『東方見聞録』は、元（一二七一－一三六八年）をキタイ（カタイ）と記している。

15　共和国最高議決機関である大評議会（マッジョール・コンシッリオ、定足数四八〇）に対し、上院（貴族院）として、外交、対外政策でドージェ（総督）を補佐する評議会。プレガーディは「依頼を受けた」の意。古代ローマの伝統を意識してセナート（元老院）とも呼ばれた。評議員は特別に赤いトーガ（マント）を着用した。

16　「ローマ人の土地」の意。ビザンティン帝国領が広くこの名でも呼ばれた。古代ローマ帝国の属州となったダキア地域のヴァルナはジェノヴァ、ヴェネツィア両共和国との交易がさかんでイタリアの航海図（一四世紀）にも重要交易地として記載され、カムチャ川河口で造船業も発達した。

17　トルコの黒海沿岸に位置する古代ギリシャ起源の都市。古名トラペズス、現在名トラブゾン。ビザンティン帝国時代にはトレビゾンド帝国の首都、東西交易の中継地として栄えた。一四六二年、オスマン・トルコ軍により陥落した。

18　古代ギリシャの植民都市。ビザンティン帝国時代にも市勢を保ったが、帝国の凋落とともに衰退し、一五世紀には放棄された（遺跡はクリミア半島セヴァストポリ近郊に位置する）。

19　前一三世紀－前八世紀にカフカス南部の黒海沿岸に成立した国家。前一世紀にポントス王国の支配を受け、ローマ時代には属州に組みこまれた。

20　ギリシャ神話の登場人物。テッサリアの王子イアソンは、コルキスにあるとされた金羊毛の毛皮を求め、五十人の勇士アルゴナウタイとともに五十の櫂を備えるアルゴー（「快速」の意）船で苦難の末、コルキスに着く。コルキスの王は策略で邪魔をするが、王女メデイアの助けでイアソンは金羊毛の毛皮を手に入れる。

21　ヘレニズム時代にクリミア半島、タマン半島を支配した王国。

22　キプチャク人ともいわれ、黒海北部、西部に住んだテュルク系遊牧民族。一一－一三世紀に活発に活動した。

23　一三世紀後半から一五世紀にかけて、ジェノヴァ共和国はクリミア半島南岸、黒海東岸、北岸に支配を広げた。ガザリアはその支配地域の名、カッファは沿岸東部の港湾都市フェオドシヤ（古代ギリシャ時代のテオドシア）。

24　アゾフ海と周辺湿地帯をさす。

25　古代ギリシャ都市ファナゴレイア。タマン半島最大の商都としてギリシャ時代から栄えた。周辺からの侵攻で一一、一二世紀に廃都となり、一四世紀にジェノヴァの支配下に入った。

26　エデンの園（『旧約聖書』「創世記」）をさす。

27　ヴェネツィア共和国の国旗に描かれる有翼の獅子は、平和な統治を象徴する姿として開かれた本に足先を置く。ターナはヴェネツィアの海外領土として、もっとも東に位置した。

28　カスピ海北西部、ヴォルガ川右岸にあった古都。一三九五年、ティムール軍の侵攻で滅びたが、場所を移して再興された。

29　中継交易地として栄えた中央アジア（現ウズベキスタン）の都市。古代起源の古都は一三世紀にモンゴルの侵攻で壊滅したが、場所を移して一四－一五世紀にティムール朝の首都として繁栄した。
30　ジブラルタル海峡両側の山塊をさす。ギリシャ神話の英雄ヘラクレスがこの地にあった巨岩を砕き、地中海と大西洋をつなげたとされる。
31　オウィディウスの『変身物語』によれば、プロセルピナ（ギリシャ神話でペルセポネ）は冥府の神に誘拐され、石榴の実を食べたため、一年の半分を冥府で、残り半分を地上で過ごすことになった。プロセルピナが地上に戻ると季節は春となるので、農耕と春の女神とされる。
32　黒海の北からカスピ海の北、ドニエストル川、ドニエプル川、ドン川、ヴォルガ川の沿岸地域に広がる草原地帯。
33　九－一三世紀にイラン系遊牧民アラニ人がカフカス北部に作った王国。一三世紀に元の侵攻で事実上崩壊、一四世紀初めのティムール軍の攻撃で消滅した。
34　ヴェネツィア共和国で一二八四年から五百年以上にわたって流通した金貨。表面に聖マルコにひざまずくドージェ（総督）、裏面にキリストが描かれる。
35　現在のバスクンチャク湖（ロシア共和国アストラハン州）。カスピ海の北西、ヴォルガ川の東に位置する塩水湖。シルクロード交易の商品となった塩の生産で古来より知られた。
36　ヴェネツィア共和国の交易船団およびその地中海航路網。春にヴェネツィアを出航、秋に帰還した。敵や海賊に対抗するため船団を組んで、航路と日程が決められた。
37　テュルク語族キプチャク語群に属するタタール語。
38　七世紀以降、旧ササン朝ペルシア領域のイスラム圏で流通した銀貨。
39　ユーラシア大陸中緯度の草原地帯に広く分布する青銅器時代の遊牧民族の墳丘墓。
40　コンテッベ丘発掘の逸話は一四九三年五月二三日付でヨサファ自身が記した文書『ヴェネツィアの商人ヨサファ・バルバロのターナへの旅』に詳しく記されている。
41　現在はロシア連邦ダゲスタン共和国の都市。ペルシア語で「防壁に開く門」を意味する。大カフカス山脈を控えてカスピ海に面し、草原地帯に続く大平原を北に、イラン高原に続く高地を南につなぐ古くからの交通要衝地であった。

42　長さ二五－三五メートル、幅五メートル程度、片側一五から二〇、計三〇から四〇の櫂を装備した一本マストの細身の戦闘用小型ガレー船。一五世紀に入り、喫水も浅く、機動力を重視したヴェネツィア海軍で使われ、とくに北アフリカ沿岸の海戦で活躍したほか、一四－一七世紀に地中海の海賊船としてさかんに使われた。

43　キリスト教の聖人、殉教者の伝説的列伝。ジェノヴァの大司教ヤコブス・デ・ウォラギネ（一二三〇？－一二九八）の著作で、キリストの降誕に始まり、章別に一六〇名以上の聖人の伝記および祝日や儀式が記される。聖カタリナの伝説は一六六章に記される。

44　オルドは遊牧民族の長ないし妃が宿営した幕舎、天幕の意。幕舎を宮殿とした遊牧国家をも意味する。本文でいうタタール族の遊牧国家（オルド）はジョチ・ウルス（キプチャク・ハーン国）をさす（ウルスはオルドを意味するモンゴル語）。

45　アゾフ海沿岸域やカフカス地方は一四世紀末、トクタミシュ・ハーンが率いるジョチ・ウルス（キプチャク・ハーン国）による激しい攻撃にさらされた。

46　麦芽による発酵飲料。ボザはトルコ語。一〇世紀頃に中央アジアで作られ、カフカス、小アジア、バルカン半島に広まった。現在も広い地域で飲まれている。

47　このタタール語は客人を迎える言葉で、王に謁見する使者が述べる挨拶としては、やや滑稽である。

48　ヴェネツィアで建造され、フスタ船より小型で漁や商品輸送に使われた帆船。

49　刀身が細身で湾曲した刀。新月刀ともいう。西アジア、中近東で生産、使用された。

50　ビザンティン帝国後期に使われた銀貨。一四－一五世紀には、ビザンティン帝国のみならずオスマン・トルコ、地中海沿岸の植民都市で広く流通した。

51　一二世紀後半に、北ヨーロッパの商工業都市を中心にして自然発生的に生まれた女性の互助団体。さまざまな環境、境遇の女性を受け入れた。会則や組織指導者はもたず、手仕事や職業訓練、教育、執筆、介護医療などの知識・技術を広く啓発、指導した。

52　レーナはマグダレーナの最後三文字をとった名前。マグダレーナはマグダラのマリアに由来する。「福音書」の記述では、イエスの死、埋葬、復活を見届けた。

53　ヴェネツィア語で「お化け、悪魔」の意。女性に欲望を示さないヨサファをからかって陰で言われていた蔑称であろう。

54 チェルケス人は以下の十二氏族から構成されていた。タタルコシ、ソバイ、ケヴェルテ、カバルド（以上は本文にある四氏族）、アブザク、ブジェドゥグ、ハトゥクワイ、マムヘグ、チェミルゴイ、ウビフ、イェゲルクワイ、ジャネイの各族である。

55 コーパは現在のテムリューク（タマン半島の都市）の古名で、コーパの川は河口にテムリュークが位置するクバン川をさす。

56 ロンチリオーネはイタリア中部の中世都市。謝肉祭では派手に装飾をした大きな像を載せた山車などが繰り出す。

第3章　テルモ

ターナの川岸
一四三九年七月のある日、第四夜警時[1]

船尾の甲板に立ち、手を壁について。

おれは目を半分閉じ、広い川面から立ち上るなま温かい空気の中で、視覚以外の感覚で音、気配、匂いを捉えようとする。どんよりとした夕闇に包まれた靄《もや》がやっと薄くなり、市壁の上の歩哨が持つ赤みがかった灯が遠くで揺れる。別の二、三の灯火が船着場の船の上、流れから守られた入江の停泊点に泊まる船でも揺れ動く。サン・マルコの獅子を備える市門の下でもちらちらと灯火が光る。ぶ厚い扉はいつもならとっくに閉まっているはずだが、閉じかけた位置で止まり、跳ね橋も降ろされたままだ。二人の兵士が石の階段に腰を下ろして、船の出航を見ている。音が消えたように静かな晩、出航だけが退屈をわずかに忘れさせる唯一の出来事なのか。

側舷の両側に分かれる水は音も立てずに滑るようにゆっくり流れる。おれの船は長い船着場に抱かれている。身を委ねるかのようにゆらりと動き、もやい綱に引っ張られて戻りながら、軽くきしむ音を立てる。サンタ・マリア聖堂の鐘の音でこの沈黙の世界がふと途切れる。第四夜警時《やけいじ》になった。陸風が突然吹き始めることもある。そうなると今度はすぐに突風になる。櫂を点検し、索具の準備を万全にする。もやい綱をほどいて錨を上げさえすれば、黒い川面の中央に漕ぎ出し、風を受けて船は海へ走り出るはずだ。

　振り返って船をじっと見る。おれの船。ヴェネツィアの野郎《ベリン》どもは、これをグリッパリアという。おれにとっては船をはるかに超える存在、まるで生きている人間のような存在だ。これはおれの女、愛しい女だ。なんのためらいもなくすべてを任せることができる女。マストの腕、ロープの髪、潮風の香りがしみこむ帆。すべてがおれを安心させる。この女と生きるのはおれだけではない。空にはユリカモメと青鷺《あおさぎ》、船底の竜骨《キール》の下では跳ねる魚。おれの女の身体の中、つまり漕ぎ部屋には、居並ぶ漕ぎ座で必死の漕ぎ手たち。取引手形や売り上げ台帳の記入でも、おれは愛する女を名前で呼ぶ。そう、サンタ・カテリーナ。車輪の聖女。船首飾りの木板にぎこちない字で彫りこまれた聖女の名。船室の扉に釘で引っかけた安物のギリシャ製イコンの上に記された名。おれには飾り文句をつけないカテリーナだけで十分だ。祈りも簡単になる。異教徒や信念もなく改宗した水夫たち。貞節を守りとおした女性の聖性と純潔性を、そういうやつらとわかりあうのは難しい。

　漕ぎ手は船の中央の踏み板で隔てられた長い腰かけに座り、櫂を浮かせて待ちの体勢をとっている。デッキ、マストの見張り台《トップ》、格子ロープ《シュラウド》には、闇夜の黒猫のように不動の人影が配置についている。出港の準備は完了し、船長の合図と命令を待つばかりだ。

　ボサボサの髪と赤茶けた髭のあいだ、頬に風を感じる。格子ロープ《シュラウド》と帆脚綱《シート》を細かく震わせて風が抜ける。おれは片手を高く上げ、その姿勢を保つ。とも綱はまだ赤茶色に錆びた係船杭に固定されているが、船尾と船首の水夫はとも綱をしっかりとつかんでいる。船首では泥土質の川底から錨の引き上げが始まる。船尾を洗う流れで、船はわずかに揺れる。風はすぐに強まるだろう。黒い川面を北から下流に向けて吹く風は、まだ残る靄を吹き払ってくれるはずだ。メイン・マストの見張り台《トップ》の上に、星をちりばめた夜空が広がり、東の方角では昇ったばかりの満月が光りはじめる。水面にはさざ波がたち、数百の小さな銀の月を映し出す。

上げた片手を下げようとしたちょうどそのとき、いつもと違う奇妙な臭いを感じた。おれは目を閉じて、臭いの正体を探ろうと集中する。火の臭いだ。乾いた何かが燃えている。火勢は強いようだ。藁、麦、柴の束だろうか。目を開ける。岸の板壁の裏手では、突然の風にあおられた炎がめらめらと上がりはじめた。パチパチと燃える音は遠くから聞こえるので、火の手はまだ川岸には迫っていない。市街を挟んで反対側、もっとも高い南の塔の裾にも炎が見える。そこはタタール人の使節が泊まる隊商宿のあたりで、粗末な小屋やうらぶれた住居がひしめくように並ぶ地区だ。市壁の上の灯火はすぐに見えなくなった。市門を守る兵士も叫び声を聞いて現場に向かったようだ。市門の扉は開いたままになっている。またたく間に火の勢いは強くなり、炎は高く上がって夜空を焦がさんばかりの光の魔術だ。方向の定まらない強い風にあおられて、火の粉や燃え屑は星の雨ように空を舞い、降り注いでいる。

おれは女を抱く男のあれのように突っ張った片手を上げたまま、水夫たちに落ち着けと合図する。何が起こっているのか、見きわめなければならない。船着場に係留されたり、川の湾曲部に停泊している船やボートをむやみに動かすのは命の危険を伴うことはよく知っている。風上に立って安全を確保すべきだが、渦のように吹きまくる風で炎のついた燃え屑が逆方向にも飛び散り、帆や外板にも火が着きかねない。だがどうすることもできず、市街を壊滅させようと広がる驚くべき火の惨状に目を凝らすしかない。

人目を避けるように三つの人影が守備兵のいない市門を通り抜けようとしていた。タタール人のようだ。一人は市門と市壁の近くに兵士たちがいないか警戒するように辺りを見回して進む。ほかの二人はそのあとについて船に近づいてくる。二人は長櫃《ながびつ》のようなものを抱えている。三人とも武器を持っているようだ。係船杭の脇にいた水夫の一人はそれを見逃さず、ベルトに差したナイフの柄に衝動的に手をかけた。三人は動きを止め、先頭の一人が人に聞かれたくないように用心した低い声で「船長を」とおれを呼ぶ。重要なものを持ってきたので早く降りてきてくれと、しきりに手ぶりで伝えようとしている。

こんなときに、と不審に思いながら、石弓の射手二人を護衛につけておれはタラップを降りた。油断はできない。闇の中にアイラトの姿が確認できる。タタール服を着るヴェネツィア出身の変人、みなからユスフと呼ばれるヨサファ・バルバロ、その使用人アイラトはあざといやつだ。ヨサファは高価なキャビアと魚《ぎょ》膠《こう》の積み荷を船倉に運び入れたやつだ。その荷主はターナ在住のジョヴァンニ・ダ・シエナというトスカーナ商人だった。おれたちは昨晩一緒にいて、フランチェスコ・ダ・ヴァッレの誘いに乗って、カフカス人の捕囚といういうえげつない企てに加わってしまった。仲介手数料や物品税なしに奴隷を手に入れようという算段だった。その場にいたズアンの弟、フランチェスコに面と向かってはっきり「ノー」と言えただろうか。ズアンとおれは同じように賢い母親から生まれ、もう長いあいだ、仲間としてカスピ海交易を続けている。ズアンは最近、チョウザメの飼育とキャビアの生産を手がけていると言っていた。

昨日のカフカス狩りはうま味のあるヤマではなかった。勇猛な戦士が防戦し、そのあいだに多くのカフカス人は逃げた。戦いの最後におれの手元に残ったのは、捕虜二人だけというありさまだ。二艘の小舟とともに、木が茂る小さな川の河口まで進み、カフカス人の陣営近くまで深入りした。おれと一緒に平底舟に乗った石弓射手四人に幸い死傷者が出なかったので、損も得もたいしたことはなかった。狩りが終わってから、二十人ほどの捕虜を船に移し、市壁の脇、船着場近くのフランチェスコの商館に彼らを閉じこめたのはおれだった。だが、ヨサファのやつは散々だった。奴隷二人の損失はともかくとして、噂ではタタールの王族から譲り受けた息子を失ったらしい。

その晩、フランチェスコは葦の沼地で新たに取り押さえた若い捕虜を商館に連れてきた。全身泥で汚れ、半ば失神した少年だった。おれは「この子供はヨサファにやり、ついでにヨサファの取り分として、欲しい捕虜を選ばせてやろう」と提案した。とにかくこの一件を早く済ませたい。荷の積みこみは終わっている。ぐずぐずせず、できるだけ早く出航したい。ここで遅れると、黒海の岸に沿った寄港の計画が順にずれてしまい、コンスタンティノポリスに到着できない恐れもある。

死んだ者を嘆くために時間をかけるのは意味がない。逝ってしまった者はもう戻らない。生きているおれたちは生きている者のことを考えなければならない。しかし、今朝、おれは商館で待ちぼうけを食らった。ヨサファは姿を見せなかった。奴隷狩りの仲間は取り分を分配し、おれはすでに自分の取り分を船に乗せた。奴隷たちは船尾の船倉に入れ、キャビアの積み荷の近くに拘束した。キャビアも人も貴重な商品である。

腹黒アイラトはおれになんの用事があるのか。アイラトをここによこしたのはヨサファに違いない。だが、なにかがおかしい。タタール人アイラトは興奮し、あわてている。しきりと辺りを見回し、市壁や市門を気にしている。このありさまは、どう見たってついかれている。おれたちは船の上にいて、ちょうど錨を上げようとしているところだ。風は格子ロープの間をヒューと音を立てて吹き抜ける。闇に輝く炎は市街をのみこむ勢いだ。アイラトは長櫃を下に置かせ、ナイフで蓋をこじ開ける。

次の瞬間、おれは言葉を失った。櫃の中にはあのカフカスの少年がうずくまっているではないか。泥で汚れた服を着たまま、猿轡《さるぐつわ》をかまされ、縛られている。目は閉じて、気を失っているようだ。なぜここに運んできたのか。長櫃は生きている人間を入れる箱ではない。入れるとすれば死体だ。呼吸のための穴も開いてない。ヨサファはおれに少年を売りつけるのか。しかも申告せず守備兵の検査をすり抜けて。こいつは怪しい。

　アイラトが褒美をくれと言わんばかりに両手を広げて歪んだ愛想笑いを浮かべたとき、おれの疑念は確信に変わった。ヨサファが「忠実だ」という僕《しもべ》は、主イエスに対してユダがしたように、主人を裏切り、その所有物を奪い取ろうとしている。おれはどうすればいい。取り押さえて守備兵に引き渡すか。しかし、守備兵はどこにいる。見あたらない。おれがこの取引を突っぱねたら、少年はどうなるのか。逃げようとする人さらいたちの足手まといになるので、すぐに沼地で喉を掻き切られるのか。あるいはタタール軍の野営地で奴隷になるのか。それなら少年にとってはまだ死んだほうがましだ。

　火は市街のあちらこちらに延焼している。岸には誰もいない。ほかの船ではもやい綱をほどき、安全な沖に避難するためのあわただしい作業が続いている。無言のまま、剃刀のように鋭く冷たい一瞥をくれながら、おれはベルトから財布を外し、それをアイラトの足元に投げつけた。船着場の上に銀貨が散らばる。ターナのアスプロ銀貨、トレビゾンドで流通するカッファのアスプロ銀貨など、あれこれと違う硬貨だ。数えてはないが、おそらく五ズッキーニほどの価値にはなるだろう。いくらになろうと、それはユダの三〇ディナールに相当するだろう。[3]アイラトは散らばる貨幣をがつがつとかき集め、すぐ振り向いて仲間と一緒に市壁に沿って走り去った。小さくなるその姿を月の光が照らしていた。

　長櫃の上に屈み、巨人のような両腕を伸ばしてその軽い「荷物」を抱き上げた。サンタ・カテリーナの新しい「船荷」は、とりあえずおれの船室に運ぶ。注意深く床に降ろし、その手首は念のため鉄の輪につなげた鎖につないでおくか。部屋を出ようとして少年を見ると、どうやら意識を取り戻しそうである。苦しそうに息をして、目は半開きだ。おれは顔を近づけ、この状況であれば通じるかもしれない二つの言葉を小声で言ってみた。「落ち着け、出発するぞ《ウプッチェ・ネーグア》」少年はおれを見る。言葉が通じたのか。少し落ち着いたようだ。

船室の鍵を閉め、急いで外に出る。おれは満月の光にくっきり浮かび上がっているだろう。手を上げ、長い合図の声とともにその手を降ろす。すぐに錨が上がり、もやい綱が引かれ、タラップが巻き上げられ、船は突き棒のひと押しと水の流れでゆっくりと船着場を離れる。漕ぎ手は櫂を水に入れ、鼓夫は太鼓でリズムを取り、操舵夫は船を川の中央に向けようと舵棒を強く握り、水夫たちは横桟に登るためにマストの下に待機している。

四分の一海里ほど進んだところで、操舵夫はおれのほうに振り返り、頭で合図を送る。船は川の中央に出て流れに乗った。北からの順風を受けて進む。この風が止まなければ、河口を出てタルマーニョ[4]の岬まで行けるだろう。予想どおり、帆脚綱はピンと張っている。よし。おれは簡単な出航命令を叫ぶ。水夫たちは横桟に登って揚げ綱を引き、帆桁は空に伸びる。吹き渡る風は目に見えぬ手となって大きな三角帆をはらませ、川面のさざ波に浮く船に勢いをつける。メイン・マストには、白地に聖ゲオルギウスの赤十字[5]を描く栄光の旗がなびく。わがサンタ・カテリーナは月光を受けて真珠のように鈍く光る帆に風を受け、有翼のグリフィン[6]の飛翔にも似て水面を滑らかに走る。黒い市壁と塔に囲まれて炎に包まれた小さな地獄の町はたちまち遠ざかり、闇に消えた。

＊＊＊

見張り台から水夫が叫ぶ。岬の砂浜が目に入る。浜は水に伸びる舌のように長く突き出ている。太陽は頭の上にあるので第六時《セスタ》[7]は過ぎているだろう。おれは眠れず、夜どおし舵の近くに立っていた。疲れた操舵夫と交代したのは夜明けである。少し前に舵をふたたび彼に任せたが、おれはそのままそこに立ち続け、風を顔に受けて昼の陽光の中で薄眼を開けていた。夜を徹して航行するわがサンタ・カテリーナに満足し、手摺りを撫でる。ザバッケの海でこれほどいい風に恵まれたことはかつてなかった。おそらく目に見えない車輪の聖女が天国からわれわれを助けてくれているのだろう。婚約者主イエスとともに天国に住む聖女カタリナは、この航海がおれにとってどのような意味をもつのかをすでに知っているのだ。人の心を見通す聖女に、ことさら大きな声で祈る必要はない。

すでにロシア村[8]でターネ川と別れたが、物の焼ける臭いが川に沿う風に運ばれて、なお鼻腔に残っているような気がする。海に出ると北風は強くなり、風向きがわずかに変わった。その風を巧みに利用するには船首を風上に向けるのがいい。暗色の岩が平らに続く狐《きつね》島の海岸、カバルド地方を経て、ロシア川[9]の河口に達し、そこから進路を南にとりタガンログ湾を横切る。早朝まで強かった風はその後徐々に弱まったが、風向きは変わらなかった。昨夜の船は満月とともに進んでいた。月は帆の上に昇り、船を無言で西へ導くかのように輝いていた。雲のない夜空には星が光っていた。

船底を洗う水の音のほか、聞こえるのは鼓夫が打つ太鼓の音、それに合わせて水に入ったり出たりする櫂の音だけである。それはサンタ・カテリーナを悠然と押し進めるリズム、いうなれば、昔から伝わる掛け声、「えっさ《アリラチャ》、えっさ《アリラチャ》」に呼吸を合わせて腕と筋肉が作り出すリズムだ。漕ぎ手は漕ぎ番と休み番のシフトを交互に繰り返して夜どおし櫂を漕いだ。休み番になると、漕ぎ手は甲板に出て身体を伸ばして休み、船から突き出した板の上に乗り出して下腹と膀胱を空にするのだった。顔と上半身を洗い、海水に浸した乾パン《ガッレッタ》入りのスープをすすり、料理人から渡された干し鰊《にしん》を食べる。鎖でつながれるのはごく少数の漕ぎ手だけである。おれはその少数の拘束奴隷の差し錠も順番に外すことにしている。

　八列の漕ぎ座のうち、最後の列には両側とも一人の漕ぎ手を割りあてる。船倉のキャビアに近いその最後の列に、鎖で船倉につながれた新入り一人ずつを入れれば漕ぎ座はすべて埋まる。長い櫓一本に二人ずつ、片側一六人である。ほかの船員と同じで、漕ぎ手もまた航海で稼がなければならない。

　そう、漕ぎ手はすべておれが所有する奴隷だ。[10] おれのものという点では、サンタ・カテリーナも同じである。ただ、おれの女は品物ではない。やつら奴隷もけっして品物ではない。奴隷たちはおれと同じで、血の通う人間だ。唯一の違いは、命令を下すのはおれ様で、それに従うのがやつらということだ。主人ではなく船長として、やつらもサンタ・カテリーナもおれの命令を聞かなければならない。

　おれたちは同じ船に乗り、同じ危険を避け、なんとか生き延びてここにいる。給金払いの乗組員と臨時雇いの者、そこに違いはない。食事にも違いはない。船長としてのおれ、漕ぎ手の奴隷、水夫、石弓射手、操舵夫、記録係、散髪屋、全員同じ食べ物を口に運ぶ。若い乗組員にとって、おれは父親のような存在だ。というのも、タタール軍の侵攻で焼け野原になった農地に戻って種まきをするため、そして冬の飢え死にから逃れるため、やつらをおれに売って代わりに小麦と黍《きび》を受け取ったのは、まさしくやつらの親たちなのだ。おれは父親どもから息子を引き受けるにあたり、見習い《アタリカテ》として自らの息子同様に扱うことを誓った。自分の息子にするのと同様、みなの前で、親代わりのおれが良い行いを褒め、悪いことを叱責する。そうすれば、ほかの乗組員からさらに鞭で叱責され侮辱されることはない。

　これまで奴隷たちを商品として扱ったことはない。同意なしに売りに出すことはなかったし、捨てることもしていない。奴隷契約書類も作らない。書類というものはすべてまやかしで、おれはそれが大嫌いだ。手元に来てから一年が過ぎると鎖を外すことにしているが、これまで一人として逃げたやつはいない。三年あるいは四年後には、身分を解放してその後の道を選ばせる。親元に戻るか、エジプトに渡ってマムルーク[11]〔奴隷兵士〕として軍事訓練を積むか、あるいは自由人としておれに仕えるか、である。これまで、何人かは私のもとに引き続きとどまり、使用人として働いてくれた。しかし、いまやそれは無理となる。この生活は終わろうとしている。この航海は特別なのだ。その重さを心に感じる。コンスタンティノポリスに入港するまで、誰もそれを知らないのだが。

漕ぎ手は全員カフカス人の奴隷だ。だが、その中に戦争で略奪された者、沿岸の町に巣くう奴隷仲買人から買った者は一人もいない。二十年以上も前から、奴隷はタマン[12]の半島にある村々の家族から買っている。食料、布地、銀の食器などと交換するのだ。そういえば、以前、ターナとサライ[13]の間、オルドの市場で、荷車に鎖でつながれて恐怖に慄《おのの》く子供たちがいた。髭を生やした赤髪の大男、つまりおれが馬に乗って泥道を通ると、子供たちは買い受けてほしいとせがむようにおれを見上げるのだった。おれは海峡沿いのマトレーガのジェノヴァ人総督のために彼ら全員を買い取った。だが、ジェノヴァ人総督はおれに船で使いたい者を選ばせたあと、教皇の禁令を気にもかけず、残りの全員をエジプトに送ってしまった。子供たちはみなアディゲ人だといわれているが、じつはナトゥカジュ人、シャプスグ人、ベスレネイ人、カバルド人など、それぞれ異なったさまざまな部族の出身で、地獄の悪魔たちもそこまでひどい言葉は喋らないほどの言葉を使う。[14]ときに彼らのあいだでも言葉が通じないようだった。だが、おれはがんばった。なんとか理解しよう、喋ってみようとその言葉を勉強してみた。教えてくれたのは一人の女だった。そう、おれの女。

最初に奥地に派遣されたとき、マーパ[15]の北にあるナトゥカジュ人の貧しい村では沼地の熱病が流行り、飢えと熱で青白く痩《や》せこけた村の長が、小麦と私が乗ってきた丈夫なアラブ馬を受け取り、代わりに騾馬《らば》と自分の娘を差し出した。小麦と騾馬、アラブ馬と娘はそれぞれ同じ価値だというのだ。のろのろと動く騾馬は受け取るのも面倒だったが、小屋の薄明りの中で敷物にうずくまる少女におれは一目で心を奪われた。白い肌に烏《からす》のような漆黒の髪がかかり、緑色の目にはカフカスの女性すべてが備える不敵にして誇りに満ちた視線が宿っていた。綱につながれて守備兵が見張る子供たちを従え、ヴェールをかけた少女を痩せた騾馬に乗せ、おれは歩いてマーパに戻った。

その少女がいま、おれと生活している女だ。金角湾の港を挟んでコンスタンティノポリスの対岸ガラタ[16]にある小さな家に娘たち三人も一緒に住む。女の名はダーカナウチュシェ。「素晴らしい緑の目」という意味だ。おれにとってはダーカという愛称で十分だ。素晴らしい女。不安定であわただしい生活に区切りをつけ、ダーカと娘たちをそこに連れて行ったのは、もう十年以上にも昔のことになるか。サンタ・カテリーナに乗っておれがいつも帰るのはそこだ。人生という短い航海を終えて自分が生まれた星座に帰るかのようだ。ダーカに出会うまで、おれの人生はただ先に進むだけで生活は混乱し生きる目的はなかった。だがいま、おれにはいつも帰る場所がある。

おれはダーカの身分を解放していない。結婚もしていない。その必要はない。なぜ司祭と公証人に頼まなければならないのか。もちろん文書や書類が大嫌いなことは言うまでもない。二人はただ一緒に生き、愛し合う。おれはダーカの男、ダーカはおれの女。それ以上の何が必要だというのか。ダーカと娘たちは、レヴァント地方[17]のギリシャ語訛《なま》りで、ジェノヴァの言葉を喋るようになった。ダーカの不思議な言葉は、おれたち二人の秘密の言語なのだ。そしていま、これまでと同じようにおれはダーカのもとに帰る。ただ違うのは、ダーカが想像もしていないことを言うために。

岬を回ったので帆脚綱を緩め、横桟を下げる合図を出す。漕ぎ手は全員が動きを止めずに漕ぐので、船の速度は変わらない。操舵夫は浅瀬を避けて広く迂回するように舵を取る。河口の手前に来ると、船は波のない入り江の方向に進む。私の合図で漕ぎ手は動きを止め、船は徐々に速度を落として慣性で揺れながら進む。測深棒の目盛りは三ブラッチャ[18]〔約五・五メートル〕に届かず、深くないが海底は見えない。ここの海はいつもこうだ。まるで霧に包まれた沼地のようだ。舳先の錨を急いで降ろす。船はその場で向きを変え、止まる。砂浜から二百歩もないだろう。船尾の錨も音を立てて海中に降ろされる。

男どもは歌を歌い、甲板の片づけをしながらひと息ついている。岸辺に人影はなく、砂だけの浜に見えたが、砂丘の上にはすぐに人の姿が現れた。警戒すべき雰囲気ではない。籠や壺を持った女、子供、そして何頭かの羊が見える。世界の隅ともいうべきこの地では、水夫たちが足りないものを欲しがるので、女と子供は、うまいこと物々交換をすればかなり得をする。小舟が降ろされ、何人かの水夫と料理人が岸に向かう。料理人は鉄串とナイフを持っている。夕食は浜で火を焚いて羊の丸焼きも悪くない。夜になると、かがり火の近くに女たちが何人か近寄ってくることも、水夫たちは心得ている。同じコップで火酒を飲みかわし、うまくいったら二人で砂丘の向こう側に姿を消すのだ。

女たちがこちらを見ているのを意識して、服を脱いで海に飛びこむやつもいれば、漕ぎ手たちは甲板に寝そべり、目を閉じている。小柄な記録係は黒い服を着ている。日除け幕を巻き上げられて、まぶしくて仕方がないと文句を言っているようだ。ひび割れて硬い皮膚をした漕ぎ手たちは、軟弱な記録係を馬鹿にしている。船の上で生きる人間たちは、こうしてそれぞれ仰向けに寝そべり、腹を空に向けて午後の強い日差しをのんびりと楽しんでいる。

おれは、漕ぎ手の頭《かしら》と一緒に下甲板に降りて、新参の二人のようすを見に行った。鎖につながれた二人は生きているというより、もはや死んでいるようにぐったりとして、吐いたものや汚物で汚れていた。いつものことだ。沿岸にすむ部族もいるが、それ以外のカフカス人はすべて山の民だ。山の民はやつらの言葉で「シ」と呼ぶ海を恐れる。雪で覆われた高い峰々から遠くに見下ろすその広がりは斜光を受けて鈍く不思議に光る。湾をなす狭い海は、すべての大地を囲む無限に広い大海に比べれば、取るに足らない水たまりのようなものなのだが、山の民はそうした広い海の世界を想像すらできない。二人の少年奴隷は、この二日間、同じ上着とズボンを着けたままだ。服は泥にまみれ、ところどころ裂けている。ベルトと長靴はすぐにタタール人に奪われたらしい。二人の世話は漕ぎ手の頭に任せることにした。「まず、上に引き上げて日にあて、服を脱がせ身体を洗ってやれ。水と食べ物も忘れるな」そう命令して、おれは梯子段を上り、自分の船室に戻った。

船室の少年は床板の上に身を屈め、昨日の夜ほったらかした場所にいた。眠っているようだ。急ぐ必要はない。おれはおれで寝台の上に横になる。船室は、そう、大きなおれにとっては低く狭い。背を丸くしないと天井に頭をぶつけてしまう。ここは嫌な臭いが染みついて汚れ放題の巣穴だ。マントに身をくるみ、短いあいだうとうとするだけの場所だ。半開きの扉から日の光が漏れてくる。頭のうしろで手を組み、少年のほうを見る。組んだ腕で顔は見えない。首筋はターバンのような布で覆われているが、そこから金髪の巻き毛が出ている。ゆったりとした深緑の上着はなかなか質のよさそうな品物に見える。使っている生地は高貴な家柄のカフカス女性の衣服に使われるものだ。肩帯ベルトと長靴はすでになくなっていた。

少年は山岳民族の高貴な家柄の出なのか。未開で凶暴なカバルド人かもしれない。捕らえたときにむなしくも強い抵抗を見せたのはカバルド人だからなのか。さて、こいつをどうするか。到着したらマトレーガの総督と話し合うのがいい。ちょっと待て。その前に、やつの顔を見て少し話しかけて、いったい誰なのかを確認しておこう。ま、おれがあわてることはない。まず、猿轡《さるぐつわ》の結び目を緩めて息を楽にしてやり、そのまま眠らせておこう。赤い革の上着も脱がず、長靴も履いたまま、いつものように寝台に潜りこむ。目を閉じずに少し休むことにする。外から水夫たちの笑い声が漏れてくる。

何かが動いたようだ。嗚咽のような小さな音がする。少年が身体を動かして顔を上げ、大きく開いた青い目で私を見つめている。取り乱してはいない。ほかの二人と同じような苛酷な夜に悩まされたようすもない。自分がいるのはどこなのか、なぜ自分はこの場所にいるのか、むしろ好奇心が先立っているように見える。狭くて揺れる板張りの部屋はいったいどこなのか、目の前の寝台から自分を見る赤髪の大男はいったい誰なのか。

おれは椅子に座り、片言のカフカス言葉で話しかけてみる。「安心しろ。おれたち二人は友達。害を与えるやつはここにはいない」さらに言ってみる。「服を脱いで裸になり、外に出て洗え。終わったら、乾パン《ガッレッタ》をやるので食べるといい。夜は羊の焼肉だ。美味しいぞ」眉をひそめて聞いている少年に、はたして意味は通じたのか。少しはわかったらしい。口を開いて何かを言おうとするが、言葉が出ずにすぐに口を閉じる。おれは立ち上がり、鍵を出して鎖の錠前を外した。そのまま少年を見据えてまた椅子に座る。どうすればいいのか。

少年は苦しそうに立ち上がり、よろけて壁にもたれた。これまで嗅いだことのない臭いを確かめるかのように、深く息を吸う。潮の香りだけではない。船に張りついた苔や小判鮫《こばんざめ》、船壁に残る鳥の糞、干し魚、人の汗と尿、湿気を吸った木材、さまざまな臭いがこの部屋に漂う。息を吐くと、少年はゆっくりと服を脱ぎ始めた。ターバンを外すと豊かな金髪がふわりと波を打つ。上着を脱ぎ、シャツも取る。次の瞬間、おれは思いもよらぬものを目にした。

だが、それが何かはすぐにわかった。もう何年も前だ。あのはじめての夜、おれの女ダーカの服を脱がせた夜。そのときに見たものと同じだった。細い木枠で補強され、編み上げて締める革のコルセットである。何か言葉に出してその動作を止めようとするが、それよりも早く結び目はほどかれ、コルセットは床に落ちた。そのときまで押しつけられていた二つの小さな乳房は、硬い乳首とともに弾け、おれの目の前にまぶしく現れた。

一瞬の沈黙は長い時間のように思える。「コルセットを着けろ、シャツを着ろ」と身ぶりで促す。船室の扉を静かに閉め、隅にある椅子に座らせる。また沈黙だ。おれが口を開くしかない。聞くだけでせいいっぱいだ。「お前は誰だ？　名は何と言う？」「なぜ男装をしているのか」「どこから来たのか」「なぜ、来てはならない場所に現れるという危険を冒したのか」だが、少女は立て続けの問いに追いつけない。問いの意味がわからないようだ。おれは問いつめるのを止めた。わかりやすく尋ねなければ。おれとしたことが、あせるばかりで、優しい大男といういつもの余裕は吹き飛んでいる。少女はそんなおれを怖がっているのか。まずひと息、大きく息をしよう。とそのとき、少女の指にはめられた銀色の指輪がおれの目に止まる。なんと、聖地パレスティナから帰るロシア人の巡礼者たちの指に見たのと同じ指輪だ。巡礼者たちは、果敢にも砂漠の中の道なき道を歩き続け、聖なる山の麓にある修道院、わが聖なる人、聖女カタリナに捧げられた修道院までたどり着いたと言っていた。そうか。できる限り小さな声で優しく少女に語りかける。「カテリーナ？」うつ向いた少女は無言でうなずいた。

おれは扉の裏に釘で固定されたイコンを見せる。少女は頭を下げ、礼拝の姿勢をとるようだ。目を閉じて、聖女に無言の祈りを捧げているのか。だとすれば、少女は洗礼を受けたキリスト教徒に違いない。おれの女ダーカと同じように、カフカス人がキリスト教徒になるのか。ダーカは十字架の前でひざまずく。だが、ダーカはなぜそうするのかを知らない。教会にも行ったことがない。秘跡がなんであるかも知らない。「主の祈り《パーテル・ノステル》」を覚えることができない。ダーカが覚えたのは「私たちのパン《パーネム・ノストルム》」だけだ。[19] かくいうおれ自身も、すべては信仰さえあればうまくいくとは思っていない。それと無縁の水夫連中と一緒に乗るサンタ・カテリーナでは、祈りはたいして役に立たない。

少女の名はカテリーナだ。おれの船と同じ名前。おれの名はテルモ。手を開いて胸にあて、胸を軽く打ちながら繰り返す。「おれはテルモ、お前はカテリーナ」。すぐに通じたようだ。「ワタシ、Ektrini《エクツリニ》、アナタ、Trmo《ツルモ》」「違う、違う。おれはテルモ、サルツァーナ出身のテルモだ」と発音を直す。ま、これはどうでもいいか。Trmo《ツルモ》もTermo《テルモ》も同じことだ。だが、少女はEktrini《エクツリニ》ではない。ちゃんと、カテリーナと言ってほしい。おれたちが乗り、おれたちを守ってくれるこの船と同じ「カテリーナ」だ。もっともガラタの家でおれを待つ長女も、本名は船と同じだが、みなはカタイーナ、カタイネッタと呼んでいる。

おれの大きな顔には不安の影が見えたのではないか。航海は始まったばかりで、この先は長い。うまく進んだとして三十日の旅だ。どのようにしたら、「おれのカテリーナ」で少女のカテリーナを無事に運べるだろうか。どこに入れておくのか。いや、無理だ。おれたちと一緒に行くことはできない。船の中に女がいられる場所はない。マトレーガの総督に引き受けてもらうか。総督はカテリーナを解放して、部族に帰すかもしれない。あるいは、売りに出すだろうか。自分の手元に置くかもしれない。どうするかは総督が決めることだ。

コルセットを締めたカテリーナをあらためて見たおれは、次に何をすべきか、すぐに決めた。「これまでどおり、少年のふりをし続けろ」これをなんとかカテリーナにわからせることができた。この秘密は誰にも知られてはならない。カテリーナは少年《ギャルソン》である。とすると、髪は短くしなければならない。驚いたことに、カテリーナはおれの考えをすぐ理解した。むしろ、それ以外の解決を望まないようだった。おれに近づき、素直にうつむいた。ところどころ虎刈りになってしまうが、剃刀で髪を短く切り詰め、金髪の少年に仕上げていく。これからはタイニーン〔ターナの子〕と呼ぶことにする。おれの船室に少女カテリーナが隠されているとは、誰も気づかないだろう。

＊＊＊

未明、西からの風を感じたので、すぐにサンタ・カテリーナを出航させる。昨日の午後いっぱい、乗組員が変な好奇心を抱かないように、タイニーンは船室に閉じこめておいた。万一騒がれると困るので、片方の手首に鉄の輪をはめて長い鎖でつないだが、動き回れる範囲は広かった。寝台は少しばかり片づけて掃除をした。もう何年もしたことがない掃除と片づけである。蚤の住処になっている古い藁袋を甲板から海に捨てたのだが、藁袋をどけてみると、小さな鼠が数匹丸まっていた。鼠はキーと鳴き声を上げて板の継ぎ目にあいた穴に逃げこんだ。茶色くテカテカと光る背を見せてゴキブリが数匹、同じ継ぎ目に逃げこんだ。その継ぎ目と穴に板をかぶせて釘で打ちつけておく。

寝台の横に板を敷き、帆布に藁を詰めてタイニーンの寝る場所を作った。部屋の隅には、小と大の排泄のために手桶を置く。夕方、羊の丸焼きから引きちぎった足をスープ皿にのせて運んでやる。長い串に刺して浜辺で焼き上げた美味しい肉だ。それに赤ワインを添えてやる。少女だが飲めないことはないだろう。どのみち水で薄めてある。浜辺では水夫たちが焚火の周りで陽気に歌を歌い、二人のジプシー女が煽情的な踊りで男たちに誘惑の視線を投げかけている。

船室の扉を閉める。タイニーンは空腹だったようで骨付き肉を貪るように食べてしまった。外にいる者は何も言わない。この船、そのすべては私の統率下にある。乗組員たちは、囚われている若者が漕ぎ手としては使わない大切な戦利品であるとわかったようだ。記録係だけは場の空気を読めず、何か聞き出そうと口を開けるのだが、船長のおれが鋭い威嚇の眼差しで見据えると、唾を飲みこみ、顔を固くして、何も言わない。この記録係は船長室から近い小さな船室に、床屋兼医者を務める水夫と同居している。

おれは全員の帰船を待っている。操舵夫も船に残ったようだ。星空が広がり、湿地の蒸気の上にまもなく赤い月が昇るだろう。舵の横にあった麻袋にしばし横になり、マントをかけ、一人思いにふける。

＊＊＊

航海三日目。引き続き順調な風を受けて、サンタ・カテリーナは海峡の対岸にあるジェノヴァの植民都市ヴォスポーロ[20]を右舷に見ながら、ついに十字架岬を回った。突き出る岬をいくつかかくぐるように進むには、風に頼るだけでは危ない。漕ぎ手が太鼓のリズムと笛の音で動作を合わせ、船を進めることになる。タマンの海岸に沿う海路には、大昔の火山活動を物語る奇観が続く。突き出る岩礁や切りこまれた絶壁には亡霊が住むといわれ、水夫たちは不安を隠せない。実際、日が暮れると、湿地にはあちらこちらに炎が見える。しかし、それは亡霊の火玉ではなく、穴から地表に滲みでた石油が燃えているのだ。ビザンティン人はそれを利用して、ギリシャの火[21]といわれる強力な武器を発明した。

　タールを含んだ霧煙をかき分けるように船はマトレーガの港に入った。小さな商船や戦闘や略奪のための船何隻かに加え、フスタ船が一隻、三本マストのシーベック船[22]二隻が止まっている。わがカテリーナの前には、コーパ[23]総督の紋章をつけた軍旗を掲げる細めのガレー船が入港を待つ。おれは一番高い塔にはためくジェノヴァ国旗に心をこめて挨拶をする。ここは海峡を監視する要衝の地だ。ヴェネツィア人には、ここを無料で通過し、彼らの商船航路《ムーダ》に従ってターナに向かう航路が許可されている。カッファやソルダイア[24]ほどではないものの、マトレーガの市壁は厚く、高い。その重厚な壁の向こうには大聖堂の鐘塔が見える。少し離れた高台には厳めしい大塔《マスキオ》、それを囲む見張り塔、海を見渡す高い歩廊を備えた総督の城塞がある。そこに居を構えるのはおれの友人であり、庇護者でもあるシモーネ・デ・グイズルフィだ。サンタ・カテリーナは船着場に係留され、二泊するための準備が進むなか、サン・ジョルジョ門から使者が訪れ、歓迎の挨拶と「明日、わが城塞にお越しいただきたい」という総督の要望を伝えた。


　待ちわびていた伝言だ。一か月ほど前、シモーネには帰りの航海では必ず会おうと約束していた。この航海がおれにとってどのような旅なのか、知るのはただ一人シモーネのみだ。しかしいま、もう一つの秘密、すなわちサンタ・カテリーナの新しい「乗客」についてもやつに話さなければならない。同意が得られたら「少年」を船から降ろし、やつに託す。

　おれは船室の扉を開け、タイニーンに香ばしいパイを差し出した。水夫の一人が港の女から買ってきたばかりの菓子である。おれの顔には「船室に閉じこめておくのは心苦しいので、お詫びの印に」という表情が出ていたかもしれない。だが、この新しい状況をそれほど嫌がっていないタイニーンには船室にかくまってもらってよかったのではないか。

まず、渡してある石鹼を使って洗濯桶で身体をよく洗わせる。少し休ませて体力を回復させよう。吐いた跡はないので、上下左右、そして旋回する船の揺れにはすぐに慣れたようだ。船室には丸窓も小窓もないが、タイニーンは船壁に小さな穴を見つけていた。航海のあいだ、その穴に目をつけて外を流れる青い水に心を奪われて見入っていたようだ。床に座ると船室は暗箱《カメラ・オブスクラ》[25] となって、暗い木の壁には幅の広い光の帯が広がり、無限の色と輝きがちりばめられた。

タイニーンは寝台の下、鼠の巣があった所から、羊皮紙に記されたカタロニア製の古い航海地図を見つけ出した。何年も探して見つからなかった案内図で、棲みついていた動物にボリボリとかじられている。それを見ていいかと目で尋ねるタイニーンに、おれは微笑みを浮かべて許可の合図をした。タイニーンはそれがなんだか知らないだろう。羊の革に青、緑、黄と色が塗られ、多くの曲線や直線が交差して引かれ、小さな黒い記号がたくさん描かれている。タイニーンはそこに記された目印や符号が、塔、市壁、町を示しているとわかるようだ。さらに、航海地図には絵も描かれている。大きな椅子に座って支配する王や皇帝、絨毯の上に腰を下ろすスルタンやカリフ、騎馬と騎士、荷を載せた駱駝《らくだ》、そして青く塗られた広い「草原」には、龍と恐ろしい怪物の間に細長い奇妙な動物がいる。ムカデのように黒い足がたくさん並ぶ怪獣、あるいは前足を上げて三角形や四角形、獅子や十字架や三日月の旗を天に向けて振る丸い怪物などである。山と森で育ったとすると、タイニーンはこれら不思議な絵を見て何を思うのだろうか。

おれは書類や帳簿、つまり紙が嫌いだ。しかし、世界を描く地図は許せる。それは公証人や商人が書く記録や伝票とはまったく違う。おれよりも前に命がけで冒険に乗り出したやつらの血と経験で得られた事実、命によって成し遂げた事実がそこには描かれている。もちろん、地図に描かれなかった世界はさらに広く大きく、未知の驚くべきことがらに満ちているであろうとは想像できるのだが。おれは学もなく言葉も喋れないが、タイニーンにはこのことをなんとか伝えたいと思う。

もう夜だ。明日はタイニーンを別の誰かに託すことになる。あれこれ考えるのはよそう。船室の扉に鍵をかけ、星空を見上げなら、マトレーガの微かな光に癒されて眠るとしよう。

＊＊＊

大聖堂の鐘塔が第六時〔一一時〕の鐘を打つ。

トレビゾンド宛ての貴重な蜜蠟の梱包一個を積みこむ作業を監督したあと、おれは船室の鍵を操舵夫に渡し、「中にいる若い捕虜に食べ物をやり、抜かりなくしっかり見張れ」と言い残して、一人でマトレーガの中央通りに向かった。両側には店を開けた商館や店舗の陳列棚が並ぶ。土の路面は長靴、トルコ靴、半長靴、サンダル、スリッパ、木靴、そしてありとあらゆる履物と裸足で踏み固められている。商人、仲買人、物売り、買い物客、女ども、農民、兵士、などなど、人種、言語、衣装の違う多くの人間が行き交う町だ。ジェノヴァ人、カフカス人、チェルケス人、ギリシャ人、ヘブライ人、アルメニア人、ロシア人が通る。先の尖った特徴ある帽子をかぶるタタール人は少ない。ターナとは違って、ここではタタール人は歓迎されない。マトレーガを囲って伸びるタマン半島は、すでに久しくカフカス人のザーネ族が支配しているからである。タマン半島とタマタルカの定住地からマトレーガの町に移り住んだカフカス人も多い。タマタルカはかつてロシア人が支配し、トゥムタラカンと呼ばれていた。さらに歴史を遡ると、起源は古代のギリシャ都市エルモナソスである。フン族の侵攻で跡形もなく滅びたが、ハザール人の帝国時代にふたたび町ができた。そのハザール人もまた、ほかの民族と同じように、時の流れのなかで姿を消していった。

ジェノヴァ人が入植したのはタマタルカに近いファナゴリアの遺跡である。この町も古代ギリシャ起源で、その後ブルガル人、ハザール人、さらにふたたびギリシャ人の町となった。そこを支配下に置いたジェノヴァ人は、カフカス人の町となっていたタマタルカという馴染めない名を、母語に近くて親しみやすいマトレーガという名に改めた。最初に商人が石造りの店をいくつか構えた。地上階には商店と陳列棚、上階は居住部分で、徐々に数が増え、隣同士で支えあうように中央の大通りに並ぶようになった。ひしめく家々の間には狭い泥土の路地が迷路のようにつながり、かろうじてわずかな陽光が射しこむ。そうした路地では、ときに裸足の子供たちが走り回り、買い物籠や手籠を腕にした女どもが忙しく行き来している。家々の壁と壁に渡された縄や棒には、シーツ、ズボン、シャツ、下着やらの洗濯物がかかる。昼でも暗く物騒な路地もあり、ジェノヴァと同じように、カラバーゲ、マッダレーナ、ボッカドーロという名がついている。こうした路地の名前は、そこに住む女たちの「商売」の場として町中に広く知られている。「どこに行こうと、ジェノヴァ人は、そこにもう一つのジェノヴァを作る」という人々の言い草は、正しいと言わざるをえない。売春小路カラバーゲにもそれがあてはまる。

町を歩くと、おれを見つけて挨拶するやつもいる。年を重ね、船長を引退してほかの職についているやつらだ。髪は薄くなり、大きな腹を出し、堅気の市民や商売人に落ち着いたようだ。おれは手を上げて挨拶をするが、歩みは止めない。またすぐに会うだろう。そのときは抱き合い、居酒屋に飲みに行くことになる。市場の出店では、料理人と給仕が果物や野菜を仕分けしながら手を振る。その間を抜け、プレ通りを行くと、開廊《ロッジャ》、鐘塔、大聖堂が面するサン・ジョルジョ広場である。フランス出身の教皇クレメンス六世は、この遠い土地に住む異教徒のキリスト教化を強く望んだという。その要求に応えるため、大聖堂のファサードは装飾を施さずに急いで仕上げられた。しかし、ラテン系のカトリック教徒はこの町にそれほど多くない。ジェノヴァ人、商人、書記と公証人、床屋、いかがわしい医者、船員、手工芸職人、武装兵士、サン・ジョヴァンニ聖堂で受洗した家系につながる少数のカフカス人などである。

カトリック教徒であっても、ギリシャ正教会、ロシア正教会、アルメニア正教会の教会堂に自由に出入りし、それぞれの信徒と区別なく、イコンの前に蠟燭を灯す。平和と寛容が町全体を包んでいる。全能の神はすべての人にとって同じだ。数多くの共同体を組織するヘブライ人にとっても、あるいはエジプト人の商館に用意された部屋でメッカに向けて跪拝するイスラム教徒にとっても、それは同じなのだ。

これがマトレーガだ。ジェノヴァの植民都市だが、実態は支配に屈しているわけではない。小さいとはいえ自由な都市で、わが友人であり庇護者であり、ジェノヴァに生まれた生粋のヘブライ人シモーネが町の総督である。じつをいうと、やつはそれほど熱心なカトリック教徒ではない。やつの家系は、古くはランゴバルドの王と神聖ローマ帝国の皇帝に仕え、その長い歴史の中でジェノヴァ政庁と仲よくなり、キリスト教徒の同心会とも親交を固めた。外見からやつをヘブライ人であると断定できる者はいないだろう。やつは教父の宗教と深く結びついているが、それは個人の心の奥深い信条であり、外から見える態度や動作にそれが現れることはない。

カトリック教会にとって、ヘブライ人は救世主イエスを磔刑に処した呪われし民族だとされる。だが、実利に鋭く反応するジェノヴァの商人にとって、地中海に展開するヘブライ人社会の驚くべき情報網をうまく利用することは、議論の余地のない自明の戦略だ。ただ、おれにいわせれば、大陸の世情は変わりつつある。それも悪いほうに。ペスト（黒死病）と恐怖の黙示録の世紀を通じて、不寛容と迫害というもう一つの伝染病が蔓延し始めている。

つねに将来を見通す力をもっていたグイズルフィ家は、スペルバの国[26]の版図の境界をめざして海路での展開を選択した。そして、沿岸のカフカス人との関係を深め、ついにこの地まで勢力を広げたのである。キリスト教暦一四一九年、シモーネはカフカス人の王女タマタルカのザンヴァスと結婚し、半島のカフカス部族から首領と認められて、マトレーガとタマンの総督の地位に就いた。シモーネの小さな国は、形式的にはジェノヴァ領ガザリアの保護下に置かれるが、実質的には海峡と航路の監視、商取引と海賊の取り締まりに関する全権を得ていた。自由な国家を作るというやつの夢は、この点で現実になったといえる。

その歴史はおれ自身の生涯でもある。城塞に向かう緩い坂を上り、土に打ちこまれた敷石を踏みながらおれはしみじみそう思う。シモーネのお蔭でおれのいまがある。ぬかるむ泥土の中からおれを引き上げてくれたのはシモーネだ。その日の記憶はなお鮮明だ。おれは、バッティスタ・ダ・カンポフレゴーゾ[27]の軍に従ってジェノヴァの軍旗を掲げて進軍する輝かしい二〇代の騎士シモーネを見ていた。ジェノヴァ軍は、スペツィアからヴァル・ディ・マグラ渓谷への道を砂塵を上げて進み、マルケを支配したマラスピーナ家の軍隊との戦闘に向かっていた[28]。カンポフレゴーゾやマラスピーナについては何も知らない若者、大柄な混血の孤児、つまりおれは、裸足で名前もなく、赤髪で手は大きく、アルコーラ近くの街道に沿う居酒屋の周りをうろついていた。馬を洗い、豚小屋の糞を掃除すると、居酒屋の主人はわずかな食べ物と寝場所を恵んでくれた。おれは自分の名前も知らなかった。誰も名前をつけてくれなかった。おれを呼びつけるには指笛をピューと鳴らすか、おい、あんちゃん、くそ坊主、ボケ野郎などとやや親しみやすい言葉で怒鳴ればよかった。

野生児として育ったおれは、暇があると森に逃げこんだ。カルピオーネの岬の木々を分け入って進むと、目の前にはつねに信じがたい景色が広がっていた。日々違って見えるその雄大な景色は限りなく広がり、西にはラ・スペツィアの湾、そして海賊や密輸団の巣窟でもある港町ポルトヴェネレが見え、東には河口と平野、さらにその靄の向こうには見る者を魅了してやまないアプアーネ・アルプス[29]の白い峰々が連なっていた。だが、おれをさらに強く惹きつけて離さなかったのは、海だった。カルピオーネ岬の先、モンテマルチェッロ、プンタ・ビアンカ〔ビアンカ岬〕の断崖に打ちつける波。岬の先の海、そこでは、限りなく広い自由を胸いっぱいに吸いこむことができるだろう。そこがおれの運命の世界になるだろうと、少年のおれは漠然と感じていた。

一四一六年二月のよく晴れた朝、バッティスタ・ディ・カンポフレゴーゾの軍隊がアルコーラの居酒屋の前を通ったとき、大柄な若者は堆肥をすくうスコップを手に持ち、路傍の石に座っていた。風にはためく軍旗を連ねる騎馬隊の輝かしい行進に目を奪われて、口を開けたままだった。なによりも、二頭のグリフィンを従える騎士が槍で龍を突き刺している軍旗の図柄は素晴らしかった。

若者は、軍旗を掲げた騎士が自分の前で止まり、逆光でまぶしい馬の上から自分を見下ろしていることに気がつく。騎士はなにか言葉をかけたのだが、若者はまるで夢でも見ているかのようにその意味がわからない。「おい、お前、名はなんという」若者が答えないので、騎士は従者にそこの集落の名前を聞いた。「テルモ。テルモです」と従者が答える。騎士は若者のほうに振り返り、「パンと自由が欲しければ、一緒に来い」と声をかけた。若者は身寄りがないようで、がっしりと強く、うまく使えば軍の船で必要になる男だ。騎士の名はシモーネ・デ・グイズルフィ。でかくて赤髪のおれの名はそのときからテルモになった。テルモ・ダ・サルツァーナ。その晩、シモーネの部下がおれの身体を洗い、上着とズボンを支給してくれた場所の名がたまたまサルツァーナだった。与えられた最初の任務は隊長シモーネが乗る馬の糞を片づけることだった。

その夏、シモーネはガザリアに向けて出発した。おれは漕ぎ手の一員として彼のガレー船に乗りこんだ。

交代のあいまにおれは漕ぎ座を離れ、デッキから縄梯子をつたってマストに登ったり、また降りては舵の所に行ったりした。そうやって水夫、案内人、操舵夫、船長になった気分を味わう。アストロラーベ[30]や羅針盤を使うことなく、航海のすべてを身体で覚えこんだ。「仕事」をするための海路は岸に沿うので、星、風、そして陸地の香りで十分だった。追跡から逃れるために大海に出たり、深い霧で進路に迷ったりしたときのために、小さな磁針を水を入れたテラコッタの皿に置いておく。

そう、おれは海賊をやってきた、と恥じることなく言える。それはシモーネのため、また別のジェノヴァ人のレスボス総督ドリーノ・ガッティルージオのためにやったことだ。もっとも、ターナで組んだヴェネツィア人仲間、ズアン・ダ・ヴァッレと共謀した略奪戦のように、独自の海賊行為もあった。ズアンはカスピ海を行くデルベント航路の仲間だ。商品を奪い、人を殺め、タマンと沿岸のカフカス人部落やオルダ付近の収奪戦では、おれたちの首領に奴隷を差し出すために奴隷売買にも手を染めた。

忠実に「お勤め」をこなしているうちに数年が経った。ある日、おれはシモーネに「あくせくと危険なお勤めをする毎日からきっぱりと足を洗い、カフカス女と三人の娘を大切にしたい」と申し出た。シモーネはそれまでの貢献に報いたいとして、個人所有となる船を買えるように、相当額の融資を無利子で都合してくれた。最後の海賊遠征でレスボス島のミティレネの港に呼びつけられたおれは、そこで中古のグリッパリア船を買った。ヴェネツィア軍から奪ってまもない船だが損傷が激しく、大きな改修が必要だった。新たにサンタ・カテリーナと名前を変え、平和な海運活動に使えるように好みの改装を加えた。ターナやマトレーガからトレビゾンド、コンスタンティノポリスへと、黒海の東岸、南岸に沿って活動する商人たちを相手に交易船として利用してもらう計画である。シモーネは妻と娘たちと一緒に暮らす住居をガラタに得ることにも同意してくれた。ガラタに移ったとしても、所詮、おれの終《つい》の住処は陸ではなく海の上だとよく知っていて、少なくとも年に一度は会えることをやつは承知していたからだ。

城塞の中庭に入ると、外階段の上でシモーネが待っていた。坂を上るおれを見た守衛が、来訪を連絡していたのである。おれより五、六歳年上だが、シモーネはずいぶん老けて見える。太った身体に、君主にお似合いかと思う青い絹のローブを着ている。かつてアルコーラの通りで出会った精悍な騎士、さらに二十年ぐらい前、コルドヴァ風の胸当てを着けてマトレーガで船を降りた自信に満ちた細身の冒険家、その姿からなんという変わりようだ。尖った鷲鼻、黒ずんだ顔色、そして眼光鋭く人の心を見抜いてきたよく動く目だけは変わっていない。階段でつまずかないように絹のローブをつまんで裾を上げ、シモーネは階段を下りてきておれを抱きしめた。まるでおれがアルコーラの大柄な若者のままであるかのように、やつは出会うと決まって「テルモ、わが坊や」と言うのだった。

おれは心に引っかかっている用件をすぐに話そうとする。ここ数年の真面目な「仕事」のことか。いや違う。一番新しい出来事、つまりサンタ・カテリーナに乗せてきた予定外の「乗客」のことだ。ところがシモーネは微笑みながらおれの口に指をあて、「坊や、話はあとだ」と制止する。外階段を一緒に上り、シモーネの部屋に入る。古風な造りにやや親近感はあるのだが、この城主の部屋に入るとおれはいつも気分が落ち着かない。船を降りる前、乗組員が笑いながら冗談を言い合うなかで甲板に出ておれは身体を洗い、小ざっぱりと着替えをしてきた。船室でそうするわけにはいかなかったからだ。

重々しいビロードの幕が開き、総督の妻ザンヴァス、雪の女王が音もなく部屋に入ってくる。いまなお息をのむほど美しい。肌は雪のように白く、灰色の目は氷のように輝く。髪は長くまっすぐ伸びている。黄金の糸のようだった二十年前の金髪は、突然の悲劇でもあったかのように、いまや早くもすべて白髪になった。

笑みを浮かべることなく、ザンヴァスは絹の長い袖から細い手をおれに差し出す。ひざまずいてお辞儀をしつつ、その手に唇を軽く触れると強い香りを感じる。それはカフカスの女性が身体に塗るのを好む胡椒と野草の香りだ。ザンヴァスのうしろには息子ヴィンチェンツォがいる。二〇歳ぐらいの青年で、はっきりした顔立ちは父親から、冷たい眼差しは母親から受け継いでいる。

　使用人が「コーパの総督、いと気高きベルゾーク閣下とご息女、いと麗しきご令嬢ビハハヌム様がご到着です」と来客の到着を告げる。ベルゾークはザンヴァスの従弟で、ビハハヌムはまだ八歳の娘だが、ヴィンチェンツォとの婚約を決められていることは知らない。彼らはザンヴァスの招待で数日の滞在をするようだ。

　シモーネは一同を紹介し、長い木製の食卓に誘った。マトレーガの習慣なのだが、会食ではそれぞれ自由に身ぶりを交えて言葉を交わす。ジェノヴァ語、カフカス語、ギリシャ語、ヘブライ語、ロシア語などが行き交うが、重要なのはわかりあうことである。「ここで、わが船長に驚きの品を」と言いながら城主シモーネが手をたたく。使用人が運んできたのは、釉薬を塗ったテラコッタ製の大きな蓋つきスープ皿である。蓋を取ると、まごうことなき懐かしい香りが漂う。それはアルコーラの居酒屋の外で捨て児のように見放された若者が嗅いだ香りだった。忘れもしない、肉ソースのラヴィオリの豪華な残飯の香り。出口の脇にうずくまり、飢えで半分死にかけていた若者に、あの居酒屋の主人が犬に餌をやるようにときどき小さな鍋を戸口の外に置いてくれた、あの残飯の香りだった。

　ラ・スペツィアとサルツァーナの中ほどにあるおれの故郷の料理人をわざわざジェノヴァから連れてきたとはシモーネからひと言も聞いていない。黍《きび》の粥と羊の焼肉を食べるのはもう勘弁してほしいという理由からなのか。伝統的なカフカス料理、つまり子羊の肉と黍のフォカッチャ[31]の代わりに、おれたちの故郷リグーリアの料理をここで作るというのか。野菜のスカルパッツァ[32]、ズガベオ[33]、パニッツァ[34]、鱈《たら》のフリット[35]と続き、コースの最後は、パイ生地にドライフルーツ、林檎、洋梨をたくさん入れて焼いた美味しいスポンガータ[36]で締めくくるのか。そうなると同席するカフカス人は、異国の変わった料理を楽しめないかもしれない。気にすることはない。おれとシモーネが楽しければそれでいい。ワインもジェノヴァのもので、辛口の白ワイン、ルーニのヴェルメンティーノ[37]である。このワインは、アンダルシアのマルヴァジーア葡萄の花と葉の香りを思い出させる。

　小さな王女ビハハヌムが飽きないように、シモーネはカフカス人の朗詠詩人を呼んでいた。詩人は響き箱《ブシネ》を奏でながら長いロシア民話を謳い始めた。舞台はこの地タマンで、時代はタマタルカがロシアの支配を受けてトゥムタラカンと呼ばれた頃である。かつて、戦争に明け暮れて、妻も息子もいないサルタンという皇帝がいた[38]。ある日、村の入口で雪が深くて先に進めないとき、娘たちの歌に聞きほれた皇帝は、丸太小屋《イスバ》[39]の外に身を隠して歌を聞いていた。娘たちはみな、皇帝との結婚を夢見ていたので、もっとも得意とする奉仕を申し出た。最初の娘は大きな饗宴の料理ができるという。二人目の娘は大きなマントを織り上げることができるという。第三の娘は英雄となる子供を産むことができるという。そのとき扉が開き、皇帝が現れ三人目の娘を結婚の相手として選んだ。ほかの二人の娘たちも皇帝の宮殿に入り、料理人と洋裁師になった。優秀な息子グヴィドーンが生まれたが、皇帝はふたたび遠い戦地に赴いていた。

　上の二人の娘たちと老母ババリチャは、王からの使者を騙して樽の中に母と子を閉じこめ、海に捨てさせた。波に揺れる樽の中では、星が輝く晩に奇跡が起こる。グヴィドーンは数時間で成長し、若き英雄となる。優しく揺れる波は樽を魔法の島の岸に運ぶ。母と子は救われる。グヴィドーンは弓を作り、鳶《とび》に攻撃される白鳥を助ける。獰猛な鳶は死ぬ。鳶はじつは邪悪な魔法使いだった。白鳥は髪の中に月を宿し、額に星をつけた美しい王女だった。その物腰は孔雀のようで、声はまさにせせらぎの水音であった。ある日、魔法が解けた白鳥は王女に戻り、グヴィドーンと結婚し、会ったことのない老いた父親、皇帝サルタンにグヴィドーンを引き会わせた。

使用人が食卓を片づけ、白鑞《しろめ》の小さな杯に苦みのある香草で作った食後酒を注いで運んでくる。ビハハヌムは床に座り、食卓の下でペルシア猫と遊び始めた。ザンヴァスが飼っている猫で、ふっくらと柔らかい白毛である。シモーネはおれを見てからベルゾークと家族を見回して、おもむろに話し始めた。「さて、ここにいるテルモ、赤髪の大柄な坊やがわれわれに別れを告げることになった。永遠に。航海に出てまた戻るというひとときの別れではない。坊やはもう戻らない。すでに一年前、この永遠の別れについて、テルモ坊やは秘密にしてほしいと、私にだけ打ち明けていた。今回はテルモの最後の旅なのだ」

「友人テルモは家に帰ることを決断した。その名を得る前、少年の頃からずっとテルモには家がなかった。心の中に海を抱いて生まれ、すべての水夫がそうであるように、陸に上がるとすぐに海に戻るのだった。しかし」とシモーネは続ける。「いま二十年の時を経て、テルモは故郷に戻りたいそうだ。オデュッセウスのイタケー[40]のように。テルモは最後の航路を岸に沿って計画し、寄港を重ねてできる限りの利益を上げる計画を立てた。そしてコンスタンティノポリスですべてを売り、奴隷も何人かを売って残りは自由身分にする。サンタ・カテリーナも売却し、妻、娘たちとともにリグーリア行きのジェノヴァの大型帆船に乗るという計画だ。テルモは自分が生まれた土地、その半島に戻り、海と川を見晴らす風光明媚な丘、アプアーネ・アルプスの白い峰を眺める場所に土地を買うつもりだ。これが私からの話だ」と息をついて、シモーネは杯を挙げ、おれの健康と、順調な最後の航海を願って乾杯した。「生涯を通じて、このテルモよりも誠実にして屈強な男、信義に篤い男に出会ったことはない。もう二度と会えないことを心の底から残念に思う。だが、自由はもっとも大きな幸福だ。テルモが自由でありたいと望むなら、私もまたそうなることを望む」シモーネが言い切る。ほかの者たちもおれにグラスを挙げた。この感動的な沈黙の中で、眠りかけていたビハハヌムだけは何も気づいていないようだった。その脇でうずくまる猫と同様に。

　おれも胸がいっぱいになる。名なしの孤児だったおれが、マトレーガの総督から友と呼ばれたのだ。ジェノヴァのもっとも由緒ある高貴な家系の一つに属す人物、アルコーラの居酒屋の入口に座っていた汚い孤児の若者に、豚肉の悪臭を感じても嫌悪の表情を見せなかったヘブライ人の騎士は、いま、おれを「友」と呼んでいる。心に思い残すことはない。しかし決めたことは覆《くつがえ》せない。その決心は、ここ数年のあいだ、おれの心の中で徐々に膨らみ、黒海のすべての寄港地で耳にした話や警告から、考え抜いて固めてきた判断だった。何か恐ろしいことが起こる。この世界をひっくり返す何か、商人、銀行、商館、造船所、港、そして都市、王国、帝国、それらすべてを永遠に滅亡させる何かが。寄港地のやつらはそう話していた。

　シモーネもその物騒な噂を知っていた。本当に世界がひっくり返るのか。しかし、シモーネの運命は、ここ、キンメリアのボスポラス[41]に釘で打ちつけられたかのようにしっかりとつながれている。シモーネの小さな国は異民族の侵攻に耐え、自由な世界の最後の砦として生き延びるのではないか。あるいはロシア皇帝の庇護に入るか、いや、ロシアの皇帝もすでに行きづまっているとしたら、それはうまくない。人はなぜいつも逃げるのか、避けるのか。選ばれし民と自認する民族の運命は、なぜいつも逃避という道になるのか。破滅と死は、攻略不能とされる帝国の首都コンスタンティノポリスの扉をたたき続けている。何年も前から、いや、ここ数か月前から。今日明日にでも突然トルコ軍が最後の総攻撃に出る可能性はある。コンスタンティノポリスの市壁が破られれば、世界のほかのすべての市壁、城壁は、一つまた一つと落ちるだろう。トレビゾンド、セバストポリ、カッファ、ターナ。そして堰を切ったようにトルコ軍はバルカン一帯を占領し、ヨーロッパの中心部に迫るだろう。もし、ガラタにとどまるとしたら、ダーカと娘たちの運命ははっきりしている。暴虐か、死か、あるいはハーレムの女奴隷だ。

この数日でおれの周囲に起こった驚くべきことがらを話すべきときが来たようだ。シモーネにタイニーンを引き受けてくれるように頼まなければならない。今晩、船に戻ったら、シモーネの奴隷にタイニーンを渡し、城塞に連れて戻ってもらう。それを話そうとしたとき、それまで黙っていたベルゾークが口を開いた。おれのほうにまっすぐ視線を移し、遠慮することなく切り出す。

「貴殿はターナからこちらへ？　もしそうなら何日前に出発でしたか。出発直前に新しい乗客あるいは新しい奴隷は積みこみましたか」なんという驚き。おれはどう答えるかを考えようとする。その暇を与えず、カフカス人の頭領はなぜその質問をするのかを説明し始めた。この会食直前に、ターナから頭領のもとに使いの者が着き、驚くべき話を伝えたというのだ。

「ちょうど六日前、大きな隊商団を待ち伏せて、山の民カバルド人の部隊がターナの町の外に潜んでいたそうです。しかし、部隊はヴェネツィア軍の返り討ちにあい、カバルド人の多くが殺され、なかには捕虜となった者がいたといいます。略奪部隊の首領は、君主イナルの戦士としてもっとも狂暴なヤコブでしたが、激しい戦闘で命を落としたとか。ヤコブと一緒にいた息子は鎖につながれ、ターナに運ばれたらしいのです。翌日、ターナに大きな火災が起こり、町の半分が焼けました。火災の混乱で、ヤコブの息子を含むカバルド人の捕虜たちはみな、行方知れずになったと聞いています。もし貴殿が何か詳しいことを知っているようなら、あるいはたまたまその捕虜何人かを船に積んでいるのなら、ぜひ教えていただきたいものですな。私はカバルド人と決着をつけなければならない古い貸し勘定があるので、もし捕虜がいるようなら引き渡してほしいのです」

これを聞いて立ち上がったのはザンヴァスだった。氷のように冷たい目で私を見据え、蛇がシューと音を立てるかのように、「ヤコブの息子だけは、なんとしても私に渡してくださいな」と言い放つ。理由はわかっている。雪の女王ザンヴァスは、なぜ年齢よりも早くすべて白髪になってしまったのか。十年前、君主イナルに異を唱えたザンヴァスの弟は、無残にもヤコブに殺された。見せしめとして、戦士全員の前で鎖につながれ首を切られたのである。そもそも海岸地帯に住む部族は、イナルとカバルド人に強い敵対心を抱いてきた。イナルの部隊は海岸沿いの田畑や村落への襲撃を繰り返し、作物を焼き払い、しばしば女と子供を奴隷として山岳地に連れ去った。ベルゾークは、カバルド人の捕虜をイナルとの交渉の人質に使おうと考えている。しかし、ザンヴァスは違う。カフカスの掟《ハブゼ》によって遺族に課された復讐の義務を確実に成し遂げるためにヤコブの息子を手に入れようとしている。血には血を、命には命を、死には死を。ヤコブが弟にしたように、ザンヴァスは自らの手でヤコブの息子の喉を掻き切るつもりだ。

シモーネはターナの出来事をまったく知らない。そのシモーネにおれを信じろと素早く目配せをして、口を開く。ベルゾークとザンヴァスを真正面に見て、視線をそらしてはならない。威厳をもってこう答える。「おれはカバルド人との抗争、そしてその後のターナの火事については何も知りませんぜ。その混乱の直前に港を出ましたので」

間髪を入れずにシモーネが言う。「そうだ、そうに違いない。テルモは世界でもっとも誠実な人物で、嘘をつくことなどありえない」シモーネが続ける。「ターナからマトレーガまではほぼ一八〇海里もある。いかに腕の立つ船乗りであっても、たとえテルモであったとしても、一週間もかからずにザバッケの海を岬から岬へと横断するのは難しいだろう」もう、何もつけ加える必要はない。その場に居合わせた人々の友人テルモは、地獄に落ちたカバルド人についてはいっさい知らないということで話が終わった。

会食者は広間から退出した。一人の女奴隷が猫をどけて、床で眠りこけてしまったビハハヌムを抱き上げる。猫は不機嫌そうにどこかに姿を消した。広間に残るのはシモーネとおれだけだ。黙って開廊の手摺りにもたれ、二人は海に沈む夕日をじっと眺める。別れのときが沈黙のおれたちを包み、静かに流れる。

おれより少し背が低いシモーネは、ややつま先立ちになって耳元でささやいた。「おい、テルモ。お前の心は開かれた本のように読み取れる。お前は私に嘘をつくことができないからな。お前は抗争に加わったんじゃないか？　もう一人の悪玉ズアン・ダ・ヴァッレが一緒だとしたら、あとには引けなかったはずだ。ほかの捕虜と一緒に、ヤコブの息子はお前の船にいるんじゃないだろうな」

しかし、シモーネはそれ以上おれに何も尋ねなかった。「お前はすぐに出航したほうがいい。今晩すぐに。太鼓を鳴らさずに、静かに櫂を使え。ベルゾークがガレー船で攻撃準備を整える前に港を出るんだ。ベルゾークがお前のあとを追ってサンタ・カテリーナに乗りこみ、乗員全員を詳しく点検し始める前に」カフカス人を知り抜いているシモーネは、「カフカス人をけっして信じるな」と言う。「激情に駆られてすべてを投げうってくるようなとき、あるいは、独自の奇妙な道徳律に盲目的に服従するとき、カフカス人の行動はまったく予測できず、危険きわまりない。おれの妻も同じで、何年も一緒にいるが、計り知れない不思議な女だ」シモーネは私を急かしてそう言った。かつての二人、ジェノヴァの騎士と赤髪の大柄な若者は、強く温かい抱擁をしながら涙を浮かべた。二人とも、もう会うことはないとわかっていた。

おれは大股で坂道を下り、路地を抜けて近道を急いだ。居酒屋で一杯やろうとおれを待っている旧友たちにつきあう時間はなかった。ずっと昔にダーカと住んでいた古い家をひと目見たいと思い、人気のない

「海への小路《クレウツァ・デ・マ》」[42]で足を止めたかった。しかし、懐かしい思い出に浸る時間はない。あと少し走れば船に飛び乗れるだろう。船尾の甲板には監視員、操舵夫、年配の漕ぎ手、石弓射手が待っている。真夜中に錨を引き上げる準備を整える必要がある。音を出さず、静かに。そして船員の出港準備を気づかれてはならない。灯火はすべて消す。少し離れて停泊するコーパ総督の軍旗を掲げる細身のガレー船から目が離せない。それは船着場から離れていないので、乗員配備はまだ終えていないようだ。船着場から出航経路への進入を阻むように船を配置する動きもない。

　船室に入る。タイニーンは床に座り、落ち着いている。また航海地図に屈みこんでいる。顔の前で大きな包みを開く。城塞の料理女が渡してくれた包みだ。ズガベオ、パニッツァ、鱈のフリット、ほどよく揚がったスカルパッツァ、スポンガータが出てくる。タイニーンは自分に何が起ころうとしているか、どんな運命が待ち受けているかをまったく知らない。わかっているのは、しょっちゅう天井の梁に頭をぶつける、この滑稽な赤髪の大男はじつは心が優しく、恐れることはないということなのか。「我慢しろ」と身ぶりで知らせる。明日になれば出してやれるし、話すこともできるかもしれない。でも、いまは忍耐あるのみだ。騒いではならないのだ。船室を出て鍵を閉める。舵の近くに行き、身を隠し、港の動き、町のようすを観察する。そろそろ跳ね橋の引き上げと市門の閉鎖を命じる見張り兵の声が聞こえる頃で、夕暮れどきの町は徐々にぼんやりと見えなくなっていく。

　次の夜警はまだ場についていない。操舵夫が這いよってきて、私の肩を揺すり、湾の反対側の岸を見るように促す。弓で武装したカフカス兵士の一団が、小舟に乗りこみ、ガレー船に向かっているようだ。時間に余裕はない。風も変わりそうだ。空気の臭いからすると、黒海から吹き渡る南風だ。町を囲む高地を越えて吹き降ろす好都合の南西風《リベッチョ》のようだ。ガレー船が気づく前に岬を回りこむことができれば、命は助かる。櫂の力だけで進むと、すぐに性能のいいガレー船の餌食になってしまう。風がうまく吹いてくれれば捕まることはない。聖女カタリナに祈るのみだ。静かに、明かりを消して。

闇に紛れ、もやい綱を手繰り寄せ、錨を上げる。櫂は音を立てずにゆっくりと上がったり下がったりする。まるで水をそっと撫でるように。黒い影のように船は船着場を静かに離れ、速度を上げて出航路の先へと進む。そのときガレー船から叫び声が聞こえた。もう距離がある。星空に炎を上げながら二本の飛跡が伸びてくる。二本の火矢はしかし、こちらに遠く届かず海に消えた。叫び声と騒ぎの音が聞こえる。誰かが太鼓を鳴らそうとしているが、櫂はぶつかり合い、錨は降りたままだ。暗礁に乗り上げたか。ガレー船は動けない。敵はなすすべがない。

思わず笑みがこぼれた。山の民カフカス人は水夫としてなんの役にも立たない。漕ぎ手が欲しければ、引き返すしかないだろう。さて、ここまで来ればもう隠れる必要はない。漕ぎ手には全力で漕ぐように命令できる。夜陰に規則的な太鼓の音が響き、高い笛の音が鳴る。櫂は水を捉え、その動きを速めていく。水夫たちは格子ロープをつかんで上り、帆桁を準備する。岬を回り、強い南西風の渦がうまく帆を包むようになる。そこで帆桁を立てる。船首は東に向き、ラテン・セイル〔大三角帆〕が大きく膨らむ。サンタ・カテリーナは暗い海を走り出した。自由に向けて。

＊＊＊

午後になって、用心深く岸からの距離を保ちながら、マウラゼキアの入り江[43]に錨を降ろす。山岳地からの襲撃を避けて、チェルケス人が住む沿岸ならば安全だといえるだろう。夜、遠くにマーパの港を見て、夜明けにはバータ[44]の深い入り江に着く。山のうしろに昇る月は、左手に突き出る岩礁を白く浮き上がらせ、船首の先に向けて進むべき航路を照らす。海は穏やかだ。操舵夫は小船を降ろし、水夫何人かと岸へ向かう。塩の袋をいくつも積み、それを黒貂《くろてん》と狐の毛皮、飲料水の樽と交換するためだ。

船室に戻る。おれの部屋だったが、いまはタイニーンの部屋になった。スカルパッツァが残っていればほしかったのだが、すべて平らげていた。相当空腹だったのだろう。汚れた手桶を換え、身体を洗えるように別の桶に新鮮な水を満たして持ってきてやった。タイニーンが洗い終えたので部屋に入り、はじめて鎖の錠前を外してやる。タイニーンは驚きの表情で手首をさすり、腕を伸ばす。これで部屋の中を自由に動けるのだ。床に座るように身ぶりで示し、おれは寝台に腰かけた。

何をどのように言うべきかを考えながら、辺りを見回してみる。船室に置いてあったものはどうなっているのか。床と壁の木板には不思議な絵が描かれていた。もちろん、以前はなかった絵だ。床に落ちていた焦げた木片と赤い石の破片を使って、タイニーンが描いたに違いない。いくつかの絵はすぐわかる。航海地図にあった絵だ。旗がひらめく塔が立つ町、駱駝《らくだ》、王座に座る君主、ムカデのように見えるガレー船、からみつく蛇のような尾をもつ海獣。結び目のようにからまりあう植物と花の絵はタイニーンの独創だ。矢車菊のモティーフがいくつも描かれている。壁の隅には、赤い石を使って描いたボサボサの髪と髭を生やした大男の滑稽な絵がある。おれか。絵を描くことができる魔女タイニーン。それはいったい誰なのか。

低い声でゆっくりと話しかけてみる。言おうとすることをわからせないといけない。「お前とおれ、おれたち二人は、カフカスの掟がどのようなものか知っている。戦争で捕虜となったやつは、勝った者に所有される。自由をこよなく愛する誇り高きカフカス人は、反抗せずにこの厳しい掟に従う。隙を見て逃げるようなまねはしない。それは、カフカス人の心の掟を裏切る行為だ。だから、たとえ奴隷になったとしても、カフカス人は村の中で鎖に縛られず、自由に動くことを許される」難しい内容だ。苦労するがなんとか伝わったようだ。

「お前はこの掟を知っているのか」この問いにタイニーンはうなずいて肯定する。「お前は戦争あるいはそれと同じ争いのなかで捕らえられた。そしておれ、テルモに与えられた。ということは、おれテルモがお前の主人だ。お前はテルモの所有物だ」さらに続ける。「もし鎖でつながれずにこの船の上で過ごしたいなら、お前は『掟に従います』と誓うのだ」タイニーンは胸に手をあて、誓いの動作をする。「逃げだすことはない」とおれは確信した。

さて、タイニーンとは誰で、どこから来たのか、おれはいちおう知っているがもう一度聞いてみる。「山から来た」という答えに続いて、「父さんに会うため、山に帰りたい。父さんは首領だ。一緒にいたい」と言っているようだ。「私はただ一つ、それだけを望む。でも、自分で決めた誓いはけっして破らない」とタイニーンの顔に厳しい表情が走る。たしかに、主人が自由にすると決めた場合に限り、タイニーンは自由になれるのだ。

最後の言葉で突然何かを思い出したようにタイニーンの顔は曇った。周りを見回して床の上に割れたガラスの破片一つを見つけ、屈んでそれを拾う。止めようとしたが、すでに彼女は破片で手のひらを刺していた。血が吹き出てくる。顔はみるみる石のように固くなり、目から涙があふれ出る。なにがなんだかわからない。カフカス人はみなどうかしている。

まずタイニーンを落ち着かせる。そしてどうしたのかと尋ねてみるしかない。「ミルクじゃない」とタイニーンは絶望の表情でむせび泣く。そう、それはミルクではない。血だ。「なんたることだ！　それは血以外にあり得ない」と私は怒って言う。手を切っておいて、そこから何が出てくることを望むのか！　主イエスもまた、磔刑で釘を打たれたとき、血を流した。タイニーンは「血だ、血だ」と取り乱して繰り返す。「父さんが死んだという印なの！」

おれはあわてた。すでに知っている。ヤコブという恐ろしい首領が死んだことを。ヨサファはあの樺の林で、ヤコブの遺体を見た。報告を受けたベルゾークもそう言った。タイニーンがヤコブの娘であることもわかっている。とすると、タイニーンは、なぜいま突然、父親が死んだことに気づいたのか。カフカスの女だけができるという神秘の占いなのか。そういえば娘が病気になったとき、ダーカは哀歌を謳いながら奇妙な薬を与えて看病し、その怪しいようすにおれは身震いを覚えたことがある。カフカス女はすべて魔女なのか。魔女をさらに不安にさせてはいけない。ここは何も言わずにタイニーンが落ち着くのを待つのがいい。

タイニーンはむせび泣くのをふっと止めた。おれをじっと見て言う。「父さんが死んでしまったなら、もう山に戻っても仕方がないわ」そう、過去に戻るのではなく、前に進むことでお前の運命を切り開くのだ。今度はタイニーンが尋ねる番だ。「ここはどこ？」「昼も晩も、何日もずっと閉じこめられているこの木の小屋はなんなの？」「これは全部魔法なの？」「あなたは魔法使いなの？」

おれは微笑んだ。「もしおれが魔法使いだとすれば、海の声と風の声を聴いて、それがおれに何を言おうとしているかを知り、空のようす、星の動き、月の動きを見てそのあとを追うことができる。それがおれの魔法だ。草原よりも広い海原をどんどん進んでも、家に帰る道をけっして見失わない。もしお前が望むなら、魔法使いのおれがそれを教えよう」

おれは航海地図を手に取り、床にそれを広げた。「これは世界を描いた大きな絵だ」と説明を始める。「黄色と緑の部分、薄いところ、濃いところがある。そこは陸地で、山、森、平原だ。そこを横切る青く曲がった線が見えるか？　それが川だ。川は青く塗られた広く平らな場所に流れこむ。それはお前が船室の隙間から覗いて見たのと同じ場所だ。限りなく広がる水。それは海と呼ばれる。山々にあった湖や川よりもはるかに大きい」

「そして、そこに描かれたムカデのような奇妙で細長い動物、大きな白い布をつけた別の丸い動物、それらは船だ。櫂の船と帆の船がある。お前は船を知らないのか」

「人をさらって、食べてしまう怪物なの？」

「いや、船は怪物ではない。怖がらなくていい。船は木を使って人が手で作る。船はその中に人や品物を入れて運ぶ。船は馬車のようなものだ。ただ車輪はついていない。そうだな、船は橇《そり》のようなものだと言ったほうがいい。ただ、雪の上を滑る橇と違って、船は水の上を進む」とこのときタイニーンは一瞬怯えたように見えた。二人がいるのはまさに船の腹の中だったのだ。

「町や城塞の小さな絵の隣に列を作るように並べられた黒や赤の小さな印はなんなの？」

「それは文字というものさ」だが、タイニーンはそれがなんなのかわからない。カフカス人は文字を知らないからだ。「横に並ぶ黒や赤の印、それが作る一つの列は名前だ。場所の名前、港の名前、町の名前」

「お前が世界を旅するとしよう。そのとき、お前はこの子羊の革で作った魔法の絵の中で一つの場所から別の場所に移るに過ぎない。一つの名前から別の名前へ動かすだけだ。そう、お前がこの大きな海を横切りたいとする。この魔法の絵では、指をここからこっちに動かすだけなのだ」

タイニーンは口を開けたままだ。この大男はまさしく偉大な魔法使いに違いない。そして、偉大な魔法使いは立ち上がり、頭をぶつける。船室の天井がどのくらい低いか、いつもそれを忘れるのである。魔法使いはタイニーンを立ち上がらせる。上着のボタンを留めてやり、「坊や、行こう」と言う。少年を意味する言葉をわざと使っているのだ。タイニーンは、夢の中のようなこの航海では、自分は男の子として過ごさなければならないのだとすぐに理解した。

＊＊＊

続く数日間は海岸に沿って日中のみの航海となった。風は弱く、潮の流れは逆なので、日に二〇ないし三〇海里という予定どおりの航行はできなかった。タイニーンは外に出て、船尾の甲板で船長と操舵夫の近くに来ることも多い。すべてが揺れ動く場所で、滑ったり、落ちたりするのが怖いのか、タイニーンはいつも甲板の手摺りを握りしめている。停泊中でもあちらこちらを動き回るのはやはり怖いようで、上甲板でじっとしている。いまだに船は怪物だと感じているのかもしれない。さらに、タイニーンは自分に多くの好奇の視線が注がれるのを感じていた。乗組員たちは船長を恐れてタイニーンに近づかなかったが、「少年」の不思議な美しさについ見とれてしまうのだった。少年は大切な人質で、船長はコンスタンティノポリスに運ぼうとしているに違いない。たまたま、少年の空のように青く澄んだ大きな目の輝きと目が合うと、船員はすぐに目を伏せた。

タイニーンはほとんど外で過ごす。風と海の自由を胸いっぱいに吸いこむのだ。白い肌は数日で赤くなり、床屋兼医者の船員は日焼けを防ぐ油、さらに肌を守る軟膏を塗らせた。日焼けした顔には星のような瞳が輝く。床屋は彼女の髪を短く刈り、坊主頭のように切りそろえた。衛生の上でもそれが好ましい。長い髪にはおれの寝台から移った虱《しらみ》がついていたが、それもきれいに取り除いた。だが、気難しい船長を短髪にするのはけっしてできないことだ。長い赤髪を絶対に切らせず、髭も伸ばしたままだった。

タイニーンはもう船室に隠れる必要はなくなった。目の前をゆっくりと移動する沿岸の素晴らしい景色を楽しんでいる。波で削られた白い岩壁、その上は松や樫《かし》や楢《なら》の森で覆われている。河口や峡谷が突然現れる。険しく高い岩から海に流れ落ちる滝は、生きている大地が傷を負って、透明な血を流しているかのようだ。別の場所では砂や小石の浜辺が広がる。ときには奇妙な形の岩が海から姿を見せる。石に変えられた木、あるいは身をくねらせたまま息絶えた海の生き物のようにも見える。

毎晩タイニーンに接岸地の名前を教え、航海地図でその位置を示した。アルバゼキア〔現ラザレフスコエ〕、クーバ〔現ソチ〕の岬、カスト〔現セルホロド・ドニストロフシキー〕、ラヤソ〔現アドレル〕。しかし、タイニーンはこうした各地の名についてはとくに何も言わなかった。航海地図も見ようとしない。外に広がる現実の世界、それこそが彼女にとって無限の魔法であり、そこに個別の名前など必要なかったのだろう。

マルヴァジーアの白ワインが入った瓶《フィアスコ》を持って、おれたちは操舵夫や船員たちと一緒に甲板室の外に腰掛け、星空を見上げていた。こうしたとき沈黙を破るのは決まって操舵夫で、謎かけが得意なのだが、実際のところは五つか六つの単純な謎かけの繰り返しだ。だが周りの者はすぐに忘れてしまって、答がわかると口をぽかんと開けてなるほどと面白がるのだった。絶え間なく大きな音を出す家がある。しかし中に住む者は音を出さない。家も、中に住む者も走り去っていく。それは何か？　答は海。そこに住む者とは魚。海辺の岸には甘美な旋律を奏でる優しい女がいた。師匠の指が触れると、その女の唇は優しくささやく。それは何か。答は葦。穴をあけると横笛になる。まだ続く。森から産まれた美しい娘、長くて足跡一つ残さず早く走るその娘とは誰か？　それはガレー船。風と水を敵にして争い、大地に嚙《か》みつく両刃の剣とは？　錨だ。重くないが、水の中に入ると急に重くなるものは？　海綿。いつも一緒に走っているが、けっして手をつながない四人姉妹は誰？　馬車の車輪。

今度はおれの番だ。こうした場合、私はいつも同じ昔話をするしか能がない。皇帝サルタンの話だ。ところどころで話の筋を変えたり、海にかかわる部分に海賊の襲撃、海獣との闘いなどをつけたして話を広げることもある。星空が広がる海を樽に乗って進む話、魔法をかけられた島、商人たちが乗った船、波間から現れる戦士たち、若い英雄に成長する男の子、白鳥の魔法が解けて王女になる話、などなど。男たちはどうせ子供のようなもので、笑いながら年老いた船長の話を聞いている。この船長は昼間はほとんど口を開かない。しかし夕方になると暇を見ては話をする。物語を聞かせるといってもいい。おれは三人の娘たちによく話を聞かせていたので、本当は語り聞かせをけっこう気に入っていることを乗組員たちはみな知っている。

タイニーンは終わりのない物語を最後まで聞かないうちにいつも眠くなってしまう。夢見ていたのは王女となる白鳥ではなく、父を探す勇敢な英雄グヴィドーンになる自分かもしれない。甲板が寒くなければ、毛布を一枚上にかけて乗組員たちの傍らでそのまま眠らせておく。ときに悪い夢を見てビクッと動くこともあるが、髪を剃り上げた小さな頭は、私の心を優しく温めてくれる。湿気が降りてくるときはそっと抱き上げて船室に戻り、寝かせたらそっと部屋を出るのだが、ここでまた扉の枠に頭をぶつけてしまうのだった。

南に進むと景色はさらに荒々しくなる。分け入ることができないような深い緑に覆われた山々が海に迫る。そこはアブハシア[45]と呼ばれる謎の地域だ。人気のない海岸が伸び、まれにジェノヴァが設けた小さな寄港地が見えてくる。暗い夜の闇に小さな灯火で、ガグラ〔現在も同名〕、サンタ・ソフィア〔現アラハジ〕、ペゾンダ〔現ピツンダ〕などの寄港地の存在がわかる。入港水路では、短距離航路に使うトルコの小型船が頻繁に目に入るようになった。フスタ船、シャベッカ船、ビランダー船[46]は、すべて赤地に半月を描く軍旗[47]を掲げ、聖ゲオルギウスの旗に友好の挨拶を送っているかのようである。ここからメングレリア[48]が始まる。山々に入ったその先は古代の王国ゾルザニアの地[49]である。遠くの峰の上に大きな要塞が見える。セバストポリ[50]の港に通じる海域を監視するアナコピア城塞[51]である。

日差しの明るいその日、船はジカバル〔現コドリ〕の岬を回って、長く平坦な海岸が伸びるタマサ〔現ガリズガ川の河口〕に近づいていた。峰々は低くなり、連なる丘と低い山々は広大な平原に代わっていく。爽やかな涼風が心地よく、帆は豊かに膨らんで船を進める。ここは航路でもっとも美しい景色だ。おれはタイニーンに「陸地を見てごらん。そこから海へ風が吹いてくる」と促した。平原は霞の中にぼんやりと消えかかり、その境界は見分けることができない。限りなく広がる彼方には、青い連山が荘厳な円形劇場のように大地を囲んでそびえる。いくつかの峰は動きのない雲に隠され、さらに高い峰はその雲の上に頂を現して、天空に浮かぶ幻想の島のようである。白い靄と青い峰々を従えるように、ほぼ等高の二つの氷の峰をもつひときわ高い孤高の巨人が姿を見せている。午後の陽光に輝く双峰は天に届くかに見える。タイニーンは震えているようだ。「わがカフカスの聖なる山、オシャマホ」彼女は心の中でそう叫んだのかもしれない。神々の住む山、命の水が湧き出る山、預言者ノアが箱舟で漂着した山。

夜、港の停泊点に波はなく、船は眠ったように静かな水面に浮かぶ。カテリーナは眠れない。偉大な山の姿が頭から離れないのだ。少し前、徐々に迫る夕闇が海と平原を包み、上空へと広がって、もっとも遠く、もっとも高い峰々をその腕の中に隠そうとしていた。しかし、巨人オシャマホは別だ。その双峰は夕闇に沈む海の上になお残る落日の光を受けて輝きを失わない。さらに闇が迫ると、左峰の頂上だけが残照の断片を受ける。あたかも流れ星の長い尾のように、それは始まりつつある逆境の予兆なのか。あるいは進むべき方向を示しているのだろうか。

カテリーナは、その光が夜の闇についに消えていくのを最後に見た、あの夕べを思い出す。風が吹き渡る高原、巨人の山の向こう側に深く刻まれた谷、森、氷の泉、チョウザメが跳ねる川、自分の村、ほかの家より少しばかり大きなわが家の藁屋根から立ち上るひと筋の煙。突然、押し寄せる波が息をつまらせてしまうかのように、いま、すべてが目の前によみがえる。カテリーナは一人ひそかに泣いていた。

1　夕方六時から翌朝六時までの一二時間を四分し、その一区分三時間を夜警時（ヴィジリア）という。第四夜警時は午前三時に始まる。
2　チョウザメ、オオチョウザメの浮き袋から抽出した高級食材。
3　『新約聖書』では、使徒の一人イスカリオテのユダが三〇枚の銀貨と引き換えに、イエス・キリストを大祭司に引き渡す（「マタイの福音書」）。
4　アゾフ海のマリウポリ対岸に突き出るイェイスキ半島の岬。現在名ドルジャンスカヤ岬。
5　聖ゲオルギウスの象徴は白地に赤十字（聖ゲオルギウス十字）と彼が退治した龍である。十字軍で苦戦したジェノヴァ軍が聖ゲオルギウスの加護を受けたという伝説から、ジェノヴァの市旗は聖ゲオルギウス十字となった。
6　上半身は鷲、下半身はライオンで、カフカスの山奥に住むとされた伝説上の動物。神々の車を引く役目を負うことが多い。
7　ルネサンス時代の計時は、ローマ時代の計時に準じて、朝六時から夕方六時までを一二時間とする一方、夕方六時から朝六時までは三時間おきの夜警時とした（訳注1参照）。朝六時は第一時となるので、第六時は午前一一時となる。
8　ミウテの沼の周辺には中世以降ロシア人が入植していた。
9　一五世紀の海図では、この付近がロッソと記されているが、ロシア（russo）の意である。
10　ガレー商船の漕ぎ手は給金を得て乗りこみ、仕事がないときは、漁師や職人など他の労働で稼ぎを得た。寄港地では自由人として行動でき、現地での売買も許された。奴隷狩りで捕獲された漕役奴隷と囚人を使った漕役囚はこの例外で、拘束された。

11　イスラム圏で奴隷身分となり、専門的訓練を受けたテュルク系、カフカス系の軍人。とくに馬術に優れ、弓と槍による戦闘を得意とした。エリート軍人として支配階層を形成し、スルタンに就く者も出た。

12　ケルチ海峡（アゾフ海と黒海を結ぶ）に開くタマン湾に面し、タマン半島先端に位置する都市。古代ギリシャの植民都市ヘルモナッサ。七世紀末にハザール族の支配に入り、タマタルカの名で再建された。一四世紀にジェノヴァ保護領の植民都市となる。

13　ジョチ・ウルス（一三―一五世紀にキプチャク草原を支配したモンゴル遊牧民族）の首都。ジョチ・ウルス第二代のカーン、バトゥによりカスピ海北西に建設された。最盛期は人口六〇万に達する大都市で、多くの民族でにぎわう交易都市であった。

14　黒海東岸からカフカス山脈西部の諸民族はチェルケス人ないしアディゲ人と総称される。この地域に一五世紀頃まで存在したチェルケシア（首都ソチ）を故地とするチェルケス民族は十二の部族に分かれ、使用言語は主として三種に分かれる。北西カフカス諸語は子音数が多く、母音は少ない。

15　黒海北岸、アゾフ海に近い、ジェノヴァ共和国の植民都市。古代ギリシャ都市ゴルギッピア、現在のアナパ。

16　現在のイスタンブールのカラキョイ地区の街区で、ビザンティン帝国中期までペラと呼ばれた。ジェノヴァ人が住むにぎやかな商業地区となった。ガラタ塔（創建六世紀、一二〇四年に第四回十字軍の争乱で破壊され、一三四八年にジェノヴァ人が再建）が現存する。

17　東地中海地域を広くさす。小アジアから、地中海沿岸の中東、北アフリカの東北部を含む。

18　ここでは水深を計る長さの単位（単数形はブラッチョ）。一ブラッチョは約一・八三メートル。腕長を意味するブラッチャ約六〇センチメートルとは異なる。

19　「主の祈り」は、「天におられるわれらの父よ（パーテル・ノステル、クイー・エス・イン・カエリース）」で始まり、途中に「われらの日ごとのパン（糧）を今日もお与えください（パーネム・ノストルム・クオーティーディアーヌム、ダー・ノービース・ホディエー）」と続く。われらの父（パーテル・ノステル）とわれらのパン（パーネム・ノストルム）を懸けた冗談。

20　古代ギリシャ都市パンティカパイオン、現在のケルチ。アゾフ海と黒海を結ぶケルチ海峡一帯は古代ギリシャ時代、交易国家ボスポラス王国として栄え、パンティカパイオンはその首都であった。

21　ギリシャ火薬ともいわれる。七世紀後半のビザンティン帝国で発明され、海上で燃え続けるので海戦で大きな威力を発揮した。硫黄、石油、瀝青の混合物であったとされるが、製法、原料、配合、発射機構については謎や異説が多い。

22　二ないし三本のマストを備える中・大型の帆船。櫂と帆で進み、海賊船、軍船として一九世紀まで遠洋航行に使われた。

23　現在のテムリュク。古代都市トゥムタラカンの近くに位置し、タマン半島、クバン川の河口デルタに発展した。一四世紀にジェノヴァ共和国の植民都市コーパとなり、マトレーガに次ぐ規模で、魚介類とキャビアの取引でにぎわった。

24　クリミア半島南岸の都市。城塞を構えた交易都市として繁栄する一方、地中海交易の重要拠点としてヴェネツィアとジェノヴァが支配を争った。現在名スダク。

25　カメラ・オブスクラはラテン語で「暗い部屋」の意。壁に小さな穴を開けた暗箱ないし暗室では、穴と向き合う壁に室外の景色が上下左右反転で投影される。この原理はルネサンス期の絵画制作における遠近法、透視画法の確立に大きな役割を果たした。レオナルド・ダ・ヴィンチはアトランティコ手稿で図解を示してこの原理に触れている。

26　誇り高き都市を意味し、ジェノヴァをさす。ペトラルカがつけた別称。スペルバには「傲慢な」という意味もある。

27　バッティスタ・フレゴーゾともいう（一三八〇―一四四二）。ジェノヴァ軍の総司令官を務め、のちに二七代のジェノヴァ共和国総督となった。

28　ジェノヴァ軍の南進、マラスピーナ家との抗争は一四一五―一八年のことで、このときテルモが若者だったとすると、生まれたのは一四〇〇年ごろの設定となる。

29　イタリア半島のアペニン山脈の支脈としてトスカーナ州北西部に伸びる山脈。最高峰モンテ・ピサーノ。

30　天体観測、測量、計算等に使われた円盤状の道具。

31　イタリアのフォカッチャではなく、カフカス料理で黍を使った板状のパン、ハチャプリをさす。ピザの原型とされる。
32 野菜を入れたパイ。イタリア中北部で親しまれる伝統料理。
33 イタリア中北部の典型的料理。パン生地を短冊のように切って揚げ、塩を振りかけて食べる。本来は、野外で働く労働者が弁当として持参した簡易な料理であった。
34 ヒヨコ豆の粉に水またはスープ、香料を加えて火にかけ練り上げた料理。
35 乾燥した塩漬けの鱈（バカラ）に衣（小麦粉、牛乳、卵）をつけて揚げた天ぷらに似た料理。
36 クリスマスの季節に食べる伝統的なイタリアのフルーツ・ケーキ。
37 リグーリア地方のラ・スペツィア、トスカーナ地方のマッサ・カッラーラでこの品種の白ブドウから作られるワイン。
38 皇帝サルタンの物語は、北欧各地に異型が見られる。後世の文学や芸術にも影響を及ぼした（プーシキンの『皇帝サルタンの物語』、リムスキー＝コルサコフのオペラ『サルタン皇帝』）。
39 東欧、北欧の簡素な農村住居。丸太を組み、多くは一部屋だけの小屋。
40 イタケーの王オデュッセウスは、トロイア戦争に勝利したあと、故国イタケーに向けて帰還の航海に出る。ホメーロスの長編叙事詩『オデュッセイア』は、この苦難の冒険、およびイタケー帰国後の妻ペネロペとの再会を語る。
41 キンメリア・ボスポラス海峡、現在のケルチ海峡（アゾフ海と黒海を繋ぐ）をさす。現在のボスポラス海峡（トルコ）とは異なる。
42 原文はCreuza de mâ。名高い歌手ファブリツィオ・デ・アンドレ（一九四〇－一九九）が歌ったイタリア地中海歌謡の傑作。
43 現在のプシャダ川の河口。グラスノダール南西の黒海沿岸の入り江。
44 現在のノヴォロシースク。古代ギリシャ植民都市を起源とし、古代ローマ、モンゴル、オスマン・トルコ、ロシアの各帝国の支配を受けつつ、黒海沿岸の主要港として存続した。
45 現在のアブハシア地域。西と南西で黒海に面し、北はカフカス山脈を挟んでロシア、東と南東はジョージアに接する。

46　二本マストと横帆をもつ帆船。小型の商船として使われた。主マストの台形帆が特徴。
47　オスマン・トルコの軍旗をさすと思われる。現在のトルコ国旗（赤地に白の三日月と五芒星）が定まるのは一九世紀半ばのことで、それ以前オスマン・トルコ帝国は正式に定めた国旗や軍旗をもたなかった。一五世紀半ばまでの帝国旗は多く横紡錘形の赤布で、一五世紀半ばに赤地に黄色の三日月が描かれるようになる。
48　アブハシア地域南部に位置し、メングレリア語（ミングレル語）を話す地域。
49　現在のジョージアをさす。マルコ・ポーロは『東方見聞録』（三二－四）の中で、この地には治癒効果のある良質の油が湧出すると記している。
50　現在のアブハシア共和国の首都スフミ。クリミア半島西南端にあるセバストポリ（古名ケルソネス）とは異なる。
51　アブハシア共和国の首都スフミの、イベリアン山頂上に位置し、西と南に黒海を睥睨した重厚な軍事城塞（建設八世紀）。

第4章　ヤコモ

死期迫るコンスタンティノポリス
一四四〇年二月二六日の夜明け

布張りの窓から薔薇色の光が漏れてくる。夜明けだ。

私は書斎机から目を上げる。徹夜の仕事はきつい。ついに最後の夜が過ぎた。鼻から「読み書き用の補正具」を外す。もう長いことそのお世話になっているこの器具は、便利であると同時に拷問具にも等しい。対になった鉄の輪に厚くて重いガラスをはめ、小さな鍵型金具でつなげて鼻にかけるという代物だ。鼻骨には窪みができ、痛みが消えることはない。文字を読み、書き、計算をする日課に没頭する私は、じわじわと鼻を痛めつけられてきた。鼻骨の窪みはもう元に戻ることはないだろう。その痛みから逃れようとするのか、私の魂は現実や物質から離れた世界へと逃避する。痛みや苦悩を感じることのない世界、人びととのかかわりをもたない世界へ。

痛みを和らげようと濡らしたハンカチで拭《ぬぐ》ってみる。眼鏡は少々汚れ、曇っている。鉄の輪のところどころに錆びがついているようだ。この眼鏡は四年前にヴェネツィアのムラーノの職人に作らせたものだ。自分が作るレンズの品質を自慢していた話好きの男だった。その職人が言うには、見えにくいという悩みはこの眼鏡で完全に消えるそうだ。しかしまったく逆で、かけるようになってすぐに、以前よりも目が疲れるようになった。身体のあちこちで具合が悪くなっていたことも、目の疲れと関係あるかもしれないが。もう手遅れか。目の疲れを意識するようになったのは、コンスタンティノポリスへの航海の途中だった。夜、狭い船室の机に向かい、到着までにすべてきちんと整理できるように、揺れるランプの薄暗い光の下で商品在庫目録、積載目録に目を通し、覚えこむ作業を進めていたときである。

すでに四年ものあいだこの眼鏡をかけてきたわけだが、コンスタンティノポリスにはヴェネツィアのような器用な技術をもつレンズ職人は一人としていない。記入作業を懸命に進めるが、徐々に文字がぼやけてくるので、台帳を目から遠くに離し、行と数字をなんとか見分けようとする。自分の周囲の世界、自分の生そのものもまた、一日一日と焦点がぼやけ、見分けられなくなっていくのではないだろうかという感覚に襲われる。ヴェネツィアに戻ったらすぐに眼鏡を作り直そう。別の職人を探して。

少年の頃、最初に眼鏡を貸してくれたのは算数の教師、ゾルツィ先生だった。先生は、一人の生徒が黒板に書かれた数字の列を遠くからでもはっきり読み取ることができるのに、自分のノートを読むのにひどく苦労し、ノートを顔から離そうとしていることに気がついた。「君のような若い子では珍しいのだが」と先生は言って、次のように続けた。「ヴェネツィアはもっとも優れた都市として、すべての芸術、すべての産業において最高の精華を創造してきた。いとも気高きこの都市ヴェネツィアで、主のお恵みにより、眼鏡という道具が発明された。私のように年を重ねた教師は、もしこの眼鏡という発明品がなければ、記録し、指導し、教育を行うという活動すべてを捨てなければならなかっただろう。夜、ランタンの光の中で長い年月続けてきた勘定計算で弱った目に悩む年老いた商人のためにもなり、修道院の年老いた司祭たちも、眼鏡によって聖人の伝記や聖書を読み、人々に慰めの言葉をかけることができる。だが、君はまだ若いのに眼鏡を必要とする。気の毒だが例外的なことだ」と説明し、手持ちの眼鏡から初期の視力矯正に適したものを選んで私に貸してくれた。ほかの生徒はもちろんのこと、地区の子供たちには、眼鏡をかけた私が物笑いの種になったことはいうまでもない。「老いぼれのチビ・ヤコモ！」広場《カンポ》では、みなが私を見てはやしたてた。「ほら、のろまの化け物が行くよ」そう聞くと、私は一人で家に閉じこもるようになり、人との接触を避けて、昼でも暗い部屋で過ごすようになった。

本当のことを言うと、二つのこと、つまり孤独と暗闇が怖かった。しかも、その二つは運命であるかのように私の人生で繰り返され、同時に私にとって唯一逃げこめる場所でもあった。幼児期の私の恐怖はその二つから生まれている。父セバスティアーノを二歳のときに失い、母アニェジーナは私一人を暗い部屋に残した。そんな私が身を寄せたのは、乳母マリアである。マリアはロシア人の奴隷だが、父と遊び半分の男女の仲にあった。嫡出の子供たちの乳母であると同時に、婚外子たち何人かの実母でもあった。マリアが産んだ子供たちは離乳するとすぐに里子に出された。

出産後数か月の私については、次のように聞いている。家族のかかりつけの医者は、「授乳のとき以外も、この子をマリアから離さないように。寝かせるときもマリアに添い寝をさせるように」と両親に助言したという。というのも、一人にされると、私はまるで手のつけられない小悪魔のように、まったく眠らずに泣き叫ぶばかりだったからである。乳児のときは身体が小さく弱々しかったので、周囲の者たちは、おそらく長く生きることはないだろうと思っていた。私の命をなんとか支えていたのは、豊かに膨らむ乳房からほとばしるように湧き出る、あの温かい生命の源だけであった。もし暗い部屋に一人残されていたら、まだ歩くことすらままならなかった私は、木の揺り籠から転げ落ち、震えながら這って暗く冷たい屋敷の石の廊下をさ迷い、マリアの小部屋にたどりつこうとしたはずだ。マリアの小部屋に行きさえすれば、広いベッドのシーツや上掛けに潜りこむことができた。お乳を飲み終えても、濡れた乳首を離そうとせず、唇でその感触に浸るのだった。そんなとき、マリアは低く深い声で私に歌を歌ってくれた。喉の奥から出る言葉は意味がわからない。しかし、このうえなく優しい声であった。

　マリアについて覚えているのはこれだけである。母は夫、つまり私の父が亡くなって一年後、「二度と私の目の前に姿を見せるでない。次にお前を見たら、血が出るまで棒で打ち据えて、焼き印を押しつけてくれよう」と、屈辱の言葉を浴びせて、マリアを追い出したからである。マリアの思い出は断片的で混乱しているが、その感覚はいまなお身体の奥深いところから湧き上がってくる。胸元から響く歌、身体と髪の香り、呼吸とともに上下に動く乳房、ゆったりとした息遣い、汗ばむ腋《わき》、滑らかなきめ細かい肌。しかし、マリアの授乳にもかかわらず、私は小さくて身体が弱かった。

　私はヴェネツィアでもっとも古い貴族の家系の一つ、バドエル家[1]のセバスティアーノの末っ子である。わが一族を含む貴族たちは、数百年にわたって潟《ラグーナ》の上に都市を築き、海の彼方に領土を広げてきた。私たちの家はカステッロ街区[2]にあった。サン・フランチェスコ・デッラ・ヴィーニャ修道院、共和国所有の大型ガレー船が作られる造船廠[3]の船渠《ドック》に近く、逆にサン・マルコ広場、リアルトの市場などの町の雑踏から離れた静かな地区だ。菜園は快い香りを放ち、見上げる空は広く、潟《ラグーナ》の水面が青く続く。だが、冬になると北風が情け容赦なく吹きつけ、潟にはときに氷が浮かび、鉛色の空には遠く雪をかぶったアルプスの山々が見えた。

　孤独で惨めな末っ子の私は、めったに家と菜園から外に出なかった。菜園は壁で囲まれ、その外は潟であった。マリアが家から追い出されたあとも、マリアの小部屋は私が逃げこむ場所になっていた。しかし、まもなく母は安らぎの小部屋を壁で埋めてしまった。仕方なく私は自分の部屋に閉じこもり、使い古した部屋履きで遊んだ。その部屋履きに小石を詰め、凸凹のある素焼き煉瓦の床の上を押していく。それは、貴重な商品を積んで危険な航路を進むガレー船のつもりだった。

ある日、広いけれども暗くて埃っぽい部屋にいる年老いた祖父イエロニモを訪ねたことがあった。祖父はひどく衰弱していた。壊れた大きな眼鏡をかけて古い帳簿を何度も何度も大声で読み返す。音節に区切りながら、時間や数字を繰り返すばかりで、孫が部屋にいることにも気がつかないようであった。祖父が居眠りをしているとき、私は近づいてその謎めいた冊子を見てみるのだが、それがなんであるかはまだわからなかった。

母にはほとんど会ったことがない。母は私を避けていた。二人の兄、イエロニモとマッフェオにも会うことがなかった。二人の兄は、私を無能な弟、望まれずに生まれた醜い子供と見下していたようだ。たまたま乳母と同じ名を受けた姉のマリアだけは私を気にかけ、よく修道院のミサに連れて行ってくれた。

修道院では、信徒、とくに女性の信徒の中で姉を見失うまいと、すぐうしろにくっついて歩いた。市の各地区だけでなく、大陸領土《テッラフェルマ》からも多くの女性がそこに集まっていた。富める者、貧しい者、身分の高い者、身分の低い者、さらに女奴隷、解放された女奴隷など、集まった女性たちは鮮やかな色に塗られた木製の奇跡の十字架像を拝んでいた。その十字架像は、数年前に修道士たちが一般信徒の礼拝に公開したのだった。両腕を開いて十字架に釘打たれた身体、痩せこけて骨ばった姿に私は目を奪われた。さらに恐ろしかったのは聖金曜日ごとに起きる奇跡である。口が開き、人とは思えない呻きが聞こえ、ひと筋の煙となって香が漂うのだ。

ミサが終わると、磔刑像は信徒の目から慎重に隠されて、回廊にある隠し部屋に鍵をかけて厳重に保管された。何年かのち、やや成長した私は、小さい頃に胸がつぶれるばかりに驚いた奇跡の謎を解き明かそうと、修道院に忍びこんだ。回廊の円柱のうしろに回って隙間をすり抜け、鍵のかかった小さな門の前に出ると、鉄格子の間から口を開いて頭を傾けたあの像が見えた。どうやったらその先、一番奥の聖所《サンクタ・サンクトールム》に侵入できるか、と考えていたところ、何かを音節に区切って発音する声が聞こえた。連禱ではない。かつて祖父が読み上げていたように、数字を読む声だ。祖父はこのときすでに亡くなっていたが。

好奇心に駆られて半開きの扉に近づき、扉口から中をそっと覗くと、そこには長椅子に三十人ほどの少年が腰かけていた。少年たちは年老いた司祭の言葉に熱心に耳を傾けている。ほかの司祭に比べていかにもみすぼらしいその司祭は、部屋の奥にかかる黒板にチョークで何か書いているところだった。

それがゾルツィ先生だった。先生はフランチェスコ会の第三会員[4]で、若い頃は算数と経理の専門家として名を知られ、許可を得て僧院内に小さな算数塾を開設し、高い授業料が払えない貧しい商人の子弟を受け入れていたのである。有名な学校やリアルト地区の教師たちは、高額な授業料を取ってまったく役に立たない多くの科目を教えていた。論理学、神学、哲学、自然の原理、天文学、文学などである。一方、ゾルツィ先生は豊かな人生経験を踏まえて、すべての生徒にとって役立つ実用的な知識だけを教えた。この出会いのあと、私はその教室に通うようになった。ゾルツィ先生が気づくまで一番うしろの席に隠れて座り、ノートも筆記棒も持っていなかったので、床に積もった埃の上に数字を書いて学んだ。

ゾルツィ先生は、母アニェジーナと上の兄イェロニモの了解を得て、私を生徒として受け入れてくれた。リアルト地区の学校に私を通わせる経済的な余裕は十分にあったのだが、ゾルツィ先生に支払うわずかな謝礼に二人はえらく満足した。加えて、「チビ・ヤコモ」の将来にかならず役立つ算数塾なら、うまいことやっかい払いもできると考えたのだ。

もう一人、ラテン語文法の家庭教師が私につくことになった。太った気さくな先生で、さいわいにも人文主義者ではなかった。母はイェロニモとマッフェオ、見こみのある二人には人文主義者を自称する別の先生をつけ、より優れた教育を受けさせた。共和国政府の要職に就く運命にあると考えていたのだ。小さくて見栄えのしない「チビ・ヤコモ」にその必要はない。「商人向けの二級ラテン語」すなわち、裁判官や公証人が法律文書や証書を読み上げるときにその内容がわかる程度、憲法や規則に記されていることがどうやらわかる程度のラテン語で十分だという判断だ。ラテン語で記された法律文の迷宮では、はっきりと目を見開いておかないといけない。「法は覚醒する者を助け、眠る者を助けず」というではないか。それ以外は、わがヴェネツィア共和国の美しい言語で読み書きができれば十分ことたりる。「チビ・ヤコポ」はこうして、組合や商館の事務職員として将来の取引で誤読や誤解をしないように、商人たちに共通する、明瞭で、小さく、規則的な文字・数字の読み書きを身につけたのである。

実際のところ、私は文字よりも先に数字を書くことを学んだ。寸法や量という基本概念を数字と対応させるのだ。商品、産物、貨幣といった対象を数字に置き換えることは、言葉の発音や意味を相手にするよりはるかに具体的な作業である。祖父の帳簿やゾルツィ先生の黒板で見た数字は、いうまでもなく、九種類のアラビア数字あるいはインド数字、そしてゼロと名づけられた卵のような形の記号であった。このゼロはとてもわかりにくい。ほかの数字は正確に個数や量に対応するのだが、この悪魔の記号ゼロだけは何も対応するものがない。それは何もない、ということなのか。空の状態、存在しないという存在なのか。

先生は、アラビア語のスィフルに由来するスィフェラすなわち「暗号」という言葉があり、そこからゼロすなわちセヴェロという言葉が生まれたと説明した。「この記号を恐れることはない。『アラビアの数字、インドの数字は悪魔が作った記号であるから消さなければならない、伝統あるローマ数字を使うべきだ』と扇動する聖職者がいるが、彼らを信じてはいけない」と先生は教える。そのとおりだ。ゼロはけっして異端の記号ではない。たんに存在しない量を示すために役立つのではなく、二桁以上の数字を使うことでより複雑な計算を巧みに実行できるように工夫された、じつに素晴らしい発明なのだ。数字を縦に並べ、十の位を揃えることで、計算は容易になる。会計と商取引の専門家は、以前は苦労して暗算に頼ったのだが、数字を書くというこの方法によって複雑なやり取りに関しても、あらゆる勘定を計算できるようになった。

私は暗算に並外れた才能を発揮した。数字を書いたり、道具を使ったりせず、目を半分閉じて自分の内なる世界に集中し、目に見えないほど小さく唇を動かし、数字とその算法をつぶやくのである。そういえば、祖父も同じように暗算をしていた。ゾルツィ先生からはさらに多くのことを学んだ。割り切れるかどうかを見分ける方法、平方根、立方根の概念、分数の四則など、込み入った算法の原理と方法である。いくつかの計算は、紙に書かずに指で素早く結果を出すことができるようになった。重量と寸法を別の単位に換算し、種々の税率に応じた税額を算出するために必要となる位どりの調整と比例算なども、暗算で計算することができた。

計算の理論を踏まえて、商売活動に伴う個別取引の実務を理解し、その分析もできるようになった。商会の財務管理、出資比率および取引分担に応じて共同経営者に利益と損益を配分する作業、単利および複利の銀行渡し手形の計算、各種の利息を明記した貸付金書類と掛け売りの様式などである。表向きは、そこに利息の取り方を記載することは禁じられていた。キリスト教徒はそれをすべきでなく、神を敬わないユダヤ人だけがやることだとされている。しかし、テーブルの下ではわれわれもずる賢いやり方で同じことをしていた。さらに、偽造貨幣を見破るために合金に含まれる金属の割合を測る方法、取引台帳の勘定に関する複式簿記[7]、為替レートの一覧表の活用などなど、学んだことは数えあげればきりがない。

「数の世界はわれわれを神に近づける。神は重さと大きさによって宇宙を創造したのだから」[8]とゾルツィ先生は言う。神によって創造されたすべては、数という言語で記された一冊の書物なのだ。われわれの使命は、その言語を解明し、その書を細かく読み解き、理解することなのではないか。数は神の言葉であり、善と実直によって獲得する財産である。しかし、もし警戒を怠ると、それは悪魔の所有物となる。油断すると、詐欺、不正、暴利、奸計、強欲によって膨れた数は、われわれをじりじりと地獄の炎の上で炙《あぶ》り始めるからである。


バドエル家では逝去が続いた。母アニェジーナが亡くなった。その葬儀で私は涙を浮かべなかった。兄マッフェオが亡くなった。私はちっとも泣かなかった。家長となっていた上の兄イェロニモは、プレガーディ評議会の委員となり、造船廠《アルセナーレ》の法務官も務めていた。イェロニモは、私が算術を得意としていることに気づき、記録係見習いとしてリアルト地区の商館に推薦してくれた。結婚にもこぎつけることができた。相手は共和国の名門家系の娘、マリア・グリマーニである。まもなく二人の息子に恵まれた。父と兄の名、セバスティアーノとイェロニモを与えて、洗礼も済ませた。

　そして、乳母のマリアも旅立った。マリア喪失の悲しみは深かった。気落ちした私を慰めようとイェロニモは手をつくし、四十人委員会[8]の法廷事務係に私を押しこんでくれた。かつての四十人委員会は輝かしい機関であったが、いまや栄光の権威は完全に失墜していた。そこで私が命じられたのは、誰も引き受けたがらない悩ましい職務だった。破産管財、ユダヤ人の詐欺行為と違法抵当の監視、造幣局の管理、ヴェネツィア共和国に流入し、あるいはそこから流出する奴隷の出入国記録、といった雑務である。さらに、兄は私にアレクサンドリアに向かうガレー船の入札を取らせた。スルタン・バルスバーイ統治下のエジプトとヴェネツィアの外交関係は冷え切っていたので、この航海は絶望的な結末になる恐れがあった。加えて、私は世界各地を旅したいなどとは露ほども思ったことがなく、取引を監督するため到着地に降り立つという意欲さえもわかない。台帳を持ちこんだ狭い船室で船酔いの頭痛と吐き気に悩まされるのは御免こうむりたい。

イェロニモは引っこみ思案で煮え切らない私に腹を立て、エジプト行きの事業から私を外し、代わりにコンスタンティノポリスへの派遣を命じた。「お前はレヴァントにおける貿易のすべてを監督する立場に就けたかもしれず、そうなればバドエル家と共和国にとって非常に重要な職務を果たせたのだ。それをすべて無駄にしたな」と兄は言う。しかし、実際のところ、用意されていた仕事は単純な会計事務で、兄は私にそうは説明しなかった。事業あるいは商取引は、彼ら指導者層の利益になるように展開される。商人、小規模な銀行家、両替商、投機家、ガレー船の所有者や航海請負業者、そうした人々が年月を経て作り上げてきた緊密な相互関係のおかげでそれがうまくいくのだ。私もこれまで機会あるごとに、彼らから小規模な共同事業に誘われたことがある。小さな取引がうまくいくと、私もまた当然のことだがバドエル家や共和国のために、より大きな取引を行ってみたいという夢を抱かないわけではない。

家長である兄の意志に私はいつも服従していた。息子たち二人はすでに一〇歳を超えていたが、兄は二人の父親代わりになると宣言し、結局、二人は手元から離され、兄に託された。二人目の息子を妊娠してからというものの、妻マリアは私と同じ寝台で寝ることを嫌った。闇と夜を恐れる私は気持ちのやり場を失って、かつて息子たちの乳母で私の女であったカフカスの奴隷レーナを求めた。私にはどうしても女性の身体が必要で、その体温を感じると安心して眠りにつくことができた。

だが、私の女、レーナも兄に取られ、私のもとを離れてしまう。私からレーナを取り上げると、兄はすぐに年七ドゥカートの条件で彼女を年老いたニコロ・ドルフィンに貸し出してしまった。「何かを所有するならば、そこから必ず利益を上げなければならない。お前は心配しなくていい。七ドゥカートは毎年必ずお前の銀行口座に振りこまれるはずだ」と兄は言った。

一四三六年九月二日、正午ちょうどに私はコンスタンティノポリスに到着した。ダルディ・モーロ所有のガレー船で四十日におよぶ疲労困憊の航海であった。ピエロ・コンタリーニを船長とするロマーニア建造のガレー船団である。私を除き、船員たちは甲板に出て、船に近づいてくる都市の素晴らしい眺めを楽しんでいる。水面に影を映す重厚な城壁[10]、その先に見える塔とドームは驚嘆に値するという。一方、私は虜囚のように船室に留め置かれた。突然発熱し、体調の悪いなかで、この恨めしい船旅にかかった費用の総計を締めていたのである。私と若い助手アントニオ・ブラガディンに関する支出の合計はドゥカート金貨七枚となった。アントニオは一六歳の利発な青年で、バルバリア・デ・レ・トーレの家[11]の近くに住む彼の父親が見習いとして私に託したのだ。

というわけで、私は城壁も塔もドームも見なかったが、たいして重要なことではない。大型のガレー商船は海峡の海流を避けて金角湾に入り、ペーラの旧港の停泊点に錨を下ろした[12]。そのときになってようやく、私はふらつきながら船室を出た。船長に挨拶し、助手アントニオに支えられて小舟に移り、栈橋に向かった。栈橋ではこの地の監督官の出迎えを受け、案内に従ってピスカリアの城門に向かった。奴隷たちは木箱や商品を降ろし、倉庫に運びこんでいた。

城門のすぐ近く、ヴェネツィア街区の中心に位置する商館では、わずか数時間の休憩をするのが精いっぱいだった。サン・マルコ・デ・エンボーロ聖堂に行き、感謝の蠟燭を灯す気力さえなかった。無事に到着したときはこの聖堂に参拝するのが習わしで、そうするようにと言われていたのだが、とてもその力が出ない。

さらにこれ以上はないという失望なのだが、監督官は「申しわけないことに、貴殿にふさわしい宿泊先を確保できませんでした」と詫びた。町は迫るトルコ軍に追われた移民や難民でどこもかしこもあふれかえっており、ギリシャ人の家主たちは世の破局に無関心で、このどさくさで荒稼ぎをしようと、部屋が不足していると見るや信じられない法外な賃料を要求するのだそうだ。監督官がやっと見つけた家は、港とジェノヴァ人居住区のペーラを分ける湾の先にあるという。家を所有するのはブランカ・ドリアなる気前のよいジェノヴァ人で、家賃は月額でたった四ヒュペルピュロン[13]とのことだ。仮の滞在先として、二か月以上は無理だが当面は致し方ない。まだ熱があったが、重い頭でビザンティン貨幣をヴェネツィア通貨に換算した。一ドゥカートを少し超える額で、ヴェネツィアの賃貸料と比べると悪くはない。

そこからまた港に引き返す。港では渡し舟の親方が待ち構えており、私物を入れた小さめの木箱を積んでわれわれを向こう岸に運んだ。ほとんどすべての取引書類は、私の職場となる商館に残してきた。さて、ここでようやく私は周囲を見回す余裕ができた。ボスポラス海峡を吹き抜ける風を胸いっぱいに吸いこむ。思いを馳せるのは、母国の大運河《カナル・グランデ》やヴィガーノ運河を小船やゴンドラに揺られて進むようすである。しかし、サン・マルコ聖堂、サン・ジョルジョ聖堂ではなく、ここで目にするのは、ペーラの斜面にそって密集する住居群と鐘塔であり、その先には大きく重々しい円塔がそびえている。目を反対側に移すと、夕日の中にくっきりとハギア・ソフィア大聖堂のドームが浮かんでいる。

ペーラでの二か月間は、これまでの生涯最悪の日々であった。食料は古くなりすぎたり、ときには腐ったものでも市場で高く買わなければ手に入らない。郊外の農地はトルコ軍に荒らされ、食料の調達は日々困難になっていた。腐って悪臭すら漂う井戸から飲み水を汲まなければならない。とくにいらだつのは、落ち着いて取引勘定に集中できないことであった。計算には当然静粛さが求められる。借用証に記載された取引額を山と積まれた船荷証券や手元の個別記録と比較照合する作業は神経を使う。ガラタの見すぼらしい裏通り《カルッジョ》に面していまにも崩れ落ちそうな塔のようなわが家での作業であった。

一〇月一二日、私は雑用一般と通訳として使う奴隷ゾルツィ・モレジーニを雇うことになった。ゾルツィはこの町に多くいるヴェネツィア商人とギリシャ女のあいだに生まれた私生児で、ギリシャ語とトルコ語を話すことができた。月に二ドゥカートの給料を私から奪うだけでなく、店の倉庫から物をかすめ取るやつで、そのやり方がきわめて狡猾なので、証拠がつかめなかった。

ほとんど毎日、渡し舟でペラマ地区[14]に行かなければならない。金角湾を横断するのだが、夏の終わりになると強い風が吹き始め、舟はかなり揺れた。ときどき私の代理でアントニオが往復した。彼はすべてを巧みに処理できる青年であった。しかし、まもなく病気になり、高い熱と強い腹痛に苦しみ、やぶ医者が懸命に治療したが、一一月の初め、そのかいなく息を引き取った。実家にお悔やみの書簡を送らなければならない。すべての費用を支払い、その詳細を日記に書きこんだ。胡散臭い仲介屋アンドレア・デ・ステッラには、砂糖、シロップ、「キリストの御手」と名づけられたまったく役に立たなかった水薬、そのほか細かい品物を含め、全部で二ヒュペルピュロンと一二カラートを支払う。マルゲリータという女には、アントニオの死の直前数日間、せいいっぱいの世話をしてくれたということで一ヒュペルピュロン、遺体を整える床屋に二ヒュペルピュロンと一二カラート、最後に埋葬費用として、一〇ヒュペルピュロンと一九カラートを支払った。

安らかな眠りが与えられんことを（レクイエスカート・イン・パーチェ）。

一一月一五日、いまだに病と死の臭いが漂う家を出る。この地に着いて二か月ちょっとである。ギリシャ人の投機家で、手早い男《キーロ》アンゾロ・クリダが、ヴェネツィア街区の商館と同じ区画にある借家を紹介してくれた。いい物件で、年額五〇ヒュペルピュロンという賃料も手ごろなので、すぐに契約した。

家は商館の広い中庭に面していくつかの階が重なり、にぎやかな通りの側には布張りの小さな窓が開く。その通りは魚市場を経由して、ピスカリア門とドロウンガリオス門を結んでいる。馬屋と店舗は中庭にあり、店舗には各種の秤と物差し、運搬用の荷車、袋を入れておく戸棚、籠、壺、瓶、縄が並べられ、その脇には荷役人夫や職人が休む小部屋があった。商館の地上階には、食品貯蔵庫と大きな炉を備えた調理室、三階には組合員と使用人たちの部屋が並ぶ。主階すなわち二階は主人の居室で、中央は暖炉と食卓が置かれた大広間である。その隣は脚の高い寝台と書斎机を置いたやや狭い部屋だ。その隅にある大きな木枠の扉口を出ると、重厚な外壁に増築された小部屋がある。これが最高の贅沢だ。この小部屋は二軒の家の間を通る狭く暗い溝の上に突き出ており、その木製の床には穴が開いている。つまり、中庭まで下りて行かずに下腹に溜まった不要なものを外に排泄できる小部屋だ。

書斎机は小さなノアの箱舟のようである。敷物の上に置かれたただ一つの家具で、椅子は机とつながっていて、使いにくい。しかも椅子の背もたれは壊れかけている。歪みのある机面には、ペンを立てる穴、インク壺、フェルトペン、ペーパーナイフ、吸い取り紙を置く窪みがある。机の袖には棚がつき、用紙類、帳面、書籍を置く。箱、紙袋、紙挟みなどもそこに置く。そこには、多くの未整理書類、細かい記録、家族との連絡書簡、取引の連絡、両替清算書、各種確認書、証明書、領収書、受領明細、カード、裁判と訴訟に関する判決文書と決済文書、備忘記録などなど、とにかくありとあらゆる書類が分類されて保管される。

手早い男《キーロ》アンゾロは家財道具一式を追加料金なしでそのまま残してくれた。私の前に住んでいたのは、変わり者のフィレンツェ人司祭で、おそらく黒死病《ペスト》ではないかと思われる不可解な病気で昨年の夏に主に召されたという。アンゾロは司祭の生活と死について、あれこれくどい説明はしなかった。しかし、多量の灰汁《あく》と水で隅から隅まで消毒し、よく洗ってから入居したことはいうまでもない。この家は私が生活をする空間であり、航海を続けるための船の指令室でもある。その航海を導くのは、海図でも世界地図でもなく、わが台帳、すなわちすべての事項と収支を記す帳簿だ。


そう、台帳をつけ始めたその快い瞬間は、あたかも今日の出来事であるかのようにはっきりと覚えている。私はまず、それまで使っていたカードやノートを整理して並べた。ヴェネツィアから持ちこんだ私物と商品の目録だ。牛革装四つ折版の保管箱には、日々の記録が順不同でいっぱいに詰めこまれている。毎日の取引量を書式どおりに書きこんだ記録簿も並べる。ヴェネツィアから持参した分厚い保管箱には、三つの山の上に十字架を描く透かし模様の入った硬めの紙がぎっしりと詰まっている。最初の白いページの中央に一四三六年と書く。そして、少し下げて次のように書く。「神の御名と、そのおおいなる恵みにおいて。私ヤコモ・バドエルのコンスタンティノポリスへの旅の台帳。ピエロ・コンタリーニ氏を船長とするガレー船により、この地に九月二日の正午に到着せり」こういう書き出しには、「神の御名において」と記すように教えられていた。

見開きのページをめくる。向かい合う最初のページの隅に1と番号をふり、その次、その次と順に同じ位置に番号をふる。記録をつけて台帳が先に進むと、同じ種類の過去の収支を参照する場合があり、ページの番号でそこに戻ることが必要になるからだ。この台帳全体はページ番号で鎖のようにつながることになる。各ページの上端、中央に空白をとって年号一四三六を書きこむ。ページの端からほぼ三ディート〔指三本分、約五・四センチメートル〕のところには一本の縦線を引き、勘定の数字をそれに揃える。これでどうやら日々の書き付けや記録から個々の収支を一冊の台帳に転記する作業が始まる。商人特有の明瞭な私の筆跡で、ヴェネツィアの方式により、時系列にそう記載だ。支払いは左側のページ、受領は右側のページに書きこむことで、一つの会計項目が見開いたページに整理される。

細心の注意を払って会計事項の第一行の始まりには小さな点を打ち、記述を大文字で始める。記載の順序も統一する。まず表題である。これは取引先の商人の名前、取引銀行名、商品の納入業者、当該商品に関する作業内容および共同取引業者名になるだろう。貸し方と借り方の区別も明記する。日付はヴェネツィア方式に従う。貸しと借りの名義人氏名及び関連注記を記載し、最後に参照ページを書き加えておく。欄外には、取引額をビザンティン通貨に換算した額を書いておこう。ヒュペルピュロン、カラート、そしてまれな場合だが、クワルト〔一ドゥカートの四分の一〕で書くこともあるかもしれない。それらは実際にやり取りされる数字ではなく、受け取りや支払う金銭の数字とは違っている。しかし、取引全体を一括して収支計算する場合の基準となる。換算できる基準がないと、多くの国々から発送される商品、それを扱う商人の国籍、そして両替で生じる誤差など、多くの異なる通貨を前にして迷路のような状況に陥るのである。ここでは、ドゥカート金貨、ヴェネツィアのゼッキーノ金貨、ビザンティン金貨、ドゥカテッリ貨幣、トルネーゾやカッファのアスプロ銀貨、ターナのアスプロ銀貨、トレビゾンドのアスプロ銀貨、ディルハム貨、トルコ鋳造のドゥカート金貨とアスプロ銀貨などじつに多様な通貨がやり取りされている。

ページの最後あるいは貸し方と借り方の計算では、同じ数字を得なければならない。取引はそこで均衡する。しかし、帳尻合わせというものは、つねに容易であるわけではない。予期せぬ状況で起こる生と死は、目に見えない形であれこれとわれわれに干渉してくる。私を巻きこんだのは、到着後二か月足らずで無念にも世を去った善良な青年アントニオ・ブラガディンだった。台帳に彼の会計項目を書き始めたが、項目は一つだけである。九月八日付けの彼の借金として、モーロ船長の書記マティオ・ファズオールに現金で一ドゥカートを支払うこと、とある。ヴェネツィアからのアントニオの航海費用の残りである。ページを改めて借り方を書くのだが、それはアントニオの発病と死にかかわる予期せぬ出費についてとなってしまう。合計は、二三ヒュペルピュロンと一五カラート、これが死者の借金となる。どうすれば向かい合うページの勘定と同じにすることができるのか。さいわい、死者の鞄をかき回していたアンドレア・デ・ステッラがドゥカート金貨二枚、ヒュペルピュロン貨二枚、ヴェネツィアの硬貨一〇枚を見つけ、私に持ってきた。私は哀れなアントニオの支払い欄にその合計額を記入する。だがその金額では十分でないので、収支勘定はまだ締められない。その後一年以上経ってから、アントニオの黒いマントの買い取り料金として、指物師のピエロ親方から一五ヒュペルピュロンが私に支払われた。これでやっと貸し勘定を釣り合わせることができる。計二三ヒュペルピュロンと一五カラートである。収支は同額となり、会計は閉じられる。アントニオの短い生涯は記録として保管されるのだ。

すべてを書く。つねに書き続ける。書かれていないということは存在しないことと同じだ。書かれていないことは現実ではない。短くはあったが、アントニオの生涯もまた現実であった。ほんの数行だが、彼の会計が記録されているからだ。そうでなければ、砂時計の砂のように、彼の存在はサラサラと流れ去ってしまったであろう。事象のすべては書類の上を通り過ぎていく。毎日、毎時間が経過していくように、すべてのことがらは先へ進み、けっしてあと戻りしない。台帳には、すべての業務、経費、収益、それらすべてがいかに細かい出し入れであっても記載される。商人の中には、売り買いに関する少額の事項を一つにまとめて少額取引という項目で一括記入する者もいるだろう。同じような小さな数字を繰り返し書いていると、経験から、それらを一項目に含め、概算支出額として、四、五、六ドゥカートなどと記載するのが便利なのだ。しかし私は違う。凝りに凝って一つ一つを正確に書いていく。大小の袋を作るための布、木箱、樽、縄などの購入費、点検係、計量係、馬車引きと軛《くびき》をかける人夫、荷役人夫、荷揚げ操作夫、船頭、司祭、仲介人、ガレー船の水夫と請け負い人など人への支払い、また保管費、ガレー船およびギリシャ船の入港証書、帝国皇帝による商品確認書と通関証明書など諸経費を書きこむ。そして最後に、賄賂、礼金、飲み物代、袖の下といった支出がある。役人を堕落させる裏の金だが仕方ない。これも記入する。相手と状況によっては菓子やチーズのひと包みでことたりることもある。石鹼や蠟燭の箱詰めも使う。高価な香料や高級生地でなければ動かない役人もいる。

自分の支出についても詳しく書く。衣服、家関係、食費と分けてさらに細かい項目が並ぶ。錠前、木箱、収納家具、薪、砂糖、プッリャ地方[16]ないしギリシャのワイン、パン、ミルク、チーズ、舟の修理、岸辺の居酒屋に舟を預けておく保管料など。健康状態に不安を抱えるようになり、病気がちになってからは医療費もある。疥癬ができたり、歯が痛むたびに、この町のやぶ医者やいかさま医者は、治療と称して金を巻き上げるのだ。人の悩みにつけこむ悪賢い輩《やから》がこの町にはあふれている。哀れなアントニオのために「キリストの御手」とかいう効果のない水薬を私に売りつけた偽医者にして然《しか》り。さらに、ギリシャ人パナリドスは、別のギリシャ人シロプーロスから砂糖と薬品を買い、私の疥癬を治療するためだとごまかして、悪臭を放つ塗り薬にして代金を要求した。しかも強硬に現金払いを言い張った。

私にとって大きな負担になったのは、赤毛の馬を持つという贅沢だった。一四三六年一二月一〇日に三〇ヒュペルピュロンという手ごろな価格で、ついに買うことができたものの、ほとんど乗る暇がなかった。加えて、馬という動物はとにかくよく食べる。大麦、干し草、草、藁など、餌代は馬鹿にならない。蹄鉄、鞍と鞍敷、手綱もそれなりの出費で、さらに馬にブラシをかける少年を雇わなければならない。

出費の欄に、「困窮した人物に施した額」として三ヒュペルピュロン、「トルコ人の手から解放させる費用として哀れな男に渡した額」一〇ヒュペルピュロンが加わった。善い行いをすることは悪くない。しかし、その額は記入しておく。

ヴェネツィアに帰ったら、兄イェロニモとその抜けめのない書記係たちの鼻先にこの台帳を突きつけ、私がいかに正直で厳密な仕事をしてきたかを見せつけよう。私が見渡す世界はすべてこの台帳にある。書斎兼居間では布張りの小さな窓は閉じている。その向こうには商館の壁があり、その先にはヴェネツィア街区の境界が控える。この閉じた領域の中で、私が一人で取り組む「仕事」は少なくない。まず、ヴェネツィアから派遣された全権大使《バイロ》、およびそのお付きの役人とつきあわなければならない。商談と売買を行い、商船が到着すれば荷降ろし、荷の積みこみが終われば出航、物々交換による交易、公正証書関係の事務、保証書類や委任状関連の業務、財務と通関に関するビザンティン帝国のややこしい行政官吏とのやり取り、これらすべてが私の手を経てなされる。

すべてのやり取りは台帳を経由する。入り組んだ取引関係のネットワークの中で、旅による移動や書状での連絡は、コンスタンティノポリス近郊の地域から、黒海、地中海の遠方の港に拡張していった。ターナからトレビゾンド、ネグロポンテ[17]からキプロス、アレクサンドリア、メッシーナからマヨルカと範囲は広大になった。国境、言語、宗教は乗り越えられない壁のように見えるが、交易網は容易に壁を突破し、商人にとってそれはなきに等しい。コンスタンティノポリスの城壁からわずか数海里を隔てた海峡の対岸に、この栄光の都市と世界全体を侵略し征服しようと遊牧民族の大軍が虎視眈々と狙っているはずがないとでもいうのだろうか。台帳のページを繰ると地図のように航路が浮かび上がる。海図は不要だ。人、商品、船が富と繁栄を作り出そうと広大な海域を休むことなく移動する。「商業とは」とかつてゾルツィ先生は言った。「自然そのままではなしえないこと、神がなそうとしなかったこと、すなわち国々がそれぞれ必要な物を生産し、生活を便利に変えていくことを実現するため、人間が発見した生業《なりわい》である。商業は人々の交流、遠国との取引を可能にすることで、世界を一つにする」

兄イェロニモ、そして貴族であり銀行家であるピエロ・ミキエルとマリーノ・バルボがヴェネツィアから書簡を送ってきた。貸借の詳細と為替手形が同封されている。三年半にわたり私は、ヴェネツィアから高価な毛織物、絹織物、銀製品、ムラーノのガラス細工などを輸入し、こちらからはブルガリアとワラキア[18]の蠟、香辛料、胡椒、絹、皮革や毛皮、金属、穀物、各種の食料品、ワインなどを輸出している。ありとあらゆる商品を取引し、量は莫大である。取引総額は天文学的な数字になるだろう。少なくとも、五〇万ヒュペルピュロン、つまりドゥカート金貨一七万枚には達する。このうち、少額の一部はともかくとして、その全額はわれわれの手で、われわれの手で現金、すなわち、金貨、銀貨、合金貨という目に見える金に替える必要がある。しかし、袋や金庫にそれを詰めこめば重過ぎて運べない。船に積みこめば、海の底に沈むか、貪欲な海賊の餌食になる危険がある。

この莫大な金の流れを示すのは、あらためていうが、一枚の紙、一つの記録である。それで十分なのだ。為替手形、銀行の手形振出しと収支台帳の記載、それがすべてを示す。そこには、貸付金、支払い金、預金など、金の流れ、貸し借りが明記されている。私はいくつかの銀行で同時に多くの口座を開設した。この三年間、サン・マルコ聖堂よりも頻繁に訪れる場所が銀行であった。一枚の紙、ちょっとしたペン書きの数字によって、ここコンスタンティノポリスの稼ぎはヴェネツィアで預金として積まれていく。すべて記録のお蔭だ。書かれなかったものは存在しない。

昼過ぎと夕方、明るい時間とランプの灯火の下で、毎日開く台帳。私の世界はすべてそこにある。薄明りの中で、何時間も根気よく作業を続ける。各種用紙、領収書、四つ折版の取引紙葉の記載から必要事項を整理しながら書き写していく。計算は一人で行い、多くの場合暗算で進める。台帳に記載した事項は、その旨、控えとして別の用紙に記録する。背もたれのない椅子が壊れたので、代わりにゾルツィの仲介でペーラの木工職人から椅子を買った。台帳には「座り心地のよい背もたれ椅子」と記入する。これで私はますます書き物机という聖なる箱舟の中に埋もれていく。

外出することは徐々に少なくなった。日にあたるためだけの外出はほとんどしない。避けられないつきあいや商売上の必要からどうしても出なければならないときだけは、やむなく外出するのだが。つきあいといえば、一四三七年の謝肉祭《カルネヴァーレ》のときは、楽士を何人も自宅に呼び、自宅で宴を開いたが、これは九ヒュペルピュロンの痛い出費となった。一四三八年の七月、派遣されていた全権大使が任を終えてヴェネツィアに帰還するそのときには、離任の宴会にしぶしぶ顔を出した。

もともと臆病で陰気だった私は、この地でさらに内に籠って暗い性格を強め、つねに孤独で不機嫌のまま過ごし、偏屈で人と会うことを嫌うようになった。同時に、細かいことにこだわり、几帳面このうえなく、正確さを重んじ、日常の習慣や行動ではこせこせと時刻どおりに動かないと気が済まなかった。大使の館《バイロ》の塔と商人広場の開廊《ロッジャ》にある機械式の時計が打つ時刻にきちんと従う日常である。商人広場には、サン・マルコ聖堂の北西隅にあって時を告げたサンタリピオの時計の「弟」ともいうべき時計が、故郷ヴェネツィアを思い浮かべられるようにと、数年前にヴェネツィアの関係者によって誇らしげに設置された。[19]

時もまた移り変わっていく。時を知らせる鐘の音を聞くと、考えこむことがある。鐘の音は現実を離れた抽象的な合図になり、時の流れを機械的に計測する。支払いの約束時限、運送と所要時間、文書や手形の期限、ガレー商船の到着時間と出航時間、商品保険の有効期間など、すべてが厳密すぎるほどに時間の支配下に置かれる。その冷酷な進行とは別に、人間が自ら制御できるもの、少なくとも制御していると錯角できるものはなんだろうか。死の恐怖を遠ざけようとすることだろうか。資本《カヴエダル》という怪物は、個人の死、会社の破産、倒産、閉鎖をものともせずにのみこみ、物質を離れ、肉体を離れた何かに変わっていくように感じる。おそらく将来、世界全体は、目に見えないこの非物質的な複雑にして目の細かい網《ネットワーク》という怪物で包みこまれるだろう。網の目という、無限に広がる糸は一人の人間を別の一人に結びつけ、金もまたその糸に沿って空中を複雑に行き交うだろう。金貨もまた、見えなくなり、精霊か悪魔のような存在になる。そうなると、最後の審判の日も近いはずだ。主イエス・キリストが造物主ではなく別の神を崇拝した憐れむべき人々に対して、あなた方はこの世界にもはや必要ではないと決め、あの古い木製の彩色磔刑像の口のように芳香を放ちながら、刑の宣告を言い渡す日だ。

夜遅くまで仕事をするのが癖になっていた。それも日ごとにさらに遅くまで。夜になると、通りは静かになるので、時を打つ鐘の音は澄んで聞こえる。子供の頃の暗闇の恐怖がよみがえるのはそうした静かな夜だ。一人では眠りにつけない。かつてマリアに、ここ数年はレーナにひしと抱きついていたように、私は別の身体に密着することで、はじめて自分が守られていると感じる。しかし、横になるのは罪深い習性からではなかった。女性の身体と自分を一つにするためではなかった。そうではない。レーナと寝たときもマリアとほとんど同じだ。豊かな胸に私の顔を埋め、その乳首を口に含むだけですぐに私は深い眠りに落ちた。頭の中で素早く数えてみる。約六年ものあいだ、日曜日の夜はかかさずレーナの隣で身体をぴたりとつけて眠った。ベッドの中でレーナの身体に私自身を挿入したのは四回ぐらいだろうか。それもほとんど無意識のうちに彼女の背中に回り、そうなっていた。

いま私にはマリアあるいはレーナのように温かく柔らかい女性の身体が必要だ。医師パナリドスは、少なくとも月一回は射精する必要があると忠告する。抑制が過ぎると痛風に悪影響があると言うのだ。この種のことについても、別の四つ折版の記録簿を作って詳しい記録を残すべきなのだろうか。眠りがとても浅いとき、まったく眠れないときは、一日中怒りっぽくなり、計算間違いや筆写の誤記が目立つようだ。これはよくない。適切かつ迅速な解決法は、コンスタンティノポリスで温かく柔らかな身体を買い求めることだ。女奴隷、つまり俗にいう頭《テスタ》だ。ここではいい買い物になるだろう。「生産地」に近い場所で買う「商品」は、遠く離れたヴェネツィアに比べ格段にお買い得になるからである。ここでは通関料と購入税も安上がりなのだ。

奴隷たちはほとんど黒海の奴隷市場、とくにターナから運ばれてくる。それならば、その地の駐在員フランチェスコ・コルネルと詳しい連絡を取り合うのがいいだろう。フランチェスコは、コンスタンティノポリスでの私の組合仲間ヤコモ・コルネルの兄弟である。台帳にはヤコモ・コルネルの項目があり、さまざまな商品の売買、為替手形の現金化を世話してきた。手形についてはヤコモ自身のほか、ターナの組合員ズアン・バルバリーゴ、ボルトラミオ・ロッソ、モイーゼ・ボンの名も記録されている。さらに同じ項目に、かつては石弓の射手であり、怪しい仲間に入って儲け話を探していたカタリン・コンタリーニの名もある。

だが、思慮を欠く行動一辺倒の野心家たちを信頼しきっていいものかどうか、迷うところだ。彼らは徒党を組み、どこかに財宝探しに出かけ、結局なにも得るものがなかったという馬鹿げた話が私の耳に入っている。私がコンスタンティノポリスから送った鉄の道具類も手元に置いたまま返してこない。

しかし、安らかな夜を得るために、ほかに選択の余地がないのも事実だ。ターナにいるのは彼らであって、私ではない。キャビア、胡椒、銅、黍《きび》、深紅の布地、黒貂《くろてん》の毛皮、干したチョウザメの背肉、塩漬けのチョウザメ、そしてとくに今回は人間がターナからここに届くのだ。これらすべてはぼろ儲けの品々である。

ターナ発の遠洋航海船団《ムーダ》が入港するのを待つ必要はない。小舟で金角湾の対岸に渡り、ペーラのジェノヴァ人市場にある店に行けばいいだろう。一四三七年一月一五日、私の台帳に「ロシアから来たマリアという名の一六歳ぐらいのロシア人女奴隷を購入」と記入し、さらに「しきたりによる検査で欠陥なし」と書き加える。「しきたりによる検査」とは売り手が言葉巧みに言いくるめたのでなく、「商品」を詳しく調べてから自分で納得したことである。

しきたりに従って、マリアは取引の大部屋の中で裸身のまま立っていなければならない。一六歳だが私より背が高く、白く透きとおるような肌でその背中に黒髪が長く垂れていた。顔はほっそりとして、琥珀色の目は小さく、どこか野生の動物を思わせる。奴隷仲介商人のピエロ・ダル・ポーゾは、彼女の引き締まった乳房をことさら自慢して、安くはない価格を正当化するのだった。一一四ヒュペルピュロンという、たいした値段がついている。同じような若く健康な女奴隷の平均値段よりも二〇ヒュペルピュロンも高い。このジェノヴァ人の仲介商人は、ポルト・ピサーノ[20]でタタールの奴隷商からマリアを買ったばかりだと言う。そのタタール人奴隷商は、ロシアで奴隷狩りの襲撃を行い、女奴隷を閉じこめた檻でマリアを見て買い付けたらしい。ピエロは、商品が処女であるかどうかについては何も言わなかった。タタールの集落に連れてこられたなら、乱暴されたであろう。だが私にはその辺の詳しい状態やいきさつは気にならない。マリアはサン・フランチェスコ聖堂の司祭によって、カトリック・ラテン教会の典礼により洗礼を受けたばかりだった。すでにロシア教会のもとでマリヤという名で洗礼を受けていたキリスト教徒だったが、これでカトリック教徒マリアとなったわけである。マリアはロシア語以外、何も言葉を知らないようだ。腕や足は肉づきがよく、元気に長く働いてくれそうだ。

私に商品の質を確認させるため、ピエロは私の手を取ってマリアの身体に触れさせた。ただ胸を触るにとどめたが、身体に添う私の指先は、絹のように柔らかく、吸いつくかのようにきめの細かい肌を敏感に感じ取る。その感触は乳母のマリアを思い出させ、淡い香りもそれを強める。目の前のマリアは視線を落とし、私を見るでもなく、ほかの買い手を見るでもなく、まるでそこに自分はいないかのように、どこか遠くに向けられていた。

奴隷取引の大部屋は湿気があり、しかも寒かった。全裸のマリアは寒くはないようだ。氷と雪の国から来た女は、この程度の寒さに慣れているのかもしれない。ただ、乳首にそっと触れたとき、私はその身体が目には見えぬほど小刻みに震えているのを感じた。その震えは寒さのためではなかっただろう。

仲介人の言い値で私はマリアを買い受けた。やや奇妙なガウンのような長い上着はぼろぼろで、ポルト・ピサーノから運ばれたときのままなのであろう。それを着せて家に連れて帰った。地上階に留め置いて、年老いたギリシャ人の下女に身づくろいをさせる。汚れた身体を洗ってもらい、マリアは少し女らしさを取り戻したようだ。寝場所は地面に敷いた藁袋の上である。「マリアが何をしなければならないか、言葉でも身ぶりでもいいから言い聞かせるように」私は年老いた女奴隷にそう命じた。説得がそれほど難しくないことを期待する。

　ある晩、書斎机に向かって仕事をしていると、衣擦れの音とともに素足で歩く女が広間を抜けて私の部屋に入ってきた。背後でブラウスを脱ぎ、床にそれが落ちる気配を感じる。寝台に腰かけたのか、枠がきしむ音がして、芳しい肌の香りが漂う。私は気がつかないふりをして、振り返らずに勘定記入の仕上げを終えた。そして椅子から立ち上がり、ランタンを消し、服を脱いで上掛けの中に潜りこむ。私より大きな、しかし柔らかい身体にぴたりと抱き着いて、私はすぐに深い眠りに落ちた。

　そのときから毎晩、眠りにつく儀式は繰り返された。マリアは、別の部屋で片付けや洗い物など日々の雑用をこなしていく。衣類の繕い、洗濯や掃除に使う灰汁《あく》の準備、豆の皮むきなどだ。そのあいだ、私は書斎で帳簿や書類に埋もれている。ランタンの光を弱くする時刻になると、マリアは何も言わずに私の部屋に入り、書斎机のうしろを通り、主人に見られないように衣類をすべて脱いでベッドにそっと入る。主人は台帳を閉じて明りを消し、小部屋で用を足し、女の身体の横にそっと潜りこむ。女の顔は見ない。夜明けになるとマリアは私より先に目を覚まし、私を起こさぬように急いで身支度し、部屋を出ていく。中庭に降り、マリアの新たな一日が始まる。

　商館の人々はみな、新たに来た女奴隷マリアが夜どこで寝ているかを知っていた。しかし、誰一人として、マリアが主人と一緒に出歩く姿を見たことはないようだ。また、私とマリアの関係に眉をひそめたり、ことさら変な噂を広めたりする者もいなかった。「聖女マリア」が来たお蔭で、気難しかったヤコモの気質は柔らかくなり、使用人たちにわけもなくあたり散らすこともなくなったからである。

　昼間の雑用でマリア一人が私に仕えた日々は長くなかった。一四三七年一一月二三日、アブハシア人の奴隷ゾルツィが家に来たことが台帳に書かれている。頭は働かないが身体は強く、大柄な一八歳の若者である。同じくピエロの仲介でジェノヴァ人インペリアル・スピノーラから九五ヒュペルピュロンで買い受けた。仲介人ピエロは、兄ズアンとともに、奴隷買い付けという微妙な買い物では信用のおける人物のようだ。マリアとゾルツィが私の身の回りの雑用をするので、台帳には「自分が使うため」の奴隷と書き入れる。しかしいま、私は新しい商売に乗り出していた。人間を取引する市場では、ときには大きな利益につながる売買もあるが、奴隷の維持と管理に加え、病気や弱ったときの対策、さらに死亡など、棄損と消失という危険な要素がきわめて大きい。

四〇年前、五〇年前のかつての奴隷市場と、ティムール軍の侵攻によってレヴァントとカフカス一帯が荒らされた現在の奴隷市場は大きく異なっている。ターナが再建されたとはいえ、そこからもたらされる「産物」は以前とは違う。以前はカフカス人奴隷の需要が多かった。いまは主としてロシア人、次いでタタール人の奴隷である。野蛮人ともよばれるタタール人の価値は低い。また、女よりも男の価値は低い。「商品」の移送先も男と女で大きく違う。男はすぐに鎖でつながれ、ガレー船の漕ぎ手になるか、あるいはシチリア、スペインの重労働作業場に送られる。女、とくに二十歳より若い女、女児や少女はイタリアに送られる。区分けして運ばれる先はわれわれの主たる市場、ヴェネツィアとジェノヴァだ。

穀物取引同様、人を商品とする取引は季節商売である。これはよく考えないといけない。「商品」は、まずタタール人によって春から夏に略奪され、八月から九月にかけてコンスタンティノポリスに運ばれる。価格には大きな差がある。一一歳から一六歳ぐらいまでの少女の奴隷をターナで買うとすると、アスプリ銀貨で六百枚、ドゥカート金貨なら十枚といった相場か。コンスタンティノポリスでは、その三倍を財布から出すことになる。そしてヴェネツィアでは、同じ「商品」を五〇ドゥカートあるいはそれ以上で売ることが可能だ。ただ、最終の売価からは仲介手数料が差し引かれ、さらにヴェネツィアまで運ぶあいだの維持費、すなわち食費、いい売値にするための着替え、もし必要となれば治療費や薬代、運搬費、通関料や税金もかかる。聞いた話だが、ターナからヴェネツィアまで、諸費用を一括して四ドゥカート半で請け負う業者がいるそうだ。保険をかける必要もあるかもしれない。ペストやその他の疾病で死ぬ者もいるだろう。その場合、保険がなければ儲けは泡と消える。素早く暗算をしてみる。奴隷取引はそこそこの儲けになるようだ。それならば、しっかり自分の頭で考えたうえで、私自身の仕事としてしかるべき相手と奴隷取引を始めるのはどうだろうか。

すべてを記録する。つねに記録する。記録しなければ、存在しない。折に触れて私は繰り返す。私が地中海を経由して西へ東へと輸送する商品の一覧表には、物品だけではなく人間も記載されるようになった。人間の取引は珍らしいことではなくなった。おそらく私の台帳にも、名前、年齢、体つき、顔つき、欠点が記載され、それによって、奴隷たちの惨めな存在が小さな印となって残る。声なき存在、形なき存在であろうと、生涯という川の中で、目に見えぬまま消え去ってしまうのではない。

とはいうものの、世の中のすべてがすべて、記録として書きつくされるものではないことも理解できる。一四三九年八月の暑い午後、庭で騒ぐ声がしたかと思うと、書斎の扉を誰かが乱暴にたたく。いったい誰なのか。戸外での活動を終えて部屋に入った私は、書き物机に向かって台帳に取り組むのだが、そうなると書斎の聖ヒエロニムス[21]同様、もう誰も邪魔することは許されない。これはマリアも使用人たちもよく知っている。だがいま、返事をするまもなく部屋の扉は勢いよく押し開かれ、頭を布で覆った大きな人間が私の空間を占領してしまう。その大男はすぐに頭の布を取る。赤毛の髪と髭はからまり、そこに汗をかいている。よく知っている風貌だ。邪魔者の侵入は驚きにかわる。それも喜びに満ちた驚きに。

船長テルモと知り合ったのは、一四三六年一一月の悲劇的な夕方のことだった。私はガラタ地区の仮の住まいに向かう寂しい小路を上っているところだった。苦痛に喘ぐ手伝いのアントニオのために、私は「キリストの御手」よりも効き目のある薬を探して歩き回っていたが、何も得られず、不安と疲労で倒れそうだった。突然、私は四人の男に囲まれた。薄暗い中でナイフの刃だけが光る。はっと驚いたそのとき、間髪を入れず、暗闇からぬっと赤髪の大男が現れた。大男は素手で四人をつぎつぎと急坂に投げ倒し、親切にも家に入る階段の上まで私を送ってくれた。家に入るとアントニオはすでに息絶え、その脇で世話をしていたマルゲリータが泣き崩れていた。大男は引き返すことなく、その場で遺体を整え、質素だが青年らしい服を着せる作業を手伝ってくれた。サン・フランチェスコ聖堂[22]での慎ましい葬儀の際、アントニオの遺体を腕に抱き、墓掘り人夫の荷車にそっと横たえたのも彼である。その動作は、風貌や体格とは対照的に静かで丁寧であった。

テルモはまだこのときも女と娘三人と一緒に近くに住んでいた。実際のところ、彼はほとんどその家にいなかった。保有するグリッパリア船で黒海の沿岸各地を回り、商取引の航海は長かったので、帰宅するのは年に二、三回であった。あの晩以降、ここに帰ってくるとテルモは必ず「おい、大将、その後どうだ?」と私に会いに来てくれた。布で頭を覆ういつものスタイルである。金角湾の対岸となるコンスタンティノポリスとヴェネツィア街区には、「ジェノヴァ人の海賊を見つけた者に懸賞金」という手配書が貼られていたのである。

獲物を狙う狐のようにずる賢い輩《やから》がうろつく都市で、テルモが法律や金融に関して困ったときは必ず私が助けた。テルモは読み書きには苦労していたし、そもそも書類や記録を心底嫌っていた。書類は不正と詐欺の道具だと信じていたからである。そして、それは十分理由のあることだった。

テルモと私はまったく別の世界に生きてきた。テルモが生きるのは人や物を前にしての握手、物と物をやり取りする世界であり、抽象的な書類の世界ではない。私は彼のためだけならば、非合法の仲介や処理に手を貸すことも厭《いと》わなかった。公的な記録、日報、帳簿、台帳にいっさい記載されないそれら黒い裏技のお蔭で、テルモはビザンティン帝国の商取引税事務所やジェノヴァ行政庁の腐敗した役人とのやり取りを巧みに避け、公証人に面倒な依頼をする義務を免れていた。その黒いやり方は記録にはいっさい残らず、したがって真面目なヴェネツィアの商人ヤコモの世界では存在しない。だが、テルモの世界では存在していた。

テルモはターナから帰ってきたばかりだった。「ジョヴァンニ・ダ・シエナが発送したキャビアと魚膠《ぎょこう》の荷に関して取引税を支払うため、どうしても大将ヤコモの助けがいる」とのことだ。ジョヴァンニはコルネル家との取引をしている人物だ。そして声を潜めて、「ちょっと訳ありの三人がいてな」とつけ加える。つごうのよくないことであることはすぐにわかった。「ジョヴァンニの名義なのだが」と言うが、その奴隷三人はジョヴァンニの荷ではなく、テルモの所有なのだろう。テルモは訳ありの三人を税や登録を避けた裏取引で売りたいのだ。「わかった。明日、私がうまいこと片づけよう。奴隷については仲介人ズアン・ダル・ポーゾを呼んで裏取引の話をつけよう。口が堅く、信用できるやつだ。明日、手伝いのズアネートを送り、ペーラからコンスタンティノポリスまでズアンの舟で運ばせよう。運送料はたいした額にはならないだろう。三人まとめて三ヒュペルピュロンといったところか」と私は几帳面に説明する。ついでに冗談めいた口調で、「台帳には船長の名前がはじめて記入されることになるな」とつけ加える。物品税という費用の支出で、当然ジョヴァンニの勘定項目に入る。商品を降ろした船についても書いておかなければならない。「テルモ・ダ・サルツァーナのグリッパリア船に積載、ターナから当地へ運搬」と書く。

だが、テルモはこの冗談に笑いもせず、奇妙にもこれで話が片づいたというようすではなかった。「大将ヤコモよ。お前さんのほうからペーラに来てほしい。大切なものがあるので見せたい。明日すぐに」と真顔でテルモが言う。断る雰囲気ではない。

翌朝、私は金角湾の対岸で舟を降りた。いまかいまかと桟橋で待ち構えていたテルモは、すぐに私を入り江のほうに連れて行った。彼のグリッパリア船サンタ・カテリーナが停泊している。遠回しな言い方ではなく、テルモははっきりと「おれはこの船を売らなきゃならない。あんたの手を借りたいんだ。できる限りの値段で頼む。コンスタンティノポリスとは永遠におさらばする。おれの女と娘を連れて、残りの日々を生まれた国で穏やかに過ごしたい」さらに続けて、「ペーラに入る前にスクタリ[23]に寄ったので、そこでトルコ人の仲介人に頼もうかとも思った。そのほうが高い値がついたかもしれない。でもおれはそうしたくなかった。トルコのやつらは、大きくても小さくても、どんな船でも買って作り直してしまうからな」この狭い海峡の両岸で不思議に落ち着いているつかの間の平和はそのうち終わるだろう。そのときはすべてが終わる。テルモはトルコ人にサンタ・カテリーナを渡したくないのだ。操船が容易で速力が出るサンタ・カテリーナは、すぐに恐るべき軍船に改造され、キリスト教徒を攻撃する兵器になってしまう。テルモはここコンスタンティノポリスで売りたいのだ。だが、「ヤコモよ。公証人を立てず、立会い証人も頼まず、船籍証明もなく、署名やペンの記載の一つもなく、現金一括払いで売りたい。ビザンティン、トルコ、タタールの通貨はヴァル・デ・マグラ[24]やルニジャーナ[25]に持ち帰ったところで、無花果《いちじく》の実一個も買えないだろう。おれが手にする現金は、ドゥカート金貨、フィオリーニ金貨、あるいはジェノヴァの金貨でなければだめだ。ヤコモの前で、ほかの誰にも見られず、その金がおれの手のひらに乗るようにしたい」

さすがに私は言葉を失った。予想外の状況だが、テルモの読みが完璧なのも事実だ。この世界はまさに終わろうとしている。その前に逃げ出すのが最善だ。まさに私も帰国の準備を進めていた。待っているのは、共和国からの次のガレー商船団で、それに少しばかりの私物を載せ、ここを発つ予定にしていたのだ。しかし、到着が数か月遅れるとの連絡が入った。役立たずのビザンティン皇帝がヴェネツィアの商船団でイタリアから帰ることに決めたからだという。[26] 随伴の船にはローマ教皇から贈られた大量の祝福の品が積まれるらしい。しかし、それよりもはるかに役立つ金貨、武器、兵士は積まれていない。この都市をテルモでさえ見限ったとは想像していなかった。その生きざまはつねに黒海の上にあり、カフカスの女を傍らに置く海と剣の男、テルモもまたここを永遠に去るのだ。

船を売るのは容易なことではない。注意して船を観察する。水夫たちは残っていないようだ。行ったり来たりしている荷役人夫数人を操舵夫が監督している。漕ぎ手とそのほかの乗組員はどこに行ったのか。給料の支払いはきっちりと終えているはずだが。スクタリで漕ぎ手として働いてきた奴隷たちは、おそらくペーラに着く前にスクタリでトルコ人に売りに出したのであろう。あるいは、エジプト行きのジェノヴァの船にこっそりと移し替えたのかもしれない。状態のいいグリッパリア船は数百ドゥカートの価値がある。相手にお買い得と思わせなければならず、この不安な時代に船の代金を現金で用意できる買い手を探す必要がある。買い手に一枚の文書すなわちジェノヴァに到着したら引き出せる両替手形を準備させるのがより確実かつ好都合なのだが、テルモが相手では不可能だ。金額を現金でとしつこく言い張る。もしすぐに手を打ちたいなら、当然だがテルモもある程度の満足で折り合うべきだろう。わかった。なんとかいい買い手を見つけなければならない。何日か必要になるだろう。カンディア、[27] テッサロニキ、トレビゾンドを行き来しているレヴァント地域のギリシャ人富裕層なら、話がまとまるかもしれない。彼らは何事も起こらないかのようにいつも金稼ぎに奔走し、トルコ人による侵略、世界の終わりが近いことをまったく意識していない。

だが、一件落着ではなかった。テルモは私を倉庫に連れて行った。キャビア、魚膠、香辛料の臭いが混ざる。杭に鎖でつながれた二人のカフカス人の若者がいる。了解だ。事情通のズアンが動けば、出身地など細かいことを気にしない買い手がすぐに見つかるだろう。なんら問題はない。だが、ちょっと待て。奴隷の数は三ではなかったか。テルモは何も言わずに私の手を強引に引いて、自宅の急階段を上り、二階に連れていく。暖炉と調理場のある大きな部屋では、家族が笑顔で私を迎えてくれる。私を待っていたようだ。食卓の上には、長い大皿に鱈のフリットが盛られ、大きな椀にはターナから運んだ高価なキャビアが入っている。黍のパンとワインのカラフも並ぶ。テルモの女、ダーカはいまでも美しく、たくましい。そして三人の娘たち。

だが、ちょっと待て。カフカス伝統の衣装をつけ、部屋の隅に隠れるように立つ、髪の短い金髪の青年は誰だ。もし奴隷ならば、なぜ下の倉庫にいないのだ。鎖もつけていない。なぜだ。なぜ顔を伏せ、目を上げないのか。「こいつは男ではない。女だ」こちらに顔を向けずにテルモが言う。「名はカテリーナ。歳は一三か一四で、しきたりどおりの検査をしてある。健康そのものだ。もし、ヴェネツィアに連れ帰ってくれるなら、お前さんに託そう。大将は信用できるからな」さらに、「こいつには鎖や縄はいらない。逃げることは絶対にないからな」とテルモは続ける。なんと答えたらいいか。私は黙ったままほとんど食べず、ワインをほんの少し口にするが、どうしたらいいかわからずに部屋を出る。カテリーナとテルモがあとに続く。戻りの舟に着き、船長テルモに挨拶する前に、あわただしく小声で、「いくらだ?」と聞く。年老いた海賊船長は、私とのあいだであれこれ交渉するのは嫌いだ。「しきたりで」と同じく小声で応じた。「わかった」と言う。一週間で船をなんとか売り、その額に女奴隷の分として二〇ドゥカートを加えよう。一見したところ、女奴隷はその二〇ドゥカートを大きく超える価値があるようだ。

舟は静かに動き出す。テルモは身を翻し、挨拶もせずに歩き出していた。まるで急いでいるかのようだ。振り向く前の一瞬、彼の目に小さな涙の一滴が光っているように感じた。それはありえない。何かの反射だろうか。テルモはこれまでの生涯で泣いたことはないはずだ。私は振り向いて少女を見る。少女はそれまで顔を伏せたまま、テルモや私と視線を合わせないようにしていた。舟の底板にうずくまり、頭を膝の間に入れ、完全な沈黙の中に閉じこもっている。

カテリーナは商館に続くわが家に住みこんだ。その名は台帳に書かれていない。つまり存在していない。だが、中庭を横切り、階段を上り、また降りて、無言で命令に従い、働いた。私はカテリーナとほとんど顔を合わせない。マリアに託していたのだ。マリアはまず、破けてボロボロになった男ものの衣装を脱がせ、捨てさせた。カテリーナはすべてを素直に脱いだが、白鑞《しろめ》の指輪だけは、外すのをかたくなに拒んだため、マリアはそのままにした。湯で身体を洗ってやり、無関心を装ってその若い身体に触り、あちらこちらを検分したようだ。コルセットは使わず、胸は締めつけないように柔らかい綿の帯で包む。若い女の胸はこれで楽に呼吸できるだろう。それからブラウスと長いスカートを着せ、粗い仕上げの木靴を履かせる。これで使用人の服装を身につけることになったが、ブラウスは大きすぎて長く、雑に切りそろえた癖のある短い髪と釣り合わない。棒でたたかれて怯える犬のように見えて、やや滑稽ではある。

それにしても不思議な少女《プテーラ》だ。ある日のこと、ひと息入れようと、私は書斎の窓から中庭をぼんやりと見降ろしていた。カテリーナは積み上げた薪束の脇に座り、炭のかけらでその上に何か描いているようだった。おや、無学な未開の少女が文字を書けることなどありえるのか。いや、魔法や呪いの印を描いているとしたら、ますます奇妙だ。

カテリーナが立ち去ったあと、私は中庭に降りて何を書いたのかを見てみることにした。単純な線で描かれた図だ。輪郭だけだが生き生きと美しい。結び目のようにからみあった花々と植物、フィレンツェの金貨に描かれた百合のようにも見える矢車菊、炉のそばでけだるく眠る猫、私の馬、奴隷ゾルツィの間の抜けた顔、そしてもう一つ、どこか見慣れた顔が描かれている。そう、私が毎朝、小さな鏡の中に見る顔だ。禿げた頭、鼻の上に眼鏡をかけた滑稽な風貌。主人を馬鹿にしたので、鞭うつべきか、いやそうすべきではないだろう。この生まれながらの才能があれば、ヴェネツィアでは布地の模様の下描きと製作でかなりの名人になるのではないか。

添い寝をするマリアは、二階の寝室に来る前に地上階の調理場で毎晩キプロスワインの杯を一気に飲み干すのだが、私はそれに気がつかないふりをしていた。あえて叱ることもしない。ある晩、強いスラヴ訛りで酒臭い息をフーと吐きながら、マリアは「まだ生娘だね」とつぶやいた。

一四四〇年二月二六日。朝の陽光はすでに部屋いっぱいに射しこんでいる。私はその晩、よく眠れなかった。マリアには、「今夜は一人にしてくれ。明日の朝は、仕事を終えたら調理場に降りて何か食べるので、とくに朝食の支度は必要ない」と言ってあった。洗面器の前に行き、顔を洗って、小さな鏡をちらっと覗く。昨日は私の誕生日だった。だが、誰もそれを知らない。無用の宴会も無用の出費も避けたい。私は三七歳になった。鏡の中には見栄えのしない小さな老けた顔があり、ところどころ歯が抜け、半分禿げた頭があった。ここ何年かの生活、私のこれまでの生涯はどうだったのか。私という存在に関する支出と収入を、味気のない台帳に記入してきたが、その収支は結局のところどうなっているのだ。これまで本当に生きたことも、本当に愛したこともないので、この私の台帳にはあまりに多くの空白のページを残してしまった。それを埋めることは、はたしてできるのだろうか。

時計塔の鐘の音でわれに返った。中庭から声や音が聞こえる。男たち、女たちは出発の準備で大騒ぎだ。店をすべて空にする。私に関係する物品すべてを袋詰めにして荷をまとめる。袋には、ＪＢ[28]の組み文字とその上に十字架印をつけて私の標章とする。辺りは荷役人夫と荷車の溜まり場となっている。面倒な目録作りは、モレジーニに任せることにした。彼はバドエル家の事務処理があって、コンスタンティノポリスに残る。うまくごまかして彼が残りものをくすねるのは疑いない。もう一人の若い手伝いのズアネートは、三人の奴隷、ゾルツィ、マリア、そしてカテリーナと一緒に私に同行してヴェネツィアに行く。馬小屋にもう馬はいない。食欲旺盛な赤毛の代わりに買った灰毛の馬も、トルコ風の鞍覆いと厚い覆い布、鞍、手綱すべてをつけて売り払った。舟も売った。

最後に部屋に残った私物は、自分で記録しながら木箱二つにきちんと詰めていく。最初の箱には、ブラバント風[29]の緋色のマント、狐の毛皮で裏打ちされた黒い服、絹のシャツ、絹と金糸の装飾がついたハンカチーフ、靴、トルコ靴など、多少の価値がある衣類少々を詰める。ガレー船での船旅には、粗い手触りの厚手布の上着、羊毛のセーター、つばなしの旅行帽、長靴、そして鞄を取り出しておく。鞄にはシャツ、ズボン、靴下、石鹸、ハンカチーフ、タオル、剃刀、そして眼鏡、紙、ペン、インク壺、未記入の備忘録などをぎっしりと詰めた。肌身離さず持ち歩く革の財布には、宝石少々と「歯の手入れに使う金の道具」を入れる。

もう一つの箱には、それなりの価値がある品々を少しばかり入れる。銀の燭台、銀製の皿と食器、これらにはバドエル家の紋章が入っている。ブラケルナエの聖母[30]が描かれたビザンティン様式のイコン、これは古道具の競売で買ったものだ。最後の大きな鞄には、綴じられていない紙片、隅に穴をあけて綴じた紙葉、四つ折判の紙葉、日記などを詰めこむ。

梱包の外に出ているのは大判の台帳だけだ。最後のページが開かれ、「この台帳での清算額」と記載する。

見開き両側の欄外に四一八の数字がある。最後にもう一度それを眺め、思いにふけり、手垢で黒ずんだ革の表紙を静かに閉じる。

1　九世紀初めに遡るヴェネツィア貴族の家系。本章の語り手はジャコモ（ヤコモ）・バドエルという実在の人物である。マリア・グリマーニと結婚（一四二五年）、しかし妻マリアは若くして没した。一四三六年九月二日－一四四〇年二月二六日までコンスタンティノポリスに滞在、そこでの収支会計を複式簿記で記した大判の台帳『勘定の書（*Libro di conti*）』（四一八葉で、一部欠損）がヴェネツィア国立文書館に保管され、本章の会計事項はこの史料をもとにしている。

2　ヴェネツィア本島は六街区に分かれ、一つの街区をセスティエーレ（六分の一街区の意）という。東端のカステッロ街区に向かってやや海抜が高くなる。

3　一一〇四年にヴェネツィア共和国が開設した造船工場。地中海の覇権を争う軍船、商船を建造し、最盛期（一五世紀）には、関連工程も含め約二万人の職人が働いた。二〇世紀半ばまで稼働した。

4　フランチェスコ修道会では、男子修道会を第一会、女子修道会を第二会、在俗にあって修道会の指導を受ける男女信徒を第三会とする。第三会の信徒は修道誓願を行わず、修道院での共同生活にも入らない。結婚も可能であった。

5　権利を妨害され侵害された者は、黙っているのではなく、自ら権利を主張し守る行動に出ることではじめて法に保護されるという原則で、ローマ法に由来する。

6　一三世紀以降、貿易、両替、銀行などの業種で組織された。

7　一四世紀にヴェネツィアの商人が始めたとされる。

8　原文は“pondere et mensura”で典拠は「知恵の書」（別名、旧約聖書外典「ソロモンの知恵」）一一－二〇の「あなたは、長さや、数や、重さにおいてすべてに均衡がとれるよう計らわれた」。

9　ヴェネツィアで一一七九年に創設され、一三世紀から実働に入った委員会。四十人の委員は合議でドージェ

（総督）を選出した。大評議会およびプレガーディ委員会の議会運営、刑罰と財政に関する議論整理などを行った。造幣局の監督、予算案作成に加え、司法機関（裁判の実施）として機能した。

10 コンスタンティノポリスには陸側と海側の城壁があり、古代末期、ビザンティン帝国時代を通じて諸勢力の侵攻から首都を守ってきた。陸側は濠を設けた二重のテオドシウスの城壁（全長約五・七キロメートル）、海側は南のマルマラ海側と北の金角湾に面する二面である。

11 木工職人がかんな掛けや木工の下準備を行った工房。ヴェネツィアのカステッロ地区に現存する。

12 ビザンティン帝国時代、金角湾の南側がコンスタンティノポリス、ジェノヴァ人居留地「ガラタ」を含む北側はペーラと呼ばれた（現在のイスタンブール、カラキョイ地区）。ペーラとコンスタンティノポリスの岬の海上、金角湾の入り口には、船による外敵の侵入を防ぐためにビザンティン帝国皇帝レオ三世（八世紀前半）により鉄製の大きな鎖が設置されていたので、船舶は金角湾の奥には進めなかった。

13 一〇九二年に発行され一四世紀末まで流通し、その後も会計単位となったビザンティン帝国の金貨。

14 ペーラの南、金角湾に面する城壁に開くペラマ門付近の地区。ペラマは「渡し」の意で、対岸ガラタに渡し舟で往復できた。ペラマ門は近くに魚市場があったので、ピスカリア門（魚市場門）とも呼ばれた。

15 ヴェネツィア街区の西端に位置する門。

16 イタリア半島の南東部、アドリア海に沿って伸びる地方。

17 ギリシャ中部エウボエア島の古代ギリシャ都市カルキス。一二世紀からヴェネツィア共和国の重要な交易拠点となり、ネグロポンテというイタリア名が用いられた。

18 現在のルーマニア南部、ブルガリアとの国境を流れるドナウ川北側の地方。

19 一三八四年にサン・マルコ聖堂の小塔に設置された。一四九〇年頃、サン・マルコ広場に面して現在の時計塔と時計が新設された（一四九九年完成）。

20 ポルト・ピサーノ（ピサの港）は一般的にイタリアの都市ピサの主要港をさすが、ここではターネ川（現在のドン川の支流）のアゾフ海近くにピサ共和国が一三世紀後半に開設した港のこと。地中海交易におけるジェノヴァ共和国の覇権を牽制するため、ヴェネツィアとピサは友好関係を結び、交易拠点となった。

21 四大ラテン教父の一人（三四七頃－四二〇）。諸言語に通じ、神学研究と聖書翻訳に没頭し、ラテン語版

『ウルガータ聖書』（四〇五年頃）を完成させた。

22 現在のカレデルハーネ・ジャーミーに先行する教会堂（ジャーミーはトルコ語でモスクの意）。

23 現在のイスタンブール市内ウシュクダル街区。ボスポラス海峡を挟んで、ヨーロッパ大陸側の対岸となるアジア側の地域。古代ギリシャ時代から良港であった。

24 アペニン山脈からリグリア海に流れるマグラ川の穏やかな渓谷。テルモがシモーネ・デ・グイズルフィに拾われたサルツァーナもこの渓谷の南端にある。

25 現在のトスカーナ州一部とリグーリア州一部を含む、古代ローマ都市ルナに由来する地域名。中世の城塞が山岳地に散在する。

26 東西両教会の合同を議論、議決したフェラーラ・フィレンツェ公会議（一四三八－三九年）にビザンティン皇帝ヨハネス八世パレオロゴスがコンスタンティノポリス総主教とともに参加し、総勢七百名を超える派遣団は翌一四四〇年二月に帰国した。

27 ヴェネツィア共和国が植民地のクレタ島およびその首都（現在のイラクリオン）に用いた名。

28 ヤコモ・バドエルのイニシャル。

29 現在のオランダ、ベルギー一帯の地域。

30 コンスタンティノポリス北端ブラケルナエ地区のテオトコスのマリア聖堂（四五三年創建）に納められた聖母のイコン（七世紀）を原型にしたイコンが流布した。ブラケルニティッサとも呼ばれる。両手を広げて祈るオランテ型の聖母で、胸部には幼児キリストを描いたメダイヨンを抱くことが多い。

第5章　マリヤ

ふたたびコンスタンティノポリス
一四四〇年二月二六日の夜明け

私が生まれた小さな村。その名前をどうしても思い出すことができない。忘れかけている言葉のいくつかが、かろうじて記憶の中に残るだけだ。たとえば、ジェレヴーシュカやナロード。木で作った粗末な小屋があちらこちらに向いて散らばるように建っている。そこで大きな森が終わる。村の老人たちは、もの寂しく点在する家々をジェレヴーシュカとかナロードとか名づけていた。だが、ジェレヴーシュカは村、ナロードは民を意味するだけだ。これでは、世界のどこに行っても、村と民は同じ名前になってしまう。まとまりとしての村はミール〔仲間、村の社会〕というが、この言葉には、「平和」や「世界」の意味がある。

これだけで、どうしたら生まれたあの村に戻れるのだろう。村と村人はどこにいますか、平和や世界はどこにありますか、とみなに聞いて回るのか。これではあの村がわかるわけがない。この女は頭がおかしい、とみなは思うだろう。そう、本当におかしくなったのかもしれない。私には家がなく、村がなく、言葉がなく、神がなく、平和がない。なにもない私。どこから来たかも知らないし、言えない。言えることはただ一つだ。「私は遠くから来た。とても遠くから。大きな海の向こうから。この町に打ち寄せる波。その波が生まれる広い海のはるか彼方から、川と樹々と黒い土の美しい国から、鎖につながれ、ここに運ばれてきた」いったいどうしたら私はその故郷を見つけることができるというのか。

「ヨハネの黙示録」の四騎士[1]に連れ去られるまで、「スヴャターヤ・イェカチェリーナ・ヴェリカーヤ〔聖カタリナ大聖堂〕」の低い鐘塔から眺める地平線、その彼方に何か別の世界があるとはまったく知らなかった。村の小屋《イスバ》より少しだけ大きなその教会堂は、太い丸太で作られていた。村には建築に使える石がなく、すべての建物は森の恵みである木で作るのだ。一方は川、もう一方は深く暗い森で田畑が終わるところ、そこが世界の果てだった。その境界を越えたことは一度もないし、その先に何があるのだろう、などと考えたこともなかった。もし境界の向こうにも世界があるとすれば、それはいままで見たこともない広大な大地と空で、われらの父《オーチェ・ナーシュ》[2]の王国を包みこむ大きな世界なのだろう。ただ、流れゆく水だけは、どこから来て、どこに行くのかを知っている。斜面を流れ下る川の水。それは違う水であると同時に同じ水だ。しかし、せせらぎは流れの音をたてるだけで、私には何も教えてくれない。

村の外からは誰も来ない。ただ、マースレニツァ[3]や重要な祭りのときには放浪の芸人、楽士、曲芸師《サルティンバンコ》、道化師《スコモローヒ》[4]たちがやって来るのが例外だ。そして、年に一度、麦打ちが終わり、イワン・クパーラ[5]の大祭が過ぎると、リャザン[6]から大公《クニャージ》の徴税吏と護衛兵が乗りこんで来る。誰も大公その人を見たことはない。大公の部隊は、村人が狩りで得た高価な毛皮をすべて奪い取る。兵士に家探しを命じて貂《てん》、狐、黒貂など森に棲む動物の毛皮を集め、蓄えた果実や穀物、そして家畜の大部分を巻き上げる。兵士たちは、しばしば見栄えのする少女を強奪し、その後、少女たちの消息は絶たれ、行方《ゆくえ》知れずとなる。

「ミールの農民は自由な生き物ではない」とみなが言う。すべての農奴《スメールディ》は、使用人であり、奴隷《ラヴォヴ》なのだ。まだ、男《ムジーク》ならばそれだけで運がいい。女《ジェナー》の地位は男より低く、養っている家畜よりわずかに上に過ぎない。家事をすべて片づけるのは女だ。さらに子供を産み、育て、亜麻と麻を育て、布にして、衣服を仕立てる。さらに男たちがするきつい労働も手伝う。村人は、黒土の農地がぬかるまない時期に、そして凍らないうちに、短い日々ですべての穀物と果実を収穫しなければならず、そのときは戦いのように、男はもちろんのこと、女であろうと子供であろうと、手という手はすべて必死に動かさなければならない。収穫がなければ一家は冬に死ぬしかない。女は素手で土地を耕し、堆肥を撒き、種まき、刈り取り、脱穀、藁集め、麦穂の束の積み上げを黙々と手伝う。

　労働はきつかった。しかし、それは、部族の全員があらためて団結を意識し、大地の上、大空の下で男も女も、すべての村人が民《ナロード》として平等だと感じる時間でもあった。とくに女は、肥沃な黒い大地を支配する力、抗うことのできない闇の豊穣の力の存在を自らの肉体に感じ、自由という幸福に浸ることができた。まだ小さかった私もそれを強く感じていた。自分の背よりも大きい鎌を持って黍《きび》の畑の畔を降りて刈り入れに加わった。男も女も区別なく一列に長く並び、歌を歌いながら同じリズムで鎌を振り、数十と並んだ鋭い刃は黍をどんどん刈り取っていく。夏の日を受けて刃はキラリと光り、金色に輝く黍の穂は吹き抜ける風にそよいで波打つ。太陽は地平線に向かうのを躊躇《ためら》っているかのように動きが遅く、一年でとても日が長い季節だ。日は暮れるが、太陽が消えているのは短いあいだで、翌日、またすぐに朝が始まる。

　そう、この日々を私はよく覚えている。みなが歌う歌のリズム、旋律、そして日差しを受ける腕、息遣い、汗ばむ身体の匂い。麦打ちに精を出す日々はまだ夏の暑さが残り、積み上げた麦穂の間を子供たちは元気に走り回り、遊びに興じる。いつもの昼休みの情景。大人たちは、黒パンにラードをつけて昼を済ませ、くつろいで歌を口ずさみながら、甘く強い蜂蜜酒《メドヴーハ》を飲んでほろ酔い気分となる。ふざけて子供に味見をさせる男がいる。

川岸の近くで、まだ荷車に載せていない藁山の陰から何か不思議なささやきと喘ぎが聞こえることもあった。妙に好奇心が高まって、私は思い切って一人でその不思議な声のほうに近づき、藁束をかき分けて中を覗きこんだ。作業着を脱いだ二人の裸身が、藁の隙間から差しこむ光の中でゆっくりと動いていた。まるで四つの手、四つの足、そして二つの頭をもつ一頭の動物のように、柔らかい身体とたくましい身体は喘ぎながらぴたりと身をつけていた。

少し前のこと、私はあの部分《クツク》がはじめて血で汚れていることに気づいた。私を躾《しつ》けてきたお母《マームチカ》さんは、「そこに触ってはいけないよ。若くても年老いていても、男の奴隷《ムズヒク》に近づいてはいけない。お前は仔鹿で、男たちはお前を狙う狼なのだから」と厳しく命じた。大人たちはいつか、私に一人の男を選んでやらねばと考えるのだろう。その男は自分の家に私を閉じこめて服従させるのだろうか。しかし、あの日、藁束に隠れた私は、驚いて逃げ出すのではなく、何が起こっているのかはわからず、知恵不足の子のように、ただ目の前で動く抱き合った身体を見つめていた。私の脚の間が濡れているのに気づき、また血が出てきたのかとあの部分《クツク》を触ってみる。しかし、私が指の先に見たのは血ではなく、蜂蜜酒の蜜のような香りと粘り気のある透明な滴であった。指先を舌につけてみると、味は蜂蜜酒と違って少し塩味がある。私はその不思議な蜂蜜をもう少し味わってみようとする。指は口先にもっていくのではなく、両脚の間に少し広げたもう一つの唇、あの部分に触れる。そこは少し開いて、蜜をためた蜂の巣のようにそこから蜂蜜が滴り落ちた。私は目を閉じた。その先のことはよく覚えていない。ただ、母は「またお前は身体を汚して」と私をたたいた。

一五歳の春を迎えた。村人たちから、「村一番の美しい乙女《サーマヤ・クラシーヴァヤ・ジェーヴシュカ》」と認められた私に、堂々と結婚を申し込む勇気をもつ若者はいなかった。私はいつも清らかな神の母《テオトコス》マリヤに祈りを捧げるため、教会堂に通った。私が洗礼で受けた名前、聖なる母マリヤ、庇護の聖母[7]への祈りだ。ポクロフの聖母はいつもその奇跡のヴェールで私を守ってくれる。その聖なるイコンに私は口づけをする。

畑に出ると髪を束ねる色つきのスカーフをほどく。長い黒髪ははらりと肩から背中にかかる。ほっそりした顔に小さな目。琥珀色の瞳は輝き、冬の雪原で餌を探す狐のようにあたりを見る。私の背は高く、腕と足は丈夫だ。胸の乳房は身体に合わせて揺れる。夏の暑く長い日、麻のブラウスの下には何も着けないので、乳首は尖って透けて見える。

日の光が射しこむ川で、私はほかの少女たちと一緒に水浴びをする。少年たちは葦の中に隠れて、そのようすをそっと覗く。少年たちは気づかれずに盗み見ていると思っているが、私たちはとっくにそれに気づいている。でも恥ずかしいと感じたことはない。水を掛け合ったり、わざと身体を触ったりして、少年たちを焦らすのだ。少年たちが葦の陰に隠れて、あそこを弄《まさぐ》り、男を悩ませる粘液を放出していることも私たちはすでに知っている。身体のあの部分が深い喜びをもたらすことを知っているが、そこに自分ひとりではけっして触らない。川辺や納屋で男と二人だけになってからすることだ。二人の身体が一つになり、暑い夏の湿気を含んだ霧の中に溶け合って、愛の敏感な感覚を確かめ合うときまで待たなければならない。女の子たちは、「あなたの夫が触るのよ。こことか、こことか」などとふざけて言う。

イワン・クパーラの聖なる日。太陽は動くことを嫌がるかのように、夜の闇からできるだけ多くの時間を奪おうとするかのように、真夏の空に燦燦《さんさん》と輝き続ける。午後、透きとおる亜麻の長いブラウス一枚だけを身につけ、髪は大きな花冠で束ね、素足で外に出る。家族と一緒に、川の近く、少し高くなった草地に行くのだ。信心深い者たちは、水の精霊ルサールカの邪悪な魂を遠ざけるため、苦蓬《にがよもぎ》の小枝を燃やして儀式を始めている。キリストに洗礼を施した先駆者、偉大なる聖者、イワン・クパーラを讃える頌歌が謳われる。魔法の夜、聖なる祭りによって、未来を覆い隠していたヴェールは取り除かれ、村人に幸せがもたらされるのだ。

辺りが闇に包まれようとするそのとき、男たちは樺を積み上げた大きな薪の山に火をつける。その周りに女と男がそれぞれ輪をなして、だんだんと早くなるリズムで踊り出す。内側の輪で踊る女たちは、年頃の女も少女も炎の光と熱で顔を赤らめ、素足で軽々と跳ねる。男たちの目には、女たちがみな魔法の妖精に変身したかのように見えただろう。身体の疲れや素足の痛さを忘れ、女たちはいつまでも踊り続ける。激しい動きで花冠は落ち、ほどかれた髪は身体とともに大きく揺れる。上半身を裸になった若者たちは、獲物を追いつめる狩人のように外の輪を女たちの輪に向けて徐々に狭めていく。村で一番の美青年シーラが私の腕をつかんだ。二人は一緒に走り、炎の上を飛び越えて身を清める。歌、昔語り、陶酔の儀礼が炎を中心に続き、聖なる酒が酌み交わされる。若い男女は衣服をすべて脱ぎ、誇らしく裸身を見せて川へ向かう。川に身を沈め、流れで身体を洗い、すべての汚れを清める。水を掛け合ってふざけ、ルサールカのように泳ぐ。意地悪で命を狙うその精霊を恐れることはない。春になるとルサールカは川から離れ、高い木の枝に身を隠すことを誰もが知っている。

そのとき、突然、遠くうしろのほうになにかを感じた。川面から悪霊が飛び出たかのような戦慄が背筋に走る。振り返ると、見分けのつかない大きな影があった。馬に乗った大きな男、さらに何人もの男が川岸にいる。男たちは、暗闇の中を音もたてずに獲物を追う狼のようにこちらに近づいてくる。村人たちはそれにまったく気づかず、聖なるかがり火の周りにうっとりと座っている。しかし次の瞬間、唸るような声が低く響き、多くの叫びが続く。獰猛な野獣が鉤爪で獲物を引き裂くときに聞く、あの恐怖の叫びと悲鳴。多くの松明が炎を上げて徐々に人々を囲い、川岸へと追いつめ、森の手前の草地も松明の列で閉ざされる。逃げ道はすべて塞がれていた。火と水で清められた裸の身体が乱暴に腕でつかまれ、担がれて風のように運ばれるのを、薄らいでいく意識の中で私はぼんやりと感じた。

来る日も来る日も同じだ。一団の細長い舟はひたすら下流に向かって進む。ターバンを巻き、尖頭兜をかぶった騎士の一団は川岸の上を進む。鎖につながれて列をなす男たちが続くこともある。足を引きずるようにして岸辺の土埃の中をのろのろと歩いている。舟の上には、舵と櫂を兼ねる長い竿を動かす舵取り人夫を除き、子供、少女、女たちが乗せられている。粗布の上着を着せられ、集めて鎖で縛られている。たまに岸に上げて私たちを休ませ、硬い黒パンの切れ端を食べさせるだけで、毎日毎日が同じであった。川はだんだんと広くなる。右岸の険しい崖は徐々に低くなり、森の木々はまばらに、水の流れは緩く穏やかになってきた。川が大きく曲がったその先は湖のような場所となり、その岸にかがり火と旗が見えた。タタール部隊の大きな駐屯地である。舟が接岸すると選別が始まった。小さな子供たちは泣き叫ぶ母から引き離され、どこかに連れ去られる。少女と女たちは衣服を脱がされて並ばされる。部隊の頭が身体を調べ、自分と部下たちの女を確保すると、ほかの女や少女を別の大きな船に乗せた。

悪夢の中にいるとしか思えない。狭い船倉の中で身体を寄せ合って鎖でつながれ、泣き声と祈りは絶えない。船底に溜まる小や大の排泄物の悪臭、男たちの獰猛な顔に光る冷酷な欲望の眼、鞭の打撃、もう自分のものとは思えない身体のいたるところを触る汚れた手。私はもう死んでいる。私は動かない。船の動き、もたれかかる人の身体、それに揺らされるだけだ。そう、私は本当に死んでいる。ほかの女たちと一緒に。これは最後の審判の日なのか。馬にまたがる騎士は「ヨハネの黙示録の騎士」なのか。黒い鎧、黒い髭、血走った目、そして鉤と鞭を手に持つ男たち。この男たちは人間ではない。私たちを地獄に連れていこうとする悪魔なのだ。

見られないようにして何度か右手をあげて三回の十字を切る。額から胸に、肩の位置で左から右に手を動かし、名前を授かった神の母《テオトコス》マリヤの名を小さな声で唱える。水夫はときどき櫂でわれわれをつつく。何をしても許されるので痛めつけるのではなく、まだ生きているかを確かめるためだ。もし、動かずに目は閉じたままで、半開きの口から息を吐いていないようなら、兵士はその遺体を引きずり出して船の外に放り出す。粗末な布の包みは音もなく海へ沈んでいく。その深い水にゆらゆらと見えるのは、揺れ動く長い髪、そして、別れを告げるかのように細く痩せて伸びる白い手だけであった。

月は空に昇り、また沈む。満ち欠けは二度ほど繰り返しただろうか。誰もそれを知らない。日を数えても意味がないからだ。川はさらに広くなり、最後には多くの支流に分かれた。流れはさらに緩くなる。船は砂浜の沖に停泊した。降ろされると鎖につながれ裸足のままで、血を流しながら岸に沿って何日も歩かされる。倒れた者は立ち上がるまで鞭で打たれる。起き上がれなければ、鎖から外し放置するだけである。痩せて飢えた野犬がふらつく行列のあとを追い、棒でたたかれるのを避けながら、少し離れて動けなくなった身体を狙っている。もう周囲の者を気遣う余裕はない。犠牲となる仔羊のように、あらがうことなく怒鳴り声と鞭に怯えてただ歩くのみである。感覚は麻痺し、目に見えるのはただ際限なく広がる川だけとなる。その川は空につながる。私の村から流れ下る川がここにある。すべての小川、すべての川は流れ流れて世界の果てとなるこの場所に集まり、混沌の闇に降り注ぐのだ。地獄は近い。

港と呼ばれる不思議な場所に着く。ポルト・ピサーノ。岸の近くに浮かぶのは見たことのない巨大な船だ。怪物ではないのか。長い側面からたくさんの棒が突き出ている。太鼓腹のような高い幹から枝が飛び出るさまは森の木々のようだ。港の脇にタタール人の陣地があり、その周りから野犬と狼が入ってこないように囲いが作られている。女たちはそこに集められる。長い虜囚の移動で、積み替えや停泊のたびに、仲のよかった人、知り合った人のすべてはいなくなった。部族と村々は無視されてごた混ぜにされ、人も言語もばらばらになった。わからない部族と言葉、カフカス人、チェルケス人、クマン人、さらにタタール人、そして故郷を失って放浪する人々。私にはもう何もわからない。痛みと呻き、怒声と鞭の音のあいだですべての感覚は失われる。私はただ一人だ。孤独の中で目を閉じ、暗黙の祈りを神の母《テオトコス》マリヤに捧げる。「マリヤ様。慈悲の眼差しをこの私にもお向けください。奇跡のヴェール《ポクロフ》を天空から広げ、邪悪と死から私をお守りください」

囲いの外に連れ出されて汚れたテントの中に入れられたとき、私はさらに強く深く祈った。残された力と信仰のすべてを捧げたその祈りで、私の魂は神の母《テオトコス》マリヤに捧げられ、奇跡のヴェール、ポクロフが優しく私を包んで青い天空に引き上げてくださるようにと。テントに運ばれたのは私ではない。私の身体だけである。心の抜けた私の身体はそこで藁袋の上に投げ出され、野獣のような笑い声の中でワインに酔った何人もの悪魔からつぎつぎと凌辱され、欲望の連鎖が果てると囲いの中に戻された。

それが続いたある日、タタールの首領が女たちの身体を洗うように命じた。男が女たちの身体を調べる。脚の間にも手を差しこみ、選別し、洗濯した長い上着を着せ、木のサンダルを履かせる。港の城塞に運ばれ、広場で開かれる奴隷市で家畜のように売られるのだ。私の番になり、ほかの女たちと一緒に裸で木の台に上る。目の前には数十人の男が群がっている。まったくなじみのない衣装と風貌の男たちは、わからない言葉で叫ぶ一人の男の声を聞きながら私をじろじろと見る。多くの手が伸びて私に触る。いや、私ではない。抜け殻となった私の身体だ。私の魂はもうそこにない。最後に一つの手が伸びて私を抱き寄せ、上着を掛け、倉庫のような暗い部屋に連れていく。何日かして、私は海に浮かぶ巨大な船の一つに入れられた。

船底に投げ出され、いったいどのぐらいのあいだ、生きていたのかわからない。何日も何日も。身体を動かすのは用を足すときだけだ。船は滑るように移動するときもあるが、まるで怪獣と戦っているかのように大きく上下に揺れるときは、哀れな私たちは重なり合ったり側壁に打ちつけられたりと翻弄された。船はそのうちすぐに海の境界に近づいて、そこからまっすぐ地獄に落ちていくのではないかと怖かった。頭の上で、ときどき揚げ蓋が開き、犬に餌をやるように黒パンと海水でふやかした干し鰊《にしん》のかけらが投げられ、降ろされる手桶には腐った飲み水が入っている。熱を出して病気になる者もいる。動かなくなってその顔に蝿が群がると、悪魔たちはそれを引き上げ、しばらくすると水音が聞こえる。

明るい陽光のもとに引き出されたとき、すでに私は自分に何が起こっているのかを自覚する気力ももてないほどに弱り切っていた。暗さに慣れた瞳には、自分の周囲がどのような世界であるかを見渡す視力も残っていなかった。そして、どうやら生き延びた女たちと一緒に薄暗い倉庫に移された。

ある日、私たちは頭巾をかぶせられ、目隠しをされて外に連れだされた。教会堂とおぼしき場所に着いて、目隠しが外される。建物は木ではなく石でできていた。ひと筋の希望が差しこむ。私の知っている形とは違うが、十字架がある。幼児キリストを抱く神の母《テオトコス》マリヤのイコンに私はあわてて十字を切った。おそらく私はまだ生きている。地獄に落ちたのではない。私の祈りは通じたのだろう。司祭が、私にわかる片言の言葉で名前を尋ねる。名前がマリヤだとわかると、司祭は「マリア」と呼びながら私の髪に少し水をかけ、わからない言葉でなにかをつぶやく。ふりかけられた水は洗礼なのだろうか。私たちの洗礼は大人であっても水に身体を入れなければならない。私はすでに洗礼を受け、イワン・クパーラの祭りの火によって清められているのに、なぜまた洗礼の水をかけるのだろう。

　日が過ぎていった。また全裸にして私の身体を調べる。いくつもの手が私をなでまわし、わからない言葉で言い合う。いままでまったく気づかなかった細かい動きが目に入った。私の体に触ったその手から手に革の袋が渡され、その袋の中から金色の小さな丸い金属がやり取りされていたのである。その金属は聖なる復活祭で式服を身につけて行列の先頭に立ち、香炉をもつ司祭《ポペ》さまが掲げる十字架と同じ色、同じ輝きだった。この小さな金色の円盤は誰のためにやり取りされるのだろうか。私の肉体を買うためなのか。私の命、私の魂、私の自由にこの男たちが値段をつけるというのだろうか。そして、その値段は、私の身体をなでまわしたあの汚れた手から手、私のあの部分《ピズダ》に指を挿し入れた汚わしい手から手、そこで手渡される何枚かの小さな円盤だというのか。私のあの部分《ピズダ》も誰かが所有する品物だというのだろうか。

　外は冬になったようだ。ピューという風の音がする。雨のあたる音も聞こえる。雪の急斜面を滑ったり、厚い氷の張った川を渡っていた私は、広い部屋で全裸であってもこの程度なら寒さを感じない。金色の円盤を入れた革袋を別の男に手渡した男が、私の胸に手を伸ばし乳房に軽く触れる。指の腹で肌をなぞる。

　私はマリヤではなく、マリアという名になり、新しい現実に放りこまれるらしい。あの夏の夕闇で始まった悪夢の世界は終わるのだろうか。また別の悪夢が始まるのではないだろうか。そうではないかもしれない。私はまだ生きているのだから。そう、生き続けなければならない。なんとか生きられるはずだ。海の向こうからずっと着たままの破れた上着をもう一度着た。男、つまり私という商品を買ったご主人のあとについていくしかない。

ご主人は悪い男ではなかった。年老いたギリシャ人の下女に私の面倒を見るように命じた。その老女は、少しずつご主人やその商売仲間が喋る言葉を私に教えてくれた。店と壁で囲われた中庭ではその言葉が行き交うので、私は努力して習う。快い響きがあり、生きるうえで大切な言葉のようだ。老いた下女は私の身体を洗い、傷跡の手当てをしてくれた。軟膏を塗って傷や痣《あざ》を隠し、長い黒髪から虱《しらみ》を取って櫛で梳いてくれた。調理場のテーブルの下に藁袋を敷き、そこで寝るように整えてくれる。「これでよし。注意すれば鼠にかじられずに済む」と言う。

最初の何日か、夜になると私は深い眠りに落ちた。村のようす、川、シーラの顔が夢に出てきた。しかし、夢の中のシーラの顔はだんだんと生気を失い、顔立ちがぼんやりしていき、そのうち夢から消えていった。地獄へ落ちていく夢も見た。悪魔たちに鞭打たれ、乱暴される。悪魔たちは私のあの部分《ビズダ》に赤く燃える炭を挿しこみ、私の胸を引き裂き、心臓を取り出して食べる。うなされて夜中に叫び声をあげる私を、老いた下女は髪を優しくなでて落ち着かせ、しわがれた声で聞いたことのない子守歌を歌ってくれるのだった。

何日かが過ぎ、私は商館で働き始めた。老いた下女やほかの使用人は、トイレや部屋の床掃除、灰汁《あく》の準備と洗濯、火の管理など、私がいろいろと手伝えるようになって大助かりのようだ。市場に行き、一家のための食糧を買い、使用人と職人に朝食を料理し、ワインを注ぐ。毎日は驚きの連続だ。建物は木ではなく石でできている。銅の鍋を使い、見たこともないさまざまな食材がたくさん使われる。香辛料も豊富だ。商館に出入りする人々の服装、顔つき、さらに言葉もそれぞれ違う。

ご主人が不在のとき、部屋の整理をするため老いた下女は私を上の階に連れていった。ご主人の部屋に入ると大きなベッドがある。これほど広いベッドは見たこともないので、私は驚いて口を開けたままになった。

高い木の縁には彫刻が彫られ特大の柔らかい絹のマットには羊毛が詰めこまれ、シーツの上にキルトの上掛けが掛けられていた。あまりの大きさに笑いながら、「ここで寝たら、夢のようにさぞ気持ちがいいでしょうね」と言う。老いた下女は軽い笑みを返すだけだった。しかしその後少したって、それが実現しない夢ではないことがわかる。

ご主人はよい人で、奴隷と使用人もそう感じている。お偉方の一人らしい。皇帝よりも金持ちかもしれない。だが同時に、子供のような人だ。夕方、仕事を終えるとこの部屋に籠り、木の箱舟のような机で物書きに没頭する。「おや、閉めた扉の鍵穴から中を覗いたのかい？　マリア、書くとはどういうことか知っているのかい？」と老いた下女が言う。「ええ、知っているわ。私はそれほど未開の女ではないの」と私。続けて「書くこと、読むことは神聖な行いであることも知っているわ。私たちの国では司祭様《ポペ》だけができることで、銀と貴石で装飾された聖なる本、神がお告げになった言葉のすべてが記されたその本、司祭様がそれをお読みになるの」

しかし、この部屋の書斎机の上に開かれた大判の書物には、聖なる言葉が書かれているようすはない。司祭様の書物にある角張った難しい記号、読めないのだが馴染みのある記号ではなく、色彩豊かに総主教様や聖なるお方の姿が描かれているわけでもない。それは魔法にかかった謎の本、黒い魔術の本なのだろうか。

そのページを繰ってみようと手を伸ばそうとしたとき、老いた下女は「触ってはだめだよ。部屋を片付けるとき、ページを動かさないように気をつけるんだよ」とあわてて制し、「すべてはご主人がしたままにしておくように」と言う。老いた下女は「毎晩、同じ繰り返しだよ」と言う。「二、三時間、書類を書くとランタンを消し、巨大なベッドに潜りこむ。しかしご主人は眠らない。呻き声を上げたり、寝返りを打ったり、泣いたりする。何時間も、ときには一晩中。まるで子供のように。そうした夜の翌朝、ご主人は悪い人間に変わる。命令に従わない者、失敗した者を鞭で打つ。ときには何もしなかったという理由で鞭を打たれる者もいる。わけもなく怒鳴り散らす。召使いたちは、魔女がかけた魔法に取りつかれたに違いないと言っているのさ」私は黙って聞く。

「魔女は遠くの町からやってきて、夜になるとベッドの下に隠れていた悪霊たちがご主人の足を押さえつけ、眠らせないのさ。お城のように高いベッドを作ったけれど、悪霊除けにはちっとも役立たない。魔法に打ち勝つには、誰かがご主人の傍らにいなければならないからね。それも妻や愛人ではだめなのさ。優しい母親か乳母にいて欲しいらしいのさ」

古いロシアの民話のように、若くてたくましい女だけがこの恐ろしい魔法からご主人を解き放つことができるのではないか。ご主人はよい人だ。ご褒美をどうするか考えてくれるだろう。もしかしたら、新しい人生と自由がご褒美になるかもしれない。ありえないことではない。

老いた下女は来る日も来る日も同じ話を繰り返して話した。同じ話を聞くうちに、私は謎めいた巨大なベッドと調理場の床に放り出された藁袋、鼠が顔を出して髪の毛の臭いをかぐ粗末な寝床を比べるようになった。そこからどこに行けばよいかを悟り、受け入れる。

規則はとても単純だった。けっして話しかけてはならない。その人もけっして私に話しかけない。夜が更けると、調理場で寝るのではなく、二階の部屋に行く。その人が明かりを消すのを黙って待つ。明かりが消えたら黙って部屋に入り、書斎机のうしろをそっと通る。その人は振り向かず、私に気づかないふりをする。私は衣服を脱いで全裸になり、先にベッドに入る。その人のために寝具を温めておく。その人はすぐに入ってくる。だが、絶対に何もしてはいけない。その人は眠り、私も眠る。その人に触れてはいけないし、何もしてはいけない。もしその人が触ってきたら、動かずにそのまま任せる。何をされてもそのまま身を任せる。

夜明けには、その人よりも先に目を覚まさなければならない。その人を起こさずに黙って部屋を出る。それですべてだ。夕方、念入りに身体を洗う。しかし香水は着けない。私の身体の香りと髪の香りだけでその人には十分なのだ。

　私は与えられた義務を注意深く果たした。私の隣で、その人は本当に子供のようにぐっすりと眠った。一晩中目を覚ますこともない。室内着を脱いだその人の裸体は小柄で私より小さく、私の傍らで丸くなっているとさらに小さく見えた。最初の何回か、私は怖かったので目を閉じなかった。何か恐ろしいことが起きるような気がしたのだ。だが、私の身には何も起こらなかった。そのうち少しずつ、ほとんど禿げかかった頭に残るわずかな髪の毛をなでるなど、ほんのわずかな動作をしてみる。子供の頃に歌ってもらった子守歌を小さな声でつぶやいてみる。「チリ、チリ、ヴォン。ザクロイ・グラザー・スカレーエ（小さな目を閉じなさい。眠らない子は誰かに連れていかれるよ）」ごくまれに、一月に一度もないほどだが、その人は身体を動かして、その人のあの部分《チリエン》を私に押しつける。そして私の腿の間に硬いそれを挿し入れる。だが私の中までは入れない。私は暖かい粘液で汚れてしまう。そして、その人は安心して眠りに入る。

　老いた下女と話すうちに、私は自分がどこにいるのか見当がつくようになった。それは驚くべき場所、すなわちコンスタンティノポリスだった。帝国の首都であり、すべてのローマ人を統べる皇帝が住む都市だった。まだ村にいたときに名前と存在を知ったわずかな都市の一つが、コンスタンティノポリスだった。一年の最後の日、聖バシレイオスの夜に、年老いた祖母は心をこめてそば粥《グレーチカ》を作る。昔の言葉で歌を歌いながら、パルカ[8]の一人が糸を紡ぐように大鍋を何度も何度もまぜて、やがてそば粉の濃いスープができあがる。「そばの種をまいたよ、そばを育てたよ、美しい茶色のそばを皇帝に送ったよ、コンスタンティノポリスの皇帝を讃えよう、王様、お偉方も一緒にどうぞ、からす麦、小麦がたくさん、ほら、美味しいそば粥がここに戻ってきたよ」祖母は笑顔でこう歌いながら、湯気を立てるそば粥を子供たちの皿に注ぐのだった。

この民謡を聞いて老いた下女は微笑んだ。「美味しいスープだけでこの町が有名なのではないよ。ずっと昔、ここには世界を支配した女の皇帝[9]がいたのさ」涙を浮かべて老女は自分のことを話し始めた。「時がすべてを滅ぼした。すべての命と美しさが消えてしまった。私だって、昔から背が曲がって歯抜けだったんじゃない。私はイレーネという名前だよ。修道女だった。でも愛する人とベッドにいたところを見つかって追放されたんだ。破門され、裏通りに捨てられたさ。生きるために身体を売って、ポルタ・アウレア[10]の外で乞食をしたよ。何年も何年も。たまたま通りがかったヴェネツィアの商人が私を哀れに思って商館に雇ってくれたのさ。汚れ仕事と奴隷たちの面倒をみるためにね」

イレーネは身の上話をする。自分の不幸を思い浮かべて、強く心を動かされた。私の前から消え去ってしまった村、お母さん《マームチカ》、仲のよかった少女たち、シーラの思い出が絶望を伴って心を締めつける。このときから、イレーネと私、老いた修道女で娼婦であった女と若い女奴隷は気持ちが通じ合うようになった。イレーネ婆さん《バーヴシュカ》と呼ぶ。イレーネ婆さんと一緒に市場に行くようになり、重くなった籠は私が背負った。休みの日は一緒にギリシャ人が通う教会堂に行った。村の小さな木の教会堂しか知らなかった私は、石造りの教会堂の素晴らしさに感動した。なんと表現したらいいのだろう。両方とも神が自ら同じ御手でお作りになった建物なのだろうか。地獄へ向かうあの航海で私を守り、その悪夢から私を救い出してくださった、いとも気高きポクロフ[11]の聖母の前にひざまずき、祈りたいと思った。しかし、イレーネは泣きながら、「奇跡のヴェール、マフォリオンとブラケルナエの聖母のイコンは火事で焼けてしまい、もうないのだよ」と説明してくれた。絶望した。私の聖女をもう見ることはできないのだろうか。私は誰から守ってもらえるのだろうか。

七月のある日、イレーネ婆さん、そしてご主人と一緒に骨董市場に行ったときのことだ。荷車の上に無造作に置かれた銅製のコーヒー沸かしと凹みのある一組の大鍋の脇に、こちらに向けて腕を上げヴェールを広げる聖処女、私の聖処女を見つけた。金色の背景に鮮やかな色彩で描かれた板絵で、裏板は虫食いで傷んでいた。まったく予想していないときに突然訪れるあの奇跡が目の前に起こったのだ。私は小さく声を上げて荷車を指さし、喜びでむせびながら、何回も十字を切った。私はその場を動かず、幼児が駄々をこねるようにそのイコンを買ってほしいとせがんだ。イレーネ婆さんも十字を切り、ご主人にそっと何かを言った。ご主人は仕方なく、ずる賢い売り子からイコン、コーヒー沸かし、大鍋をすべて買ってくれた。帰宅して部屋に戻ったご主人は、すでに私がベッドと書斎机の間の壁にブラケルナエの聖母のイコンを釘で掲げたのを見たはずだ。

二年の月日が過ぎた。新しい奴隷ゾルツィが買われてきた。すぐに力仕事を命じられる。寝場所は馬小屋の馬の近くだった。ゾルツィは一八歳のアブハシア人で、故郷の言葉すらうまく喋れず、ひと息つきたいと思ったときも自分の殻に閉じこもっていた。

しばらくして、ご主人のあとについて金髪の不思議な青年が中庭にやって来た。破れた奇妙な衣服を着て、長靴は裂けてボロボロだった。二階を片付けていた私は、そのようすを上から見ていた。青年は調理場に連れていかれる。と、そこからイレーネ婆さんが足を引きずりながら出てきて、窓際にいる私を呼び、「降りて来な」と言う。二人で調理場に入ると、ご主人は私の目を見て話した。これはとても珍しいことだ。隅に立つ青年を指さし、「お前はカテリーナの世話をするように。必要なことはなんでも教えてやりなさい」それだけ言うとご主人は調理場を出ていった。記録簿の作業が待っているからだろう。「どういうこと？」「カテリーナとは誰？」「金髪の青年がカテリーナ？」二人とも当惑し、イレーネと顔を見合わせてしまう。イレーネは状況がわかったようで、中庭に出て調理場の出入口に群がって好奇心から中を窺っていた使用人たちを追い払った。盥《たらい》と衣類を用意させるため調理場から出ていく。扉を閉める前にイレーネは私の耳元で何をすべきかをささやいた。

私は竈《かまど》で湯を沸かす。それを盥に入れ、カテリーナの服を脱がせる。珍しいものでも見るかのように、胸を圧迫していたコルセットを外す。とくに目についたのは、指にはめた白蠟《しろめ》の不思議な指輪だ。それを指から外そうとしたが、かたくなに拒むので、そのままにする。おそらく、どこかの男あるいは何かの思い出となるたった一つの大切な品なのだろう。女というには未熟な初々しさが輝く。少女に過ぎないのだが、驚くべき美しさだ。引き締まった腕と足は、優雅な暮らしではなく野生のしなやかさで森での生活に慣れた女のそれだ。短い金髪からは男か女か、一見したところわからないのだが、それを除けば体格は北の地に生まれた私に似ている。

タタール族の女ではない。美しすぎる。背も高い。顔つきは彫りの浅いタタール人とは違う。あの山の民カフカスの女だ。そういえば、背が高く際立って美しい野性的な女奴隷たちが市場で歩かされているのを見た。ご主人は数人の女奴隷を買ったようだが、傍らに置いて世話をさせる一人、つまり私マリアを除いて、ほかの女たちは売りに出して少し稼いでいたようだ。

湯を入れた盥にカテリーナを立たせ、白檀の香りがする石鹸をつけ、海綿とブラシで丁寧に身体を洗ってやる。湯から出たらタオルで身体を拭いてやる。それにしてもなんと滑らかで輝くような肌なのだ。船で長いこと乱暴に運ばれたからか、皮膚は乾き気味で少し荒れているが、肌の美しさは変わらない。イレーネ婆さんからもらった油性の軟膏を優しく塗ってやる。手のひらに伸ばし、背中、腰、臀、前に回って首筋と乳房をなでていく。彼女の視線はどこを見ているのかわからず、すべてされるがまま、じっと動かない。足をさする。イレーネに命じられているので、脚の間のあの部分を調べなければならない。小さな唇の間に指を入れる。呻き声が出る。私はすぐに指を抜いた。なにかに触れて感じるべき感覚をすぐに感じ取ったからである。小さな呻き声は私の耳に残った。なぜかわからないが、耳に残るその響きに私はあわてた。

服を着せる。幅の広い綿の帯を胸に巻くが、息遣いが楽になるように、ほどよく締める。カテリーナの乳房は長いあいだコルセットで強く圧迫されていたに違いない。ブラウスを着せ、長いスカートを穿かせる。庶民の女はみなそうだが、下着は着けない。足元は粗削りの木のサンダルだ。この着せ替え作業は自分でも楽しく、満足できる仕上がりだ。かたくなで気難しい「青年」を、捉えどころがないとはいえ女奴隷に変身させた私の腕はたいしたものだ。大きすぎるブラウス、短いので硬く見える髪、棒で打たれた犬のようにうなだれたようす、すべては笑いを誘う。少女は私を見ようとしない。冗談のような会話やふざけた言いぐさも、わからないのか好きでないようだ。明日、ターバン帽のように頭の周りに灰色の布を巻いてやろう。私の長い黒髪もそうやって束ねている。女奴隷の身だしなみというものだ。奇妙に短い髪の毛もうまく隠せる。

女らしく髪が伸びるには何か月かかかるだろう。女はどんなことでもするというが、それにしてもいったいどうしたのか。不便だからと髪を短くしたのだろうか。女が長い髪を見せるのは罪なことだという。男が抱く欲望の火を掻き立てるからだ。もし髪を短く切ったら、女を隠す女としてさらに罪深いことになるだろうか。

夕方になった。中庭には夜の火が灯される。カテリーナを座らせ、昨日料理したそば粥の残りをテーブルに出して勧める。フィアスコに水で薄めたワインを注ぎ、一緒に夕食を食べる。でも黙ったままだ。身体を洗ったあと、汗ばんだカテリーナの皮膚からは強い香りが漂う。少し前に感じたいいようのない戸惑いをあらためて覚える。

食事が終わり、隅から藁袋を取り出して机の下に板を入れ、上には毛布をかぶせて、「お前の寝床だよ」とやや乱暴に言ってみた。カテリーナは何も言わず、潜りこんで背をかがめ、向こう向きになった。よし、では二階に行く時間だ。行く前にすることが一つ。戸棚に近づき、キプロス・ワインのフィアスコを取り出す。強い辛口のワインで、水で薄めていない。コップになみなみと注ぎ、ご主人《バロン》の健康を祝して一気に飲み干してから階段を上る。

朝早く起きて、いつものように私は上機嫌だ。とても楽しい夢を見たような気がするが、なんの夢だったかもう覚えていない。もう忘れかけている故郷の古い言葉で鼻歌を口ずさみながら下に降りる。スカートをたくしあげて、見えない隅で用を済ませる。石盤の水で顔と肩を洗う。夜明けとともに中庭で仕事を始めている荷運び人夫や使用人と挨拶を交わす。手桶に水を満たして、ゾルツィを起こしに行く。その水で馬屋を掃除し、馬に干し草をやるのはゾルツィの仕事だ。調理場の扉を勢いよく開け、力をこめてカテリーナの藁袋を乱暴に引き出す。「ドーブロエ・ウートゥラ、カチューシャ。リュボーフィ・マヤ〔おはよう、カチューシャ、私のかわいい子〕」と大きな声をかける。すると、藁袋の下から可愛らしい声で「スパシーヴァ〔ありがとう〕」と返事があったのだ。いや、驚いた。机の下に屈んで覗きこむ。刈り入れのあとのようにボサボサの金髪が汚れた毛布から出てくる。トルコ石のように青く澄んだ目は、まるで魔法使いが置き忘れた宝石のようだ。

いったいどうしたことか。カチューシャは私の言葉を知っているのか。カチューシャはロシア人なのか。なぜすぐに言ってくれなかったのか。早口で聞いてみる。この早口のロシア語はカチューシャにはわからないようだ。同じことをゆっくり喋ってみる。カチューシャは身を起こして座り、ロシア語と、私にはわからない別の言葉を混ぜて答える。なんとか言いたいことは言えるようだ。カチューシャはロシア人ではない。カチューシャの乳母イリーナがロシア人だったのだ。イリーナがカチューシャに教えたロシア語は、仲間内で使う、狩りの言葉チャコブサ語で、ほかの女や少女たちが使う言葉とは違う秘密の言語だった。

カチューシャは、たしかに「スパシーヴァ〔ありがとう〕」と言った。昨日のいろいろなこと、身体を洗ってやったこと、一緒に夕食を食べたことにもお礼を言いたかったようだ。「おとなしく働き、命じられたことを守り、けっして逃げようとはしません」とカチューシャは私に約束した。

まだ私にはわからないことが多い。カチューシャはいったいどこから来たのか。私が女主人ではなく、同じ女奴隷だと直感でわかっているのか。そのうちいろいろとわかるだろう。だが、会話はなかなか進まない。ヴェネツィア語で話しかけてみると、それがわかるようで、ヴェネツィア語らしき言葉で答える。だが、その粘っこいアクセントは、金角湾の向こう側に住むジェノヴァ人のそれだ。よし、わかった。これからは、ヴェネツィア語を二人の言葉にしよう。しきたりでも奴隷は所有主の言葉を使わなければならないので、それがいい。

幼い頃に親しんだ故郷の古い言葉はもう永遠に失われてしまった。私たちもそれを忘れなければならない。だが、二人だけで話すときに誰にもわからないようにチャコブサ語の言葉をいくつか使ってみよう。秘密の言葉で話しながらお互いに微笑みを交わすと、小さかった妹《シェストレンカ》に出会ったかのように幸せを感じる。「ドーブリ・ハラショー・パジャールスタ〔可愛い娘さん、ようこそ〕」

カチューシャは子狐のように活き活きとすべてをすぐに学んでいった。しかし、覚えるのと同じ速さで、つらかった過去のすべてを忘れ去ったわけでないようだ。私は努めてそうしようとしている。記憶が薄らぐならば苦しみも薄らぐからだ。だが、カチューシャは連れてこられる前の自由な世界をきれいに忘れ去ることはけっしてできないだろう。

クリスマス・イヴはかつてないほどの寒さになり、この海沿いの都市にも雪がひらひらと舞い降りた。夜、イレーネが亡くなった。ついに平和が訪れたのだ。階段の下の小部屋で寝ていたのだが、その夜、私たちは古着にくるまり、天使に迎えられたように安らかな顔で動かぬイレーネを見つけた。おそらく、聖なる夜に本当に天使が降りてきて、神の母《テオトコス》マリヤの赦しを与え、その哀れな魂を連れて行ったのであろう。痩せて乾いた身体がそこに残された。キリスト教の儀礼に従って、死の尊厳を損なわないような埋葬をしてほしいとご主人に頼まなければならない。優しかったお婆さん《バーヴシュカ》をごみと一緒に捨てて、犬の餌にしてはならない。

忍耐の限界だ。ご主人はクリスマスの日でも背中を丸めて書斎机に向かい、ディルハムとトルコ・アスプリのややこしい換算をなんとか終えようと集中していた。私の言葉が耳に入らないようなふりをしている。イレーネは買い取った奴隷ではないし、使用人でもない。記録簿には、イレーネに関する記録がなく、したがってイレーネは存在しなかったのだ。加えて、イレーネはギリシャ正教徒で、娼婦でもあった。破門された修道女でもあった。ご主人はうんざりしたようすで、私を遠ざけようと銅の小銭数枚を手渡した。もちろん、それも記録簿に書き入れている。費目は「私用による出費」という曖昧な表現だった。

私はカチューシャを呼んだ。「お前は何をしなきゃいけないか、わかっているね」カチューシャはうなずく。「私のお婆さんのときと同じだから。遺体を洗い、バルサム油を塗り、一番の服を着せ、車に乗せて聖なる森に運び、薪を積んだ上に座らせ、八日間そこで見守ってあげるの」悲しみの涙があふれると同時に、カチューシャの優しい言葉に、私は思わず微笑んだ。カチューシャはどこから来たのだろう。だが、すべてをカチューシャの言うとおりにはできない。調理場のテーブルにシーツを広げ、哀れな軽い遺体を丁寧に置き、衣服はそのままにする。寒さの中、死という厳粛な現象で硬直した四肢を力を入れて伸ばし、顔と手を洗ってやり、歯のない口が開かないように顎と首筋を白い帯布で強く縛り、その上に覆い布を掛ける。

こうして包まれた遺体は荷運び人夫二人が運ぶ。軽いので二人で十分なのだ。そのあとを私たちが歩く。寒い灰色の空の下、小さな行列はサンタ・マリア・デイ・モンゴリという小さな修道院に着く。ここの修道女たちはイレーネの埋葬を承諾してくれていた。果樹園のような共同墓地の、楡の木の下、壁に囲まれた敷地の隅がイレーネの永遠の平和の場所であった。

妹《シェストレンカ》のカチューシャには何から何まですべてのことを教えなければならない。どこか知らない天空の星からこの地に突然降りてきたかのような少女だ。とくに、正しい十字の切り方を教える。ご主人やフランク人、異教徒のラテン人のように、逆に十字を切ってはならない。[12] 朝夕の挨拶では三度のキスをすることも教える。

あることがわかってきた。私たち二人がかつて生きていた土地は、それほど遠くないらしいのだ。二人の故郷ははるか遠く離れていると感じていたのだが、そうではないようだ。それを知ると思い出がよみがえる。カチューシャは川のほとりで開かれた夏の聖なる大祭に行った話をした。輪になって踊り、満月の夜、村中の若い男女と一緒に全裸で川に入った楽しい思い出だ。私は目を閉じる。月光を受ける銀色の川に入っていく嫋《たお》やかな少女、まだ成熟していない妹《シェストレンカ》の身体を想像する。

カチューシャは驚くべき才能を備えている。私の村では誰一人としてできなかった技だ。天使の意志に任せてその手の動きに従う聖人か修道士だけがなしうる技とされたこと、すなわちイコンの聖画像を描くこと、それに等しい技がカチューシャにはあった。調理場の壁には、木炭や赤い石でカチューシャが描いた絵が増えていった。暖炉の脇で眠る猫、ご主人自慢の馬、奴隷ゾルツィのまのぬけた顔、鼻に眼鏡をかけ、その眼鏡にいらついているような禿げ頭のご主人の老け顔、そして結び目のようにからまりあう植物の蔓と不思議な矢車菊。「聖人の像も描けるのかい?」と聞く。カチューシャは答えずに、すぐ木炭を手に取り、漆喰壁の上に両腕を広げてヴェールを捧げる神の母《テオトコス》マリヤの姿を描いて見せた。祝福を与えるその姿、カチューシャは上の部屋でそれを目にしていた。私は涙を浮かべ、敬虔な心で十字を切る。類まれな才能に恵まれたカチューシャ。その手は目には見えない天使が導いているのだ。

優秀な女奴隷として重宝されるように、私はできる限りすべての仕事をカチューシャに教えた。そして、彼女にその理由はわからないかもしれないが、絶対に一人にしない。苦労して水桶を運ぼうと屈むとき、縁なし帽子でなんとか隠されたマリアの魅力的な黒い前髪の隣には、カチューシャの新しく鮮やかな金髪が、同じようにその額からあふれるように見えただろう。

ご主人を怖がることはない。善い人で、いつも仕事に没頭している。部屋に引きこもり、書類や鵞鳥《がちょう》の羽ペンを相手にして遊んでいるかのようだ。それも恐れる必要はない。机に向かっているからといって、呪文を書いて魔法をかけることもない。書斎机のうしろには、ちゃんとブラケルナエの聖母のイコンが掛けてある。昼間はベッドの下に隠れていて、夜になるとご主人の足を引っ張る悪さをして悪夢を見させる小さな悪魔どもも聖母が追い払ってくれるはずだ。

ご主人については、カチューシャに何も言ってない。ご主人ついて聞かれても答えないようにしている。しかし、カチューシャは心の中で問いかけているだろう。「調理場で一緒に夕食をとったあと、テーブルの下に粗末な敷き藁を準備すると、マリア姉さんはどうしていつも調理場に鍵をかけて上の階に上がり、私は一人残されるのだろうか」と。私が裸足で階段を上る微かな足音をカチューシャは聞いているに違いない。そして、ちょうどご主人の部屋にあたる二階の床板がきしむ音も聞こえているだろう。つまり、私がご主人と一緒に寝ていることは知っている。それを確かめるには、どのように聞いたらいいのか。「マリアはご主人の秘密の花嫁で、昼間は女奴隷の身なりで身を隠し、夜、ご主人の花嫁に戻るのだよ。誰にもそれを言ってはいけないよ」とでも言うのか。ほかに言い方はあるだろうか。男と女が身体を寄せ合って寝るなら、ほかに何をするというのか。カチューシャが一人寂しく眠るのは申しわけない気がする。小さい頃の乳母イリーナを思い出させてくれる私と一緒に寝たいのではないだろうか。私の温かい身体を抱きしめて安心して眠りたいだろうに。

若いヴェネツィア人の男たちの中で、ズアネートには好感がもてる。ちょっと立ち寄って話しこんだりする。意地悪いところがなく、いつも微笑んでいて、洗練されたヴェネツィア語を私たちに教えるのが自分の役目だと心得ているようだ。発音、文法、語順などで私たちの誤りを忍耐強く直してくれて、正しい言葉を教えてくれる。アブハシア人の奴隷ゾルツィは相手にしないほうがいい。ほとんど動物に近い。頭の中で何を考えているのかまったくわからない。とくに、ゾルツィと二人きりになるのは避けるべきだ。笑いかけたり、素足を見せたり、肩を見せたりすると、馬屋でひどいめにあうかもしれない。だが、馬屋に入れないとなると、カチューシャにとっては残念なことだ。馬屋にはここに来てすぐに友達になった生き物、すなわちご主人の灰毛の馬がいる。あるとき、カチューシャがその馬の長い首に抱き着き、鬣《たてがみ》を撫でながら話かけているようすを見ることがあった。

私たち女はもう一人のゾルツィ、ゾルツィ・モレジーニにも注意しなければならない。ご主人の雑用係《ファクトートゥム》だが、惨めなアブハシア人とは逆の意味で危険だ。モレジーニはとてもずる賢く、頭の回転が速い。その言葉にはけっして耳を傾けてはいけない。力を入れて洗濯物をたたこうと洗濯槽に屈みこんでいるとき、私のうしろから抱きついてきたのがモレジーニだ。一度や二度ではない。硬くなった男のあれ《チリエン》を私に押しつけ、スカートの裾から手を入れて、いきなり裸の尻を触るので、目の前の洗濯物をつかむと力いっぱい顔を打ってやった。モレジーニは中庭のぬかるみに転がった。これは例外として、私たち女二人は、だいたいほかの使用人から一目置かれている。ご主人の持ち物なのだから。それを目で見てわからせるために、私はカチューシャを倉庫に連れていき、高価な香辛料を詰めこんだ麻袋を見せた。「ほら、袋に押された商標を見てごらん」「上に十字架がついた不思議な印のこと?」「これがご主人の印なのさ。ご主人の所有物だから、誰もその袋に触ったり、袋を持ち去ることはできない。私たちも同じだよ。幸いにも、馬や牛のように鉄の鏝《こて》で焼き印を押されることはないけどね。見えないだけで袋の印と同じさ。この見えない印があるから、私たちはほかの男たちから守られているのさ」

カチューシャを連れて日々の買い物に出る。昔、イレーネと買い物をしたように。商館の大きな扉の外にはじめて出ることが許されて、カチューシャは自分が住む町を知る。だが、歩けるのはヴェネツィア街区の中だけで、その外に出ることは許されない。ご主人は善い人だが、厳しい人でもある。鞭を持っている。私だって二つの顔がある。昼は女奴隷、夜はご主人の「乳母」。インクのように濃い色のワインを高価なペルシア絨毯の上にたっぷりこぼしてしまったことがあった。大きな染みは消すことができず、すごい剣幕で叱られた。ご主人の厳しい一面を思い知った日だった。

二人で市場の目抜き通り《エンボロス》の開廊を抜け、いろいろな店に立ち寄ってみる。私も最初の数回はそうだったが、慣れない雑踏と騒音の中で散漫になったカチューシャを見失わないように注意しなければならない。町に出ずに、商館を囲う高い壁にわずかに開く扉から外のようすを覗き見ることもあった。私たちをここに運んできた船、大きく、長く、膨らんだその船体を黙って見つめる。
カチューシャが行きたい場所はいつも同じだった。多くの海の幸を売る魚市場である。台の上に並べられた驚くべき生き物が虹色の光を放って並ぶようすや、大きな水槽で泳ぎまわる魚に、カチューシャは言葉に表せない感動を覚えたようだ。故郷の川で跳ねていた鋸《のこぎり》のような背びれをもつチョウザメか、あるいは川底の石に隠れていると想像していたルサールカを思い出していたのだろう。山の少女カチューシャは、暗い海面の下にかくもさまざまな生物が生きているとはけっして想像できなかっただろう。というよりも、かつて私もそうだったが、そもそも海とは何かを知らなかったのではないだろうか。

一月末の静かな夜である。いつものように私は上の階に行き、ベッドを温めるために裸で潜りこんだ。ご主人は私を見つめている。三年のあいだではじめてのことだ。珍しい。厳密に守られてきた規則、すなわち相手を見つめないことが破られたのだ。ご主人は私をじっと見つめる。つまり私はそこに存在する。私はそこで生涯はじめて、裸身であることにとまどった。あたかも善と悪の木の下で神から驚かされるイヴのように。そしてご主人は語り始めた。これもこの三年、けっしてなかったことだ。「マリア、この地での私の時間は終わろうとしている。ヴェネツィアの船団が到着したら、すぐに出発しなければならない。マリア、ヴェネツィアに一緒に来てくれ。コンスタンティノポリス同様、素晴らしい都市だ。しかも、廃れて廃墟のようになるコンスタンティノポリスと違い、ヴェネツィアははるかに繁栄した豊かな都市だ。市場があり、商店があり、家々には衣服、絹織物、宝石、香水などすべての品物が揃っている。ヴェネツィアに着いたら、私はお前を自由身分にするつもりだ。マリア、お前は自由になり、自分の選ぶ生き方ができる」ぐっすりと眠るご主人を横にして、私はその夜、眠らなかった。目を開き多くの夢を思い浮かべた。聖なるイコンに向き直り、休まずに祈り続けた。

長い夜が明け、中庭に降りると、興奮はすでに商館のすべての人に伝わっているかのようで、みなはもう目を覚まし、それぞれ活発に動きまわっていた。「もうすぐ着くぞ」と叫びあう。すでにこの前日、ペーラにいち早く帰港したジェノヴァのグリッパリア船から「船団は岬の先を回り、もうすぐ帰還」との連絡が入っていた。トルコ軍のフスタ船隊がヴェネツィア船団から距離をとって警備についているとのことだ。金角湾に入るのは夕方になるだろう。起きたばかりのご主人も、何をどうするかわからずにとにかく降りてきた。雑用係を呼んでいる。それからすぐに全権大使の使者が息せききって駆けつける。下船すると皇帝の行列[13]はヴェネツィア街区を通るので、街区の商人全員、銀行職員、職人組合の関係者一同は皇帝の帰還を祝し、行列に加わって、ハギア・ソフィア大聖堂へ向かう。みながいろいろ話すのを聞いたが、詳しいことまではわからなかった。ご主人はまだ室内着を着たままの寝起きで、禿げた頭に就寝用の帽子を巻いたまま、神経質にいらだちながら中庭をあちこち動き回り、ぶつぶつと同じ言葉を繰り返す。「出費、出費、さらに出費」

九時近くになり、ようやく支度が一段落した。どうにかひと息つける。外からは開廊を走る子供たちの声が聞こえる。「来たぞ、来たぞ」これまで見たこともない興行に出会うのだ。中庭の大階段をご主人が降りてくる。短い礼服上着を着け、ズボンは長靴に差し入れ、禿げ頭を隠すフェルトの帽子をかぶっている。少し若く、凛々《りり》しい美男にさえ見える。うすのろのゾルツィに馬を用意させ、予期せぬ敏捷さを見せてさっと馬にまたがる。ズアネートとモレジーニに「わがヴェネツィアのガレー船団を見に行くぞ」と言う。私たち二人は、この勢いに怯えた姉妹ように庭の隅で手を取り合い、あっけにとられていた。周囲を見渡して気づいたご主人は、なんと「ああ、そうだ。お前たち二人も一緒に来い」と言った。ズアネートは、風邪をひかないようにと私たちにマントを着せてくれた。馬上のご主人を追って私たちは息を切らせて丘に向かう坂を上る。そこには廃墟になった修道院のテラスと古い塔があり、塔に登ると向かい合う大陸の岸が見えるのだった。

この日は晴れて、冬の大気は澄みきっていた。眼下には海峡の海流の中に、帆を張ったヴェネツィア艦隊の大型ガレー船が見える。赤と白、さらに金を配した巨大な軍旗には、それぞれサン・マルコの獅子とビザンティン帝国の双頭の鷲が描かれている。漕ぎ手の太鼓の音は海峡の両岸に響き渡り、長いラッパは高く鳴り、櫂は一斉に水を捉える。市内の鐘塔からは鐘の音が止むことなく響く。ご主人は塩気のある海風を胸いっぱいに吸いこんでいるようだ。幸せそうに見える。

下船は次の日に始まった。私たち女奴隷の二人は通りに出られなかったので、二階の部屋に上がり、窓から外を眺めることにした。窓の外側は鮮やかな布で飾りつけられ、外壁の釘には厚手の飾り布が掛けられた。ズアネートは二人の間にぐいと割って入りこみ、「いやあ、元気で活発な女と一緒にいるのは幸せだ。ヴェネツィアの青白い女とはなんという違いだろう。ヴェネツィアでは教会堂の中で、母親や身内の抜けめない監視の目を盗んで、これと思う女をちらっと見るだけだが」と言いながら、その手は背中の上から腰の下の丸い膨らみへと動くが、二人は外の眺めに興奮していたので騒ぎもしなかった。

下では商館の商人たちに交じって、ブラバント風の緋色のマントをまとい、厳めしい形をした黒っぽいフエルトのつばなし帽で禿げた頭を隠したご主人とその一行が帰還行列の到着を待っていた。祝典の鐘が鳴り響き、太鼓、ラッパ、笛の音が高まるなか、おおいなる君主の衛兵がまずやってくる。行列が通れるように街路両側の群衆を脇に押しやるのが彼らの役割だ。長い槍を持つ武装兵が通る。伝令兵、白い衣装を着けた少年と少女の隊列、隊旗や帝国の象徴を示す旗を掲げる旗手の長い列が続く。そのすぐうしろには、黄金の双頭の鷲を描く帝国旗を掲げた若者が先導し、皇帝エル・エンペラドール・カロイヨハンニス[14]が歩を進める。しかし、皇帝は年老いて疲労し、病人である。裏地に鼬《いたち》の毛皮を合わせたダマスク織のマントを着て、高い尖り帽をかぶっているので、その顔はほとんど見えない。

壮大な行列はハギア・ソフィア大聖堂に向かう。私たちはズアネートと一緒に距離をとってあとに続いた。もちろん、私たちは中に入れない。すでにぎっしりと人が入っているようだ。外に立って大きな門扉から聞こえてくる荘厳な感謝の聖歌を聞く。そしてそこを少し離れて、不思議な古代彫刻、三脚基台オベリスク[15]、からみあう二匹の蛇を象った青銅の円柱[16]、などを見ながら近辺を歩き回った。

儀式がすべて終わり、ハギア・ソフィア大聖堂から人々が去ってから、私たちはその方向に戻る。大聖堂の外には貧しい者たちが群がり、少しでも飢えを癒そうと、細長い台に積まれた食べ物の残りをあさっている。私たちも年老いた修道女からパンの切れ端と小魚のフライを手に入れることができた。老いた修道女は「揚げ魚が鍋の外に飛び出さない限り、跳ねてどこかに逃げない限り、コンスタンティノポリスは滅びない、滅びない」と口ずさんでいた。教会堂の中に入ってみる。私たちの足音だけが広い堂内に響き、壮大な聖なる空間が私たちを包む。芳しい香りが残り、窓からは幾筋もの光が差しこんでいる。

頭上はるかにドームがかかる。星空を見上げるようだ[17]。金地にガラス質をかぶせたモザイクに反射する無数の星が作る円環が堂内を照らす。側面に開く多くの窓は眼のようだ。上に向かって大きく開くアーチは瞼《まぶた》だ。カチューシャはどこに目を向けていいのかとまどっている。大理石、斑岩、貴石のモザイクや象嵌の素晴らしさに、ただただ目がくらんでいるようだ。私は神の母《テオトコス》マリヤのモザイク画[18]に向かって十字を切り、敬虔な祈りを捧げるギャラリーに上って下を見る。大きな大理石を敷く床は広く、深い緑の石で線を入れてある。それは波を立てる嵐の中の海のようにも、あるいは現実には起こりえないが、氷が一面に張り詰めた海のようにも見えた。

夕方になり、疲れたので商館に戻ることにした。コンスタンティヌス帝の青銅騎馬像を載せた巨大な円柱[19]を通り過ぎる。皇帝は頭に羽を飾った花冠を載せ、手は東に向けられていた。東方の異民族をけっして近づけないという姿なのだ、とズアネートが説明する。と、背後からしわがれた怒声がして、私たちはびっくりした。その声は無理をしてなんとか話すヴェネツィア語で、ズアネートの説明を打ち消すのだった。「いや、その手はまったく逆のことを意味している。指さす方向から侵略者がやってくる。コンスタンティノポリスを征服する者たちがやってくるのだ。腐敗に激怒した神がこの町を罰する道具を解き放ち、この町を真のカトリックの信仰に振り向かせようとなさっているのだ」うしろを振り返ると、年老いたギリシャ人の修道士が私たちを睨んでいた。預言者の風貌で長い髭を生やし、十字架を脅かすように目の前で振って、驚いて身を固くしている二人の女に向けてさらに不吉な予言を続ける。「終末は近い。お前たち、ここで悔い改めよ。やつらがやってきたと感じたときはすでに遅いのだ。ヘレナの息子、もう一人のコンスタンティヌス[20]がふたたび玉座に就くとき、この町は滅びるであろう。月が姿を消す日、血の雨が降るであろう。稲妻が光り、雷鳴が轟くとき、羊の腹を裂くために龍が空から降りてくるであろう。そのときこの都市は滅亡し、嘆きだけが響くであろう」

懺悔の火曜日[21]である。ヴェネツィア街区では、本国にいるのと同じ高揚した雰囲気で、色合い豊かに陽気な謝肉祭《カルネヴァーレ》の祝祭が繰り広げられていた。ご主人はいない。取引を清算し、倉庫を空にして閉じるためにペーラに行った。私は、ズアネート、モレジーニ、その他全員とここに残る。私に託された仕事は、家事全体の監督、使用人たちに外出禁止を言い渡すこと、夕方にはすべてを戸締りし、調理場を整理し施錠することだった。午前中、カチューシャには何も言わずに急いで市場に行き、買い物籠一杯の買い出しをしてすぐに戻った。帰宅するとすぐにカチューシャに二階の整理と片付けをさせる。わけあって一人で調理場にいるようにする。

二月は日が短い。もう暗くなった。カチューシャは二階の窓から身を乗り出して、仮面の行列が松明をかざしてにぎやかに通るのを眺めているようだ。可哀そうな少女が憂鬱の縁に沈むのは、このようなときだ。自分が置かれている孤独の世界、私たちを縛る厳しい状況を強く感じて、おそらく大声で泣きたいことだろう。でもけっしてそうしない。

カチューシャが調理場に降りて来る。予期せぬ素晴らしい驚きの瞬間だ。私は両手を上げてカチューシャを迎え、ブラウスを引き寄せて祝福の抱擁をする。三度のキスをして「マースレニッツァおめでとう」と叫ぶ。暖炉に燃え盛る炎は、ゆらゆらと踊るように部屋を明るく照らす。テーブルには私が内緒で準備した料理を盛った皿が置かれている。大きなクロマグロの切り身を炙り、特性のソースを添えた大皿だ。ねっとりとした黄色の特製ソースは、卵とオリーブオイルをよく混ぜ、それにエンドウ豆、細かく刻んだカブ、野菜、茸《きのこ》を和える。青白い筋が入って辛みのある柔らかい山羊のチーズ、黒く輝くキャビアを盛った小皿、そして、バターと卵の揚げ物は小さな太陽のように丸く輝いて山と積まれている。ブリヌイだ。[22] なぜかだって？

「二人は自由になったからだよ。だからお前に贈り物をしようと思ってね。この幸せをかみしめてほしい。一緒にマースレニッツァをお祝いしよう。ブリヌイは私の村、遠くにあるロシアの田舎で、みなが準備する料理だよ。雪の中で転がって遊んだり、凍りついた川を滑って遊んだりして、夕方になると、丸太小屋《イズバ》の中で湯気を上げるブリヌイを囲むのさ」

その隣には胡桃《くるみ》と蜂蜜がある。カチューシャがこの二つに目がないことを私はよく知っている。水は置いてない。ワインが何種類かある。コマンダリアと呼ばれるキプロスのワインは甘口で強い。白のマスカットワインはマヨルカから着いたばかりだ。さらに音楽も準備できている。通りからはリュートや笛が聞こえてくるからだ。

炉で揺らぐ炎はカチューシャの頬と輝く瞳に反射する。それは美貌をさらに引き立たせる。カップにはワインが注がれ、空になり、また注がれる。気分は高揚し、私はご主人が言ったことをカチューシャに告げた。

「ここ数日のあいだに、私たちは大きな船に乗ってこの町を出るのさ。この前見たあの大きな船だよ。海を越えて、ご主人と一緒にヴェネツィアに行くのさ。ご主人は私を自由にして、屋敷に置いてくれて、衣服、香水、宝石を与えてくれる。私は屋敷の女主人になって、男たちみなから尊敬され愛される。私はお前を助けて一緒に屋敷に連れていくさ。姉妹のように、いつも二人は一緒だよ。けっしてお前を一人ぼっちにはしないからね」

カチューシャは嬉しくて興奮した。喜んで笑っていいのか、泣いていいのかわからず、その目には涙があふれる。私はカチューシャの手を取り固く握りしめた。そしてまつ毛の涙の滴を指で拭い、ほんのり赤く染まる頬に指を滑らせ、開いた唇にそっと触る。唇にはまだ蜂蜜が少しついたままだ。さらに指先を下げて、ブラウスの上からツンと出た乳首に触れる。カチューシャは喜びにあふれ、これまでの不幸すべてを忘れたかのようだ。ワインと暖炉の炎で上気して立ち上がり、暖炉の前で踊り出した。素足で小さく跳ね、透けるブラウスに長い金髪がかかり、左右に揺れる。カフカスの踊りだ。その野生の天使の魅力の虜となって、私も踊り出す。カチューシャはブラウスを脱ぎ捨て、裸になる。私もそうする。そして、聖なるブラケルナエの聖母のイコンの前に進み出るかのように、私はカチューシャの前でひざまずいた。敬虔な心で震えながら、彼女の乳首と下腹部に口づけをする。その乳首は将来、子供たちに豊かな乳を与えるだろう。下腹部はその子供たちが生を受ける場所だ。そして踊りに疲れた彼女を敷藁の上に寝かせる。脚の間、命の生まれる場所にそっと舌を這わせる。その不思議な刺激にカチューシャの身体は波打つようにくねる。しっとりと彼女の蜜で濡れたその唇を分けて秘密の聖なる泉に舌を挿し入れる。カチューシャは呻き、その身体は小さく震える。聖なる炎が私たちの肉体を欲望で焦がすその快感をカチューシャははじめて全身で感じていた。ザメチャーチェリナヤ・カチューシャ、リュボーフィ・マヤ（かわいいカチューシャ、私の愛する人）。

おおいなる一日の夜明け。出発の日だ。調理場には中庭に通じる扉の下から朝の光が漏れる。起きなければならない。仕事は山ほどある。昨夜は一睡もできなかった。カチューシャは乳児のように深く眠り、いまも私を抱きしめて離さない。その腕をほどいて起き上がる。町の鐘塔が時を打つ音がする。新たな日への戦慄が全身に走る。故郷の村では鐘撞きが鐘を鳴らす。ここでは、金属の仕掛けで鐘が鳴る。なんという違いだ。鐘打ちの仕掛けを広場で見たことがある。白い文字盤に金色の棒がついていた。それは時間を刈り取るために悪魔が作り出した道具だ。人々が時間を上手に使い、生をとことん楽しみ、喜びと栄光を享受できるようにと、神は人々に時間を使うことを許した。時間は神が所有するもので、人間が所有するのではない。しかし、邪《よこしま》な発明者は、人間が時間を所有できるかのような幻想を作り出した。時間を手に入れたと勘違いした人間は、自由気ままにそれを使い、創造主が作った人間と万物のすべて、動物、植物、岩、そして神が奴隷としてではなく、自由な存在としてお創りになったすべての人間を、男も女も、支配できると思いこんでしまったのだ。もう少しでヴェネツィアに着く。すべてが変わるだろう。深く眠っているかチューシャを揺り起こしながら私はそう思う。

1　白い馬に乗る勝利の騎士、赤い馬に乗り剣を持つ戦争の騎士、黒い馬に乗る飢饉の騎士、青白い馬に乗る疫病と死の騎士の四騎士。地上の四分の一ずつを支配し、人間を蹂躙し殺害する権威を備えるとされる。

2　古代教会スラヴ語で「われらの父（天にましますわれらの父）」の意。「主の祈り」の最初の語句。

3　バターの祭りの意。スラヴ諸地域で行われる東方正教会の祝日の一つで、西方教会の謝肉祭（カルネヴァーレ）に対応する。復活祭の七週間前にあたる一週間に行われ、肉食が禁じられ、乳製品と卵の食事となる。マースレニツァ最終日の日曜日は過去の罪を赦し合う「赦しの日曜日」とされ、その翌日から四旬節が始まると、乳製品や卵を摂ることも許されない。

4　スコモローフ（スコモローヒの単数形）の語源は、道化を意味するギリシャ語。キーウのハギア・ソフィア大聖堂のフレスコ画に描かれ、『ロシア年代記』にも記述が残るなど（いずれも一一世紀半ば）、庶民に広く親しまれた。

5　東部スラヴ系諸族の祝祭の一つで、夏至を祝う民族的な伝統に由来し、キリスト教受容とともに洗礼者聖ヨハネの誕生日（ユリウス暦六月二四日）が祝日となった。この祭りでは、植物、動物、水、火など自然に関する多くの儀式と民族由来にかかわる民話伝承の継承が行われる。水と火が重視され、前日は日没までに水浴をすませ、夕闇の中で火を焚き、歌い踊り、火を飛び越えて身を清める。この前夜祭は部族、民族の一体感を高めるとともに、散在する個別集落から若い男女が集まり、出会いと婚約の機会でもあった。

6　リャザン公国の首都リャザン（現在のリャザンより南東に約五〇キロメートルに位置）。

7　ポクロフの原義は「覆い」で、その覆いによる庇護、テオトコス（神の母）のマリヤの庇護を意味する。ヴェールを両腕にかけて捧げるテオトコスのマリヤを描くイコンの主題もポクロフといわれる。

8　ローマ神話に登場する運命の女神。「子を産む者」の意だが、糸を紡ぎ、長さを測り、断ち切るというギリシャ神話の三女神に対応する。

9　女帝ゾエ（在位一〇二八－一〇五〇）をさす。美貌で知られた。ハギア・ソフィア大聖堂二階ギャラリー南側には、中央にキリスト、左右にゾエと夫コンスタンティノス九世モノマコスを描くモザイク壁画が残る。

10　「黄金の門」の意。マルマラ海に沿ってコンスタンティノポリスに入る主街道からの入口。テオドシウス帝城壁南端の門。凱旋行進や祝典行列が通り、儀礼と防御の両面でコンスタンティノポリスの玄関であった。

11　聖母マリアの頭部と肩を覆う布で聖母マリアの聖遺物とされる。ここではブラケルナエの聖母マリア聖堂（四五三年創建）に安置されていたマフォリオンをさす。五世紀に聖地からもたらされた布（聖母マリアの遺体を包んだ白布）とされ、聖堂の火災（一四三四年）によって焼失した。

12　上から下へは西方教会、東方正教会共通で、横の動きは、西方教会では左肩から右肩へ、東方正教会ではその逆となる。一四世紀頃までは、両教会ともに右から左への動きであった。

13　ビザンティン帝国皇帝ヨハネス・パレオロゴス八世はフィレンツェ・フェッラーラ公会議に出席し、一四四〇年二月に帰国した。

14　カロイヨハンニスはギリシャ語による「善きヨハネ」という意味の親称。成果なくイタリアでの公会議から帰還した皇帝への皮肉をこめた呼称である。

15　馬車競技場にはトトメス三世のオベリスク（前一四九〇年）とコンスタンティヌス七世のオベリスク（一〇世紀）があった。前者はルクソールのカルナック神殿からテオドシウス一世がコンスタンティノポリスに移送した（上部三分の一部分が現存）。後者は、競技場長軸の反対側に位置し、表装の鍍金青銅板は失われたが、切り石の構造はほぼ現存する。

16　コンスタンティノポリスの馬車競技場の長軸線上に設置されていた青銅製の円柱（デルフォイのアポロンの神域より移設）。柱身は三匹の蛇がからみあう三重螺旋で、上端には蛇の頭三つが伸び、開いた口で金製の丸鉢を支えている。

17　コンスタンティノポリス陥落直前のハギア・ソフィア大聖堂（ユスティニアヌス一世の命で五三二―五三七年に建設）には、アプシスの聖母子像（九世紀、現存）、二階ギャラリーのデーシス（一一世紀、大部分現存）をはじめ、堂内に多くのモザイク壁画が描かれていた。

18　内陣上部の聖母子のモザイクをさす。

19　コンスタンティヌス帝のフォルム（広場）にあった円柱と彫像をさすと思われるが、フォルムの巨大円柱の上に設置されたコンスタンティヌス帝の鍍金彫像は「騎馬像」ではなく、裸身の立像であった。一方、ハギア・ソフィア大聖堂の南西、馬車競技場の手前にあるアウグスタイオンという祝典広場の西端には、やはり円柱の上に設置された「ユスティニアヌス帝」の騎馬像があった。いずれも現存しない。

20　首都コンスタンティノポリスを創設したコンスタンティヌス一世（在位三〇六－三三七）の母はヘレナで、一四四八年に帝位についたビザンティン帝国最後の皇帝コンスタンティヌス一一世の母もヘレナであり、その息子の治世でビザンティン帝国が滅びることを予言している。

21　謝肉祭（カルネヴァーレ）の最終日。

22　そば粉で作るロシアの円形のパンケーキ。春の訪れを喜ぶマースレニツァに食べる習慣がある。

第6章　ドナート

ヴェネツィア　パラッツォ・バドエル[1]

一四四〇年四月二六日の朝

いつからここヴェネツィアで生きてきたのか。自分でもそれがわからない。

何年に生まれ、いま何歳になるのかも知らない。その場限りでそのつど、違う年齢を言ってきた。住民票を得るための申請書、所得申告書、そのほか自分が誰であるか、つまり氏名、生年月日、現住所、所得額を書くべし、と指定された無数の紙切れへの記入である。あちらこちらの部署で私を管理し、基本税額、加算税額を算定する書類だ。子供のときから、私は特定の家族、仲間、派閥、同業組合、連合会、そして都市に奴隷のように縛りつけられることを嫌い、なによりも自由を望んだ。愛する町ヴェネツィア、わが都市。自分はヴェネツィアの人間だと思う反面、その都市社会の束縛すべてを嫌った。私は自由な人間でいたい。行きたいところに行ける自由。

自由。私が生まれた町フィレンツェでは、それは市民の絶対的要求であり、聖なる言葉、敬うべき概念であった。フィレンツェの自由《フロレンティーナ・リベルタス》。富裕層や権力者たちに反抗して立ち上がった市民が声高く叫んだのは、この言葉だった。憲法、法律、課税を楯にした暴政で押さえつけられていた市民は、アテネ公爵を放逐したとき、[2]自由を叫び、怒りをこめて通りや広場を行進した。さらに、毛織物組合の下級職人であった梳毛工《そもうこう》（チョンピ）はそれまで手にしたことのない尊厳を求めて立ち上がった。[3]ティンタ〔汚れ顔〕とあだ名で呼ばれた私の父フィリッポ・ディ・サルヴェストロ・ナーティから聞いた話だが、職人や工員が所属する下級職人同業組合《アルテ・ミノーレ》の人々、それにすら入れない下層市民《ポポロ・ミヌート》[4]らとともに、父も市内の通りで抗議の行列を行い、「われらに自由を」と叫んだという。

しかし、父は私に自由とは何かを教えるためにこの話をしたのではない。まったく逆だった。父の話はいつも同じ結論で終わった。抗議に立ち上がった者は決まってふたたび権力に屈することになり、上に立って権力を握っていた者はあたかも何事も起こらなかったかのように、その地位に居すわった。組織を少しいじるだけでうわべの新体制を装うのがその手だ。市民の代表にわずかな譲歩をして見せる。それを受ける街区の行政委員《プリオーレ》や代表職《ゴンファロニエーレ》[5]は、名目上、任期の二か月を務めると、どこかに消えてしまう。支配階級は貧民にちっぽけな権力のひとかけらを持たせたように勘違いさせ、われわれを騙すのだ。私の家族もそうやって騙されていた。

父は三度も行政委員に選出され、黒いルッコ[6]をこれ見よがしに着ていた。だが、相変らず仕事に縛られ、大きく厚い手にはタコができ、作業着は接着剤やおがくずでいつも汚れていた。本当の権力はいつも同じ家系に握られ、そうした家系はうわべの改革を巧みに利用するのだった。父の教えはきわめて単純である。いまある自分、家族、工房を守り、同業組合《アルテ》にきちんと登録し、手仕事を覚え、パンひと切れの稼ぎを正直に得て、家を出てあちらこちらに動こうとしないこと。あれこれ動こうとすれば、結果は必ず悪くなる、というのだ。

かくも賢明なる人生学校の教えは、ときどき平手打ちを食らって目が覚めることはあっても、私にとってはなんの値打ちもないことだった。私はこの家から、この工房から、そして家のある狭い裏通りから脱出したかった。本当は何がしたいのか、それを意識したわけではない。夢や希望にあふれる少年時代とは無縁だった。ただ、とにかくそこから抜け出したい、父とその同類に反抗したいという思いだけが強かった。すべてに「おさらば」をしても、ちっとも悪いことは起こらないということを、父とその同類の人々にはっきり示したかったのだ。

いま私も年老いた。父と比べると、いまの私はすべてに寛大であると感じる。記憶の中でこれまでの人生の苦悩は時間とともに徐々に和らぎ、若き日の尖った感情は薄らいでいくのだろうか。父は人生のすべてを家族と仕事の犠牲にしてきた一人の哀れな男であったと思えてくる。仕事の時間などいっさい気にせずに、いつも家に併設された工房にいた。いつ終わるともわからないサンタ・レパラータ聖堂の改築現場、その影が伸びる地区、サン・ミケーレ・ヴィズドミーニ聖堂の裏手に近いサント・ジリオ通りに私たちの家があった。[7]市の規則で、仕事は夕暮れに終えなければならない。そのときになると、父は菜園に近い工房の奥まった部屋に小さな明かりを灯して閉じこもり、夜間巡回警備員に気づかれないように箱作りの仕上げ作業を続けていた。

父は箱作り職人であった。その父サルヴェストロも同じ職業であった。私も同じ仕事をするはずで、実際のところ、そうなった。あれこれと手をつくしたが、私は自分の運命を変えることができなかった。父は正しかったのかもしれない。家という運命、ナーティという箱作り職人の家、下層階級の家に生まれたという運命から逃げることはできないのだ。

箱作り職人の組合には木工職人も加わる。箱作り職人と木工職人は、あらゆる種類、あらゆる用途の木製容器を作る専門職である。旅行や運搬に使う荷物箱、木箱、収納箱、家で使う衣装箱や寝具入れ、貴族や銀行家が使う小物入れ、宝石箱、化粧台、武具収蔵箱などなど。さらに官庁では貴重品保管庫や金庫が必要で、これには鉄製の帯を回し、複雑な鍵をつける。また、特別なしつらえで作るのは、母なる教会が聖遺物として崇拝するようにとわれわれに言い渡すもの、すなわち聖人聖女の遺体の一部ないし骨片を大切に保管するための聖遺物収納箱である。

この世界では、貧しいものはさらに貧しくなり、富める者はさらに富むこと、そして富む者はどのように自分の金を使うかを知らないこと、父はこの二つをよく理解していた。また、旅行や輸送に使う木箱を作るにあたり、単純な大きなものをたくさん作るのに苦労するのではなく、贅沢にこしらえた小さめの箱を少しだけ作り、上流富裕層《ポポロ・グラッソ》の傲慢な金満家に高く売りつけるほうが儲けになることも心得ていた。金持ちという人種は、自邸に贅沢な一点ものを置き、虚栄心では負けていないほかの金持ちに致命的な屈辱を与えるためにはいくらつぎこんでも構わない、そう信じる人間なのだ。そう、もちろんこの虚栄心を利用しない手はない。フィレンツェ市内、さらに市外からも、虚栄の要求は増すばかりなのだ。

注文が多い品物は婚礼調度一式に含める長持と大きな衣装箱である。外側は金箔と象嵌《ぞうがん》で美しく装飾され、名高い画家が描いた風景画を入れこんだ逸品に仕上げる。しかし、父は外側の派手な装飾に関心がなかった。それは優れた木工技術を覆い隠してしまう。さらに金細工師や画家によって、自分の取り分もうやむやにされてしまう。これに対し、小さいが手のこんだ細工箱、注文主とやり取りをしながら全体を組み立てる小型の箱は、技術の優劣がはっきりわかり、しかもずっと大きな稼ぎになった。高価な金属板、革、象牙などで覆う場合、その加工は別の職人たちに託すとしても、箱の製作においては、父自身がすべての細部とその組み立ての段取りを決めた。ほかの職人に任せたのは、錠前の鉄細工、金の溶融と打ち付け、銀の打ち出し細工、ニエロ〔黒金〕象嵌、革の鞣《なめ》しと色付け、フィレンツェ伝統の文様の金地刻印、白百合の紋章の印刻、象牙の薄板作成と切断であった。

直方体あるいは三角柱にするかという箱の設計から始まり、そのほかの作業はすべて父の手でなされる。とくに内部はほとんど魔法といってもいい作りだ。幾何学的に分割された細かい仕切りが巧みに組み合わされ、小さな引き出しが出たり入ったりする。隠し細工の引き出しは、貴婦人が愛人から受け取って折りたたんだ危険な紙片や、裸身に着けて愛人だけに見せる豪華な真珠の首飾りを隠す秘密の細工である。高価な木材、時が経っても見劣りしない材料をみごとな技術で切断して組み合わせ、種々の木材を象嵌する技術は誰にも引けを取らない。金、銀、象牙の薄板による緻密な細工は依頼主の同意を得ると、父がそれぞれの職人に説明する。

こうした箱細工のうち、やはり婚礼用の小箱にはもっとも華やかな細工が施される。裸身の男女が抱き合う小さな像が象嵌され、頭上には天使が舞う。そして、すべての木片が精密な構造へと組み立てられ、小さい傑作が誕生する。完成すると、父は深夜、蠟燭の光に照らしてその隅々を調べ、自然と涙を浮かべる。翌朝になれば、袋に入った金貨と引き換えに、自分の手で作りあげた傑作は人手に渡ってしまうからだ。製作に注ぎこんだ父の情熱と愛情に比べれば、袋の金貨はほとんどなんの価値もない。

ただ、これは年を重ねた現在になってはじめて思えることなのだ。時の経過の中で、父を理解し許すことを私は学んだ。その父はいま、神のもとにいる。しかし当時は違った。おさまることのない反感で私は父を憎み続け、なんとしても父のもとを離れたいと望んだ。一生涯、工房の奴隷、仕事台の奴隷、使い古して手の汗が染みこんだ道具類の奴隷となって家業を受け継ぐことを全力で拒み続けた。金だけはふんだんに持っている愚かな注文主、われわれ職人を劣った人間であると決めつけ、ふんぞり返って上から見下す注文主の奴隷にはなりたくなかった。

　少年時代からすでに父への反発は強かった。きっかけは、父から鞭で打たれて血だらけになったときかもしれない。過ちからではなく、口惜しさと嫌がらせから、私は小さな象牙の像と繊細な象嵌細工を壊して、家から逃げ出した。なにもかもが嫌になり、解放されたかった。サンタ・クローチェ広場に向かい、サンタ・クローチェの門を過ぎ、衛兵の目につかぬようにアルノ川沿いに走り、郊外の畑をめざした。狭い道はテダルダの城砦[8]を過ぎると上り坂になり、葡萄畑とオリーヴの木々の間を抜け、丘の中腹で小道となって行き止まる。そこにはわが家の狭い農園があった。いまもその農園は残っている。

　そこはサン・マルティーノ教区聖堂とゲラルディーニ家[9]の大きな屋敷を過ぎて、テレンツァーノ通りを丘に向かって進んだ場所でもある。ゲラルディーニ家の屋敷は、見栄を張って薔薇の邸館《パラッツォ》と名づけられていた。さらに通りを上ると、公証人兼共和国書記官の家系、フォルティーニ家の小館《パラッツェット》がある。そこは、生まれてから数年を過ごした館である。素晴らしい女性を自認していた母は、じつにつまらない職人男と不幸な結婚をしてしまったと思いつめていた。自身の腹を痛めて生んだ息子たちの養育に耐えられず、息子たちが自分の胸にすがりつくのを嫌った。父は仕事が忙しく、息子たちは乳母ディアノーラに託された。ディアノーラは農夫グラッタの妻で、その実子ヌッチオは私と同じ母乳を飲んだ兄弟だ。ディアノーラは胸に抱いた私の授乳に尽くし、その分ヌッチオは自由に育った。

　丘の上にあるオリーヴの木の下に着くと、ディアノーラが私を優しく抱き、豊かな母乳を与えてくれたときの満ちたりた幸せを思い出す。父の使用人に見つかると、工房に連れ戻されるだろう。それからは、申し分のない数の鞭打ちが待っていることはいうまでもない。だが、鞭打ちの罰などどうでもいい。私はそのとき、アルノ川を越えて丘の彼方、南に広がる明るく青い空を見上げていた。逃げ出すこと、それが夢だった。

父の兄となる二人の伯父、バルドとダンテも私の脱出欲を刺激した。二人はすでに長いあいだ、私の祖父と家族の工房を無視し、下級職人同業組合《アルテ・ミノーレ》から上級同業組合《アルテ・マッジョーレ》に移ろうと決め、社会的地位を駆け上がる勝負に出ようとしていた。箱作り職人、木工職人から両替商《カンプソール》への飛躍である。将来を約束された銀行家という有望な職業へ上るための最初の一段は両替商になることだった。大きな力をもつ両替商組合《アルテ・デル・カンビオ》の代表職、行政委員、ブオノミニ慈善会[10]の代表選挙では、それぞれの候補者名簿から二人の名前がよく挙がった。しかし、二人はいつも重要な会議を欠席していたので、結果は伴わなかった。フィレンツェ商人はほかの都市でも華々しく活動しており、そうした都市では両替率が高かった。二人は儲けを増やそうと、しばしばフィレンツェを留守にしたのだ。

とくにダンテ伯父は、一四世紀半ばから市勢を伸ばしていたヴェネツィアに注目し、市の金融の中心リアルト地区に近いサン・カッシアン教区に家族とともに住む家を構えていた。両替業と銀行業[11]はヴェネツィア市民に限定されていたのである。だが、外国人《フォリンセクス》であったので、これにくじけず、伯父は堂々と銀行を開くため、ありとあらゆる手を尽くした。幸運にも、その時期のヴェネツィアではペストの流行が収まり、荒廃からの復興が最優先の課題だった。市の人口増が緊急の課題と判断した全体委員会《マッジョール・コンシッリオ》は、国の開放《アペリーレ・テッラム》を進めるべき時期であると決断し、共和国内から《デ・イントゥス》の申請でヴェネツィアの市民権を取得できると法を改正したのである。つまり、不動産と金融関連の会社の活動を活性化するため、前もって居住している必要はなく、ある同業組合《アルテ》に登録するだけで、市民権を得ることができるようになった。ダンテ伯父はただちにこの規定を利用し、両替商登録を行って、一三五九年一月一日付けで切実に望んできた特権をついに獲得した。

ダンテ伯父さんを知ったのは、まだ一〇歳の頃だった。いくつかの仕事を片づけるため、伯父さんはフィレンツェに短いあいだ戻っていた。父とはなんという違いだろう。身につけた衣装、身のこなし、子供たちに持ってきたお土産のおもちゃ、すべてが桁違いだった。伯父さんはヴェネツィア語特有の音楽的な語尾を自然と身につけ、水の上に作られた奇跡の都市、そこですべてが可能になるヴェネツィアのようすを語ってくれた。しかし、その後、伯父さんに会う機会はなかった。ヴェネツィアに戻るとまもなく亡くなったからである。父のようにではなく、伯父さんのように生きてみたい。この強い思いを抱くには、その短い出会いだけで、私には十分だった。「ヴェネツィアに行きたい」こう言うたびに激怒した父は繰り返し私を殴り、「お前はもうおれの息子ではない」と怒鳴りつけた。

いま、この歳になると、父のことを理解できるような気がする。父の、さらに祖父の血と汗と苦労が染みこんだ工房は、私が継がなければ閉じなければならない。いや、さらに悪いことに、息子以外の赤の他人の手に渡ってしまうだろう。父はそれを予想して怒っていたのだ。

逃げ出すために、私は工房のもっとも利益の上がる作業を利用することにした。象牙の薄板を貼った箱の製作である。父はその技術を親方ジョヴァンニ・ディ・ヤコポから学んでいた。つまり父だけができる仕事というわけではない。ジョヴァンニは、貴族から銀行家に鞍替えしたバルダッサッレ・ウブリアーキの工房で働いていた。ウブリアーキ家、あるいはヴェネツィアの呼び方でエンブリアーキ家は、古きよき時代のフィレンツェの名門貴族だったが、追放されてヴェネツィアに逃れていた。一族は根っからの皇帝派《ギベッリーニ》[12]で、さらにダンテ・アリギエーリからも高利貸の一族として非難を浴び、著作の中で地獄に落とされていた。[13]ウブリアーキという家名は『神曲』に明記されていないが、読む者にはすぐわかる。数々の悪事によって地獄に落ちた人々が、この家の家紋すなわち赤地に白い鵞鳥《がちょう》を描いた袋を首から下げているようすは疑うべくもない。

バルダッサッレはウブリアーキ家でもっとも才能豊かであった。金を儲けるだけでなく、儲けた金を材料の買い占めに使ったのだ。とくに独占を優先したのはアフリカ象の象牙であった。この時期ヨーロッパに出回り始めたこの貴重な品物を買い占め、ヴェネツィアに象牙加工の工房を開いたのである。ヴェネツィアこそは、当時の世界でもっとも裕福かつ重要な都市であったからだろう。

父は精巧に細工を施した象牙と象牙薄板を、主としてバルダッサッレの工房から仕入れていた。その工房で父に「ヴェネツィアに行きたい」と言ったときだけは、父から怒鳴り声が出なかった。口には出さなかったが、おそらく私がヴェネツィアに行けば、父からも伝承できない知識と経験を積んでいつの日かフィレンツェに戻り、箱作りの名職人として工房を継ぐのではないかという期待があったのだろう。

そしてまもなく、ついにフィレンツェ脱出が実現する。ダンテ伯父の未亡人、つまりヴェネツィアに住む伯母から書簡が届いた。一人となった伯母は、話し相手をしてくれるなら、という条件で屋敷の一部屋を家賃なしで私に用意してくれるという。

ヴェネツィアでの数年は、きつかったが怖いもの知らずの時期でもあった。つらい毎日は問題ではない。すべては芳しい自由の香りに包まれていた。青年にとってはすべてが可能であると思われた。日が昇るとマランゴーナの鐘[14]で目を覚ます。鳴り響く鐘の連打は、職人と労働者が仕事場に行く合図である。バルダッサッレの旦那《バロン》は予想できない仕事を次から次と命じるので、私は小路《カッレ》から小路《カッレ》へと走る。箱の材料となる木材を見つけて運んでくる仕事、梱包されて工房に運びこまれる材料の管理など、象牙工房の用事だけではない。リアルトのサン・ヤコメート広場[15]の銀行からサン・マルコの銀行まで、旦那名義の為替手形を持って走る。

あるときは、貧しい人々と言い争って、ユダヤ人でさえそこまでしないだろうというほどの高率の利息を取り立てる。ついには、封印された謎の書状をもって悪名高き商館に潜入したこともあった。帽子を深くかぶった怪しい人物にそれを届ける仕事だ。書状の中にはどのような書類が入っていたのか。いや、もし夜の運河に浮いていたくないなら、秘密は知らないほうがいいだろう。

「バルダッサッレの旦那《バロン》はミラノ公のヴィスコンティ家と内密かつ緊密なつきあいがあるそうだ」という噂があった。ヴィスコンティ家はフィレンツェとも、ヴェネツィアともけっして仲がよいとはいえない。それからまもなく、旦那は息子のベネデット、アレッサンドロとともに世界を旅すると言い残してふっと姿を消し、ほとんどヴェネツィアに戻ることはなかった。

ヴェネツィアでの最初の数年はつらい時期でもあった。未亡人の伯母は年老いて、サンタ・マリーナ広場[16]の広い屋敷の一角に隠居していた。彼女の部屋は狭く、ほかの多くの部屋には係累の多いわがフィレンツェ家族の縁者が住みこんでいた。なんらかの関係でバルダッサッレ旦那の工房に出入りする人も多かった。バルダッサッレが息子のように可愛がったジョヴァンニ親方から、下っ端の職人まで、さらに運河に面した不健康な収蔵庫に追いやられた何人かの奴隷もいた。そこはサンタンジェロ広場[17]の近くのカ・ザーネとよばれる館にある工房本店との連絡で運河を行き来するゴンドラが着く場所である。伯母の住む部屋は、伯母の寝室と私の寝室に分かれていた。私の部屋は狭く、小さな暖炉があり、部屋のテーブルの下の敷物が寝床であった。

屋敷の正式な所有者は、バルダッサッレの遠い親戚筋にあたるフィレンツェ人、ジョヴァンニーノ・ディ・ヤコポ・ディ・ジョヴァンニ・フィジョヴァンニであった。銀行家で、零落しかかった欲の深い輩《やから》である。独身で子供もいない。旦那の執事《ファクトートゥム》にして右腕であると吹聴しているが、じつは旦那バルダッサッレの関係者に部屋を貸して少ない収入を補っているだけだ。
私はこの家で、職人や見習い、同年代の青年と知り合いになり、フィレンツェ出身の不良仲間に加わった。きつい仕事から解放されて少しばかり自由になると、悪態をついたり、悪ふざけをしながら徒党を組んで小路や広い通り《サリザーダ》を走り回った。もっとも悪知恵に長け、逃げ足が速かったのは、ドメニコ・ディ・マジーノ・ディ・マネットだった。彼もまた弟マネットと一緒にジョヴァンニーノの屋敷に住んでいた。この兄弟は叔父ジョヴァンニについてヴェネツィアに来ていた。ジョヴァンニは腕の立つ象牙彫刻師で、以前はバルダッサッレのもとで仕事をしていたが、工房を逃げ出し、殺人罪で追放刑を受けていた。

私は自由だった。そう、私は父から解放された。しかし、奴隷よりもさらに過酷に働かなくてはならなかった。厳しい状況を乗り切るため、すべてをできる限り早く身につけなければならない。ただ、じつをいうと、箱作りの技術についていては、父フィリッポを怒らせるつもりはなかったのだが、さらに学ぼうとはしなかった。

ドメニコ同様、私は金と銀の輝きにうっとりと魅了された。サン・ヤコメートの歩廊にある銀行で目にした貨幣が詰まった袋や箱にも強く惹きつけられた。その輝きは、世界中あらゆる場所から流れこむ金と銀の川のようである。それは無限に湧き出る不思議な泉や水脈からここヴェネツィアに流れこんでくるのだろうか。貨幣という水があふれんばかりに流れる水路の網、そこから、浪費に溺れ、快楽にふける醜い欲望がつきることなく生まれ出る。
私は象牙の箱細工や彫り装飾を捨て、それよりもはるかに明るく輝く世界に足しげく通うようになった。ウブリアーキ家は好きなようにさせてくれた。工房は頭の回転が速い好青年を必要としたからである。私は貴金属の鋳造工房にも顔を出すようになり、未加工、高純度の貴金属にも魅了された。るつぼの口から注がれた光る流体が金や銀に変容し、赤く熱した穴へ落ちてブクブクと泡を立てるようすは、まさに錬金術師の洞窟を見るかのようだ。いつの日か、錬金術師となって賢者の石〔化金石[18]〕の秘法を発見し、鉛を金に変えたり、神話にいう第五の神秘物質《クインタ・エッセンティア》[19]を作り出せるかもしれない。

貴金属を扱う難しい技術のコツはほとんど身につけた。金の溶融法と精錬という熟練の技も学んだ[20]。るつぼをとろ火にかけ、溶けた金属をやっとこで糸のように引き上げ、冷水の桶にポツポツと垂らす。金属は冷やされて穀物の粒のように桶の底に沈んでいく。毎日私はその粒を集め、チメント層[21]の上に置き、粉チーズを振りかけてラザーニャを作るように層を重ね、そこから金属層を引き出す。この作業を何回も繰り返し、高い純度になるまで炉の火にかける。金の場合、二四カラットにするが、それは暗色の試金石[22]を使って確認する。試金石の組成はきわめて細かいので、金の延べ棒をその表面で滑らせると、純金であれば特徴的な筋がつく。

私が得意とする技術はチメント層の作業だ。すでに使ったものにはつねに金の小粒が付着しているので、それをきれいに取り除かなければならない。それには、流れる銀つまり水銀を使う。金がそれに付着するからだ。この技術はまさに錬金術だ。チメント層に付着した「だま」を掻きとって革袋に入れ、水銀を絞り出すと、中には微小な金の粒が残る。ほかの職人と比べ、私は器用で、この作業でもっとも多くの金を集めることができた。親方はときどき、袋の底に残った金の小粒を褒美にくれた。お人よしの親方は、取り分として前もってそこから私が小粒を取り出していたことには気づいていなかった。

銀の精製と純度試験には多くの方法があるが、硫黄、鉄、そして鉛を使う。この技術は貨幣の合金を作るには有用だが、金貨に使う必要はない。誰もがフィオリーノ金貨とゼッキーノ金貨は厳密に二四カラットの純金で作られていることを知っているからだ。しかし、一リッブラあたり一二オンスという割合を銀と定めることには問題がある。市場に流通している貨幣の大部分は合金だからだ。と、ここで私はふと考えてしまう。ヴェネツィアに来る前、なぜ算術の教育を受けなかったのだろうか。複雑な計算ができない。ある種の貨幣では、多様な合金の延べ棒を材料とするので、銀と銅の含有割合を正確に定めなければならない。それにはややこしい端数の計算が必要になる。もちろん、実際の作業では段取りをきちんと組み、目視で確かめ、手で触り、舌でなめて味を見て、噛んでみるなどして金属の純度と価格を決めることができる。たとえば、銀の薄板はなめらかで白く、反射があり、表面に異物がなく、くすみもなく、均一に光るならば十分に純度が高い。だが、感覚だけでは世界中から集まる銀の合金を正確に作るには十分ではない。正確な秤に加え、算数、数の知識、計算力が不可欠である。

自分が知らない何かを学ぶには、苦労して対価を払い、それを頭にたたきこまなければならない。リアルト地区にある月謝の高い算術学校に行くため、時間と金を使うことになる。そこは裕福なヴェネツィア商人の息子が通う学校だ。だが、私には時間も金もない。

幸運にも、安い謝金で教えてくれる教師が見つかった。サンタ・マリーナ広場の近く、サン・フランチェスコ・デッラ・ヴィーニャ修道院[23]で塾を開く、型破りな経験を経て改宗したヘブライ人の教師である。みなは彼をゾルツィ先生とよぶ。炉のチメント屑からかすめ取った金の粒で月謝を払うことができた。この先生のおかげで、私は銀合金を作るためのリッブラとオンス[24]を正確に計算できるようになった。これだけではない。両替という数字の迷宮から抜け出すこともできるようになった。両替の計算を驚嘆すべき速さで行い、ときに数字を紙に書かずに暗算で答えを出せるようになった。リアルト地区のサン・ヤコメートの歩廊にある銀行のカウンターでは、三枚カード[25]のように、この暗算が役立った。勝つカード、負けるカードをしっかり覚えなければ、もちろんゲームには勝てない。

こうして自分の銀行を開く準備が整った。少なくとも、すでに開業している銀行家と共同経営をするのもいいだろう。だが、当時としては、事前にヴェネツィアの市民権を得なければ、ダンテ伯父さんが開業したような両替商《カンプソール》にはなれなかった。これは大きな壁である。国内からの市民権申請には少なくとも八年、国外からの申請には一五年の居住歴が必要だった。私は二〇歳になったばかりで、そのどちらにも該当しなかった。旅の途中で顔を出したバルダッサッレの旦那は近道を教えてくれた。恩恵特権という制度があるという。居住歴は必要なく、共和国への忠誠《フィデリタス》と献身《デヴォティオ》を誓う宣誓文を記した請願書に大評議会の保証書を添えて提出し、四十人法廷[26]の承認を得なければならないそうだ。旦那は、「象牙の小箱を大評議会委員の一人に納品することになっているので、お前が一人で行って、個人的にその委員に会い、申請書を直接渡せばいい」と言ってくれた。申請書には、まだカンプソール〔両替商〕という資格は書けなかったので、科学者《フィジクス》という資格を勝手に作って記載した。もちろん医者とはいえないが、金と銀を扱う金属の性質には詳しかったから嘘ではない。

サン・フランチェスコ・デッラ・ヴィーニャ修道院とサン・ザニーポロ聖堂[27]の間を南に進み、パラッツォ・バドエルの玄関広間に入った。はじめての訪問である。立派な紳士セバスティアーノ・バドエルが出迎える[28]。ごたいそうな表情で象牙の小箱を受け取り、妻アニェジーナはさぞ上機嫌になるだろう、と冗談交じりに言った。支払いはバルダッサッレ氏宛ての銀行口座に振りこまれる。上流市民は下賤な現金取引をしないのが普通である。使いの私には、バガッティーノ貨[29]数枚をお駄賃として恵んでくれた。貨幣を受け取り、気おくれしながらも勇気を出して、私は目の前の指輪をはめた白い手に粗末な紙に記された申請書を滑りこませた。ドレープの入った深紅の絹の衣装を着け、東洋のタピスリーを壁にかけた広間に立つ、この身分の高い紳士の足元に平伏し、下賤な使用人として「尊敬すべき偉大なるご主人様、この貧しい若者をどうぞお助けください。自身に備わるささやかな技術を、永遠の忠誠と献身をもって共和国の栄光にご奉仕するために捧げたいのです」と願い出た。すると少し驚いたことに、紳士は「よきに計らおう」とただひと言、答えてくれた。

足音も立てずにこっそりと屋敷をあとにした私は、もし市民権の申請が認められたら、この紳士への感謝の気持ちを生涯忘れまい、と誓った。そしてそれは実現した。一四〇四年一月二〇日、大評議会は、科学者の職業にあるフィレンツェ人の申請者ドナート・フィリッポ・デ・サルヴェストロに対し、恩恵特権により、国内申請によるヴェネツィア共和国市民権を認める、と議決したのである。制限が一つついた。ドイツ商館との取引は認めないとのことである。のちにその理由が判明した。ヴェネツィアに来る銀のすべては、ドイツと中央ヨーロッパから輸入されたが、皇帝ジギスムント[30]はその交易に重大な制約を設け、取引はドイツ商館の商人が取り仕切ったが、ときに密輸も目立っていたのである。ヴェネツィア共和国にとって、フィレンツェ人は依然として外国から来た人間であることに変わりなかった。どうやら、銀の主要な供給先と、ヴェネツィア共和国にとってのウベーラ・ラクティス[31]から距離を置くほうがよささそうだ。

セバスティアーノ閣下はまもなく一四〇五年に亡くなった。バルダッサッレの旦那も一四〇六年に没した。これからは、ややこしいしがらみを独力で整理しなければならない。すでに開業している銀行と組むのがいいだろう。生まれたばかりの稚魚にとって、現実的で危険の少ない方法だ。一人で開業した小さな魚は、海に出た途端、すぐに大きな魚にのみこまれてしまうかもしれない。この時期、いたるところに腹をすかせた鮫が泳いでおり、実際、遺産さえも貪り食う何匹もの貪欲な鮫を私は目にしてきた。誰もが安全だと信じる銀行の資本も骨の髄までそぎ落とされる。サン・ヤコメートの歩廊にある古い布告の石《ピエラ・デル・バンド》[32]より堅く、揺るぎない信用を得ていた銀行資本ですら餌食になったのだ。

リアルト地区の主要銀行、すなわち預金と書面による安全な取引ができる銀行は多くない。そのうえ、記録のない行為は存在しない。書面により、銀行員は客の面前で、あるいは両替証明により、預け入れと引き出しという金の移動を行う。金は直接持ち出すことなく、一つの口座から別の口座に移る。現金は銀行の金庫に厳重に保管されたままだ。少なくとも事情を詳しく知らない顧客はそう信じている。しかし、実際のところ、金庫には最小限の現金を置くだけである。ほかの多額の金はあちらこちらを動き回っているのだ。まるで生き物のように、川を流れる水、チメント層の上の金の粒を回収するために私が使った水銀のように。

銀行の仕組みは安全で完璧であるかのように思える。しかし同時にそれはきわめて壊れやすい。ほんの小さな出来事から、一つの銀行が破産し、それが波のように広がって経済の崩壊、都市全体の壊滅につながることもある。破綻の危機は、たとえ小さくても換金の危機につながるという疑いを捨てないことだ。人々の活動がかくも多様になり、予測不能になっているこの時代にあって、何が起こるかわからないのが現実だ。戦争、疫病、洪水、そして貴金属の調達や貨幣鋳造を邪魔する皇帝の気まぐれ、市場に出回るべき金貨のすべてがレヴァント行きのガレー船に積まれてしまうことで生じる金貨の一時的な欠乏、そしてある日、最終的に、もっとも高価であり非物質的な善、すなわち信頼が失われ、すべてが崩壊する。一四〇五年、私自身がこうした崩壊の一例を示す証人となった。ピエロ・ベネデットの銀行の破産である。

私はアントニオ・ミオラーティの銀行と取引していた。彼もフィレンツェ、いやプラート[33]の出身で、悪魔のように悪賢いドメニコ・ディ・マジーノを共同経営者にしていた。マジーノはミオラーティを説得して執事兼会計係として銀行に入りこみ、一〇〇ドゥカートもの高い年給をせしめていた。この二人と組んだのはいい儲けになった。ミオラーティの仲間ということで、銀行の金庫から預金者の銀貨を詰めこんだ袋を秘密裏に持ち出したのは、マジーノであった。私は横領貨幣と知りながらそれを受け取り、多量の銀を炉で溶かし、造幣局《ゼッカ》にそれを売りに行った。ヴェネツィアでは、戦費にあてる貨幣の鋳造のため、金よりも銀がつねに不足していた。その出し入れをうまいことごまかして、荒稼ぎをしようというわけだ。金庫から消えた銀は、担保をつけて借り入れる別の勘定を加えることで、そのつど、補塡されたように繕う。もちろん、頭のいい仲間三人の共同作業で、かなりの量の銀はそれぞれのポケットに収まり、その詳細は会計簿にいっさい記録しない。

しかし、すべてがうまく行くとは限らない。一四一〇年七月四日、六時課から九時課〔正午から午後三時〕のあいだ、昼食後の休憩のときだった。いまいましいシチリア人、アントネッロ・ダ・カターニアなる人物が向かいのバルコニーに出ていた。せっせと自分の仕事をして、パンと水だけのつつましく穏やかな生活をしていたこの人物は、たまたま屋根裏部屋の窓からドメニコと若者が貨幣の詰まった大きな袋二つを運び出し、私の炉へ運ぶのを見てしまった。しかも、彼はなんと告発に踏み切ったのである。

事態をなんとか表沙汰にせずに抑えるためには、ミオラーティのなれあい人脈と巧みな弁舌が役に立った。夜陰に隠れるような泥棒ではなく、現金を融通するための一時的な移動なのだ、袋は共和国の利益のために慎重に安全に運んだに過ぎない、という苦しい言い訳で司法監督官をなんとか説得できた。

そうこうするうちに、ドメニコから委任された業務もあって、私は故郷の空気を吸いたいと、一四一一年末まで一年間フィレンツェに戻り、父と再会した。父はぶつぶつと不平を言いながら私に挨拶だけはした。鑿《のみ》と鏨《たがね》を手にして作業椅子に腰かける父は、寄る年波には勝てず、背はさらに丸くなっていた。その父にはおもしろくないことだが、私は両替商組合に登録し、いろいろと口利きをして、ヴァイオ地区ともよばれ、わが家のあるサン・ジョヴァンニ地区代表職《ゴンファローネ》になった。そこから二か月間、黒いビロードのルッコとつばなし帽を身につけて地区の庁舎に出入りすることになった。

ヴェネツィアに戻ると、自分には銀行家はまったく向いていないと自覚するようになった。いつも危ない橋を渡るのではなく、何か別の安全な職業がいい。一つの仕事に集中し、一つの同業組合だけに一生縛られるのは、私の性に合わない。世の中にはもっと楽しい職業があるのではないか。いまだと気づいたときは機会を逃してはならない。新しい何かに挑戦すべきなのだ。溶融する金や銀が流れるように、そのためには躊躇《ためら》わずに動かなければならない。

やはり祖父と父からは、生きるためには手を使うべし、という血を受け継いでいるのだろうか。何かを作るために手を動かす工房、工夫と道具によってその工房を繁盛させ、毎日のパンを正直に稼ぐこと。貨幣の過不足に乗じて両替で安易に金を稼ぎ、高利で金を貸し、相場の予想やうしろめたい取引でいとも簡単に儲ける、これらは正しい生業《なりわい》とはいえない。では、箱作り職人に戻るのか。いや、それはない。ウブリアーキがいるではないか。ウブリアーキと肩を並べる技術は私にない。私はしかし、金と銀の精錬では群を抜いて優れた技術を身につけている。天賦の才能を活かす方法があるのではないか。銀行の金を秘密裏に溶かしたり、ドイツ商館と共謀して合金を密輸するより、はるかに安全な方法が。

ここヴェネツィアでは、まだフィレンツェで知られていない事業が花開きつつあった。金と銀の細工に基づく商売である。少々の危険と運が伴うが、この領域ならば、私の頭脳と精神をむしばむ投機、高利貸、そのほかやましい行為を続けることなく、成功を収めて、故国フィレンツェのわが地区、サン・ジョヴァンニに金箔の葉飾りを添えた月桂冠を戴いて凱旋帰国ができるかもしれないのだ。炉の近くには、金箔職人の工房があった。重いハンマーを巧みに操って、鋳塊をたたき、薄板に延ばし、それをさらに延ばして紙よりもなお薄い箔にしていく専門職人の工房である。風で箔が飛ばされるので、窓はすべて閉じなければならない。緻密な作業の腕前を見こまれた別の職人は、特製の鋏で薄い箔を完璧な正方形に切りそろえていく。ハンマーが打つ音のリズムは耳と心に響き、私は金箔職人の手の動きにすっかり魅了された。力任せにハンマーを乱暴にたたきつける動きではなく、薄くなっていく箔を破かぬようにと加減する繊細な打ちこみである。あたかも、いまだ形をもたない物質に魂を吹きこむ創造者の動作であるかのような甘美な感覚がそこに流れていた。仕上がると、金箔はまさに生き物のように見える。その上で軽く息を吹くと、ときめいて震え、その嫋《たお》やかな動きは、男を焦《じ》らせて接吻を待つ女性の首筋の絹のように柔らかな皮膚そのものである。

そう、ここで舞台に登場するのが女性である。男性の社会を基底で支えるのはじつは女性であり、社会のすべて、経済、生活においてわれわれ男性ではなく、女性こそが絶対的な基盤である。栄誉のためと言って戦争に出かけ、人間同士で殺し合い、政府のあり方や同業組合《アルテ》の運営では足を引っ張り合って口を出すことに誇りを感じ、ちょっとおもしろいと思うとなんにでも手を出すのが男だ。出歩いたり、催し物を見たり聞いたりする。鳥を射る、狩りをする、釣りをする、馬で走る、道楽をする、商売をして失敗する。そして女は男より劣っていると信じて疑わない。かのアリストテレスは「女性は不完全である」と言った[34]。聖なる教会も、不運なイヴの例を引いて、女はつねに男に従属し、奉仕しなければならず、男が好む快楽をもたらし、妊娠し、子供を産み、育てなければならないと教える。実父と義理の父、実母と義理の母、嫁ぎ先の舅、そして夫が繰り出す命令と気まぐれに忠実に従って自らを抑えなければならない。すべての女に、お前の生きる場所は与えられた小さな部屋だと教えこむ。

だが、これは違う。アリストテレスは何も理解していなかった。聖なる教会も福音書に書かれていることをなに一つとして理解していない。これまで生きてきて私は、すべての家々の生計がなんとか維持できているのは女性の仕事があってこそだということを見てきた。毛織物組合と絹織物組合といった上級同業組合《アルテ・マッジョーレ》が手にしている新たな富、沈黙と隷属の数世紀を経てわれわれの都市と田園を変革しつつある革命的潮流、再生という幻想を抱く時代にわれわれを生存させている力、このすべては、無数の女性による沈黙の労働によって実現した。家で、あるいは紡績工場で、同業組合《アルテ》を牛耳る親方の注文に応じ、家内生産や家族労働で多くの細かい仕事を黙々と進め、休むことなく紡錘棒を握り、紡錘機と撚《よ》り糸機を動かし、糸かせ機と縦型織機を使って、糸を紡ぎ、布を織り続けてきたのは、まさに女性であった。

東洋への玄関口、ここヴェネツィアでは技術はさらに進んでいた。金糸織である。この技術は絹と同じく、遠く東洋に由来する。コンスタンティノポリスよりも遠く、ペルシア、インド、おそらく契丹《キタイ》から伝わったのではないか。高価な金箔あるいは銀箔は金箔職人の織工房に移され、紡織職人は息をつめて絹糸にその箔を巻きつけていく。金糸あるいは銀糸は織職人に渡され、手ないし織機で細く繊細な絹糸によこ糸を織りこんで、サテン、ブロケード、ダマスク織といった素晴らしい織物が生み出される。文様生地に織りこまれるのは様式化されて幻想的な植物の葉や花、動物の文様、結び文様などで、ここヴェネツィアでは文様の下書きも女性が担当し、素晴らしい才能を発揮する。

しかも、事業主、より優れた事業主の何人かも女性であった。注意深く、鋭い感性をもち、決断力と潔癖さを備え、従属とはかけ離れた優れた女性事業主を私は何人も知っている。「金で儲けた《アブ・アウロ》」という蔑称を得たルチアという名の未亡人は、読み書き、計算ができ、金箔工房から安い価格で金箔を仕入れ、自分が育てた職人に金と絹の作業を命じていた。職人たちは公証人文書をきちんと整えて買い取った女奴隷である。ルチアはしばらくすると女奴隷に自由身分を与え、工房所属の職人としていた。女奴隷たちが生み出す利益は買い取り額に届かないときもあったが、なかにはターナから来たカフカス人で奴隷から解放されたベンヴェニューダのように、買い取り額を超えて稼いでくれる器用な職人がいた。

ずる賢いパスクア・ザンターニも女の事業主である。夫はダルマティア出身の商人で、現金だけは渡さないものの、妻がどのような商売をしようと自由を許していた。そのため、パスクアは詐欺まがいのやりくりをして貸し金の仲介によって稼いでいた。その決済は正確だったので、貸し借りの人脈は広がり、とくに貴族階級の未亡人をお得意様として、ひと財産を作ったのである。裕福な未亡人は投資としてパスクアに金を預け、必要とする女はパスクアから借金をした。パスクアは貪欲で、女性とは思えない取り立ては容赦なかった。じつは私も過去、彼女に借金をしていたのだが。

一四一四年六月一四日、私は国外《デ・エクストラ》からの転入者としてヴェネツィア共和国の市民権を獲得した。鉛の証書印を押した書面により、ヴェネツィアのサンタ・マリーナ地区に一五年間の居住許可が下りた。だが、海運による交易には制限がついた。二年後、銀を金から分離する作業およびその他の貴金属の精製に関する四つの組合から四年間の協力合意を取りつけた。この結果、金箔作業と銀研磨を行う工房を新たに二つ開設することができた。

第一の工房は、銀行家フランチェスコ・ディ・レオナルド・プリウリを共同経営者に迎え、親方ヤコポ・ボナルディを工房監督として、四人の若手職人、さらに自宅で絹と金糸を織りこむ数人の専門職人で組織した。第二の工房の監督はニコロ・ムッソリーノである。私は造幣局《ゼッカ》で金属の溶融と貨幣鋳造の仕事を続け、数百リッブラのグロス銀貨[35]、数千枚のドゥカート金貨を作り、プリウリとミオラーティの銀行の顧客に貨幣と延べ棒を配送した。ミオラーティはこの間、ニコロ・コッコと共同で経営を続けていた。
すべきことは成し遂げたと思う。私はリアルト地区の銀行家《バンケリウス》および銀工芸匠《アルゲンタリウス》になっていた。その頃、フリウリ地方とアクイレイア総大司教座領土の管轄権を巡ってヴェネツィアとジギスムントの戦争が起こり、それによって銀塊の欠乏は深刻になった。結局、一四二〇年にヴェネツィア共和国が二つの地域を征服したが、ジギスムントはその報復として中央ヨーロッパからの銀の輸出を止めた。

銀行家ヤコポ・ボンベーニとその息子ロドヴィーコ・ボンベーニと相談のうえ、私はすでにこの障害を回避する複雑な迂回方法を開拓していた。ボンベーニ親子もフィレンツェの出身だが、フリウリに住んでいたので、にらみあう兵士たちの隙をついて、貴金属の箱詰め荷物を受け取ることができた。

ボンベーニ親子の紹介で私はポルトグルアーロ[36]の毛皮商人の息子たちと知り合うようになった。この息子たちは、兄弟の一人である兄アントニオ・パンツィエーラが枢機卿としてアクイレイアの総大司教[37]という支配的地位に就いたお蔭で、大きな財産を築き、権力を得ていた。パンツィエーラ総大司教は、その後アクイレイアから逃げ出し、ローマ教皇庁に入って私財を貯めこんだが、一方、兄弟たちは金で買った「パラティン伯貴族」という聞いたこともない新称号を振りかざして、フリウリでいばりちらしていた。そのフリウリは、金めあての堕落した軍隊に収奪され放題の状態だった。こうして、事業への投資はなんとか順調に続き、その見返りに莫大な量の銀が手元に準備できたこともあって、一四二〇年、私は総大司教の姪と結婚した。青白い顔をしてどこか怯えたような女性で、フリウリの出身であった。名はキアーラという。一年も経たぬうちに息子が生まれた。セバスティアーノと名づける。私が「恵みの《デ・グラティア》」ヴェネツィア市民権を得ることに同意してくれた恩人の名である。その恩人の没後、息子にその名をつけることを誓っていたので、命名にはなんの迷いもなかった。

影の薄い女性キアーラに結婚式以前に会ったことはなかった。抜けめのない両親と祖父母は結婚式当日になって私に彼女を引き合わせた。私は妻キアーラを大切に扱い、いつもその気持ちを気遣い、ときに哀れに思った。しかし、どうしても彼女を愛することはできなかった。感情の高まりをまったく覚えなかった。キアーラとの結婚の前、私は女性とともに暮したことはなかった。自由を望むからこそ、別の人間の自由を制限したくなかった。男性と比べ、女性が「劣った性」であると考えたことはない。逆に、私は女性の素晴らしい生命力、知性、さらに賢明なる策謀をおおいに賞讃してやまない。これらすべてにおいて、女性がわれわれ男性よりもはるかに優れている無数の事例を私は目にしてきた。

『デカメロン』[38]の手稿を読み始めたのは少年時代のことである。父が言うには、その手稿は著者から直接父に贈られたという。私は、著者の手で描かれた繊細な素描を指でなぞった。すでに直感的に感じていたことだが、その著作は私に一つの確信を与えてくれた。真の女性は『デカメロン』が描く女性である。それは詩人が夢見る天上の小天使、貞淑なベアトリーチェやラウラ[39]などではない。清らかな女性を讃美する詩人も性欲が高まれば、ボーナやピッパなど、肉感豊かな女のもとをしばしば訪れる。だが、私は一人の女性を占有する支配者にはなりたくない、と同時に女性に所有される奴隷にもけっしてなりたくない。『コルバッチョ』〔ボッカッチョの後期の散文作品〕や『高名なる女性たちの物語』〔本章訳注64参照〕を読むと、そういう話が出てくる。というわけで、私はサン・ヤコメート聖堂の裏手にあるカステッレット界隈には行かないことにしてきた。そこには世界最古の商売と国の財政を握る男たちを結ぶ闇の関係があった。リアルト橋に近く、大運河《カナル・グランデ》に面して階を重ねた古い家が建てこんでいる。家々は狭く、小路はさらに狭い。この一角の入口では入室が管理され、夕方には公衆の道徳と慣習を見張る衛兵が巡回して街区は施錠される。ある土曜日のこと、派手な黄色の衣装を身につけ、ヴェールをかぶった少女が扉から出て、サン・マッテオ聖堂に祈りに行くのを目にした私は、そのあとを追った。そして、それから一五年ものあいだ、彼女と会うためにだけ、店を訪ねることになる。

少女の名はルーチェといった。ルチアの間違いではなく、ルーチェ（光）だ。その名のとおり、彼女は輝くように美しく、きらめく星の光のようだった。最上階の部屋で私を迎え入れるとき、その目と眼差しはさらに輝きを増すのだった。ゼッキーノ金貨一枚で、私たち二人はこのうえなく自由な時間を過ごした。気の向くままに愛し合い、考え、話し合った。ルーチェの声は美しく、リュートに合わせる歌はなんと素晴らしかったことか。私はルーチェのすべてを信頼し、これまでのすべてを語った。カステッレット街の扉を衛兵が閉めてからも、ルーチェの部屋にとどまり、夜を一緒に過ごした。ルーチェがそれを許していたのは私だけだった。大きなベッドには垂れ幕が掛けられ、その脇に衣装簞笥があり、その上には金縁の鏡が置いてあった。屋上に出る階段があり、彼女はそこに長い棒を固定して、純白の大きなシーツ、下着などの洗濯物、透きとおる絹のブラウスを干していた。

本を読みながらルーチェにさまざまな歴史物語を聞かせる。ルーチェはそれをとても喜んだ。ヒロイン、君主、騎士、愛と剣の冒険、さらに悪ふざけや騙し合いの話などだ。「フィレンツェ訛りが消えないヴェネツィア語を話すあなたは、とても素敵だわ」と彼女は言う。「今日はここまで」と言っても、「もっと話してちょうだいな」と私の背中に抱き着いてせがむのだった。ルーチェは自分がどのような境遇にあるか十分に知っていた。たった一、二回のことだが、彼女が夢を語ったことがあった。「この生活を抜け出して、あなたと一緒になり、娘を産みたいわ」しかし、その後ルーチェがその夢を口にすることはなかった。夏の夜に情熱の限りをつくし、愛を交わしたのち、私はルーチェの部屋の窓から大運河を見つめ、市街の屋根と鐘塔を眺めることがよくあった。近景には大きな丸い煙突がビザンティン帝国の皇帝冠のように林立している。

しかし、哀れなキアーラと幼いバスティアン〔セバスティアーノの愛称〕に思いを寄せることはなかった。

状況は好転するように思えた。老獪な総督モチェニーゴ[40]の執政は巧みで、ヴェネツィアはフリウリを支配下に収め、大陸領土《テッラフェルマ》に対しても政情不安の警戒を怠らなかった。貨幣の上に築かれた帝国が誇らしげに宣言され、私にとってもすべての事業で利益があった。宮廷貴族の娘と結婚した私は、ほとんど高位の貴族といってもいい地位にあった。一〇〇〇ドゥカートに相当する豪邸を買い、銀細工の工房二棟は二五〇ドゥカートの価値があり、小規模な屋敷いくつかの賃貸料は年に二三〇ドゥカートである。内なる声が「もう十分ではないか。お前は休み、食べ、飲み、そして楽しむだけでいい」とささやくのが聞こえる。愚か者は心の中でそう言うものだ[41]。神が私の愚かさを罰し、私を深淵に突き落とするときがきたのか。

総督は没し、別の総督[42]が立った。前任者よりも無能であった。戦争は終わることなく続き、信用取引と資金の流動性は危機を迎えていた。銀行は一つまた一つと破産していった。一方、一四二四年、フィレンツェから私のもとに、父が他界したという知らせが届いた。それを嘆き悲しむ気持ちはなかった。というのも、もう一つの弔鐘の報に悲しみが高まったからである。八月三一日に商売仲間のミオラーティが亡くなった。ミオラーティは、自分の葬式にはけっして無駄な出費をせぬように、葬礼の棺は教区の司祭と四基の二枝燭台だけで見送るようにと遺言を残していた。公証人が記録した羊皮紙には「葬式は虚栄に満ちた飾りもので、それに使われる金はばらまかれて消える」ので、「その金は貧しく幼い孤児たちに残したい」と明記され、私もそれを読んでいた。問題は、そうした幼い孤児たちがわれわれに残され、加えて彼の仲間はかなりの借金を背負っていたことである。善良なるミオラーティは、亡くなる数年前まで英国とロマーニア[43]への遠征でかなり危険な多額投資を繰り返していた。その解決のため、息子のラニエーリをターナに派遣したが、ガレー船とコッカ船44はすべて海難事故で沈没するか、海賊に襲われて消息不明となった。損失は巨額である。何十万ドゥカートにおよぶだろうか。かろうじて生き残った組合員コッコは、残ったわずかな資産を現金に換え、資財帳簿を商業担当の長官に提出し、三月一二日、会社は破産を宣言した。

それは終わりの始まりであった。一四二七年四月、ついに私が破産する番になったのである。負債は四〇〇〇ドゥカートを超えた。家族を残して私はフィレンツェに逃亡し、ヴェネツィアに戻る通行証の発行を待った。債権者に煩わされずにヴェネツィアの工房を再開し、真面目なドメニコ・ディ・マジーノに諸事を管理してもらう委任をするためである。ところが、祖父も相当な悪党だったが、マジーノももはやかつてのよき友ではなかった。マジーノは私を告発し、私は彼の要求と主張に屈服しないよう、さらに苦しい訴訟沙汰を耐えねばならなかった。

一方、フィレンツェでは父の遺産相続の問題に直面することになった。箱作り工房の売却、残ったフィレンツェの家の家賃の支払いとテレンツァーノの農園の地代はなんとか半額を支払う。残りの半額を負担するはずの義姉サルヴェストラ夫人はいままでそれを払ってこなかったので、借金の清算となる。銀行には二〇〇フィオリーニが残るが、これに手をつけることはできない。それは父が預けた古い預金で、未亡人アントニアへの遺贈と決まっている。大きな問題は、父の最後の妻カテリーナが持ち出した品物である。父が没し、その埋葬を終えるとすぐにカテリーナは愛人と家に戻り、家財道具一式、リッブラでは測れないほどの梳毛を終えた亜麻布、屑繊維、亜麻糸、何スタイオ45もの小麦と小麦粉、薪、黒い礼装用の長衣の古着、一六樽ものワイン、そしてカテリーナの愛人が履くにはうってつけだったのか、亡き父の長靴まで、ありとあらゆるものを運び出してしまった。もちろん、それはけっして戻されることはなかった。

破産と負債で、まっさかさまにひっくり返されてすべてを失う危機に面した一人の哀れな人間、すなわちこの私がフィレンツェに戻ったのは、都市フィレンツェにとってもまさに最悪の時期であった。運命の悪戯とでもいうのだろうか。一四二七年は資産申告の制度が変わり、重い増税が課されるようになった年である。市民はすべて保有資産と収入を申告し、所得および国内外における産品売価から税を払わなければならなくなった。違反した場合、市民権は剝奪され、さらに重い刑罰が加わることもある。私にとってこの制度はさらなる一撃であった。税金すら払えないという状況だったのだ。

箱作り職人フィリッポ・ディ・サルヴェストロ・ナーティの遺産に関する一般宣誓書は、姉という名目を立てて、書記が以下のように書いていた。「当該のフィリッポの長男は、現在、妻および家族とともにヴェネツィアに滞在し、その地には四〇年以上居住するが、帰国の申し立て有り。当該フィリッポの長男の名はドナートなり」私はそこに、八月八日の日付で、「ヴェネツィアに居住するドナート・ディ・フィリッポ・ナーティ」と書き加えた。この日のことはよく覚えている。ペンを取り上げて気づいたのである。商人特有の流れるような明瞭な書体で書く私は、もはやフィレンツェ人ではなく、ヴェネツィア人であると自覚したのだ。ヴェネツィアをVinexiaと書き、フィレンツェで発音されるVinegiaと書かなかったのはなぜなのか。なぜDonatoではなく、Donadoと書いたのか。フィレンツェを離れて三〇年以上が経っているので、これが正しい。この文字列は、あたかもフィレンツェの保有資産事務局に対して、「私はすでにヴェネツィア人(venexiano)なのです。私に構わないでください。なぜ私はフィレンツェに対しても税金を払わなければならないのでしょうか」と抗議しているかのようであった。

複式簿記のように見える見開きの二ページに私の負債が列記されている。冷酷な記載だ。債権者は信頼できる友と信じていた者ばかりだ。ここには私が貸している者の名が連なる。この列記も同じく冷酷だ。かなりの金額を貸し出してあるのだが、それらはすべて回収不能になった。まさに紙切れが風に舞うように、消えていった。記録だけはそこに残されている。見開きの債務項目では、プリウリ一族に始まり、債権者だと言い張って聞かない悪漢ドメニコ、銀製品を売る工房および家一軒の家賃が並ぶ。向かいのページには気前よく多額の金を貸してしまった女たちの名が連なる。人がよすぎた。さらに、キアーラの母で、裏切り者のマリア・パンツィエーラ夫人、ヴェネツィアの名士だが、いっこうに支払う気のない人々、ドーナ、モチェニーゴ、バルバロその他が名を連ねる。「たちの悪い債権者で、破産しており、全額が回収不能」と書くしかないのか。項目の最後に、哀れな家族、可哀そうなキアーラと息子セバスティアーノのため、たった一行、「五人分の生活費として」[46]と記載する。いまいましい生活費ではあるが、私以外誰が払うことができただろうか。

私はヴェネツィアに帰り、絶望的な状況に屈することなく、少なくとも金箔工房を再開しようと決心した。しかし、待っていたのはさらなる大打撃だった。今回は、工房の経営仲間プリウリ一族の破綻である。彼らは一四二五年の最初の債務不履行をなんとか乗りこえたものの、一四二九年九月一二日に怒りで逆上した預金者の集団から攻撃を受けたのである。ロマーニアを出るガレー船の金庫には金がまったく残っていないことに預金者たちが気づいたのだ。二週間後に破産となり、負債は一〇万ドゥカートという膨大な額にのぼった。「父も母もいない子供、リアルト地区は孤児として見捨てられた」という笑えない比喩が人々のあいだに広がった。ほんとうの孤児となったのはほかならぬ私自身だ。ほかの仲間とともに、完全に打ちのめされた。行政官により倉庫の商品はすべて差し押さえられ、帳簿はすべて押収された。ミラノ公と戦争状態に突入したため、いつもながら銀の供給危機が生じ、大破局はさらに重大となった。ミラノ公は質の低い合金貨幣をイタリア中にばらまくという、悪魔のような発想を実行したので、対ミラノ戦争は金融戦争を伴うことになった。事実、買い占めの標的となったヴェネツィア貨幣は駆逐され、共和国政府は深刻な貨幣価値の切り下げに踏み切らなければならなかった。未曽有の大惨事である。

ふたたび莫大な損失が出た。そして逃げ出し、また戻る。立ち直ろうと必死になり、恥を忍んで頼めるところにはどこでも平身低頭、あちらこちらに借金を頼む。憎むべき義母と義兄を含むパンツィエーラ一族にも頭を下げる。愛すべきキアーラを私が拒絶しているように、一族は私を拒絶し、キアーラを「銀行家」に嫁がせたことを強く後悔し、その目は冷たい。銀行家は輝く将来を約束された素晴らしい職業だと信じ切っていた彼らだったが、いざ、こういう事態になると、銀行家とはイチかバチかで儲けをたくらむ怪しいやつだったとわかったからである。ただ、キアーラだけは、それに与《くみ》せず、私の側についてくれた。何日ものあいだ姿を隠しても、けなげに我慢強く待ち続けてくれた。もう長いこと、彼女と寝台をともにし、身体を重ねることはなかったのだが。おそらくキアーラは、私がルーチェの部屋に逃げこんでいたことも知っていたかもしれない。

ついに年老いたパスクア・ザンターニともにらみあうことになった。パスクアは私の金箔工房をなんとか自分のものにしようと画策していた。しかし、彼女を取り巻く状況は暗転し、裁判官の前で弁明する羽目になった。「私は食うや食わずの生活でどうやら生きている哀れな貧しい女です。この何もない、荒れた工房を使えるように、どうか私をお助けください」と涙ながらに何回も訴えたのだ。哀れな女だと！　実際「孤独で哀れな」境遇にあるのはいったい誰のことだというのか。その工房をどうにかして再開し、活発にしようと手をつくしたものの、あてが外れて落胆しているのはこの私ではないか！

それからも、いいことは起きなかった。しかし、耐えなければならない。すでに年齢は六〇となる。この生命を与えてくれた神に感謝するとしよう。神は少なくともこの歳までの生涯を赦してくれている。みなは四〇代のように若いと言ってくれるし、実際、病弱とは縁のない生活で、活発な活動は止むことがなかった。苦労があったのは、家族を養うこと、フリウリの憎むべき親族が絶えずまくしたてる批判と悪口に耐えることだった。フリウリの一族はキアーラに、私と離縁して息子と一緒にゾッポロの一族の城館に戻るよう、しつこく迫っていた。だが、バスティアンは私の息子でもある。

夫を悪魔の手に委ねて突き放すようにキアーラを説得し、その夫はどこかの救貧院で一人寂しく世を去ってもらう。一族はこの筋書きを望んでいる。いや、その前に、夫が借金返済にすっかり使ってしまった結婚持参金は取り返しておく。私にはまさに最悪の結末だ。そんななか、一四三三年、ヴェネツィアにいるフィレンツェ関係の仲間たちは、コジモ・デ・メディチの来訪でおおいに沸き立った。名目は亡命だったが、実質は大使ないし君主として歓迎され、メディチ銀行のフィオリーニ金貨の強さに期待が高まった。しかし、外出すると、通りで見つかって債権者にあとをつけられる恐れがあるので、私は一人家に閉じこもり、身を潜めていなければならない。キアーラと息子はその私を恥と感じながら、仕方なく窓から外を眺めている。

最後に、もはや避けることのできない事態が待っていた。一四三五年、債務超過の罪で私はついにピオンビ監獄に収監された。セバスティアーノ・バドエル閣下の息子たち、司法長官のイェローニモ、その弟ヤコモが好意的な案件処理をしてくれなかったら、私はそこから出られなかっただろう。神よ、バドエル閣下の魂を天に導き給え。人はまず塵の中に突き落とされ、心から悔い改めた者だけはそこから引き揚げられるのが定めだという。この神の摂理によるのか、はたまた私にとって運がよかったのか、四十人法廷で、私の事案を担当する裁判官はヤコモだった。裁判書類を繰っていた彼は、地味な申請書に彼の父の署名があることで、私にヴェネツィア市民権が与えられたことを見出した。父バドエルが署名しているのであれば、被告すなわち私は、悪人であるとは考えにくい。加えて、フィレンツェ司教区の判事ヨサファ・バルバロなる人物も次のような書面宣誓を提出している。「被告はその人生すべてにおいて、社会の繁栄のために堅実に働くことだけに専心し、自己の利益を不当に増やす行為を行っておりません。この事実は、信頼のおける多くの証人が言明しているところです。しかし、当該人物は不当にも告訴され、奸計による罪を犯したと濡れ衣を着せられています。当該人物はその実行役ではなく、逆に被害者であります」フィレンツェからヴェネツィアに移り住んだ貧しい「悪者」の無罪証明にとって、これは好材料となった。正直にして勇気あるヤコモ氏とヨサファ氏に心から感謝、である。私を知っているわけではなく、とくに袖の下で「お礼」を渡したわけでもないが、この二人は私の弁護に回ってくれた。その後、感謝する機会もないまま、二人はただちに重要な任務でレヴァントに出発してしまった。

監獄から釈放されたとはいえ、状況はいっこうによくならなかった。狭い貸し部屋に住み、工房再開の話題を出しても誰一人として私に耳を貸さない。借金のあてもない。一四三九年、私は短期間フィレンツェに戻った。木工職人の同業組合《アルテ》の役員に選ばれたのである。カンプソール〔両替商〕として破綻したあと、私は木工職人同業組合に再加入していた。税務官庁と協議しておきたいこともあった。この数年間、税の事務所は、いかに苦しい状況に私が置かれているかをまったく考慮せずに、とにかくすべての収支事項を明らかにせよと、懲罰をちらつかせて迫っていた。

その命令書の期限が切れたので、急いでヴェネツィアに戻った。未亡人であるかのようにキアーラを一人残しておくわけにはいかない。年月は経ち、夫婦二人だけになった。機会あるごとに心を打ち明けてきたルーチェはすでに亡くなり、彼女の慰めはもう得られない。私が収監されているあいだに、ルーチェはサン・

クリストーフォロ・エ・オノーフリオの聖アウグスティヌス救貧院[47]にある娼婦専用棟で息を引き取ったという。修道士シモネット・ダ・カメリーノが再開した施設である。不幸な生涯であったが、心優しく正直で、小さな喜びをかみしめていたルーチェの魂は、神の恵みを受け、よき修道女たちに世話されて聖処女マリアの手に帰ったに違いない。いま安らかに天国にいることを願う。あるいは悲しむことなく煉獄の出口にさしかかっているのかもしれない。

キアーラとはもう言葉も交わさない。無言で私を見つめ、氷のように冷たい眼差しは私を責め、動揺させる。もっともなことではある。破綻した人生に彼女を巻きこんでいるのは私だ。しばらく会っていない息子も母の味方だ。すでに二〇歳になったはずだ。けっして消えない強い憎悪を心の奥底に抱いている。フリウリの親族はその憎しみを煽《あお》り、息子は家族である以上逆らえない冷たい敵である私からすでに逃げ出していた。伯父たちは私に意地悪ができると彼を喜んで迎え入れ、馬で狩りに出たり、マラーノ潟[48]に小舟を出して野鳥を射る楽しみを覚えさせている。セバスティアーノはそうした遊びを紳士の余暇と勘違いしているのではないだろうか。一方、私といえば、借金返済に売れるものはすべて売り払ったので、麻縄街《フォンダメンテ・デ・ラ・ターナ》[49]の突きあたり、造船廠の堤防の角にある賃貸の部屋に缶詰めとなったままだ。

かろうじて、わずかな生活用品と、かつて工房で使っていた道具のいくつかが私の手元に残った。道具類はパスクアの魔手が伸びる直前に確保して、紡績と生地を扱うキアーラの店に移しておいた。キアーラは二人の少女を雇って、麻と偽金糸でごまかした見せかけのブロケード織〔本来は浮織の絹織物〕を作る店を始めていた。これらの布地は安価で見栄えがよく、私は麻縄広場で魚や野菜を売る商売人の妻たちにそれを売りつけていた。

さて、何日か前のことだ。私は岸にいて、ロマーニアからのガレー船が祝祭の満艦飾をなびかせて帰還する壮大なようすを眺めていた。そのとき、ガレー船グリッタ号の小舟から、ヤコモ・バドエル氏が降りてくるのが見えた。驚いた。なんと老けこんだことだろう。ふらついてタラップを降りてくる。そのうしろから元気な若者と二人の若い女が降りる。女たち二人は背が高く、ぎこちなく落ち着かないようすだ。ターナから運ばれてくる女奴隷はいつもそうだ。さらにうしろに、信じられないほどの鞄と箱を背負った大柄な奴隷が続く。群衆でごった返している波止場でそれ以外は目に入らなかったが、私は数日中に会いに行こうと決心した。バドエル家、そしてかつての当主セバスティアーノの良心への深い感謝は忘れない。神よ、その魂を天に導き給え。バドエル家を訪ね、一四三五年の一連の出来事でヤコモ氏にいかに大きなお世話になったかを報告し、その感謝の気持ちはいまも大きいと伝えよう。もし、うまく行けば、金箔工房を再開し、金糸織の絹織物の生産を始めるために、ほんのわずかな借金を申し込めるかもしれない。

さて、こうして今日、一四四〇年四月二六日、私は帽子を手に持って、ここパラッツォ・バドエルの玄関広間に立っている。

長いこと待たされている。よい前兆とはいえない。ヤコモ氏はこういう扱いはしない。遠慮する必要がなく、素早く行動する人だ。かつては私を喜んで迎え入れ、屋敷の裏手にある庭を一緒に散歩したことすらあった。フィレンツェ特有の語尾を好み、私と楽しそうに話した。だが、いまは中から何も音がしない。沈黙の中で庭からナイチンゲールの鳴き声がする。春の開花が近い薔薇の香りが微かに漂う。誰もいないのだろうか。約束を取りつけるために依頼し、返答としてバドエル家の使用人から日時の連絡を受けたのだが。聖マルコの祝日[50]が過ぎた最初の火曜日、第三時〔午前九時〕に、という指示だった。サン・ザニーポロ聖堂の鐘がその時刻を知らせたのはだいぶ前のことだ。だが仕方ない。紳士連中は人を待たせる習慣がある。やや待ちくたびれて、私は廊下を通って庭のほうに向った。美しい薔薇園が目に入る。そこから一輪だけ、赤い蕾が少し突き出ている。芳しい香りを楽しむには近寄ったほうがいい。そう、偶然の一致だろうか。昨日は「薔薇の蕾の祝日」だった。

ヤコモ閣下の兄、偉大なるイェローニモ閣下は、薔薇の陰から何も言わずに突然姿を現し、私を驚かせた。深紅の衣装を着けている。私の記憶では父親が着ていた同じ衣装で、指にも父親がはめていた指輪が光っていた。閣下は上品なしぐさで私を主階に上がるように誘う。彼が先に、私があとについて、堂々たる大階段を上る。広間は以前と変わっていないようだ。壁には東洋のタピスリーが掛けられ、大きく重そうな長卓の上には銀の燭台が載る。卓の上には巻いてあった世界地図が広げられ、何冊かの帳簿が開かれていた。比較や対照の作業なのか、帳簿には無数の船荷伝票が栞《しおり》のように挟まれている。

長卓の反対側には王座のような背の高い椅子が置かれ、閣下はそこに腰を下ろして静かに私が話し始めるのを待った。短い会話という感じだ。私に座席を勧めるようすもない。とはいっても、卓の周囲には椅子はおろか、なにもない。広間の奥には背もたれのない腰かけがあるが、閣下に背を向けて早足でそれを取りに行くのは失礼というものだ。仕方なく、私は立ったままだ。いまいましい道化役か。「二十年前なら、はたしてこの待遇でお会いしたでしょうか。当時はあなたより裕福で、パラティン伯の親族だった私ですが」と言いたくもなる。ま、落ち着こうではないか。私は話し始める。

「閣下の御父上、神の栄光を受けるセバスティアーノ様からかつて私が賜ったご厚情に対する感謝の気持ちはいまも強く、また将来もけっして忘れることはありません。神よ、閣下の魂を天に導き給え。しかし、今般私がここに伺いましたのは、ここにいらっしゃる閣下はもちろんのこと、さらに、弟君ヤコモ閣下にも、深い感謝の意を直接申し上げたいからなのです。このうえなく聡明でいらっしゃる弟君は、共和国の将来を見据え、いとも優れた四十人法廷の裁判官のご身分におかれまして、一四三五年の私の古い事案に関しまして賢明なるご判断をくだされました」ここでちょっと息を入れる。地獄のような苦い経験に触れるのは避けたい。ピオンビ監獄では、湿気と呻《うめ》きは壁に染みこみ、洗ったことのない拷問室には飛び散って固まった血糊がべっとりと残っている。

「用件、それだけを言い給え」閣下が短く言う。家系に染みついて抜けない伝統から、何を言うにも、司法官としての冷徹な職務の一貫性、および共和国の国益を目先の利益より優先する事務的な言葉だった。

「もし、わが弟があなたを弁護し、悲惨な監獄からの釈放に尽力したなら」洗練された貴紳は口を開く。「悲惨な監獄への収監は、欺瞞を抱いて国家の尊厳にあえて挑戦しようとする惨めな人々へ与えられる正当な褒美であろう。つまり、わが弟があなたを助けたのであれば、それは職務の義務として、正義を愛するがゆえに行ったことであり、個人的な利益からではありえない。美徳は感謝されることを望まないのだから、お礼をいただく必要はまったくない」

しかし、弟君はどこにいるのだろう。直接会って挨拶をしたいのだが。たしかにグリッタ号から降りるところは見た。それからバドエル邸に帰宅したはずだ。イエローニモ閣下は「ここはもう弟の家ではない」と言う。下船したヤコモは、兄イェローニモの助言に従い、その足で郊外の邸宅《ヴィッラ》に向かったとのことだ。イェローニモ閣下は、船を降りるヤコモが長い船旅でかなり衰弱し、歩くのもおぼつかないのを見て、少しでも体調を回復させるため、大陸領土にある邸宅に直接行かせたのである。移動には二人の奴隷と医者が付き添った。邸宅での滞在で、ヤコモはすぐに健康を取り戻すだろう。帰国するヤコモには、いらぬ世話を焼きたがる兄が用意した大きな事案が待っていたのである。

一つは、故アントニオ・モーロの娘で、若くはない未婚女性との結婚である。これはバドエル家に利するところ大であった。アントニオ・モーロはヴェネツィアで一、二を争う富裕な人物で、娘がいつか誰かと結婚してくれれば、と相当額の遺産を持参金として残していた。第二はバッサーノの執政長官[51]就任であった。申し分のない地位で、これも多大な収入が約束される。

田舎での骨休めで話すこうした話題はあまり信用できない。カインのような兄イェローニモが弟アベル[52]のヤコモにさらなる矢を射る準備に入っているのではないか。家族、政治、商売をめぐる見えない罠を仕掛けるため、まず、抜けめのない監視をつけて郊外の邸宅に閉じこめたのだろう。だが、ふたたび感謝を述べ、弟君の光輝ける将来と恵まれた生活へのお祝いを明言する以外に、いまの私の立場からはいったい何が言えようか。絹のブロケードと金製品の製作ではヴェネツィア有数の腕利きとして知られるので、ヤコモ閣下のため、その近い将来の結婚のために提供できる私からの素晴らしい贈り物となると、これまで手掛けたことのないような美しい布地を作ること以外は思いつかない。当然のことだが、工芸を奨励し保護する善良な閣下の思し召しで、私がかつて工房で行っていた製作にふたたび取り掛かれるとしたら。そう、これしかないのだ。工房にかつての活気が戻るように、閣下からの少しばかりの融資によって、わずかな資本金を得ることができればそれ以上のことはない。未加工ないし粗加工の絹、金と銀の延べ棒および鋳塊といった必要物資を調達できる。中古品に組みこまれた貴金属類でも構わない。高い技術で、そこから高純度の金と銀を精製することはたやすい。イェローニモ閣下のような偉大なる貴紳にとって、わずかな額を用立てることになんの問題があるのだろうか。しかも、父君セバスティアーノ閣下が私に施してくれた親切な記憶が伴うのだから。

私が粗末な弁舌を終えたとき、閣下は私に目を向けることなく、聞いていないかのように台帳のページをめくっていた。それからあらためて目を上げ、低くしわがれた声で話し始めた。

「たしかに、そうすることもできよう。でも、ドナートよ。世界を広く見て、諸事に通じているあなたなら理解できると思うが、そういったことはバドエル家のように名誉ある偉大な家系にはなじまないのだ。この家柄を怪しい外国籍の人物と比べてみるといい。何度破産したかもわからない人物、最後はブタ箱《ソルツェーラ》行きとなった人物と。その対比がなければ、人に対する信頼は無となるだろう。世界をよく知るドナートよ、政治家や銀行家にとっては、信頼がすべてなのだ。あなたが望む手助けは、可能かもしれない。だが、公証人は立てずに、一枚の書面を私の手元に置くならば、の話だ。貸与の条件は私が決め、書面にはドナート一人が署名するのが条件だ」

「了解です。どんな条件であろうとも」私は叫んだ。ここまでの寛大さは予想しなかったので、感動を覚える。人生の新しい展望が開ける。まさにかつてのドナートの復活だ。「いや、あわてるでない」閣下が私を制し、家の壁に耳でもついているかのように警戒し、さらに低い声で続ける。「いまは諸事が難しい時期だ。勇気と決断力のある者だけが生き延びる時代である。頭の固い総督フォスカリは大陸領土の戦争を止めようとしない。まるで、イタリア半島全土の支配者となりたいかのようだ。共和国の金庫、国を率いる名家の金庫からは資金流出が止まらない。今日まで幾世紀ものあいだ、共和国を支えてきた善良にして勇敢、正直な貴族たちは、戦乱とは別のなにかしらの行動をとるべきであると考えている。意欲に満ち、かつ忠実な銀加工の職人、銀の精錬技術者がいま求められるのではないか。こう考えると、その世界で豊かな経験をもつドナート以外の誰がいるだろうか」小声の話はさらに続く。

「ドナート、あなたは意欲に満ち、絶対的に忠実な男と見る。どこか遠くに秘密の炉を作り、レヴァント地域、たとえばバルート〔現在のベイルート〕、アレクサンドリア、さらにターナといった土地で使う、粗悪なレヴァント貨幣のような低い合金率の貨幣を鋳造してもらいたい。市場で気づかれなければ、貨幣は自動的に流通する。広い世界の各地にそれは驚異的に早く流れていき、インドや契丹《キタイ》にも広がるだろう」こう言いながら、閣下は世界地図に手を触れ、その上に袋から貨幣を取り出してばらまくようなしぐさをみせた。清廉なバドエルという家名とはまったく結びつかない言動である。誰にも、キアーラにも話せない秘密である。もしキアーラがこの悪だくみに巻きこまれたら、フリウリの貴族を自慢する短気な両親にとっては、取り返しのつかない重大な損害となる。

これは、私が望んだことではない。まったく違っている。私の要望は、人を欺くことなく正直なやり方で工房を再開することだった。だが、香水の香りを放ち、深紅の衣装を身につけて目の前にいるこの貴紳は、私を二十年前の私よりもさらに悪い男に引きずりこもうというのだ。かくも悪賢い方法で彼が計画している犯罪は絞首刑に相当する。死罪となるのは彼ではなく、貨幣を詰めた袋に手を突っこんでいる哀れな悪党、つまり私である。作業にあたる使用人や奴隷も同罪で、拷問によって簡単に自白を引き出すことができるだろう。だが、それでもいい。悪魔の契約が書かれた呪わしい紙片、その条件を読みもせず、そこに署名する。署名はインクではなく私の血でなされているかのようだ。私の魂はその契約に売り渡された。ふたたび私は身を滅ぼす。しかし、それ以外何ができるだろう。金を溶融し、それに細工を施して命を吹きこむ、その作業をなんとしても再開したい。

一つ問題がある。作業をする職人をどうやって見つけ出すか。借りた金は、かろうじて原材料の調達に使える額しかない。その原材料はニュルンベルクの商人から密輸でかき集めた。さらに、メストレに住むヘブライ人の友人たちが担保物件として銀行から渡された中古銀製品、銀皿、銀食器なども供出してもらい、再融して利用する。だが、人がいない。炉の作業は私の手でするとして、ほかの工程はどうするか。年老いたムッソリーノは唯一信頼にたる職人だが亡くなった。ちなみに悪賢いパスクアも他界した。

大きな危険を伴うこの闇の作業には、私から多額の借金をしている金箔職人を仲間にするしかない。トマソ・ボスカリンだ。トマソは私次第で監獄行きになり、家族も破滅することを知っている。だが、一人では足りない。何もできない二人の若い使用人以外、糸繰りと生地織りをする女もいない。機織りの労働からキアーラを解放したいというのは、偽らざる思いだ。「金で儲けた」ルチアの元の女奴隷で、カフカス人のベンヴェニューダはすでに年老いて、手の動きにも不自由している。私の助けになるとすれば、せいぜい女たちに技術を教えることぐらいだろう。

「それは問題ではない」私の説明に対して、閣下はきっぱり言い切る。「明日、ズアネートという使用人が私の家に来る」

「ちなみにどの家で?」

「リアルト橋近くの『可愛い家』〈娼家〉ではないがね」私を侮辱するような言いぐさになるのを承知で、閣下は軽く笑いながら言う。「一〇〇〇ドゥカートの価値をもつ瀟洒な家だ。破産した銀行家がどうしても現金でと言うので半額で買ったのだがね。ところでドナート、あなたは麻縄街《フォンダメンテ・デ・ターナ》のうらぶれた貸家住まいだと聞いているが」

「ええ、カ・デル・カネーヴォ[53]の堤防に面した場所です」そこにある帆綱や麻の大綱を作る巨大な工場は、あろうことか、天の恵みと共和国の資産のおかげと言いつつ、ほかならぬこの全権代理官たる閣下が造った施設だ。思うに、共和国を食いものにして、もちろん金もうけをしているのは閣下だ。閣下は続ける。

「金の運搬はズアネートが仕切る。私は下賤な金銭を手にしないからな。また、奴隷二人をお前に貸そうではないか。だが二人の所有権は私一人にある。二人に何か不都合なことが起ったり、身体に危害がおよぶことがあれば、ドナートよ、お前がその損害を全額補償しなければならない」

閣下の話はさらに続く。

「奴隷の一人は大柄で力の強いアブハシア人である。頭が鈍く、無口だ。ハンマーを打つ作業には申し分ないし、すぐに覚えるだろう。黙って働くだけで、何も理解しなくて構わない。もう一人は女奴隷で一四歳のカフカス人である。ターナから送られてくる女奴隷は決まって、野生の小動物のように身体が汚れている。しかし、肉づきはよく、生まれつき健康そうだ。しきたりに従って裸にして検査をした。幼過ぎて知恵も回らないようなので、利益を生むこの仕事には向いていないようだ。あと数年するとこういう女は悪賢くなるだろう。しかし、ズアネートが言うには、その女は生まれながらの能力に恵まれているらしい。誰がその女の空の頭に珍しい能力を教えこんだのかは定かでない。女奴隷というものはまるで知能と縁がないはずだ」

その女奴隷は、植物、花、空想的な動物、変化に富む結び目文様など、装飾文様の素晴らしい図柄を描くことができるという。図柄を織りこむ下準備の作業に従事していたのかもしれない。しかも、織りこみ模様は、ヴェネツィアでは見たことのない図柄である。この工程を担当する女性たちは、シリア風の模様、アラベスク模様など同じ繰り返しに飽きて、やる気をなくしている。女性たちには新しい刺激が必要だとすると、この女奴隷は掘り出し物かもしれない。

そこまでだ。サン・ザニーポロ聖堂の鐘が第四時〔午後一〇時〕を打つ。私に許された時間が終わる。閣下は退屈したような表情で、椅子から立ち上がることなく優しいそぶりで私に退出を促した。広間を出て私が階段を降りようとすると、使用人があわてて私の案内に駆けつける。閣下は「裏の小路に誰もいないか、よく見てから、早く通用口に案内するように」と、その使用人を怒鳴りつけた。そういう扱いになるのか。

麻縄街《フォンダメンテ・デ・ラ・ターナ》の家に走って帰る。サン・ビアージョ橋、カデーネ橋の上を飛ぶような勢いで過ぎた。工房の再開である。すべてを準備しなければならない。ズアネートが来るのは明日だ。

翌朝、使いを遣って、トマソ親方とベンヴェニューダを呼び寄せる。二人とも私と同年代だが、身体の動きは少し鈍い。働くには不自由を感じているだろう。腕の力は弱くなり、指の器用さも失われた。しかし、若い職人を教えることはできるので助けになる。トマソには借金を持ち出して脅しをかける必要はなさそうだ。トマソは二つ返事で引き受けた。ベンヴェニューダは、私が「金をあちらこちらに運ぶ手間はかからないし、地上階の金箔道具一式を使って、ここでみな一緒に働かないか。『金で儲けた』ルチアと働いたときと同じで、契約書類は作らずに」と言うと、にやりと笑って承諾した。

キアーラと二人の機織り女とともに、われわれは地上階の工房を整理し、清掃した。家を移してから利用していなかったので、汚れていたのである。工房は大小二つの場所からなる。大きい作業場はカッレ・バッサという暗い小路《キアッセット》に開く入口に近い。その作業場のうしろにあるもう一つの作業場は少々狭く、暖炉があり、炉の燃料として使う木と炭が置いてある。この小さい作業場の出入り口はサン・ジェローラモ運河に面している。この小さい作業場からは、狭い急な階段が二階の居室に通じているので、麻縄街に出ることなく居室を往復できる。

収納庫から昔の道具類を取り出してみた。うまく隠して、パスクアの「鋭い爪」につかまれなかった道具である。鉄床《かなとこ》、ハンマー、やっとこ、ペンチ、鋳型、洗浄台、乾燥台、秤、小秤、羊皮紙と紙の巻棒などである。トマソとベンヴェニューダは目を輝かせ、道具を一つ一つ手に取って、金と銀の精錬と細工に取り組んだ若き自分たちを思い出していた。私は奥の小さい作業場に行き、秘密の炉で使う設備と道具を確認する。竈《かまど》、ペンチ、鉄盥《かなだらい》、桶、大鍋、テラコッタの壺などである。すべての金属道具は、錆びを落として磨き、水洗いをして、端布で拭き、街路に出して日にあてて乾かす。何人かの物乞いや浮浪児が好奇の目で集まってくる。ここ、ヴェネツィアでは、野次馬に慣れるしかない。何事も秘密ですることは難しい。あたかも、潮の満ち引きで海水に洗われ、古い堤防に無数の小さな穴が開いて水が出入りするようなものだ。人々の生活や他人の噂話は堤防の小さな穴を通って行き交い、匂いや声やざわめきが混ざり合う。

＊＊＊

大市場《メルカート・グランデ》の日〔木曜日〕の朝である。

運がいい。ズアネートが小舟でわれわれの家に近づいてきたとき、街路には誰もいなかった。人目に触れずに奴隷たちを降ろし、慎重の上にも慎重を重ねて、重い革袋の受け渡しが済んだ。工房では奴隷たちが働いているようだ、という噂は広まらないほうがいい。「あそこで金箔工房が再開されるらしい」という話は、たぶん町をうろつく子供たちが言い触らして、すでに各街区のみなが知っているだろう。だが、十人委員会に匿名告訴をする者が現れると困る。すでに長いあいだ、貴金属を扱うこの業種は国家経済にとって重要であり、そこで奴隷を使うことは悪質かつ危険な行為であると考えられてきた。この業種で奴隷を使うことは、ヴェネツィアからその生命線を奪うことになるというのだ。奴隷たちはつねに自由になりたいと思い、貴金属の技術を身につけた奴隷がたまたまヴェネツィアからうまく脱走し、ほかの土地にその技術を伝える恐れがある。技術を身につけた奴隷が外国人に売られる可能性もある。なによりも、工房の奥の部屋で何がなされているか、誰にも知られてはならない。そこには非合法の炉があるのだ。

大きな作業場に入り、背後で扉をきっちりと閉める。ズアネートは何も言わずに私に革袋を渡し、私は開かずにそれを受け取る。中の金は一人になってから数えよう。ズアネートが奴隷の名を言う。

「背が高く大柄な男はゾルツィ。二〇歳のアブハシア人だ。誰が旦那《バロン》で、自分が何をすべきなのか、何度か鞭を打ってわからせるまで、鎖を着けたままにしておくほうがいい。見てのとおり筋骨隆々で、働かせるにはもってこいの奴隷だが、何も喋らない。こっちの言うこともほとんど通じない。もう一人はカテリーナ。けっして逃げようとしない奴隷なので、鎖を着ける必要はない。いいつけをよく守り、従順でいい性格の女だ。こいつもほとんど喋らない。ときに何か言うことがあっても、カフカス人なのでこっちは何を言っているのかわからない。しかし、馬鹿なのろま女《インセンピアーダ》じゃない。いつもしっかりして気の利く女だ。言ったことはすぐわかる。こいつには生まれつきの才能がある。素晴らしい絵を描くことができる」と言いながら、ズアネートは数枚の紙を見せた。まさに信じられない絵である。

「コンスタンティノポリスでは、女奴隷という束縛はあっても、その限りでとても元気だった。だが、ここに運ばれてきてからというもの、いつも悲しそうで、まったく口を開かない。何を思っているんだか。ほかの女奴隷たちと一緒に働くのが楽しいのかもしれないな。女主人となって、家事も機織りもやる必要がないキアーラに監督してもらうのがいいかもしれない」

これだけ言うと、ズアネートは、急ぎの用事でもあるのか、舟に乗ってすぐに戻っていった。ゾルツィには、鉄床のうしろ、部屋の隅の藁袋が寝場所であることをわからせる。サラミを挟んだパンが昼食だ。部屋に鍵をかけ、カテリーナを従えて階段を上る。

階段に足を掛ける前に、私は振り返り、はじめてその女のようすを確認した。同じ年頃の娘としては背が高い。長いスカートに隠されているが、底の厚い木靴を履いているのだろうか。わきの下に、粗末な身の回りの品をくるんだ包みを抱えている。冬に備えて裏生地少々と毛糸の靴下、綿のタオルなどだが、それは女奴隷の所持品ではない。女奴隷は自分で自分を所有していない。その身体はその女以外の人物の所有だ。所有物である女奴隷をどうしようと、それは所有者の勝手なのである。

この理解を私は好ましいと感じたことがない。だが、私がフィレンツェを出る前から、すでにそういう理解はあたり前とされていた。工房で受け入れた女奴隷に対して私は、「金で儲けた」ルチアと同じ方法をとった。しばらくして自由身分を与え、工房に残る者には給料を支払ったので、さらに熱心に働くようになった。女は男よりも劣った生き物である、ということは理解できない。同時に、自由は最上位の善である。それより上の善を想像することはできない。奴隷制については言うまでもない。それは存在してはならない制度である。人間から自由を剝奪することは、その生命を奪うに等しい。

麻の白いブラウスの上に空色のチュニックを着て腰にベルトを締めてカテリーナが姿を現す。金色に輝く豊かな髪は波打って頭巾からあふれる。しかし、視線をけっして上げず、うつ向いたままだ。とくに問題になることではない。そのうち顔を上げるだろう。私が見たところ、野生そのままの女ではない。動物のように汚れていることもない。ごく普通の少女だ。もしキアーラと、あるいはルーチェとのあいだに娘ができたとして、それがこの少女であったとしても、なんら不思議はない、そういう少女だ。いったい、この粗末な家、絶望の穴蔵にたどり着くまで、少女には何があったのだろうか。カフカス人だとすれば、ターナから来たに違いない。はるか遠くの地、未知の原野との境界からここヴェネツィアまで、しかも、「ターナの小運河《リオ・デ・ラ・ターナ》」と名のつく場所に、長い道のりを運ばれてきたとは。不思議でもあり、冗談のようにも思える。堤防の手前にあるわが家の狭いバルコニーは見晴らしがいい。そこには世界で一番大きい麻縄の工場があり、原料の麻はすべてターナから運ばれてくる。

目の前のカテリーナは洗練された布に仕上げる前の未加工の麻だ。少女はターナからターナまでの旅をしてきた。人生には、こうした悪戯のようなめぐり合わせがしばしば起こるものだ。車輪が回り、新しい場所に来たと思うと、そこはかつて出発した土地なのだ。

＊＊＊

カテリーナは三階すなわち屋根裏の小部屋で寝起きする。すぐ脇にはテラスがあり、洗濯物を干す竿が出ている。家の仕事や洗濯をするには、石造りの急階段を上り下りする。重い木靴で急な石段を踏む音がする。

金箔工房、機織り工房では時間を無駄にできない。数日のうちに多量の金属を準備した。トマソと一緒に骨董店を回る。トマソは銀に関して私よりも鋭い嗅覚をもっている。古い燭台や大きくひび割れた銀盃を手にして、その重さから銀の量を推し量り、売り手と値段の交渉を進める。私は税関を通らず秘かに舟でメストレに直行し、ヘブライ人の友人連中のところに押しかける。彼らは償還不能となった担保物件を保管する倉庫から、役に立ついい品物を取り出し、銀貨を詰めた袋いくつかも提供してくれる。そこで、かのニュルンベルクの商人にも会うことができ、ボヘミアから着いたばかりの鋳塊を横流ししてもらった。リアルトでは、金業者を通じてロマーニアのガレー船から降ろした純金を買い取る。私は壊れた煉瓦と燃料を秘密の炉に集め、調合師の指示で、水銀、硫黄、銅、鉄、鉛、塩類を入れた容器を準備する。時間を稼ぐために、純度の高い金の延べ棒から作業を始める。チメント層を使う精錬の工程を省くことができるのである。

ベンヴェニューダは廃業した工房から上質の絹糸を見つけてきた。しかも、糸巻きに巻いてある。二人の女とカテリーナに糸撚りの巧みな技法と機織りの下準備を教え始めた。金箔ができる前に作業体制が整いそうだ。地上階では、ゾルツィを手伝わせて、炉の修理に数日を要した。準備ができたのでトマソを呼び、ハンマー打ちをゾルツィに教えこむ。ゾルツィの打ちこみは完璧で、まるで、これまでハンマー打ち以外のことは何もやってこなかったかのようだ。ここちよいハンマー打ちのリズムが家の中に響く。このハンマーの上下動は、これからここで長いこと続くはずだ。最初の箔が打ちあがると、すぐに上の階に運ばれる。ベンヴェニューダは、関節炎で不自由な手を必死に動かして、その熟練した技術を女たちに示す。非常に繊細な手先の加減で箔を切り、引き出してそれを絹糸に巻きつける。まるで絹には新たな命と輝きが吹きこまれ、国王の高貴な衣装ができあがるかのようだ。

炉の仕事が一段落した休憩のとき、上の階に上がってみた。かつて、この工房で仕事をしていたときも、こうして階段を上り、女たちの仕事に感嘆の声をあげたものだった。女性の手は何十、何百、何千という絹の繊維を繊細な作業で織りあげていく。そこに注ぎこまれる愛情と忍耐において、われわれ男の不器用な手ではけっしてなしえない、まさに驚嘆すべき技である。

上階に上がった私の目は、カテリーナの手元に吸い寄せられる。二人の女たちがすでに何年もかけて、散々苦労してようやく身につけ始めた技術。それをカテリーナは、またたく間に自分の技にしてしまった。カテリーナの手先は不思議な動きをする。職人として、道具を手にしてこれまで生きてきた私は、人の手の動きを見るだけで、その技術を間違いなく判定できる。この専門能力のおかげで、両替のごまかし、話しながら指を器用に動かして貨幣をだまし取るいかさまを、直感的に見抜いてきた。

だが、カテリーナの手はさらに不思議だ。手は全体にほっそりとして、指はリュート奏者のように長くしなやかだ。肌は絹のようになめらかで、わずかに日焼けしている。ヴェネツィアの婦人たちの青白い肌とはまるで違う。しかも、細い指の力は強く、跳ねるように素早く動く。たんに紡錘を回し、糸かせ機を動かすそれだけの動作ではなく、あたかも剣を抜く一瞬、弓に矢をつがえる瞬間を経験してきたかのような動きである。彼女の指は糸の周囲を軽々と動き、輝く金箔を糸に巻きつけていく。金箔はわずかに開いたカテリーナの唇から出る微かな息で呼び覚まされるかのように見える。カテリーナは金箔を飛ばさないように微妙に息を抑え、ブラウスの襟から見える静かで豊かな波のような胸の動きがその息づかいを伝える。私は扉口に立ち、その穏やかな律動で催眠術にかけられたように、側柱に寄りかかっていた。そのとき、きらりと光るわずかな反射光で私はわれに返る。カテリーナが銀色の指輪を指にはめいているのに気づく。やや汚れて黒ずんでいるが、表面には打ち出し細工で何か刻まれているようだ。いったいなんだろうか。愛しい人を思い出すただ一つの小さな品、もはやけっして帰ることができない故郷、彼女が連れ去られた故郷での愛の証なのか。婚約の指輪、結婚の指輪なのだろうか。まだ少女の若さだが、結婚していたのかもしれない。彼女が失った人物は愛する夫だったのか。丁寧に磨き、新品の輝きを取り戻してやりたいものだ。

「たて糸を掛ける前に、図柄を決めておかないといけない」とベンヴェニューダが説明し、持っている図柄見本を女たちに見せる。昔、自分が織ったブロケード織やダマスク織の端切れである。女たちに紙片と炭棒を配り、テーブルの上に布切れを広げて「さ、模様を写してごらん」と言う。「試しにやさしいのからやるといい。渦巻かアラベスクがいいだろう」二人の女は炭棒をどのように握るかも知らない。一人はすぐに折ってしまい、紙を炭の粉で汚してしまった。もう一人は、手を震わせながらくねくねと何かを描こうとしている。カテリーナはどうするだろうか。扉のうしろから首を伸ばしてそっと見てみる。テーブルの上に屈み、集中している。炭棒を無理に押しつけるのではなく、紙に軽く触れその上を滑るように動く手によって、炭の色をほんのりと感じさせる形が生まれてくる。描線はときに見えないほどに細く、あたかも煙の影が物にそって空間に立ち上るかのようである。カテリーナは、目の前のブロケード織の図柄を写し始めた。だが、一度見るとその模様を覚え、頭の中の図柄にそって炭棒を走らせる。渦の線はつぎつぎと作り出され、つぎからつぎへとからみあって巻きつき、空想的な図柄へと発展する。現実の世界では目にできない豊かな曲線、それは彼女の頭の中だけで生成され、その内なる世界で育まれているようだ。このうえなく美しい矢車菊の輪郭も、その内なる世界が生み出す素描であろう。ベンヴェニューダは魔法にかけられたかのように、その美しい線をじっと見つめ、自身の目が信じられないようだ。私もまったく同じで、これほどの描画は見たことがない。このカテリーナはいったい何者なのか。どこから来たのか。

ベンヴェニューダは長いことカテリーナと話しこんでいた。カテリーナが思い出せる限りで、故郷の古い言葉を使うことを私は許可することにした。それまでカテリーナにはけっして許されなかったことだろう。女奴隷たちが生まれながらの言語を話し合うことは厳しく禁じられていた。女奴隷同士で仲間を作り、力を合わせて主人に損害を与えたり、裏切ったりしないようにするためである。司祭たちは、女奴隷は故郷の野人のような生活と異教の教えのすべてをきれいさっぱり忘れ、キリスト教徒にならなければならないと言い張る。とは言いながら、女奴隷たちは下等な生き物であり、奉仕するための身体のみで生きる人間である、とも主張する。

さて、私は扉のうしろに移動して、そこにずっと立ち続けていた。仕事の出来を確認するためではなく、隠れて女たちを見張るためでもない。ただ、そこから一歩も動けなかったのであった。カテリーナという信じがたい女性に、心から深い感動を覚えた。彼女のことを少しでも多く知りたい。いったい誰なのか。

そのときになって、はじめてカテリーナの声を耳にした。その手と同じく、その声は不思議な響きであった。柔らかい軟音だが、そこに険しい強さを含み、女性の声であると同時に男性の声を感じる。ベンヴェニューダとカテリーナのあいだでは、お互いよくわからない言葉があるようだ。そしてさらに驚いたことに、相手が困っていると感じたカテリーナは、ヴェネツィア語で話し始めたのである。そのヴェネツィア語は、ベンヴェニューダと比べると不正確で、笑いを誘うこともあった。聞きなれないジェノヴァ語が混じることもある。言葉、文章、そして話し方、いずれも単純だが、意味は明瞭で言いたいことはよくわかる。ヴェネツィアに運ばれる前、コンスタンティノポリスでの短い滞在でヴェネツィア語を身につけたのだろうか。年老いた女と若い女、ふたりは単純な言葉を交わしながら話を続けていた

耳にしたのは、にわかに信じがたい波乱の運命であった。詩歌で聞くか、小説で読むか、そうでもしなければとても信じられない出来事が続く。少女の面影を残す若い女が架空の冒険物語のようにそれを無から創作したとは考えられない。そこには一粒の真実が存在するに違いない。そこから空想が広がったのだろうか。その広がりは、この少女が世界をどう考え、われわれをどう見ているのかを示すが、不可思議としか言いようがない。彼女が生まれた世界は、われわれの世界とはまったく異なる。大地が高い山となってそびえ、万年雪に覆われた山々の地、預言者ノアが箱舟で漂着した土地からやって来た、とカテリーナは言う。そういえば、かの壮大な連山はカフカスと呼ばれ、黒海を東で閉じていると本で読んだことがある。では、カテリーナはその地から来たのか。ターナはその海の北の岸、もっとも奥まった地にあって、周囲には何もなく、ヴェネツィアからは少なくとも三か月の航海になることは、みながよく知っている。

さらに、カテリーナはきわめて不思議な物語を話し始めた。ベンヴェニューダでさえ、よくわからないようだ。

「父は騎馬軍団の隊長だったけど、戦いで死んでしまったの。私も父のような戦士になるはずだった。だから男の服装をして、弓と剣で武装して、父と一緒に戦い、一緒に休んだわ。でもフランク人が私を捕まえて、金糸織のヴェールを取り上げてしまったの。それから、大きな赤髪の男が来たわ。男は魔法使いだったけど、いい人だった」

「大きな赤顔の男は私を木でできた大きな怪物のお腹に閉じこめたわ。その魔法使いは怪物と一緒にあちこちに動ける魔法を教えてくれたの。この魔法で、私は金色の丸屋根が見える町に着いたわ。そこで新しいお姉さん、マリアに会ったの。マリアはあれこれ親切に私の面倒を見てくれて、スープを食べさせてくれて、ワインを飲ませてくれた。楽しい気持ちになったわ。そして、主人のヤコモはマリアと私をもう一度木の怪物に閉じこめたの。そして水の上に作られたこの町にやっと着いたの。でもそこで、無理やりマリアから引き離されて、どうしていいかわからなかった。暗い屋敷に閉じこめられ、裸にされて、マリアを連れて行った悪い男が私の身体を触ったの。とても嫌だった。どうしてもマリアを見つけたいの」

ここまで言うと、カテリーナはこらえきれずに泣きだし、ベンヴェニューダにすがって「マリアに会わせて。お願い。なんでもするから」と叫んだ。

ベンヴェニューダはカテリーナの手を取って静かになだめ、頭を優しく胸に引き寄せた。頭巾の紐を緩め、髪をほどいた。カテリーナの髪と肩をさすり、小さな声で語りかける。それは子守歌のような旋律でもあり、二人だけがわかる慰めの歌だったのかもしれない。波打つ金髪をベンヴェニューダの優しい手が撫でる。私が炉で溶融する金に比べ、この金髪の輝きはなんと素晴らしく、美しいのであろうか。カテリーナは泣き止み、放心して身を委ねたままである。年老いた師匠は、屋根裏部屋まで彼女に付き添い、深い眠りに入るまで、そこで見守っていた。部屋を出てきたベンヴェニューダは、そこにいた私が立ち聞きしていたことを知って、私を厳しい目つきで見つめ、何も言わずに自分の場所に引き返した。

工房は順調に稼働している。ここで作るブロケード織は斬新で独特の図柄が評判となり、「カステッロ地区に素晴らしい織物を作る小さな工房があるそうだ」という噂がヴェネツィア市内に広まった。金箔製造をする若者をもう一人雇い、糸紡ぎと生地織りをする女がメストレから来ることになった。この女はカテリーナと同じ部屋に住む。カテリーナは一人寂しく過ごして、不運な身の上と境遇を嘆き心を閉じてしまうより、同居の女がいたほうがいいのではないだろうか。

カテリーナは少し落ち着いてきた。ただ、微笑むようすをまだ見ることはない。ベンヴェニューダ以外には、私にも使用人たちもけっして口を開かない。私には顔を上げて目を合わせることすらしない。

私も落ち着きを取り戻し、妻には大陸領土《テッラフェルマ》に行って息子バスティアンに会って来たらどうか、と水を向けてみる。妻が訪ねることで、私が息子に会って、過ちや罪の赦しを乞う機会ができるのではないかという秘かな期待を抱いた提案ではあるのだが。原因はすべて私にあると息子は思っている。当然のことである。

稼いだ現金は、二階に置いた金庫に鍵をかけて保管している。もはや銀行は信用できない。銀行の内情は知り過ぎるほどわかっている。返済しなければと良心が咎める借金だけを少しずつ返し始めている。過去長年にわたる貸付け証書も保管してある。債務者全員の署名もある。公的な借金、すなわち公債の借用書もすべて保管してある。いつ返済されるのかわからないが、いつかこうした書類が役立つこともあるだろう。仕事の一部に暗い闇がなければ、すべては順調に進むはずだった。週末や祝日に下階の炉で隠れて行う「仕事」である。清廉潔白で高潔と信じられている司法長官、イエローニモ・バドエルのために偽造貨幣を作るという汚れた仕事だ。夜を待って、周囲に目を配りながら、私は運河に面した通用口からズアネートの舟に重い袋を運び出す。一回、二回のことではない。舟は秘密の経路で闇の中を造船廠《アルセナーレ》へと消えていく。イエローニモは造船廠と癒着しているので、衛兵はもちろん、見て見ぬふりだ。最後の輸送で、純度の高い銀貨を詰めた袋が私に渡された。それを壁の窪み《ニッチ》に隠す。私の生涯で唯一の暗い影だ。自由を得るためには、それしかなかった。

＊＊＊

懺悔の火曜日[54]である。今年の謝肉祭《カルネヴァーレ》は騒ぎすぎだった。おそらく、フォスカリ家の子弟の結婚式が興奮の波を強めたのだろう。祭りのばか騒ぎをいつまでも続けるのだという雰囲気が町全体を覆いはじめていた。将来への不安、扉の外で繰り返される大小の戦争、奇襲のように襲いかかる金融の大破綻、共和国の運命を脅かす無数の危機、そうしたあらゆる恐怖を忘れるために、市民は町のすべての富をこの日このときに一気に使い果たそうとするかのようであった。だが、少なくとも私たちの工房では、順調に作業が進み、ここで数日の休みとなる。メストレの女も家族の元に戻った。

キアーラはフリウリから戻らない。私もあえて探さず、連絡が途絶えて数か月もたっただろうか。キアーラから手紙が来た。正確にはキアーラが書いた手紙ではなく、代筆を頼み、末尾に角ばった筆跡でキアーラと署名がある。いったいこれまで何度、私はキアーラを無視し、裏切り、期待させては失望させ、惨めな思いに追いやり、恥辱を強いてきただろうか。そして、ついにキアーラは私がひと言の相談もせずに彼女の貴重で高価な宝飾品すべてを売り払ったことを知ったようだ。だが、私はメストレ〔大陸領土の市街〕にいるヘブライ人の友人にそれを担保として借金し、できるだけ早い時期にすべて買い戻すつもりだった。結婚持参金も借金の返済ですでに消えていた。これらすべては貴族の娘である妻に対して、私がやったことだ。キアーラは、自分に残されたただ一人の大切な人、愛してやまない息子バスティアンの近くで暮らすことを選んだ。手紙には「私たちの」ではなく、「私の」バスティアンとあった。

すぐに返事を書く。誠実な言葉で、偽ることなく書く。この歳になって、私とキアーラのあいだでは、これまで存在したことがない愛を語るのは意味がない。私を責める文章の中で、真実だと認める少しの部分については、一つの言葉だけを書く「許してくれ」。そして、工房の近況を伝え、「どうか、私を信じてほしい」と懇願する。すべて真実だけを書く。かつては無駄話も書いたが、それはしない。「いま小箱には金貨が詰まっている。ほとんどすべての負債は返済を済ましている。工房の活動はさらに盛んになるだろう。それにはご両親パンツィエーラ夫妻からの投資が必要になる。もう一度、最後の可能性を私に与えてほしい。そしてヴェネツィアに帰ってきてくれないだろうか」

　数日前、返信があった。承諾の手紙である。神の前で、キアーラは私の妻であり、死が二人を分かつまでそうあらねばならないと誓ったからだ。帰ってくるのは謝肉祭《カルネヴァーレ》の期間ではないそうだ。地味な衣装しか身につけないので、修道女か喪に服している未亡人のように見えるだろうから、仮面をつけてはしゃぎ回る人々の中にその格好で混ざるのは好まないと書いてある。着くのは明日、灰の水曜日[55]だ。悔恨と罪の償いの日々を始めるには、まさに正しい日である。一人でくるのではなく、私が手紙に書いたことが本当かどうかを確認するために、バスティアンと義兄がついてくる。

　晩禱[56]の時間になった。外気から嵐が近いことを感じる。大きな嵐になりそうだ。風はシロッコ[57]を呼び寄せるように強く吹きまくる。不思議と寒くない。暖かい空気で雪が解け、風で海面が上昇すると、氾濫の恐れがある。水が出ることに備えて、地上階には板で保護柵を作り、小舟はサン・ジローラモ運河に面した通用口にしっかりと固定した。謝肉祭の騒音は遠くから小さく聞こえる。誰かがゴンドラの上で歌っているが、ターナの名をもつこの地区ではそのほかに音を立てる者もいない。私にとって謝肉祭《カルネヴァーレ》は無意味だ。仮面をつけて外に繰り出し、私にいったい何を祝えというのか。

一人で祈りを捧げてから、カテリーナを呼ぶ。カテリーナは簡単な食事の準備をしている。番犬のように下の工房にいるゾルツィにも質素な食事がでる。可哀そうな若者だ。カテリーナは火を掻き立てる。だが寒くはないようだ。毛の重い衣服は着ていない。赤くなった足に靴下も履いていない。スカートが動くと裸足のまま木靴を履いているのがわかる。故郷の生活では雪や氷で遊ぶのに慣れていたのだろう。鍋に柄杓を入れるカテリーナの指に銀色の指輪が光る。そうだ、忘れていたことがある。

カテリーナは私のグラスにワインを注ぎ、鍋から熱い詰め物《トルテッリ》のスープを皿に満たす。トルテッリにはカボチャ、洋梨のピクルスを入れ、高価な香辛料をまぶし、さらに薬問屋から手に入れた胡椒、生姜、ナツメグを加えている。ゾルツィに出す小鉢を準備するため、カテリーナは部屋を出た。入ってくると部屋の隅で黙って自分の食事をする。主人と同じ食卓に着くことは許されないのだ。

そうだ、指輪のことを思い出した。部屋を出入りするカテリーナを呼び止め、「ちょっと見せてごらん」と声をかける。カテリーナはやや困った表情で私を見る。それを外せと私から言われるのを恐れているようだ。少し近づいて、距離を保って左手を伸ばす。かなり汚れていて、何が刻まれているのかは読めない。おそらく何か月ものあいだ、ひょっとすると何年ものあいだ、指から外したことがないのだろう。してあげたいことをわからせるのはひと苦労だった。炉がある下の階に降り、指輪をきれいに磨いてあげよう、と言うのだが。「その指輪がカテリーナにとって大切なものならば、輝きを取り戻してあげよう。何も怖がることはない。指輪を外させて取り上げるようなことは絶対にしない」と苦労して伝え、「私は泥棒ではない」と冗談もつけ加える。「サロモン親方の質屋に指輪を持ちこむようなことはしない」いや、この冗談だけでなく、話したことはカテリーナに通じてないようだ。カテリーナは私からそっと離れ、右手で左手を隠している。怖がっているのだ。

どうしたものか。私はカテリーナがベンヴェニューダに話していた身の上話を思い出した。ある考えが浮かぶ。おとぎ話をするように語りかけるのだ。「私を怖がることはない。私もじつは偉大な魔法使いなのだ。お前を故郷から連れ出した、あの赤髪の大男と同じで、私はすごい魔法を使う。魔術師で、錬金術師でもある。お前は金属が私の命令に従うようすを見ただろう。るつぼから輝いて流れる金属、それらは私の命令で溶かされ、命と熱を与えられてとても幸せなのだ」そう、私の魔術のすべてがそこにある。創造の魔術だ。「その小さな指輪に命をよみがえらせ、輝きを取り戻すこと、それは私にはやさしい魔法なのだ。その指輪に新しい魔法を吹きこむこともすぐにできる。どこかで読んだことがあるが、お前を見えなくする指輪、お前を守る指輪、お前を別の場所に運ぶ指輪、そんな指輪があるという。お前の指輪も魔法の指輪であることはすぐにわかる。もし、お前が望むなら、お前のために、いや、お前だけのために、この魔法を使うことにしよう。秘密にしている魔法の呪文を使って。そうすれば指輪の魔法はもっと強い力を得るだろう」

「わかったわ」カテリーナは私を信じてくれた。黙って私のあとについてくる。ゾルツィには小鉢のほかにフィアスコに入れたワインもやることにして、それらを持って階段を降りていく。ゾルツィは鉄床のうしろでぼんやりとおとなしく食事を待っていた。この少年は気の毒だと思う、と同時に恐れも感じる。背は私より少し高い。少年の頭の中にどのような思いが行き来しているのかは理解できない。魂というもの、彼はそれをもっているのかどうかもわからない。だが、よく働く。金の板の周囲を回りながらハンマーを打ち下ろすその動きは見世物のように素晴らしい。無理な力を入れず、ハンマーの重みで打ち下ろす。私は炉の大きな焚口に火をつける。どこか知らない雪山から降りてきたゾルツィは、この寒さなど感じていないのかもしれないが、広い部屋は少し暖かくなるだろう。

私は箔を刻んで細工する作業台の脇にある長椅子に腰掛けて、「桶に熱湯を入れて持ってきなさい。それと塩を入れた瓶もいる」とカテリーナに言う。塩を桶に入れて溶かす。ここからが難しい。カテリーナに指輪を外させなければならない。カテリーナは手を開き、指輪をずらして指から外そうとする。だがうまくいかない。外れないのだ。「この椅子に座り、私の隣にきなさい」と言う。彼女の左手を取る。反射的に手を引っこめてしまう。しかし、すぐに私の手の中に左手を委ねた。その手は温かく、絹のように滑らかで柔らかい。薬指に麻実油を一滴垂らし、そっと指輪を回し、ゆっくりと外す。まず油を落とし、桶に浸して、少し待つ。カテリーナの目はけっして指輪から離れない。不思議な魔法で指輪が溶けてなくなるのではと恐れているようだ。一方、私は彼女を見ている。その大きく開かれた目を。私ははじめてその瞳が青いことに気づく。ラピスラズリの青、海の深い青、いや、これまで手にした貴重な青い石や宝石、青い顔料、そのどれよりも澄んで、気高く光る瞳だ。

時の流れが止まったかのようだ。塩は金属の汚れを溶かしていく。私はカテリーナの温かい手を取ったままだ。だが、その自覚はない。カテリーナも手を引かず、私がその手を取っていることを意識していないようだ。娘と父親であるかのように。

指輪の洗浄は済んだ。汚れと垢は塩で溶かされて消えている。指輪を取り出し、乾かし、フェルトの布で丁寧に拭く。指輪は美しさと輝きを取り戻す。その表面に何が刻まれているのか。組み文字《モノグラム》とギリシャ文字がはっきりと読み取れる。ここヴェネツィアにいる私は、ギリシャ語のアルファベットぐらいは読める程度の勉強をした。どうやら、aikaterine と読める。そう、「エカテリーナ」、たしかにそう書いてある。ここで、かつてヤコモ・バドエルの指にも似たような指輪を見たことを思い出した。それはヤコモがアレクサンドリアの旅から帰って来たときのことだ。ヤコモは「この指輪は知り合いからもらったものだ。知り合いはモーセの山の麓、シナイの荒野に残る修道院に危険を冒してたどり着いた。その孤絶した修道院には聖女カタリナの遺体が汚れない状態で保存され、巡礼者たちは聖女の聖遺物に触れた祝福の指輪を修道士から受け取るそうだ」と言っていた。そう、これはまさに聖女カタリナの指輪だ。誰がそれをカテリーナに与えたのかはわからない。指輪そのものは金属としてはほとんど価値はない。だが、カテリーナにとってその価値は計り知れないほど大きいに違いない。失ってしまった何か、それを思い出させてくれるたった一つの最後の品なのだろう。それをカテリーナにそっと渡す。感謝の気持ちをこめて私を見つめる。これほどまでに、彼女の顔が輝いたことは見たことがなかった。

組み文字《モノグラム》をさらにはっきりと見えるように手を入れてあげよう。だが、ダイヤモンドをはめた尖筆は二階に置いてきてしまった。腰を上げてそれを取りに行く。カテリーナは指輪をはめなおす。指にはめた指輪を回してみたり、じっと見つめたり、暖炉の火にかざして反射を楽しんだり、幸せな満足感に浸りきっている。長椅子の縁に浅く腰掛け、彼女自身が軽く浮き立つようだ。長いスカートからは軽く動く素足が見える。階段を上る手前で、ゾルツィの視線を感じた。隅にうずくまっているのではなく、頭を起こしカテリーナの足をじっと見つめているようだ。変な目つきで、いい気分ではない。だが、とくに心配することもないだろう。すぐ戻るのだから。

部屋で引き出しを探すが尖筆が見つからず、時間をとってしまった。突然、大きな叫び声がした。物を押さえつけるような音がする。飛ぶように階段を降りる。長椅子が引っくり返されている。野獣のようなゾルツィの身体が、もう一つの身体の上に荒々しく乗りかかり、無理に広げられた両足の間で激しく動いている。下になった身体は、身を守ろうと必死の抵抗をしている。カテリーナの両腕はハンマーを振り上げ打ち下ろす鉄のように硬い腕で押さえつけられ、その口には髪を束ねていた布帯が押しこまれている。髪は藁の上に乱れ、見開かれた目には恐怖があふれている。

間髪を入れずに私はゾルツィの背後に回り、その肩を強く引いて引き離し、不潔な動きを止める。ゾルツィは立ち上がり、声を上げて殴りかかり、私を壁に打ちつける。床に這う私の目は強い衝撃でぼんやりし、頭からは髪を伝って血が滴る。やつが真っ赤に熱した鉄の棒をもって近づいてくる。私を殺す気だ。横に転がって、やつが打ち下ろす最初の一撃をなんとか避けた。恐怖に煽られて手はわけもわからず辺りをまさぐる。手先が何かに触れた。金の板を延ばすハンマーだ。それを力一杯、ゾルツィの頭めがけて投げつける。直撃を受けてゾルツィはのけぞる。静かな瞬間が続く。何も起こらない。炎がパチパチと音をたて、ゾルツィが倒れた辺りから喘ぎが聞こえるが、少しずつ弱くなる。嗚咽がする。カテリーナはそこにいるようだ。壁に打ちつけられた額に触ると、血が手にべっとりとつく。勇気を出して目を開ける。

鉄床は血で覆われ、砕けた頭骨と脳の一部が飛び散っている。ゾルツィは鉄床で頭を割られて広がる血の海の中に伸びている。どす黒い血がゆっくりと流れる。溶融された金の流れのようだ。水銀よりも流れは遅い。痛みをこらえてゆっくりと首を回し、鉄床の脇に目をやる。藁の上に裸のカテリーナがいる。ブラウスとチュニックは引き裂かれ、胸もあらわになっている。開いたままの足は小刻みに震えている。頭をうしろにそらせ、目を閉じたまま、泣きじゃくっている。よかった。生きている。這って彼女に近づく。できるだけ体を覆うように、破れた衣服を引き寄せてから、震える手を強く握りしめ、小さく声をかける。恐怖で凍りついた娘に父親が語りかけるように。「大丈夫だ。もう終わったよ」口から帯布を取り出し、深く息をさせる。嗚咽は収まっていくようだ。深い傷を受けた動物を思わせる目はやっと開かれ、私を見つめる。もう大丈夫だ。

考えることなく、すぐに行動に移る。悪夢なのか。いや現実だ。気が動転している。長く生きていれば、さまざまな罪で汚れることもある。だが、ゾルツィのような野人であるとはいえ、生きる人間の命を奪ったのはこれが初めてだった。古い絨毯で遺体を包み、両端を縛って舟の上に引き上げる。目に見える範囲の血はすべて洗い流し、チメントの粉を上に掛ける。壁龕を作ったために薄くなっている壁を壊し、中から袋詰めの金貨を引き出す。上の階へ駆け上がり、引き出しの中からすべてを取り出して背負い袋に詰める。おそらく短剣も必要になるだろう。フード付きの厚手のマントを二着、毛の毛布、カテリーナの身の回りの品、自分用のショートブーツ一足、これは少し大きいが構わない。カテリーナに水を少し飲ませ、靴下を履かせ、靴を履かせ、舟に乗せる。満ち潮で、強い風だ。漕ぐ必要はなく、目に見えぬ手が舟をサン・ジローラモ運河へ押してくれるかのようだ。ヴェルジニ運河で向きを変えようとするとき、わが家に近づく光を見たような気がする。男たちがランタンと槍を掲げて走っている。祝祭の仮装ではないし、夜警の巡視でもないだろう。私のことで来たのか。なぜ、それほど早く事件が起こったことを知ったのか。もちろん引き返さない。

　サン・ピエロ・ディ・カステッロ聖堂[58]の前に来ると、右からの強風にあおられ、舟はすぐにムラーノに向かう潟《ラグーナ》へと流された。櫂を使って、波と潮の流れに逆らわなければならない。そのままでは外海に流され、のみこまれてしまうだろう。造船廠の壁に舟を着けられれば少し避難できるので、そうしようと頑張って漕ぐ。頭は割れそうに痛い。カテリーナは身を縮めたまま、恐怖で袋にしがみついている。耳をつんざくような雷鳴が頭上で響く、その瞬間、私はゾルツィの遺体を波立つ海に滑り落とした。それをのみこむ波は、地獄へ私も道連れにしようとする鉤爪のようだ。しかし、荒い波がのみこんだのは私ではなく、一対の櫂だった。ここで終わりか。漂流するしかない。高い波はそのうち私たちをのみこんでしまうだろう。空と海の間に閃光の火炎を放ち、世界を破滅させる大破局を見ているのだろうか。打ちのめされた私は舟底に座りこんでただ眼を閉じるしかない。その黒い闇の中でカテリーナの手を探す。手を探しあてて強く握る。カテリーナも私の手を強く握る。

突然、衝撃があった。私たちは水に浸かった舟底に重なり合ってたたきつけられた。細長い砂州に乗り上げたのか。カテリーナが叫ぶ。顔を上げると稲妻の光で闇の中に大きな黒い人影が浮かび、こちらに手を差し出している。いや、巨人ではない。壊れた古い風車だ[59]。その向こうに鐘塔の影が見える。教会堂か。いくつかの建物もある。窓が一つ、そこに弱々しい光が灯っている。サンティ・クリストーフォロ・エ・オノーフリオの救貧院ではないか。だとすれば、二人は助かったのかもしれない。そこならば、私のようなあくどい利権屋から足を洗い聖職に就いた修道士がいる。女たらしで知られ、売春斡旋で稼いでいたかつてのロドヴィーコ・ゾルツィだ。彼は名前も心も生活もすべて変え、いまは修道院の奉献聖人の名を受けてクリストーフォロと名乗っている。無償の愛を説き、迷える魂を救うため、罪の重さを肩に背負い、贖罪と安寧の地への旅を求めて伝道した偉大な聖人の名[60]である。すべてに見放されたヴェネツィアの女性が最後に身を寄せるのはその救貧院であった。年老いた者、病気の者、身寄りなく追放された者はそこで最後の救済を受け、生ける人間としての最低限の尊厳を与えられて、安らかに死を迎えるのだ。共和国もこの施設の意義を認め、修道士たちにわずかな助成金を拠出している。娼婦たちの終《つい》の住処によって、ヴェネツィア市内の優雅な街路の美観が保たれるのだ。かつては狭い十字路に佇んでボロをまとい施しを乞う老婆や、汚れた罪深き女たちを目にしたが、いまはその姿は消えている。これが聖クリストフォロスの渡し舟というわけなのか。人間の生の向こう岸、安らかな死の平和な世界へと運ぶ舟。信じる者には、苦しみのない永遠の平和を約束する世界。

カテリーナに手を貸して立ち上がらせ、舟から降ろす。岸辺の茂みの中に袋を隠す。滝のように打ちつける強い雨の中、ずぶ濡れで救貧院をめざす。大きな扉をたたく。上階の小窓から漏れていた明かりが消え、少しして下の覗き窓が開いて明かりが動く。そこにいたのはクリストーフォロその人だった。だが、リアルトで威勢のよかったころと比べ、なんという変わりようだ。すっかり老けこんでいる。顔には皺が広がり、髭は白く長い。澄んだ目は大きく開かれ、落ち着いた心境を映し出している。かつて親しい友であった老修道士は、扉を開けて二人を迎え入れ、私を強く抱きしめる。「夜遅く、この修道院に女子を招き入れることはなんら問題ない。修道院付属の救貧院は、まさにそのために設置されたのだ。ここしか来るところのない女性のために。彼女は救護棟に行くのがいいだろう。穀物倉庫だったたが、修道士たちが作り直した大部屋だ。貧しい女たちのために、広い廊下のような部屋の両側にベッドが並べてある」まだ悪夢でうなされているかのように、カテリーナは黙ってあとについてくる。部屋の入口で女がカテリーナを中に招き入れた。

この真夜中に突然、なぜ若い女を連れ、頭に深い傷を負って、自分を訪ねてきたのか、クリストーフォロは私に何も聞かなかった。私を看護室に連れて行き、簡単に傷の手当てをしてくれる。「傷は頭皮だけで、深く切れている場所はないぞ。よかった」と言いながら、私に無理やり薬草リキュールを一杯飲ませる。かなり強く胆汁のように苦い。これも贖罪の儀式なのだろうか。

クリストーフォロは何も言わずに私をじっと見ている。息もつかせずに矢継ぎ早の詰問を私に浴びせるのではなく、無言の凝視という選択で私はさらに少しばかり落ち着きを取り戻す。生涯すべての破局を順に説明し、その最後に起こった今晩の呪われた出来事と絶望的な逃避について、話さなければならないのは私だ。「私はいま若い男を殺してきた。それで気が動転している。殺すつもりはなかった。自分が犯した罪については、心のすべてを捧げて神に赦しを乞いたい。でも、どうしてもそうせざるをえなかったのだ。男は私の女奴隷を乱暴しようとしていた。彼女が傷つくのは許せない。どこから来たか、どのような暴力や苦しみを受け、それに耐えてきたか、すべて知る由もない可哀そうな女奴隷。どうしていいかわからない。逃げるべきではないのかもしれない。逃げる者は罪に追われるという。だがそれはとっさの行動だった。悪夢のような衝動だった。いまとなっては警備の夜警が私を探しているだろう。警備兵たちは、女奴隷も捜索し始めるに違いない。もし捉えられたら、ひどい仕打ちが待っている。犯してもいない罪を白状させるため、拷問にかけるだろう。可哀そうな娘よ。すべて私のせいだ」年老いてなお強靭なドナート、つまり私は、堰を切ったように突然泣き崩れた。人生で多くの罪を目撃し、善悪のすべてを知り、経験してきた男、ドナート。クリストーフォロは私の肩に手を掛け、何も言わず静かに微笑んだ。おそらくいつもこの微笑みを忘れないのだろう。そして、「神に感謝の祈りを捧げよう。二人を大きな危険から救ってくださった神様に。そして休むといい。罪を清めようと、夜通しあちらこちら動き回るのはよくない。明日は朝早く目が覚めるだろう。修道士たち、告解者たちと一緒に教会堂に行き、灰の水曜日の儀式に参列しようではないか」と言ってくれた。私はその晩、看護室に残ってベッドに横になり、マントに身をくるみ、しばらくして眠りにつくことができた。夢も見ずに深い眠りに落ちた。

＊＊＊

潟《ラグーナ》は静けさをとり戻し、その上に日が昇る。嵐は過ぎ去った。

頭に灰を振りかけてもらい[61]、教会堂から出る。カテリーナは回廊を歩いている。クリストーフォロは私を彼女から離して円柱の間に座らせる。話すことがあるようだ。罪の赦しの定型文をラテン語で私に言う。

「エゴ・テ・アプソルヴォ（われ、汝の罪を赦す）」[62]続けて、「昨晩、君は告解をしたと言える。整然とした完全な話だった。かくも誠心誠意、罪を認め、悔悟の気持ちを告白する君を見たことがない」さらに「私は以前からこの救貧院で君を待っていたのだ」と加える。そう、私は何回かそう書かれたカードを彼から受け取っていた。しかし破産で気が滅入り、すっかり意欲をなくしていた私はそれに返信しなかった。クリストーフォロは、いつの日か、神が私をこの小さな島のような場所に導くことを心の中で知っていたのかもしれない。まさに人智を超えた神の思し召しにより、私が殺人者となったその夜に、冥界から呼び覚まされたかのような凄まじい嵐の中で私はここに導かれた。これまで私は多くの犯罪に手を染めてきた。盗み、横領、買収、闇取引、高利貸、詐欺、策略、背信、不正申告、貨幣と金属の偽造、冒瀆の悪態、そして、重大とまではいえないが、暴食と色欲の罪も見逃せない。クリストーフォロは私が犯したこれらすべての罪を知り抜いている。かつての彼は、私よりも罪深い売春斡旋業者ロドヴィーコであったのだから。

クリストーフォロはこれを話そうとしたのではない。「君はカステッレットにいたルーチェという名の娼婦を覚えているか」と聞く。「ああ、よく知っている」と私。「じつはかつて私もルーチェの元に何度も通い、よく知っているのだ」とクリストーフォロ。「君がピオンビ監獄に収監されてしまうと、ルーチェは絶望して客を一人も取らなくなった。ロドヴィーコ時代の私も相手にしてくれない。君、ドナートに対して貞節を守り、その帰りを待っていたのだ。だが、数か月ののち、私自身が収監されてしまった。君より長く厳しい収監だった。それ以降、ルーチェの消息は杳《よう》として知れない。出所したとき、年老いたロドヴィーコは世を去り、娼婦と縁のないクリストーフォロとなっていたのだから」

「生まれ変わった私は強い情熱をもって慈愛の活動に献身し、それを知った修道院長シモネットは私をこの棄てられし民の救貧院での奉仕を命じた。着任してまもなく、院長は私を呼び出し、幾重にも折り畳まれた紙片を手渡した」そう言いながら、しわくちゃになり、黄ばんだ折り紙をクリストーフォロが差し出す。折り畳まれた紙を広げるクリストーフォロの手から私の手に一つの指輪が転がった。

紙に書かれた文字を読むのは怖かった。私を狼狽させ、動転させる文がある、と予感する。文字は震えるような線で、あちこちで文法の誤りがある。明らかにルーチェの手書きだ。「この紙と指輪を添えてこの子を布に包みます。どうぞ、ポリッセーナという名で洗礼をお与えください。この子が神様の慈愛に守られますように。もし神様がこの指輪を頼りに父親を見つけてくださるなら、どうぞその父親の愛を受けられますように」

そう、この指輪だ。私がルーチェを知ったときに与えたあの指輪。大きな偽のダイヤモンドをはめこんだ指輪。ポリッセーナ[63]は、『高名なる女性たちの物語』[64]に出てくる多くの古代のヒロインの名の一つだ。ポリッセーナは愛ゆえにアキレウスをも死にいたらしめる。ルーチェはそれを読み聞かせてほしいと私にいつもせがんだ。ポリッセーナは私の娘だ。ああ、私は何も知らずにここまで生きてきた。

長い沈黙があった。クリストーフォロが口を開く。「少女はいま、ルーチェが望んだように洗礼を受けてこの救貧院にいる。修道院で成長した。会ってみてはどうだろう」

私の長い沈黙を承諾と理解して、クリストーフォロは回廊の奥にいる修道士に合図を送った。その修道士はそこでずっと待っていたようだ。六歳ぐらいの女の子の手を引いて、こちらに歩いてくる。長く黒い髪で、ルーチェに似た大きな目をしている。涙と震えが止まらない。立つことすらままならない。

「ドナート。君の娘だ」クリストーフォロはそう言って、少女の小さな手を私の手に重ねた。私はしっかりと握りしめる。強過ぎて痛くないように。少女は目を上げ、じっと私を見つめている。「背が高くがっしりしたこの男の人、皺があって、髪はぜんぶ白髪で、玉葱を切ったときみたいに目に涙があふれているこの人、この人が本当に、会ったこともない私のパパなの？」と心の中で問いかけているのだろう。
クリストーフォロは独り言をつぶやくかのように、私にだけ届く低い声で、「いま、君が置かれている状況はとても悪い。ここにも残れないし、ヴェネツィア市中にも戻れない。どこかに逃げる必要がある。ポリッセーナはここで安全に暮らせる。娘がここにいることを知れば、いまのところ十分だろう。娘のために祈るのだ。ポリッセーナも君のために祈るだろう。どこにいようと、これが神の御前《みまえ》で大切なことだ。あとのことは神の御心と修道士たちに任せるといい。成長したらポリッセーナはこの救貧院で働き、少しの持参金をもって正直な職人と結婚することもできるだろう」と言った。少女ポリッセーナと救貧院のために、私自身、遠くから少しばかりの援助を送れるだろう。憐憫の情を施してくださった神は、多くの罪を赦してくださったのだろうか。

回廊の向かい側から大きな叫び声がした。カテリーナの声だ。二人の修道士が走り出す。私も娘の手を引いて、急いでそのあとを追う。床にひざまずいて泣き叫ぶカテリーナがそこにいる。哀れな女の一人の手を取り、慟哭《どうこく》は止まない。女は息絶え絶えで担架に乗せられ、憐みの情をこめて粗末ではあるが修道服に着替えさせてもらい、骨ばかりに痩せて震える手にロザリオを握っている。最後の秘蹟を受けるため、担架に乗せられていくようだ。年老いた娼婦には見えない。熱で衰弱しきっているとはいえ、まだ若く、背も高い。おそらく二〇歳前後だろう。黒い髪のようだが、酷い刑罰を受けたのか頭はほぼ丸刈りに近く刈り上げられている。頬のこけた顔は、火傷と焼き印の傷跡で膨れ上がっている。カテリーナは女の名を叫び続ける。「マリア、マリア」さらに、意味のわからない言葉をひと言、ふた言、絶叫する。マリアと呼ばれた女は目を閉じたまま、叫び声に反応し少し震えたようだ。そして、動きは止まった。

私のうしろに立つクリストーフォロは、知る限りの事情を話してくれた。「造船廠の堤防に近い潟で、漁師が裸で浮いている女を発見した。まだ息があったので、漁師は女をここに運んだが、すでに虫の息でなすすべがなかった。その後も意識を取り戻すことがなく、目も開けることがない彼女を女たちは必死に介抱した。しかし具合は悪くなる一方だった。私は市内のほかの修道士から、その女のようすを聞き出そうとした」クリストーフォロによると、修道士たちは口ごもりながら、「マリアという名のロシア人の女奴隷が、ガレー船の漕ぎ手の性の相手として、無理やり造船廠に連れこまれた。マリアはそれを拒み、強く抵抗し、自分を守るために、手に持っていたナイフで造船廠のお偉方一人を刺してしまった」と言っていた。「刺されたのは上院議員だそうだが、その名はわからない。刺された男は仕返しのため、マリアをこのような見も無残な姿に貶めたのだ。ドナート、おぞましく凌辱され、同じような惨めな境遇の女たちが、どれほどの数でこの救貧院に運びこまれているか、君は想像がつかないだろう。ただ、少なくともここにたどり着ければ、女たちは深い苦しみの世界から出て、心の平和と永遠の自由を得ることができるのだ」

そう言って、クリストーフォロは、島の奥にある小さな墓地に並ぶ糸杉を静かに指さした。人間の生は旅立ちへと向かう、短いひと時に過ぎないのだ。

新しい二本の櫂を静かな潟の水面に入れ、私は勢いよく漕ぎ出した。昨夜の大嵐の雲は、雪を頂く遠くの山々の上をゆっくりと去っていく。爽やかで清々しい大気、澄みきった空には、希望が満ちている。クリストーフォロが言うように、舟は救済に向けて進むのだろうか。一人は苦悩と罪を、もう一人は嘆きと悲しみを抱いて、身じろぎもしない。脇には貨幣を詰めた袋。そしてカテリーナがいる。

昨日は忘れることのできない長い一日だった。ポリッセーナを強く抱きしめた。どうしても離れたくないという気持ちがたかぶる。父との出会い、娘はそれをこれからもずっと覚えていてくれるだろうか。私はこのときをけっして忘れない。娘との出会いは先の見えない日々で行く先を照らし、私を導く光となるだろうか。もし神のご加護が受けられるなら、いつの日かまた娘を抱きしめることが叶うだろう。そして私たちの未来、その旅に神の恵みあれと祈るクリストーフォロの祝福を、カテリーナとともに敬虔な気持ちで受けた。二人にとってかくも不確実なのは現在だけではない。今後の旅と生すべては先の見えない霧の中なのだ。

　マリアの担架からなんとかカテリーナを引き離した。カテリーナがベンヴェニューダに話していたとりとめのない話がいまになって思い出される。それをつなぎあわせることで、マリアが誰で、氏名不詳の上院議員が誰であったのか、私はようやく理解した。途切れ途切れの話がつながる。カテリーナとマリア、二人の女性は暴力的に人生を壊され、自由を奪われた。そしてそのときから、哀れな二人がいままで生き抜いてきた悲劇の果てしなき広さと全容がはっきりしてきたのである。ああ、もし金箔作りのハンマーを彼らに、名前を伏せた卑怯な上院議員に振り下ろすことができたら。だが、これは善きクリストーフォロと善なる神が許さない復讐という行為になるのか。

　カンポアルトの島[65]の沖を迂回する。小規模の駐屯部隊がいる島だ。サン・ジュリアーノ島とマルゲーラの塔も遠回りする。孤塁[66]と税関の巡回警備を避け、メストレに向かう近道、グラデニーガの堀割も通らないようにする。パッソ・ディ・カンポアルト[67]の近くで接岸し、酔ったように私に寄りかかったままぐったりとしているカテリーナを陸に引き上げる。猟場の警備員や樵《きこり》に出会わぬよう、あたりに注意しながら、ポプラと樺の木の林を歩いて抜ける。まもなくメストレの家並みが見え、ヘブライ人が住む集落に入り、友人モイーゼの家をめざす。彼は算数を教えてくれたゾルツィ先生の親戚で、先生に金を貸したことがあった。私は彼に少しの借りがあるが、私に負う彼の借りはそれよりはるかに大きい。何度も彼の命の危機や財産の危機を助けたのはほかならぬ私なのだ。

突然私に会って彼は驚いている。しかも、こういう不思議な状況で、さらにカテリーナを連れているのだ。だが問いただすことなく私たちを招き入れてくれた。私がヴェネツィア市中から逃走し、ここに来るのは初めてのことではない。私にはある種の信頼を置いており、一度は逃げてくるが、ほとぼりが冷めると引き返すことをモイーゼは知っている。「お前さんになんとしても頼まなくてはいけない一生の願いがある。頼れるのはお前さんだけだ。仲間のキリスト教徒たちは、カインの末裔で信じられない。じつは貨幣を詰めこんだ大きな袋がある。それをお前さんに預けたい。ヘブライ人銀行の個人的なルートで、私の金として、内輪の金として預かってほしい。フィレンツェで引き出せるように、お前さんの署名入り書簡と両替証書を発行してほしい」モイーゼの親方は「寛大にも」これをすべて引き受けてくれた。いや、当然のことなのだ。

偽造ではない貨幣と良質の銀塊、喉から手が出るほどそれらに飢えていたモイーゼには、私の頼みを断る理由がなかった。それに伴う危険、巻きこまれて迫る危険をあえて受けたのである。説教者たちはキリスト教を信じないユダヤ人に対して非難の声をあげ、ユダヤ人を罰せよと群衆を煽り立てている。ユダヤ人が生きていること自体、息をしていること自体が神への冒瀆だと声を張りあげるのだ。難しいご時世になった。メストレではまだ過激な言動が始まっていないが、ヴェネツィア市中では、ユダヤ人は一回につき二週間以上の滞在は許されず、マントには必ず憎しみを煽る黄色い印をつけなければならない。彼らを棒で打ちのめし、殺したいと思ったときは標的がすぐわかるので、容易に飛びかかることができる。

モイーゼは私の過去を知りつくしていることもあって、今回の頼みの裏に何があるか、容易に想像がつくだろう。貨幣の出どころを聞かないほうがいいこともわきまえている。よし、上首尾だ。取引が成立した以上、長居は無用だ。すぐに出発するのがいい。モイーゼが証書の紙と台帳を持ってくる。私は背負い袋を開ける。モイーゼが渡す小さな鞄に引き出しから取り出しておいた財産、私が正直に働いて稼いだ金貨、借用証書を入れ、残りの金貨をモイーゼに数えさせる。背負い袋に残るのは悪魔の稼ぎといわれても仕方がないうしろめたい金貨で、かなりの額だ。そこから一〇ドゥカートの金貨を取り出し、私の名で「サン・クリストーフォロ・エ・オノーフリオ救貧院気付、聖アウグスティヌス修道会の修道士クリストーフォロ」宛てに送金するようモイーゼに頼む。その理由もそれとなくわかっているようだ。

別れるときだ。モイーゼは、「シャローム」と挨拶し、私を温かく抱きしめる。若い使用人を呼び、運河に停泊している船に案内させる。船はちょうど出発するところだ。その若者と一緒に乗りこんだわれわれ二人は、積み荷の穀物を覆う雨除けの帆布の下に隠れる。水筒とフォカッチャの包みも用意してくれた。船はすぐに動き出し、漕ぎ手の櫂で推力を得て、迷路のような大運河、川、沼沢地を滑るように進む。帆布をかぶり、側舷にあたる水音、櫂が水をたたく音を聞くが、夢の続きを見ているかのようだ。若者が水門の番人や警備員と交わす短い合図の言葉が聞こえる。準備してあるヴェネツィアの酒マンザリアを渡せば、彼らは穀物のような安い商品をわざわざ調べる無駄な仕事はしない。最後の水門を過ぎる。人夫は漕ぎ続ける。若者は帆布を上げて、二人を外に出してくれた。夕日が明るい。ここまでくればもう水門と税関はない。もうすぐ到着である。

接岸し、人夫が荷物を降ろす。若者はわれわれ二人を船から降ろし、彼の家に連れて行った。名をアブラーモといい、父ジュゼッペを紹介する。まだ四〇歳にならないというが、私よりもずっと老けて見える。これまでの人生の苦労が伺われる。何も言わずに握手をするが、手は震えていた。アブラーモはヘブライ人としての家名を知らない。ドイツから来たので周囲の人たちは「ドイツ人」とよんでいるそうだ。恐ろしい死の恐怖からようやく逃れてきたアシュケナージム[68]である。かの地でアブラーモも何かを目にしただろう。しかし、それを思い出そうともせず、またそれについて話そうともしない。彼の苦悩は容易に想像できる。家には二人だけで住んでいるようだ。母親も姉妹もいない。大家族のうち、彼ら二人がかろうじて生き延びたのだろう。アブラーモは革の袋を取り上げ、涙を浮かべて中から羊皮紙を取り出した。二頭の仔鹿と文様を描く枠の中にヘブライ語が書かれている。「母の思い出の品はこれだけです」とアブラーモは言う。ケトゥヴァ、すなわち父との結婚誓約書である。袋は祖父の聖句巾着《テフィリン》で、キリスト教徒の焼き討ちで、ほかの家族が生きたまま家の中で焼かれたとき、かろうじてこのテフィリンを持ち出したのだった。アブラーモの父は、神聖な遺品としてそれをアブラーモに渡し、いつの日かアブラーモがその息子にそれを渡すように命じたという。世代から世代へ、こうしてユダヤ人虐殺《ホロコースト》が忘れ去られることなく語り継がれるのだ。救世主《メシア》が地に降りたち、古代イスラエルを追われた離散民族《ディアスポラ》がソロモンの神殿に集い、世の終わりに救世主に慰めと正義を問う日まで。

「お望みとあれば、どうぞわが家に一晩泊まってください。明日、私が大きな川まで案内しましょう。その大きな川を過ぎれば、もう安全です」アブラーモはそう言いながら、食べるものを用意してくれる。「なぜ、そこまでわれわれを助けてくれるのですか」と私。「あなた方が受けたひどい苦しみから、誰であろうとわれわれキリスト教徒全員を憎んで余りあるのではないですか。われわれキリスト教徒は、イエスの教えとまったく逆の行為を行ってきたのです」アブラーモは穏やかな表情で私を見る。年齢よりも成熟した大人であった。「私たちはすべて同じ人間です。つねに危険に曝され、逃げなければならないでしょう。それを助けるのは正しいことです。私たち父と子も誰かに助けられたのです。キリスト教徒すべてが悪の怪物ではありません。すべての生命は奇跡の結果であり、いかなる犠牲を払ってでも救済されるべきです。生命が失われることは、それとともに、愛情、記憶、個性、慈愛のすべてを含む宇宙の全体が失われるのですから」

＊＊＊

自由に向かう最後の飛翔だ。

グラグラと揺れる馬車はゆっくりと進む。湿地や沼の荒れ果てた風景の中、ポプラの並木が震えながらうしろに流れていく。風は強まり、雲が垂れこめる。大きな川を横切るのは簡単ではなさそうだ。棟の高い木造の家《カソーネ》に着く。脇の岸につながれた舟が見える。大きな水車がある建屋だ。アブラーモは水車小屋の主人で気難しい男と話をつける。その男の若い使用人に平底舟でわれわれを運ばせるということで話がついたようだが、男は「できるだけ急げ。川が増水し始めている。ぐずぐずしていると川を渡れなくなる。おれはヴェネツィア騎兵の一団が岸を警戒しているのを見た。普段はここフェッラーラ[69]の土地にいるはずのない兵士だ。だが、通り道にもなっているので、決まりはない。誰でもやりたい放題だ。岸を行き来している騎兵団は、脱走者か犯罪者を探しているようだったぞ」とぶつぶつ言って、疑り深い目つきでわれわれを見た。

平底舟に飛び乗り、若者が漕ぎ始める。流れに逆らって漕ぐので力がいるようだ。東風が強くなる。昨晩のようにとても強く、舟は押し戻されそうになる。黒ずんだ空に、突然、稲妻が光る。雷が落ちる音が響いたかと思うと、風にあおられた強い雨が斜めにたたきつける。川は猛りくるった牡牛のように荒れ始め、波の高い海のようだ。ほんの少し前まで、手を伸ばせばすぐに届きそうに思えた安全と自由、それを約束する向こう岸は視界から消える。出発したはずの岸は、まだすぐそこにあって、よく見える。風はわれわれの舟を引き戻しているのだ。その岸には騎士団の黒い影が現れ、こちらに何か叫んでいる。一人は手に石弓を構え、カテリーナに狙いをつけている。私は立ちあがり、本能的に自分の身体で彼女を守ろうとした。ヒューという音とともに、鋭い矢先が私の上着と筋肉を引き裂いて飛び去った。衝撃で姿勢を崩した私は舟から倒れこむようにして深い水に落ちた。

身体は冷たい水に巻きこまれる。水は靴下からシャツの中まで入りこみ、何かを叫ぼうと口を開けるが水が入って声は出せない。渦の中で必死にもがくが、手につかめるものは何もない。足を蹴るが、岩の破片や木の幹にあたるばかりで、傷が増えるばかりだ。人の一生は短い夢だ。いまそれが終わりを迎えるのか。

意識を失う直前、罪深き私の魂を聖母マリアに委《ゆだ》ねようとした「イン・オーラ・モルティス・ノストラエ（われわれが死を迎えるそのとき）」[70]、稲妻の閃光で最後に目に入ったのは、私に向って伸ばされた天使の細い手だった。鈍い銀色の指輪の反射が夜の闇に一瞬光った。

1　現在のパラッツォ・グリッティ・バドエル（一四世紀創建）。

2　一三四三年七月二六日に、武装市民が市庁舎（のちのパラッツォ・ヴェッキオ）に押しかけ、「民衆万歳！コムーネと自由万歳」と叫び、アテネ公ゴーティエ（フランス人で、イタリア名グアルティエーリ）・ディ・ブリエンヌ伯をフィレンツェから追放した事件。スティンケ刑務所も襲撃され、政治犯が釈放された。

3　フィレンツェで起きた下級労働者の叛乱、チョンピの乱（一三七八年）をさす。チョンピは梳毛工の蔑称。市民権、参政権もなく、同業組合（アルテ）も作れずに鬱積した不満から騒乱が起こった。

4　下級市民。市民（ポポロ）には、上級（富裕商人、公証人、両替商等）と下級（小規模手工業）の区別が生じ、前者はポポロ・グラッソ（グラッソは「太った、裕福な」の意）、後者はポポロ・ミヌートと呼ばれた。

5　プリオーレは教会においては修道院の長ないし教区の主任司祭、都市政治においては、同業組合（アルテ）を代表する行政委員を意味する。ここでは後者の意味。一三―一五世紀のフィレンツェでは、行政府の高官として二か月の任期で市政にあたった。ゴンファロニエーレは中世末からルネサンスにかけて、イタリア都市国家で、コミュニティ（ときに個々の都市）や集団の代表者・指導者に与えられた政治的な称号。ゴンファローネ（集団の旗）を掲げる旗手が原意。本文では、街区の代表をさす。

6　中世からルネサンスにかけて、フィレンツェの男性上級市民が着用した首が詰まって丈が長い服。高価な布地、ダマスク織で作られ、色彩は黒、赤、濃紫などで袖はない。貴族、医者、裁判官、市政要職者などが着用し、のちに一八歳以上の男性に広く普及した。

7　サンタ・マリア・デル・フィオーレ大聖堂（旧名サンタ・レパラータ聖堂）の北東に位置する地区。大聖堂の改修工事は一二九六年に始まり、一九六一年まで続いた。

8　フィレンツェ市街の東、アルノ川の岸にある中世の城砦。のちにこの地アルバーノ丘陵の名をとって、現在までモンタルバーノの城砦と呼ばれる。

9　一二、一三世紀のフィレンツェの市政に大きくかかわった貴族の家系。一族の女性リザ・デル・ジョコンド（一四七九―一五四二）は「モナ・リザ」のモデルと考えられている。

10　フィレンツェ旧市街中心部のサン・マルティーノ聖堂で活動した慈善会（正式な設置認可は一四四一ないし四二年）。会の運営には十二人の市民があたり、「恥じる貧者（意思に反して貧困に喘ぐ者）」の救済を目的とした。

11　両替を主業務としつつ、一四世紀以降、為替手形の発行で銀行は遠距離商取引に貢献するようになった。

12　第四回十字軍の終了とともにイタリアのコムーネ（都市国家）は教皇派（グエルフィ）と皇帝派（ギベッリーニ）に分かれ、抗争が激化した。フィレンツェでは、抗争に勝利した教皇派の内部が白党、黒党の二つに分かれ、政情は複雑であった。

13　ダンテ・アリギエーリ『神曲』「地獄篇」第七の圏谷に以下の詩文がある。「……それぞれの首から財布がぶら下がっており、……彼らの目はその袋を堪能しているようでした。……さらに視線を移すと、血のように赤い別の財布が見え、バターよりも白い鵞鳥が描かれていました。」これはウブリアーキ家の紋章で、高利貸として知られたチャッポ・ウブリアーキをさす。

14　サン・マルコ広場の鐘塔の五つの鐘のうちの一つ。マランゴーナ（造船廠大工職人の意）の鐘は日に五回鳴り、二回目は職人の始業、終業の合図である。鐘は当時は総督（ドージェ）宮殿にあり、一五六九年に鐘塔に移された。
15　市の中心部サン・ポーロ街区にあるサン・ヤコモ・ディ・リアルト聖堂前の広場。ムーダ（ヴェネツィアの商船団）の装備点検や積み荷の仕分けや整理が行われ、広場に面する歩廊には両替や貸付を行う銀行があった。
16　リアルト橋の東にある小広場。
17　サン・マルコ街区にある広場。サンタンジェロ運河に沿う。
18　錬金術で、卑金属、とくに鉛を金に変える際に用いる触媒のような作用をなすと考えられた石ないし物質で、水銀を原料として生成できると考えられていた。
19　錬金術で、火、空気、水、土の四元素に加え、自然の深奥に秘められたと考えられた神秘的な第五の物質。
20　「灰吹き法」による金ないし銀の製錬と精錬。
21　金ないし銀の純度を高めるために鉛ないし水銀と金・銀との合金を置く骨灰、貝殻粉末で作る層。
22　黒色石英質の鉱石で、金の純度を簡易に鑑定するために用いた。
23　カステッロ街区にある修道院。一三世紀に菜園（ヴィーニャ）の寄進を受けて聖フランチェスコ修道会が開設した。
24　重量の単位。一リッブラは約三〇〇グラム、一オンスは約二八グラム。
25　黒札二枚、赤札一枚を並べて、親が複雑に動かし、賭け子が赤札を当てる賭事。
26　中世・ルネサンス期のヴェネツィアで設置された四十人の裁判官からなる法廷。
27　正式名はサンティ・ジョヴァンニ・エ・パオロ聖堂。カステッロ街区にある。ヴェネツィア居住者にはこの名で親しまれた。
28　第四章の語り手ヤコモの父。
29　一三－一四世紀のヴェネツィアで用いられた小銭。一二分の一ソルドに相当する。
30　ハンガリー王、ドイツ王、ボヘミア王、神聖ローマ帝国皇帝。十字軍を率いたニコポリスの戦い（一三九六年）でオスマン・トルコのバヤジット一世に敗北するが、コンスタンツ宗教会議（一四一四－一八年）を主宰し、教会大分裂を終結させた。
31　ラテン語で「乳房」の意。共和国の成長繁栄を支える資源としての銀交易をさす。

32　ピエトラ・デル・バンドともいわれ、ヴェネツィアの布告の石は、第四回十字軍によりシリアから運ばれた斑岩円柱の一部で、一二五六年以降サン・マルコ聖堂歩廊前に設置されていた。
33　フィレンツェの近隣の都市。
34　アリストテレスの『政治学』『家政論』に関連する記述が見られる。
35　一三世紀にヴェネツィア、トゥールで鋳造された銀貨。
36　ヴェネツィアの北東約六〇キロメートルに位置する都市。フリウリとヴェネツィア共和国の支配域の境界に位置し、一四二〇年からはヴェネツィアの支配下に入った。
37　大司教と枢機卿のあいだに位置する高位聖職位で、とくにローマ、アクイレイア、ヴェネツィア共和国の司教に伝統的に授与される称号。
38　ジョヴァンニ・ボッカッチョ（一三一三―一三七五）の代表作（執筆は一三四九―五一年）。ボッカッチョの監督下で写稿された初期の版のいくつかには、手のこんだ挿絵がボッカッチョ自身によって描かれていた。
39　ベアトリーチェはダンテの恋人、ラウラはペトラルカが愛した女性。
40　トンマーゾ・モチェニーゴ（総督在任一四一四―二三）。商業振興など、内政にも力を入れ、ドゥカーレ宮殿の改修も進めた。
41　『旧約聖書』「詩篇」14―1、53―1に「神を知らぬ者（愚か者）は心に言う。『神などいない』と」とある。
42　フランチェスコ・フォスカリ（一三七三―一四五七　総督在任一四二三―五七）。在任は最長の三四年におよぶが、内政外交両面で絶えず不安定な時代であった。
43　ルーマニア南部、黒海沿岸域のワラキア公国領は「ロマーニア」ともよばれ、この地域をめざしたヴェネツィアの交易商船団（ムーダ）は、「ロマーニア・黒海ムーダ」とよばれた。
44　三本マストの大型帆船。コグ型帆船とも呼ばれる。ヴェネツィア共和国の船団では、ガレー船による軽量かつ高価な物品輸送割合が高かった。これに対し、ジェノヴァ共和国は、より大型のコッカ（コグ型）帆船により、明礬、木綿、ワイン、羊毛など、安価ではあるが多量の輸送に専業化した。
45　穀物の計量単位。トスカーナ地方、中部イタリアでは現在も使用されている。
46　未亡人アントニア、父の最後の妻カテリーナ、ドナートの妻キアーラ、息子セバスティアーノ、そしてドナート自身の五人である。
47　ヴェネツィアの北、サン・クリストーフォロ島（のちに埋め立てによりサン・ミケーレ島に一体化）には、湿地を土地改良して、聖クリストーフォロと聖オノーフリオに奉献された救貧院が建設され、虐待や病気に苦しむ女性や娼婦を受け入れた。施設は荒廃し、放棄されたが、一四二四年に総督フランチェスコ・フォスカリが救貧院再開に着手、聖アウグスティヌス修道会が再建を進めた。同修道会のシモーネ・ダ・カメリーノ（愛称シモネット）が救貧院の再建、再開を担った。
48　イタリア北東部、アクイレイアの西に位置する広大な塩水潟。
49　カステッロ街区、造船廠（アルセナーレ）の近くに位置した作業場街。
50　四月二五日。この日は、ヴェネツィアの守護聖人、聖マルコに祈りを捧げ、薔薇の蕾（ボコロ）を愛する人に手渡す。薔薇は赤が好まれる。
51　中世後期の中部、北部イタリア都市における都市国家政府の最高位。任期は通例六年。
52　『旧約聖書』「創世記」第四章に登場する兄弟。弟アベルは兄カインに殺害される。
53　麻縄市場最古の工場兼住居。一三〇四―二二年頃建設。
54　謝肉祭（カルネヴァーレ）の最終日。灰の水曜日の前日。
55　四旬節の最初の日で、復活祭の四六日前の水曜日。
56　聖務日課で、最後から二番目の祈り。
57　初夏にサハラ砂漠から地中海北岸に向けて吹く強風。イタリアでは南ないし南東風で、地中海の湿気を含んだ高温湿潤風となる。
58　カステッロ街区に位置し、一四五一年から一九世紀初めまでヴェネツィアの司教座聖堂であった。
59　サン・クリストーフォロ島には一四世紀に風車が建設されたが、風害で破壊された。
60　クリストーフォロは「キリストを運ぶ者」の意。小さな男児を背負って急流を渡ろうとするが、男児はどんどん重くなり、やっとのことで渡りきると男児はキリストであった。キリストは人々の罪を背負っていたので、重かったのであった（『黄金伝説』九五章）。
61　灰の水曜日（復活祭の四六日前の水曜日）に、枝の主日で用いた棕櫚を燃やし、その灰を頭ないし額にふりかける典礼。

62 聖トマスアクイナス（一二二四頃－七四）の『神学大全』（III－八四－三）に（「父と子と精霊の御名によって、私はあなた方を赦す」）とある。

63 ギリシャ神話に登場する女性、ポリュクセナ。美貌で知られたトロイアの王女。ポリュクセナを愛したアキレウスは未練を捨てきれず、踵を射られて死んだあと、息子ネオプトレモスの夢に現れてポリュクセナを自分の墓に犠牲として捧げて欲しいと命じる。ポリュクセナはネオプトレモスの手にかかって死ぬ。

64 ボッカッチョのラテン語作品（原題 *De mulieribus claris*, 1361-62）で、一〇六人の女性の伝記を通じて、善と悪、女性の美徳を記す。ポリクセナは三三番目にプリアモスの娘として記される。

65 ヴェネツィア市街と本土の間にある島。砲台が設置されていた。

66 本陣から離れた小規模な城砦。

67 カンポアルトの島の本土側対岸。

68 ユダヤ系の離散民族（ディアスポラ）のうち、中欧、東欧諸地域に離散した人々とその子孫をさす。

69 ヴェネツィアの南に位置する、エステ家が支配した自治都市。

70 アヴェ・マリアの祈禱文の最後の一句。

第7章　ジネーヴラ

フィレンツェ、サンタ・マリア・ノヴェッラ街区[1]
一四四一年六月の朝

籠に盛られた桃を見たとき、私の憂鬱な気分はすぐに消えた。

季節の初物で、引き締まって丸みを帯びた美しい果実は微笑みを浮かべているかのようだ。赤みの濃淡が桃色をより引き立てている。紅の粉でわずかに赤みを添える私の化粧と同じだ。偶然の一致にしては、不思議だ。

明け方、いつもより早く目が覚めてしまい、まだ外は暗かった。この季節最初の桃の実が欲しい。ふとそのとき私の頭に浮かんだことだ。鏡の前に座るのは、髪をばらばらに乱して虚脱したままのマグダレーナ[2]だ。襟をはだけてだらしなくブラウスを着て、顔は昨晩塗った小麦粉と卵白で真っ白のまま。それを新鮮な薔薇水で洗い流す前に、私は鏡の中のぼんやりとした顔を見つめている。一番小さな筆で紅の粉をほんの少しつけたしてみようか。目はどうしたらいいだろう。小じわが目の周りに出てきた。眉毛は太く、色も暗すぎる。

まだ開けていない扉をいきなりたたく音がして、早朝の黙想が途切れた。サンタ・マリア・デル・フィオーレ大聖堂のアンゲルスの鐘[3]も鳴り始めた。少し待ってみる。田舎の物売りが間違えて扉をたたいているのかもしれない。だが何度もたたくことはないはずだ。まだ町の地理に慣れず、寝ぼけ眼でメルカート・ヴェッキオ〔古い市場〕[4]に行く道がわからないこともある。通りをうろつく酔っ払いが門を間違えてたたいたのかもしれない。どちらも、この古くからの中心街区、サンタ・マリア・ノヴェッラ界隈に住む住人がよく経験することだ。なかでもカリマーラ通り[5]から市場の間、毒蛇の旗[6]の地区ではしょっちゅうである。

今日、家にいるのは女たちだけで、トンマーゾとアンドレアの兄弟は奴隷たちを連れて、仕事でムジェッロ[7]に出かけている。屋敷の管理や用心について、じつに千以上の注意をこと細かく指示していった。そのすべては私ジネーヴラにあてた指示だ。というのも、兄たちは「この屋敷の女性の中で、もっとも賢いのはジネーヴラである。したがって、女の使用人たちの働きぶりを監督し、何時に眠るか、朝は何時に起きるかに気を配り、夕方の門扉の戸締りを確認するのはジネーヴラの役目とする。ジネーヴラが起きる前に扉を開けてはならない」と言い張る。「糸巻棒や針といった細々とした仕事ではなく、家の全体、一族全体に目を配って、すべての管理をきちんとこなせるのはジネーヴラしかいない。百年にわたって築いてきたこの家の価値は、もし盗賊が入ると、たった一時間で盗難や損害を被ることになる」というわけである。もう三〇歳になろうとしている私は留守番をするだけの女の子ではない。家の主人である兄弟二人が出かけるときは、どっさりと鍵の束が渡される。

ただ、その細かい指示には、内心少々うんざりしている。「はい」と言うものの、お互い険悪にならぬように、あえて逆らわないだけである。どうせ、兄弟二人が馬に乗って家をあとにしてしまえば、私がこの家の主人になるのだ。とくに書斎には「奥様」の身分で入るのも自由だ。そこは私にとってこの家でもっとも貴重な財宝が置かれている。それは金貨や宝石を入れた金庫ではない。私の祖父トンマーゾ、そして父アントニオが個人的に一冊ずつ丁寧に収集した多くの書籍や写本である。父アントニオは読み書きと計算を教えてくれた。この書斎で私はしばしその秘密の物言わぬ友人たちとの会話を楽しむのである。誰にも知られずに。聖職者たちは、女が書に親しむのはよいことではないと繰り返し説教する。とくに私のように、聖人教父伝やテーバイの伝説[8]よりは、『百の物語』や『詩歌集』を読みたがる女性は好ましくないそうだ。

だが、扉をたたく音は止まない。強くうるさい音だ。仕方なく、悲嘆にくれて髪を乱したマグダレーナのまま階段を降りるしかない。鍵束を抱えた少し不機嫌な聖ペテロ[9]のようだ。屋敷の女性たち、姉、年老いた伯母、義姉、小間使いは全員、安眠という恵みに浸りきっている。一番大きい鍵を錠前に差しこみ、何回か回す。太いかんぬきを外し、門扉をわずかに開ける。と、そこで私は桃を目にしたのだった。狙われているとは気づいていない獲物に猫が用心深く足を伸ばして爪にかけようとするかのように、私は扉の間から腕を伸ばしてみよう。顔には乾いてひび割れた夜の厚塗りを着けたままなので、通りから見られないようにしなければ。だが、目の前に現れたのは、化粧とは縁のない皺だらけの顔、テレンツァーノ[10]の農園で働く年老いた農夫ヌッチョ・デル・グラッタ、通称グルッロ〔まぬけ〕の顔であった。

ヌッチョは六〇歳ぐらいだろう。正確な年齢は誰も知らない。年をとっても、ヌッチョの顔つきや身体つきは変わらないとみながいう。前からある皺は増えるわけではなく、目も変わらず、麻色の髪もやや黄色がかった灰色になったが、相変わらずだ。この容貌では、若い頃はずいぶんと老けて見えただろう。いまや若く見える年寄りだ。子供の頃、丘の上の畑ではじめて会ったときのヌッチョといまのヌッチョは、私の記憶の中ではほとんど違わない。若いときの自分を永遠に保つ秘法を、このヌッチョは見つけ出したのだろうか。いや、これは妬みと冗談だが。若作りの化粧に苦心したり、髪を染めたりと、日々、過ぎ去る時間と懸命に闘う私。気がついたときにはすでに遅いのだ。賢明なる哲学者オウィディウスは「時はすべてを消耗していく。時は美を妬み、老化という歯でそれを少しずつ嚙み、最後に死をもたらす」と言った。

そう、ヌッチョもやはり時の支配を受けている。手足に力が入らなくなり、鍬《くわ》を持って屈むのも、鋤《すき》で耕すのもやっとの作業だ。そこで、新しい小作人、ベルナバ・ディ・ヤコポ・ダ・セッティニャーノは、ヌッチョが街路に近い粗末な小屋で愛犬アルゴとゆっくり暮らせるように取り計らった。アルゴはマレンマ種の牧羊犬で、飼い主同様、年老いていた。ヌッチョとアルゴは小屋に住む代わりに、果物に飢えた旅人やローマへの巡礼者が果樹を盗まないように見張ることになった。また、週に一度は町に降りて、メルカート・ヴェッキオでシルヴェストロ・ディ・フランチェスコに野菜と果物を卸すのも、小屋住まいの条件だった。さて、そのヌッチョがここにいる。いつものようにぼろ着をまとい、紐を締めた革長靴を履いて、驢馬《ろば》が引く荷車の上に乗り、レタスと桃を入れた籠を足元に並べている。

なぜヌッチョはわが家の門をたたいたのだろう。これまで門をたたくことはなかった。荷車を止めずに、誰とも話しこまずに、右も左も見ずにまっすぐ市場に行くのが習慣だった。まるで荷車を引く驢馬のように。ヌッチョはサンタ・クローチェ界隈のいたずら小僧にからかわれたり、果物を盗まれたりしないよう、脇見をするなとベルナバから忠告されていたからである。私もそれをよく知っていた。窓からヌッチョの荷車が通るのを目にして、「ちょっと、ちょっと。中庭でひと休みしないこと?」と声をかけ、青果商の台に並ぶ前に新鮮な野菜を安く売ってもらおうとしたことも何度かあった。だがヌッチョは、この私、ジネーヴラ夫人に、麻色の前髪を垂らして不愛想に軽く頭を下げるだけだった。

ヌッチョは気が動転したように私を見つめる。そうか、夜の厚塗りをしたままの私の奇妙な顔、メドゥーサの蛇の髪にも似たばらばらの髪に驚いているのか。最初、私はそう思った。だが、そうではなかった。家の前で止まり、扉をたたいたのにはわけがあった。農園から私に伝言があったのだ。ヌッチョはそれを私に言わなければならなかった。ところが、伝言という簡単な仕事が問題の始まりだった。ヌッチョ・ディ・グラッタに「グルッロ〔まぬけ〕」というあだ名がついたのは、その障害からである。

普段からヌッチョは話すのが苦手で下手だった。どもりがあり、つっかえて言葉が出ない。二十歳のときからだそうだ。このとき彼はペストにかかり、自分は治ったのだが、若い妻、生まれたばかりの双子、未亡人となっていた彼の母ディアノーラ、これら愛する人すべてが隣でつぎつぎと命を落としていった。ディアノーラは健康で豊かな母乳を誇る乳母として有名だった。ヌッチョも高熱でうなされ、何日も藁袋に伏せたまま、立ち上がることすらままならなかった。もちろん、愛する家族が苦しみながら死んでいくのを見るだけで、何もできない。汚染された農場の一軒家に、あえて近づこうとする者はいない。防護の頭巾をかぶった市の衛生役人が入ってそこで目にしたのは、冷たくなった遺体に囲まれて、熱で震えるヌッチョであった。彼一人だけは生き延びたのである。哀れなヌッチョ、哀れな家族。最悪の疫病は底辺に生きる彼らを狙って攻撃するのだ。恵まれない労働者、貧しい職人、そして奴隷たち、彼らは死神の鎌が頭上に振り下ろされるのを見ないように、休むことなく働きに出なければならない。その一方で貴族たちは、まずは家に閉じこもり、食料とワインをたっぷりと溜めこみ、頭と口をヴェールで覆い、精油の芳香を鼻で吸いこみ、さらに諸室を煙で燻す。そうやって疫病を遠ざけることができる。あるいは郊外の邸宅に移り、高尚で楽しい活動や趣味をしながら、のんびりと時間を潰して死の危険をやり過ごし、疫病の終息を待つのである。

だが、ここでヌッチョが私に伝えようとしていることは、さっぱりわからない。何か重大かつ緊急な状況があるようで、ヌッチョは感情が高ぶって明らかに興奮している。いったい何が起こったというのか。老犬アルゴが死んだのか。ベルナバが妻を棒で殴ったのか。いや、ありうるとすれば妻がベルナバを棒で打ちのめしたのか。そういえば、ベルナバはジローネの居酒屋に行き、サイコロ賭博で賃貸料をすべてすってしまった。いや、違う、違う。ヌッチョはたこで硬くなった両手をいっぱいに広げて、目をむき出して必死の動作で訴えようとする。「テレンツァーノ。テレンツァーノに悪魔。でもよい悪魔。大怪我して、熱があって、死ぬ。金色の髪の天使もいる。奇跡が起こった。大天使ミカエルが現れた」

「早く、すぐにテレンツァーノに行ってくだされ。急いで、いますぐ」必死の訴えである。おおあわてで、それだけ伝えるとヌッチョは驢馬の尻を紐で強くたたき、私に桃を手渡すことなく、市場に向かって荷車を走らせてしまった。残された私は、鵞鳥《がちょう》のように門扉の脇に立つだけだ。

落ち着いてよく考えてみる。まず、使用人の女たちを起こし、家事を命じる。それから鏡の前に座り、大急ぎで厚い化粧を洗うのが先決だ。いったいなんのことなのか。頭をよぎるのは一つのことだけだ。私にとってのテレンツァーノはただ一つ、ドナートだけだ。まさか。戻って来たのか。テレンツァーノに彼がいるというのか。いや、そのはずはない。ドナートは死んだのだから。

わが家の農園には小さな田舎家が一軒ある。隣地はたいそう裕福なフォルティーニ家の土地と、箱作り職人フィリッポ・ナーティの遺産となった小農園である。この小農園はグラッタが耕作し、それをベルナバが引き継いだ。私の父アントニオは、テレンツァーノの農園に行くのがなによりの楽しみだった。市内での雑事や義務、面倒な仕事から解放され、とくに第二の皮膚ともいうべき職階を示す堅苦しい服装を脱ぎ捨てることができるからである。身軽になった父は、上機嫌で農夫と同じ作業着のスカートをはき、野菜畑や果樹園を行き来し、とくにオリーヴ畑での散策を楽しんだ。いい季節になると、家族でそこに行くのは素晴らしい休息の日々となる。燕が飛び始める頃、また草地が花で覆われる季節、木々の枝から落ちる寸前のよく熟した実を収穫する時期、果汁をたっぷりと含んだ葡萄を若い枝から採る収穫のときである。

娘たちにとっても、父と農園に行くのは楽しかった。野菜や果物を収穫する父を手伝うのは嬉しい。農園には自由がある。母が来なければさらに嬉しい。母は娘たちが服を土で汚すのを咎め、鼠や虫に煩わされるのを嫌った。兄たちが来ないのも嬉しい。兄たちはなにかと言い訳をして農園に行きたがらない。仲間と一緒になって、ほかの家族を訪問したり、わが田舎家よりはずっと広く瀟洒な邸宅に招待してもらい、狩りや馬乗り、男らしい趣味に興じるのだ。「職人や女たちが喜ぶような安っぽい遊びにわれわれは首をつっこまない」と言いながら。

私たちは農園で自由になる。これはもっともなことだ。屋敷に閉じこめられずに済む。屋敷を出られないのはあのときからだ。娘たちが女になったと気づいた下女が、はじめての出血で汚れた腰布を持って母の元に走りこむあのとき。そのときを境に、女は家族の名誉ある財産とされ、汚されないように、まるで危険な動物でもあるかのように目を光らせて監視されることになる。身体全体をきっちりと締めつけて隠す服以外は身に着けることが許されず、波打つ髪をいつなんどきといえども人に見せないようにヴェールで束ね、頭巾で隠し続けなければならない。それは罠や網のようなものだと人はいう。もしそれをほどいて豊かな髪を見せるなら、浮かれた愛人は魂を奪われ、さらなる欲望に駆り立てられるという。

だが田舎は違う。暑い日々になると父は自分と同じ服に着替えること許してくれた。ブラウスとペチコートだけになり、町での装いはすべて脱ぎ捨て、解放感を味わう。素足に履くのは軽く低い靴かサンダルだ。その薄い底を通して、新鮮な草の柔らかさ、温かく乾いた大地を素足に感じる。

その夏は気持ちよく、穏やかだった。母や兄たちはしきりと、もう結婚してもいい年頃だと言ったが、私はまだ一七歳だった。よくあるように、仲立ち人や紹介者は、本人がまったく知らないうちにテーブルの上であれこれと夫となる相手を選り分ける。だが私の場合、そうした話はすべて、「ひとまず話を進めてみては？」という最初の一歩の合意に入る前に立ち消えになっていた。女友達も「話がまとまらないのは、あの女自身のせいよ」と意地の悪い噂を私に聞こえるようにわざと広めたりする。そうではなく、計算高いことで有名なわが家の男たちが、結婚持参金を出し惜しみしたこと、それが婚約の妨げになっていると、私は信じて疑わない。しかし、周囲はこの点については差しさわりのない言い方をするか、ほとんど触れない。結局、「あの娘は独立心が強く、なかなか言うことをきかない。すべて自分の頭で納得しないと気が済まない難しい性格だ。夫の希望に素直に従う謙虚で恭順な娘とはいえない」という話がみなの口から口に伝わっていった。しかも不利なことに、私は美人ではなく、背が低く、小太りだった。さらに、それに輪をかけるように、頭がよかった。

気持ちよく、穏やかな夏だった。サン・マルティーノ聖堂[11]の鐘は、アヴェ・マリアの祈りの時[12]を告げ、娘たちは祈りを捧げたあと、近隣の荷馬車屋キアッソにいる女たちと一緒に夕餉の支度を始めていた。香草の葉と玉ネギをみじん切りに刻み、前の晩から水でふやかしておいたエンドウ豆と一緒に鍋に入れてミネストラ〔野菜スープ〕を作るのだ。玉ネギで涙を流したり、笑ったりしながら支度が進む。父、ベルナバ、キアッソは、種まきや収穫の時期、農場管理など、真面目そうな話をしているふりをする。しかし、彼らが女たちの楽しい話題に入りたいと気にしていることは、はたから見てもよくわかる。男が話し合うべき真面目な話をしているようすを見せつけるのに必死なのだ。ヌッチョは煉瓦敷きに薪を用意し、炭火を赤くして肉のローストと腸詰《サルシッチャ》を料理する。狐色に焼いたパンの上に分厚く切ったマルゾリーノ〔トスカーナ地方伝統のチーズ〕をいくつも載せ、それに洋梨《ペーラ》を添えて頬張るのはたまらない。夕日が沈むと辺りは急に暗くなる。アルノ川対岸の遠くの山はすぐに暗い影になる。しかし、オリーヴの木々の間に見える空はまだ明るさを残し、無数の燕が飛び交っている。

私たちが火を囲んでいるとき、ナーティ家の農場のほうから、背の高い人物が近づいてきた。ダブレット[13]を着た上品な姿で、セーム革のアンクル・ブーツを履いている。金髪の紳士は微笑みを浮かべて父に会釈をし、キアッソとベルナバに挨拶をした。そして哀れなヌッチョと抱き合い、目を潤ませ、口ごもって何かを言おうとする。紳士は口を開いた。その言葉には音楽のような不思議なアクセントがある。かつてヴェネツィア語だと私が教えられた言葉だ。

「ヌッチョ、お前は一人になってからモンテ・ベーニの丘で羊の小さな群れを育てているそうだな。アントニオさんの許しを得て、贈り物を持って来たのだが。受け取ってくれれば、ヌッチョも私を忘れないだろうし、私のためにインプルネータの聖母[14]に祈りを捧げてくれるのではないかな」

こう言いながら、紳士は背後に隠していたなにやら大きな包みを前に置いた。ヌッチョはそれを開ける。中には生き物がいた。ふさふさとした白い毛で覆われ、しっぽを振るマレンマ種の牧羊犬だ。ヌッチョは感激して紳士に抱きつき、頬にキスをする。「名前はアルゴだ。もう少し大きくなったら、狼を怖がらないように、スパイク付の首輪《ヴレッカーレ》を用意してやろう」と紳士は続けた。

私は父の隣に座る。妻と二人の息子がいないことで、父は自由を満喫している。ほろ酔い気分の冗談のようなふりをして、父は私の耳元でささやいた。「素晴らしい結婚相手ではないか、この男は。この紳士しかいないのではないか」

紳士はドナート・ディ・フィリッポ・ディ・サルヴェストロ・ナーティである。貧しいフィリッポの息子で、木々の向こうにある小農園の半分を相続する人物だ。ヌッチョのような見すぼらしい男と比べると立派な紳士に見える男から熱い気持ちを示されても、すぐに驚いてはならない。ドナートはヌッチョと母乳を分け合った兄弟だ。乳児のときに、ドナートの父はこの農園にいる心優しい乳母ディアノーラにドナートを託したのだ。ディアノーラはヌッチョの母で、落ち着いたしっかり者だった。ヌッチョとドナート、二人はともに彼女の豊かな乳房を吸って成長したのである。

ドナートはときおり、まるで幽霊か、あるいは空から降りてきたかのように、贈り物を持って突然農園に姿を現し、兄を抱きしめるのだった。新品の鎌、毛皮のつばなし帽、そして今回の贈り物は犬だった。ヌッチョが困らないように、父アントニオかキアッソ宛てに何回か送金したこともある。ペストで家族全員を失うというヌッチョの悲劇を知ったドナートは、知られないよう内緒で送金を繰り返していた。

先の見えないこの陰鬱な時代、ドナートはたった一つだが、賢い選択をしていた。工房職人の慎ましい家族の中で、家業を継ぐという運命にあったフィレンツェから逃げ出し、銀行家としてヴェネツィアで人生を切り開いたことである。ストロッツィ、メディチ、パッツィ、アルベルティといった名家ほどではないかもしれないが、それなりの資産を築いたのだろう。少なくとも、私の父アントニオよりは暮らし向きがいいはずだ。父は、五二歳となってなお、家族七人の食欲を満たさねばならない。市の業務と義務を離れ、地区代表《ゴンファロニエーレ》の役職を終え、市門の監理官と行政委員《プリオーレ》の職も終えて、父が得る課税所得は一年につきたった五四二フィオリーニに過ぎない。

父の父、すなわち私の祖父はずる賢かった。公証人として名を知られたトンマーゾ・デル・レッディート・ディ・フレスコ・ダ・レッチョである。フィレンツェ市庁の外交官を務め、行政委員たちの公証人でもあった。祖父は名うての高利貸で、「犬」というあだ名をつけられたアゴスティーノ・ミッリョレッリの妹と結婚した。アゴスティーノは、借金を払えない貧しい者にはまさに牙をむいて唸るような犬そのものであった。

しかし、高利貸は改心し、強引に巻き上げた金を犠牲者たちに払い戻すという遺言を残した。叔父フランチェスコには三〇〇フィオリーニが返金されたのである。私の二人の叔父は同業組合《アルテ》に登録していた。フランチェスコは羊毛職人として、カルロは寝具職人としての登録である。「ドナートは叔父たちよりも優秀だ」と父は言う。わがフィレンツェ共和国の嘘で固められた民主政治、市民による司法という欺瞞に満ちた制度にきっぱりと見切りをつけて自分に自由を取り戻し、海と世界に開かれた都市、可能性に満ちたヴェネツィアで人生を切り開こうとしたからである。

何年かののち、焚火を前にして父が耳元でささやいた話を思い出して、私は父がそこで何を言おうとしていたのかがわかった。ドナートもまた、祖母すなわち高利貸の「犬」の妹とほぼ似たような血筋を引いていたのである。つまり、私を嫁がせるには、野心的な冒険家にして高利貸である人物、故郷の都市では外国人扱いとなる転出者が最適ではないかということなのだ。

父はいろいろと話すのだが、私はその言葉をほとんど聞き流して、焚火とワインでほてった目で、ただドナートの顔を正面からじっと見つめていた。炎の反射で赤みがさしている。彼もまた私を見て微笑んでいるように思えた。身体を寄せ合って炎の熱を受け、角のように鋭く燃え上がるその炎の中に、痛みを感じることなく身を投じようとしている錯覚を覚える。オデュッセウスとディオメーデース[15]の話のように。そこにあったのは、もう一つ別の炎であった。焼くことなく身体と心を熱くする炎、あるいは凍らせることなく身体と心をすくませる炎だ。背の高い草の中を這う一匹の蛇、それと気づかぬうちに心の中にゆっくりと浸透していく毒薬。われに戻らねばと気づいたときはすでに遅かった。その感覚から自分を守ろうとしたものの、漠然とそう思うだけで実際にはなにもできなかったのである。

どうしてそうしたのかはわからないが、その後の数日、私は家と家族から離れ、農園の境界までオリーヴの木々の間をさ迷い歩いていた。誰も私になにも言わなかった。放心したような私を見た家族は、変わり者で知られた娘から、不道徳な返事をもらいたくなかったのだろう。それはとても暑い日だった。私は小石を洗うように流れる小川の谷間に降りて行った。滑らないよう素足になり、スカートは膝の上にたくし上げる。

ひざまずいて手で水をすくい上げ、飲もうとしたとき、木のうしろに隠れる人の姿が視界の端に入った。たしかに彼である。気づかないふりをして、暑さをしのいで休むかのように、樫《かし》の木陰にある少し盛り上がった草の上に身を横たえた。目は半ば開いて、黒く輝く髪をほどき、深呼吸をして上半身をうしろに倒す。スカートをさらに上げ、足を少し広げる。透ける生地のブラウスを胸まではだけ、なにかを待つ。

この勇気、慎みのない姿態、かつてしたことのない娼婦のような大胆な挑発と誘惑の動作、いったい誰が、あるいはどんな経験が私にそれを教えたのだろうか。愛の神は本当に存在し、私の四肢を解き放ち、望んでいない動き、知らない動きをとらせたのだろうか。一瞬、私は自分の心と身体に宿るすべての不満を忘れた。つぎつぎと嫁いでいく同じ年頃の娘たちのような美しさもなく、男が求める魅力に欠ける私。古い屋敷に引きこもった変わり者。だが一方で、欲望こそが女に真の美しさ、容貌を超えた美を与えると人はいう。男はその真の美しさにあらがうことはできない。その真の美しさは、あるとき、短いあいだだが肉体という花として突然開花し、芳香を放つ。私はそのとき、ドナートが欲しかった。

最初に感じたのは胸の鼓動だけであった。それから小石の上を流れるせせらぎの音、五色鶸《ごしきひわ》の鳴き声、樫の葉が風にそよぐ音、そしてついに草を踏んで歩く音。一歩一歩近づいてくる。もう遊びではない。目を閉じる。眠っているふりをする。エフィジェーニアとチモーネのように[16]。私を見つめる彼を感じ、愛撫を受け入れる。服をすべて脱がせてもらう。彼は耳にそっとささやく。愛し合う二人がこの流れに身を任せ合うこと、それを受け入れようと説き聞かせてでもいるかのようだ。かすかな声で耳に入るその詩は私も知っている。「芳しく、楽しそうに花開く薔薇よ」そして「そなたの唇は震える私に口づけをする」と聞いたときは、もう目を開けるには遅すぎた。彼の唇は私の唇に吸いつき、二人の身体は一つに溶け合った。そしてしばらくして、静かに水が注がれるように、その炎は静かに消えていった。

続く日々、私たちは農園の畑で秘密のうちに逢瀬を重ねた。草の上で陽光を受けて、私たちは愛の行為をした。言葉は交わさない。私はあと先のことをまったく考えなかった。私を受け入れてくれたこと、処女の純潔という重い荷物を取り去って自由にしてくれたこと、家族の名誉のためにする結婚という脅迫を消し去ってくれたこと、これらすべてに私は心から深く感謝していた。私にとっては最初の経験だった。素晴らしい感覚で、後悔の気持ちはまったくない。陽光を受けて解ける雪のようにすべては解け去った。もう守るべき大切なものはなにもない。私もまた、私が選び、私のものになった男を解かした。もし男たちが女の身体を奪いたいというならば、女たちにもまた、男を奪いとる権利があるのだ。いつか私はドナートと結婚する。ほかの男とではなく。

ドナートはヴェネツィアに帰らねばならない。あわただしく別れを告げて出発した。私たちはフィレンツェに戻る。戻ってから、私は生涯で最悪の数か月を過ごすことになった。たんにドナートがいなかったからではない。彼からまったく連絡がなかったからでもない。ドナートの状況をまったく知らずに、彼がどんな男なのかも知ることなく身を任せてしまった私は、なんと愚かだったのか。涙を浮かべ、すっかり元気を失って、告解をするためにサン・マルコ聖堂を訪れた。フラ・アンジェリコの優美な絵画[17]が見られる美しい場所だ。聖人だと噂の高い司祭のもとに行く。司祭は最後に罪の赦しを与えてくれたが、地獄の恐ろしい罰が下るかもしれないと、私を怖がらせた。司祭は、私に事の顚末を詳しく説明するように求めた。最初に何があったのか、私がどのように身体を横たえたのか、見られていると気づきながら眠っているふりをして、身体のどの部分を露出したのかを根掘り葉掘り聞いてから、「あなたは、もっとも邪悪なイヴの罪で汚れています。何も知らぬ男を淫欲という背徳の罪に向けて誘惑し、永劫の責め苦で彼の魂を脅かすことになったからです」と強く叱責する。要するに、すべて私が悪いのだ。そして、明らかに、すべての人間という生き物の罪を背負うイヴのリンゴがもっとも悪いことになる。

　私は罪の赦しを得たが、心安らかになることはなかった。妊娠の心配があった。そして、心配は現実のものとなった。ひと月が過ぎて生理が戻らない。ドナートの子を宿したのだ。それなら、私は幸せを感じてもよさそうだが、この状況では呪われるだけである。母がそれに気づいたら、いったいどのような騒ぎになるだろうか。屋根裏部屋に私を閉じこめて、一族の不名誉がご近所に知られないように隠し通すのだろうか。そして出産である。出産で命を落とす女性は多い。もし生き延びたとしても、乳児はすぐに引き離され、ロッジャ・デル・ビガッロ[18]に運ばれ、無名幼児としてミゼリコルディア会[19]に託されるだろう。そして私自身といえば、最後の縁談が破綻してから、すでに家の外で小声ながら飛びかかっている脅迫は明白な現実となるだろう。「前からわかっていたことだが、あの娘が町を出歩くのは許されない。女子修道院に閉じこめるべきで、罪を償い、主の僕《しもべ》として幸せを得るしか道はないだろう」という脅迫じみた非難である。

　身体の状態をともかく隠さなければならない。いろいろと努力してみた。気分が悪い、頭痛がする、眩暈《めまい》がする、お腹が痛く吐き気がする、そのほかありもしない症状をつけ加えて、どうにかやり過ごそうとした。だが、母はすでに直感で、娘のようすがおかしいことに気づいているような気がする。もっとも大きな悩みは身体のことではない。だれにも頼ることができず、私はまったく一人ぼっちなのだ。話しかける相手もなく、慰めてくれる人もいない。私は修道院に迎えられる運命であり、そうなる道筋をすでにかなり前から歩んでいたのか。孤独の中でそう考えつつ、慈愛に満ちた聖母マリアに祈りを捧げるときだけは、ひとときの安らぎを感じる。

「女性であるマリア様、私たちの母、聖なる女性のあなただけが、新たな命を自らの身体の中に育む一人の若き女の絶望を理解してくださるのでしょうか。その新しい命は、罪を負った命であろうと、同じく神が創りたもうた子なのです。優しく抱擁してくださるよう、わが身をマリア様に委ねます。どうぞ私の罪をお赦しください。偽りではなく、真の愛によって私はその罪を犯しました。私たちの心をすべてお見通しなさるマリア様、それをご存じだと信じます。私の子供が生まれてくれる定めなら、主の意志によってそれがなされ、そのとき私に何が起ころうともそれは主の意志によるものですから、私はそのすべてを受け入れます」

しかし、主の意志は異なっていた。雨が降る一〇月のある日、私は部屋に閉じこもり床に倒れこんで堪えがたい苦痛にさいなまれていた。その激痛は、私の罪、イヴが女性であったという原罪に対する神の罰なのだろうか。女たちが経験する苦痛をほんの一瞬でも世の男たちが経験するなら。その痛みを分かち合ってくれるなら。もしそうできるなら、男たちは私たちをもっと深く理解してくれるだろう。痛みがわずかに薄らいだほんの一瞬、私は目を開き、壁を向いてインプルネータの聖母のイコンを見つめ、その奇跡の衣にすがりつくかのようにして、心の中で誓いを立てた。「もし、マリア様の御手が私を救ってくださるなら、私のような深い絶望と命の危機にさらされ、全能の神さまが私の進む道に遣わされる娘や女性を、私はこれからの生涯を通じて全力で助けます」

突然、下腹部に激しい痙攣が起きた。温かい液体が流れ出し、両の腿が濡れる。衰弱の中で何かを解放した感覚を覚える。残る力を振り絞って叫び声を抑える。叫び声を聞きつけた誰かが駆けつけないようにしなければならない。意識は薄れていく。気がつくと、私は暗赤色の血にまみれていた。床には動かぬ小さな血の塊がある。私が身体の中で育んできた小さな命が血の塊となって失われた。大量の出血で力は尽きてしまい、身体は血の気が失せて青ざめ、計り知れない苦悩で魂は打ち砕かれていた。だが、なんとかして力を出さなければならない。身体を拭き、床を拭く。下着と布もなんとか洗うことができた。誰にも気づかれなかったようだ。

数か月が過ぎた。召し使いを伴って教会堂に行く途中でアロンネに出会った。兄たちがときどきつきあっているユダヤ系の貸し金業者だ。短い道筋なのだが、女奴隷がこの店あの店としばしばよそ見をするちょっとしたあいだをうまく使って、抜けめなく私に話しかけ、手に紙片を滑りこませた。アロンネはドナートの友人で、手紙のやり取りを仲介している。[20]渡された紙片はヴェネツィアからだった。「もし返信なさる場合、どうぞ私の絶対的な忠誠心と献身的奉仕を頼ってください」とアロンネがささやく。アロンネの商館はヴァッケレッチャ通り[21]の突きあたり、金細工工房の看板の近くである。現れたときと同様、彼はすぐに姿を消した。残された私は足の震えが止まらない。召し使いと入った教会堂で行われているミサもまったくうわのそらで、胸の動悸は強く、手には紙片を握りしめたままだ。どこにそれをしまったらいいかもわからない。召し使いには走って家に帰るように命じる。だがいつものように、帰りは店をあちこち覗きながらで、うんざりするほどの時間がかかるはずだ。

ここからドナートとの関係がふたたび始まった。昔の吟遊詩人が歌うように、「遠くにありて美しき愛」である。最初の紙片は手紙といえるものではなかった。ドナートがそれを避けたのだ。その後、蠟で封印され、数字を書きこんだ何枚かの紙片をアロンネが受け取った。アロンネはそれをどのように解釈するか私に教えてくれる。

「書面で私に返信するのは困る。私に伝えたいことを口頭でアロンネに言ってほしい。ジネーヴラ、君の言葉はフィレンツェとヴェネツィアを直接結ぶ配達業者が忠実に私に伝えてくれる。私たちがともに元気で生きていることを知るなら、それで十分だ」とある。中間の伝達人を介してやりとりする少ない文章は、大部分、最後に「あなたに神のご加護を、神が不幸からあなたを守ってくださいますように、神があなたに幸運を用意してくださいますように」などといった挨拶で終わる。そこに少しでも愛の会話があってもいいのだが。

ついに一四二九年の秋、ドナートが帰るという一枚の紙片が届いた。それはクリスマスが近づき、寒い風が吹き始め、私が防寒用の裏地の下に厚い毛の靴下を重ねて履く頃だった。私たち二人は、ついにサンタ・マリア・ノヴェッラ聖堂[22]の中、柱の陰になった隅で再会した。かつて司祭レオナルド・ダーティの説教[23]が響いていたヴォールト天井の下である。そのとき私が思い浮かべていたのは、当時の私のような十人の若者の逃避行、七人の淑女と三人の青年がペストの感染と死から逃れるために避難した姿であった。[24]

あのテレンツァーノの夏の日以来、ドナートに会ってない。話したこともない。あのときの二人の衝動的な行為は、ともによく考えたうえでの理性的なふるまいだったとはとてもいえない。逆だ。理性のひとかけらもなかった。草原で出会い、私たちはすぐに愛の行為に走った。時を惜しむかのように狂おしい愛の耽溺が過ぎ去ると、言葉を交わすことなくお互いその行為に驚くばかりだった。

蠟燭のゆらめく灯で広い堂内は、わずかに明るい。磔刑を描いた巨匠マーゾ[25]〔マザッチョ〕の大きなフレスコ画の下で、私はただ片手を円柱に添えたままたたずんでいる。身廊を歩く聖職者が私たちにとくに注意を払わないようにと、それだけしかできない。不正な取り引きや罪深い密会が行われないように聖職者が堂内を巡回しているのだが、見て見ぬふりで、そうしたことがしばしば行われていることは市民すべてが知っている。

ドナートは私よりかなり背が高い。私は背が低く、以前に比べると少し太ってしまった。頭巾を深くかぶって顔を隠す。憂鬱な孤独にさいなまれ、前よりも醜い女になってしまったのではないかと恐れてしまう。もう、あの小川の谷間で抱かれたエフィジェーニアではないと感じる。

私は沈黙したままだ。流産で子供を失ったことは言わないでおこう。彼もそれを知ることはないだろう。彼は気持ちが高ぶっているのか、途切れ途切れの言葉を小声でささやく。「君を忘れたことはない。君を愛していた。できることならもっと早く戻り、一緒に暮らしたかった」

「だが」とドナートは小声で続ける。「どうしても一つ、言わなければならないことがある。ずっと心の重荷となってきた秘密、それをもう黙っていることはできない。ジネーヴラ、君が心に決めている私との望ましい関係、その決心から君自身を解き放つなら、私はそれを理解しよう。そして、君には自由に生きてほしい」ドナートは何を言いたいのか。この前置きには驚くばかりだった。

「フィレンツェに戻り、手を取り合って君と生活をともにすることはできない。私はすでにヴェネツィアで結婚し、息子が一人いる」背後で世界が崩れ落ちるのを感じた。教会堂の円柱が振動する。ドナートは話を続けるが、私の耳にはもはや言葉一つも入らない。困難な瞬間を迎えるといつもそうなのだが、私は身体の中になにかずっしりと硬いものを感じる。それは大きくなり、強くなり、断固とした決意になる。話をする彼をさえぎり、はっきりとした短い言葉で言う。「この磔刑の絵画の前で、死が二人を分かつまで、私はあなたのものであり、あなたは私のものであります、と誓ったわね。時が経つこと、遠く離れていること、私以外に女が、女たちがいること、みな問題ではないわ。いつの日かドナートは私のもとに戻ってくる。私はここでそれを待つ。それは神さまが望まれることだわ」

こう言って、私はドナートの手を固く握り、すっと歩き出した。振り返ることなく、返事を待つことなく。

母と兄たちからは、良縁となる婚約話が引き続き持ちこまれていた。私はその攻撃をことごとく打ち砕いている。以前からそうなのだが、さらにひどい変わり者、気まぐれ者を無理に装う必要もなくなってきた。凛として自分を失わないようにする。そうすると、近寄ってくる求婚者たちはすぐに尻尾を巻いて退散する。残るのは、母と兄たちの烈火のごとき怒りだ。父は違った。可哀そうな父。ただ一人、私を理解してくれ、愛してくれる父は、あの夏の晩、焚火を前にして急に浮かんだ思いをまだ抱いているのだろう。その思いはすでに現実の一幕となっていたこと、ドナートに心と身体を許し、すでに心の中で秘かに彼と結婚していること、父はもちろんそれをまったく知らない。そう、私は神の御前でドナートと結婚している。神はすべてをお見通しなのだから。いつの日か教会堂に行く機会があれば、司祭は私たちの緊密な結びつきを確認し、祝福を与えること以外はできないだろう。

その後ドナートにはたった一度だけ再会した。十年後、一四三九年のことである。いまから二年前だ。この間、便りはいくつか届いていたが、そのうち届かなくなった。便りがなくても気にはならない。ドナートは私の心にいる。この秘密のおかげで私は気力を保ち、家族の中で生き抜き、自主独立した自分を守ってきた。自分が望まないことを強制されても受け入れない、という独り身の女性の矜持だ。したがって、家の利益のために、知りもしない男性と結婚することはないし、また、強制されて修道女になることは拒む。

哀れな父が世を去った。続いて母も亡くなった。兄たちはもう私を悩ませることもない。逆に彼らは、一族の女性の中で私がもっとも聡明かつ自立心に富むことにようやく気づき、家の切り盛りすべてを私に頼るようになった。農地賃借人との事務、農園の管理など、面倒な仕事も私に任せれば安心できるようだ。彼らが旅で家を空けるとき、各種書状の区分け、委任や受託、貸付金の徴収、大修道院《バディア》[26]にある公証人事務所での手続きまで、すべて私が行う。なかでももっともうんざりするのは、市庁舎《パラッツォ・デッラ・シニョリーア》〔のちのパラッツォ・ヴェッキオ〕と商業裁判所〔パラッツォ・デッラ・メルカタンツィア〕[27]の各部局に関する多様な実務関連の仕事である。納税と資産申告の部局は最悪だった。とにかく忍耐の上にまた忍耐を重ね、辛抱強く粘って、頑固でけち臭い役人を屈服させなければならない。

　私はすべての事務処理を自分のノートに記録している。領収書と受け取り証書もすべて糸を通して綴じる。私は以前に比べてより自由だ。一人で好きなときに外出できる。教会堂に行くなどと外出の言い訳も必要ない。醜聞や噂の種とならないように、非難されて嫌な思いをしないように、私は既婚者か未亡人に扮して外出する。首までを覆う礼装用の長衣《チョッパ》[28]の上に一枚布の暗褐色のケープを頭までかぶり、底が薄く歩きやすいサンダルを履く。厚底のサンダルは履かない。実際の身長よりも背を高く見せるのではなく、歩きやすい快適な履物が好きだ。そのようすから、在俗の第三会の女性会員になった、と思われていたかもしれない。

　家族の世話をするのも私だ。男は家事をしないというおおいなる特権に甘える。家事には進んで取り組む。自由に家事をするのはまんざらでもない。他人からの束縛はなく、私の賢さと高い能力を自分なりに発揮できることは楽しい。アリストテレスが言うように、家は小さな共和国である。[29]その国の支配者は私だ。兄たちは上機嫌になると、私を褒める。「いや素晴らしい、男性のようだ」「男の美徳を備えているね」と言う。二人の男にとっては、これが女性を褒める最上の讃辞になるのだろうか。

　この種の讃辞は黙って受け入れることにする。微笑みを浮かべるが、心の中ではむらむらと怒りがこみあげる。男のようだと思われるため、その粗悪な複製となるために、女はこれらすべての努力をしているとでも言うのだろうか。男を征服することなど、いともたやすいことなのだ。どうにかやりくりして家族の世話をしているのは私だ。彼らではない。もちろん、彼らの妻、小賢しく、愚痴っぽい小姑どもではない。あの女たちは私が選ぶ道をまったく理解しない。なぜ独り身の女を貫くのか、なぜ、夫が妻の自由を奪うために差し出す高価な贈り物、装飾画付きの長櫃、宝石の詰まった象牙細工の小箱などに私が見向きもせず、欲しがらないのかを理解しない。ただ、私を変人だと見なし、怪しんでいるだけだ。それなのに、息子たちの世話は安心して私に任せる。私には子供がいないので、子供が大好きだ。「二人のトニーニ」と呼ばれている、トンマーゾの息子とアンドレアの息子だ。

二人の子供たちは私にとてもよく懐《なつ》いている。二人は私が大好きだ。しかし、それは言うことをなんでも私が聞き入れて、欲しがるものをすぐに与えるからではない。それどころか、私は誰に対しても少々手厳しいのだ。きちんと説明すればちゃんとわかってくれる、ちょっと不思議なジネーヴラ叔母さんのそういうところが二人は好きなのだ。気分のいいとき、ジネーヴラ叔母さんは、自由気ままにいろいろ面白い話をしてくれる。曾祖父トンマーゾ、祖父アントニオが持っていた、謎めいた美しい本の数々を取り上げ、表紙を開いて読んでくれるのだ。人が生きるとはどういうことか、楽しいこと、悲しいこと、悲劇に見舞われること、それらはすべてが真実で、男であろうが女であろうが、貴族であろうが庶民であろうが、そして金持ちであろうが貧乏であろうが、そうした区別なく人の一生の中で起こりうることなのだ。

周囲のみなは、私が信仰に篤い女性には見えないと茶化すことがある。ほかの多くの女のように、信心深く敬虔な女性であるかのようにふるまうことはしないからか。逆にあまり評判がよろしくない聖職者や修道士に対して、必要とあらば言うべきことを言う。甥たちはジネーヴラ叔母さんのそうした態度が好きだった。

また、頭巾を深くかぶってそっと外出する私が、名もつけられずに放置された孤児を収容するミゼリコルディア会に匿名の寄付や施し物を届け、建設が始まった捨て子養育院《オスペダーレ・デッリ・インノチェンティ》[30]に資金を寄せていることに、甥たちはじつは気づいていたのである。毎朝、必ずミサに行くわけではなかったが、寄付は続けていた。天上の神がこの行いを快く受け入れてくれたと信じたい。

一四三九年、ドナートが私の前にふたたび姿を現したとき、その風貌はとても変わっていた。生き生きと長く輝いていた金髪の色は褪せ、ところどころに白い髪が混ざり、頭皮が見えるように薄くなっている。眼窩はやや窪み、かつて髭を丁寧に剃っていた顔には、いまや手入れされていない白い無精髭が生えている。だが、そのほかはすべて彼、かつてのドナートのままだった。背は高く、背筋もまっすぐで、歩調もしっかりしている。六〇になるとは思えない姿だ。だが、ようすがおかしい。私には話したがらない何か不気味なものを恐れ、警戒しているように見える。彼が両替商組合《アルテ・デル・カンビオ》ではなく、彼の父と一族の多くが加わっていた木工職人の同業組合、すなわち箱作り職人で作る下級の同業組合《アルテ・ミノーレ》に登録されていることは、わたしにとって驚きだった。

ヴェネツィアで彼に何が起こったのだろうか。彼の家族、彼の妻には何があったのだろうか。多くの疑問はすべて心の中にしまいこむ。会うことはほとんどなかったので、ヴェネツィアでどのように生きていたのか、それをけっして尋ねないと私は誓っていた。私にとって存在しない人生なのだから。彼もヴェネツィアでの自分の生活について私にけっして語らないと誓っていたのではないだろうか。事実、彼は何も話さない。

私たちは、お互いに相手のことを思っているのではないだろうか。考えるまでもなく、私たちはお互いの心をわかっている。私が思うこと、それは彼も思っている。彼が何かを言う。それに重ね合わせるように私が言葉を加える。しかし、それはすぐに途切れて二人とも笑いだす。まったく同じ言葉が二人の口から出てくるからだ。一度だけではない。話すとそのつどそうなるのだ。十年ものあいだ会っていないにもかかわらず、そしてあの日の前には、行き来をしてお互いを知る機会がなかったにもかかわらず、そうなってしまう。二人のあいだにある完全な一致。私はそれに恐れさえ覚える。

いま私はテレンツァーノに向かって道を急いでいる。手綱で私の白い馬を軽くたたきながら。なぜそれほどあわてているのか。農園では何が私を待っているのだろうか。

ドナートが亡くなったことは知っている。一か月ほど前、年老いたアロンネが泣きながらそれを知らせてくれた。アロンネは私をドナートの口座がある銀行に呼び出して、その閉鎖手続きを手伝ってくれ、メストレにいるドナートの通信員モイーゼ氏の伝言を私に見せてくれた。モイーゼなる人物は、アロンネにドナートの信任取引者になるよう依頼し、アロンネは自らある金額を引き出して現金に換えた。額面はヴェネツィアのドゥカートとリラで、その総額はかなり大きく、通常の率でフィオリーニに両替する旨、公印が押されていた。数か月前と比べ、両替率はさらに有利になっていた。

この状況にどう対応したらいいか、考える時間がなかった。そもそもなぜ私にこの話が持ちこまれるのか、アロンネに問いただす暇もない。ドナートの資産についてはなにも知らないし、知りたいとも思わない。いま、ほぼ一五年という年月が過ぎて、私たちはそのあいだアロンネを介して一〇か二〇の言葉を綴った紙片を受け取るだけで、せいぜい長くても「私は元気だ。あなたに神のご加護を」と終わりの文章がつけ加えられた連絡だけだった。私からは口頭で返信するが、ヴェネツィア語しかわからないユダヤ系仲介人にそれがどう翻訳されていたのかも知らない。

アロンネはすぐに私の困惑に気づき、決定的な短い言葉で私の疑問に答えた。「問題は、それは銀行にとって重大な問題なのですが」と言いながら、モイーゼ氏の信任書を見せ、ついに「ドナートは亡くなりました」と断言した。「重大な問題というのは、動くことのない手、血がかよわない手に巨額の現金を渡さねばならないことなのです」

そしてアロンネは、数字が記された別の紙片を私に見せて解釈する。やはりユダヤ人である若者、キオッジャ出身のアブラーモ・ディ・ジュゼッペ・デイ・テデスキが書いた紙片だ。「この若者は、ヴェネツィアから逃亡するドナートに同行していたが、監視兵の探索が始まったので自宅に連れて帰り、その後フェッラーラとの国境に向けてドナートを案内した。ドナートは、オステリア・デッラ・フォルナーチェからポー川へ小舟を出した」

「天候は最悪だったが、ドナートは風車小屋にあった平底舟に乗りこむことができた。不運にも、ほぼ同時にヴェネツィアの騎馬兵も追いつき、岸辺にいた若者アブラーモは、ドナートが石弓の矢で射られ、倒れて川に落ち、渦巻く波の間に沈んで消えていったのを見たと言っている。そのあとはなにもわからない。若者は騎馬兵に追われ、河川敷の葦の間に逃げこんだ」

アロンネは、モイーゼの手紙とアブラーモの紙片、その二つを私に見せた。日付は三月の初めである。アロンネはこの知らせが奇跡的に間違いであるようにと願ってきた。しかし、すでに長い時間が経過している。ドナートは川底に消えた。ドナートは死んだ。

なぜオリーヴの木々の間を登るのか。馬は疲れて、先に進みたがらない。私はいらだって、馬を放ったまま、サンダルを脱ぎ捨て、田舎の少女のように靴下で小走りに登る。いったいなぜ。

ようやく、サン・マルティーノ、「薔薇の館」に着く。曲がり角まであと少しだ。すでに暑い季節だが、まだオリーヴの花が咲いている。オリーヴ畑には誰もいない。農夫たちは下の小麦畑で作業に入っているのだ。小麦の穂はすでに黄色くなっている。あるいは果樹園に行っているか、畝を作ってキャベツ、ポロネギ、カボチャの種まきを準備しているのだろう。

ヌッチョの小屋に近づく。老犬アルゴは私を覚えていて、すり寄ってクンクンと鳴く。でも、なにか変だ。アルゴは入口にいて中にいる誰かを守っているかのようだ。出入口の扉の代わりに掛けられた羊の皮を持ち上げ、中に入る。

そこに彼がいた。藁袋の上に寝かせられ、毛皮で裏打ちしたマントをかぶせられて。そう、私は知っていた。彼は生きていると。アロンネが口にした言葉は、どの一つも信じていなかった。ドナートが消えるのを、ドナートが死ぬのを誰かが本当に見たのか。ドナートはふっと消えても別の場所から姿を現す魔物だ。猫よりもたくさんの命をもっている。[31]事実、彼はいま、私の目の前にいるではないか。その彼を見た瞬間、私は胸がいっぱいになり、少女のように大声で泣きだした。二人とも強くなければならない。私は強い。だが彼は？　近づいても彼は私がわからない。

ドナートは目を閉じ、意識がないようだ。長く伸びた白い髭、突然の恐ろしい出来事で、あっというまにすべて白くなったかのような、まばらで乱れた髪。その顔つきはまさに悪魔の形相だ。暑い日なのにドナートの身体は震えているようだ。身体の中、血液が冷えきっているのか。マラリアに冒されているのかもしれない。家族全員、女たち、老人たち、子供たちの医者替わりも務めた私は、マラリアの発熱はよく知っている。ドナートの手首で脈をとる。速すぎる。最初にすべきことは、熱を少しでも下げることだ。急いで谷に降り、沢の清流を桶に汲み、それで身体を洗わなければならない。ひどく汚れていて悪臭もする。

入口にかかる羊の皮を持ち上げるが、すぐに手が止まる。革の上着を着け長靴を履いた短い金髪の若者らしき姿が目の前にいる。腰には短剣を挿しているようだ。その人物も小屋から出る私を見て、麻痺したように動きを止めている。誰なのか。誰かがドナートを助けて、ここまで、幼い頃を過ごしたこの故郷の地まで、乳を分け合った兄弟の小屋まで連れてきたというのか。広く深い川の流れからドナートを救い上げ、何日も、何週間もかけて、足を引きずり、ふらつきながら、草原や谷を横切り、ここに着くまで付き添った者がいたのだろうか。それともドナートは安らかな死を迎えるために、つねに誰かに追われ、何かに脅かされて逃亡を続ける波乱の人生を閉じるために、連れてこられたのか。それともただ一人でここにたどり着いたのだろうか。彼を助けたとしたら、それは天使だったのかもしれない。ヌッチョが言うように。出入口に立って真昼の陽光を受ける大天使ミカエルだろうか。

誰であろうと、その天使は御心に従って私の手元に、いま必要とする手桶一杯の水をもたらしてくださった。誰なのか尋ねもせず、すぐに手桶を受け取って、ドナートの手当てをするために小屋の中に入る。マントを取り、着衣を脱がせ、シャツや下着も外す。私の前で彼は裸だ。しかし、それは美しい裸体ではない。脇腹には乾いた血が固まった大きな傷痕がある。石弓がえぐった傷だろう。額には大きな青黒い痣《あざ》が膨れ、両手両足には深い刺し傷の跡が痛々しい。端布を水に浸し、死せるキリストの前にひざまずくマグダラのマリアのように、私はこの苦痛を受けた身体を優しく拭く。

ドナートは苦しそうに息も絶え絶えで、意識は朦朧としたままだ。私には理解できない言葉を低い声でつぶやく。少し経って、若者が静かに入ってくるのに気づいた。ドナートを挟んで反対側にひざまずき、私を見つめたあと、濡れた端布で丁寧にドナートの身体を拭き始める。身体が清潔になり、錯乱も徐々に収まってきたので、私も落ち着きを取り戻し、周囲を見回す余裕ができた。軽い布があったので、それをドナートの身体に掛ける。麻布のようだ。私自身もなんとたくさんの汗をかいたのだろう。再会の感動からひと息つく必要があり、外に出る。待つこと、望むこと、祈ること、それだけである。

オリーヴの木の優しい影になったピエトラ・セレーナ[32]の階段に腰を下ろす。ぼんやりとして、辺りのようすは目に入らない。アルゴが膝にすり寄ってくる。まず、考えをきちんと整理したい。何が起こり、何をすべきかをはっきりさせたい。だが、無理だ。なにもできない。ただ一つの実感、ただ一つの苦悩で心と頭は満たされ、思考は空虚になっている。ドナートがここ、私のそばにいる。だが彼には死が迫っている。何をしたらいいのか。わからない。祈る。いや、それはしない。泣く。そうするかもしれない。瀕死のドナートのために。それとも私のためにだろうか。これまで充実した真の人生を生き抜くことなく、自分という存在を捨ててしまったこの私のために？

暗黒の絶望へと投げ出されたとき、救済は予想もできないときに、まったく思いもしない形で現れる。豊かな丸みを帯びた桃。私の目の前にそれを差し出したのはあの若者だ。実をたわわにつけた桃の木から採ってくれたのだろう。ヌッチョが籠に盛って市場に運ぶのも桃だ。思わずそれを手に受けながら、私は軽い当惑を覚える。愛する人が生と死の境界でさ迷う、かくも悲劇的な瞬間に、喉の渇きを潤すという罪に誘惑されるとは。しかし、そう、若者は正しい。背筋を伸ばし、大きく口を開いて、この桃にかぶりつこうではないか。たりなければ、もう一つ枝から採ってもいいだろう。

桃はほどよく熟し、甘かった。昼の太陽に照らされていたので、焼き上げた菓子のように温かい。若者に微笑む。若者も微笑みを返す。美しい青い瞳が光る。すっと立ち上がって近くの桃の木から両手いっぱいの実を採ってくれる。それは最初の実よりもさらに熟して美味しい桃であった。私たちは満腹になった。長い上着が汚れるのはたいしたことではない。若者はドナートの容態をそれほど心配していないようだ。おそらくとてもひどい状態を目にしていて、いまのドナートはそれに比べると穏やかに休んでいるからなのか。それを見て、私も落ち着きを取り戻す。

晴れた静かな日である。若者は取り乱した私に驚くようすもなく、隣に座り、世界とはそうしたもの、といわんばかりに落ち着いて桃を食べている。しかし私を見つめ、私を観察しているようだ。言葉は話さない。私が話しかけるのを待っているのだろうか。その姿はとても美しい。細身だが、艶やかな曲線をなす身体だ。女の私がこの若者であったら、どんなにか素晴らしいだろう。だが、顔と目を見ると不思議な気持ちになる。あ、女性なのか。曖昧な印象が拭えない。彼も暑くなり、上着を脱いだ。

おお、なんということだ。彼は男ではない。薄いブラウスから突き出る蕾《つぼみ》のような二つの丸い突起、肌よりも少し深い色の突起は乙女の乳首である。では、なぜ髪が短いのか。なぜ男装なのか。ドナートとの関係は？　娘、あるいは愛人か。若い女はすぐに私の表情の変化に気づき、話そうとする。しかし、今度は彼女の感情が高ぶって、うまく言葉が出ないようだ。口を開くが、何も言えない。はっと思いついたのか、彼女はブラウスの襟を大きく広げ、ひるむことなく私に胸を見せる。乳首は小さく硬い。首を縦に何度かふる。そう、私は女です。そう言おうとするようだ。ようやく女は話し始めた。ヴェネツィア語特有の語尾だが、アクセントは外国の言葉だ。母音をほとんど挟まず、喉音が強い。世界の果て、辺境の原野に住む人々の言葉なのだろうか。そして自分を指さして言う。「ワタシ、カテリーナ、ドナートのドレイ」

堂々としたこの単純な自己紹介に私は圧倒されてしまう。眩しいばかりの容姿、オリーヴの木陰で、木漏れ日の自然な光を受けて輝く素肌の胸、その純真なおおらかさ。ドナートとこの女性のあいだに汚らわしい何かを見ようとした私の先入観は、みごとにきれいさっぱり一瞬で吹き飛ばされたのだった。もし、何かの関係があったとして、それが私にとってなんの意味があるというのか。ドナートを救い、ここに連れてきたのは、まさにこの女性なのだ。思わず笑いたくなる。不安と恐れから私を解き放ってくれる笑い。美しき男装のカミッラ[33]がここにいて、救われたドナートはいままさに部屋で生死の境をさ迷っている。私は素足で座り、桃を貪る。老犬アルゴは足元にうずくまる。

　これはとても普通の世界とは思えない。美しい。眼下に広がるアルノ川の谷間は霧に煙り、そこにある私の町フィレンツェはこの地から無限の彼方に遠のいている。石の市壁に閉じこめられ、道徳や社会のしきたりと偏見、規則と法律に縛られ、監獄と鉄格子で管理された古都フィレンツェ。ここ丘の上では太陽の光を受け、オリーヴの木陰で、美しい女奴隷が自由がなんであるかを私に教える。これまでの生涯で一度も受けたことがない、もっとも素晴らしく、もっとも貴重な無言の授業だ。微笑みながら、私は彼女の手から桃をもう一つ受け取る。

　カテリーナの話を理解するのはやさしくない。ときに笑ってしまうこともある。かくも美しく整った顔立ち、甘く滑らかな唇。そこから発せられる言葉は完璧な天使の言葉、その声は天上の音楽ではないかと期待してしまうのだが、じつは発音があやふやで、奇妙な響きなのだ。何を言っているのか、その内容もわからないことが多い。というのも、自分が投げこまれた世界、そこで生き延びた自分自身を、カテリーナは私たちとはまったく違った目を通して凝視してきたからだ。動物に近い目、狐や鷲の目、人間を囲む神々の存在を感じる目、自然の驚異や変性を察知する目である。文明に毒されたわれわれの目がもはやなしえない能力を備えた鋭い目である。

　私からカテリーナに問いかける必要はない。私が知りたいことすべてを一瞬で感じるかのように、カテリーナは自分から話し始める。何が起こったのか、どのようにしてここまで来ることができたのか。私を信じて話してくれる。やや小柄で、太り気味の素足の女性、取るものも取りあえず小屋から走り出てきた女性、カテリーナはその女性がドナートと深く謎めいた関係にあることを直感で見抜いたに違いない。

カテリーナは女奴隷としてドナートに引き渡された。主人ドナートは彼女を大事にして、殴打や鞭打ちをすることはなかった。ほかの女たちと一緒に、カテリーナは金糸と銀糸を作り、布地、衣装、タピスリーの図柄を描いた。すべてはカテリーナの手によってなされた。カテリーナがその手を見せてくれる。先の細い手、真っすぐで節のそろった指。その薬指に美しい銀色の指輪を見て、私は驚いた。

「ある晩、ご主人さまは暴力、死、火と水から私を救ってくれました。でも火と水の神さまたちは、私たちの幸せな生活を妬んだので、復讐しようと思っていたのです。ときに神さまは意地悪をします。ご主人ドナートさまがそうした意地悪な悪戯に打ち勝って、運命から逃げ出そうとしましたので、神さまは怒って大きな川の岸で待ち伏せたのです」

「火が空から降り注ぎ、水は高く膨れ上がり、矢がドナートさまにあたりました。水の精ルサールカの腕がドナートさまを抱え、水の底に引き入れたのです。ドナートさまは抵抗して、その腕の中でもがき、流されてくる枝や幹から生えている髪の毛と戦いました。でも、力尽きて流されてしまったのです。私は混乱して何をしたらいいかわかりません。ルサールカは恐ろしかったけれども、舟から身を乗り出して腕を水の中に入れました。そうしたら虹が作り出した怖い生き物に捕まって水に引きこまれるという恐怖は不思議に消えて、私の手のすぐそばで動く別の手に触ったのです。力をこめて、その手を引き上げました。絶対に離してはならないと思ったのです。どこからその力が湧いてくるのかわかりません。おそらくサタナか、岩と火から生まれた剛力の息子ソスランの力でしょう」

「舟は櫂を漕ぐ船頭の力ではなく、そのまま流れに押されて、向こう岸の柳の古木の根に引っかかりました。

ぬかるみの中でなんとか舟から降り、私たちはドナートさまを引き上げました。死んでいました。神さまはドナートさまの魂をお手元に引き取ることを決めていたのです。誰もそれにあらがうことはできません。私はドナートさまの身体の横にひざまずき、悲しみに沈みました。でも泣きませんでした。私たちの民は泣いている弱い姿を見せないのです」

「私は優しい慈しみの気持ちをこめて、ドナートさまの整った顔から血と泥をそっと拭きとりました。白髪と金髪が混じる長い髪も梳《す》いてあげます。はじめてのことですが、このとき私は、ドナートさまの顔にどこか偉大なるお父さまヤコブの面影を見たのです。偉大なる私の神さま、聖女カタリナさまに祈りました。どうかドナートさまに魂をお返しください。そして、指にはめた銀の指輪でドナートさまの瞼に軽く触れたのです。そして奇跡が起こりました。ドナートさまは痙攣しながら咳をして、血と泥を吐き出しました」

ここまで話すと、カテリーナは我慢できずに泣きだした。そして同時に微笑むのだった。

「船頭は、逃げ出せると思ったらすぐに私たちを見捨てました。ずぶぬれになって、茂みの陰で一緒に凍える夜を過ごしました。私はドナートさまの重い身体を少し高く乾いた場所に移して、マントで覆いました。私はそれほど寒くなかったのです。船頭が投げ出した鞄や包みも拾い集めました。その夜はドナートさまの隣に座って眠れませんでした。でも怖くはありませんでした。聖女カタリナさまの励ましを感じていました。指輪に触れて勇気をいただきました」

「翌朝もドナートさまの介抱を続けました。意識はありませんでした。衣服を脱がせ、シャツも開いて傷を見ます。深くはなく、血は止まっていました。身体を洗うため、溜水ではなく流水を探しました。村にいるときに傷ついた兵士や動物の治療に使ったのと同じような草を探しました。すり潰す鉢がなかったので、何度も何度も嚙み砕いて傷口の上で吐き出すことを繰り返したのです。布があったので、湿布のように傷口にあて、長い帯も作って、身体や腕をきつく巻いて結びました。そしてドナートさまの顔に指輪を近づけて、おまじないを唱えます。でも、よく覚えていなかったので間違えたかもしれません。毎日それを繰り返しました。日が昇るときから月が出るまで」

「聖女カタリナさまが取りなしてくださって、神さまたちはドナートさまを赦してくださいました。ほんの一部を召し上げたのですが、その魂を身体に戻してくださいました。ドナートさまの意識が回復したとき、何を話しているのかわかりませんでした。神さまのご意志により、あるいは魔女の魔法により、魂の一部が欠けてしまうことがあります。生きることを許されますが、なにかしら変なことをするのです。私たちの村でもそのような変わった女の人がおりました。病気になったことで神さまのすぐ近くに行った人として、その女は村人から尊敬されていました。ドナートさまも神さまの近くに行ったのだと思います。神さまと話し、亡き人々と話したのでしょう。目を覚ましたとき、ドナートさまは最初『娘よ、わが娘よ、そなたはもっとも祝福されし女性だ』と言ったのです。お父さまヤコブが、その魂をドナートさまに宿して言ったのかもしれません。ほんの短いあいだ、ドナートさまは死者の国をさ迷い、その言葉を受け取ったのです」

「いまのドナートさまは私を自分の娘だと信じて疑いません。そして、鞄の中にしまった蠟封の布包みのことをとても気にしています。意識が戻ると、まずその布包みのことを尋ねました。なくしてしまったのか、まだ手元にあるか、と聞くのです。ご自分の命や魂と同じぐらい大切なものみたいですが、これもドナートさまが変になってしまった証です。私はそれを見つけて、中を開けました。紙屑のような紙片が入っていて、文字とかいうわからない記号がぎっしりと書いてあるだけで、大切な物とは思えません。でもドナートさまは、『よかった、なくなっていないし、破けたり水に浸ったりしていない』と言って、どうやら落ち着いたようでした。でも、すぐに前触れもなく騒ぎます。気がふれたように一つの言葉だけ叫ぶのです。フィレンツェ、フィレンツェ、フィレンツェと」

「私は何日ものあいだ、ドナートさまの看病を続けました。食べ物もなんとかしなければなりません。苦い野草を細かく嚙《か》み砕き、口移しで食べてもらいました。草の根、どんぐり、あちらこちらと巣を探して手に入れた鶉《うずら》の卵も口で移します。そしてつかみどりをした跳ねる魚は歯で切り裂きました。そうするうちに鞄の中に短剣を見つけたのでそれを使いました。身なりをどうするかも考えました。二人にとって安全なのは、まず私がスカートを脱ぎ、ドナートさまのズボンを履くことだと思いつきました。ズボンの裾は長靴に入れます。胴着もドナートさまのものを私が着ます。ぶかぶかなのでしっかりと締めつけます。短剣は岩で研いで切れ味を出し、若者のように髪を短く切りました。この先の旅では女でないほうがいいと思ったのです」

「ドナートさまをなんとか立たせますが、魂は抜けてしまい、足はふらついて引きずって歩くのがやっとです。二人ともマントと頭巾で身を覆い、二本の棒に寄りかかって歩き始めました」

そのようすは、物乞いか貧しい巡礼者のように見えたことだろう。哀れな老父と息子は、行き会う旅人や巡礼者にわずかな食べ物を恵んでくれるよう哀願し、家畜小屋を探して夜の眠りについたという。ドナートは「フィレンツェ、フィレンツェ」と繰り返すだけで、カテリーナは道行く人に尋ねながら、その未知の土地をめざしたのだ。

「時がどれほど経ったのか、わかりませんでした。月は満ち欠けを繰り返しました。でも日の数を数えなかったのです。来る日も来る日も歩きました。川を渡り、湿地を抜け、運河を越えました。雇われ兵の一団が通り、村々を襲い火を放つので、茂みや垣根のうしろに隠れました。救貧院の柱廊にうずくまっていると、修道士さんが気づいてくれました。輝く満月が映す高い山では、岩の上で星を見ながら眠りました。深い森に入ってしまい、狼の遠吠えが怖かったこともありました。短剣をぎゅっと握りしめていました。私は野兎を捕まえ、川で魚を釣って、火を起こしてそれを焼いてドナートさまに食べさせたのです。ドナートさまはうつろな目でいつも『フィレンツェ、フィレンツェ』と繰り返すばかりでした」

「ある日、そのうつろな目が輝きを取り戻しました。谷に向かって降りたときです。ドナートさまはその場所を知っているようでした。ドナートさまの身体に力が湧いてきたように感じました。身体に体温が戻り、血色がよくなったように感じます。動こうとなさるので、支えなければなりません」

「森の中のその谷では、来る日も来る日も雨が続きました。でも、ある修道院が温かく迎えてくれ、そこにお世話になりました。一人の修道士さまが、フィレンツェという場所まで行くことになりました。一緒に馬車に乗ってはどうか、と言ってくださいました。山の間を縫うように続く道を馬車で過ぎ、険しい山はだんだん低くなって、丘が続きます。そして、緩やかな谷へと降りていくと、遠くにきらきらと輝く川が見えてきました。ドナートさまは目を大きく見開き、顔をあちらこちらに振って、震える指でこのオリーヴ畑、あの葡萄畑と、修道士さまにさし示します。まもなく、鐘塔のある小さな教会堂に着きました。そして昨日、この土地に着いたのです。土埃のたつ道を、ドナートさまは私が支えて足を引きずってやっと歩きます。犬が吠えます。それを聞いて年老いた農夫が出てきました。ドナートさまを見ると農夫は大きな叫び声をあげて抱きつきました。その農夫は私たちを小屋に連れてきます。これですべてです。これが私たちの旅でした」


私はカテリーナの話にわれを忘れて聞き入った。私のドナートを助けてくれたカテリーナ。なんと素晴らしく美しい物語だろうか！ アントニオ・プッチ、ピエロ・ダ・シエナといった間の抜けた吟詠詩人の語りとは比べようがない。なんというひたむきな強さと美しさ。私とカテリーナは、ヌッチョが出してくれた黒パンとマルゾリーノを少し口にする。カテリーナはワインの壺を口にあてて飲み、舌でちょっと舐めて私に壺を渡す。嫌悪の気持ちはみじんもなく、私はそれを受ける。

だが、カテリーナとはいったい何者なのか。女奴隷であることはたしかだとして、では、どこから来たのか。だが、それ以上のことは話さない。自分のことについては話したくないようだ。ドナートとの苦難の旅について長い話をしてくれた。おそらく、私と彼女自身のあいだになにかしら通い合う感情があることに気づいたのかもしれない。この目的地に着いて、苦難の旅路が終わりを迎え、担って来た重荷を肩から降ろし、主と聖女カタリナ、そして彼女が信じる神秘の神々に対する自らの使命をなし遂げたと感じているのだろう。カテリーナ自身については、山の民の部族の長ヤコブの娘、高貴な姫であったこと、父ヤコブはフランク人に殺され、自分は女奴隷にされたことを短く話すだけであった。土地や町の名前、大きな川やターナという都市をカテリーナは覚えていた。ドナートは、不思議なことにヴェネツィアでも同じ名前の場所に住み、繰り返し彼女にその名を説明していたからだという。

カテリーナはターナから大きな赤髪の男に連れられ、木でできた怪物の中に入れられて海の上を運ばれた。着いたのは黄金の屋根の都市で、そこで別の木の怪物に移され、水の上にできた町に来て、主人ドナートに渡されたという。コンスタンティノポリスとヴェネツィアのことだとすぐにわかる。大きく、しかも恐ろしい世界をあちらこちらと連れ回される苦難の旅は想像すらできない。ヴェネツィアにたどり着く前まで、カテリーナは何をどのように見てきたのだろうか。地中海、エーゲ海、黒海、ギリシャの島々、トローアスや[34]コルキスの岸辺、気の遠くなる経路だ。私といえば、これまでもっとも長い旅はフィレンツェからプラートまでだ。部屋の中で大好きな本を読み、空想を巡らせることはあったが。

ヴェネツィアでドナートはカテリーナを暴力と凌辱と死から救い、その後カテリーナはドナートを救ってここまで連れてきた。さて、今度はカテリーナが私に問いかける。

「私たちの目的の場所は、このフィレンツェという土地だったのですか。オリーヴが実る畑、この小屋、小さな鍾塔。ここがフィレンツェなのですか。そうだとすれば、フィレンツェは美しいところです。大空に向かって、大地と畑と木々が続き、広く自由な景色です。前にいたあの水の上の町のように、閉鎖的で陰気ではありません。私は石の家が嫌いです。牢獄と奴隷部屋の場所だからです。でも、フィレンツェには家が集まっていません。草原と木々だけです。フィレンツェは太陽の光に美しく輝いています。満足しています。一つだけ、ちょっと困るのは暑すぎることです」

私は思わず笑った。私も満足している。これほどまでに美しく、真摯で、しかも素直な女性がいるだろうか。まさに天使だ。もう一人の単純な人物ヌッチョも、カテリーナの素直さをすぐに直感で感じ取った。恵まれし人々は地上の悪と接することがないので、そもそも単純なのだ。カテリーナがターナから来たとすれば、カフカス人として奴隷になったのか。素晴らしい身体と美貌からそれは明らかだ。背が低く、押しつぶされた顔のタタール人ではないし、青白く冷たいロシア人でもない。疑いや嫉妬、カテリーナを前に、そうした感情はまったく湧き出すことがない。

傲慢なフィレンツェ貴族の家柄に生まれてしまった知性豊かな婦人、カフカスの山岳部族の長の娘であったが奴隷に売られた若き女性、二人は時を忘れてすっかり話に興じていた。そして、ドナートのこともしばし忘れていた。小屋の中からつぶやくような声がする。驚いて中に入ると、なんとドナートは目を覚ましているではないか。そして私を見て、私の名をつぶやき、涙を流した。私はドナートの上に突っ伏した。けっして軽くはなかったのでドナートは苦しかったかもしれない。ドナートを強く抱きしめ、その名を呼びかけた。カテリーナが入口から私たちのほうをじっと見つめていたことは疑う余地がない。

＊＊＊

すぐに状況を把握し、分析する。どこでもそうするのが私のやり方だ。ドナートはベルナバの小屋で回復を待つ。年老いたヌッチョに病人の世話は重すぎるので、しばらくのあいだ、カテリーナに頼る。カテリーナは類まれな女性だ。私が頼む前にすべてを完全に理解し実行する。ドナートは少しずつ体力を取り戻している。生まれ育った故郷のこの地で、大地の力を受けているのかもしれない。ちょうどよい季節でもある。しかし心の状態は、カテリーナの言うとおりだ。「神々はドナートさまに命を戻す代わりに、その魂から一部分を持ち去ったのです」ドナートは脈絡のない言葉をあれこれと口に出し、その頭は錯乱している。ときに筋の通ることを言ったかと思うと、すぐに意味のない言葉が続いてしまう。意味不明のことを言うときには目をむき、ハンマーを振り下ろそうとするかのように、手を大きく上に挙げ、「ゾルツィ、やめろ、ゾルツィ」と叫ぶと、「血だ、血だ」と喚き散らすのだ。歯をむき出し、壁に唾を吐く。正気を失って「上院議員の極悪人め、金と銀も悪者だ」と叫ぶ。

私にとってこれはそれほど重大ではない。証人や司祭はいなかったが、私は主と母なる自然の前でドナートと結ばれた。結婚の誓約にあるように、よき日々も苦しい日々も、善と苦難の中でお互いを頼り、お互いに助け合わなければならない。そしていま、ドナートにとって暗く苦しい日々が続いている。彼の死までそれは続くかもしれない。しかし、それは私にとって問題ではない。ドナートは私のもとに帰ってきた。私たちの愛が生まれた場所、テレンツァーノに愛する人が帰ってきたのだ。錯乱していても、私だけはいつもしっかりと認めてくれる。優しい微笑みを浮かべて私を見つめ、祈りの言葉のように私の名をささやいてくれる。空高く、天国にいらっしゃる至高の天使様でも、そこまではしてくださらないのではないだろうか。

さて、空の下、この地上で、私は見落としのないように気を配る。ドナートの書類とともに、蠟で封をした布包みを持ち出した。カテリーナにとってはなんの役にも立たない包みである。中にあるのは食料や道具ではなく、紙の束だけなのだ。しかし、危険な旅路でカテリーナはそれを手放さなかった。私は何日もかけて、朝から夜まで、その書類の束を調べ、それらはドナートがアロンネに託した相当額の財産の証明書類であることが徐々にわかってきた。ヴェネツィアの債務局[35]で作成された、ヴェネツィア共和国名義の利子加算方式による支払い証書が数十枚、ヴェネツィアで商会、組合、個人が請求する多くの貸付証書、公正証書などである。

最大限の注意を払って、私はアロンネの家に戻り、ドナートが生きているという証拠を示しながら彼に貸付請求書類の束を見せた。動けるようになったら、ドナートはすぐに銀行に行き、貸付金の払い戻しを請求するだろうと念押しをする。同時に「ドナートと私のために、面倒なことだけど、ヘブライ人の商人や銀行家の人脈を使って、なんとかお願いしたい大きな仕事があるの。ヴェネツィアで、本当のところ、ドナートはどのように言われているのか、本当に裁判所は彼を捜索しているのか、深刻な告発を受けているのか、もしそうだとすると市中に姿を現すのは危険なのか、こうしたことを調べてもらえませんこと?」と私は丁寧にアロンネに頼む。

この時期、ヴェネツィア、フィレンツェ両共和国の関係は良好だった。友好国として、両国は些細な事案についても協力し連絡を取り合っていた。一方の領土で逮捕された危険な犯罪者は、他方の国籍であれば容易に引き渡しの対象となる。もしそうなると、受領可能な多額の貸付金は永遠に消滅するだろう。すべて押収され、サン・マルコのいとも気高き獅子の口がそれを貪り喰うのである。ヴェネツィアでいったい何が起こったのか、正確に知る必要がある。ドナートからそれを聞き出すことは不可能だ。テレンツァーノの空気の中で気分はいいかもしれないが、茫然自失なのだから。

九月に入って、ようやくヴェネツィアとメストレから番号を打った書簡が届いた。ヘブライ人の連絡網は信じられないほど綿密だった。数世紀、あるいは千年以上にわたって、敵意に満ちた世界、人間として認めてくれない世界を生きぬくために、彼らはその緻密な網を張り巡らせてきたのだ。驚いたことに、ドナートはヴェネツィアで指名手配にはなっていなかった。告発もなく、その首に懸賞金はかかっていない。小さい金箔工房と金糸銀糸のブロケード製作所を再開し、一人のカフカスの若い女奴隷の絵画の才能のおかげでかなり繁盛し、ヴェネツィア市内のほかの工房から強い妬みを買っていた、そんなある日、事業主は突然、行方知れずになってしまったのだ。

絵の得意なその女奴隷の名はわからないが、ここにいるカテリーナに間違いないと私は直感する。カテリーナ以外には考えられない。とにかく謝肉祭《カルネヴァーレ》最後の晩にドナートは消えた。ドナートと一緒に女奴隷も消えた。そこには犯罪の臭いがする。しかし重大な犯罪ではなさそうだ。共和国から女奴隷を運び出すには、受け渡し証と搬出許可証が必要で、そのために移動関税を払わなければならない。また、経済的に重要な産業や職業に従事していた女奴隷の国外搬出は禁じられていた。工房で秘密裏に覚えた手仕事のこつや技術を国外に伝えてしまう恐れがあったからである。

これがヴェネツィア市中でいわれていたことだった。そして、人々はもう一つの話をささやいていた。ドナートの失踪の翌日、妻が突然自宅に来たというのである。フリウリの貴族の家系に属する妻と息子、妻の実父の三人はドナートの失踪を悪意をもって、すなわち「悪しき意味で《イン・マーラム・パルテム》」解釈し、激怒したそうだ。それは、謝肉祭で気分が高揚したドナートが美貌の女奴隷と関係をもち、一緒に逃避行に走ったという、ありふれた物悲しい解釈だった。ヴェネツィアの司法当局にすればこれは立派な犯罪であるが、重罪ではない。奴隷身分の女ではなく、その主人たる男、その女奴隷の所有者である男が犯した軽い罪となる。しかも被害者である妻はまったく告発をしなかった。

捜査は続いているとのことだった。ドナートはヴェネツィアの司法界で名を知られた人物だった。すでに二度、破産で取り調べを受け、債務不履行で一回の収監がある。ヴェネツィアで成功した実業家の輝かしい顔が秘めた裏の面がそこに見える。ここフィレンツェでは、私も、私の父も含めて全員が信じていた晴れがましい実業家ドナートには、その成功の裏に隠されたきわめて苦い現実、暗闘、挫折、再起へ向けた苦節があったようだ。ドナートは私にその苦しみをけっして話さなかった。二人のあいだには、ただ愛を確信しあう無言の対話にとどめるという暗黙の了解があり、ここ一五年のあいだ細々とした書簡のやり取りをし、まれに出会う機会があってもそれは変わらなかった。

そうすると、ヴェネツィアの騎馬兵がドナートを追跡してポー川の岸に追い詰めたとはどういうことなのか。石弓の攻撃とは。ドナートがお尋ね者でないとしたら、騎馬兵はなぜ彼を追い、殺そうとしたのか。ここでアロンネは、医者である親友モイーゼ先生が書き記した便箋を取り出した。モイーゼは老齢で病を患う総督の厚い信頼を受ける医師である。便箋には謎めいた言葉で以下のように記されていた。

総督宮殿の小部屋でささやかれている噂話なのだが、不審な投機と詐欺によって共和国に損害が生じている。その疑惑の人物は、名前が出ていないが、共和国上院の重鎮委員である。同じ謝肉祭の夜、造船廠の近くで武装した暴漢たちが誰かを捕えて殺そうとドナートの家に押し入るのを見たという話が出ている。おそらく、彼らの悪事を暴く証人を消そうとしたのではないか、ということだ。しかし、天使が夢の中で告げたのか、神のご加護によってか、ドナートはすでに逃げ出していた。さらにヴェネツィアの騎馬兵らしき一団が共和国の国境を越えてポレジーネ[36]に入ったらしいとの情報もある。しかしこの一団も怪しい者たちだったため、エステ公とのあいだに外交問題が起こりそうになっていた。フェッラーラ領土に越境侵入した盗賊団かもしれないというのである。一団は守備兵ではなく、刺客として雇われたごろつきだった。これらはすべて口づてに伝わった話で確証がなく、それ以上進まなかった。ドナートの拘束も検討されたがそのままになった。ドナートはなんらかの犯罪の嫌疑があったわけではなく、ピオンビ監獄に閉じこめて尋問すればことによると何か聞き出せるのではないか、というあて推量に過ぎなかった。

さらに数か月が過ぎた。フィレンツェにあったドナートの古い家についてわかったことがある。その家は私の家から遠くなく、サント・ジリオ通りにあり、サン・ミケーレ・ヴィズドミーニ聖堂の脇、大聖堂の向かい側で大きなドーム[37]の影が伸びる位置にある。その家は半分が賃貸となっており、残りの半分はドナートの姉の死去により空いていた。ドナートが市中に戻るには、うってつけの住居である。市中に住む市民という、かつての姿をドナートに取り戻してもらえるのではないか。年配の紳士になると胴着《ファルセット》は似合わないので、聖職者を思わせる長い礼装用長衣《チョッパ》を着てもらいたい。ドナートは長く伸びた無精髭を剃るのを嫌がった。どう見ても皇帝ヨハネス八世[38]に随行するギリシャ人の哲学者そっくりの風貌である。

カテリーナ、ベルナバ、ヌッチョを乗せた荷馬車を騾馬《らば》に引かせ、私は愛馬に乗って、町へと降りていくことにした。空き部屋となった昔の家にドナートを住まわせるため、注意深く案内する。そこはドナートが少年時代を過ごした部屋だ。カテリーナは地上階の一室に入り、家の片づけと主人の世話にあたる。もっとも、家全体を監督するのはいつも私だ。カテリーナは満足したようすではない。フィレンツェの町は郊外のように快適ではなく、すべて石造りだからだ。サンタ・クローチェ聖堂方向の入口から家に入ったとき、カテリーナはうわのそらで、目を見張ってただ驚くばかりだった。雨樋を並べるように連なる大きな構造、パラッツォ・ヴェッキオの高い塔、大修道院《バディア》の鐘塔、そしてなかでもドナートの家にのしかかるかのようなサンタ・マリア・デル・フィオーレ大聖堂の大ドームには、驚きとともに畏怖に近い感覚を覚えたようだ。美は普遍的な言語だ。カテリーナは私たちと同じように、おそらく私たち以上にそれを理解しているのだろう。

　ドナートがわけのわからないことを口にしなくなったと見るや、やっとのことで彼をアロンネの家に連れて行く。アロンネは腰を抜かさんばかりに驚き、ヴェネツィアで引き出せなかった現金を支払い可能にする準備を整えてくれた。その資金ですぐにアロンネに土地を買ってもらう。売り手と公証人をアロンネの家に招集し、本人は何をしているかわからないまま、私の監督下で、ドナートは土地の所有者、同時に借地人、さらにテレンツァーノの不動産に加え、相当数の資産の貸主になった。

　一四四二年八月二八日、私はドナートに土地台帳に関する口述宣誓書を作らせた。新たな不動産課税制度が始まり、善良なるフィレンツェ市民となり、市民の権利を享受するには、ドナートも宣誓書を記載し提出する必要があった。今後は祖国を棄てないこと、山賊を率いたり、森に隠れる刺客のような行動に走らないことを誓う。昔のようにしっかりペンを握れず、動きの悪い震える手で、ヴェネツィア語の癖を残してドナートは次のように書く。

「主の御名において、一四四二年八月二八日に。政府の役職者である皆様を前にして、フィレンツェ市民のコムーネの役職にある皆様を前にして、ヴァイオ地区[39]に住むドナート・ディ・フィリッポ・ディ・サルヴェストロは以下の資産の保有を言明します」この前置きに続き、すべての所有資産が列記される。古い自宅から菜園と葡萄園にいたる不動産、銀行に預託された金額などなど。また、その自宅で生活する人も記載する。「上記のドナート、六三歳、および侍女一五歳」

カテリーナが何歳なのか、私は知らない。カテリーナ自身も知らないのだろうか。しっかりした一五歳に見える。原野のような生まれ故郷では、生年月日の証明は作らないだろう。洗礼を受けているように見えるが、受洗の記録もないだろう。そもそもカテリーナは教会の儀式を知らないし、祈りや秘蹟についても知らない。いわば半ば野生の女なのだ。少し無理をしてでもカテリーナをキリスト教徒にしなければならない。もちろん、フィレンツェのアントニーノ大司教のように有無を言わせぬ厳しい強制によるのではなく、静かに諭すことによって。

頻繁に行き来する兄たちがドナートとカテリーナに気づかぬわけはない。何か説明すべきだろう。ただ、兄たちは私を十分信用し、いまや思慮深く節度のある女性として私を尊重している。また、故人となった父がドナートを好青年と見なしていたことも兄たちはよく覚えている。じつに兄たちの後押しがあって、一四四二年、ドナートはわけのわからないまま、サン・ジョヴァンニ街区の地区代表に選出されたのだ。ただ、この職はたった四か月任期の形式的な地位なのだが、地区の市民たちに、ドナートは生きている、そしてコムーネに奉仕するために戻って来たと周知させるにはかなり有効だった。

一四四四年、次の地区代表選出ではいい結果にならなかった。被選挙人に名が挙がったものの、選出されなかったのである。捜査中との噂があった。ドナートには金銭に関するなんらかの不正ないし詐欺の疑惑があるという噂が広まった。ヴェネツィアの流説に敏感な誰かが、自分にかかわりないのをいいことに、外から聞きおよんだ根も葉もない話を無責任にも言い触らしたのだろう。

この間、アロンネを通じてヴェネツィアにいる妻キアーラ・パンツィエーラから書簡が届いた。キアーラはドナートの近況を尋ね、最後の逃避行についても許す準備はできていること、フィレンツェに来てドナートと住みたいと書いてあった。年老いたヘブライ人の銀行家すなわちアロンネに相談する。ドナートがヴェネツィアに残している預金証書の中には、キアーラの両親名義の証書が何通かあった。アロンネは、キアーラ夫人の要求に応じるのが賢明ではないかという。賢明かどうかはともかくとして、そうするのが正しいと思う。キアーラはれっきとしたドナートの妻である。知らない女性ではあるが、私と似たり寄ったりの女性で、運命に翻弄された人だ。だとすれば、彼女もここに、ドナートの隣に来る権利があるだろう。なにも言わずに彼女に協力しよう。ただ、ドナートの証書類は引き続き私が保管する。秘密の金庫にしまっておく。

ドナートに口述筆記をさせる。妻の要求を受け入れる返信だ。忍耐のいることだが、新たに計画のやり直しで、「布を織り直す」ことになる。カテリーナはこの家にいることができない。キアーラには理解できない状況である。手早く証書を整え、形ばかりの価格で私がドナートからカテリーナを買うことにした。カテリーナは私と住むことになる。兄たちは、私が女奴隷を所有すると聞いて驚きを隠せない。というのも、未婚で子供もない女性が女奴隷を傍らに置くのは、かなりの贅沢で、市内に住むそのような女性ではきわめて珍しいことであった。だが、家事の手伝いができるのは便利である。

一、二か月ののち、サント・ジリオ通りに馬車が着いた。荷物を載せ、もの悲しい顔をした弱々しい青白い女性が降りたつ。キアーラは一人で来た。息子は同行するのを拒んだという。夫と息子、どちらかを選ばなければならないというのは、キアーラにとって大きな悩みであったのではないだろうか。そして選んだのは夫であった。ドナートは入り口で彼女を優しく迎えた。ドナートのうしろには関係者が揃う。私と兄のトンマーゾとアンドレア、兄たちの妻、ベルナバ、ヌッチョ、さらにアロンネ。まったくなじめない未知の世界に入ってきたキアーラにみなを紹介しつつ、私はドナートにも注意を払う。しかし、ドナートに大きな心配をする必要は少なくなった。ときどき私のほうを振り向き、目配せをする。私は彼が何をして欲しいかを察してすぐに手助けをするのだ。

損得の勘定をするとすれば、フィレンツェという密林の中で家計と家事を維持し、生き延びることは、フリウリの貴族の生活しか知らない零落した惨めな女性と半ば錯乱した夫にとって、たやすい事業ではない。もちろん、いつもドナートの口述を筆記するのは私だ。一四四六年提出の土地台帳では、ドナートとキアーラ二人の名で宣誓書を作成した。これは、サント・ジリオ通りの不動産に関しては、サンタ・マリア・デル・フィオーレ大聖堂建設局《オペラ・デル・ドゥオーモ》により家の背後の庭が接収されたため、境界線変更の申請である。大ドームの建設は、フィリッポ・ブルネッレスキによって一四三六年にほぼ完了したが、その仕上げにはなお作業が必要で、作業所と工房の拡張が必要となっていた。また、その家の住人も老齢の夫と配偶者の二人だけであった。新たな申告書には、「ドナート、年齢六五歳、妻キアーラ・パンツィエーラ五四歳」と記入する。さらに、より新しい変更も追加する。これはとても寂しい変更だ。テレンツァーノの農園半分を売却したのである。ドナートは生活を維持するために収入が必要で、家の半分の賃貸料は十分でなかった。私たちの人生、思い出の場所は永遠に消えてしまう。物質的な財産にこだわる必要はないのかもしれない。

ヌッチョが亡くなった。ベルナバは老いて一人だ。ドナートはテレンツァーノに登っていくには体調が悪過ぎる。しかし、テレンツァーノの記憶は心に刻まれている。売りに出されることはない。ドナート、テレンツァーノはいつもあなたの心の中にあり、冷たい時の流れの中で、あなたの心を温めてくれる。

カテリーナは私と一緒に生活している。私はときどき体の不調を感じるが、カテリーナはどんなことでも助けてくれる。奴隷の所有は未知の体験だ。人間を自分の所有物にするということ、私はそれを好まない。

実際のところ、ドナートとは奴隷の売買をしていない。これからもカテリーナを商品にはしない。手鏡や櫛のように、カテリーナを私の身の回りの道具と見なすことは到底できない。私はラテン語ができるので、公証人には形式的な売買に関する要領よく短い形式的文章をほとんど口述で書かせた。証書はもうどこかにやってしまった。公証人のほうに記録書面が残るだけで十分だった。ただ、高度に都市としての文化が進んだ町で、われわれ市民に奉仕するこうした少女たち、女性たちがどのような生活や生き方を強いられているかに関心があったので、類似の要約記録[40]に目を通したいと頼んでみた。女性たちは都市にまったくなじめず、疎外されているはずだ。私たちも、女性たちの生まれ、宗教をまったく知らない。女性たちが何を望み、どう感じているか、まったく知ろうとしない。

そうした女たちについて、本当はなんという名前なのかさえ知らない。記録書類には通例で受洗名だけが記される。生まれたときにつけられた名前は無視され、忘れられ、ごくまれに「かつての呼称で《オリム・ヴォカータム》」という前置きで記載されるに過ぎない。しかし、記録書類の束をめくっていくと、ときどきタタール人、ロシア人、カフカス人らしき名前にも出会うことがある。それぞれの名前は信じられないほど美しい響きで、黒い瞳、緑の瞳の女の子を想起させる。輝く髪を原野に吹き渡る風になびかせて、奔放に走る娘たち。コトゥルート、アイディス、アーザ、ドブラ、ナスターシャ。その身体からは異国の香料の香りがするのかもしれない。その娘たちは、ここに来ると全員、マリア、マグダレーナ、カテリーナになってしまう。奴隷の規準を満たし、みな同じ商品となる。生気のない暗い目、まとめて巻き上げて粗い布で覆った髪。

だが、私のカテリーナは違う。私に語ったところでは、世界の果てにある村で、幼い頃にアレクサンドリアの聖女の名を与えられて洗礼を受け、その証拠に魔よけのお守りと信じている指輪を大事にはめている。カテリーナの目は死んでいない。いや、その美しい目には、大空の澄んだ青と吹き渡る風が生き生きと宿っている。

記録証書には、奴隷の人種が略語で記されている。タタール人、ロシア人、カフカス人、チェルケス人、アブハシア人、カザフ人、モンゴル人、アルメニア人、ギリシャ人、ユダヤ人、サラセン人、そしてはるか遠くの契丹人《キタイ》など。しかし、これら多くの人種の名称がなぜそこに記されるのかを私たちは知っているのだろうか。少女や若い女たちが、はるか遠くの異郷の村々、鬱蒼《うっそう》とした森や山に囲まれた集落から暴力によって強奪され、あるいは家長から売り払われて、その幼き夢、思春期の夢を永遠に断ち切られた、そのことを私たちは知っているのだろうか。そして、年齢だ。誰も正確な年齢を知らないので、記録にはつねに「およそ」と記される。目の前に連れてこられた身体、それが女性としての特徴を見せ始めているか、まだそうではないかで、およその年齢が決められる。腰回りは大きいか小さいか、乳房は丸くしっかりしているか、髪はどのくらい長いか、なども記載される。そして身長だ。小さい、中程度、中より少し高い、大柄と分かれる。続いて肌の色。白、暗色、黄色、黒茶色がある。最後に、身体の細かい特徴。これは奴隷が逃亡したり、さらわれた場合に追跡と捕獲の参考となる。鼻が高い、ほくろがある、耳に穴があいている、喉元の窪みがある、天然痘のひどい痕跡。もし特別の特徴がない場合は、主人がそれをつけることもある。十字や星型の刺青、牝牛に押すような焼き印、切り傷、火傷の跡をつけるのもよく聞く話だ。

公証人はうっとうしい男だ。あたり前の説明をする。「女奴隷を買ったときは、身体の細かいところを詳しく調べないといけませんぞ。毛織物、絹織物といった高価な品物を買うときと同じです。女奴隷はけっして安い買い物ではありませんからな。服を脱がせて、裸の身体に触ってみたり、撫でてみたり、秘密の部分も調べなければなりませんぞ」私はカテリーナにそれをしない。いや、やりたくない。私にはいまのままのカテリーナで十分だ。公証人はカテリーナが処女であるのか、ドナートに身体を許したのか、疑っているようだ。

と、一連の説明を終えて、公証人は私に購入書を記入させる。カテリーナをその現在の状態で受け入れる、という言明だ。「身体全体と、四肢すべてにおいて現在は健康であり、完全無欠であるが、すべての粗悪な要素および欠点とともに、また明白ないし隠された致命的な病気を含め」カテリーナのあるがままを受け入れるとの宣言である。カテリーナが露見していない病気ですぐに死亡したとしても、弁償金を請求しないということもこれで決まる。所得税申告書には、私が所有する馬と動物の項目に並べて、カテリーナの名を記載する。養う人間が一人増えることで、少額だが所得控除が受けられる。

この手続きにはカテリーナも同席する。たとえ野生の女性カテリーナはラテン語がわからず、文字を読むことも書くこともできないとしても、記載に関して「立会い、理解し、合意せし」と記される。彼女自身が売買されているのに、なにが「合意する」だ。これほどの偽善はない。馬鹿げた芝居だ。だから公証人という存在には軽蔑しか感じない。

婦人たち、とくに辛辣な未亡人レザンドラ・マチンギは私に忠告を浴びせる。「気をつけなさいな。家に泥棒を入れるなんて。フィアスコを置くワイン棚には鍵を掛けることよ。世界中の女奴隷はワインに目がないからね。盗みやごまかしにも注意しなければね。女の淫らな行いや性欲にも目を配らないと。とにかく、女奴隷というのは野蛮な土地から来て、この町、わが家々を汚染するのです。きれいな川に濁って汚い水が流れこむようにね。女奴隷は心をもたない動物なのよ。ま、カフカスの女奴隷は血が強く、ほかの女たちよりよりはましという人もいますけどね」

こうした馬鹿らしいお喋りは私にとってなんの意味もない。カテリーナは、まず一人の人間である。私の家で私と一緒に住んでいる。よくいわれるように、「パンを分け合い、ワインを分け合う」仲間だ。おそらくいつの日か、私はカテリーナを自由身分にするだろう。ここに住むカテリーナの運命は、市中や郊外に住む貧しい娘たちと比べ、よくも悪くもないだろう。いや、むしろ、いくつかの点でそうした娘たちより恵まれている。カテリーナが危険なめにあわないように、変な責任をとらされることがないように、ここで一緒にいる私が目を光らせているからだ。

カテリーナは私と一緒に仕事をする。彼女は疲れを知らない。家事が早めに終わると、カテリーナは私から許可をもらって、亜麻糸を紡ぎ、絹糸で縫物をする。私や兄たち、その息子たちのために、ブラウス、ハンカチーフ、拭き布、胴着につける麻の襟当てなどを作る。私の知るどの女性よりもカテリーナは優れている。ヴェネツィアのドナートの工房でも素晴らしい才能を発揮していたそうだ。ヴェネツィアの工房で働くカテリーナのようすを見られないのは残念でならない。カテリーナが疲れ過ぎないようにしなければならないし、働かせて利益を得ようとも思わない。とはいうものの、「ドナートの女奴隷が描く素晴らしい図柄」と、あのヴェネツィアで噂にのぼるほどカテリーナは絵が上手なのだろうか、一度目にしてみたいものだ。そこで、書籍や文書などを置いている私の書斎にカテリーナを呼んだ。

女である私がこれら多くの書籍に通じていると知って、カテリーナは息をのんだ。「奥さまは魔法使いに違いありません。父ヤコブは、文字というものは普通の人間には読めないし理解できない魔法の道具だ、と教えました。山の民は文字を使いません。そのあとに連れてこられた黄金の都市と水上の都市ではよく使っていましたが」と、笑いを誘うたどたどしい言葉でカテリーナが言う。

そう言いながら、カテリーナはそこに置いてあった赤チョークの破片を手に取った。領収書に印をつけたり、勘定が済んだときに処理済みの印をつけるために、私が手元に置いている赤チョークである。本を読んでいて気に入った章句、美しい表現、興味深い言い回しに出会ったときも、余白にそれで印をつけることもある。その赤チョークで、カテリーナは一枚の紙の上に線を描き始めた。それは文字を扱う私の「魔法」よりもはるかに優れた生き生きとした線である。渦巻く空想的な弧、様式化された動物、植物、わがフィレンツェの百合[41]に似た大きな百合の花が描かれていく。

カテリーナは清々しい。泣くことはない。憂鬱な気分に落ちこむこともない。もっとも、ときどき窓の外、遠くを眺め、もの思いにふけっているようすも目にするが。下の街路や行き交う人々を面白そうに見るのではなく、その視線は空に向けられ、自由に飛び回る鳥を追っている。動物すべてが好きなのだ。肉は絶対に口にしないと言い張る。命あるものを殺すと考えると強い嫌悪を感じるからだという。そして、私にも菜食だけにするよう勧めることがある。身体には確かにそれがいいのかもしれない。しかし、お前の故郷で昼の正餐として食べるものを、と一度だけ作らせてみた薄い野菜スープは、とても食べられたものではなかった。私の失敗である。一方、カテリーナがブリヌイと言う、バターと卵のフリッテッレはとても美味しく、食べ過ぎに注意しなければならないほどだった。

カテリーナの不思議な行動についてはこんなことがある。二人で市場の中を歩いているときだった。きれいな鳴き声がした。小鳥が籠にたくさん詰めこまれ、歌うような鳴き声を上げて、台の上に置かれていた。五色鶸《ひわ》、花鶏《あとり》、頭青花鶏《ずあおあとり》、真鶸だった。カテリーナは急に青ざめて私の手を強く握った。「なぜ驚いたの？」と尋ねると、まるで鳥の言葉を理解しているかのように、「自由を奪われた苦しみと悲しみの声です」と言うではないか。当惑しつつも私はすべての籠を買い取った。カテリーナの目を見つめ、「やりたいようにやりなさい」と言うと、カテリーナの顔は喜びに満ちあふれ、籠すべてを開けて小鳥たちを空に逃がしてやった。

季節はあっという間に過ぎる。キアーラが亡くなり、ドナートはふたたび一人ぼっちとなる。今後を話し合うため、みながドナートの家に集まる。世間体に外れないようにするため、私は兄たちに、妻として私を迎えるようドナートを納得させるように頼んだ。持参金は金貨六〇〇フィオリーニとする。持参金は、私自身だけでなく兄たちも負担する。それも了承してもらう。父の遺産から三人が当然受け取るべき額がこの持参金に充当される、という解釈だ。持参金は全額、私が管理する。ドナートはわからぬまま、当然これを了承する。ほかに選択肢はないだろう。

ついに、六八歳になる半錯乱の老人は、いまや四〇歳になる女性と祭壇の前でひざまずき、式を終えると二人でサント・ジリオ通りの古い家に戻った。もちろんカテリーナは私と一緒に来る。古い主人ドナートに会えることに喜んでいた。不動産は少し増えることになった。プラートで破産した人物の管財人から農園を買い取ったのである。その農園からは、毎年小麦二五スタイオ、粟一四スタイオ、大麦三スタイオ、ワイン三樽、亜麻二ドツィーナ〔ダース〕の収穫が見こまれた。

＊＊＊

一四四九年の夏となった。すべてが変わり、悪い時代の始まりが見えてくる。酷い暑さと湿気の中で、息が詰まる。そして突然、最初の死者が出た。予想もしないときに忍び寄るのが、ペストの常だ。郊外から伝染したり、外国商人の一団が通ると病人が出る。ドナートはすっかり弱り、私にもその疫病の初期症状が出てきたので、郊外の農園に避難することはできない。神は私の貪食の罪[42]を正しく罰するのだろうか。サント・ジリオ通りの家に閉じこもるしかない。

カテリーナは二十歳を超えたようだ。素晴らしい女性に成長した。仔鹿のように目立たなかった乳房は豊かに膨らみ、その突き出た乳首は将来、そこを唇で強く吸う乳児たちに満ちたりた幸せを与えるだろう。ある日私は、以前から抱いてきた気がかりなことを確認しようと思い立った。疫病の危険があるので不衛生にしてはならない、という理由で、農園から呼んだ女にカテリーナの身体を洗わせたのだ。女はしばらくしてそっと私のところに来て言った。「生娘だね。母親の脚の間から生まれたままの身体だ」ドナートはカテリーナと身体を合わせたことがなかったのだ。その身体を自分のものにはしなかった。ほかの男もけっしてそうしなかった。カテリーナは地上における性の本能を超越した存在なのだろうか。自分を美しく見せようとする服を着ることもなく、周囲の注意を自分に惹きつけようともしない。この時期、私たちは家に隔離されているのと同じだが、まれに二人で市場に買い物や教会堂に行くこともある。そうした外出のときは、以前から飢えた動物のようにカテリーナをじろじろと変な目つきで見る男たちの視線が気になるのだが。

カテリーナにはできる限り慎ましい服装をするように、注意する。波打つ豊かな金髪はもちろん、頭全体を厚手のヴェールで覆う。服は修道女よりも黒味がかった灰色とする。しかし、それ以上はなすすべがない。男たちは、漂ってくる香りや身のこなし、さだかには見えない気品と雰囲気に敏感に反応する。カテリーナが通り過ぎるとすぐに振り返り、見つめる。カテリーナの魅力は男を捉えて離さない。カテリーナ本人はそれにまったく気づいていない。質素な服装で伏し目がちに歩いていく。

私はカテリーナをよく知っている、と本当にいえるのだろうか。その心の中、素朴だが生命力に満ちたその身体、それを私は知っているのか、この私でさえ断言できない。毎日、私はカテリーナを与えてくださった神に感謝する。とはいっても私自身、罪深い女であり、その感謝の祈りをどう捧げたらよいかわからない。私たちの人生の危機と苦難の道に、カテリーナを遣《つか》わせてくださった主よ、天使を遣わして彼女を見守ってくださり、今日まで汚れなき純潔の乙女として育んでくださった主よ、あなたに感謝します。私のいう純潔とは、魂の奥深くに抱かれた偽りなき真心にほかならない。男たちは重きを置くようだが、彼ら男の器官がはじめて私たち女の中に入るとき、血と痛みを伴って突き破る、けっしてその馬鹿げた薄い膜のことではない。

運命の夏。一匹の狼が獲物を待ち伏せていた。予期せぬときにそれは家に現れる。公証人が着る赤い長衣《ルッコ》を身にまとい、ペストの感染を恐れて薬を浸みこませた布で鼻から下を覆った男。その若い男は痩せて背が高い。顔つきは十人並みで、要するに私は好きになれない。半ば錯乱しているドナートはカテリーナを娘と思っているので、子供のいない私はそれに合わせて母親のような気分になる。母親として娘を守らなければならない。

しかし、ドナートはこの公証人らしき男を信用した。老齢の利権者ヴァンニ・ディ・ニコロが証券類の整理を手伝わせるため、この男を派遣したのである。だが、それ以上の仕事ができる男ではない。重要書類に署名するには若すぎて、経験も乏しかった。よくいわれることだが、駆け出しの若い公証人はまず女性ないし未亡人に取り入って、売買の書類、あるいはお気に入りの男と結ぶ信託契約でなんとか生計を立てていくそうだ。貧しい修道院で窮乏している司祭、修道士、修道女たちの仕事も駆け出しの公証人にはやりやすい。

先祖をたどれば公証人がいたのかもしれないが、少なくともこの若い男は公証人の息子ではない。すべてを一から始めなければならないようだ。さらに、どこか農民のような泥臭い言動が目につく。それを隠そうとしてか、男は公証人資格取得の試験のために何年も勉強し必死に暗記したらしいラテン語の定型文を妙に強調する。

身に着けているルッコは彼があつらえた物ではないだろう。ペストで死んだ公証人の財産競売で手に入れた中古の服だ。尻の部分に継ぎあてがある。かつてのよき時代、若きドナートが身なりを整えていたのとは違い、髭も満足に剃っていない。男の周囲にいる人物にも怪しい影を感じる。男はギベッリーナ通りにある利権者ヴァンニの家に同居している。どこか無理をして実績ある判事のようにふるまっている。アルノ川とヴァルディニエヴォレの間、モンタルバーノ[43]の向こうの村の出身だという。男の出身地、その小さな村はなんという名だったか。ああ、そうそう、たしかヴィンチという村だったような気がする。「つながり《ヴィンコ》」のような名前、そう、結び目と覚えておけばいいか。

若い公証人は何度か通ってきた。年老いた子供となったドナートに、「いや、お手持ちの証券や書類はきわめて複雑で混乱しています。ここに、あるいはあちらに署名が必要ですし、追記がないと正式書類になりません。一部を市庁舎に持参して検認を受け、さらに、戻ってそのあとの処理をしなければなりません」などと言う。思考力を失ったドナートはそれをすべて鵜呑みにする。回を重ねるうちに、私もまた彼を信用するようになってしまった。

ある日、外出の必要があり、私はドナートと彼を家に残して出かけた。結婚持参金に関する証書を債務局《モンテ》の窓口で確認する必要があったのだ。また別の日には、二人を残して仕立て屋に出かけた。その後、公証人は断りなく急に姿を見せなくなった。ムジェッロ[44]かピサに行ったようだ。

数年前、サンタ・クローチェ聖堂で聞いた説教は妙に頭に残り、私は疑念を抱きながら悩むことがあった。シエナ出身の聖なる修道士ベルナルディーノ様のお話だ。説教壇からよく通る声で、「若い男たちの欲望にさらしたまま、無防備な若い女性たちを家に残して外出してはいけない」という教えである。私たちはまるで劇を観に行くかのように話を聴きに行った。当を得た言葉で直接語りかけるその言葉は、聞く者の心に響くのだった。彼が言うことは、「明々白々」の警告だった。修道士の言葉は、胸に引っかかって消えない。説教というよりは、予言のような響きが私を不安にさせる。「おお汝、娘をもつ女性たちよ。汝の家に足しげく通う者が誰であるかを見届けるのです。おお汝、母親たち。成長した娘をお持ちでしょうか。しっかりと見守ること、それ以上大事なことはありませんぞ」

＊＊＊

しばらくして疫病は終息し、外出が可能になった。しかしカテリーナは体調を崩し、私と一緒に外出したくないようだ。いつも疲れていて、気分もよくないようすだ。中庭の隅で吐いているのを目にしたと使用人が言う。さらにもっとも心配になるのは、お互いを知ってから今日まで、カテリーナははじめて私を避けている。何か隠しているようにも感じる。カテリーナと二人だけで話す機会がなかなか見いだせない。

カテリーナは部屋に閉じこもることが多くなった。私は女主人で、彼女は女奴隷という立場が変わっていないので、妙にへりくだってカテリーナのあとについて行き、一緒に部屋に入って打ち解けて事情を聞き出すというのもうまくいきそうにない。階段の上に行くと、部屋の扉の向こう側から、むせび泣く声が聞こえる。押さえつけるような震える泣き声だ。私は大きく動揺し、気を失いそうになる。何か重大なことが起こったに違いない。かつてない深刻な事態が起こり、カテリーナは自分の殻に閉じこもり、私に何も話そうとしない。

一一月のある晩、私は背後にカテリーナの気配を感じた。インク壺からペンを取り、書斎机に背を屈め、その日の家計簿収支をノートに熱心に書きこんでいるときだった。家の使用人はすべて、私が集中するこの聖なる時間に私を邪魔すると、咎められることを知っている。ただ一人、カテリーナだけはその聖なる時間に私を邪魔することが許されるとはいえ、いまここに来たということは、きわめて深刻な状況に置かれていることを意味する。私は振り返り、近くに座るように促した。カテリーナの髪は乱れ、顔は濡れ、やつれた表情だ。長いこと泣き続けたようだ。しかしそれにもかかわらず、カテリーナの顔には不思議と張りがあり、つやもある。みずみずしい皮膚から新しい光が射しこむかのように感じる。いままでのカテリーナよりさらに美しいカテリーナがそこにいる。私の顔を正面に見る勇気がないようだ。変な話を始める。いつものことだが、最初はなんのことだかわからない。「もう二か月ほど、腿の間から血が出てきません。文字によって言葉を紙の上にとどめることができる奥さまは、魔法をお使いになるのですから、私の身体を治療してください。次の月にまた、腿の間に血が流れ出るようにしてください」

ここで私はすべてを理解し、恐怖に身震いする。私は立ちあがる。恐ろしい顔つきだっただろう。カテリーナは驚いて、身をうしろに引いた。カテリーナの下腹部に手をあて、「お前、この中に何かを感じないの?」と聞く。畳みかけるように、私はカテリーナの手を強く握りしめ、さらに強い調子で、「ほかにまだ言うことがあるでしょう」と問いつめる。カテリーナはわっと泣き出し、すべてを打ち明けた。

「赤い服を着た男がドナートさまを訪ねました。でも用事が終わっても帰らずに、そっと私のあとについて階段を上り、部屋に入りました。微笑みを浮かべて、私に近づいてきたのです。驚いて叫び声をあげようとしたその瞬間、男は立ちすくみました。それから私に触れることなくひざまずいて、『髪を見せてくれないだろうか』と言うのです。その言葉にちょっと安心しました。男は優しく静かで、赤い服を脱ぐこともなく、私には触れません。この家に何度も来て、ドナートさまとお話するのだからいい人に違いないと思いました。私はベッドの縁に座り、巻き上げた髪をほどきました。ちょっと笑ってしまったのです。赤い服をきちんと身に着けた男の人が、冗談みたいに私の前にひざまずき、褒めたたえるように口を開いて目を見開くのですから。おかしな人です。手は震えているようでした。そして、『髪を撫でてもいいでしょうか』と聞くので、『いいですよ』と答えました。満たされた気分でした。男は優しく、とても優しく私の髪を撫でるのでした。私は目を閉じました。私はその瞬間、頭を優しく撫でてくれた父の手を思い出しました。だから、私のせいではないし、その男のせいでもないのです。かつて姉のように慕ったマリアも同じように優しく頭を撫でてくれました。マリアとそうしたように、私は身体を横にしました。衣服をすべて脱ぎ、足を少し開きました。目は閉じたままです。その若者が、マリアと同じようにあの部分に口づけをしてくれて、気が遠くなるような快感を与えてくれると信じたのです」

「でも、そうではなかったのです。突然、感じたことのない強い痛みが身体をつき抜けました。男の身体が私の身体の上にあり、男の何かが私の中に入ってきたことを感じます。叫ぼうとしました。でも唇の間に男の舌が入り、塞がれてしまいました。それから感じたことのない甘い不思議な感覚が広がりました。マリアと一緒に感じた陶酔よりもはるかに深く大きな快感でした」

「私の魂は天国に高く昇り、身体の感覚は失われました。それはほんの一瞬のようでもあり、同時に永遠に続くようでもありました。私はどうなってしまったのでしょうか。若者は私の身体の中に入ったまま、まるで死んでしまったかのように動きません。苦しそうに息をしているようでした。耳元でささやく声がします。

『永遠に愛する私の天使』と言ったのでしょうか。そして、男は私の身体が血で汚れているのを見て、大あわてで逃げ出しました。ベッドの下に脱ぎ捨てた薄底の靴も忘れて」

「男はふたたび、二回、いや三回と戻ってきました。私は彼を待ちました。同じことを繰り返しました。それはより大きな興奮と快感に高まっていきました。この行いが悪いことだとは知りませんでした。誰も私にそう言ったことはありません。薄底の靴もお返ししました。その後、その人は戻ってきません。でもいま、私は絶望し、死にたいと考えています。この指輪は何もせず、私を守ってくれませんでした。男の名前すら知りません」

私も絶望感に駆られ、カテリーナを抱き寄せて嗚咽にむせ、怒りからペンとインク壺を床にたたきつけた。あのつまらぬ男は私のカテリーナにいったい何をしてくれたというのだ。ただ一つ、できることは、母親が娘を抱くように、カテリーナを強く抱きしめることだけだった。

1 中世フィレンツェの街区は、一三四三年に六街区から四街区に改編された。サント・スピリト、サンタ・マリア・ノヴェッラ、サン・ジョヴァンニ、サンタ・クローチェの四区で、代表的な教会堂、洗礼堂の名をとっている。

2 マグダラのマリアをさす。イエスの磔刑を見守り、その埋葬を見届け、イエスの復活に最初に立ち会った。西方教会では、「ルカの福音書」の「罪深き女」と同一視される。食事をするイエスに近づき、イエスの足を涙で濡らし、自分の髪でそれを拭った。主人公の髪が乱れているようすを関連づけている。

3 朝、昼、夜に行う「お告げの祈り」の時刻を知らせる鐘の音。

4 現在の共和国広場にあった市場。一四世紀には、この南、サンタ・マリア門に市場が増設され、従来の市場は徐々に「古い」市場と呼ばれるようになった。

5　アルテ・デッラ・カリマーラ（布地・毛織物の輸入、仕上げ業者の同業組合）にちなむ通り。古い市場の東辺を区切り、南東端から南に伸びる（現存）。

6　この地区の旗は黄色の地に緑の毒蛇を描く。図柄の由来は未詳。

7　フィレンツェの北、二五キロメートルほどに位置する都市。中世には多くの城塞が造られ、ルネサンス時代にはフィレンツェの貴族が邸宅を構えた。

8　叙事詩『テーバイド』はホメロス作といわれる断片と、スタティウス作の二つがあり、ここでは、テーバイと戦ったアルゴスの将たちをヘクサメトロス（六韻脚）で語る後者をさす。ボッカッチョはこの詩に想を得て、長大な叙事詩『テセウス物語』を著した。

9　『新約聖書』「マタイの福音書」（一六―一九）には、イエスの言葉として「わたしはあなた（ペテロ）に天の国の鍵を授ける」とあり、鍵は聖ペテロのアトリビュート（聖人を特定するために添えられる持物や動物）となった。

10　フィレンツェの東約七キロメートルにあり、フィレンツェ市街を眺望する丘陵地。

11　テレンツァーノにある小さな聖堂。一二世紀創建。

12　終課の「アヴェ・マリアの祈り」を知らせる鐘。この時代の時間の区切りは修道院ないし教会堂の鐘楼から響く聖務日課の鐘の音（八定時課）を基本としていた。季節によって多少の前後があったが、おおよそ以下の八課である。朝課（午前二時）、讃課（午前三時）、一時課（午前六時）、三時課（午前九時）、六時課（正午）、九時課（午後三時）、終課（午後六時）、晩課（午後九時）。このうち、食事前後の短い祈りに加え、讃課、一時課、終課で祈りを捧げる。

13　中世から一八世紀頃まで着用された男性用の身体に密着した上着。

14　インプルネータはフィレンツェの南、約一〇キロメートルに位置する町で、サンタ・マリア聖堂（一〇六〇年創建）で知られる。建設中に地中から聖母マリアの聖画像が出現したという伝説から、中世以来、多くの巡礼者を迎えた。

15　ホメロスの叙事詩『オデュッセイア』と『イーリアス』に描かれる英雄。二人は他の武将とともにトロイの木馬に乗りこみ、トロイア落城を成し遂げた。

16　ボッカッチョ作『デカメロン』の第五日第一話で語られるキプロスとロードス島を舞台とする男女の愛の物語。粗野で知識のないチモーネは、美女エフィジェーニアに出会って洗練された知性に目覚め、苦難と障害を乗り越えて、エフィジェーニアをロードス島の貴族である婚約者から奪い、愛を成就させる。

17　一四三四年、追放から帰還したコジモ・デ・メディチは多額の費用を投じてサン・マルコ聖堂（一三世紀創建）と修道院の全面改修に着手した（一四三七－四三年）。祭壇画、フレスコ壁画の内装はフラ・アンジェリコに依頼され、計五〇点もの精緻な壁画が制作された。「優美な絵画」は、フラ・アンジェリコ最初期の祭壇画《リナイオーリの聖母マリア》（一四三二－三三年）をさす。

18　大聖堂と洗礼堂に面したカルツァイウォーリ通りの角に位置するロッジャ（開廊）。ビガッロはフィレンツェ郊外の養育院の名に由来する。養育できない婚外子、両親を失った幼児はこのロッジャに置かれた。

19　一二四四年創設の慈善組織。ミゼリコルディアは憐憫、慈恵の意。ロッジャ・デル・ビガッロの建物を本拠として、病者収容、貧困者の救済、死者の埋葬などを行った。民間慈善組織としてヨーロッパ最古であり、現在も活動する。

20　中世以降、ギルド制の発展とともに商用、私用の書簡往復は活発となり、その運搬人が活動した。私信の往復は閉鎖的な修道院においても可能であった（アベラールとエロイーズの書簡のやり取りが一例）。

21　シニョリーア広場南辺から西に延びる通り。

22　フィレンツェ中心部にあるゴシック式聖堂。ドミニコ会修道院の付属聖堂として一二七九年創建。ファサードは一三五〇年に着工されたが、下半分のみで中断されていた。

23　サンタ・マリア・ノヴェッラ修道院の修道院長（一三六〇－一四二五）。一四〇九年以降はドミニコ修道会の総長を務め、会の改革に尽くした。弁舌に優れ、ピサ、コンスタンスの宗教会議での演説、とくにサンタ・マリア・ノヴェッラ聖堂での説教は衆目を集めた。

24　ボッカッチョ作『デカメロン』の冒頭で、七人の女性と三人の紳士が出会った場所。彼らはその後、郊外の邸宅で一人十話、計百の話をする。

25　画家マザッチョ（一四〇一－二八）。「磔刑を描く」とされる作品は、晩年の大作《聖三位一体》（一四二七年）のこと。マーゾはマザッチョの本名トンマーゾの短縮形。

26　バディアは九七八年創設のベネディクト会修道院。イェルサレム友愛信徒会の施設である。鐘塔は一三一〇―一三〇年にかけて建設された。

27　シニョリーア広場に面し、パラッツォ・ヴェッキオの北側に位置する。一三五九年創建。商取引に関する訴訟、裁判、調停の場であった。

28　一二―一五世紀に、貴族階級や富裕層が着た礼装用の長い衣装。

29　『政治学』（第一巻第二章）、『家政論』（第一巻第一章）に関連記述が見られる。

30　「無垢なる者の救貧院」の意で、乳児、幼児、とくに捨て子の収容施設。サンティッシマ・アヌンツィアータ聖堂前の広場に面する。正式な開設は一四四五年。

31　中世ヨーロッパでは、猫は魔女の使いと見なされ、魔女によって生き返る力を与えられているといわれた。

32　緑灰色の砂岩で、中部イタリアで採掘され、建築石材に用いられた。

33　古代ローマの詩人ウェルギリウスの長編叙事詩『アエネーイス』第一一巻に登場する勇敢で美貌の女戦士。国を追われた父に森の中で育てられて武器に親しみ、戦闘で活躍した。中世以降広く伝説化された。

34　アナトリア半島北西部、トロイのある現在のビガ半島をさす。

35　一二六二年、ヴェネツィア共和国政府は富裕市民からの借款を受け入れ、年五パーセントの利子を払う「モンテ」と呼ばれる基金制度を創設した。債務局は債券償還と買い戻し、利子の支払い等の処理を行う部署である。

36　ヴェネツィア南部、ポー川下流、アディージェ川下流、両河川の河口域に広がる低地および湿地帯。エステ家の領有であった。

37　サンタ・マリア・デル・フィオーレ大聖堂（ブルネッレスキ設計）の交差部大ドームは一四三四年に完成したが、頂部を飾るランタン（頂塔）の起工は一四四六年、完成は一四六一年である。

38　ビザンティン帝国皇帝ヨハネス八世パレオロゴス（在位一四二五―四八）。オスマン・トルコ帝国の脅威を受けて、バーゼル、次いでフェッラーラ（一四三八年）とフィレンツェ（一四三九年）で東西両教会の合一が議論されたが、両教会統合は実現しなかった。フィレンツェでの会議はサンタ・マリア・ノヴェッラ修道院で行われた。

39　ゴンファローネは地区の旗をさすが、この場合「地区」を意味する。ヴァイオ地区はサン・ジョヴァンニ街区の四地区のうちの一つ。ヴァイオはマダラリスの腹部の白い毛皮。

40　公証人は契約を結ぶ二者から契約内容の説明を受け、それを文書登録簿に記載する。この文書は「要約記録」（インブレヴィアトゥーラ）と呼ばれる。正式な契約証書は別途羊皮紙で作成されたが、要約記録のみで済ませる契約も多かった。

41　十字、鷲、獅子、百合は多くの紋章に使われてきた。フィレンツェの紋章は「百合」とされる。しかし、植物分類上のユリ科ユリ族ではなく、アイリスの様式化であると言われる。

42　七つの大罪のうちの一つ。

43　フィレンツェの北西、プラート、ピストイア方向に伸びる丘陵。ヴィンチ村、アンキアーノからは北および北西一五―二〇キロメートル。

44　フィレンツェの北に拡がる丘陵と谷が続く田園地帯。

第8章　フランチェスコ

フィレンツェ、アルタフロンテの城塞[1]
一四五〇年四月のある日

叫び声が屋敷のヴォールト天井に悲痛な響きとなってこだまする。

ああ、主よ、この世界に生を受けるのは、なぜこうも難しいのでしょうか。私たち人間は主がお創りになった存在であるといわれています。お創りになるその瞬間に、なぜこのように残酷な試練が課されるのでしょうか。私たちにとって自然とは、善良な母親でしょうか、それとも無慈悲な母なのでしょうか。

私たちは重大な死の危険を伴って、なんとかこの世界に生を受けました。裸で泣き叫びながら。その瞬間から、嘆きの中で私たちの苦しい一生が始まるのです。生まれなかったほうがよかったのかもしれません。できるだけ早く死ぬほうがよかったのかもしれません。そうすることで、すべての人間が命を受けた、あの暗い場所にすぐに戻ることができたのですから。

空いた部屋から部屋へと、私は屋敷の中を歩き回る。小さな家族にこの屋敷は大き過ぎる。しかし、彼女の叫び声はどこにいても追いかけてくる。装飾付きの重い木の扉だけではなく、厚い石の壁も難なく通り抜けるのだ。小さな塔が並ぶ屋上に上ることにする。深呼吸の必要がある。新鮮な空気を吸いこみたい。彼女の部屋の扉から漏れて、鼻についてしまった分泌物、薬品、血液の臭いを消したいと思う。だが屋上では突風と雨を受けて押し戻されそうによろめく。その凄まじい烈風《シロッコ》は川面と街をたたき、胸壁の狭間[2]に強く吹きつけ、風切り音が悲痛な嘆き声となって続く。布張り窓も開いてしまい、きしむ音が悲鳴のように重なる。階段に戻ると、ふたたび大きな叫び声が私を包む。見えない手が私を捕え、心臓を引き裂こうとするかのようだ。私は地下室へと小走りに降りる。切り裂くような風の音も、彼女の呻き叫ぶ声も、そこではかすかな音に弱まり、消えてしまうだろう。切り石の上に座る。まさに成し遂げられようとする出来事に対する苦悩に打ちのめされ、それに直面して何もできない自分がそこにいる。

屋敷の隅にあるこの場所はいつも来る私の避難所だ。狭間から漏れるひと筋の光がこの暗い隅の唯一の光源である。机一つ、背もたれなしの椅子一脚、鍵のついた長持一個がある。地下の空間を横断するように大きな石のアーチが架かる。私はそれにもたれるとなにかしら力が湧き、気分が落ち着くのだ。山、あるいは世界を支える巨人の幅広い背中に寄りかかるような安心感だ。この場所は自然の脅威に対して、世界とはいえないまでも屋敷の全体を支えている。川の水、嵐の風と雷、地震の揺れなどに立ち向かって。この建物はかつて城塞だった。いまでも人々はこの家をアルタフロンテの城塞と呼ぶ。サンタ・クローチェ街区のカッロ地区だ。

切り石がいつからここに置かれているのか。誰もはっきりとは知らないだろう。少なくとも、四、五世紀前になるはずだ。古い城壁が伸びるアルノ河畔の小高い土地、ポンテ・ヴェッキオとポンテ・ルバコンテ[3]の間、そこに、凄まじいアルノ川の力に挑むかのようにこの城塞が位置する。かつて、アルノ川がついにこの城塞を制圧したのでは、というときがあった。ベンチヴェンニ・ディ・トルナクインチョ・ブオンソステーニが城主であった頃である。祖父ミケーレ・ディ・ヴァンニ・ディ・セル・ロット・カステッラーニはまだ少年で、城塞の隣に住んでいたという。祖父の末っ子である私の父マッテオは、子供の私によく伝え聞いた洪水の話をした。町が見舞われた悲劇を話し、息子が怖がるのを見たかったのかもしれない。事実、父の話を聞いて、子供の私は窓の下を流れる川は怖いものだと思うようになった。それは人々の記憶に残る限り、最悪の洪水で、繁栄を謳歌し幸福な生活が約束されたわが町は、押し寄せる水で壊滅寸前の状態となった。神の審判による罰を受けたのかもしれない。福音書の聖なる教えは忘れられていたからである。「その日もその時刻も知らぬ汝よ。目覚めよ」[4]四日のあいだ、朝も夜も雨は一刻たりとも止まず、稲妻と雷鳴が轟き、キリスト受肉の年から一三三三年後の一一月四日、支流の流入や漂流物の堆積で河岸にあふれた濁流は木々を倒し、橋や粉碾き小屋や川岸の織物工場の残骸をのみこみながら、フィレンツェに達した。水面は七ブラッチャ〔約一三メートル〕も高くなり、夕方から夜に入って氾濫が始まった。人々は「神さま、お慈悲を、お慈悲を」と叫ぶ。町全体が濁流に浸《つ》かる。塔、家々、橋がつぎつぎに壊れていく。流れには悪臭を放つおびただしい死体が浮く。水は城塞のある小高い土地にまで押し寄せ、凄まじい勢いで壁の石や煉瓦を壊し、壁を乗り越えた。しかし、分厚いアーチだけは動かなかった。強固なアーチの前は黒い泥で覆われていたにもかかわらず、うねる泥水は波立ちながらも引き返したのである。

成長し、財をなした祖父ミケーレは廃墟となった城塞を買った。城主ベンチヴェンニはペストで死亡し、一家は娘の結婚持参金を用意したかったのである。祖父は修復にあたって、封建領主を思わせる城塞の堅固な構造を残しつつ、邸館としてしつらえを整えた。重厚な壁で囲まれた方形の構成は変わらず、隅の小塔とグエルフィ型の狭間胸壁[5]もそのまま残された。表層をピエトラ・フォルテ[6]で仕上げた壁には、浅いアーチ形の破風を載せた窓が開く。祖父はこの改修が気に入ったようだった。過度の贅沢に走ることを避け、町と外の世界から自分を守るかのような館である。しかし中庭は狭く、風通しはよくなかった。階段も狭く不便であった。

その後、祖父はふたたび破壊的な洪水に打ち勝たなければならなかった。庶民階級の人々は、災害に負けずに私腹を肥やした祖父のような人物に反感を抱いた。カタロニア地方やイギリスから羊毛を輸入して大きな財をなし、しかも羊毛組合から両替商組合へと籍を移したのである。これにより、貸し金業、いうなれば高利貸で、またひと財産を築いたのだった。祖父は聖書の教えに従ったのだ。「汝自らを成長させ、増やせ」これは子孫を増やせという呼びかけだが、祖父はこの語句をフィッリョランツァならぬフィオリーノ金貨と所有不動産にあてはめたのだ。これら二つの財産はどんどん増殖し、家、土地、壁に囲まれた農園がさらに増えていった。しかし、絶望に突き動かされた梳毛工《そもう》〔チョンピ〕たちの暴動で、カステッロ地区の作業場近くにあって祖父が住んでいた家は焼き払われ、祖父は命からがら逃げなければならなかった。粘り強い祖父は、それにくじけず乱の終息を待ってすべてを再建し、加えて権力を奪還した貴族階級の復讐からサルヴェストロ・デ・メディチを救うという義務まで果たすことができた。サルヴェストロはチョンピの乱で、その場限りの市民の代表にまつりあげられた人物である。

父のことはよく知らない。父はほとんど家にいなかった。家族と過ごす時間もなかった。共和国の外交官として、重要な任務を帯びていつもフィレンツェを離れて各地を巡っていたからだ。そうした派遣職務を終えてナポリから帰国した一四一五年、父には騎士の称号が授与されていた。フランス出身の冒険を好むナポリ王[7]が、財政再建と外交交渉における父の貢献を評価して与えたらしい。わが町フィレンツェは市民の力で市政を進め、貴族をすべて公職から排除したという栄光を誇る。そのフィレンツェであっても、騎士称号は依然としてかつての騎士時代の気風と武勲につながる歴史的な重みを印象づける名誉であった。いまとなって騎士時代にかろうじてつながるのは、詩歌や物語にある絵空事の色褪せた美辞麗句だけなのだが。私が生まれたのはその二年後、父が五〇歳のときである。男の子供は一人だけで、スキューロス島のアキレウス[8]のように周囲は女性ばかりの城塞で、勝手気ままに育った。母はジョヴァンナ・ディ・ジョヴァンニ・ディ・ラニエーリ・ペルッツィ、そして乳母、年老いた未婚の伯母、料理女、女の使用人が数人、女奴隷も数人といった面々である。私の教育はすべて城塞の中で行われた。母から読み書きを習う。母にとっては、とくに冬場は家に閉じこもって長く退屈な夕べとなるので、私の教育はその暇つぶしとなるばかりでなく、半ば未亡人のような状態に対する配偶者へのあてつけにもなっていた。母は由緒ある古い家系の血を引く気位の高い女性で、私を女の子として躾《しつ》けることで、鬱屈した恨み心を晴らしているようだった。というのも、母は男ではなく女の子供が欲しかったのだ。運命の意地悪とでもいおうか。

　私は細身で弱々しかった。昔もいまもそうである。巻き毛の金髪が頭を覆って肩にまで垂れている。母と乳母は、高価な生地の余り布や絹のヴェールで下着、礼装用長衣《チョッパ》、丈長ドレス《ガムッラ》などをすべて少女用の仕立てで作り、私に着せては喜ぶのだった。試着して椅子に座り、鏡を見る。それは私にとっても、唯一楽しい遊びだった。首飾りや宝飾品を身に着ける。さらに、化粧の方法や香水のつけ方も教わった。裁縫、音楽、舞踊も習う。

　私は一度も学校に行かなかった。あるとき父は思いついたように、文法修辞を教える住みこみの家庭教師を手配した。その家庭教師は繭のように私を取り囲む女性たちとは離れて住んだ。授業は一人で受ける。階下に降りて授業に行くときは、鏡の前に座って素早く化粧や頬紅を落とし、真珠飾りの紐で束ね、網で押さえた髪もばらばらにほどかなければならない。

私が楽しく輝いていた子供時代の日々は、一四二九年九月三日に突然断ち切られた。ミラノ公のもとに外交使節として派遣され、重要な任務を果たしてきた父が、ミラノから帰ってまもなく亡くなったのである。父は地区代表《ゴンファロニエーレ》にも選出されていた。一二歳の私は父を失った。遺児として父の名を引き継ぎ、城塞の一部、財産の一部を受けるが、それは父の名誉ある実績と騎士称号からすると、ずいぶんと不十分なものであった。

遺体は地上階の部屋の棺台の上に黒いビロード布を掛けて、三日のあいだ安置され、その後、市街を通る葬列により、サンタ・クローチェ聖堂に移された。葬列には、私、叔父のヴァンニ、従弟たち、母、親しい人々やその家族など、二八人が加わった。聖堂内のわが家の礼拝堂[9]の地下墓室に遺体が降ろされたあと、私は主祭壇に導かれ、被後見人〔私〕の事務所の者たちが私の黒の衣装を脱がせる。父の親友にして政府の重鎮でもある共和国の長老たち、ロレンツォ・リドルフィ、パッラ・ストロッツィ[10]、およびジョヴァンニ・ディ・ルイージ・ディ・ピエロ・グイッチャルディーニが私に緑の上着を着せ、騎士称号を授与する。父がナポリで受けた称号の継承儀式である。

同じ一四二九年一〇月二日、私はパラッツォ・デイ・プリオーリ[11]に招かれ、続いてパラッツォ・ディ・パルテ・グエルファ〔グエルフィ党の館〕[12]に案内された。それぞれ市民代表と党代表の標章旗を拝領する式典である。銀糸の刺繍を施し、緑と金の房飾りをつけたフィレンツェ・タフタ[13]の旗には、第一の旗には銀の縁取りをした赤色の十字、第二の旗には銀の縁取りに緑色の龍をつかむ赤い鷲が描かれている。これらはペゼッロ[14]の作品だ。二本の標章旗を持って馬に乗り、市の委員と騎馬兵、祝福する市民を従えて、私はわが家に凱旋した。旗は包み布でくるみ、樅《もみ》材の大きな木箱にしまう。私は少年騎士となった。騎士には違いない。

これらの式典とそれに伴う栄誉は、おおいに私の自尊心を高めた。しかしそれは空虚な高慢でもあった。豪華な儀典に立ったことで私の目は曇り、その裏面で激しさを増す政治抗争の現実を直視しなくなったのである。私は政治の現実から疎外されていった。もっとも、権勢を誇り、富裕でもあった私の親戚一族が政変によって大きな損害を受け、血まみれになって苦悩する場面に巻きこまれなかったことも事実である。支配的な貴族にとって、私は形式的な儀式のときだけ持ち出されてその場を飾る優雅でおとなしい人形であった。私の地位にかかわるすべての職務は被後見人事務所の者が代行し、受け継いだ巨額の遺産はその流れの中で、重税や負債の返還、借金返済という名目でゆっくりとしかし確実に消滅していった。祖父には、父だけでなく相続権をもつ家族や子弟が多く、遺産はすでに細かく分割され、消えていた。

父が亡くなり、名士パッラ・ストロッツィの世話を受けるようになった私は、家に閉じこもらず、パッラの周囲に集まった知識人の集まりに顔を出すようになった。この会合で、ギリシャ語の教師であり人文主義者であったトレンティーノのフランチェスコ・フィレルフォ[15]との親交を深めた。フィレルフォ先生は若い学徒にギリシャ語、ラテン語の古典文学のみならず、ダンテの作品を読むように熱心に勧めた。ここで、私には突然新しい視野が開けた。家庭教師が指導する教条的かつ貧弱な教育、その「学説」とかいう野暮な文章とはまったく異なる広く新しい世界が目の前に現れた。私は次から次へと書籍を求め、情熱をこめて遺産として受け継いだ文献に目を通した。書籍類は被後見人事務所の係によって、一点ずつ細かく記録されていた。要するに、私は気がふれたニッコロ・ニッコリ[16]のように、つまりバッティスタ・アルベルティ[17]の言葉を使えば、正真正銘の「古書蒐集家《リブリペータ》」になった。

読みたい本は膨大な数であったわけではない。みごとな装丁で美しい挿絵があり、君主の図書室にふさわしいような書籍が収集の中心となった。イタリア語《リンガ・ヴォルガーレ》の大判聖書、世界の評伝、ヴィッラーニ[18]によるフィレンツェ領内の評伝、小さいが高価な『聖母マリア伝』などである。さらに、自分の費用で購入したり、貸与を依頼して写稿したりと蔵書は増えた。ウェルギリウス、ホラティウス、キケロ、ユスティノス[19]、スエトニウス、またボッカッチョの『コルバッチョ』[20]も入手した。異論にも耳を傾けようということで、ヴェネツィアで騎士職にあるフランチェスコ・バルバロの著書『妻たちについて《デ・レ・ウクソリア》』も読む。これはマッテオ・ストロッツィが一四三四年に貸してくれた。青年となった私に、そろそろ妻を娶《めと》る頃だと悟らせる意味があったようだ。ストロッツィ家の人々とも仲よくなり、助言を受けて、同家の図書室を利用した。若い文房具商で書籍も扱っていたヴェスパシアーノ・ダ・ビスティッチ[21]とも交流を深める。彼の店は私の家のすぐ近く、大修道院《バディア》の角にあった。こうした仲間は、ある意味「共犯者」のようでもある。書籍と読書、とくに古代の非キリスト教徒の著作者に向ける私の情熱はとても強く、徹底していたので、厳しいアントニーノ大司教が説教で力説した教えからすると、ほとんど犯罪ともいえる強い執着であった。私たちの魂にとって、たちが悪く人が騙されやすい罪を犯してしまうかもしれないという危険な罠がそこに仕掛けられているからだ。「知に向かう好奇心、なくても不自由しない知識を探そうとすること、もし必要な場合であっても、その知識を正当な方法ではなく、無秩序に学ぼうとすること」を棄てるようにと、司教は諭していた。まさに私の場合があてはまる。正確に設定した目的もなく、興味の向くまま手あたり次第に本を読み、本から学ぼうとする私は、未知への探求という深い森の中で、あてもなく密猟の獲物を探して歩き回る狩人そのものだ。密猟者、いや泥棒といってもいい。

私は父よりもラテン語が得意だった。ギリシャ語に関しては、人文学や人文文学の教師や学生、すなわち今日いうところの人文学者の能力といえる水準ではないが、個人的に好きな著作に目をとおしたり、さらに勉強したりすることができる。もっとも、あれこれ手を伸ばすのだから、わが聖なる司教様が警告する致命的な罪を犯していることになるかもしれない。

一四三四年、コジモ・デ・メディチが追放先から帰国した。父のかつての友人たち、アルビッツィ家、ストロッツィ家の人々はコジモを厳しく糾弾したので、帰還したコジモはその復讐として父の友人全員を国外追放とした。一方、私に対しては曖昧な態度をとり、お人よしの温情主義を見せた。コジモは私がフランチェスコ・フィレルフォの弟子であることを知っていたはずだ。フィレルフォはコジモに敵対した論客で、コジモの帰還とともにフィレンツェから逃亡していた。コジモは、もしふたたび見かけたらその癖の悪い舌を切り刻んでやると、フィレルフォを脅していた。しかし私は潔白であると判断されたのか、コジモを囲む知識人の集まりに顔を出すことまで許された。メディチ家図書館[22]での調査や研究も可能であったが、唯一の条件とされたのは、市政に関する責任や業務に絶対関与せず、つねにその世界から離れていることだった。コジモにとっては、私が従順かつ平静で、抵抗することなく、金箔で飾られた牢獄のような城塞に母や女性たちと閉じこもっている限り、相手にする必要もなかった。地区代表《ゴンファロニエーレ》として市民の前を騎馬行進するときに持ち出す駒だったのである。フィレンツェという町にとって、とうとう私はなんの役にも立たない紳士となった。私という、存在していないかのような紳士は、商人ではないし、同業組合にも登録していない。活動はしない。職務がない。私はただ、フランチェスコ・マッテオ・カステッラーニなる騎士に過ぎない。

ただ、ある人たちにとって私は依然として存在していた。私の名前は、丈夫な紙を綴じた記録簿に薄れることのないインクで明瞭に記載されていた。フィレンツェ共和国の税務台帳である。私の財産は、その台帳の記載のせいで徐々に目減りしていった。そしてあるとき、追いつめられた母に急かされて、私は目を見開いて一家が置かれている状況を直視せざるをえなくなった。城塞を手放す危機が迫ってきたのである。家族を養い、財産を管理し、その一つ一つを記録するという、普通の商人や市民が日々苦労している作業、ようやくこの期におよんで、その面倒な作業を始めることになった。公式記録に使う、透けるような白い上質紙を文房具店で買い、記憶する限りを書き出すことにする。まず、聖なる主キリストを意味するギリシャ語の組み文字《モノグラム》XPSを書く。[23] 次に、十字架と一四三六という年号をその下に書く。お決まりの一節が続く。「主の御名において、いとも聖なる母にして処女たる聖女マリアの御名において、天上のすべての天使の御名において」まあ、美しい定型句ではあるが、やや大袈裟だ。だが会計記録や備忘録の冒頭部分でしばしば目にする「主の御名において、所得に関して」とか、フィオリーノ金貨の銘[24]など、貧弱な定型句よりは、はるかに立派である。そしてその下に、「この記録帳は、私、フランチェスコ・マッテオ・カステッラーニによる」と書き加える。そこには、「騎士」と言葉で書かず、中世のやり方を真似て、上に十字架を載せたKの記号を描く。さらに「ここに、私が覚えている事項、必要に応じて私の身に生じたことがらを、一四三六年九月の第一日より、主の御名において記録を始め、これを回想録Aと名づける」と書いた。

最初の記録は次のページに書く。家を失わずに済んだ、あの厄介な一件である。その九月に「市《コムーネ》の管理官」により、信じられない馬鹿げた価格で家は売却されていた。その場合、私の課税額には巨大な負債が上乗せされる。しかし私は、その契約の名義人となっていたサン・ジミニャーノに住む哀れな一文なしの人物から、アンテッラ[25]の土地とそのほかの不動産の所有権とともに、家を買い戻すことに成功した。その後私は家と他の不動産の管理を続け、強欲な国庫やその仲間の官庁に抵抗していくが、これはそうした諸々の案件の最初となる記述である。課税逃れのための架空売却、城塞に隣接する小さな家々の賃貸料、さまざまな係争、報奨金、城塞の一部に関する従弟たちとの再契約の記録が続く。城塞の一部は祖父ヴァンニの時代から従弟たちの所有になっていたらしい。いやはや面倒なことだ。

母は抜けめのない経理係の助けを借りて、これら所有不動産の一部分を直接管理していた。そのなかで唯一、私の好きな不動産があった。家の脇にある古いパン焼き窯である。そこから立ち昇って邸宅に広がる焼き立ての香ばしいパンの香りは、幼児期の忘れられない記憶だ。私はそのパン屋が続くように、そこで働く窯職人やパン職人にいろいろと便宜を図ってきた。私たちは美味しいパンなしには生きられない。パン屋との契約書には、わが家のためにパンと肉の窯焼きを作ること、という一文が加えられていた。

私は大人になったと感じる。妻を娶《めと》ってもいい時期になったようだ。というわけで、一四三六年にパッラ・ストロッツィ家のジネーヴラ〔第７章の語り手とは別人〕と結婚した。これは政治的には重大な過ちだった。私は市政からさらに疎外されることになった。コジモにとって最大の政敵であったパッラ・ストロッツィの寿命は追放先で尽きようとしており、フィレンツェへの帰還は不可能に近かった。しかし、十年前の状況は違っていた。父と友人パッラは、冗談でそんな話をしていたかどうかわからないが、父はこの結婚を夢見ていたのである。その後、未亡人となった母は、すでに政治の動向には関心がなく、ただ、栄光ある夫の生前に果たせなかった夢を実現したい一心だった。自分の息子がパッラ・ストロッツィという偉大な人物の婿、パッラの息子たちの兄弟ともいえる存在になるという唯一の望みである。

ジネーヴラはたった一三歳の少女で花嫁となった。そして、八年を経て、子供を産むことなく早くも世を去った。だが、それはたいした衝撃ではなかった。結婚、私たちはそれすら完全に成し遂げたとはいえない。か細いうつ病の少女の身体に触れるのが怖かった。またジネーヴラも私に触れることを怖がり、たまたま二人の身体が接触しても、少女の純潔は保たれ、なにかが果たされることはなかった。二人はいわば兄と妹であった。私とジネーヴラは、お互い同じような人間であると感じてしまい、その感覚が二人の行動を抑制したのかもしれない。人間として、身体において、性格において、生き方において、二人は生き写しとでもいおうか、あまりにそっくりであった。ともに難しい時代の、残酷な社会の犠牲者であり、外の世界に対して自分を閉じた存在であり、人生の激烈な流れに恐れおののく弱い命であった。

その流れからジネーヴラはすぐ脱出してしまう。若すぎる死によって別の岸辺に上がったのである。死は古代の賢人が賞讃する終局であったとはいえ、私にはそれが現実に起きたこととは思えなかった。死を迎える前、ジネーヴラはいつも青白く、熱を出していた。最初は一過性のカタルではないかと思われた。だが次第に呼吸が苦しくなり、悪性の重い咳が続き、純白の香りつきの麻のハンカチには飛び散った血痕がつくようになった。家に出入りの医者は休むことなく彼女の治療にあたった。呼吸を聴診し、排泄物を調べ、尿の臭いを嗅いで検査をした。ジネーヴラの誕生直後に著名な占星学者が星座を計算し、長く健康な生涯を得るだろうと記録した占星術の書面も、医者が詳しく検討する。その結果、医者は迷うことなくペトリオーロ[26]への転地を強く勧めた。その土地に湧出する奇跡の温水は、三日熱で火照ったジネーヴラの血液よりも温かく、「きわめて確実な兆しによれば《シグニス・ケルティッシミス》[27]」心臓と肺の間で固化が進んでいる体内の液体を溶かし、薄めるというのである。

一四四四年三月二三日、この日のことはよく覚えている。ジネーヴラは荷馬車屋から借りた旅行用の馬車に乗って出発した。義姉のカテリーナ・パンドルフィーニ婦人が同行し、籠に詰めた布、衣類、薬、菓子も積みこむ。使用人数人は徒歩でそのあとに従う。ジネーヴラが微笑みを浮かべ、女性用の長衣《チョッパ》を着て私に出立の挨拶をしたようすは、いまなお鮮明な記憶だ。美しい長衣はカルゼ織[28]で作られ、指人形のような可愛らしいフリル袖がついていた。マントはグアルネッロ[29]の裏地をつけた緑の厚手の羅紗《らしゃ》だった。その春にジネーヴラは元気を取り戻すかのように思えた。一か月後、私はサン・カッシアーノ出身で信頼のおける下僕アンドレア・ディ・ニッコロに三頭の馬を引かせて迎えに行かせた。だが、回復は夢に終わった。

同じ年の一〇月一三日、祝福を受けた妻ジネーヴラの魂は主の慈愛と恩寵のもと、主の意志で天上における永遠の生へと召された。アーメン。

錠前にさした鍵を回し、手文庫を開ける。暗いので、そこに入れてあるものを手で探る。いわれるままに一生懸命、備忘記録帳やつまらないメモを書いてきたが、その中にあるものは、そうした記録よりもはるかに大切なものだ。それは言葉ではなく、物である。崇めるべき聖なる遺物、貴重な護符、すでに消え去った存在を形として残す痕跡、迷宮の中を導く糸、そして、まだ知ることができず、受け入れてもらえない世界と私をつなぐ思い出の品がそこにある。

絹糸のように細くしなやかなジネーヴラの髪の小さな一束。死の床に横たわり、すでに永遠の眠りについたジネーヴラの髪を私はひそかに切り、刺繍入りのハンカチに包んだのだ。そこからは、ほとんどわからないほどだが、ほのかに彼女の香りが漂う。もう一枚、麻の小さなハンカチには、ジネーヴラのかけがえのない血液の痕跡が花のように点々とついている。象牙の小箱には、櫛、指輪、首飾り、耳飾りが入っている。その蓋にはめこまれた鏡は、すべての鏡がそうであるように、自分の姿を写したとき、その息遣いでわずかに曇り、彼女の魂の一部を吸い取ってきたのだ。金糸で縁取りをした透ける絹のブラウス。ジネーヴラは素肌の上にこのブラウスを着ていた。膨らみのない未熟な胸と小さな乳首が透けるようすは、まさに天国の純真な天使を見るかのようだった。そんなとき、私はジネーヴラの前にひざまずき、深く屈んで足先に口づけをした。そして震えながらジネーヴラの部屋を出て、自分の部屋に戻るのだった。私たちはけっして一緒に寝ることも身体を合わせることもなかった。黄ばんだ一枚の布は、彼女が一度だけ腿の間を軽く拭くことを許したときの布だ。塩分を含む体液が滲みこみ、いまなお私を陶酔させる饐《す》えた匂いは消えない。それが消え去る前に、あえて冒瀆の行為に身を委ねるという恐れを抱きながら、うぶ毛のような布に顔を埋める。

ジネーヴラの魂はいまどこにあるのか。同じ問いをつねに繰り返しながら、何度もそのハンカチを手に取って涙を拭い、ジネーヴラの存在を感じようとそれを繰り返し鼻に近づける。闇の力に突き動かされるかのように、無意識のうちに、深紅のビロード地の胴着のボタンを外し、裸になってジネーヴラの絹のブラウスを着る。ジネーヴラがしていたように髪を編み、指輪をはめ、真珠の飾りを着ける。皮膚と乳首に絹のしなやかな刺激を感じて、私は興奮する。私に微笑むジネーヴラを鏡の中に見るという奇跡を私は呼び覚ましているのだった。

ある日、母の若い召し使いグイダは、こうしてジネーヴラの女装をする私を目撃した。私が部屋にいないと思い、片づけるために突然入ってきた。いや、そうではないかもしれない。グイダは母に命じられたのではないか、と私は前から怪しんでいた。母は以前から私が男として満足な身体なのかどうかを疑い、はっきりさせようと考えていた。ジネーヴラとの不運で不毛な数年間の結婚生活を経て、その懸念は増幅していく。事実、女装をして、しかも絹のヴェールの下であの部分を硬く勃起させている私を見て、グイダはそれほど驚かなかった。グイダは私を見つめ、その部分を凝視した。私は身体が固まって動けなかった。すると、グイダは私に近づき、ベッドの上に仰向けに寝かせるように押し倒し、私の上に覆いかぶさってきた。私は目を閉じる。魂の隅に広がる闇に引きこまれ、自分が誰なのか、フランチェスコなのかジネーヴラなのかもわからなくなり、異次元の時と場所の中に置かれ、自分とは違う身体に起きていることでもあるかのように、その後の時間の経過に身を委ねる。柔らかい律動を繰り返して私と溶け合う身体からは、血管と神経を通じて、荒い息遣いとともに彼方から届く響きが私に伝わるのだった。

さて、しばらくして、手文庫の中には、新たにグイダの下腹部の秘密の香りをとどめる布が加わった。その香りはジネーヴラのたおやかな香りとはまったく違う。野生的な匂い、麝香《じゃこう》や獣の匂いに近い。そして、身体で結ばれた二人のあいだに生まれた、非嫡出の長男ニッコロのへその緒も保管されている。ニッコロが生まれたのは一四四八年の九月であった。庶民の女あるいは元気な女奴隷から生まれた婚外子は、元気なことが多い。ニッコロも丈夫で生命力にあふれていた。しかし母は、それなりの金を持たせてグイダを郊外の農地に追いやり、ニッコロは乳母チプリアーナに預けられた。チプリアーナはサン・ガッロ門[30]の外に暮らすフランチェスコ・パーピ・デル・ダンツァの妻である。豊かで栄養に富む母乳の代金は、月に二〇グロッソであった。

地下室にある秘密の鞄の中にある、もっとも貴重な品は一冊の書籍である。それは哀れなジネーヴラのブラウスの下に隠してある。コジモと長時間にわたって「魂の不死」について議論したあとに、コジモが持たせてくれた写稿である。古代の詩人とされる著者の名は不詳で、数年前、ドイツの修道院で発見された文献である。

それは、たった数十の分冊を綴じたもので、羊皮紙ではなく、並質の紙の稿本である。二階の書斎机の上に学識を誇示するかのように置かれ、細密画が描きこまれた贅沢な装丁の手稿とはまるで異なる。判型はイタリア語聖書のほぼ半分、紙葉の数は一五〇枚程度である。ニッコロ・ニッコリ風の優雅な文体で書かれ、おそらくニッコリ自身の筆跡ではないだろうか。規則的にして繊細、間隔をあけたペンの運びは、われわれ商人の乱暴な書体とは違う。表題は『事物の本性について』[31]とあり、とくにわくわくさせるほどのものではない。この表題から見て、自然とは何か、鳥の種類とは、魚の種類とは、どこで奇跡の泉を発見できるか、ある地域では人間が黒い身体で生まれるという話、などといったごくあたり前の退屈きわまりない寓意話ではないかというのがこの稿本を手に取ったときの第一印象であった。

しかし、そこに記された美しい詩句は、まさに衝撃的であった。最初の一節を読み始めたときの感動は記憶に新しい。「おお、われわれに生と糧を与える女神ウェヌスよ。アエネアス[32]の母、人間と神々の性の喜悦よ」これこそ異教神への讃歌ではないか。愛の女神としてだけではなく、生きる者すべての母、懐妊という生命の神秘に捧げる詩である。「ダエダーラ・テッルス（技巧に優れた大地）」すなわち、神話にいう創造者であり発明者であるダイダロス[33]が、生けるものすべて、造形物すべて、形あるものすべてを大地から産みだし、その形を造り出したように、豊穣の西風[34]に草花や生物を産ませる女神を讃《たた》える詩である。作者ルクレティウスは、エピクロスの哲学の伝道者となったが、現在のわれわれにその存在はまったく知られていない。写記による脱落、他のローマ時代の著述家による改編、あるいはこのような世界の見方を絶対に受け入れない教父による曲解もあったかもしれない。しかしいま、数世紀を経てはじめて、自然の客観的かつ徹底した理解と探求にのみ基づく古代の哲学体系が、ようやく暗闇から姿を現し、文化と宗教に対する新たな観念と挑戦の時代が始まろうとしている。私はこの新しい光の中にいる最初の一人である。

一方で、私の理解を超える多くの表現、曖昧な語句などが頻出するので、その本をさらに読み進むのは不可能に近い。この難解な詩文は、私にとって神託を記した一種の宝典になっている。窮地に追いつめられたときに地下に降りて、この聖なる櫃の中に隠された書を開き、託宣を仰ぐのである。

私はいま、地下の部屋に逃げこみ、まさにその書を開こうとしている。風が階段に通じる扉を開けたので、叫び声の残響がここにも届く。薄明りの中で、指を添えながらその詩の先をたどろうとする。ある一節で私の指が止まる。その書のそのページには、かねてより私が抱いていた考えを写したかのように同じ思想が記されていた。[35] 出産の出血と苦悶で動転し、彼女の部屋から逃げ出したときと同じような、強い動悸を感じる。

その瞬間、私は、奇妙な沈黙が階段と邸宅全体を支配していることに気づいた。唸りをあげていた外の風も静まったようだ。何が起こったのだろうか。不吉な胸騒ぎを覚えて私は階段を駆け上がる。髪を振り乱したマッテアにぶつかる。二人とも倒れたが、奇跡的に螺旋階段の下には転げ落ちずにすんだ。マッテアは喜びの叫び声をあげる。「女の子ですよ。花のように可愛い女の子」

マッテアと一緒に部屋に入る。妻レーナの腕に抱かれて、女の子は元気よく泣いている。レーナは私に微笑みで応える。月足らずの難産で疲れきっている。母と助産婦が脇に付き添っている。か細い声でレーナは「この子の洗礼はマリアの名でお願いします」と言った。おそらく最期のときを迎えているのだろうかと恐れた出産の苦しみの中で、彼女は「聖母マリア様に私のすべてを捧げます」と祈ったそうだ。

＊＊＊

一四四八年一一月一三日、私は、レーナすなわちエレーナ・ディ・フランチェスコ・ディ・ピエロ・アラマンニと結婚した。ニッコロの誕生からちょうど二か月後である。将来を見越した母ジョヴァンナは、段取りよくニッコロを別の場所に住む乳母のもとに移していた。コジモの仲介で行われ、母も祝福した結婚には一七〇〇フィオリーニの持参金が納められた。

そもそも母は、愛してやまない一人息子である私が別の女性の腕に抱かれるのをひどく嫌っていた。ただ、有力者パッラの娘であり、まだほんの少女だったジネーヴラだけは例外であった。さらに家族がいなくなり、自宅が空き家のようになることは誰も望まない。落ちぶれていく家は、樹液を断たれた植物のように徐々に枯れてしまう。わが家系はこの下り坂にさしかかっていたので、母はそれをとても心配していた。母が望んだのは出産に適した豊満な女性、いわば、出産をする装置のような女性であった。可哀そうなジネーヴラはこの期待に応えられなかった。母ジョヴァンナ自身も妊娠と出産では恵まれていなかった。その責任は、男性としての精力に欠け、すでに年をとり始めていた父にもあっただろう。

レーナは背が低い。しかし活発で機転の利く女性であった。レーナはすぐに結婚を承諾し、さらに私を急かせて、配偶者としての義務を迫り、その結果、母を安心させてくれた。

一四四九年の夏、疫病から逃れて一家全員がカステルヌオーヴォ・デリンチーザ[36]の伯父ヴァンニの従兄たちの家に滞在していた、ちょうどそのときのことだ。部屋数は限られていたので、私とレーナは一つの狭いベッドで一緒に寝ることになった。非常に重要な書類を読み終え、書き終えるまで書斎で仕事をしなければならないとか、屋上に上って彗星の飛跡を見たいなどといった言い訳は通用しなかった。書籍の類は持参していなかったのだ。レーナはこの機会に何をすべきか、私よりもはるかによく知っていた。すぐに妊娠したのである。私は不足のないように必要な準備を整え、狭い部屋をより快適で奇麗にするため、羽枕なしで家族用の小さな二枚組の敷布団を借り、ブレーヴェ模様[37]にグリフィンをあしらったつづれ織りの布を用意し、寝台の枠に掛けた。部屋の設《しつら》えに来た使用人たちは愚鈍な従兄たちではなく、てきぱきと作業をする私こそが騎士の名にふさわしい人物だと気づいたようだ。一四五〇年二月一八日、フィレンツェではなお疫病の危険があったが、私はレーナと母を家に戻すことにした。出産が迫っていたからである。

産後のレーナは弱り切っていた。マリアに授乳することもできない。レーナは母乳での授乳を望み、なんとかできないかと努力し、子供のためにあらゆる方法を粘り強く試した。聖ベルナルドゥスは、乳児たちに乳母をあてがうことは死にも値する罪である、と説いた。マッテオ・パルミエーリ[38]が自分の薬局で調合した薬草を準備して来訪してくれた。マッテオもやはり、新生児にとって、その子を子宮で育てた母親から生命の液体としての母乳を飲むことが正しい成長だという。母乳はすなわち生命を育む血液にほかならない。その液体は、出産のあと母体の上半身に向かい、新生児の成長に決定的な影響をおよぼす。つまり、それを得られない最悪の場合、乳母に託された乳児は、産みの母親ではなく乳母に愛情を感じてしまう恐れもある。

しかし、なすすべはなかった。レーナは妊娠と出産によって母体すべての生気を消耗してしまった。しばらくすると、すでに少なかった母乳は減り数滴のみになった。マリアは泣くばかりで、死の危険が迫っていた。急いで乳母を探さなければならない。だが家の外ではなく、住みこみの乳母が必要だった。マリアという新たな生命、おおいなる勇気と苦しみを経てようやく自分の身体から生まれ出た生命から瞬時たりとも離れることをレーナがかたくなに拒んだからである。乳母の手配はふつう夫たちの役割だが、妊娠と出産にかかわるすべてのことでは男たちは女性から厳しく隔離される。生命、あるいはときに死を司る巫女のように、それは女性だけが執り行う神秘の行為だ。まったく残念でならないが、男である私は出産後の世話からも締め出された。人生ではじめてレーナと特別に親密な時間を楽しんだのもつかの間のことで、突然それは断ち切られてしまった。私はレーナの部屋から追い出され、母と産婆、そしてほかの女使用人たちがさまざまな細かい準備を進めていた。

レーナが必死で身体を痙攣させていたあのとき、つまりほかならぬ出産の最中、私はなんと地下に逃げこんでいた。道に外れる行為、主と自然に対する罪深い行為としてこれ以上はない。男たちがけっして共有できない出産の苦しみと痛み、なぜ、いったいなぜ、その瞬間を女と男は一緒に生きられないのだろうか。

さて、世の男たちはおどおどしながら乳母を探す。条件と報酬について話し合わなければならないからだ。普通この労働契約は、当事者を「所有」する双方、すなわち母親の夫ないし父、および乳母の夫とのあいだで協議され、乳母となる女性はその協議に加わらない。騾馬《らば》か果樹園の賃貸契約同様、女性の名前はほとんどの場合明記されない。しかし、乳母の契約書面では言及されず、文字にも記録されない別の事実がある。母乳を与えるには「母」でなければならず、母であるということは、それまで誰も文章として表現できなかった、一連の衝撃的な行為が存在したことになる。男を愛し、自分の身体を男の身体と結合させ、精液を受け入れ、微小な心臓が鼓動を打ち始める子宮の中に生命の初源を包むという経過である。それは、主の創造の奇跡に身を委ねることであり、大自然の生成に加わることである。九か月ものあいだ、小さな存在に命を吹きこみ、完全な共生を続け、最終的に耐えがたい苦痛とともにその命を光の中に導きだす、そのすべてを終えたとき、自らが産んだ子供から離され、母乳を別の子供に与えるというのか。

さいわい、私は乳母契約をせずに済んだ。女性連中が支配するこの家にあって、面倒な責任を免れたのである。母ジョヴァンナ夫人は「乳母が来たら、給金と仲介手数料として渡すフィオリーニ貨をすぐに出せるように準備しなさい」と私に命令する。ニッコロのとき、すでに同じことを経験しているので、すべてを采配するつもりだ。母ジョヴァンナは、この灰色の世界、不透明な世の中でどう行動したらよいかをわきまえていた。暮らし向きのよい上級市民の瀟洒な高い屋敷と、庶民や職人の街区にひしめく、汚れて悪臭のする住居、そして、農園の集落にある粗末な小屋との間で何をどうやり取りするかである。農村では女たちや年頃になった少女たちがすぐに何人もの子供を産むが、育てる余裕はなく、神の摂理で用意された豊満な身体からは溢れるように滋養に富む母乳がほとばしる。その豊かな栄養は、すぐに日々のパンにこと欠く子供たちの将来を前もって埋め合わせるかのようだ。

薄底の靴を履き、ブロケード織の長衣《チョッパ》を着て、ジョヴァンナ夫人が貧しい人々が暮らす家を回り、扉をたたいて、「新鮮な母乳はありませんか」と尋ねること、これはまったく考えられない。とすれば、口利きや斡旋をする者たちが必要になる。心底、胸がむかつく輩《やから》である。近所や郊外の貧村では、彼らいかがわしい人物が貧困にあえぐ家にいつも目をつけ、悪口や噂を聞き回って自分たちの生計を立てているようすは想像に難くない。教会の前庭や墓地の外で敬虔な信徒を装う偽善者や、下心から甘い言葉をかける男に騙されて妊娠した少女、不義を犯した妻たちの話はけっして聞き逃さない。床屋や居酒屋にも足しげく通い、専門のやり口で女を探す。やつらは他人の生と死に寄生して生きている。あるあばら屋で私生児として新しい命が誕生したとする。その噂は村や町にまたたく間に広がり、斡旋屋はすぐにその家に行き、扉の外で辛抱強く待つ。まず、産婦の健康状態を巧みに聞き出す。多量の出血で母親が死亡することも珍しくない。その場合、やつらはすぐに別の家の扉の前で待つのだ。母を失った新生児は、捨て子として孤児養育院の回転受付口に運ばれる。ほかにはなすすべがない。

一方、もし産後の回復が早く元気ならば、少女は赤ん坊を胸に抱く。その数日後、滋養に富む黄ばんだ液体が白く柔らかく豊かな彼女の胸を満たす。ここで仲介屋の本当の仕事が始まる。すでに覚悟を決めた両親と話をつけるのだ。すぐに余分な口を養うことができなくなる日がくる。罪を背負う娘が女の子を産むと、貧しい一家にとってはさらに不幸なことになる。いずれにせよ、娘を手放すのは罪ではない。孤児養育院《オスペダーレ・デッリ・インノチェンティ》が開設されてから、親切な人々がそうした女性を世話することも多くなった。母となった少女は、主に祝福され、豊かな母乳を授けられることで、貧しい家に少しばかりの貢献をすることができる。同時に、淫欲という重罪から少しだけ心を軽くして、若き少女は年老いた家長に、チャリンと音を立てるフィオリーノ貨幣を手渡すことができるのだ。フィレンツェ市中の富裕な家では、家系を継ぐべき弱々しい子供が生き延びるため、成長するためには、いかなる出費も厭わない。その子たちを産んだ傲慢な女たちは、母乳が出なかったり、多くの場合、体形が崩れるのを嫌って授乳をしたがらないからだ。取り巻きの騎士たちと舞踏会を楽しむ優雅な生活にできるだけ早く戻りたいのだ。一家の将来の繁栄のため、すぐにふたたび妊娠して、家族を増やそうとする場合もあった。

＊＊＊

「さ、乳母を迎えに行きましょう」と母が言う。そう、ジネーヴラ・ディ・アントニオ・デル・レッディート夫人と合意が成立したのだ。自称四〇歳で、七〇代の実業家と結婚した女性として、みながいろいろ噂を。相手の男はティンタと呼ばれた箱作り職人の家の出で、ドナート・ディ・フィリッポといった。このドナートは、かつてヴェネツィアに移り住んでいたが数年前にフィレンツェに帰国したということだった。現在は半ば気がおかしくなっているらしい。若い頃、ヴェネツィアでは銀行家として活躍し、金箔工房も経営したといわれる。大きく儲けたが、その後すべてを失ったとの話だ。サンタ・レパラータ聖堂の脇、サン・ミケーレ・ヴィズドミーニ聖堂の裏手にあるサント・ジリオ通りに住んでいるということなので、私は馬に乗り、母はよく使う馬車で行くことにする。馬車には垂れ布があるので、好奇心旺盛な庶民の目と口を気にする必要もない。

母は「探せる限りで最高の乳母を見つけましたよ」と言う。「粗野で大柄な庶民階級の女、あるいは山から出てきたような女ではないので、下品な態度や言葉遣いを子供に教えこむこともない女ですよ。頭の呆《ぼ》けた老人ドナート氏ではなく、ジネーヴラが個人で所有する女奴隷だとか」

その乳母は、たしかにその辺で目にする女奴隷ではなかった。控えめで、素直で、凛として生命力にあふれ、血色もいい。所作や雰囲気から見て、高貴な血を引くのではないだろうか。異郷の地から来たカフカス人だというが、清潔な身体であると感じられる。母ジョヴァンナは彼女を観察し、その身体に触れている。ジネーヴラ夫人は「この女はじつは王女で、少女のときから荒野を馬で走り、女戦士のように武器を身に着けていたのですって」と言うが、それはジネーヴラ夫人のつねのことで、女奴隷が本当にそう言ったのか、あるいは夫人が話の流れで誇張した冗談なのかは、じつのところわからない。ここ数年、ジネーヴラ夫人の教育で、女奴隷は人にわかるように話ができるようになり、料理も上手になったという。

いうまでもなく、この女奴隷にまったく汚れがないわけではない。女は純潔の聖女マリアではない。出産からまもない時期でなければ、母乳は出ない。そして、女性は聖霊と大天使ガブリエルの告知によって妊娠するわけではない。カフカス人の女たちはとても美しいが不道徳だと一般にいわれている。しかしジネーヴラ夫人は、自身の名誉にかけて「この女はこのうえなく貞節で、男をまったく知らなかった。妊娠はこの女のせいではないのです。醜聞がささやかれるのを避けたいのです」と誓う。いや、珍しくも大袈裟に強い言葉だ。本気でそう言ったのだとわかる。このご時世、厳格なアントニーノ大司教の言葉の鞭を恐れて、女性のあるべき姿を強調する人が増えているのだ。

女奴隷は出産したばかりだが、誰の子供であるかわからないそうだ。男の赤ん坊は生まれるとすぐに女から引き離され、名も明かさずに秘かに孤児養育院の受付口に置かれたという。女は赤ん坊を失って悄然と悲しみに沈んでいたが、その豊かな乳房からは、美しい色をした甘い母乳があふれるように湧き、抑えることがでないので、女は胸が汚れたブラウスを頻繁に着替えなければならなかったという。

だとすると、自分が産んだ小さな命とは離れてしまったが、マリアに授乳するのは、その女にとっても幸せなのではないだろうか。費用は安くない。だが、その価値は大きい。年額一八フィオリーニを支払う。もちろん、女奴隷の主人ジネーヴラ夫人に対してである。だが、あらためていっておきたいのは、女奴隷は料金を払って貸し出すという取引なのではなく、ジョヴァンナ夫人に対するジネーヴラ夫人の好意と尊敬から、喜んで女奴隷に奉仕させるというなりゆきなのだという。どんなことにも、それ固有の価値が伴うのではあるが。

そう、忘れるところであった。女奴隷の名をいっておこう。カテリーナである。とくに目新しい名前ではない。女奴隷によくある名だ。

一四五〇年五月六日の早朝である。春の素晴らしい日で、中庭からは薔薇の香りが漂う。いつものように身なりを整える。ペルピニャン生地[39]の黒ズボンを履き、カモシカ革の上着を着る。カステッラーニ家の一族が城塞から出てくるのを待つ市民は、頭から足先までみごとな盛装で着飾ったわれわれの行進のようすを見ようとすでに店や家々から街路に出ている。私たちは市民の期待を裏切るわけにはいかない。この町が行う催事で、私たちが果たす役回りがこの行進である[40]。騾馬が引く馬車には母が乗る。本来の御者は疫病が怖いと言って外出を拒んだので、アンドレアが御者を勤める。私は自分の栗毛馬に跨る。金色装飾を施した鞍の色は赤である。顔は麝香《じゃこう》の香りを放つ液に浸した布で覆う。目に見えぬペストは、いまだに市内に潜んでいるのだが、気に留める人は減ってきた。宿命と神の思し召しに従うしかないということで、市民はそれ以上ことさらに感染を避けたり、予防したりと気を配ることにそろそろうんざりしているのだった。忍び寄るこの疫病に運悪く捕まってしまった場合、もう神の救済を信じつつ、短い病床とその後の死を覚悟して諦めるしかないのだ。

少し近道をして、文具書籍店の角を曲がり、大修道院《バディア》とパラッツォ・デル・カピターノ[41]に沿って進むこともできるが、どうするか。まれに見る好天なので、カリマーラの広場に向かい、そこを通り抜けてサンタ・レパラータの広場に向かう。通りにはたくさんの人が出ている。もう疫病の恐れはないようだ。多くの人は旅支度を整え、杖を持っている。彼らは教皇ニコラウス五世が宣言した聖年《ジュビレオ》のローマをめざして、巡礼に出るのだ。自らの罪の完全な贖宥を望みながらの旅である。苦労の多い移動の途中、無数の者が旅の疲れを癒すために、教会堂ではなく売春宿や居酒屋に群がれば、疫病はサン・ピエトロ聖堂の聖なる扉《ポルタ・サンタ》[42]にたどり着く前に、喜んで人々をせっせと天国か地獄に導くことだろう。

サン・ジョヴァンニ洗礼堂[43]の前を通り、かの素晴らしい「天国の門」、すなわち彫刻家ロレンツォ・ギベルティの傑作[44]を讃えながら通過するつもりだった。しかし、そこでは気分が悪くなる予想外の衝撃が待っていた。わが町が誇る芸術家たちが町のために制作した素晴らしい造形美をじっくりと見回しつつ鑑賞するための広場はいま、熱狂した妄信の名のもとで、苦悩と死を見せる残忍な舞台になっているのだ。家の地下室に隠してある書籍は、こうした狂気と残酷を弁解の余地なく非難していた。洗礼堂とその門扉、アルノルフォの塔[45]、そして見上げるだけで怖くなるようなフィリッポのドーム[46]に感動するどころではない。洗礼堂のうしろを回るようにと指示を受ける。サンタ・レパラータ大聖堂[47]の前には長い壇が用意され、木を組んだ仮設の説教壇が置かれて高い柱を囲うように薪が積み上げられている。まさに舞台装置そのものだ。市民への見せしめとして、真理とは逆の何か、教会の教理とは逆の何かを信じ、あえて悔悛を拒んだ一人の異端者を火刑に処し、炎によって恐るべき邪念の浄化を図る聖劇が幕開けを待っていた。

馬に鞭をあてる。このおぞましい場所から一刻も早く逃げ出さなければならない。騾馬を急がせ、馬車を速く走らせるように、アンドレアにも合図をする。憂鬱な暗い気分は晴れず、楽しい外出であることを忘れるところだったが、どうやらサント・ジリオ通りに着いた。母ジョヴァンナ夫人とジネーヴラ夫人は契約に合意し、一方は現金を支払い、他方は身の回りの粗末な包みを抱えた女奴隷を渡すという契約書に署名する。この間、私は女奴隷を見ることなく、他人事のように終始ぼんやりとしていた。ドナート氏もこの取引に満足したようで、色鮮やかな一匹の蝶が風に舞うのを窓辺から眺めている。やり取りが無事に済み、馬車に乗りこむが、物悲しい気分は消えず、セルヴィ通り[48]に沿う別の道でゆっくりと帰る。町行く市民から注目されたくないので、馬の背から降りて手綱を引き、歩いて家に向かった。

苦悶の処刑場所を避けるように裏道の帰路を選んだのだが、別の嫌な場所を通ることは予測できなかった。火刑を言い渡された不遇の人物が最後の夜を過ごしたパラッツォ・デル・カピターノの礼拝堂である。プロコンソロ通りの角にある狭い道の前で、雑踏にもまれながらアンドレアに私の馬も連れて帰るように命じ、パンドルフィーニ通りを通る回り道をして、混雑の中で人を車輪に巻きこまぬよう十分に気をつけて急いで帰るように指示した。私は徒歩でそのあとを追う。不潔な庶民とのすれ違いで汚れないように衣装を少し上げて歩く。

しかし、お祭り騒ぎのような叫び合いと混雑はひどい。私は群衆に押されて、だんだん馬車から離れていった。そして、逆らうことのできない病的な好奇心に引かれたかのように、あの残酷な劇場に近づいてしまい、気がつくとサンタ・レパラータ大聖堂の前の広場に来ていた。説教壇に立つ司教は、声を張りあげて、異端の重罪人、冒瀆の徒、呪われし妖術使いを断罪し、市民の前でその者が所有していた書籍を焼却させる。そして、タンバリンが連打され、最終幕となった。慈悲ある裁可により、異端者は火刑という最大の苦悶を免れることが決まった。薪の山に運ばれるのではなく、絞首台に連れて行かれ、弁明や宣告なしにただちに刑が執行された。命を奪われて人形となった人体は、柱に縛りつけられ、燃やされて灰となった。すべてが終わり炎が消されると、帽子をかぶったネーリ兄弟団[49]の聖職者たちが、最後の頌歌を合唱した。「オムネス・サンクティ・エト・サンクタエ・デイ（すべての聖人、聖なる神）」

＊＊＊

「カテリーナに会ったその瞬間から、好きになったわ」レーナはその晩のことを私にこう言った。その晩の私は、市壁に沿ってアルノ川対岸までふらふらと歩き続け、サン・ミニアート・アル・モンテ聖堂[50]までさ迷っていた。すっかり気が動転し、上着は皺だらけで、泥と灰で汚れ放題となってようやく家に戻ってきたのである。レーナはまだ弱々しく、ベッドで休んでいたが、カテリーナを喜んで寝室に迎え入れた。母ジョヴァンナも寝室に行っていたので、話は女性三人のあいだですぐにまとまった。カテリーナには三階の小さな部屋をあてがい、「そこを整理して掃除し、下の主階に降りてくるように」と指示を出している。

カテリーナは揺り籠のマリアをじっと見つめ、愛情をこめて微笑む。レーナはマリアがなにかを欲しがるような大きな目でカテリーナに応えたように感じる。いや、それは無理だろう。まだ小さ過ぎる。カテリーナは授乳に入ってもいいだろうか、とレーナに目で合図を送り、レーナはうなずく。カテリーナはマリアを優しく抱き上げ、腕を添えて胸に寄せ、口を閉じたままその胸から深い呼吸で響く鼻声でマリアを軽くあやす。レーナの広いベッドの横、床に置かれた羽枕の上にしゃがみ、くつろいだ姿勢をとると、カテリーナはブラウスを開き、何枚もの布をあてて豊かに膨らんだ胸を出す。乳首からはすでに白い母乳の数滴が滴り始めている。マリアの小さな口を乳首に誘う。もっとも素朴な動作だ。赤ん坊は目を閉じたまま、乳房のほうに少し顔を傾ける。あたかも「命の泉を見つけるにはこうするのだよ」と知らせてくれるかのような、この世界でもっとも自然な動きだ。手に持った棒で地面をたたき、水脈を探りあてる水占い師の不思議な方法にも似ている。マリアは小さな唇でしっかりと乳首をつかみ、強く吸い始める。温かい液体が身体全体に入るのを感じていることだろう。レーナは至福の眼差しでマリアを見る。祖母ジョヴァンナも孫を見つめる。ジョヴァンナはすでに生の頂点を過ぎ、この授乳の感動はそれほど大きくないが、やはり喜びをかみしめている。

家に戻って部屋の扉をそっと開くと、マリアはレーナの腕に抱かれて眠っていた。母ジョヴァンナは長い一日を終えて自室に戻り、眠りについている。母には醜悪な場面を見させずに済んだ。カテリーナは上の階で休んでいる。マリアが目を覚まし、レーナが手持ちの鈴で呼ぶと、すぐ降りてくることになっている。レーナは自分の子供と一緒に幸福感を味わっている。それを見る私も幸せだ。愛情と生命の強さがそこにある。心にあった死と嫌悪の毒気はすべて消し去られたようだ。レーナに近づき、口づけをしたい。だが敷居で足を止め、やめておく。疫病がうつったらたいへんだ。運悪く今日は、雑踏で人に触れることが多く、わめいたり、咳やくしゃみをする群衆の中で呼吸してきた。少なくとも二、三週間、愛する二人から距離を置く必要がある。

レーナから珍しい要求があった。「マリアに授乳するカテリーナを見ていると、心から幸せを感じるの。私は授乳できないから、その代わりに神さまが素晴らしい時間を一緒に過ごすようにと慰めてくれたと思うわ。カテリーナとマリアの幸せな顔を見て、それが私にも伝わってくるの。私が授乳しているような感覚だわ。ですから、カテリーナには私の隣で授乳してほしいのです。すぐ隣にいることで私はカテリーナと一緒に娘を育てていて、小さな娘の成長を肌で感じることができると思うのです。これが型どおりの希望ではないことはよく知っていますけれど」

そう、貴族の家では、母親は乳母が別の部屋で授乳することを望むのが普通である。それによって、母親たちは化粧や装いにあてる自由な時間をもち、外出してお喋りに興じることもできる。だがレーナは違った。ほかのことにはまったく興味を示さず、いつもマリアと一緒に過ごし、その愛情のすべてを注ぎたいのだ。カテリーナが授乳しているあいだ、レーナはマリアに語りかけ、子守歌を歌って聞かせたいのだ。マリアが眠ると、籠はカテリーナの部屋ではなく、いつもレーナのベッドの隣に置く。レーナの希望は当然であり、愛情に満ちた要求である。母はこれに難色を示すかもしれないが、私はすぐに同意する。母には譲歩してもらわなければ。すべてが母の思いどおりに事が進むわけではないのだから。

すると、レーナは別のことを話し出した。まったく予想しなかったことで、私はとても驚いた。「こうしていま、考えるのですが、一人の女性としての私がいて、夫がいて、そして私たち夫婦二人がいます。妊娠の期間と出産のとき、夫であるあなたはただ私を思って苦しんだだけではなく、さらに、私が生きている世界からある意味で排斥されたことを苦しんだのではないでしょうか。常日頃からそうした状況を意識していましたので、私はその苦しみに十分気づいていました」

われわれ男どもが女性について考えることは正しくない。身体のこと、美しさ、愛、家と夫と子供たちのためにすべきこと、これらに精を出して生きているのが女性だと考えるのは誤っている。そう、まったく正しくない。女性は知恵と感性を備え、その周りをうろつくだけの男たち以上に、むしろものごとをしっかり理解している。つまりレーナは、本来手を取り合って生きていくべき男と女が、いままったく別々に生きていることを感じているのだ。彼女は、離れてしまった男と女、私たち二人をなんとか本来の形に戻したいと願っている。「あなたが私に授けてくださった命のために、これからまた私に授けてくれる将来の新しい命のために、愛情と感謝の気持ちをあなたに伝えたいのです」そして続ける。「これからは、カテリーナが授乳するとき、どうぞあなたも一緒にそばで見守ってくださいな。私の手を強く握り、幸せをともに感じてください。あなたにも、マリアの日々の成長、生きる姿を感じてほしいのです」

私の目には涙があふれた。ベッドのすぐ脇にひざまずき、レーナの手、マリアの小さな手に口づけをしたいのだが、それはできない。心からの願い、その強い愛情によってレーナは慎ましくも偉大な革命を成し遂げたのではないだろうか。レーナと私、二人を隔てる壁、男たちと女たちを分断してきた壁を勇敢にも乗り越え、彼女の世界、その感覚を私に共有させようとしている。それまでの私よりも高い精神へ私を引き上げ、亡霊と恐れから私を解放し、私の人生への扉を開いてくれたのだ。男には理解できない真実がある。哲学や論理や思索に先立って、女性、そして母親が、自らの存在と身体の奥底で完全かつ絶対的な術《すべ》によって自覚する真実があるのだ。女たちの生は書籍に記されているそれだけではない。

だが、レーナの希望は現実に実行できるだろうか。何日かののち、私は高熱を出すかもしれない。鼠径部と脇の下に黒い腫れができて、恐怖を味わうかもしれないのだ。そしてすぐに錯乱して意識朦朧となり、一週間もすると、この世に別れを告げる。いや、ただむなしくレーナに先立つわけではない。死後の世界も存在しない。私を作る原子、身体と魂を形成する原子は、私が死んでも部屋の中を浮遊し、空気の中へ溶け、おおいなる空間、宇宙の中をさ迷うのだから。[51]

＊＊＊

私はペストに感染しなかった。五月も終わり近くになったが、悪い病の兆候は現れなかった。そこで私は外出し、アントニオ・ディ・ジョヴァンニ・カニジャーニから一ブラッチョと四分の一の綾織りの生地を買った。白い綾織りでミラノの品物である。それで、見栄えのよい赤い模様を入れた底つきの靴下一足を作らせるのだ。この美しい季節に気分を一新して生を謳歌するため、新しい靴下を履くことにする。だが、町では状況がそれほどよくない。疫病は暑さと巡礼者の流入によって勢いを増した。とくに異端者の極刑の場に殺到した群衆のあいだには、不運にも接触から感染が広がり、死刑執行人に復讐をするかのように人々をのみこんでいった。つぎつぎと病人が出たのは庶民階級が住む街区である。死刑執行の告示を見て集まるのは、ほとんど庶民だからだ。またたく間に病人は数百を超え、遺体は家々の出口の外に放置される。かろうじて生き延びた二、三人の聖職者を乗せて、毎朝、市の衛生所から荷車が来る。聖職者たちは家々の前で遺体を収集し、市壁の外の共同墓地に運ぶ。

百年前の恐怖がよみがえったようである。『デカメロン』の冒頭で読んだ話はよく覚えている。だがいま、その恐ろしい話にさらに恐るべき別の悲劇が重なろうとしている。家の地下室に隠されていた秘密の写稿の最後の部分で読んだ話、アテナイを滅ぼしたペストの恐怖の物語である。おそらく、わがフィレンツェはもう一つのアテナイではないのか。著者ボッカッチョは、その疫病によって身体に生じるぞっとする特徴と、死に至る確実な症状を細かく描写している。だがより大きな苦しみは別のことだ。疫病は人から精神を奪う。疫病に冒されると、人は人間性を失い、ほかの人々との意思疎通ができなくなる。周囲の人々が感染した者を助け、その苦しみを和らげようとして共通の敵と一緒に戦おうとしても、病者にはもはやそれがわからないのだ。

疫病が終息するまで、アンテッラの屋敷に避難することになったが、母は町の家に残る。年を重ねて身体が動かなくなり、田舎でのきつい生活は我慢できないというのだ。それ以外の理由は言わなかったが、推測できる。レーナの決断が気にいらないのである。レーナが度を越えて女奴隷と親しくしているのも気にさわる。レーナは、義母ジョヴァンナ夫人からきっぱりと独立し、母が言うには「すべて自分で考え、自分で納得しなければ気が済まない」ので、普通の婦人にとっては煙たい存在なのだ。

自然と触れあえる生活は、私たちにとってはとても嬉しい。親愛なる母から離れられるのもいいことだ。母は家事のすべてを管理監督せずにはいられないので、家にいると息がつまってしまう。この年、アンテッラには感染が広がらず、田畑や果樹園の手入れもほぼ順調に進んでいた。私とアンドレアも農作業を手伝う。すぐに収穫と麦打ちの時期になるだろう。

出発直前になって、母がまた小言を言う。私の記録帳にカテリーナの到着が記録されていないというのだ。母はご機嫌斜めだ。同じことを繰り返す。「いいですか、すべては記録されなければなりません。記録がないことは存在しなかったということです。契約の記録、金銭の貸し借りの記録、それがなければ、いったい最後はどうなるというのです？　お前は、というと、お父様にも増して、大きな穴の開いたポケットですよ。必要のない贅沢な衣類や書籍を惜しげもなく買いあさってばかり。なかには悪書もあるのでしょう。そしていま、妻といえば、賢い義母の言うことには耳を貸さず、いつもお前を駆り立てるのです。これでは家は滅びてしまいます」辛抱強く小言を聞くと、私は母の機嫌がよくなるように、記録帳を開き、ペンをインク壺につけて書き始める。

たしかにある点で母は正しい。記録帳にはすぐに記入すべきである。出来事と同じ日、あるいは出来事の直後が望ましい。あとからでは、詳細が記憶から抜け落ちることもあるだろう。なかには重要な詳細事項もある。一つの出来事のあとにつぎつぎと別の出来事が起こるので、時間という流れのなかで、ちょうど波に押されるように、出来事は一つまた一つと、どんどん押し流されてしまう。事実、カテリーナがいつわが家に来たか、その正確な日付を思い出せない。日付の欄は空白にしておく。ジネーヴラ夫人の夫、頭がおかしい彼の名はなんだったか。フィリッポかドナートだったか。そして女奴隷を引き受けに行ったとき、ジネーヴラ夫人は女奴隷に自己紹介をするように命じたが、カテリーナは父の名をつけて自分の名を言った。不思議なことだったので、それだけはよく覚えている。女奴隷はけっして父親の名や家系を言わない。女奴隷にはそれがないのだ。残念だが、あの最悪の日のことはまだよく理解できない。女は何という名を言ったのだろう。カテリーナ・ディ・ヤコヴ、あるいはディ・ヤクヴだったか。よくわからないが、異教の部族の名だろうか。そこは空白にしておく。仲介人の名もはっきりしないが、古物商ルスティコと言ったようだ。

＊＊＊

出発の時間になる。私は馬に跨り、レーナ、カテリーナ、そしてマリアは馬車に乗る。御者はアンドレアだ。全員、粗綿《ボッカッチーノ》の袖なし上着《ジョルネー》を着ている。ルバコンテ橋を渡り、サン・ニコロ門[52]で病める町をあとにする。エーマの橋を越え、アンテッラの集落を過ぎると、白壁の館と使用人たちの家々を見降ろす古い塔が見えてくる。すでに使いを出してあるので、女や子供を含むたくさんの使用人たちが総出で脱穀場に集まっている。

ここアンテッラで、田舎の夏の明るい陽光を身体全体に受けるカテリーナを私ははじめて目にする。これまでフィレンツェの邸宅では、カテリーナの印象は薄く、妻の部屋を出入りする名もない女のように感じていた。重要な存在であるという意識はまったくなかった。ここで、ようやくレーナとの約束を実行する。授乳の儀式に「参列」を許されているのだ。義母から離れて、レーナは心から自由な自分を楽しみ、農家の女のような軽く楽な服装でくつろいでいる。レーナは町で着るすべての服をフィレンツェに残してきた。暑い夏の田園には重くて不向きだからだ。礼装用の袖なし上着《ジョルネー》、長衣、丈の短い袖付きの長衣《チョッパ》、とくに重くて豪華な礼服や深紅の盛装衣装の数々、金糸の刺繍を施し真珠をあしらった衣装《チョッペッタ》などなど、いったい全部でどれくらいの金銭を費やしたことだろう。フィレンツェに戻ったら、すべて処分させよう。もっとも、真珠は残しておいてもいい。使い道があるし、売ることもできる。

レーナはときどき素足で歩いた。もしそれを母が知ったら、並大抵の怒りでは収まらないだろう。自分の部屋の隅、マリアの揺り籠の脇に、カテリーナ専用の羽枕も用意させた。これも母ジョヴァンナ夫人に知られたら、それこそ大変な騒ぎになる。女奴隷と一緒に寝るのだろうか。私は、気ままにくつろげるので別の部屋で寝ている。アンドレアも同室だ。家族なのでお構いなしだ。アンドレアはまさに私の弟も同然で、私の身だしなみにも気を配ってくれる。唯一、悪いところがあるが、それには目をつぶって、とくに何も言わない。その悪い癖というのは賭博である。

授乳のとき、レーナはカテリーナを羽枕ではなく、ベッドに座らせる。高い木枠の広いベッドで、レーナとカテリーナは並んで座り、マリアの小さな頭を撫で、甘く優しい言葉をささやき、マリアが満ちたりて眠りそうになると、子守歌を歌うのだった。

恐る恐る部屋の扉を開け、中を覗く。日中の強い日差しをさえぎり、部屋が暑くなるのを防ぐため、カーテンを掛けているので部屋は仄《ほの》かに暗い。レーナ、カテリーナ、そしてマリア。生命に満ちた三人の奇跡の姿は、まさに聖画のようだ。レーナはマリアをカテリーナの胸に任せ、隣に座る。小さなマリアはすぐに乳首をくわえ、吸い始める。カテリーナは入ってきた私に戸惑うこともなく、目を半ば閉じ、微笑みを浮かべてマリアを見つめる。そのささやかな微笑みは、少し開いた唇の口もとにわずかにそれと見える動きだ。その微笑みには、しかし、漠然とした心の痛みが漂っているようにも見える。引き離されてしまった幼い息子への思いが交錯しているのだろうか。レーナは私に合図をして、ベッドの脇に置かれた背のない椅子に座るように促す。私のほうに伸ばした手は温かかった。こうして、われわれを包む時の流れは止まる。マリアの唇、カテリーナの胸、レーナの呼吸、カーテンから外の光に出ようとする蠅の羽音、遠くで鳴く蟬の声、無限の青空で羽ばたく鳥の飛翔の羽音。私はその場にあふれる命の奇跡を感じ、あらゆる小さな音に耳を傾け、思いにふけっていた。

レーナはカテリーナと話し始める。ときに私もカテリーナの話を聞く。野生の女に好奇心が湧くが、カテリーナは部族の長の娘としての気品を備え、美と調和を体現するそのようすは並みの女ではない。たとえば、女主人ジネーヴラ夫人は、カテリーナが類まれな素晴らしい才能を備えていると言っていた。画家よりも巧みに絵を描くことができるそうだ。フィレンツェに戻ったら、試しに絵を描かせてみよう。私の蔵書の挿絵を見せるのもいいだろう。サンタ・クローチェ聖堂にはわが一族の礼拝堂があり、そこで特別の祈禱をするときは、フィレンツェ第一の美を誇るその礼拝堂に一緒に連れて行ってもいい。礼拝堂を飾る壁画を見せたいものだ。

そういえば思いあたることがある。頭巾をかぶらず、髪をほどいたときのカテリーナを見たことがあり、波打って流れる美しい金髪、その自然の豊かさに目を奪われたのだ。そのときのカテリーナは、わが家の礼拝堂の壁画に描かれた人物の一人であるかのように思えた。子供の頃からその姿に私は強く惹かれていた。殉教する聖女アッポロニーアである。[53] 私兵に髪をつかまれて無理やり引きずられ、不自然な姿勢で腰を折ってひざまずくように押さえられている。死刑執行人は聖女の口を強引に開き、すべての歯を抜いている。いや、さいわいカテリーナはアポッローニアではない。カテリーナの美しい白い歯は健康そのものだ。誰もそれを取ろうなどとは思わないだろう。

カテリーナは徐々にレーナに気を許すようになり、まだ短い人生で経験したことを話すようになった。カテリーナは黒海の北に連なる山々、そこに住み戦闘を好む部族の長の娘であった。その部族の領地は、アルゴナウタイが黄金の羊を連れ去ったコルキスの彼方にある伝説の地域であった。カテリーナは女戦士アマゾネスが支配した古代の国の末裔かもしれない。馬に乗って戦う勇敢な少女であったという話だ。女にしては珍しく、馬を引くことができる。顔に星の模様がある私の馬を慣れた手つきで撫でて可愛がり、馬が興奮しているときは話しかけて落ち着かせる。これは私にはできない技だ。見るからに野生の娘だ。田舎に着くとすぐに、カテリーナは生き返ったようにあちらこちらを素足で歩き回った。

自然の中で自らを救う生命力。その強い力があるからこそ、カテリーナは、われわれよりもはるかに強く自然の世界と結びつき、母なる大地に直接育てられた人間だけが備える厳しさと野性になじんでいるのだ。カテリーナがよい母乳を出せるように、ここでは重労働をさせないようにする。食事もわれわれと一緒だ。野菜や果物が大好きで、どういうわけか、桃には目がない。すでに洗礼を受けており、祈りの文章は言えないものの、れっきとしたキリスト教徒である。レーナはカテリーナがそれを暗唱できるようにと、マリアを抱きカテリーナを伴って、みなと一緒にこの屋敷付属の小さな礼拝堂に行くのだった。日曜日になると、アンテッラからここに司祭が来てくれるので、ミサに参列する。ミサに加わるカテリーナは深い信仰の心で十字架と「授乳の聖母」の板絵の前にひざまずき、目に涙を浮かべて祈るのだった。板絵は礼拝堂の絵師が父に贈った絵である。[54]

ターナのヴェネツィア支配地で捕まって奴隷にされてから、カテリーナはコンスタンティノポリス、そしてヴェネツィアへと運ばれた。その地で目にしたこと、出会った人々のすべてをカテリーナはよく覚えていた。私とは比べようもない長い旅をしている。私はヴォルテッラ[55]より遠くには行ったことがない。カテリーナの知識は現実の世界から得たもので、プリニウスを読んだり、プトレマイオスの地図を見たりして紙から学んだ私の知識とは比較にならないほど、詳しく鮮烈だ。はるか遠くの美しい都市、ギリシャ人皇帝ヨハネスの壮麗な帰還行列について話をする。皇帝はここフィレンツェに滞在し、その弟デメトリオス殿下はかつて客人として私の家を訪れたことがある。[56]ただ、カテリーナが話すとき、それを理解するのは容易ではない。奇妙なヴェネツィア風の語尾があり、母音を省く癖に加え、喉の奥から発する子音は聞き取るのが難しい。しかし、そうした語音を別とすれば、カテリーナの話ははっきりした構成があって筋が通っている。われわれの日常生活でまったくあたりまえとなっていることが通用しなかったり、空想のような、あるいは神話か魔法のような状況に変わってしまうこともあったが。

たとえば、カテリーナは鐘の音を恐れる。それを聞くと驚いて身体がびくっと動く。邸宅の塔にある大きな時計も怖いという。「時間を自分の思いどおりにしようとするのは、神さまに背くことです。時間は私たちの持ち物ではありません。それを計ることは、川に流れる水を測ろうとするのと同じで間違っています」文字、これはわれわれの世界にとってごく普通に使う必要不可欠な道具だが、カテリーナにとっては魔法の道具だそうだ。その魔法の道具を使う者は、魔法使い、あるいは呪術師である。呪術師は空中に舞う言葉を捕え、ペンでそれらを突き刺して紙の上に固定し、望むときにまたそれらを使うというのである。これもよいことではない。空中に舞う言葉は鳥のさえずりのように自由なのだが、紙に定着された瞬間、針で厚紙に固定された蝶の標本のように、言葉は死んでしまうからだという。信じられない。カテリーナの部族は文字というものをまったく使わないのだろうか。貨幣も使わず、そのほか文明社会が生み出してきた諸物とも無縁なようだ。私がペンを取り、インク壺でインクをつけ、紙葉に黒い線を書くとき、カテリーナはただ目をみはるばかりである。カテリーナは、私に文字を声に出して読んでほしいと頼む。まっすぐな線、円い線、短い水平の線などが、なぜ個々の音に対応するのか、カテリーナはその謎の関係を理解しようと必死になる。やや不可解に感じたのは、カテリーナが次のように言ったときだ。「発音するとき、私たちは息を出します。それは魂を放出していることなのです。口から出る言葉をつかみ取る魔法使いは、同時に外に放たれた魂をつかみ取って閉じこめることができます。まったく同じように、魔法使いはものの形をつかみ取るのです」これは画家のことを言っているのだろうか。カテリーナがこの種の話をするとき、私はかなり怪訝《けげん》な表情をしているようだ。それを見てカテリーナは話を止め、別の話題を考えるようだ。

カテリーナは小さな指輪をはめている。けっしてそれを外そうとしない。レーナはそれを見せてほしいと頼む。カテリーナは気が進まないようすで、それを外さずに手を伸ばす。安物の白鑞《しろめ》製で、日常、絶えずはめていたので擦り減ったようで、指よりわずかに大きい。私はどこかの詩人の説明を思い出した。「原子は目に見えないが、徐々に物体から離れて減少する。ちょうど、雨だれによって石に穴が開くように。舗道の石が靴で磨り減るように」たしかにカテリーナの指輪の内側は、少し擦り減っているようだ。指輪には組み文字《モノグラム》とギリシャ語が刻まれていて、容易にAikaterineと読める。いまのギリシャ語ではエカテリーニと発音するはずだ。

この指輪にはなじみがある。聖地《テッラサンタ》への巡礼から帰国した商人が同じ指輪を見せてくれたことがある。その商人は、モーゼの山の麓、シナイにあるアレクサンドリアの聖カタリナ修道院の修道士からその指輪をもらい受けたということだった。カテリーナは「この指輪は、もっともつらく苦しいときにいつも自分を守ってくれた魔法の指輪だと固く信じています。でも、それをエジプトでもらったのではありません。お父さまが、ただ一つ思い出になるようにと指にはめてくださったのです」と言う。いつも輝いて快活なカテリーナが、ただこのときに限って目に涙を溜め、口をつぐんだ。数か月前に出産し、その直後に引き離され、もうすでに死んでしまったかもしれない赤ん坊を思い出すようなことは、たとえどんなに小さなことでも口に出すべきではない。カテリーナが受けたその深い傷口はまだ癒えていないことを十分に理解すべきだ。その心の傷が、マリアを抱き、母乳を与えることで少しでも癒されることを願う。

＊＊＊

一四五一年七月。また一年が過ぎた。疫病は終息し、われわれはフィレンツェに戻った。家族全員が無事に生き延びたのである。母、ジョヴァンナ夫人は予期せぬことでわれわれを驚かせた。なんと、私の婚外子、小さなニッコロが家に戻ってきたのである。マリアに異母兄ができたことになる。乳母チプリアーナは子供を手元に置いておくことができなくなり、授乳の時期も終わっていた。子供の成長は早く、歩き出し、話し始めていた。われわれとはじめて会ったのでニッコロは気おくれしていたが、カテリーナはすぐに歩み寄り、子供を胸に抱いて冗談を言って笑わせた。

ニッコロの一件についてはすでに知っていたが、レーナは当然、当惑した。だが、徐々に家族の一員として迎え入れていった。とても可愛く整った顔をした男の子だ。新しい母をすぐ好きになるだろう。母ジョヴァンナ夫人にとっても、大きな問題ではなかった。ほとんどの家には非嫡出の男児がいる。メディチ家もそうだ。微妙な感情を残すとはいえ、男児は家族の将来を保証する。主が祝福された嫡出男子の誕生を必ず授けてくれるとは限らないのである。乳離れしたニッコロを見て、レーナは近い将来の心配を私に打ち明けた。「マリアが二歳になったらどうしましょう？　カテリーナはジネーヴラ夫人に戻さなければならないのかしら。わが家にそのまま居てもらうことはできないの？」

今日、城塞には若い公証人が来る。ピエロ・ダ・ヴィンチという名だそうだ。私はヴェスパシアーノの店で彼と知り合った。何気なく細密画入りの写稿を手に取ってあれこれとページをめくっていたとき、彼は公式記録用の紙葉の束を求めに来た。高価な上質紙ではなく、安い普通紙を、と頼んでいた。ヴェスパシアーノはむっとして彼を追い出そうとした。店にある紙はすべて最高品質のもので、粗悪品が欲しい場合、ジャンニ・パリージの角に行けばいいのだ。ひと目見て暮らし向きがいいようには思えない。口調から田舎の出であるとわかる。髭の剃り方も下手で、よく洗った清潔な顔ではない。痩せてやつれ、ニンニクの口臭がする。赤い長衣《ルッコ》は背中でだぶついており、腰は自慢げに羽ペン立てを着けたベルトできつく締めている。だが、なんという長衣だ。すでにほころびが見え、あて布がされているではないか。

最初に会釈をしてへりくだった敬意を示し、「何かお手伝いできることはありませんか」と言葉をかけてきたのは、もちろん彼のほうである。私は同業組合に所属する自分こそが都市フィレンツェを率いる人物だと信じる田舎者に、自分から進んで言葉をかけることは夢にも試みない。礼儀でもあるので、彼に無言で小さく応じる。すると、話を続ける許しをもらったとばかり、その公証人が口を開く。「私は少し前にピサから戻り、この近くに住んでおりまして、駆け出しの貧しい公証人連中と同じく、大修道院《バディア》の露天街に事務所を開いております」ヴィンチ村の出身だという。では、これを知っているか、あれを知っているか、と聞くと、すべてに「はい、知っております」という答えが返ってくる。ヴィンチ、ソヴィッリャーナ、エンポリ、そしてチェッレート一帯の地区に関しては、地主、農場管理人、労働者、職人など、ほぼ全員のことを知っているようだ。「もし、これらの人たちが私を個人的に知らないとしても、父のアントニオ・ダ・ヴィンチのことは確実に知っているはずです。まだそこに住んでいますので」と公証人は続ける。おそらくこの駆け出しの公証人は、ニンニクの臭いは御免だが、私が必要としている人間かもしれない。私たちはヴィンチとソヴィッリャーナにいくつかの所領を持っているのだが、私自身ですら、どこのどの広さの土地を所有しているのかわかっていない。地代、不動産税、土地の境界に関する未解決の問題があれこれ錯綜し、もめごとになっているのだ。このややこしい問題の解決には、駆け出しで自尊心の高くない若い公証人が最適だといえる。私がよく知るフィレンツェの大御所の公証人たちは「下級の人々」と交渉するとき、頭を下げるのを嫌う。騎士称号をもつカステッラーニ家の主人がわざわざ出向くのも気が進まない。この公証人ならば、手当を支払うかわりに新しい長衣を仕立ててやってもいい。倉庫に保管してある布地を使えば余計な金を支払う必要もない。人にあらたな装いを与え、生まれ変わらせるのには興味がある。

公証人を主階の書斎に案内し、書き物机の上に、関連書類を山と積み上げる。書類の整理を彼に任せ、私は隣の部屋に布束を持って行く。レーナとカテリーナがマリアに授乳するときに使う布だ。ついうっかり、私は扉を開けたままにしたに違いない。公証人という職業は、どうしても依頼された仕事以外のことをしたくなる、という悪癖があるようだ。その男は部屋の中を覗き見た。私はすぐに自室に戻り、そこで男が椅子の腕掛けをきつく握っているのに気がついた。男は、直前のようすとうって変わって、ぼろ布のように全身から力が抜け、真っ青な顔でじっとしている。まるで幽霊でも見たかのようだ。びっしょりと汗をかき、苦しそうに呼吸している。暑いのか。口ごもりながら、男は「書類はとても複雑で混乱しています。何度かお邪魔する必要があります。その後ヴィンチ村に行きまして、土地の状況を現場で確認いたします」と言う。「もちろん。都合のいいときにいつでもお越しください、公証人殿」と返事をする。

若い男は退出の挨拶もそこそこに、あわてて帰っていった。落ち着きがなく困惑したようすで、大急ぎで階段を降りていった。なぜだろうといぶかしく思い、彼が門を出るのを見ようと、部屋の窓に近づく。見下ろすと、男が門から出ていくところだ。よろめいて歩いているようだ。身体をまっすぐに保っていない。大修道院《バディア》に向かう道に入らず、川のほうに進む。低い塀にもたれかかり、振り向いてわが城塞の窓を見上げている。両手で頭を抱え、泣いているようだ。男にいったい何が起こったのか。男はある程度信頼できると思ったのだが、駆け出しの公証人を使おうという私の選択は間違っていたのか。次に来たときにはっきりするだろう。刺繡入りのダマスク織の袖にふと止まったつまらない男なら、さりげなくお払い箱にするか。

ああ、人間という、取るに足らぬ存在が高ぶらせるむなしい興奮。私はひらひらと裾を小さくなびかせ、道を降りて遠ざかる赤い後ろ姿を眺めている。神経質そうに動く赤い点は行き交う商人や職人や庶民の中に紛れて見えなくなる。人々の流れはパラッツォ・ヴェッキオと大修道院《バディア》に向っている。徐々に彼らがわが町フィレンツェを奪っていくのだろうか。人々が騒ぐ外の雑踏と、この書斎の静寂、そこにどれほどの違いがあるのか。書棚からは古い友人が私を元気づけようと声をかける。ウェルギリウス、キケロ、ユスティヌス、スエトニウス、そして地下室では、強い誘惑の力をもつセイレーン〔美声で船員を誘惑する伝説上の半人半鳥の怪物〕の声で、傾倒するわが詩人ルクレティウスが謳う。

対岸から嵐を見るのは楽なことだ。遠くで戦乱のようすを聞くのも楽なことである。危険を避けて逃げ回る必要はない。さらに、この城塞の高い部屋にいて世の中の動乱を眺めることほど、楽なことはない。昔の人々が知恵を絞って造り上げた、この堅固な神殿。その高みから、下でうごめく人々が無益に間違った方向に人生の道を進んで疲れ果てていくのを見下ろすことは楽だ。物質を作る原子《アトム》は行く先を定めずに宇宙をさ迷い、出会ったり、離れたりするという。その微細な原子は、生きているあいだに、ときに交錯し、融合することもある。[57]ほんの偶然に出会い、溶け合い、説明のつかない永遠の奇跡の生成、母親の子宮に宿る生命の原子の誕生に寄与することもある。私はここにいるのがいいのだろう。じっと動かずに。

1　市の南、アルノ川の沿岸に建設された中世の城塞。現ガリレオ博物館。城塞の名は一二世紀の所有者アルタフロンテ家に由来する。一三三三年のアルノ川の大洪水で大破、邸館としての再建、改修を経てカステッラーニ家の所有となった。カステッラーニ家は一四世紀から一六世紀前半までフィレンツェの市政に関わった重要人物を多く輩出した。

2　外側の敵に向けて矢（のちには銃）を射るための小さな開口部。

3　ポンテ・ヴェッキオは「古い橋」を意味し、古代ローマ時代に建設され、創建年ではフィレンツェ最古の橋である。ポンテ・ルバコンテ（ルバコンテ橋、現アッレ・グラツィエ橋）は、ポンテ・ヴェッキオ、ポンテ・カッライア（カッライア橋、別名ポンテ・ヌオーヴォ、新しい橋）に次ぐフィレンツェ第三の橋として、一二三七年に建設された。ポンテ・ヴェッキオは一三三三年のアルノ川の洪水で流失したが、ポンテ・ルバコンテは激しい水流に耐えた。

4　『新約聖書』「マタイの福音書」（二五－一三）「目を覚ましていなさい。あなたがたは、その日、その時を知らないのだから」（五人の愚かな乙女と五人の賢い乙女の話）。

5　中世の城塞、塔、市門や居館の上部外縁に一定間隔で上に突き出る胸壁。凸部の上縁が平坦なグエルフィ（教皇派）型、上縁に曲線V字型の切れこみをもつギベッリーニ（皇帝派）型があった。

6 「丈夫な石」の意（表層材として普及したピエトラ・セレーナの約二倍の強度をもつ）。採石時には青味の灰色だが、含まれる鉄が酸化し茶褐色に変わる。フィレンツェ近郊で豊富に産出し、広く使われた。

7 ナポリ王国のラディスラオ一世は領土拡張をもくろむ野心家で、教会大分裂（シスマ）の混乱に乗じてローマを占拠、一四〇九年トスカーナに侵攻を企てるが、フィレンツェとシエナの連合軍に敗れた。

8 英雄アキレウスの母であり海の女神であったテティスは、戦死の予言を信じて、アキレウスをスキューロス島に送って女装をさせた。しかし男性であることを意識したアキレウスは、王の娘デイダメイアと恋に落ち、息子ネオプトレモスをもうける。

9 サンタ・クローチェ聖堂、左側南翼廊のカステッラーニ家礼拝堂。

10 ストロッツィ家はメディチ家と対抗したフィレンツェの財閥で、銀行業で財をなし、市政に加わるようになった。当主パッラ・ストロッツィ（一三七二－一四六二）は銀行家、思想家、典籍収集家としても知られる。

11 中世、ルネサンス時代の市庁舎をさす。フィレンツェの市庁舎は「パラッツォ・デッラ・シニョリーア（シニュリーアは統治、統治者の意）」「パラッツォ・ドゥカーレ（公のパラッツォ）」と名を変え、さらに一五六五年にコジモ一世が居館としてパラッツォ・ピッティを選定すると、「パラッツォ・ヴェッキオ（古いパラッツォ）」と呼ばれた。

12 一三二四年頃に既存建築を改築増築して建設された。市の歴史的街区中心部、パラッツォ・ヴェッキオの西に位置する。グエルフィ派の統領の居館と集合場所を兼ねた。

13 光沢のある平織りの絹織物。細いたて糸と太いよこ糸を密に織りこむことで生まれる細い畝の風合いがある。

14 本名ジュリアーノ・ダッリーゴ（一三六七－一四四六）。フィレンツェの画家。

15 ヴェネツィア共和国のコンスタンティノポリス大使を務めたのち、ヴェネツィア、ミラノ、フィレンツェ、シエナで後進を指導、教育者として各地に名を知られた（一三九八－一四八一）。古代ギリシャの諸文献の翻訳でも功績が大きい。

16 当時のフィレンツェの知識人を代表する蔵書家、人文主義者（一三六四－一四三七）。書籍収集に没頭し、コジモ・デ・メディチの支援を受けて、とくに古典期の文献収集を進めた。彼の没後、コジモ・デ・メディチはその蔵書でサン・マルコ修道院に図書館を開設した。

17 初期ルネサンスを代表する建築家レオン・バッティスタ・アルベルティ（一四〇四―一四七二）。音楽・演劇を含む芸術理論、数学、法学、古典学など、諸学問に優れ、人文主義者として、教皇庁書記官、記念物監督官を務めた。諸芸に秀でた万能の人としてルネサンス知識人を代表する天才であった。

18 ジョヴァンニ・ヴィッラーニ（一二七六または一二八〇―一三四八）。フィレンツェの銀行家、政治家、歴史家。一三〇〇年、詩人ダンテ・アリギエーリとともにフィレンツェの行政委員を務めた。全一二巻からなる大著『ヌオーヴァ・クロニカ（新年代記）』では、一一巻に一四世紀のフィレンツェの状況が鋭い観察眼で詳しく記録されている。

19 ギリシャ教父、キリスト教神学者としてギリシャ哲学とキリスト教神学の融合を試みた聖ユスティノス（一〇〇頃―一六五）。大著『ユダヤ人トリュフォンとの対話』『第一弁明』『第二弁明』などの著作がある。

20 コルバッチョはカラスの意。ボッカッチョ後期の散文作品（一三六六年頃）。女性嫌い（ミソジニア）を基調とし、『デカメロン』第八日第七話と対応する。

21 人文主義者、書籍商（一四二一―九八）。サン・ロレンツォ修道院付属図書室（ラウレンツィアーナ図書館）の創設を進めるコジモ・デ・メディチの図書収集に協力し、司書としての役割を担って、多くの典籍の写本を作成した。

22 サン・マルコ修道院の図書館。のちに有名になるサン・ロレンツォ修道院の図書館（ラウレンツィアーナ図書館）はまだ建設されていない。

23 ギリシャ語のクリストスの最初の二文字カイ（X）とロー（P）に、三文字目のシグマ（Σ）をラテン語に置き換えてSを加えている。

24 フィオリーノ金貨の表面には「フロレンティア」、裏面には「聖ヨハネスB（洗礼者）」の文字が刻されている。

25 フィレンツェの南東郊外約二〇キロメートルの丘陵地にある集落。

26 マルケ地方、アドリア海に近い温泉地。フィレンツェからはアレッツォ、ペルージャを経て、アペニン山脈を越えて東南東に約二七〇キロメートルの距離がある。

27 キケロ『予言について』に出てくる語句。

28 綾織りに起毛を施した丈夫な毛織物。
29 亜麻と綿の混紡生地。
30 フィレンツェ北部の市門。
31 古代ローマ時代の詩人、哲学者ルクレティウス（前九九頃―前五五頃）の著作。
32 アンキセスとアプロディーテのあいだに生まれた息子（『イーリアス』で述べられる）。ウェルギリウスの叙事詩『アエネーイス』の主人公。
33 『事物の本性について』で語られる「巧みな」を意味する daedalus にギリシャ神話に登場するダイダロスを掛けている。
34 『事物の本性について』第一巻に「まことに春の日の姿が現われ、命吹きこむ西風が……」とある。
35 『事物の本性について』第一巻では、迷信による恐怖、および宗教が定める罪と威圧的な罰を退け、自然の理法による賢明な判断が重要だとされる。
36 フィレンツェの南東約二〇キロメートルの丘陵地の集落。
37 浅いU字（円の下半分）の模様。本来はラテン文字、キリル文字を用いる言語で特定文字の上につける記号。
38 フィレンツェの人文主義者、歴史家（一四〇六―七五）。調剤薬局を経営しつつ、フィレンツェ共和国政府の外交官としてナポリに派遣されるなど、市政にも貢献し、『世界の歴史』（ラテン語）、『市民の生活』（イタリア語）を著した。
39 ペルピニャン（カタロニア語でパルピニャー）は南フランス、ピレネー東部の中心都市として、布地の取引で繁栄した。
40 一四五〇年は聖年（ジュビレオ）であり、それを記念する行進が行われた。
41 大聖堂とアルノ川の中間に位置し、民衆隊長（カピターノ。市民から選出された軍司令官）の居館および執務施設で、司法評議会が開催され、刑務所も併設された。街路を挟んで大修道院（バディア）と向かい合う。現バルジェッロ美術館。
42 二五年に一回の聖年のときにのみ、ローマの四大聖堂で開かれる扉。この扉から会堂内に入ることで罪が赦されるとされる。サン・ピエトロ聖堂では入口柱廊の右側（北側）にある。

43　フィレンツェのサンタ・マリア・デル・フィオーレ大聖堂の洗礼堂。大聖堂の西側に位置する八角形の建築で、起源は四、五世紀に遡る。
44　サン・ジョヴァンニ洗礼堂の東側門扉。大聖堂のファサードと相対する。彫刻家ロレンツォ・ギベルティにより一四五二年に完成。のちにミケランジェロは「天国の門」と賞讃した。現在、大聖堂博物館に保管され、洗礼堂には模刻が設置されている。
45　大聖堂の鐘塔をさす。鐘塔は一二九八年、アルノルフォ・ディ・カンビオ（一二四五頃―一三〇二または一三一〇頃）によって起工、一三三四年にジョット（一二六七頃―一三三七）が工事の監督を担当、基層部分の建設を終えた。現在は「ジョットの鐘塔」として知られる。
46　フィリッポ・ブルネッレスキによるサンタ・マリア・デル・フィオーレ大聖堂のドーム。一四五〇年の時点でドームは完成し（一四三四年八月）、頂塔（ランタン）の建設（一四四六―六一年）が進んでいた。
47　フィレンツェ大聖堂は一二九六年の起工時（設計アルノルフォ・ディ・カンビオ）にサンタ・マリア・デル・フィオーレ（花の聖母マリア）と名称が決まったが、先行建築であった旧聖堂の名サンタ・レパラータも市民に親しまれていた。
48　大聖堂北東側から北東に伸びる街路。
49　フィレンツェのサンタ・マリア・デッラ・クローチェ・アル・テンピオ修道会内に一三四三年に設立され、死刑囚の最後の時間を支援することを主要な任務とした。黒頭巾と黒衣のために「ネーリ（黒衣の人たち）」と呼ばれた。
50　アルノ川の南に広がる高台に位置する三廊式の教会堂（一〇一三―一一八）。緑のプラート蛇紋岩と白大理石の対比で構成されるファサードを備えたトスカーナ地方最初期のロマネスク建築。
51　古代ギリシャ時代の哲学者デモクリトス（前四六〇頃―三七〇頃）の「原子論（自然の最小単位で、その結合・分離によって事物が形成される）」はエピクロス（前三四一―二七〇）を経て、ルクレティウスの『事物の本性について』に継承された。
52　市街の南、アルノ川対岸のサン・ニコロ街区の市門。
53　三世紀のアレクサンドリアで殉教した聖女。カエザリアのエウゼビオスの記録、ヤコブス・ウォラギネの

『黄金伝説』などによって知られる。歯に関する痛み、疾病、治療の守護聖人とされる。

54　アンテッラのサンタ・マリア聖堂内の壁付祭壇には、画家パオロ・スキアーヴォ（一三九七―一四七八）作のフレスコ画《聖母子（授乳の聖母）》が残る。のちにレオナルド・ダ・ヴィンチは初期の板絵《リッタの聖母》（サンクト・ペテルブルク、エルミタージュ美術館蔵）で「授乳の聖母」を描いた。

55　フィレンツェの南西約八〇キロメートルにある都市。

56　一四三九年のフィレンツェ宗教会議の際、ビザンティン帝国派遣団のデメトリオス・パレオロゴス（ビザンティン皇帝ヨハネス八世、のちのコンスタンティヌス十一世の弟）がここに宿泊した。

57　フランチェスコはルクレティウス著『事物の本性について』に記されたエピクロス原子論を想起し、同時に同書第二巻の冒頭部分にも共感している（第二巻五―一三）。

第9章　アントニオ

ヴィンチ村
一四五二年四月二日の夜明け

夢を見た。

私は丘に登り、接ぎ木のようすを見て回る。日射しは暑く、老いた足は疲れる。オリーヴの木の下に平らな石があるのでそこに座り、目を閉じた。谷からそよ風が気持ちよく吹いてくる。だが少し変だ。花や草の香りではなく、潮の泡や打ち上げられた海藻の匂いがする。足が濡れているようだ。目を開くと、私はほとんど裸で海辺にいる。足先は砂に埋まり、波に洗われている。私を呼ぶ声が聞こえて振り返る。とそのとき、東のほうから女が近づいてくる。女は妊娠している。膨らんだ腹を両手で抱え、苦しそうな目で私を見つめて「助けて」と哀願する。「助けて」と悲しく叫ぶ女の指には、鈍く光る指輪が見える。女のほうに行こうとするが身体が動かない。砂に足が取られる。叫ぼうとするが、口からは途切れ途切れの音しか出ない。空は黒くなり、海は血の色だ。女は崩れ落ち、呻く。そして光の布をまとった子供を産み落とす。恐れおののく私は、尖った翼を広げて蛇を巻きつけた緑の龍が真っ赤な海から跳ね上がるのを見る。

私は叫び声をあげ、そこで目が覚めた。またルチアを起こしてしまった。結婚して四〇年になる。寝るときは、桜の木で作られた古くて高さのある寝台でいつも一緒だ。背の高いこの寝台は、父から受け継いだ数少ない遺品だ。父はそれを祖父から受け継いだのだろう。「また夢を見たのね。もう、毎晩だわ。見すぎですよ」とルチアが言う。だが夢を見るのは嫌ではない。

長いこと生きてきてこの年になった。主が惜しむことなく与えてくださったこの人生で、私は財産を築き、資産を手にしている。金貨や貴重品ではなく、思い出という資産だ。つらく苦しい記憶もないわけではない。しかし、それ以上に美しく明るい思い出がたくさん残っている。それを主に感謝する毎日である。私よりも偉い多くの人物は、記憶を帳簿に書き残すようだが、私は数多くの思い出それぞれを帳簿に記載したいとは思わない。なぜ、そうする必要があるのか。私にとって重要なのは、自分の中に、心の中、頭の中、あるいは記憶という暗箱《カメラ・オブスクラ》にその思い出が記録されていることだ。

わが人生のすべては現実として存在した。しかし夢の中では、過去、現在、未来がからみあって混沌とした世界が作られる。夢は現実の人生と並行して流れるもう一つの謎に満ちた人生である。一日の仕事で疲れ切った身体と精神は、夜になると無意識の世界に逃げこみ、夢という甘美な忘却に自らを委ねるのだ。そのようすは死ときわめてよく似ている。

真夜中、あるいはまだ夜が白々と明ける前、燕の寂しそうな鳴き声やナイチンゲールの歌がようやく聞こえてくる頃、哀れなルチアを突然驚かせて起こしてしまうのはもちろん初めてのことではない。より強く心を振り動かされるのは、まるで現実であるかのように思える夢である。はっと驚く夢もまれではない。そうした夢は、この家の一室で、庭で、丘の上で、実際に起こっていることを見ているかのようなのだ。次の瞬間、場面はふっと変わり、子供のときと同じようにいまでも怖い不可思議な人間や空想的な動物が登場する。

現実のような夢はすべてが虚構なのではなく真実を暗示すると知っているので、私は怖くなる。現実のような夢、それは感覚を欺く幻視や悪魔の技なのではなく、ヴェールで覆われた未来がわずかな隙間から顔を覗かせる現象なのだ。限りある命をもつわれわれに向けてなされる戒めと警告なのだ。

ルチアの忍耐にも限界がある。いまがそうだ。上半身を起こして寝台の枠に寄りかかり、「もうたくさん。なぜこうも早く起こすの？　早すぎるわ」と文句を言う。「今日は主の休日《フェスタ・グランデ》なのに」そう、今日は「枝の主日」[1]だ。ルチアは昨日のうちにすべての準備を終えていた。洗濯をした清潔なナフキンを揃え、通りを行く行列に向けて窓から降ろすカーテンを掛け、田舎風のパイ、卵、復活祭の菓子、すべてを仕上げてある。今日は息子たち、両親など、みなが集まるのだ。長い一日になるので、ルチアは十分に睡眠をとってから起きたかったことだろう。こういうときに働き、すべてをとり行うのはやはり女性たちだ。男たちの役割といえば、それを丁重に見るだけで食卓に陣どり、スプーンを手に取って料理を待つだけなのだ。あるいは広場でぐずぐずと時間をつぶし、商店で無益な世間話をする程度だ。「それは重要な夢だった、私が見たのは予言となる夢なのだ。すぐに司祭様に話さなければ」と勇気を出して恐る恐るルチアに言おうものなら、「私もいい夢を見ているところだったわ。そして一番いいところであなたに起こされて夢が終わったのよ」といまにも怒り出すだろう。いつものように不平を言いながら寝台から起き上がり、着替えをして、調理場で作業をするために降りていく。

よろよろと起き上がり、壁龕《へきがん》に向かう。そこには、紙、高価な品物、本数冊、記録帳を置いているのだ。寝ぼけ眼《まなこ》で、大判のノートを手に取る。アントニオ・プッチの『雑記録』[2]からフィレンツェで写記した逸話、詩、箴言《しんげん》、さまざまな人生訓、そして、これが役立つのだが、夢解釈の手ほどきまでも記録している。私より夢判断に詳しい人々によれば、偉大な預言者ダニエル[3]の言とされる記録だ。

夢ははっきりと覚えている。太陽に照らされた雪が溶けるように、それが消えてしまわないうちに、私が夢で見たことの解釈を知りたい。ほとんど裸の自分を見た。これは貧困か損害を意味するとある。妊娠した女は誰かの死を予言するらしい。しかし、その女が出産するのを見ることは確実に歓喜の印である。静かな海は幸福を意味するが、それが嵐の海に変わる場合、災いと試練の意味に変わる。暗い空と血の赤も損害の予兆である。走ろうとしたが走れない、これは妨害のことだ。最後に、龍は機敏な動き、ときに金儲けを意味することもあるそうだ。一連の夢が全体で何を意味するのかはよくわからない。それぞれの場面や物は、まったく逆の意味をもちうる、とも書いてある。月齢暦も見ることにする。新月から始め、夢を見たのは十二番目の夜であった。この夜はほとんど満月に近い。そこには「起こりそうだと思われることが起こるのであろう」とある。夢に見たことは確実に起こるのではないか。

ルチアがいるのに気づく。化粧を終えて、髪を整えるために部屋に戻っていた。窓枠の付け柱にもたれて、口を開けて私を見ている。私は夢判断を声に出して読んでいたに違いない。子供のときから、考えたり、読んだりするときは、絶えず声に出すのが癖だった。ルチアはすべてを聞いていたようだ。ルチアもそれに驚いたのではないだろうか。しかしすぐに気を取り直し、私をちゃかすときにするお決まりの尊厳ある態度を装って、「アントニオ・ディ・セル・ピエロ・ディ・セル・グイド・ディ・ミケーレ・ダ・ヴィンチ殿[4]、貴殿の頭は壊れておいでかな?」とふざけて言う。それが未来を占う夢に違いないとしたら。赤い地に緑の龍はフィレンツェのわが地区の紋章だ[5]。しかしこの龍はわれわれの資産すべてを貪り喰う。所得申告には細心の注意を払うものの、税務局への納税という形で財産はやすやすと平らげられてしまう。

冗談のあと、ルチアの口調は真面目で優しくなった。「それほど深刻に悩むことはないわ。変な夢、不安になる夢は誰でもときどき見るものよ。心のどこかにはいつも心配ごとがあって、穏やかな平和はないわ」

ここ数日、私が何を心配しているのか、ルチアはよく知っていた。息子ピエロから届いた書簡はルチアも読んでいた。ピエロは「枝の主日」を一緒に祝いたいと連絡してきたのだ。ところがその後、晩禱[6]の前にヴィンチ村に着くことができないと連絡してきた。サンタ・ルチアの街道をパテルノまで進み、トッレ・ディ・サンタルッチョの丘[7]を通る経路で来るらしい。村の近くに来る前に、おりいって話したい重要なことがあるので、丘の上、アンキアーノのオリーヴ碾き臼小屋《フラントイオ》のそばまで迎えに来てくれないか、と頼んできた。

おそらく悩むことはないのだろう。ルチアの言うことはもっともだ。ピエロのことを心配しているのは私だけということか。フィレンツェでなんとか生計を立てているようだが、二六歳になってなお独身なので、そろそろ妻を迎え、私たちに孫を見せなければと必死になっているのだろうか。私はこのところ疲れ気味だ。たしかに年老いてきた。ピエロについて考え過ぎずに、ほかの息子たちと今度の日曜日を穏やかに過ごすとしよう。フランチェスコ、そしてヴィオランテの夫で頭の悪いシモーネがいる。午後になったらピエロを迎えにオリーヴ碾き臼小屋まで一人で散歩に出るとしよう。

だが、私の夢にはなぜいつも海が出てくるのだろう。それは若き日の私の人生でもっとも波乱に富み、充実していた日々は海の上にあったからなのか。子供の頃、自分は家族の運命を受け継ぐものだと思っていた。一家はヴィンチ村からフィレンツェに引っ越したのである。郊外の農地に住むわが家にとってよい時期であった。猛烈な疫病のため、市内では市民半分が死んだ。生き残った半分は自分たちの時代になったと尊大になり、生活、仕事、工房作業、事務を担う新たな働き手を求めた。兄ジョヴァンニとともに、父はフィレンツェ中心部に住居を構え、サン・ミケーレ・ベルテルディ地区に住む「フィレンツェ市民」の身分を得て、都市生活に組みこまれることになった。市の事務局で外交委員および報告委員に任命され、ある時期、市庁舎詰めの公証人も務めた。父は公証人で、父の父も公証人だった。父と母バルトロメア・ディ・フランチェスコ・ディーニのあいだに生まれた一人息子の私も公証人になるべきだったのかしれない。読み書きを教えこまれてから、私は文法修辞学と同業組合《アルテ》の基本を学んだが、すべて最後まで終えられなかった。手に取るのはペンだけで、いかさまや他人のやりくりのために何千枚もの書類を作り続ける一生を送ること、それだけは絶対にやめようと決めたのである。公証人という職業は好きではなかった。フィレンツェも好きな町ではなかった。公証人養成学校では、ほかの生徒たちが嫌いだったし、彼らも私を嫌った。私は村の訛りが入る言葉遣いをどうしても直すことができず、彼らにはその話し方が気に入らなかったので、私はいつもからかわれていた。背の高い家が密集して街路に迫り、空はほとんど見えないこの町からすぐにでも逃げ出したいという思いが強くなる。自由になり、畑や木々や大地が広がる田舎に戻りたかった。

そしてまったく予期しない事態となる。伯父ジョヴァンニがすべてをそのまま残して、妻ロッテリーア・デ・ベッカヌージ、息子フロジーノとともに、バルセロナに移り住んでしまった。伯父はバルセロナで西地中海交易での儲けを狙うフィレンツェ商人の団体を作ろうとしていた。バレアレス諸島、イベリア半島、北アフリカからヘラクレスの柱を越えてヨーロッパ大陸を北上し、フランドルやイギリス[8]へ達する交易航路の開拓である。このとき、まだ少年だった私には、何がどうなっているのかさっぱりわからなかったが、とりあえず、一冊の稿本を読み始めることにした。父が若い頃に写記したその書物は、私の目につかないように隠されていたので、なおいっそう気になっていた。父が市庁舎の事務所で忙しいとき、こっそり取り出して読んだその本の表題は『デカメロン』すなわち十日間の物語である。フィレンツェから逃げ出す私と同じような十人の若者が登場する。著者はジョヴァンニ・ダ・チェルタルド〔ボッカッチョをさす〕といい、商人ボッカッチーノの婚外子であった。父は、かつてサンタ・レパラータ聖堂でこの著者がダンテを読んで感動していたようすを覚えていた。本に出てくる十人の若者は、ペストから逃れるために郊外の邸宅に滞在し、そこで順番に話をして空想の旅を続ける。話の中でとくに興味が湧いたのは遠い国への旅で、そこに出てくる国に行っている従兄フロジーノが思い浮かんだ。地中海からヘラクレスの柱を抜ける海路、あるいはエジプトのバビロニア[9]からマヨルカへ、おとぎ話のようなガルボ王国〔現モロッコ〕へと続く旅である。猛烈な嵐、難破、海賊やサラセン人[10]との戦い、アラティエル[11]やアリベック[12]のように世にもまれな美女との出会いなどは、フロジーノへの羨望をいやがうえにも掻き立てた。

ある好天の日、フロジーノが戻ってきた。大きな包みにしたミノルカ[13]の羊毛を陸揚げし、小分けにして配送するため、少しのあいだフィレンツェに帰ってきたのである。青い繻子《しゅす》織りの短い上着《ジョルネア》を着て赤い靴下を履いたフロジーノはわが家を訪問し、航海と商取引の話で私たちをすっかり魅了した。プラートのフランチェスコ・ダティーニ[14]の商会が一年前に注文を済ませていた商品で、フロジーノはそれに合わせてバルセロナで船を借りておいた。船長はジョヴァンニ・マレーゼである。ペニスコラ、トルトーザ[15]、ミノルカで荷積みの手配を終え、最後の積載はポルト・ピサーノ[16]であった。そこでは海賊の襲撃に備えて傭兵を募り、一五人の石弓射手が乗りこんだ。さて新たに必要となるのは、郊外の細かい輸送網に沿って羊毛の配送を担う利発な若者である。この輸送網のおかげで、家で働く女たちや専門職人の妻たちは糸を紡ぎ、生産できるようになった。とくに、ヴィンチ村やチェッレート・グィーディ村[17]一帯には、糸紡ぎを専門とする女たちが多い。自宅とフィレンツェから逃れて大きな儲け話に加わること、私にはそれが現実になるとは思えなかった。二つ返事ですぐに仕事を引き受け、彼の商会に入り、フィオリーニ貨で最初の稼ぎを手にした。翌年、「公証人になるための勉強は止めて、商人としてすぐにバルセロナでフロジーノと仕事をしたい」と申し出たとき、父はどれほど腹立たしかったことだろう。

ポルト・ピサーノで乗船した。数日後に早くも天罰を受ける。船酔いで気分が悪くなり、嘔吐を繰り返す。船倉に逃げこみ、コッレ・ヴァル・デルザ[18]産の紙を入れた大きな箱荷の上で休むしかなかった。年老いて粗野な水夫が下甲板に降りてきて、生きているかどうかを確認してから水を差し出した。外気にあてるため、私を無理に甲板に上がらせる。「ひどい船酔いなら、中にいるより甲板に出たほうがいいですぜ。上に行って外の空気を吸ったらどうなんで？　上の甲板のほうが吐いたものを洗うにも便利でしてね」そのとおりだ。もし死ぬことになったら、船室の中よりも、すぐ海に投げこめる甲板で死ぬほうがいい。親切な説得に応じたところ、だいぶ気分がよくなった。それからというもの、航行中はつねに甲板に出るようにしている。潮気を含んだ爽快で強い風を肺の中いっぱいに吸いこむ。昼はリグーリアの沿岸からレオン湾[19]を進む。陸へ向かう強い風であおられる波間の航行である。夜は星空の下を静かに進む。自分がいまいるのは大きく開かれた海原の真ん中なのだという実感がわかない。農村で取り柄のない息子として生まれ、公証人になるよう運命づけられた、あの自分が。私は若かった。中断してしまった公証人向けの勉強以外に、なんの準備もできていない。だが一つだけ財産がある。それさえあれば、ほかには何もいらない。それは幸運を求めて世界を巡りたいという欲望だ。

バルセロナはかつて私にとって魅力に富んだ都市だった。未来に向かう展望が十分に開かれていた。権力の中心は王宮と大聖堂である[20]。だが町の本当の活力は浜辺の先、海上にある。ここに商館はない。フィレンツェ人を世話する領事館すら置かれていない。あるのは大きな開廊《ロヒャ》で、あらゆる国のあらゆる商人がそこに集まる。きわめて大きな教会堂は竣工したばかりで、その内部は光に満ちて輝いている。建設の費用と作業は、商人、港で働く労働者、荷物運搬夫が負担した。彼らはサンタ・マリア・デル・マール組合「バスタシオス[21]（港湾同胞団）」を組織し、固い団結を誇っていた。浜辺に近い「ロヒヤ・デル・マール（海の開廊）」も最近完成した建築で、公証人や両替商の出店が開かれている。さまざまな業界用語と言語が飛び交い、「コッレドーレス・ドリージャ（海岸の走り屋）」と呼ばれる使い走りを生業《なりわい》とする者たちは絶えず声を張りあげ、開廊の端から端まで駆け回っている。「カーザ・ダ・ヴィンチ（ヴィンチ出身者の家）」は、リベラ街区にあり、それほど遠くない。ほかの館同様、瀟洒な建物で、海に面したテラスとオレンジの木を植えた庭があり、そこにはわが国のジャスミンのように自然に生い茂った生垣や蔓棚がある。

フロジーノはバルセロナでカタロニアの女性と結婚していた。わが故郷の名前や家族の名前を思わず間違えてしまうなど、彼自身もすでに半分はカタロニア人である。ヴィンチではなく、ヴェンス、ヴェンクと言ったりする。私も、開廊や海辺で飛び交う混乱した言語に、できる限り自分の発音を合わせる必要があった。そしてある程度のカタロニア語をものにして、フランク語を混ぜた訛りで港湾関係者、使い走り連中《コッレドールス》に私の要求を伝えることができるようになった。フロジーノはすでに何年も前からバルセロナ市民となっていたので、市民特権や有力者とのつきあいに恵まれ、物品税も免除されていた。

フロジーノは私をシモーネ・ディ・アンドレア・ベッランディィに紹介してくれた。シモーネはダティーニの連絡員で、カタロニア商会の会員であり、ボルン広場[22]の大工通り《カッレール・デ・ラ・フステリア》に住んでいた。だが、商売に対する情熱はわれわれほどではない。「カタロニア人はめざとく、ずる賢いことは世界で有名だ。この悪魔の町では注意を怠ってはならない。さもないと、すべては無になる」とシモーネは警告している。

町の全員が友達にはなりえないことはすぐにわかった。町を牛耳る有力者や貴族たちは賃料で生活し、働かない。昔かたぎの商人は因習的な特権の上にあぐらをかいている。そうした特権保守階級にとって、われわれは危険な競争相手だ。彼らは定期的に評議会《コルテス》と称して集まり、国王の説得に乗り出した。国王にとって、保守層の献金は戦費の資金源として重要だった。その結果、つきあいの深かった極悪人のジェノヴァとピサの商人を除き、すべてのイタリア人商人に対する活動抑制措置が公布されることになった。とくに、フィレンツェ商人は資金力にものをいわせて優品、良品を事前に買いあさり、市場を混乱させると指弾されることになった。ちまたでいうフィレンツェ商人はずる賢く、悪魔のような商才で人を騙し、贋金作りも厭わずに、富の独占を進めている悪者だという。

国王マルティン[23]が「情け深い」と尊称を受けたのは意外なことではない。国王はわれわれを冷遇するふりを見せただけで、その裏で巧みにフィレンツェ商人を保護した。フィレンツェ商人追放の動きに対する国王の特例として、すでにバルセロナ市民権を得ているフィレンツェ商人すなわちフロジーノ、および安全通行証を受けている大きな商会は除外とされたのである。これで、ダティーニとその仲間のフィレンツェ商人全員が対象から外れる。国王としても、われわれを手放すことができない理由があった。宮廷が捻出できる額以上の金額を素早く、しかも注文をつけることなく国王に貸し出す用意を整えているのはわれわれであり、金糸をふんだんに織りこんだ高級織物、そのほかの贅沢品をいつでも献上できるのもわれわれであった。

もう一つ、あるときふと気づいて、心から不愉快に思ったことがある。市内を歩くと一人としてヘブライ人に出会うことがないのだ。フロジーノが「数年前、血にまみれた大量の虐殺と強制改宗があった」と説明する。[24]大きな工房に立ち寄ったときも、そこにいたのは、疲労を見せながらも自分の仕事に満足し、誇りをもって作業する職人たちではない。そこではすべての製品が多くの男女の奴隷によって量産されている、と説明を受ける。戦争で獲得した捕虜、奴隷市場で買った奴隷、彼らはレヴァントと世界の境界にある気の遠くなるような僻地の人間だという。光り輝くバルセロナは、その暗い裏面を私に見せてきた。この地をあとにしようと思う。

「なるほど。でもほかの土地で物事がうまくいくとは限らないだろうね」とフロジーノ。「マヨルカならいいかもしれないが。そのあたり一帯を担当する商会の連絡員、クリストーファノ・ディ・バルトロ・カロッチは、シモーネよりもずっと頭の切れる男で、バルベリアの港[25]とうまく取引する方法を探していると聞いている。そこからは、質のいい香辛料、染料、そしてフィレンツェの織物産業で需要の高い品物が運べるだろう。バルベリア各地の小麦、紫の染料粉《オルテル》[26]、ニス、酒石[27]、明礬《みょうばん》などだが。さらに、アトラス山脈[28]の高地で放牧される羊、雄羊から採れる最高品質の羊毛、穀物、象嵌《ぞうがん》細工の箱作りには欠かせない貴重なヒマラヤ杉も取引できる。南の大地、生き物がまったく棲めない砂漠のさらに南に広がる未知の土地には、金、銀、宝石、象牙、そして肌の黒い奴隷たちが、まるで枯れることのない豊かな川のように流れこむということだ。もしも、君がその遠い土地に行く勇気をもてるなら、素晴らしい品々を目にするだけでなく、ここ、キリスト教徒の国土でたえず直面する危険をあえて冒さずに済むのではないかな。サラセン人は異教徒とはいえ、信条をたがえず、取り交わした約束はわれわれよりも固く守り、来客を歓待することは神聖な義務と信じているので安心できるだろう」

唯一の危険は海賊だ。サラセン人ではなく、キリスト教徒、カスティーリャ人が海賊として横行している。対策として、出発前にまったくなじみのないことをしなければならない。保険である。私の生命および輸送貨物に関する補償、誘拐された場合の身代金や対価を保障する契約だ。しかし、その仕組みには驚かされる。笑いそうになるし、不安を禁じえない。生命と物品の保障ということは、もしそれが失われた場合、その分をあとになって補填するというのか。運命、つまり神の思し召しに対して、本当に埋め合わせができるというのか。悪魔にしか思いつかない考えである。

ほんの数か月で、よく知らない多くのことがらを急いで学ばなければならない。保険もその一つだ。私はカタロニアに来る前にとくに下準備を整えたわけでも、商館で見習いをしてきたわけでもない。ちょっとした計算はできるとしても、国を越えた商取引という巨額の駆け引きを扱う訓練はできていなかった。老練な商人は、世間知らずの若い商売人を「師匠をもたずして師匠になろうとする愚か者」と軽蔑する。私はまさにそれだった。抜けめなくめざとい人間、良品や粗悪品、チャリンと音を出す多額の金貨や銀貨、商船と冒険、嵐、海賊、美しい王女たち、これらが作り出す世界がどこかにあるのではと信じていたが、出会ったことのない世界にいきなり投げ出された。たしかに、そうした世界がまったくなかったわけではない。だが一方で、この世界を支配する冷酷な掟は紙とインクで作り出されているということを私はすぐに見抜くことができた。なんのことはない。それは私が逃げ出した公証人の世界と同じだった。貨幣そのものがやり取りされるのを目にすることは、むしろ少ない。フィレンツェで流通するフィオリーニのほか、ドゥカート、リラ、大小のバルサロネーゼ貨[29]、価値の低いマヨルカ貨、さらに価値の低いアルモハド朝のディルハムやミラレス銀貨[30]などのサラセン系の貨幣が手のひらで跳ねることはあったが。ドブレ金貨[31]とフィオリーノ金貨がぎっしり詰まった金庫を夢見ていたのだが、現実に巨額の取引が実現するのは、数枚の紙、両替証書だけで、しかもそれらは多くの場合、現金に替えられるのではなく、また別の取引の証書と契約書に変わるだけであった。取引には受取書、通知書、商品内容書、商品受領書、領収書、商品目録、当座振込記録、会計記録など、すべての記録を必ず作成しなければならない。記録がなければそれは存在しなかったことになる。

完璧な保険証書を整え、そしてフロジーノが招集した石弓射手も雇い入れ、サラセン人に売る物資としてバレンシアで地元産の布地、トルトーザでフィレンツェ産の色とりどりの上質な生地を積みこんだ私の船は、西に、そして南に向かう順風に恵まれて大海の航路を進んだ。水夫たちが水平線の彼方に黒い山並みが近づいてくるのを発見する。目的地の一つ、トレス・フォルカスの岬[32]である。陸地を左に見て海岸線に沿って数海里進み、入り江に向かう。入り江に開く港には、数隻の船とともにヴェネツィア船籍のガレー船が二隻停泊している。岸から丘に向かう町のすべての家は白壁で、市壁や塔も見える。バルベリアのアルクーディア[33]だ。ガザッサとも呼ばれるこの町は、フェズを出た隊商路の到達地点でもある。太陽が沈む大海原に向かう最果ての土地はガルブあるいはマグリブと呼ばれ、その中心地がフェズである。ガルブは「西」を、マグリブは「日の沈む地」を意味する。

船は停泊点に錨を下ろし、乗組員は全員、小舟に乗りこむ。桟橋がないので、靴を脱いで水に入り、浜辺まで歩かなければならない。海水に足を入れて歩くのは気持ちがたかぶる。青く透きとおった水は温かく、強烈な陽光が頭上に降り注ぐ。岸では水夫たち同様、私も服を脱いで波に飛びこむ。私はいま、ここアフリカに抱かれている。

背の高い人物が岸から私に近づいてくる。クリストーファノの弟、ジョヴァンニである。降ろした荷をすべて記録するため、蠟引きの板と硬筆を手にしている。アラビア語を理解する通訳のアブダッラー・ベンビクシが隣にいる。この男の肌は黒褐色で、目は素早く動き、髭は短い。さて、海水浴は十分だ。時間は無駄にできない。数時間しか余裕がないので、すぐに荷下ろしの確認をする。隊商はすでに数日前にここに到着し、椰子《やし》の木の下で荷積みの準備を終えている。椰子の幹は太く、上のほうで扇を広げたように枝と葉が広がる。近くにはうずくまって群れをなす動物がいる。背中にこぶが盛り上がり、不思議な鼻と口をしている。馬ではない。見たことのないこの動物は駱駝《らくだ》というそうだ。重い品物を載せ、さらに人間を載せて歩く。無数の幕舎が広がる。人々は長い服をまとい、帽子のように頭の周りに布を何重にも巻いている。この布はターバンというそうだ。それぞれ仕事を割りあてられているようで、駱駝に餌を運ぶ者、袋や包みを運ぶ者、すべての者が行ったり来たりとせわしく動き、われわれには目もくれない。長いこと船で揺られ続けて足元がふらついた「異教徒」たちが小舟から降りてきて、灼熱の太陽に打ちのめされ、周囲のようすに呆然として歩き回っているようすは、彼らにとってはまるで周囲の自然の一部であるかのようだ。

夕方に出発し、夜に移動する。月は出ていないが、夜空は澄みきって、満天の星が驚くほどよく見える。駱駝は一頭のあとに一頭と、列をなしてゆっくりと進む。小高い尾根からはまだ黒い海面が見える。そして一方には、はるか遠くに限りなく山々や谷が続いているようだ。もう一つの海が見える。いや、それは海ではない。砂だ。風で形を変えてどこまでも続く砂の丘だ。砂漠は広大無辺だ。

朝になった。小さな黒い影がわずかに揺れるほうへと砂の丘を下る。近くに来ると、その影が椰子の群木であるとわかる。「椰子の脇に水があります。そこで命が助かるのです」とアブダッラーが説明する。オアシスという場所だそうだ。中央が尖った大きなテントがたくさんある。騎兵がやってくる。目以外の顔と頭はすべて青いターバンで巻かれ、腰には弓型の刀を差している。「ベルベル人です。勇敢で戦いを好む部族ですが、われわれには王が与えた通行証があるので、怖がる必要はありません」と言いながらアブダッラーは通行証を彼らに見せ、滑らかで音楽のような言葉で話し合う。アブダッラーにその通行証を見せてもらう。奇妙な模様のような印が記されている。上に伸び、下に曲がり、あちらこちらに捻じれて、散らばったように点が打たれている。「これはアラビアの文字で、逆に、つまり右から左に読むのです」とアブダッラーが笑いながら言う。まったくわからないが、流れるように続く文字の線は美しく、好きになった。いつかこの文字をまねて私の商標にしたら、どんなにか楽しいだろう。文字が文字なら、耳にするその音もまた非の打ち所がない。揺れ動く抑揚はシーソーのように繰り返され、まるで風と砂を受けて、果てしない砂丘を駱駝に揺られて越えていくかのようである。もっとも、私は駱駝の上でたちまち背中を痛めてしまった。

次の日から私たちは、恐怖を感じるほどに大きな山の斜面に沿って進んだ。土地の者たちはその山をジェベル[34]と呼んでいる。水と風によって深く削られた崖は荒々しくも美しい。ここまで来ると昼の移動が可能で、夜は眠ることができる。滝が流れ落ち、不気味な洞窟が口を開ける。山と高原に挟まれた尾根の窪みに着いた。そこは囲壁に守られたターザという町[35]で、ようやく隊商宿で休息できそうだ。首都フェズから海へ、逆の方向に向かう隊商と出会う。王の衛兵が護衛しているので重要な隊商なのだろう。先頭の駱駝から細身の小柄なサラセン人が勢いよく飛び降り、遠くからジョヴァンニに挨拶し、こちらに近づいてくる。先の尖った帽子をとると、現れたのは痩せた顔の老人である。髪も髭も白く短い。青い目の眼光は鋭い。驚いたことに、ジョヴァンニと抱き合った老人が口に出したのはアラビア語ではなかった。やや古いアクセントとヴェネツィア語特有の語尾を落とす癖があるものの、完璧なフィレンツェの言葉である。ジョヴァンニは「新しくバルセロナから派遣された見習いだ」と、その男に私を紹介する。こうして私は、砂埃が舞い、駱駝や人の排泄物で悪臭の漂う中庭で、偉大なるウブリアーキ家のバルダッサッレに会い、その皺だらけの手を固く握りしめることとなった。

その名前は以前からよく聞いていた。フィレンツェだけでなく、バルセロナ、バレンシア、マヨルカの工房でもその魔術師、錬金術師のような存在は伝説であった。彼の書状、連絡文書が届くとまもなく、金、銀、琥珀、宝玉、真珠、珊瑚、象牙、貴重な香木の香辛料などが届くのだ。しかも、それらがいったいどこから、どのようにして運ばれてくるのか、誰にも正確なことはわからない。彼の一族はダンテの時代にフィレンツェから追放された貴族であった。その詩人の神は、一族全員が高利貸であったことを強く非難して、ウブリアーキ家を地獄に送っている。バルダッサッレ・ウブリアーキはアヴィニョン[36]に生まれ、そこで若きフランチェスコ・ダティーニの友人となった。彼はおそらく、アラゴン王、カスティーリャ王、フランス王、イングランド王、ベリー公、ミラノ公[37]の居室に、前室で待たされることなく入室でき、誰にも邪魔されることなく対等に話ができる世界でただ一人の人物ではないだろうか。書記官や宮廷の役人が聞き逃した個人的な報告をそっと耳打ちできるから優遇されていたのかもしれない。「バルダッサッレ帝国」の「首都」はヴェネツィアの工房だった。そこに集められた原産品は、類を見ない象牙象嵌細工に生まれ変わる。聖遺物箱、壁飾り、宝石箱、鏡枠など、その最高級の工芸品はヨーロッパ中の王侯君主にとって羨望の的であった。

バルダッサッレ氏は、フェズに到着したわれわれを商館の一室で夕食に招いた。サラセン人の料理人は、粗挽きの小麦と羊肉を入れ、香辛料を利かせたスープのような不思議な料理を用意していた。アブダッラーがクスクスだとその名を教えてくれる。ひと口含むと火のように刺激が強く、すぐに水を頼む。バルダッサッレは笑って、小袋を開き、黒い顆粒を取り出した。それを粉にして料理に振りかける。それはギニアショウガあるいは天国の粒と呼ばれ、胡椒よりも刺激が弱く安価な香辛料であった。長い路程を経て「黒いアフリカ[38]」からはるばる運ばれてくるという。心臓と腸によく、長生きができるそうだ。ワインを飲みながら噛んだり、ワインに混ぜてもいいらしい。ちょうどそこにはワインもあるではないか。サラセン人の習慣については まだほとんど教わっていなかったが、この旅ではワインを味わうことはないだろうと信じていたので、意外なことだ。バルダッサッレが革の袋から注いでくれた赤い液体は、いままで飲んだこともない美味しく強いワインであった。フェズにある王宮の果樹園で作られるという。王はバルダッサッレの提案でキリスト教徒の奴隷に葡萄を栽培させていた。非イスラムの客人に出す飲み物としてという条件がつく。預言者の戒律を忠実に守り、イスラム教徒の守護者の頂点に立つ王の権威を汚さないためである。ワインを飲んでバルダッサッレはますます陽気になり、私を可愛がってくれた。若い見習い商人が、この広大な未知の大陸に挑戦する気概をとくに気に入ってくれたようだ。生まれてはじめて心からの歓迎を受けた。バルダッサッレの息子にでもなれそうな雰囲気に私は感激する。

自慢の気持ちを抑えきれずに、バルダッサッレは海岸に向かって運送中の新しい貴重な商品の説明を始めた。アルクーディアの港には、彼が借り上げたガレー船が待機している。それを運ぶ隊商にはすでに出会ったが、どれほどの駱駝、どれほどの荷物や箱、どれほどの護衛が列をなしていたことか。フェズのアルベルティ、つまりアルベルティ家のフェズ駐在代理人アリーゾと同様、商売で力を合わせる仲間なのだから、われわれには教えてくれてもいいはずだ。それはバルダッサッレもかつて買い付けたことのない膨大な量の象牙だという。この取引のため、彼はわざわざフェズに来たのだった。象牙はアフリカの奥地で取れる。バルダッサッレは砂漠の彼方、黒い肌に金の衣装を着けた王が支配する謎の王国トンブクトゥ[39]からやって来た密使を使って、すでに数年前からその買い付けを予約してきたそうだ。「それならば、砂漠の向こうにも人間がいるということになるのですか。人が住まぬ土地、太陽の照らさない土地に、別の人種、別の文化があるのですか」と私は思わず叫んだ。「世界はフィニステレ〔大地尽きる所[40]〕で尽きるのではない」とバルダッサッレは笑いながら言う。「若き友よ、世界はお前が想像するより、本で知るより、地図で見るより、はるかに大きいのだ」

さらに旅を続けること二日、ついに王都フェズがわれわれの前に姿を現した。アブダッラーは「これがアル・アリーヤ[41]、卓越せる都市、預言者の子孫によって築かれた聖都だ」と誇らしげに説明する。都市の右半分はフェズ旧市街エル・バリ、スルタン宮殿がある左側はフェズ新市街エル・ジャディドであることがわかる。多くの尖塔やドームが陽光に輝いている。この奇跡の景観をいったいどのように描写したらいいのだろう。私は著述家ではない。文学者でも歴史家でもない。いまの私は長い年月を生き延びた一人の老人で、この身体で二つの人生を生きることを神が許してくださったので、いまでも積み重ねた経験からこれまでの物事を見直し、奇跡の記憶とともにあのときに強く感じた驚きの感動を呼び覚ますことができる。

私はたちまちその新しい世界の虜になった。われわれの宿泊先はネジジャリーネ街区にある、フォンドゥク〔隊商宿〕と呼ばれる外国人商人のための大きな宿泊所である。広い中庭を囲う二階建ての建物で、バルコニーを巡らせて個室が並ぶ。軒の梁、手摺り、格子棚、扉、すべては細かい細工と装色を施した杉材で作られている。天井からは多色ガラスをはめこんだ幻想的な明かりが吊り下がっている。中庭の隅には泉があり、豊かに湧き出る水の音は絶えることがない。これは身体を洗い清めるための流水で、異教徒たちはキリスト教徒よりも強いこだわりがあるようだ。どこへ行っても、熱水と冷水の浴室と蒸気室があり、彼らはそこで身体を洗い、時間を過ごす。そしてどこに行っても、私はこの地の人々が抱く美への計り知れない崇拝に驚くばかりだった。アブダッラーは、私が異教徒の文化と宗教に強い興味と関心を抱いたことにむしろ驚いたようすで、それなら、と私をブー・イナーニーア・マドラーサ[42]に連れて行った。これは時を忘れるほどの美しい泉と中庭を備えるイスラム教の大学つまり神学校である。学校に向かい合うように、一二の小さな窓の並ぶ奇妙な家があった。個々の窓の下には枡《ます》が組まれ、金色に塗られた椀が置かれている。「誰が住んでいるのですか」と私が尋ねる。「時だよ」という予想外の答えが返ってきた。それは、ダル・アル・マガナ、すなわち時計の家であった。驚くべき水時計の仕掛けである。しかも、夏は日が長く、冬は短い、その一年を通じて異なる季節に応じるように毎晩調整され、日の出から日の入りまでを十二に等分する時計だそうだ。一滴、また一滴と貯水枡から水が垂れ、仕掛けが少しずつ動く。時刻が経過すると金属の球が椀の中に落ちる。彼らにとって、時は水と同じように流れていくのだ。パラッツォ・デイ・プリオーリ〔パラッツォ・ヴェッキオ〕の大時計のように、歯車の組み合わせでカチャと音を出して執拗に刻む鉄のように冷たい通告ではない。

われわれが泊まっているフォンドゥク〔隊商宿〕は旧市街メディナの中心にあった。カラウィーイーンの神学校とモスクの近くである[43]。大きな商業広場カイサリアには苦労せずに行ける。しかし、余裕があるときは旧市街の狭い路地の迷路に迷いこむのが好きだった。皮なめし職人の街区タンネリ・ショワラでは、吐き気をもよおす悪臭がする。それを避けてあちらこちらと歩き回り、香辛料と香料で知られるアル・アッタリンの市場《スーク》にたどり着くのだった。小路から小路へ、目をほとんど閉じるようにして、ときに強く、そしてとても甘い未知の香りをたどって、ふらつく酔っ払いのように歩き回った。その香りには女たちの肌から立ち上る体臭が混ざる。隠れるように一番奥にある店では、女たちが手、首、脇の下に香水をつけて香りを試している。想像ではあるが、秘密のあの部分にも強い香水をつけているのだろう。女たちのあの部分はまだ見たことがなかった。どのような形なのか知らなかったし、経験もなかった。市場の香りで私の感覚はおかしくなったのか。砂漠に咲く多肉植物の花、それも焼けた赤い砂で覆われた砂漠ではなく、胡椒、ギニアショウガ、あるいはナツメグの種を挽いた粒のように黒い砂の丘が続く砂丘に咲く花を連想する。あるいは、身軽で素早いガゼルや豹がオアシスの泉に足音もなく近づき、身体の汚れを落とすようすを思い浮かべる。豹は罪の野獣だ[44]。

小さな格子窓の外に隠れて、若い女の手をじっと見ることができた。その手には幻想的な図柄が描かれている。細い木の棒で練り粉を皮膚の上に軽く押しあて、からみあうように細い線を何本も描いていく。アフリカに着いてからというもの、女性の身体で見ることができたのは手だけである。路地、市場など女たちはどこにもいる。ただ、手を除いて身体は黒または青の衣服ですべて包まれ、目にするのは身体を覆う布が腕、足、足首の動作に合わせて動くようすだけだ。頭は黒い布で完全に隠され、顔もヴェールで覆われ、目だけが見える。模様が描かれた細い指先の手、そして視線をすぐにそらす目だけで、それ以外のすべては隠されている。隠された身体は、経験したことのない欲望を私の中に掻き立てる。女たちはみな、美しく素晴らしい天国の天使のように思えた。

われわれと同じ非イスラム教徒のアリーゾ・デッリ・アルベルティが訪ねてきた。バルダッサッレに大口の商品を提供しているヘブライ人の商人、サラメティクシからの招待の知らせだ。スルタンの壮大な居館のある新市街に向かって歩いていく。ヘブライ人はスルタンの庇護を受けてこの地区に住んでいた。[45] 町の金細工師はすべてヘブライ人だったので、この地区は金細工工房の地区でもあった。

サラメティクシの邸宅の大広間では、すでにすべての料理が完成し、掛け布や敷き布のない低い大卓に長い銅製の大皿が直接置かれている。土曜日は始まったばかりだが、ヘブライ人は日没以降[46]、何もしてはならない定めだ。絨毯の上にあぐらをかいて座り、招待者サラメティクシがパンとワインへの祝禱をするのを待って饗宴が始まる。個々人の食器はなく、それぞれ大皿から料理を取り、手で食べる。サラメティクシはフィレンツェ語、カスティーリャ語、カタロニア語を話すので通訳の必要はない。アンダルシア地方、セビーリャの出身で、最後の大虐殺を逃れてこの地に来たそうだ。だが、サラメティクシは現在のこの国に失望しているという。社会の退廃を嘆き、政治と経済について議論し始めた。

私はその議論を聞き流すだけだった。この邸宅に入った瞬間、沈黙の何かが存在することに気づいたのである。夜の闇のように黒く捉えどころのない二つの目、烏の羽のように艶やかに流れる黒い髪。それはサラメティクシの娘、シャガルであった。開花を待つ蕾《つぼみ》のような娘で、二階の開廊から好奇心と挑発を入り混ぜた目でこちらを見下ろしていた。サラセン人ではないのでヴェールはかぶっていない。手首に腕輪を着け、素足の足首には金の輪をはめている。髪は束ねず、皮膚は透けるように白いが、頬には薔薇色の輝きが射している。私と目があった娘は微笑んだ。この一瞬でわれを忘れ、私は彼女に夢中になった。夕食のあいだ、私はその娘の眼差しを忘れることができなかった。みなが話し合うなかで、うわのそらの私が口に出したのは「今日は何曜日ですか」という問いで、これにはみなが笑った。時計の家で水時計の水滴が落ちるように進む私の一生、その時の流れのなかで、この瞬間こそ永遠に記憶にとどめたいという希望をその場の誰も理解しなかっただろう。娘の父親が答えてくれた。「今日は、世界の創造から五一五八年後、イヤルの月の二三日目にあたりますぞ[47]」普遍の歴史を説く聖書に記された年数により、私が劇的な恋に落ちた日がはっきりと定まった。それを忘れることはできない。

その後の三年ないし四年間の記憶はやや混乱している。ありとあらゆる手を使って、隊商とともにアルクーディアからフェズに戻り、香辛料、皮革、羊毛生地で儲けることができた。フェズに戻るたびに、老齢のサラメティクシを訪ね、バルダッサッレの長い書簡を渡し、その荒稼ぎについて話す。この訪問はシャガルと会える楽しい機会だった。年老いたサラメティクシはそこに何の疑念ももたなかった。

サラメティクシが外出したある日、「町の外に私たちと一緒に出かけませんこと？　郊外に私どもの果樹園がありますの。甘い橙《だいだい》の実がなっていますわ」と彼の妻が私を誘ってくれた。それは天の楽園が地上に現れたかのような庭園だった。シャガルは髪に花冠を載せ、ほっそりとした身体に白く透きとおる麻の長いブラウスを着ている。橙の木の間を見え隠れしながら歩き、果実を採って、蔓棚の下のわれわれのテーブルに運んでくれる。

突然風が強まり、地平線に暗い雲が広がったかと思うと、どんどんこちらに近づいてきた。恐ろしい砂嵐だ。「すぐに帰らなければ」と夫人が言い、みなは速足で町に向かう。私とシャガルはどういうわけかほかの者たちよりも速く先を急いだ。嵐への恐怖か、あるいは愛の見えざる手によってか。あとに続く者たちが遠くなったそのとき、砂嵐は二人の頭上に迫り、たたきつけるように襲いかかってきた。農家の家に避難していたほかの者たちは見えず、二人は風の渦に巻きこまれた。何も見えない。と、たまたますぐ近くに廃墟となっていた泥煉瓦の家の壁があった。二人は恐怖のあまり身を寄せ合ってその壁で風を避けた。

私は自分の身体の上にシャガルの身体を感じた。思わず「嵐がこのまま続いてくれたら、こうして抱き合っていられるのに」とつぶやいてしまう。驚いたことに、シャガルは「私もそう願っています」と言うではないか。このときまで、二人は言葉をひと言も交わしたことがなかった。私はヘブライ人の商人の娘がわれわれのフィレンツェ語、カスティーリャ語、カタロニア語さらにアラビア語まで話せることを知らなかった。シャガルはこれらの言語で読むことも書くこともできるというではないか。だが、その先、会話は途切れた。砂嵐は世の終わりを告げるかのように吹き荒れたが、二人は身体を一つにして熱く激しく愛し合った。

それからというものの、フェズに帰るたびに、私はなにかと理由をつけてヘブライ人地区に行き、二人は内緒で愛の交歓を続けた。サラメティクシの館にある塔の上に二人で登る。そこには見晴らしのよいシャガル専用の小部屋があった。そこから見渡す町全体の眺望が素晴らしい。小さなテラスがあり、そこにたくさんの白鳩を飼う小屋があった。ウェヌスの聖なる鳥である。シャガルは「私の名前と同じ字数の撚り糸よ」

と言いながら、ツィトシトという不思議な撚りをかけた毛糸で私の手首を結ぶ。私の心もその糸でシャガルにつながれ、結ばれている。

シャガルが妊娠したとわかったとき、私の最初の反応は卑怯だった。逃げようとしたのだ。この地で私は外国人であり、異教徒だ。正義は私に容赦しないだろう。だが、シャガルの気持ちは揺らぐことがない。「もし、一緒に連れて行ってくれないならば、死ぬだけだわ」と言う。これは私に対する愛情からだけではない。シャガルもまた、それまでの世界から抜け出したかったのだ。毎朝、父は自身が非ユダヤ教徒、奴隷、女性として生まれなかったことを主に感謝して三つの祝禱を唱える。シャガルはもうそれに我慢できなかった。ヘブライ人と非ユダヤ教徒、信仰篤き者と不信心な者、奴隷と自由人、男と女、このように人間を差別することが許せなかったのだ。ヘブライ人の女性に定められた運命を受け入れたくなかった。そこでは女性はすべてにおいて服従すべきであり、隠されるべきであり、見えない存在とされる。セビーリャから逃げたとき、シャガルはまだ子供だったが、焼き討ちの閃光、暴虐を受ける女性たちの悲痛な叫びが記憶から消えることはなかった。血の川と化したグアダルキビル川、暗闇を進むボートにぶつかる遺体がつねに悪夢のようによみがえってくる。

キリスト教の国々でも、女性やヘブライ人にとって好ましい状況は期待できないとシャガルに説明するが、無駄であった。説得を諦めるしかない。シャガルは私よりはるかに強い心をもっている。決めたことには揺るがないのだ。シャガルを海の向こうにある土地へ連れて行くことにした。承諾を得るために、彼女の父に書簡を送ることにする。この一件は、アブダッラーにだけそっと告げる。アブダッラーは顔を引きつらせて心配する。彼らの仕事に必ず深刻な影響が出るからだ。サラメティクシは大宰相[48]の大の親友であり、加えて、復讐心の強い人物だというのだ。容易に人を許すことはなく、自宅に毒蛇のような男を連れてきたアリーゾはもちろんのこと、私たち全員に必ず復讐を誓うだろうという。しかし、最後には諦めて、二人の逃亡を計画してくれることになった。

巡礼者に変装し、夜の闇に紛れて出発した。まず、砂漠の道を通るエジプト行きの隊商に加わり、数日後、オアシスに着いたら隊商と分かれ、馬二頭を借りてアルクーディアに向けて疾走する。砂嵐《ハルマッタン》の暑く乾いた追い風が背を押す。それは不安に満ちた数日だった。スルタンの衛兵がいつ追跡してくるかわからない。かなり前に帰国のために予約しておいた船が出発を待っているはずだった。しかし、準備はまったくできていなかった。土地の商人たちとのいざこざで、船荷の積みこみが始まっていない。このあいだにマヨルカのクリストーファノに必死の文面で手紙を送ることにする。

やっとのことで出航した。そして愕然とした表情で従兄が出迎えるバルセロナに入港する。フロジーノは、バルセロナに来た若きヘブライ人の女性に降りかかるであろう危険を意識して、シャガルに受洗を勧め、懸命に説得する。シャガルは「従うべき戒律は心の中にあるわ」と私に言いながら説得に応じた。「シャガルという名はどういう意味なのか」と聞くと、「庭に咲く菫《すみれ》（ヴィオラ）のことよ」と彼女。そこで、これからキリスト教徒の前で使う名前はヴィオランテと決まる。田舎の礼拝堂で私たち二人は結婚式を挙げた。フロジーノと使用人の若者が同席するだけの式だ。フロジーノの妻はカタロニア人なので、ヘブライ人と会うのを拒んで出席しなかった。この結婚については誰にも言わずにおくことにした。父に送る書簡にも、これについてはなにも書かない。主は私たちの愛をお赦しくださり、祝福を与えてくださった。しかし、二人のあいだにできた子供には恵みを施してくださらなかった。おそらく長い船旅の疲労からか、子供は予定日よりも早く死産であった。

残念ながら、その後アフリカには戻っていない。フロジーノの活動は突然変更となり、私の業務も大きく変わった。フロジーノの奉仕に謝意を示そうと、国王は彼にドレ・デ・ズィタリアン〔イタリア商人監理権〕を与えた。これは、イタリア人商人が扱う輸入および輸出商品すべてに対して、三ディナール相当のリラ貨を徴収する権利である。従兄フロジーノは支払いをごまかそうとする者を取り締まるため、一〇〇フィオリーニの給料で著名な法律家ペレ・デスコルを雇用するという手段までとることになった。フロジーノは権益の監督でしばしばバレンシアに行かなければならず、私をドレ・デ・ズィタリアンの徴収代理人に指名した。

身分はずいぶんと高くなったように思えた。しかし、われわれを取り巻く状況は悪くなっていた。昔からの友人たちは一人二人と、会うたびにわれわれに背を向けるようになった。われわれは王とカタロニア人に身売りした裏切り者、蛭のようにしつこく血を吸う恩知らずだと見なされるようになっていた。私自身も、われわれの立場は大嫌いだった。ダティーニの代理人であるシモーネとクリストーファノの関係は緊張していた。シャガルの一件から急速に冷めたものとならざるをえなかった。ほとんど誘拐に近い形で連れてきた女ではないかと邪推する者も少なくなかったのである。サラメティクシは私からの書簡すべての受け取りを拒み、誰が娘の逃亡に加担したかは不明だったにもかかわらず、哀れなアリーゾ・デッリ・アルベルティを悪臭に満ちたフェズの牢獄に幽閉し、ほとんど瀕死の状態に痛めつけていた。国王マルティンからの書簡がスルタンに届き、アリーゾはようやく牢から出されたが、すべてを失い、商店は破産し再建は果たせなかった。バルダッサッレ氏にもその後会っていないが、取引状況は悪化したようだ。フィレンツェでは、バルダッサッレ関連の資産すべてが差し押さえられた。彼は取引証書や商品をすべてダティーニ商会の名義と偽って密送せざるをえなかった。もちろん、これは取引関連で現金化をする際に大きな問題となる。バルダッサッレを贔屓《ひいき》にした支配層の人々は、素晴らしい工芸品にはすぐに手を伸ばしたとしても、ただちにその対価を支払うことはけっしてなかったのである。

バルダッサッレの消息を得ようと、私は彼と取引をしたという地図製作工房の親方を訪ねた。その親方は大虐殺を生き延びたヘブライ人で、一〇年ほど前、強制改宗を迫られたという。親方と会ってみたいというので、ヴィオランテも同行した。二人は聖なる言語、ヘブライ語で話し合い、私はそれを聞く。親方は宝物を取り出して見せてくれた。大判の羊皮紙が綴じられている。羊皮紙には地中海の海岸線とその周囲の大陸が記されている。時間をかけて忍耐強く定規とコンパスで描き上げた労作だ。親方の名はジャーメ・リバだが、本当の名はヘブライ語でジウダ・クレスクだ。マヨルカで父アブラーモから地図製作の技術を教わったそうだ。ヴィオランテはこの縁でジュダの店に通い始め、地図の地名を写す手伝いをするようになった。各地の地名を書きこむことで、ヴィオランテは世界を知っているような感覚を覚え、これからずっと愛する人とともに人生の旅を続けるという夢を見ていたのだろう。

しかし、私の前半生、幸福な時間は終焉を迎える。金属の球は大きな水時計の鍍金《ときん》の椀の中に容赦なく落ちた。それが世界というものなのだ。伯父ジョヴァンニが亡くなった。伯母ロッティエーラは、フィレンツェに夫婦で所有していた資産、サン・ミケーレ・ベルテルディの家を売ることにした。フロジーノの助言から、その処理を私の父に委任する。バルダッサッレ氏ははっきりしない状況のなかでナポリで亡くなった。フランチェスコ・ダティーニも亡くなった。フロジーノ、および存命のヘブライ人数人を庇護していた国王マルティンも崩御した。[49]

ある日、ヴィオランテは年老いたジャーメ親方を手伝うため、いつものように一人で出かけた。だがこの日、不幸に見舞われる。帰り道、「ユダヤ人を抹殺せよ！」と叫ぶ若者の一団がヴィオランテを狙って取り囲み、サンタ・マリア・デル・マール聖堂の建設で残された大きな石を彼女に投げつけたのである。ヴィオランテは助けを求めて教会堂に駆けこもうとした。しかし、ユダヤ人というひと言を聞いた司祭は彼女の目の前で扉を閉めてしまった。黒髪を血だらけにしたヴィオランテが教会堂の前で発見されたとき、まだ息はあった。数日間、医者は万全を尽くして治療にあたってくれた。絶望した私はモンセラートの高い岩の間に隠された修道院に巡礼し、黒い聖母に私の信仰心すべてをかけてヴィオランテの回復を必死に祈った。だが、木像の聖母は何も応えず、静かに私を見下ろすだけだった。帰宅した私は奇跡が起こらなかったことを知る。ヴィオランテは息を引き取った。

ふたたび海に出る。バルセロナに来たとき、まだ若かった私は未来への期待に胸を膨らませていた。いま、帰路の船旅では私の背負い袋はほとんど空である。金貨にせよ預金にせよ、稼いだ金はない。ほんのわずかな持ち物だけだ。折り目が破れかけて皺だらけの使い古しの航海図。これは、はじめてアフリカをめざした運命の旅のときから使っている。小箱の中に入れてある単純な方位磁針。この針はしかし、私の人生の指針としてはたいして役立たなかった。ヴィオランテがアラビア語とヘブライ語で書いた紙片や図。ジャーメ親方の地図。未完成だが、ヴィオランテの手書きの文字が書きこまれている。そして、結び目を連ね、捻じれた毛糸。彼女の微笑み、彼女の存在、残されたのはこれがすべてだった。

フィレンツェに戻り、私の後半生が幕を開けた。私はもう誰でもない。けっして商人にはならない。公証人もまっぴら御免だ。四〇歳になって、即興でごまかせる技術を身につけているわけではない。社会に通用する経歴や実績もない。私は自分の中に閉じこもり、海の彼方で起こった出来事を誰にも話そうとはしなかった。バルセロナのフロジーノは宣誓を忠実に守った。私の心の奥底に眠るヴィオランテについては何も明かさなかったのである。私は心の中で、自分はほとんど死んでしまったのではないかと感じていた。事実、私の一部は死んでいた。私の前半生は海の彼方、かの土地で終わったのだ。風と海流に乗って地中海を航海した若き商人、その人物は死んでしまった。もういないのだ。

年老いた父は妻バルトロメアが強く反対したにもかかわらず、私をなんとか助けようとした。バルトロメア夫人は私の母なのだが、一五年前の逃亡をけっして許さず、私と話そうともしない。父ピエロはフィレンツェで私が得ることは何もないと考え、まだ郊外に所有したままになっていた所領の管理をしてみてはどうかと提案した。砂漠と海を行き来した苦難の年月のあとだけに、田舎の平穏な日々は私を慰めてくれるかもしれない。また、慎ましくも確実な生計という点でもそれは安定した生活だろう。畑の耕作、賃貸の契約、小作地の永代契約の管理を行い、ワイン、オリーヴ油、小麦、亜麻など生産され収穫された物の取引をする。使用人や隣人が量をごまかさないように注意し、論争に対応し、家畜を飼育し、住居、厩舎《きゅうしゃ》、穀物倉庫の管理を行って、必要な場合には修理をさせる。退屈することはないだろう。鬱屈した思いに悩む暇もない。この平穏な世界にただ一つ欠けていることがあった。妻を得たい。

父は私の帰郷を見据えて、この地域の公証人と話をつけて、すでに相手となる女性を見つけていた。その公証人は私と同年代で、かつて父がフィレンツェで見習いとして指導した人物だった。ヴィンチ村に近いバッケレート出身のピエロ・ディ・ゾーゾ・ディ・ジョヴァンニである。バッケレートはモンタルバーノを挟んでヴィンチ村と逆の斜面に位置し[50]、アルティミーノ、さらフィレンツェへと続く街道沿いの小さな村である。

公証人の娘ルチアは二十歳で、私はその父親といってもいい年である。当然ではあるが、私のような男と結婚したルチアにとって、数年間は苦しい時期となった。見るからに年が離れているだけでなく、私はほとんど喋らず、彼女に心を開かなかった。自分の過去についてもけっして語らなかった。しかし、ルチアは私に文句を言わなかった。悩んでいたとしても、何も言わずにじっと耐えていたのである。何年ものあいだ、私は自分の苦悩に閉じこもったままで、彼女の苦悩には気づかなかった。

私とルチアは父の屋敷の一角に住んだが、生活はほとんど別々である。母バルトロメアは、私にもルチアにも会おうとしなかった。会話なき食事のあと、私は椅子に座り、徐々に火勢を弱める暖炉の薪をじっと眺める。ルチアは私のために編み物と針仕事に集中する。冬に履く厚手の毛糸の靴下だ。夏のためには麻のシャツ、テーブルクロスやハンカチの刺繍だ。小間物商人から新品を買う金すら、もう手元に残っていない。針仕事を終えてランプにまだ油が残っているようなら、大好きな本を開いて数ページを読む。聖人、聖女の伝記だ。聖母子を描く小さな絵の前で祈りを捧げ、座ったまま熟睡している私を見ながら寝台に上がり、その片側に身を横たえる。私がけっして彼女の身体に触れることはないという現実をすでに甘んじて受け入れてくれたようだ。まるで聖女でもあるかのように。

私たちの結婚が父を喜ばせたのも短いあいだだった。家系が続くように息子の誕生を望んだが、その願いは神に聞き入れられなかったのである。数年後、父は亡くなった。郊外の田舎から届くわずかな賃貸料、ルチアが家計に入れる少額の持参金と自宅での針仕事、これ以外の収入は何もない。私たち二人はサン・フレディアーノ地区[51]の小さな借家に引っ越すことになった。出発の日、バルトロメア夫人は窓から挨拶さえしない。

サン・フレディアーノ地区での生活は順調に始まった。市場の物価は安く、活気にあふれている。市民、職人、とくに羊毛業で働く職人が行き来する。彼らは一家の女性や子供たちにも刺繍や機織りを手伝わせていた。忙しく手を動かし、額に汗を浮かべて必死に働く。これこそ真の労働、労働の名にふさわしい活動だ。銀行家や高利貸には見られない真の労働の姿を私はそこに実感する。

とにかく日々の生計をなんとかやりくりしなければと、私はサント・スピリト広場周辺[52]をあちらこちらと動き回る。「筆耕の仕事引き受けます」「文字の読み書きが苦手な人は私が仲介など引き受けます」と、この街区の職人らしき者、未亡人などになりふり構わず声をかける。まるで公証人だ。あるいは頭の切れる相談役、世間をよく知るなんでも屋といったところか。さらに、街区の権力者クリストーファノ・ディ・フランチェスコ・マジーニを躍起となって支える。クリストーファノは、サント・スピリト修道院とアルノ川の間にある小さな商館に住んでいる。私が宣伝したおかげで行政官となり、さらに地区代表《ゴンファロニエーレ》兼執政官《プリオーレ》となったので、私への感謝の気持ちを忘れず、なにかと生活を助けてくれていた。作業工場、紡績所、製革作業場などに彼を何度も訪ねて老いた賢人のように助言を与え、バルセロナ、マヨルカ、バレンシア、とくにフェズで見た珍しいことがらについて話してきた。職人たちは私の話を興味深く聞いたが、しばらくすると飽きて仕事に戻っていった。彼らは無駄にする時間がなく、働かないと監督人に叱りつけられるのだ。サラセン人の風変わりな生活は、ここで働く彼らにとってはあまり重要ではなく、残された私は気がつくとその辺の間抜けな暇人たちに一人で話しかけていた。

ルチアと私は、田舎の小さな教会堂での祝日、あるいは聖なる場所を拝むときなど、市門の外にもよく出かけた。聖所には重要な聖遺物があることも珍しくなく、信仰心の篤い巡礼者が訪れる。そこでは、聖職者たちが自らの人生経験や説諭で参拝者の心に安らぎをもたらしてくれる。別名モンテオリヴェートとも呼ばれるサン・バルトロメオ修道院[53]もそうした場所の一つであった。サン・ミニアート・アル・モンテのオリヴエターニ修道院から聖職禄を受け、果樹園と葡萄園に囲まれたこの修道院は、ストロッツィ家やカッポーニ家のお気に入りの施設でもあった。修道士たちが住み始める前、おそらく百年以上も前から、市門の外に位置するこの一帯は気晴らしの外出に適した場所として好まれていた。その昔、ここにあった「栗の木の聖母マリア」に献堂された小さな礼拝堂に、世俗信徒たちの信心会がやって来た。信心会はチッチャラルドーニの会という名だが、あながち不自然な名称ではない[54]。信徒たちは信仰の集まりということで、屋外で大きく騒がしい会食をしたという。もっとも聖職者としての修道士たちは、モンテオリヴェート修道院がチッチャラルドーニ信徒会の豚肉《サルシッチャ》ソーセージとワインではなく、深い信仰によって知られることを望んだ。

その教会堂[55]は中になにもなく荒れていた。修道士たちは「すぐにでも再建しなければならないのです。画家ロレンツォ・モナコによる主祭壇の板絵《聖母子と四聖人》[56]のような美しい祭壇画を注文しようと思います」と言った。ルチアはその祭壇画を見るのが好きだった。いつもそこに記された「アヴェ・グラティア・プレーナ・ドミヌス・テクム（アヴェ・マリア、恵みに満ちた方、主はあなたとともにおられます）[57]」という銘文を読み、息子を授けてくださるようにと聖母マリアに熱心に祈りを捧げるのだった。その恵みを受けるためには、もう一つの恵みをお願いすることが必要である。しかし、ルチアはそのもう一つの恵みを授けてくださいと聖母に口に出して祈る勇気はなかった。顔を赤らめて秘かに思うだけで精一杯であっただろう。それは、私の内なる欲望に火をつけ、二人の身体が一つになれますように、という願いである。欠くことのできないこの経過がなければ子供はけっして授からない。

ミサのあとルチアと私は手を取り合い、外壁から突き出した腰かけに座る。常盤樫《ときわがし》と糸杉の間から、わが町フィレンツェの素晴らしい眺めを楽しむ。最近、町にはサンタ・レパラータ聖堂のドーム建設のため、巨大な建設現場ができている[58]。その先には、フィエーゾレからアペニン山脈につながる山々が見える。しかし、この景色を眺めながら黙って座る二人は心の中では別のことを思い、それを口に出さない。ルチアはモンタルバーノのバッケレートにある家のテラスから、この山々の連なりを遠望したいと思っているだろう。私が思うのは〔北アフリカの〕リーフの連山だ。海、すなわち私の目的地に向かって砂漠の中を馬で疾走した、その眺めだ。それと気づかぬうちに、私の手は滑り落ち、ルチアの手はそのままむなしく残っていた。

　その数年後、私たちはついにフィレンツェをあとにして、ヴィンチ村に移り住むことにした。ルチアとその一族は喜んだ。ルチアは心の中で、聖母マリアに祈った二つの恵みが叶うのではないかと期待した。一方、クリストーファノ・マジーニを含む知人たち全員は、フィレンツェの市民権を放棄しないようにと注意してくれた。村では得られない付帯事項や権利が市民権には伴っていたからである。その忠告は私のためではない。フィレンツェ市民権は私にとってもはやなんの意味もなかった。だが、もし生まれれば、息子にとって有益な権利なのである。いつの日か、神がその恵みを私たちに授けてくださるかもしれない。もっとも、結婚してすでに十年以上の時が過ぎたが、神の恵みにめぐりあっていない。というわけで、私は生涯を通じてフィレンツェ市民《キウィス・フレレンティヌス》であり、私たちの小さく貧しい家があるサン・フレディアーノ地区の一員であり続けた。地区はサント・スピリト街区、龍の旗の下に入る。

　馬車と荷車を借り、慎ましい家財と二人を乗せた。これ以上の貧乏はもうないだろう。載せるのが厄介な代物は、桜の木を使った背の高く古い寝台であった。注意深く解体する。きしむ音がするこの家財は父が買って長いこと家族が使い、母が私を妊娠し、出産した寝台である。ルチアはこの寝台でいつの日か妊娠し、母親となることを祈った。羊毛を詰めこんだ布団、二つの房をつけた敷布団、私たちの枕が二つ、ルチアの衣装を入れた箱、私の衣装を入れた小さめの箱、小麦粉を入れた箱、薪載せ台を二つ、調理器具と食器少々、私の大切なものを入れた箱、本を数冊、祖父と父が残した要約記録の綴りも数冊、古い航海案内書、羅針盤、ジャーメ親方の世界地図、これですべてだ。第二の新しい人生の航海がこのガタガタの馬車、二人の新しい船で始まる。ルチアと私、二人の新しい航海が、ついに。

ヴィンチ村では住む家も決まっていない。私から借金をしている農夫と話をつけることにする。私は必要としている人に利息なしで金を貸すことがよくあった。返金しない者もいたが。アントニオ・ディ・リオナルド・ディ・チェッコは私から一八フィオリーニもの借金をしている。そこでルチアと私は、農地にある壊れかけた彼の家にひとまず転がりこむことにした。家は彼の所有のままだが、借金もそのまま残る。ルチアが刺繍で少し稼ぎ、父の遺産となる所領から少しの収穫があるので、それでなんとか生計を立てる。遺産で受け継いだ不動産は、サンタ・マリア・アル・プルーノ教区のコステッレッチャの土地、ヴィンチ村の教会堂と城塞に近いサンタ・クローチェ教区のコロンバイアの土地、その他小区画の土地である。それらから得られるのは、かろうじて五〇スタイアに届くかという小麦、二六樽半のワイン、壺二つのオリーヴ油、六スタイアのモロコシであった。加えて城塞の近くと村の中に家を建てられる更地を所有していた。

バッケレートにはしばしば出かけた。祝日などは、義理の親族の家で美味しいものを満腹になるまで食べられたからである。ルチアには父と後妻とのあいだに生まれた弟がいた。私とルチアにとってはまだ愛すべき少年である。名はバルダッサッレといった。山の反対側の斜面へ遠出したときは、バッケレートで繁盛している窯業の活動に興味が湧いた。とくに義父が所有するトイア[59]の窯がおもしろい。小型の丸壺を専門とする窯である。形が美しく、色鮮やかな装飾が施されている。窯焼き職人を訪ね、説明を聞きながら、粘土からどうやって形を作るか、どのように窯で焼くか、釉薬をどう塗るかなどを見ることができた。

時は過ぎる。だが、子供はできなかった。いまや二人は年齢を重ねている。アブラハムとサラのようだ[60]。空の星よりもたくさんの子孫を産むという主の契約を履行するのは二人にとって不可能だ。だが、ついにルチアの祈りが聞き届けられたようだ。祈り続けた二つの恵みが授けられたのだ。第一の恵みが施され、その結果、第二の恵みが授けられた。二人はもう長いこと、第一の恵みに気づくことなく過ごしてきたが、ついに、えもいわれぬ快感と驚くべき喜びをともに見出したのである。家に受け継がれた大きな寝台で、夫として妻として抱擁し、愛しあい、お互いに寄り添って深く眠るという喜びを。

一四二六年四月一九日金曜日、息子が生まれた。迷うことなくピエロと名づける。私の父、そして義父の名だ。だが、第二の名は私がフロジーノと決める。フロジーノは私の従兄であっただけではない。私にとって前半生の指導者であり、友人であった。前半と後半、二つの人生はやはり完全に別ではなく、歴史を切り離すことはできない。その二つはつながっている。道を歩くのは私自身であり、その顔に皺が増えていくとしても、別の人間ではない。

日曜日、泣き声を上げるピエロ・フロジーノを二人はサンタンドレア・サンタ・クローチェ聖堂[61]に連れていく。白い布にくるまれてピエロの小さい頭だけが見える。古い大理石の洗礼盤で、教区司祭フィリッポから洗礼を受けるのである。立会い人として大切な知人をすべて招いてある。だが、ヴィンチ村からはほとんど来ていない。村に来た当時、村人たちは理由もなく、私たちをフィレンツェから来た傲慢なよそ者と決めつけていた。私のほうでも、なにもかたくなな彼らと無理をして親戚づきあいのような関係にならなくてもよかった。とくに受洗のときだけ声をかけるというのも遠慮があった。フィレンツェからは名目の名付け親（代父[62]）としてクリストーファノ・マジーニ、エンポリからはペトロイオ出身[63]の公文書保存官に来てもらうことができた。

マジーニのような人物が出席したということで、集まった人々は驚いたようだ。祝祭気分にあふれた四月の日、市門を出て郊外へ遠出することで、煩雑な雑務から解放されてマジーニは上機嫌のように見える。ちょっとした仮装でヴィンチ村の素朴な村人を少しばかりからかってみようと、昔の役人のように作り立てたいでたちである。馬上試合の飾り布で盛装させた馬に乗り、自らは召使い用の服を着て頭巾をかぶり、お伴の下僕には中世馬上試合の審判服で変装させていた。

司祭の菜園で屋外の祝典となり、マジーニは村人のほぼ半数を招いてその費用を出してくれた。大騒ぎの楽しい会食である。それまで私の存在を実感していなかった村人たちはこの宴会で、マジーニ同様、私も尊敬すべき人物だと認めたようである。それからというものの、私は、「様《セル》」をつけて呼ばれるようになった。セル・アントニオ・ディ・セル・ピエロである。読むこと、書くこと、話すこと、そして話し出したら止まらないほどの物語りができる村の重要人物であり、公証人であり、学者であり、司祭や行政長官と一対一で話ができる人物、村人たちは私をそういう存在だろうと推測していた。

まだ、田舎に引っこんでしまったわけではないので、城塞と村の中間にある居酒屋に場所を確保して机を置き、脇にワイン・グラスを並べ、フィレンツェの公証人がするように私設の相談事務所とする。田舎の人々が所得申告書を書くのを助け、ときには私が文章を書き、署名することもある。賃貸契約の締結や訴訟当事者の仲裁など、調停裁判官のような役割も担う。ときどき金を都合したり、困窮者の相談に助言をしたりもする。単純な相談ならばとくに相談料は取らない。それに時間をかけてはいるが、時間は何をしていても過ぎていくわけで、気にすることではない。さらに、村人の祖父などが私の祖父や父の顧客であった場合、古い公証記録簿のページをめくり、村人が必要とする行為証明を写記することもある。

ピエロ・フロジーノが受洗した日の晩、私はそれを父の記録簿に書く。手元に残った父ピエロの記録簿では最後を飾る記載だ。運命が記録されたかのようだ。一人のピエロからもう一人のピエロへ、一つの世代からもう一つの世代へ、こうして家族のつながりが受け継がれる。父もそれを喜んでいることだろう。われわれ家族を別の世界から眺め、祝福しているに違いない。父の記録簿は最終ページが白紙のまま残されている。その白いページからふたたび記入を始めるのが正しいだろう。セル・ピエロ・ディ・セル・グイド氏の存在が前のページで終わり、その筆跡も見られなくなるその箇所から、新たな人物の存在、その新たな筆跡が記録され始め、わが家族の歩みが先に続く。公証人の見習い、商人の見習いの経験から、記録されていないことは存在しなかったことになる、と私は学んできた。だがその後、私は公証人にも商人にもならなかった。もちろん、ピエロ・フロジーノは独立した一人の人間として存在する。その存在のために記録をする必要はない。記録が人生を作るのではなく、人生のあとを追うのだ。止めることのできない時間の流れのなかで、個々のある瞬間は記録によって永遠に刻まれる。ある日、あなた自身に、あるいはあなたの死後に続く誰かに、その記憶を届けることができるように。

というわけで、私は見栄えのする商人書体で記録を書き始めようと思う。二〇年前のアフリカで身に着けた跳ね文字の書き方、実現できなかった公証人としての権威主義的な文体、それらがそこに反映される。重要事項ないし重要な名前を書くときは、つねに新しい段落とする。「一四二六／四月一九日 金曜日。私の長男が誕生する」さらに少し空白をおいて、「その息子はピエロ・フロジーノと名づける」

植物は季節になると忘れることなくその果実を実らせる。一四二八年五月三一日、もう一人の息子が生まれた。名付け親には、ほかならぬこのときのヴィンチ村の村長スキアッタ・デイ・カヴァルカンティその人がなってくれた。スキアッタはダンテの友人である詩人グイド[64]を輩出した有名な家系の出である。ジュリアーノの名で洗礼を受けるが、残念なことに、生後まもなく主のご意志で天国に天使として迎えられた。

　数年後、その死を償うかのように愛くるしい女の子が生まれた。一四三二年五月三一日のことだ。最初の名は私がつける。ヴィオランテ。第二の名はルチアがつける。レーナ。ルチアはヴィオランテと聞いて驚いている。いままで聞いたことのない名で、近隣にも、親戚筋にもこの名の女性はいない。「聖ヴィオランテという聖女はどこかにいたかしら」といぶかしく言う。「いや、ヴィオランテという名が好きなのだ。本で出会ったことがある」と、私は譲らない。ルチアはついにしぶしぶその名を受け入れた。旅の途中の司祭ヤコポ・ダ・ローマがヴィオランテに洗礼を授ける。司祭ヤコポは、喜んで祝宴にも加わり、山と積まれたフェンネルサラミ《フィノッキオーナ》とローリエを添えた鶫《つぐみ》の丸焼き、そして極上のワインを楽しんだ。

　ルチアはすでに四〇歳になった。だが、二人がもう子供は望めないと思っていたときに、主は最後の恵みを施してくださった。生理が止まり、下腹部が膨らみ始めて、ようやく私たち二人はルチアの吐き気とめまいの意味を理解したのだった。一四三六年六月一四日、フランチェスコ・グイドが生まれ、サント・マント聖堂の司祭フィリッポによって洗礼が授けられた。

　こうしてつぎつぎと子供が生まれた。受洗の日の晩になると、私は父の古い文書登録簿を開き、慎重にその出来事を記録した。記入の仕方はいつも同じで、記載事項の順序も同じである。第一列の中央には、キリスト生誕からの年、日、月、ときに曜日をつける。朝ないし夕方といった時刻も書く場合がある。それから新生児の名、名付けの父、名付けの母を記す。ページを繰ると、子供一人ごとにそれぞれ行数が違うことに気づく。長男ピエロは一行、そのほかの子供は四行で、ピエロを記録する文字は丁寧に書かれ、ほかの子を記録する文字は幾分くずし字になっている。第二子以降の誕生は、二人にとってもはや奇跡の出来事ではなく、手慣れた事務処理のようになっていた。

胸を締めつけられるのは、哀れなジュリアーノに関するほんの数行の記録を読むときだ。新たに生まれた生命は、洗礼を受けてから数時間後、麦打ちのテラスでみなが祝宴の準備をしているときに息を引き取った。田舎家の中から大きな叫び声がした。大きな寝台でまどろんでいたルチアがふと気づくと、生まれたばかりのその子は息をしていなかった。鼓動も止まっていた。その晩、力を振り絞って文書登録簿を開いたものの、絶望は暗く深く、哀れな子供の名前、名付けの父母の名、何も書くことができない。産みの苦しみと呻きを伴って、あの谷間からこの世界に出てきた小さな命の名。文書登録簿の一行には、のちに「名はジュリアーノであった」とだけ記載する。

さて、父の文書登録簿はほぼ完成した。最終ページの下部に少し余白があるが、そのままでいいだろう。豊かな一家族を形成するようにと二人に許された時間は、その果実をもたらしてくれた。十分である。私は老木となってしまい、頑張ったルチアもすでに若木ではない。私たちの祈りは、これからは家族の中の若い木々とその新しい果実に向けられる。

ヴィオランテが生まれたときの元気な産声は、新たに私たちが村の家に移り住む合図のようだった。その家は、フィレンツェのサンタ・マリア・ヌオーヴァ病院[65]のカルメル会修道士たちから購入し、友人ドメニコ・ブレットーネが有利な取引を可能にしてくれたものだ。家はヴィンチ村の中心となる二つの場所、すなわち城塞と集落を結ぶ位置にあった。入口は村の市場から城塞に向かう道に面し、家の裏は小さな菜園と庭に開いている。敷地は教会堂の司祭ピエロ・ディ・バルトロメオ・ディ・パニェーカが所有する家々および土地に隣接する。

年月は早く過ぎていく。子供たちの成長はさらに早い。ピエロは痩せて背の高い青年となった。無口で孤独を好み、内向的な性格だ。ヴィオランテがおだてても、フランチェスコがふざけても、かまうようすがない。読書や文字の練習をするピエロはフランチェスコによく邪魔をされる。いたずらっ子のフランチェスコはピエロと遊びたがる。この弟とさらに黒猫が来ると、手がつけられない騒ぎになる。猫の名前はサラディーノ。ふさわしい名前である。[66]あるときフランチェスコとサラディーノがピエロの勉強机に上ってしまい、重ねた紙を床に散らかし、ペンを落とし、インク壺を引っくり返してしまった。あたりはインクですっかり汚れ、さすがにピエロは怒って扉をバタンと閉めて部屋から出て行った。

ピエロと私はそれほどよい関係ではない。少し成長したとき「なぜ打ちとけないのか」と聞いたことがある。「パパは父親を見捨てて家を出るべきではなかった。家族も、公証人という職業も棄てて」との答えだった。

ピエロはなぜそう考えるようになったのか。家にはときどき相談者が来て、公証人証書の写しを依頼するのだが、それを見てピエロは文書登録簿が非常に重要な記録だと理解したのだろう。ピエロは理解が速い。夕方、ルチアや私が何かの書類を声に出して読んだり、あるいは私が何か書き物をするとき、黒インクで紙面に書きこむ前に、適切な語や表現を探して、空中で文字を書いたりすることがある。そんなとき、私は扉の陰からピエロの驚いたような目がこちらをじっと覗いていることを感じていた。孤独を好む子供は、大人たちがペンと紙でする魔法の作業に興味をもったのであろう。成長すると、その子供はすぐにその魔法を習得し、同時に私に対する反感が芽生えた。私はピエロに対して何かを根にもつようなことはない。たしかにピエロの反感はきわめて残念ではある。しかし、その気持ちもわからないわけではない。ピエロは私と違う。公証人としての血を受け継いでいるのだ。もし家を出てフィレンツェに行きたいなら、それもいい。ヴィンチ村は狭すぎる。

私はアルファベットの文字盤を使ってピエロに読み書きを教えた。さらに司祭に頼み、初歩の文章作成を学ばせる。ほぼすべてを忘れてしまった私に比べ、司祭は適任である。私は公証人事務に関する手続き規範集をまだ手元に残していた。この規範集は、フィレンツェに出て専門学校に通い始めたピエロにも役立ったようだ。

ピエロはフィレンツェの生活について何も言わない。私も強いて尋ねない。だが、順調とはいえないはずだ。かつて私が専門学校の級友たちから受けた悪ふざけは忘れることができない。フィレンツェでは名の知れた公証人たちの息子が田舎から出てきた学生をからかい、ペンを折ったり、ペン立てを汚したりして笑いこけていたのだ。ピエロの状況もこれと大きく変わらないだろう。十分な学資を送ることもできない。服を新調する余裕はないので、ルチアが寸法を直し、当て布をして既製服を繕う。一方、ヴィオランテも家を出ることになった。ピストイア出身のシモーネ・ダントニオと結婚したのだ。この男は職のない遊び人で、私には許すことのできない怪しい賭け事にのめりこみ、持参金の支払いが済んでいないと喚き散らして私を悩ませていた。

寡黙で忍耐強いピエロはついに独力で目的を達成した。晴れて公証人となったのである。ピエロ・ダントーニオ・ディ・セル・ピエロ・ディ・セル・グイド・ディ・ミケーレ・ダ・ヴィンチ氏の誕生である。この長たらしい系譜名称の中で、私アントニオだけに様《セル》がつかないのが、幾分みっともない。ピエロも内心でそれを大きな恥と感じ、私をけっして許そうとしないだろう。とはいうものの、できた息子は、年老いて職務をやり遂げられない私を助けてくれるようになった。手渡しによる提出が義務となっている課税申告書の提出では、一四四六年度分をピエロが私の代理でフィレンツェに届けてくれた。公証人としての仕事を始めたのは三年前である。だが、相当苦労しているようだ。すべて独力でしなければならない。世代から世代につながる公証人関連の人脈を私が断ち切ってから、すでにかなりの年数が経っていた。

フィレンツェでピエロは依頼主が少ないなか、苦労してサンタ・フェリチタ地区とバディア地区に小さな事務受付を置いた。その後、所用でピサに移ったが、また戻って来た。一人で頑張るという強い意識からか、私には仕事について何も語らず、送金の依頼もしてこない。「仕事をするには十分な金がある」と言うだけだ。十分ではないはずだ。何年間もフィレンツェで生活を維持していく資金、それを私はルチアの手からピエロに渡すようにしている。そうするとピエロは受け取るのだ。その金を工面するため、私はヴィンチ村の所有地のうち小さい区画をかなり売らなければならなかった。

ピエロは借金から逃れられない。文房具店やワイン店への後払い、そして事務受付を置く権利のための大修道院《バディア》への支払いなどである。死亡した公証人の資産競売で着古した赤い上着《ルッコ》を買い、ルチアに寸法直しと穴の継ぎあてを頼んでいる。ピエロのことが心配になる。フィレンツェでピエロがつきあっている人物には、私の気に食わない者がいるのだ。たとえば高利貸のヴァンニ・ディ・ニッコロ・ディ・セル・ヴァンニである。数か月前、このヴァンニの死去に伴い、ギベッリーナ通りの私邸は終身財産としてピエロとヴァンニの未亡人に譲渡されることになった。これはどうしたことか。ヴァンニのような男がいったいどのような動機で、田舎から出てきた無名の公証人に財産を分けることになったのか。さらに、その私邸とやらの物件、またヴァンニのほかの財産はどのような経緯でヴァンニの所有に帰することになったのか。合法的に所有するに至ったとは思えない。ほかのことがすべてそうであったように、不当な策を弄して手に入れたに違いない。

＊＊＊

ピエロはここ、アンキアーノに向かっている。

昼過ぎ、杖をつきながら、私はゆっくりと坂を上る。八〇歳になったいま、足は昔のように動かない。フェッラーレで歩みを止め、ひと息入れる。[67] アッリーゴ・デル・テデスコとワインを一杯飲む。この時間、歩く道には人通りがなく、ひっそりとしている。村の人々は麦打ち場や裏庭に出て、よく晴れた春の祝日をそれぞれの家族と楽しんでいることだろう。遠くから犬が私に吠える。すぐに私だとわかって駆け寄り、身を摺り寄せてくる。坂の上まで来て、そこにある小さな祭壇にアヴェ・マリアの祈りを唱える。アンキアーノのオリーヴ碾き臼小屋とその付近の家も閉まっている。一同は村の小さなサンタ・ルチア・ア・パテルノ聖堂のベネデット司祭とともに屋外の食事に出ているのだ。

誰かその辺の老人を見つけて、たわいのないお喋りをしようかと思う。いつもそうしているのだが、話題をいろいろ持ち合わせている私が一方的に喋り、なかなか話は終わらない。嵐、海の怪獣、ムーア人や海賊との闘い、砂漠で出会った巨人、美しい女性たちとの愛。この愛の物語は、熱心に聞いてくれる聴衆が一番好きな話だ。年老いた数人の聴衆は、フチェッキオの沼[68]でさえ大きな海のようだと感じていて、それ以上遠くに行ったことがない。夕方近くになってようやく話が終わると、老人たちは家々に戻り、カードで遊び、フィアスコからワインを注いで飲むのだった。

だがいま、ここオリーヴの木の下には誰もいない。迎えてくれるのは、谷間から優しく吹き上げる午後の温かいそよ風だけだ。モンテ・ピサーノ[69]の地平線に近づく夕日は眩《まぶ》しすぎる。オリーヴは剪定を終えたばかりで、日陰があまりない。切り取った小枝を今朝、祝福の印として受け取ったばかりだ。道の脇にある平らな石に腰かける。

アンキアーノは好きな土地だ。厳しい時代に耐えてきた城塞だが、現在は崩れた遺跡となってしまい、厚い壁の一部が残るだけで、塔の基層は蔦や茨で覆われている。尾根に点在する家々は、集落とまではいえない。百人ほどの村人はすでにいなくなった。中心あたりに残るのは粗末で小さなサンタ・ルチア・ア・パテルノ聖堂[70]だ。妻ルチアはこの教会堂がとても好きで、同名の聖女に祈りを捧げるためにしばしば参拝する。聖ルチアはオリーヴの守護聖女でもある。収穫が終わり、長い冬の夜が始まる前に、聖ルチアに感謝する祝祭が行われる。善良なる司祭ベネデット・ダ・プラートは、その祝祭に集まる人々をもてなす。美味しいワインと濃いオリーヴ油はベネデットにとっても大好物である。「昨年、ピストイア司教区の聖職者たちがここにはじめて現地視察に来て、私自身がまだ生きているのか、教会堂の資産がどのような状態かを確認したのだが、土地の管理と手入れが悪く、屋根は修理して当初の状態に戻すようにと文句を言った」とベネデットは私に不満を漏らす。だが、それだけだったので、ベネデットにとって悪いことではなかった。ファルトニャーノにいる彼の同僚リオナルドは、運悪く厳しい説諭を受けたことを私は知っている。この司祭は女性と同棲し、息子までもうけていた。村人は女性と息子たちを知っており、リオナルドにも好感をもっていたが、司教区の聖職者たちはリオナルドの女を「未婚の妖婦」と断じ、破門しようとしていた。

丘陵の斜面が緩やかになり台地へ続き、穏やかな稜線に沿うオリーヴの木々が青い空にくっきりと浮かび上がる。そこに家々が小さくまとまっている。私はこの素朴な景観が好きだ。谷や平原から吹く風は、優しく草花の香りを運ぶ。家々はすべて田舎の粗末な造りで、外壁は緑灰色の石《ピエトラ・セレーナ》の平積みである。窓は小さくて少ない。冬には冷たい風が吹き、夏は強い日差しが照りつけるからだ。ここからの眺望は素晴らしい。モンテオリヴェートからフィレンツェを見晴らす景観よりも、さらに広く開放的だ。とくに午後と夕方の美しさはたとえようもない。右に目を移すとアプアーネ・アルプスの白い峰々が続く。西には、沼の淀んだ空気の彼方にモンテ・ピサーノの山々が視界に入る。南には谷や丘が一つまた一つと重なりながら、遠くで靄《もや》のように大気に溶けこんでいく。遠く、遠く、海を見ているかのようだ。

友人トンメ・ディ・マルコ・ブラッチが所有するオリーヴ碾き臼小屋がある。三年前から、トンメはその一部をオルソ・ディ・ベネデットとフランチェスコ・ディ・ヤコポに貸している。賃貸の交渉のとき私はその場にいて、まさに「机上の試合」をまとめて欲しいと、契約書類を作るように依頼された。

大きいほうの建物には大部屋がいくつか並ぶ。床は煉瓦敷きで、戸棚の設えはなく、壁の厚みに刳りこんだ大きな壁龕があるだけだ。作業員たちがかつて使っていたのだろう。大きな炉がいくつかあり、調理場はとくに大きい。小さな家々の脇には、パン、フォカッチャ、菓子を焼く窯がある。鳩のいない鳩小屋。低い壁の向こうは谷に向かう斜面となっている。緑の野生植物に覆われた谷のようすは謎めいてよくわからないが、傾斜の下からは小川の流れる音が聞こえる。ここで生活するのは楽しいだろう。ここで生まれ、ここで死ぬのも素晴らしい。

眠気を感じる。まどろんで夢を見たのか。よく思い出せない。数分間、ひょっとすると一時間ぐらいは眠っていたかもしれない。谷から吹き上がる穏やかな風が運ぶ草と花の甘い香りのせいだろうか。「お父さん」と叫ぶ声を聞いた。サンタ・ルチア聖堂から下ってくる細い道のほうに振り向く。ピエロだ。歩いてくる。長衣《ルッコ》ではなく、袖なしの革の上着を着て長靴を履き、動きやすそうなようすだ。猟師のように見える。うしろには幕を下ろした馬車が続く。下り坂なので、小石や路面に出た石で車輪が滑らないように注意してゆっくりと馬を引いている。

私は立ち上がろうとしたが、身体が痺れてしまい動けない。ピエロが支えてくれる。以前とずいぶん印象が違う。ピエロは変わったのか。不安そうな一面、落ち着いた自信を抱いているようだ。一つの区切りからもう一つの区切りへ、人生の転換期で突然、何か厳しい教訓を学び、何が重要で何がそうでないかを理解したような、不思議な雰囲気を感じる。オリーヴの木陰で、私たちは長いことじっと見つめ合っていた。と、ピエロはいきなり私を強く抱きしめ、泣き出した。私は何を考えたらいいのかわからなかった。私の知る息子ピエロはこのような行動にでたことがなかった。私を強く抱きしめることなど、これまでに一度もなかった。老人の上半身をきつく抱く若者の腕に愛情を感じた私はそのまま動かない。その腕を離すと、ピエロはやや落ち着きを取り戻した。シャツの袖で涙を拭い、私の手を取ってゆっくりと馬車のほうに歩き出し、その垂れ幕を引き上げた。

そこに一人の女性がいた。長い枕に身を横たえ、苦しそうだが笑顔を作り、手は下腹部に添えている。妊娠しているのだ。夕日の光を受けて、その凛とした顔はたとえようもなく美しい。深く澄んだ青い目は私に向けられ、支えて欲しいと願っている。そう、この私に助けて欲しいのだ。手の指にはめた指輪が低い陽光に反射する。私の心の鼓動は激しくなる。そこにいるのはまさに夢の女性だ。その夢の女性がいま、現実となって目の前にいる。「思いは実現する」という感動。

私は夢の中のようにあとずさりし、そこから逃げ出したくなる。だが、身体が動かない。ピエロがなにかを言おうとする。しかし、その言葉は私にとっては、混乱し意味がつながらないので理解できない。女性をさして、「名前はカテリーナです」と言い、膨らんだ下腹部をさして、「私の息子です」と言う。続けて、なぜフィレンツェから逃げることになったか、法律、醜聞、それに伴う厳しい罰について、ピエロはなにか言っている。「どうしていいか、わからないのです」と絶望の言葉が残る。

「私の息子です」この意味はわかった。さらに「逃げる」もわかる。この言葉で、一人の若い商人がかつてヘブライ人の女性との愛を貫いて、マグリブの砂漠の中を一緒に逃げのびた昔を思い出す。言葉は思考へと変わり、その思考はなすべき行動へと変わる。問いかけることは意味がない。理解すべき必要のないことを理解しようとする、それは時間の無駄なのだ。なぜなら、母親の子宮から生まれる一つの命は、理解を超えた無限の謎に満ちているのだから。命は生きる。それで十分ではないか。

カテリーナという名の女性に微笑みで応える。どのような女性なのか、それは私にとって重要なことではない。息子が選んだ女性であり、その胎内に二人の愛の結晶を宿している。生命は神の恵みであり、天が与える奇跡だ。しかしすべての奇跡には、不都合や問題が伴うことがある。それについてはゆっくり考えればいい。いまこの瞬間、できることは二人を喜びと情熱をもって迎え入れることだ。何が問題なのだろうか。子供が私生児だとすれば、結婚によらずに生まれるとすれば、どうなるのか。それは神が授けた命、二人の愛が創った命だ。世の中には多くの私生児がいる。神はそうした子供にも恵みを施し、そのなかからも王侯や君主になる者がいる。主はわれわれに命を与える。命は神聖である。神の摂理は空飛ぶ鳥もわれわれも等しく助ける。喉の渇きには水を、空腹には食料を授けてくれるのだ。

私はカテリーナの手を握り、それをそっと膨らむ腹部に添えた。見知らぬ老人から慈愛に満ちた行為を受けることは予期しなかったようで、カテリーナは心をこめて優しく微笑む。見たところ、出産は近いだろう。ここ数日かもしれない。フィレンツェからの移動の疲れで、この瞬間、路傍で陣痛を感じることもありうる。すぐに身体を休ませる場所を見つけなければならない。必要な品物を準備し、介助を任せられる女性を探さなければならない。助産婦はルチアに手配してもらおう。フランチェスコの出産を介助した助産婦は少々年齢が高いが、まだ現役である。カテリーナは村のわが家に来ることはできない。家は小さく、ヴィオランテと夫、フランチェスコがいる。そしてピエロもいることになるのか。いや、ピエロは妻の傍らにいたいと言うだろう。まもなく聖週間《セッティマナ・サンタ》[71]だ。村は祝祭行列やら儀式やら、人々で混みあう。フィレンツェから行政長官《ポデスタ》と役人たちも来る。これはよくない。静かで平和な環境が必要だ。カテリーナはここアンキアーノにいるのがいい。

御者に指図して、馬車を道から脇に引きこみ、家々の間の空き地に移動させる。あたりの人々は好奇の目でそのようすを見ている。お告げの鐘《アンゲルス》が鳴った。サンタ・ルチア聖堂の横道から誰かが降りてくる。日没が近づき、司祭ベネデットは教区の信徒たちを堂内から送り出すところだ。オルソと愛人の女性の顔が見える。彼らはオリーヴ碾き臼小屋の隣に住んでいるのだ。私を見て喜び、互いに抱き合って挨拶を交わす。だが、やや不思議な格好をしたピエロと幕を下ろした馬車がなぜそこにいるかはわかっていない。私はオルソの腕を取り、離れた場所に移動した。大海の冒険を話すときと同じような低い声で語りかける。親友オルソ、私がもっとも頼りにする友人オルソ。オルソも私のその思いをよく知っている。オリーヴ碾き臼小屋の所有権を手放したくないと言い張ったトンメ殿を説得して交渉をまとめたのは私だ。

「オリーヴ碾き臼小屋の調子はどうだ。万事順調か？」

「ああ、今年の出来は最高だ」

「そうか、よかった。君と奥方を村に招待できると嬉しいんだが。ルチアを交えてみなで夕食をとるというのはどうだ？　あるいは税関吏殿も呼んで、前回同様、机上の試合をやるか。フィレンツェの金持ちを紹介してもいい。これまでにない値段でオリーヴ油を買うかもしれないぞ」

彼の腕をしっかりと握り、あれこれと話を振りながら、一緒に家に入る。愛する女《ひと》がすでに扉を開けてくれていた。入るとすぐに知っていることを再確認する。調理場の奥に小部屋がある。さいわい、そこは空いているようだ。なにも置かれていない。オルソと愛人は息子の誕生を望んでいたが、主はまだお授けにならなかった。

オルソと愛人をそこで引き留め、真顔になる。二人には大きな願いをなんとしても聞き入れてもらわなければならない。一つの命、そしてもう一つの命、それらのために主はあなた方二人に必ず報いてくださるだろう。私もわが身を惜しまず永遠に二人に協力するつもりだ。

「若い女を泊まらせてほしい。ほんの数日でいい、あるいは長くても一、二週間だけだ。お腹に清らかな、しかし可哀そうな新しい生命を宿した女が、行き場所がなくて途方に暮れている。ベツレヘムのわれらの聖母のように。男の子か、女の子か、息子の子供なのだ。なんとか彼らを助けなければならないのだ。神のご加護がありますように」

オルソと愛人は根っからの善人で、私よりもはるかに温和で優しかった。外で待っていたピエロと御者を呼び、二人はカテリーナを支えながら入ってくる。オルソの愛人は藁袋、古い羽枕を出し、小部屋の床に敷き広げ、カテリーナを寝かせた。彼女はカテリーナの足を伸ばして広げ、楽な姿勢をとらせて、すぐに世話をしてくれる。水を用意し、湿らせた布で火照った額を冷ます。優しい言葉をかける。女性から女性へ、いまその言葉は何にも増して大きな励ましとなる。

私にできること、そう、男にできることは、こうなるともう何もない。女性に託されたとき、差し迫った物事はその自然の定めに従って動き始めるのだ。オルソは聖ルチアの祝宴で残った食べ物を背負い袋から取り出し、御者に渡した。御者は今晩馬小屋で寝て、明日、帰ることになるだろう。私も、調理場で彼らと一緒に座る。ピエロにちらと目をやると、カテリーナの横に座り、なだめるように優しくなにかを語りかけている。ピエロのそんな姿は見たことがない。およそ愛と無縁な男だと思っていたが。

外は暗くなった。だが、カテリーナの安全を確かめるまでは村に帰れない。少し元気が出て、陣痛も落ち着いたようだ。温めた濃いリボッリータ[72]とコップ一杯のワインを飲むことができ、その後すぐに眠ってしまった。古いキルトの布団を掛ける。「心配しなくて大丈夫ですよ。落ち着いて休んでいますので。周りがバタバタと焦るのがよくないのです。私が横で一緒に寝ますから。もしなにか必要になったら、オルソが村まで駆けつけます。もし村に戻りたいなら、どうぞ戻ってくださいな」オルソの愛人はわれわれに言ってくれる。ピエロを見る。カテリーナから離れたくないようだ。私と一緒に村へ降りないようなら、私もここにとどまることにしたい。夜道になり、急な下り坂だから、転んだら水車小屋まで落ちてこの老体の背骨はバラバラになるかもしれない。妻が待っているが、まだ私がピエロに会えないと想像してくれるだろう。明日はカテリーナとオルソたちに素晴らしい贈り物をもって戻ってこられるはずだ。ピエロはやっとのことで起き上がり、カテリーナを起こさぬように、その額に軽く口づけをする。カテリーナは、子供を揺り籠に乗せてあやす穏やかな夢を見ていることだろう。外に出てオリーヴの木の間を歩く。山の向こうに月が昇るところだ。満月に近い明るい月だ。

＊＊＊

一四五二年の聖週間、この日々をいったい誰が忘れるというのか。まさに起ころうとしていることを感じ取ろうとする私たちの感覚は、ほんの小さな行動のすべてに浸透し、頭の中にはその場所のことしかない。ミサと神聖な儀式に参列する私たちの心はまったく別の場所、アンキアーノに飛んでいた。祈りと蠟燭はすべてカテリーナとその子に捧げられた。祈りだけではない。私たちはカテリーナに食べ物を届けなければならない。アンキアーノでは、極上の新鮮な卵、羊の乳で作る良質のリコッタチーズが手に入る。栄養価の高い赤身の肉もいいだろう。ルチアは野菜の大きなトルタ〔パイ〕を作る。準備ができたらすぐに、大きな包み、籠、布やナプキン、シャツなどの包みを抱えて、走れるところは走っていく。いや、ルチアと私にとって「走る」は大袈裟だ。とにかく全速力といえる歩みで進む。年老いた二人にとって、新たな命の誕生は、もう二〇年この方めぐりあっていない。新しい春がいまやって来たのだ。今年の春はなんと素晴らしいことだろう。見たこともないほど多くの燕が飛び交い、野原には草花が咲き誇っている。命がある、命がよみがえる。

ルチアも私と同じだ。問いかけることはしない。感動しつつも少し驚いたようだった。ルチアは私の夢を知る唯一の人だ。その夢は誰にも言っていない。司祭にも言ったことがない。そしていま、夢をあれこれと説明する必要はなくなった。実現したのだから。ルチアは生まれてくる子供のためにすべきことにすぐ取りかかった。助産婦をアンキアーノに案内し、帰宅したのは夕方だった。疲れてはいたが、重荷を下ろした軽い表情がある。カテリーナは健康で、移動の苦痛と疲労を乗り越えていた。お腹の中の子供は強くて健康だと感じているようだ。動いたり、ときどき足を蹴ったりする。丈夫で大きな男の子にちがいない。

わが家は革命状態だ。チョンピの乱よりも騒がしい。ヴィオランテはすっかり興奮して、夫を急き立ててアンキアーノに行った。夫のほうはこの事態にあまり関心がなく、ぶつぶつと文句を言いながらもついて行った。フランチェスコはさらに大騒ぎで、「一六歳だけど、僕はもう叔父さんだ」と喜んでいる。「ね、いいでしょ？　誰も引き受けなかったら僕が面倒を見る。この田舎でいろいろ教えてやるんだ。野山の中で僕と一緒に遊んで、動物と駆けっこをしたり、自然の中で思い思いに暮らすんだ」としきりにせがむ。

もちろん秘密にしたいことはなかなか守れない。この小さな村ではなおさらだ。アンキアーノでは祝祭の日々という状況もあって、すぐに噂は広がった。

「トンメのオリーヴ碾き臼小屋に謎の女が身を隠して住んでいるそうだ。女はピエロ・ダントニオ旦那の女で、まだ結婚していない」

「だが、主は恵みを授けたのだろう。息子が生まれるらしい」

「女はフィレンツェから来たそうだ。カテリーナというらしい。でもそのほかのことはわからない」

「老アントニオが怖い顔で女を守っていて、世間にようすを知らせないようにしている」

「女は名家の出らしい。すごい家柄とか。でも家名を明かすことができないのさ。子供は婚外子だからな」

「オルソの愛人の監視をうまいことかわして、調理場をちらっと覗いたやつがいた。絵に描かれた聖母のようにきれいな人だということだ。とても優しそうな美人で、髪は輝く金髪で、目は空のように青いと言っていたぞ」

「女はそこにじっと座って夢見心地に自分の大きなお腹を見ているのだそうだ。誰も話すのを聞いたことがないとか」

「王女か、高い身分の御方だ。間違いない」と村人が噂する。

こうした噂はたちまちアンキアーノから丘の集落を越えて広がっていった。ヴィトリーニからオルビニャーノへ、ヴィンチ村から農村集落一帯へ、そしてカンポ・ゼッピ、ストレーダ、さらにサン・ドナート・イン・グレーティへ。山へ狩りに行く、あるいはサンタ・ルチア聖堂に参詣するなどと言い訳を作って、好奇心旺盛な数人がアンキアーノ近辺をうろつくのは一度や二度のことではなかった。だが、彼らが出会うのは私かオルソか、あるいはフェッラーレの飼い犬だ。とうとう、ピエロ司祭までがわが家の扉をたたいた。ピエロ司祭はイエス・キリストの受難と復活をめぐる説教に集中する職にあるはずだが、聴衆が噂に気を取られて彼の話を聞かないので、すぐ近くに住む私を訪ねたのである。私はピエロ司祭にすべてを話した。いや、私自身、カテリーナが誰なのかさえ知らないのだから、ほとんどすべてというべきかもしれない。ピエロ司祭は興奮して動揺を隠せない。その理由は説明しなかったので、私も尋ねない。というわけで、私が創作してアンキアーノに広めた物語をピエロ司祭もそのまま信じることになった。謎の少女の物語である。「高貴な、しかし没落したフィレンツェの貴族の出身で、息子ピエロは心から彼女を愛しているが、現在ちょっとした面倒があって結婚には至っていない。しかし、二人はできる限り早く結婚するだろう」これを聞いて、ピエロ司祭はいわば降参した。カテリーナの妊娠を結論とする幸福な物語が完成し、おおいなる私の陰謀に加担して、それを村々に広めたのである。「わがサンタンドレア・エ・サンタ・クローチェ聖堂で、私がその子に洗礼を授けよう」とまで言ってくれた。すぐ近くの教会堂なので好都合だ。サン・ドナート聖堂[73]まで行く必要はない。

　上出来である。最初の名付け親が決まった。受洗式の参加者を探すことにする。アンキアーノに住む知り合いやヴィンチ村の近所の家々を回ると、ほぼ全員が受洗の祝いにぜひとも出たいと言ってくれる。みな私のような村人だ。村外の知人、あるいは、いわゆるお偉方は今回招かない。パピーノ・ディ・ナンニ・バンティは小さな土地を所有する地主で、彼の父は小型の壺や家庭用品を小規模に扱う商人だった。わが家の隣に家があり、その地上階を工房にしていた。実際にはサンタ・ルチア・ア・パテルノ[74]に住んでいた。メオ・ディ・トニーノ・マルティーニは村に住み、自分の土地を耕作している。彼も出身はサンタ・ルチアだ。マルヴォルトの姓でもよばれるピエロ・ディ・アンドレア・バルトリーニはサンタ・ルチアの出身だが、いまは広場に面した家に住む。一四二六年にまだ一五歳だった彼が私の息子ピエロの名付け親になったのだ。彼の母フィオーレは、いまアンキアーノでカテリーナの世話をしている。それから、鍛冶屋のナンニ・ディ・ヴェンゾ。彼は、わが家、メオの家、パピーノの家の近くに住み、娘のマリアを連れて行くと言ってくれた。マリアは一七歳だが結婚している。その義理の姉ピッパ・ディ・プレヴィコーネ夫人も参加してくれる。そうだ、アッリーゴ・ディ・ジョヴァンニ・テデスコも忘れてはいけない。カンポ・ゼッピにあるリドルフィ家の所有地の管理人だ。その農地はブート家の農地に接している。

妻ルチアは、女友達全員と介添え役の女性すべてに声をかけて、参加を承諾してもらったという。女性陣は全員、すでにルチアの案内でアンキアーノに向かう坂道を往復し、カテリーナに会ってきたそうだ。女性たちはカテリーナが大好きになり、天国の天使さながらの可愛い赤ん坊が元気に生まれること間違いなし、と口々に言い、「まず私に可愛い赤ちゃんを抱かせてくださいな。洗礼盤に浸す役もぜひ私に」と言い合っているとか。いやはや、この鍛え抜かれた女性偵察部隊ご一行にはどうやっても逆らえないだろう。女性の参加者はすぐに増えていく。ドメニコ・ディ・ブレットーネ・ディ・ケッリーノの未亡人、リーザ夫人。ドメニコもサンタ・ルチアの生まれで、その所有地はヴィンチョ渓流に面するクアルタイアにあり、ブート家の農地にもう一方で接している。ジュリアーノ・ボナッコルシが迎えた後妻のアントーニア夫人。ジュリアーノは市場で食肉を扱っている。バルナ・ディ・ナンニ・ディ・メオの未亡人ニコローザ夫人。バルナはサンタ・マリア・デル・プルーノで暮らし向きのいい農夫であった。私の家族コステレッチャもそこに住んでいる。さらに、この人々の親戚筋が加わる。誕生予定の子供をみなで腕を広げて大歓迎する特大の家族のようだ。ニコローザ夫人の娘フィオーレとドメニカも来る。この二人はナンニとマルヴォルトの愛人だ。いいだろう。五人の名付けの父と五人の名付けの母がそろう。ルチアは不満を言うわけがない。

だが、カテリーナとはいったい何者なのか。私だけでもはっきり知りたいものだ。ピエロは確実に知っているはずなのだが。素性を聞き出すとしたらピエロしかいない。カテリーナは口をきいてくれないし、誰とも話さないのだ。優美に、そして感情を隠すかのように、微笑むだけなのだ。オルソの愛人はカテリーナが目を閉じて手をお腹にあてて、小さな声で子守歌を口ずさむのを聞いたことがあるらしい。しかし、その歌詞は聞いたことのない言葉だったという。ときどき短い散歩に誘うのだが、歩くのは苦しそうだ。助産婦は、無理に力を入れさせないように、不必要な動きをさせないようにとわれわれに忠告する。復活祭の日。午後、ピエロと私はともにアンキアーノに残ることになったので、オリーヴの木々の間を歩きながらピエロが事情を説明するのを静かに聞く機会が訪れた。ヴィンチ村に帰り、とくにアンキアーノの人々の温かさに接して、ピエロはすでに落ち着きを取り戻している。サンタ・ルチア出身の一団の団結力も強く、アンキアーノではカテリーナに関して何も恐れることはないとピエロは心から安心したのだろう。これほどの歓迎は予想していなかったのだ。

何年も沈黙を続けてきたピエロは、ここで父、つまり私にやっと心を開いてくれた。閉じこめていた苦悩のすべてを語ってくれた。いまいましい自尊心の妨げで、私にはけっして打ち明けないと封印してきた苦悩である。もちろん、ほかの誰に対してもその内面の苦悩は吐露できなかった。その懊悩によってピエロの精神には憎悪と怨恨が膨らむばかりであった。ここで、それまで疑問でしかなかったことがすべて理解できる。

つらい人生、貧困、仕事を言いつけて満足な支払いをしない貴族への屈辱、些細な係争や少額の詐欺、ヴァンニあるいはドナート・ディ・フィリッポといったほとんど推薦に値しない怪しい人物との関係、バディア地区の店舗の机で、金に困った依頼人にわずかな依頼料で自分を売りこむために一日中待ち続けるという惨めさ。貧しい下層民の目の前で、富豪たちが際限なく富と贅沢を見せびらかす都市フィレンツェ、その大都市にいて、継ぎあてをした長衣《ルッコ》を身に着けた自分は、なぜこれほどまでに苦労し軽蔑されねばならないのか。わけありの女や未亡人、荒廃した貧しい修道院から頼まれたつまらぬ証書の作成、そして割の合わない長期のつらいピサへの出張。鬱屈の川は氾濫寸前だ。そう、ピエロはすべての負の幻影から自分を解放したかったのだ。

「この暗い人生の谷間にひと筋、たったひと筋の光が差しました。それはフィレンツェの陰気な家の小部屋にいた私の前にカテリーナがはじめて姿を現した瞬間です。カテリーナは素朴で、清々しく、明るく輝いていた。風のように自由な個性。出会ったその瞬間から私は恋に落ちました。そして彼女もすぐにそれに応えてくれたのです。私より前、カテリーナは男性を知らなかったのです。処女でした」

いま、まさに生まれようとしている男の子か女の子を身ごもったときのことだと私は思った。だがじつはそうではなかった。ピエロはすでに三年前にカテリーナと出会い、カテリーナは男の子を産んだが、その子は孤児養育院に託された。ピエロは逃げるようにしてピサに行き、その後フィレンツェに戻ったときに、偶然か運命か、思いもかけずカテリーナと再会する。カテリーナは騎士フランチェスコ・カステッラーニの邸宅《パラッツォ》で乳母となっていた。カステッラーニはグレーティの広い土地の所有者である。

乳母？　ということは……。

「そうです、カテリーナは女奴隷です。はるかレヴァントから来たのです。所有者はカステッラーニ様ではなく、フィレンツェに住む女性です。この方はカテリーナがはじめて妊娠したと知って、出産後その子供を引き離し、騎士の娘の乳母として紹介したのです」ここでまた同じことが繰り返されたのだった。それからほぼ九か月ののち、ピエロとカテリーナはフィレンツェを逃げ出したのだ。

「哲学を好んだカステッラーニ様は変わった考えをお持ちで、私たちを助けてくださいました。カテリーナの妊娠を隠し、その所有者の女主人には、娘に授乳を続けていることにしてくれたのです。そして、臨月が近くなると、ご自分の邸宅で出産というわけにはいきませんでしたので、馬車を用意してここに送ってくださったのです」

ここまで状況が深刻だとは考えていなかった。一つの事実だけではない。次の事実が出てくる。一つの行為の結果が彼の人生を永遠に葬り去る可能性をもつこと、その結果によって公証人としての経歴が永久停止となり、市の役所への出入りが禁止される可能性をもつこと、ピエロはこれを私よりも明確に知っているはずだ。一三六六年のフィレンツェ法の規定により、女奴隷を誘拐すること、女奴隷を妊娠させることは所有権の侵害で立派な犯罪とされる。罰金はきわめて高額で、犯罪者は出産費用を負担し、さらに女奴隷の購入価格の三分の一を所有者に返金しなければならない。もし出産により哀れな女奴隷が命を落とした場合は、購入価格の全額の賠償となる。新生児は父親の身分を継承し、父親は子の将来について責任をもたなければならない。「出産により生まれた子はその父親に従う」すなわち、新生児はたとえ女奴隷から生まれても、ピエロの息子として自由身分を得る。だが、今年になって刑罰の強化が議論されているようだ。大司教による道徳心増強の大改革という発想で、所有者の意志に反して女奴隷を三日間以上にわたり強奪ないし隠匿した者は絞首刑に処す可能性を有する、というのだ。これこそ、われらがカテリーナをアンキアーノに隠している者に適用される条項だ。そうなると、この村の半数は絞首刑だ。女奴隷と寝る目的で他人の家に侵入した者は一〇〇〇リラの罰金とする。これはピエロに該当する。罰金額は半端ではない。家財と所有資産を売り払っても払えないだろう。とすると、ピエロはスティンケ監獄[75]で獄死を待つことになるのか。

では、二人はなぜここに来たのか。二年前と同様、もう一度、孤児養育院という選択肢を考えなかったのか。生まれ出る二番目の子供も、また孤児にするのはぜったいに受け入れられない、とカテリーナがピエロに言ったのだろう。「自分の子が元気に生まれ、自由に生きられますように」カテリーナはこの願いただ一つを主の恵みとして祈ったのだ。たとえその子がある日、自分から引き離され、ピエロのもとでピエロの息子として育てられることが避けられないとしても。カテリーナは打算からではなく、利害など考えもせず、純粋な愛情だけをもってピエロを受け入れた。そして、その愛に応えてもらえるならと、自分自身のこととしてただ一つのことをピエロに懇願した。もし可能ならば、そしてもし主がそれを許してくださるなら、自分に自由を取り戻してほしいという願いだ。

　固い決意を抱くカテリーナの選択は、私の前半生のヴィオランテの選択を想起させる。同じ決意と願いがあって、ピエロとカテリーナはここに来たのだ。「私はカテリーナの願いを叶えたいと思います。最初の子のように棄てるのではなく、法も定めているように、新しく生まれる子は手元に置きます。カテリーナを自由にするため、私はもてる力すべてを発揮します」そしてピエロはさらに続ける。「主のご加護があり、運に恵まれるなら、それは可能です。どのように進めるかはまだ決めていませんが、必ずやり遂げます」ピエロは一度こうと決めたら必ずそれをやり遂げる人間である。私はそれをよく知っている。ピエロを助けよう。全員でピエロを励ますのだ。新しく生まれる息子あるいは娘を迎えるために。その子は私にとって孫以上の存在になるだろう。老いた植物に芽生える若い芽であり、神の恩寵なのだ。

　名前はなんとつけよう。重要な選択だ。婚外子なので、家系にある名はふさわしくない。もし男の子なら、ミケーレ、グイド、ジョヴァンニ、フロジーノは選べない。「私とカテリーナで、すでに名前は決めました」とピエロが言う。「奴隷を鎖から解放して自由にした聖人、すべての人間が熱望してやまない至高の恵み、自由という恵みをカテリーナにもたらしてくれる聖人の名、リモージュの隠修士、ノブラックの聖レオナルド[76]の名がそれです」

それはいい。この国でもその聖人は知られている。チェッレートで礼拝される聖人だ。男の子であっても、女の子であっても、これは素晴らしい名前だと思う。[77] 獅子の強さ、炎の情熱をもつ子が生まれるだろう。[78] 自由の象徴になる子だ。カテリーナを自由にするのはその子だ。

＊＊＊

気候は穏やかで、アンキアーノは静かだ。そのためか、カテリーナの出産は少し遅れているようだ。復活祭が終わり、白衣《イン・アルビス》の日曜日[79]の週が過ぎていく。ピエロは神経質になっている。一五日の土曜日はフィレンツェで隊長《カピターノ》の名簿を起草しなければならない。これは重要な職務で、欠勤は許されないのだ。アンキアーノの家、扉の外でわれわれは長い時間、沈黙のうちに待った。ピエロもここに泊まっている。オルソの愛人が隣の小部屋を整えてくれたのだ。

四月一四日、金曜日の午後、破水し、長く苦しい陣痛が始まった。助産婦は何時間もカテリーナを励ます。しかし、その甲斐がない。胎児はとても大きく、出てこられないようだ。ときおり血で染まった布を手にして女たちがあわただしく家の外に出てくる。私たち男は追い出された。私は近くにいて励まそうとする。われわれの響く。ピエロは全身を震わせ、泣き、頭を抱えて座るだけだ。私は近くにいて励まそうとする。われわれのうしろには、やや距離を置いて、近所の人々、サンタ・ルチアの友人らが小さく集まっている。ヴィンチ村からここまで登ってきてくれた人もいる。司祭のベネデットも来てくれた。「私もいたほうがいいだろう。大丈夫だ。すべてうまく行くだろう」と励ましてくれる。少しでも私の気を紛らわせようと、「男の子だったらなんと名づけるか、もう決めたのかね」とベネデット。レオナルドという名を聞いて、「そうか、では信仰の限りを捧げて聖レオナルドに祈りなさい。聖レオナルドは妊産婦の守護聖人でもある」とベネデットは私に祈りを勧める。「聖レオナルドのもっとも偉大な奇跡は、森の中で一人で出産したある王妃の命を救ったことだ。つまり聖レオナルドは、死の危険に直面するすべての命を、救済する聖人なのだ。母の子宮に守られ、暗い部屋から解放されてこの世に生まれる新しい命を守る聖人なのだ」と言いながら、オリーヴの木々の間へ行き、そこにいる女たちにも「聖レオナルドに心からの祈りを捧げましょう」と声をかけて回る。

夜になる。希望は絶たれそうになってきた。日没のあとは新しい日、四月一五日である。中から聞こえてくるカテリーナの叫びは徐々に弱々しくなってきた。あと少しですべてが終わるだろう。

夜中の三時、突然赤ん坊の泣き声が沈黙を破った。外では待ちわびた人々が涙を流し、笑い、抱き合う。私もピエロを強く抱きしめる。すぐに立たせ、扉に走る。疲労と緊張で取り乱した助産婦が、血で染まった腕に赤ん坊を抱いて出てくる。「元気な男の子ですよ、カテリーナも元気ですよ」と髪を振り乱した助産婦が言う。「でも、お産でたくさん血を流しました。全力を使いきって新しい命を産みましたよ。母親の命も助かりました」と聞くと、ピエロは止めようとする女たちを押しのけるように、中に入って行った。ピエロはカテリーナに寄り添っていたのだろう。出てきたとき、ピエロの身体にも血がついていた。泉に連れて行って、身体と服を洗ってやる。これからすぐに着の身着のままで歩いてフィレンツェに行かなければならないのだ。ランタンを下げ、行政長官《ポデスタ》の歩兵が同行し、夜通し歩き続けて、翌朝、支庁舎パラッツォ・ヴェッキオで起草の業務に入らなければならない。

＊＊＊

一四五二年四月一六日。白の日曜日である。ピエロはいない。カテリーナはひどく衰弱して動けない。私の役割が回ってくる。ヴィオランテとフランチェスコに脇を支えてもらい、ルチアと一緒に、布にすっかり包まれた赤ん坊を抱き、アンキアーノからヴィンチ村へと坂を下る。アンキアーノの人たちもあとに続いてくれる。名前を授ける日だ。さいわい、赤ん坊は眠っている。「なんて可愛らしい。丸々として大きな赤ちゃんですこと」と女たちの誰かが言う。このうえなく気分がいい。ああ、ここに主の祝福あり。健康な子であることは見てすぐわかる。教会堂の前庭では、ピエロ司祭を中心にして、名付け親の父母たち、ヴィンチ村の人たちが待っている。古い大理石の洗礼盤に向かい、救いと清めの水を受けるときに昔から繰り返されてきた言葉「父と子と聖霊の子の名において、われ、汝に洗礼を授ける」を聞く。司祭ピエロが直前に装丁した大きな記帳簿に私が書く。「レオナルド・ディ・セル・ピエロ・ダントニオ・ディ・セル・ピエロ・ディ・セル・グイド・ディ・ミケーレ・ダ・ヴィンチ」

ミサが終わり、みなは帰路につく。洗礼を終えたレオナルドを母親に返さなければならない。アンキアーノとサンタ・ルチアの女たちは子供が生まれた家の前に長い食卓を用意していることだろう。多くの人々が集まる。なかにはよく知らない者、招待していない者までいる。ファルトニャーノの司祭も来た。愛人と息子たちも一緒だ。ベネデット司祭、ピエロ司祭と乾杯して上機嫌である。この場にいないのは息子のピエロだけだ。ルチア夫人も予期せぬ奇跡のような誕生にご満悦である。もちろん私も幸せである。ただ、この二週間に起こったさまざまなこと、ここ数日の大きな出来事は、田園での落ち着いた生活のみならず、私の人生そのものに大きな転機をもたらした。大きな感情の高まりのあとで、私はやや疲れを感じている。ほかの人々とともに祝宴で大騒ぎをしたいとは思わない。オリーヴの木の下、あの平たい石に一人で静かに座りたい。海に向かって沈んでいく陽光に暖かく照らされてまどろむのもいい。そこで見る夢には、別の時間、別の海が出てくるのかもしれない。

村の家。すでに夜になった。ルチアはもう眠っている、その横で眠りたいがそれはできない。仕事が一つ残っている。父の古い文書登録簿を取り上げる。素晴らしい子供の誕生とその洗礼について、誰かが記録を残さなければならない。ピエロは留守だ。ピエロに代わって私が書くべきだろう。最後のページを開く。余白が残されている。主の精妙な計画により、そこに余白が残されたのだ。ペンを取り、インクをつけて書く。これでページはすべて埋まった。眠ることができる。

一四五二年

四月一五日土曜日の夜三時、私の息子セル・ピエロの子、私の孫にあたる男の子が誕生する。名前はレオナルドである。洗礼を授けたのは司祭ピエロ・ディ・バルトロメオ・ダ・ヴィンチ、〔立ち会ったのは〕パピーノ・ディ・ナンニ・バンティ、メオ・ディ・トニーノ、ピエロ・ディ・マルヴォルト、ナンニ・ディ・ヴェンゾ、アッリーゴ・ディ・ジョヴァンニ・テデスコ、リーザ・ディ・ドメニコ・ディ・ブレットーネ夫人、アントーニア・ディ・ジュリアーノ夫人、ニコローザ・デル・バルナ夫人、ナンニ・ディ・ヴェンゾの娘マリア嬢、ピッパ・ディ・ナンニ・ディ・ヴェンゾ・ディ・プレヴィコーネ夫人。

1　復活祭直前の日曜日をさす。キリストのイェルサレム入城に際し、場外の民衆が棕櫚の葉を振って歓迎したのを記念して、カトリック信徒が祝別された棕櫚の葉やオリーヴの枝を教会から受ける。

2 アントニオ・プッチ（一三一〇頃―八八）はフィレンツェの釣り鐘鋳造職人、詩人。フィレンツェ市中の俗説や噂などを『雑記録』にまとめた。

3 『旧約聖書』「ダニエル書」で、新バビロニア王国のネブカドネザル二世に仕え、夢や幻視の解釈に優れたユダヤ人。

4 セル（ser）は敬称で、身分や職業によって姓の前につけた。「様」の意。ここでは、ルチアが冗談として、公文書をまねて、夫アントニオの名のあとに父、祖父の名を連ねている。

5 アルノ川対岸のオルトラルノ街区はさらに四地区にわけられ、各地区は旗（ゴンファローネ）をもった。赤地に緑の有翼龍を描くのは「龍の地区（ゴンファローネ・デル・ドラーゴ）」旗であった。

6 教会の聖務日課で、最後から二番目の祈り。夜の祈り。

7 フィレンツェを出たピエロは南西に向けてヴィンチ村をめざしている。トッレ・ディ・サンタルッチョはその途中の峠。ヴィンチ村に着く前にアンキアーノを通る。フィレンツェからアンキアーノまでは、約三五キロメートル、徒歩で七時間半以上の行程である。ヴィンチ村からアンキアーノまでは約二・五キロメートル、徒歩で三〇分、老人の足では一時間以上の上り坂である。

8 イベリア半島東方に位置する島嶼群。最大の島はマヨルカ島。

9 現在のカイロ旧市街カスル・アッシャーム地区（カイロ・コプト地区）をさす。九六九年にアル・カヒーラ（カイロ）となる。

10 中世・近世のヨーロッパで広くイスラム教徒をさす言葉として用いられた。

11 『デカメロン』第二日第七話の主人公。バビロニア（カイロ）のスルタンの娘で、絶世の美女として知られ、さまざまな事件に遭遇する。四年間に八人もの男性と結婚し、最後にガルボの王妃になる。

12 『デカメロン』第三日第十話の主人公。チュニジアの富豪の美しい娘。砂漠での隠修生活を勧められるが、隠者に言い含められて性の営みを重ね、のちにカプサの町の若者と結婚する。

13 バレアレス諸島の北東部にあるメノルカ島。

14 フィレンツェの金融業者、銀行家フランチェスコ・ディ・マルコ・ダティーニ（一三三五頃―一四一〇）。プラートで生まれ、一五歳でアヴィニョン（教皇のアヴィニョン捕囚とその後の教会大分裂で教皇の居館が置かれた）派遣の商団に加わり、たちまち商才を発揮し、アヴィニョン教皇庁の高位聖職者関連の取引、および英仏百年戦争（一三三八―一四五三年）の武器調達で莫大な財をなした。「プラートの商人」として知られた。商取引に関する一二万通以上の商業文書、五七三冊の商取引帳簿が国立プラート古文書館にダティーニ文庫として保管され、本章の語り手アントニオの書簡（一四〇二年付）もそこに残る。遺産の一部はフィレンツェの孤児養育院（オスペダーレ・デッリ・インノチェンティ）の建設、運営に充てられた。

15　ペニスコラはイベリア半島北東部バレンシア州カステリョン県の港湾都市。トルトーザはペニスコラの北、カタルーニャ州タラゴナ県のエブロ河口デルタに位置する港湾都市。

16　アルノ川がリグーリア海に注ぐ河口に位置するピサ共和国の商業中核港。一二八四年にジェノヴァ艦隊の攻撃を受けて機能を喪失し、ピサ衰退の要因となり、一四二一年、港はフィレンツェ共和国に売却された。

17　ヴィンチ村の南西約六キロメートルに位置する村落。

18　フィレンツェの南約五五キロメートルに位置する町。流水を動力とした小麦製粉や製紙で知られる。シエナに近いが、一四世紀以降フィレンツェ共和国、トスカーナ大公国の領土であった。

19　フランスとスペインの国境にまたがる湾。西にスペインのカタルーニャ州、北にフランスのプロヴァンス地方が位置する。

20　パラウ・レイアール・マジョール宮（一部は現在のバルセロナ歴史博物館、彫刻美術館、フレデリク・マレー美術館）、および隣接するサンタ・クレウイ・サンタ・エウラリア大聖堂（一二九八年起工、完成は一五世紀半ば）をさす。

21　一三―一五世紀のバルセロナで広く港湾に関係した労働者や商人、および彼らが組織した同胞組合を意味したカタロニア語。サンタ・マリア・デル・マール聖堂の建設では、無償で石材の運搬を担った。

22　バルセロナ港のすぐ北に位置する。

23　アラゴン連合王国のマルティン一世（在位一三九六―一四一〇）。オスマン・トルコ帝国の進出、社会・経済の危機が深刻化した時代の王で、継嗣なく没した。

24　一三九一年、セビーリャで大規模な反ユダヤ運動が勃発し、迫害と虐殺（ポグロム）がスペイン全土に広がった。

25 バルベリアはベルベル人（北アフリカ、マグリブ地域の先住民族）の地の意。ここではベルベル人がイベリア半島に進出して樹立した国家、ナスル朝グラナダ王国（一二三二－一四九二年）の港（アルメリアおよびマラガ）をさす。
26 地衣類から抽出する染料。ウールやシルクの染色に使われ、オリセロともいう。
27 ワイン樽に沈殿する細かいガラス状の結晶固化物。
28 北アフリカ北西部（モロッコ、アルジェリア、チュニジア）の山脈で、ベルベル人の居住域に重なる。
29 スペイン、バレンシア、アラゴン、カタロニアで流通した硬貨。
30 カタロニア、南フランス（オクシタニア）、イタリアで一三－一五世紀に鋳造された銀貨。イスラム圏との交易で流通した。
31 一三四四年にイングランド王エドワード三世が発行した金貨で、表裏に豹の図柄が描かれていたのでレパード（豹）金貨ともいわれる。フィオリーノ金貨二枚に相当したことから、ドブレ（二倍）と通称された。
32 ジブラルタル海峡の東、モロッコ北東岸から北に突き出る岬。
33 トレス・フォルカスの岬の西側の港。アントニオはそこからマヨルカ島のアルクーディアに書簡（プラート国立古文書館およびバルセロナ国立古文書館所蔵）を送っており、それによってレオナルドの祖父アントニオが地中海交易で活動した商人であることが確認できる。
34 アラビア語で「山」の意。地中海沿岸のモロッコ北部、リーフ地方は丘陵や山々が続く。モロッコでは降雨量も最大で緑地も多い。
35 リーフ丘陵とアトラス山脈にはさまれた隊商路中継地。地中海南岸から約一五〇キロメートル、フェズの東方約一二〇キロメートルに位置する。
36 フランス南部、ローヌ川沿いの都市。教皇クレメンス五世はローマの政情不安を理由に一三〇九年、教皇庁をアヴィニョンに移した。
37 一五世紀初めのアラゴン王はマルティン一世（在位一三九六－一四一〇）、カスティーリャ王はエンリケ三世（在位一三九〇－一四〇六）、フランス王はシャルル六世（在位一三八〇－一四二二）、イングランド王はヘンリー四世（在位一三九九－一四一三）、ベリー公はジャン一世（在位一三六〇（受爵）－一四一六『ベリー公のいとも華麗なる時禱書』の制作を命じた公爵）、ミラノ公はジャン・ガレアッツォ・ヴィスコンティ（在位一三九五－一四〇二）およびジョヴァンニ・マリーア・ヴィスコンティ（在位一四〇二－一四一二）である。

38　アフリカ大陸のうち、ネグロイド（皮膚の色の黒い人種）が住む地域をさし、白いアフリカ（肌の色が比較的白いコーカソイド系人種の居住地域、とくに北アフリカ）と対比的な言葉。

39　北および中部アフリカの遊牧民族トゥアレグ族の季節野営地を起源とするアフリカ中部のオアシス都市。現在はマリ共和国に位置する。アフリカ各地の産品、鉱物、とくに金、象牙、香辛料、塩などの隊商交易と奴隷貿易の中継地として栄え、莫大な富の蓄積から西欧で「黄金郷」と憧れる伝説的な場所であった。

40　「地の果て」を意味する。イベリア半島北西部の町。

41　アラビア語、スワヒリ語で「最高の存在」の意。

42　フェズ最大の神学校で、マリーン朝最盛期の宗教建築を代表する（建設は一三五一－五六年）。街路を挟んで向かい側には「時計の家」があり、設置された水時計は計時官（ムワキット）が管理した。

43　富豪の娘ファーティマ・アル・フィフリが八五七年に旧市街中心部カイラワーン地区に創建した神学校と併設のモスクをさす。

44　『旧約聖書』の「ダニエル書」（七－六以降）では、荒れる海から現れた四頭の獣のうち第三の獣が豹のようであったとされ、『新約聖書』の「ヨハネ黙示録」（一三－二以後）では、やはり豹に似た獣が海から上がり神を冒瀆する言葉を吐いたとする。

45　一二七六年、フェズでユダヤ教徒の大量虐殺（ポグロム）が起き、マリーン朝のスルタンは類似の悲劇を防ぐため、新市街にユダヤ教徒の隔離居住地区メッラーフを設置した。居住地の区画が定まるのは一五世紀前半のことである。

46　ユダヤ教の安息日は、金曜の日没から土曜日の日没までとなる。

47　ユダヤ教において神が世界を創世した日を基準とする紀年で、ユダヤ紀元、世界紀元、創世紀元ともいわれ、西暦に換算すると紀元前三七六一年一〇月七日となる。したがって、「五一五八年後」は西暦一三九七年である。「イヤル」は同じくユダヤ暦で八番目の月であるが、現在のグレゴリオ暦では三月から四月頃となる。

48　イスラム国家において宰相が組織する政府の長。八世紀にアッバース朝カリフ制に伴って設置され、イスラム諸国の体制に受け継がれた。

49 マルティン一世の死は一四一〇年（同年、ダティーニも死去）。

50 ヴィンチ村から北東の方向にあたる。

51 アルノ川の南岸近く、市の対岸に位置する。

52 サン・フレディアーノ地区の南東、サント・スピリト聖堂近辺の街区。一四二〇年代はフィレンツェ大聖堂の大ドームの建設が進む一方、ミラノおよびルッカとの戦争がフィレンツェに暗い影を落とした時期でもあった。

53 フィレンツェ市内南部アルノ川対岸の丘にある修道院。フィレンツェの南に約一〇〇キロメートルに位置するモンテオリヴェート・マッジョーレ修道院の修道士によって一三三四年に開設された。

54 チッチャは肉を意味する幼児語、ラルドは豚の脂身を意味し、チッチャラルドーニは脂身の多い豚肉を食べる人を意味する。

55 サン・バルトロメオ修道院（モンテオリヴェート・マッジョーレ修道院の分院として建設され、モンテオリヴェート修道院ともよばれた）の付属聖堂。一五世紀はじめには会堂の荒廃が進み、一四五四年に全面改修された。現在ウフィッツィ美術館に移されているレオナルド・ダ・ヴィンチ作の油彩画《受胎告知》（一四七二－七五年に制作）は一八六七年にこの教会堂で発見された。

56 ロレンツォ・モナコ（一三七〇－一四二五）はイタリアの後期ゴシック時代の画家。《聖母子と四聖人》（一四二〇年制作）は玉座の聖母子と福音書記者聖ヨハネ、聖カタリナ、洗礼者聖ヨハネ、聖アウグスティヌスを描く祭壇画。

57 「ルカの福音書」の記述（一－二八）に基づく「アヴェ・マリアの祈り」の冒頭部。

58 サンタ・マリア・デル・フィオーレ大聖堂（旧称サンタ・レパラータ聖堂）の大ドーム建設現場。大ドームの建設はミラノ公国との戦争で遅延、一四二九年にはルッカとの戦争により中断されていた。

59 ヴィンチ村の南西約三キロメートルに位置する小村。トイアーノともいう。

60 アブラハムとサラは『旧約聖書』の「創世記」に登場する夫と妻。九〇歳になったサラは、神の啓示を受けて奇跡的にイサクを出産し（夫アブラハムは百歳）、一二七歳で没したとされる。

61　通称サンタ・クローチェ聖堂と呼ばれるヴィンチ村の教区聖堂。堂内左奥の洗礼室には、当時の大理石洗礼盤が置かれている。レオナルド・ダ・ヴィンチの父ピエロはここで洗礼を受け、のちにレオナルド・ダ・ヴィンチも同じくここで受洗した。

62　キリスト教会の慣行として新生児の授洗式に立ち会い、信仰上の後見人として儀礼的に実の親に次ぐ立場で儀式を見届ける信徒。男児には男性（代父）、女児には女性（代母）が選ばれた。代父母は実際に命名するわけではない。代父母になることは地域社会の名誉とされ、しばしば地位の高い者が依頼された。

63　エンポリはヴィンチ村の南約一〇キロメートルの町で、南北東西の交通結節地であった。ペトロイオはシエナの北約五〇キロメートル、ヴィンチ村の南東約一五〇キロメートルにある村。

64　一二五八頃―一三〇〇。ダンテ・アリギエーリの友人にして師匠であった詩人。

65　フィレンツェの富裕な商人フォルコ・ポルティナーリが一二八八年に創設した病院。大聖堂の東、市の中心街区に位置する。

66　「小サラディン」の意。サラディン（一一三七または三八―一一九三）はアイユーブ朝の創始者。版図拡大を図り、十字軍と戦った英雄として中世ヨーロッパ世界にその名を広く知られた名将である。

67　フェッラーレはヴィンチ村からアンキアーノの道程のほぼ半分の位置にある。

68　フィレンツェの西約四〇キロメートルのアルノ川左岸に沿う沼地。

69　フィレンツェ西方の丘陵地。北西から南東に広がり、北のルッカ、南西のピサ両市を分ける。

70　サンタ・ルチア・ア・ヴィンチ聖堂ともいわれるアンキアーノの小教会堂。

71　復活祭直前の日曜日（主日）は「枝の主日」または「受難の主日」と呼ばれ、それに続く復活祭前日までの一週間である。受難週間ともいわれる。

72　キャベツ、インゲン豆を材料とするトスカーナ地方の郷土料理。

73　ヴィンチ村の南約五キロメートルのサン・ドナート・イン・グレーティ聖堂。

74　フィレンツェの東約二五キロメートルの集落。フィレンツェの逆側に位置するヴィンチ村からは約六〇キロメートルの距離にある。

75　フィレンツェのギベッリーナ通りにあった監獄（一二九九年頃建設）。窓のない箱形の高い壁を濠で囲んだ建築で、出入口は一か所のみであった。宗教同信会や慈善団体が運営にあたり、貧しい囚人には食料などの援助があった。主として戦争捕虜や政治犯、思想犯、経済犯（破産や負債による）が収容され、一四二〇年代から、獄舎に医者、司祭、床屋の出入りが許され、簡易な浴場も設けられて待遇改善が図られた。

76　囚人と妊婦の守護聖人とされる。伝説では隠者レオナール（イタリア語読みではレオナルド）は放浪の末、リモージュの東にあるノブラックの村（現サン・レオナール・ド・ノブラ）の近くに庵を構えた。多くの奇跡を起こしたと伝えられる。この地域に狩りに来た王に同伴した妊娠後期の王妃は難産に苦しんだがレオナールの祈りで森の中で無事に出産したといわれる。

77　女の子であれば、レオナルダとなる。

78　レオナルドは、表記と音の類似から、獅子（レオーネ）を連想させる。

79　復活祭の次の日曜日。洗礼を受けた者は白い衣に身を包むが、この日にその白い衣装を脱ぎ去るというカトリック教会の伝統。

第10章　ピエロ、そしてふたたびドナート

フィレンツェ、サント・ジリオ通り
一四五二年一一月二日

出会ったその瞬間、私は恋に落ちた。
三年前の夏、この部屋で。積まれた文書の山に顔を埋めるようにして、私はこの同じ机に向かっていた。背後に人の動きを感じた。衣擦れの音がする。振り返ると階段の上がり口に彼女がいた。えもいわれぬ美しさ。うなじで束ねた金髪、わずかに傾けた顔、自然にして素朴な微笑、すべては生まれながらの汚れなき優美に包まれている。少したくし上げた丈長ドレス《ガムッラ》からは素足がのぞく。前に出た左足は床石の上に伸び、右足は段から踏み出そうとしている。足の指は床につき、足裏と踵はほぼ垂直に上げている。時間が止まる。次の瞬間、彼女は姿を消した。

野原に放り出されたのだろうか。まだ歩けない乳児のように。草や花は私よりも高い。一人の女が腕を見せて白いシーツを干し紐に掛けている。まぶしい光の中で、私に見えるのは女の素足だけだ。踵は跳ねて宙

に浮く。それから、その女は古い農家の壁と壁の間に姿を消した。見捨てられたという絶望とともに、私の目に涙が浮かぶ。目の前は草で覆われ、大地は日射しを受けて暑い。一匹の蜥蜴《とかげ》が逃げ出した。

これは私が作り出した幻想なのか、遠い幼児期の記憶なのかはっきりしない。確実なことは、この情景がいつも夢の中に出てくることだ。とくに数年前に一人で暮らし始めてから、この夢を見るようになった。もしそれが事実の記憶であるなら、女は私の母であり、古い農家は二六年前に私が生まれた家なのだろう。だが不思議だ。私は自分が生まれた家を見たことがない。両親は、私が六歳のときこの村に引っ越した。この田舎の景色もほとんど記憶にない。小さいときから私は家に閉じこもる癖があった。外に出るのは怖かった。村にある私の家は小さく暗かった。裏手には菜園があり、調理場の階段からそこに出ることができたものの、窓は少なかった。私は痩せて背の高い男の子で、ほとんど話さず、一人でいることが好きだった。六歳下の妹ヴィオランテや一〇歳下の弟フランチェスコと遊ぶことはなかった。私が二歳のとき、もう一人、弟が生まれてすぐに亡くなったことは、ヴィオランテが生まれたあとに知った。「弟がすぐに神様に召されて、僕は嬉しいよ」と言った私に対して、母は泣き、父は私をたたいた。

父とうまくいったことはない。私が生まれたとき、父はすでに五〇歳を超えていた。私と父のあいだには大きな違いがあった。年齢の差だけではない。父は、すべての村人と話をして若き日の自分の冒険話を聞かせ、他人のために役立つことをいとわず、すぐに金を貸して返済されなくても怒らない村で唯一の人だった。子供たちが小さい頃、父はヴィオランテとフランチェスコ、そして猫のサラディーノを相手によく遊んだり冗談を言ったりした。しかし、私とは遊んでくれなかった。真面目過ぎて、弟、妹とはまったく違うと見ていたのだ。私も父の冗談や昔話を聞くのは好きではなかった。しかし、机で書き物をしているとき、父は私が何を好むのかに気づいた。私は半ば隠れるようにして書斎机の下に潜りこみ、目を見開いて鼻を上に向け、父を見つめていたのだ。それを見て父は、微笑みながら私を抱き上げ、私に羽ペンを握らせ、その場で思いついた話をしてくれた。「むかしむかし、太った鵞鳥《がちょう》が麦打ち場をうろついて『おれから羽を引き抜いてペンにしたやつがいる。けしからん』と文句を言っていた。と、そのとき、鵞鳥はたまたま自分の羽から作ったペンに出会ったとさ。ペンは『馬鹿なことを言うな。このおれさまは人間が死んだあとに、その人間の言葉とやらをずっと生かしておくことができる。お前さんは人間に丸焼きにされたあと、食べ残しの骨だけになっちまうのさ』と言ったそうだ」

「人が死んでも口に出した言葉が生き続けるというのは、どうして？」と私が尋ねる。

「書くからだよ」と答える父は、ペンにインクをつけて言った。「ほら、こうやってインク壺という器にペンを浸して出す。インクとよばれる黒い血の一滴で、注意深く、紙とよばれる薄くてざらざらした表面にそれを注意深く横に並べて散らしていくのさ。ちょうど白い畑を耕して種をまくように」

ようするに、父はまずアルファベットの文字盤を使って、次に、父の書いた書類、祖父の書いた書類、さらに曾祖父の書いた書類を使って、文字を書くこと教えてくれた。最初は、それら商用文字を見て写すだけだったが、のちに司祭のもとに通うようになって、フィレンツェやピストイア[1]の司教庁から送られてくる司祭宛ての書簡を見ながら、私は自分固有の筆跡、よりはっきりとした流れるような字体を作ろうと努力した。商用字体と司教庁の書記字体の中間のような筆跡である。

あるとき、父の言った言葉に私は非常に驚いた。隠し金庫から古い何枚かの紙を出し、そこに解読できない不思議な記号が記されているのを見せて、父は「私たちが使う文字は言葉同様、世界の多くの人々が使い、使ってきた無数の文字の一つに過ぎない」と言った。「これは世界でもっとも古いとされる文字、ヘブライ人の文字だ。ヘブライ人は神の法と言葉を書き留めた。それからサラセン人の文字も古い。預言者ムハンマドが述べた神の言葉を記録したのは彼らだ」

弟たち二人は遊んでばかりで、書くことにまったく興味を示さなかった。むしろ私が文字の練習をしているといつも邪魔をするのだった。フランチェスコは二人のうちでも手に負えないいたずら者だ。さらにひどい邪魔者は猫のサラディーノで、闇から急に飛び出して机に飛び上がり、その魔の手でインク壺を引っくり返したことがあった。敏捷に逃げた猫にインクはかからず、大切な紙は真っ黒になった。

書くことはわが家系の伝統である。少なくとも四世代にわたって、書くことは日常の作業であった。祖父は公証人であり、その弟もその父も公証人であった。もちろん、公証人という職務にとって、書くことは不可欠である。公証人はすべてを記録しなければならず、つねに記録し続けなければならない。記録されないことは存在しなかったことになる。記録がなければ法に基づく現実とはならない。署名あるいは書き判《シグヌム》[2]がなければ、書面が真正であるのか、記載内容が真実であるのか、そうでないかは知る由がないことになる。しかし、この美しい家族の伝統は父によって断たれた。勉学を棄て、地中海を航海する商人になる道を選んだ結果、どうなったか。運に見捨てられ、金も失って帰国したのだ。父はその道を選択すべきではなかった。祖父も家族も職業も捨てて、家から出るべきではなかった。その父への嫌悪と反感が私の心の中に少しずつ増大していき、あるとき一つの決断に行きついた。だが、何もない片田舎で、小さな資産を抱えてその日暮らしをする一生で終わりたくない。公証人になって一族の伝統を復活させ、それを継承するのだ。この田舎から外に出なければならない。おおいなるフィレンツェに行こう。ヴィンチ村は私にとって狭すぎる。

私は司祭のもとでラテン語文法を学び、「詩編」「箴言」「知恵の書」「シラ書」[3]を暗唱できるようになった。また、ボローニャの学者ロランディーノが著した『大全《スンマ》』[4]を独学で学んだ。曾祖父と祖父が残したこの書物は古くて傷んでいた。父もその本を開いたようだが、成果は得られなかった。

資格試験の準備のために父が私をフィレンツェに送ったとき、私はまだ少年だった。学資はわずかだったので、壊れかけた塔のような古い家の狭い屋根裏を借りて、使用人や下働きの人たちと隣り合わせに住むことにした。母は家にあった衣服を繕ったり継ぎあてをしたりして、母自身の服も仕立て直して短い上着《ファルセット》や長い上着《ジョルネア》に作り替え、行商人から特売品の靴下を買ってくれた。だが、身のこなしや話し方で田舎から出てきたことはすぐにばれてしまう。同じ課程に参加しているほかの学生の多くは、名の知れた公証人や重要人物の子弟で、私は彼らの酷い悪ふざけやいたずらの格好の餌食であった。ペンを折ったり、紙を汚したり、ペン立てに汚物を入れるなどして、私の持ち物を使えないようにした。私は彼らを相手にせず黙って勉強に打ちこみ、すべての事例と文書形式を覚えた。

受験資格が得られると、ただちに私はプロコンソロ通りの判事公証人組合の館で受験に臨んだ。大修道院《バディア》とポデスタ宮殿から近い、塔のような建物である。学術三学科[5]の象徴、その学術の守護聖人聖イーヴォ[6]、偉大な詩人たちを描いたフレスコ画のある古びた部屋に入る。天井にはフィレンツェおよびその街区と同業組合のすべての紋章が描かれている。入室しただけで圧倒され、気おくれがする。さらに眉をしかめた試験官たちは威圧的だ。司法官と公証人はフィレンツェの職業階層の上位にあるとされている。試験委員会は、その職業資格をやすやすと取得させてなるものか、と身構えているのだ。法律によって、ヘブライ人、聖職者、非嫡出子、初等教育だけの修了者、外国人、皇帝派《ギベッリーニ》は受験資格がない。職人の子弟、農村労働者の子弟に受験を許すかどうかは試験委員の判断に委ねられる。

私は一次試験で文法と契約事務の科目が不合格となった。文法の試験が合格となったのは一年後、契約事務試験の合格は三年後だった。これで二次試験に進む。試験官はさらに厳格かつ威圧的で、主席判事、行政長官、顧問、学者、公証人代表が委員会を構成し、やつぎばやに四方八方から私に文書作成と公証業務に関する質問の雨を降らせた。これも不合格となり、一年の浪人生活となる。苦労してついに三次試験に進むことができた。最後の試験である。判事および公証人組合の委員を前にして、筆記および口述試験で満足できる成果を示し、二種類の契約業務の処理について議論し、公証人証書の起草もやり遂げることができた。そして待ちに待った判定は合格であった。宣誓を行い、私の名が登録名簿に記載される。公証人としての専門業務を行う特権がついに許されることになった。「フィレンツェ国公認の公証人および帝国の権威に基づく正規の判事」の誕生である。

最初にすべきことは、私の署名に添えてそれを公証する書き判《シグヌム》を決めることであった。書くことは得意だが、図案化は大の苦手だ。思い描く才能には恵まれていない。私のような人間が立派な図案画家になることはありえないだろう。私は法律に奉仕し、秩序に従う人間である。規律を守らないいまどきの画家の仲間ではない。相当な苦労を重ねたあげく、山といわれればそう見える絵を描くことができた。よく知るモンタルバーノの丘を描いたつもりである。山の中に私の頭文字Pを書き、頂上には剣が突き刺さり、その上に松笠と十字を添える。岩に刺さる剣である。どこかでその話を読んだような気がする。

手元にあったフィオリーニ貨数枚をはたいて、古着の長衣《ルッコ》を買う。ペスト（黒死病）で死んだ公証人の財産競売で手に入れたものだ。文房具店に行き、仕事を始めるにあたって必要な道具もそろえる。ペン、ペーパーナイフ、吸い取りパッド、インクとインク壺、その他の小物である。このときの私は二三歳であった。実績のある公証人バルトロメオ・ディ・アントニオ・ヌーティのもとで実務研修をして、私はいよいよ最初の専門業務に舟をこぎ出すことになった。一四四九年三月から四月にかけて、業務でピサとフィレンツェを往復する。

だが、その後の数か月、記録すべき仕事には出会えない。最初の業務からも収入といえるほどの稼ぎが得られなかった。朝、大修道院《バディア》の開廊《ロッジャ》に行き、パラッツォ・デル・カピターノの周辺を歩き回って、わずかな金で私に証書の作成を頼む人を探す、それでは生きていけない。客待ちをする娼婦と同じではないか。世の中にはわれわれのような駆け出しの公証人が多すぎる。仕事がなく貧乏で、ただ暇をもてあましているのだ。ヴィンチ村にしばらく戻ってみた。母は長衣《ルッコ》を修繕してくれ、父は私に知られないようにと内密に小さな所有地を売り、少しずつ金を集めて、母がそれを私に送ってくれる。私はその努力をすべて知っている。だが、手を尽くして私を援助しようという気持ちに、どうも素直に頼りたくないのだ。数年前から、むしろ私のほうが父を助けようと努力している。課税申告書の提出など、些細なことだが、行政上の事務が父の手に負えなくなってきたのだ。

高利貸として名を知られた銀行家ヴァンニ・ディ・ニッコロ・ディ・セル・ヴァンニ・ヴェッキエッティの招きを受けて私はフィレンツェに戻った。年老いたこの銀行家は、自邸の一室を私に賃貸で提供してくれたのである。代わりに、私は彼の手元に無数に積み重なった書類や証書を整理し、遺言書の作成を手伝うことになった。ヴァンニは「もう七〇歳だ。そろそろ準備をしておかなければ」と言うが、まだいたって元気だ。いまやフィレンツェ大司教となったアントニオ師は、まだサン・マルコ修道院の若き修道士だった頃に、説教壇から「高利貸は糾弾されるべき重大な罪である」という糾弾の説教をした。ほかのフィレンツェ市民同様、この新任の大司教が何をするのかと彼は恐れたのである。力説した言葉は事実となる。非合法の貸付で収奪されたという認定を受けた資産に関しては、遺言の言い分は破棄され、没収の手続きが開始される。続いて競売が行われ、収益は高利の犠牲となった貧民に分配されるのである。ヴァンニにとって、この借金救済の「十字軍」制度は受け入れがたいのだが、それに備えた準備はしておかなければならない。なんとか生き延びなければならない私は、彼を手伝うことにした。

ヴァンニは変人だ。よろず屋《タンテコーゼ》とあだ名された木工職人の息子である。よろず屋というのは、なんにでもおせっかいを焼いて、任せておけといってかき回すからだった。その性質は息子にも受け継がれたようだ。ヴァンニは「財産は何もない」と言い張り、その課税申告書は不平と言い訳で埋めつくされていた。だが金は持っている。高利貸で得たものだ。社会へ多少の奉仕をする気持ちに加え、主の赦しを受けるために、ヴァンニはサンタ・マリア・デッラ・クローチェ・アル・テンピオすなわち黒派《ネーリ》の同信会の会員になっていた。死刑を宣告された者に寄り添い、絞首台まで付き添う組織である。

ヴァンニの家はギベッリーナ通りにある。車輪の旗《ゴンファローネ7》をもつサンタ・クローチェ街区に属するサン・ピエル・マッジョーレ地区の住民である。家は広く、サン・プロコーロ・フオリ・レ・ムーラ聖堂の通りに面する建物がさらにうしろにつながっていた。その建物は管理が悪く、内部も混乱し、家財道具が山のように放置され、それなりの価格と思われる品物も乱雑に積み重なっている。おそらく高額の負債で破産した債権者から取り立てた物件なのだろう。

ヴァンニの家に住むのは、一つの家族とはいえない多様な人々で、これが家の混乱に拍車をかけている。悪の道を歩んだ老人に崇拝されてきた主は、子孫を授けるという恵みを彼に施さなかった。家では、三〇歳年下の後妻でやはり息子のいないアニョーラ夫人がすべてを取り仕切り、主人として君臨していた。遺産めあてに羽ぶりのよい老人を探して結婚し、富裕な未亡人として気ままに生活することを狙う女たちの一人である。アニョーラは、年長者バンディーニ・バロンチェッリ一族の権威を笠に着て、傲慢このうえない女でもあった。バンディーニ一族は、パッツィ家同様、メディチ家を目の敵にして憎み、メディチ一族に死をもたらすことを誓っていた。家には息子のように扱われる五〇代の甥、ピエロ・ディ・ベルナルドもいた。彼は足が不自由で歩けない。養子のドメニコ・ディ・ナンニは一二歳の放蕩児で、ムジェッロのサンタ・マリア・ア・オルミ聖堂で拾われた。ヴァンニはムジェッロに広い肥沃な土地と大きな邸宅を構えていた。噂では、ドメニコはムジェッロで農家の娘から生まれたヴァンニの婚外子だといわれている。ヴァンニの邸宅には、ドメニコに少し文法を教えた教師がその日暮らしの貧乏の中で空腹にあえぎながら郊外の農地を行ったり来たりするヴァンニの親戚筋や甥たちといっしょに調理場の食料をめあてに居ついていた。そういえば忘れていた。そこにはカテリーナ[8]という名の女奴隷がいた。女主人アニョーラ夫人の世話をする奴隷であった。

そして、とうとう私もまた、その変人たちの住処の屋根裏部屋に入ることになった。その屋敷は瀟洒な邸館にもなりうる建物だが、まるで活気がなく、状況は最悪だった。もしこれが私の屋敷であったら、と考えてしまう。名誉にふさわしい立派な邸館に改修し、妻とのあいだに子供をたくさん作ることができるだろう。庶民や女奴隷との不潔な肉体行為によって生まれながらに罪を負い、出産後は捨て子養育院《インノチェンティ》に託される私生児ではなく、主に祝福され、法律によって認められる結婚によって生まれる子、嫡出の子供を私はもうけるのだ。ここに厳粛に誓う。けっしてそのような過ちに陥ることはいたしません。「いかに幸いなことか。神に逆らう者の計らいに従って歩まず、罪ある者の道にとどまらず」[9]である。

傲慢な行いに対して、主は予期しないときに必ずその罰を、恐るべき罰を下される。大きな罰を受けてはじめて、愚かなわれわれは誘惑に抗うことのできない自分がいかに無能で弱いかを悟る。そして世にいわれるように、罪を誘う悪魔は、天使の恵みのような驚嘆すべき美の衣をまとって私の前に現れた。いや、この言い方は誤っている。現れたのは悪魔ではなく、天使そのものだった。その天使はこのわが身をそれまでの私から優しく救い出し、解放してくれた。

その一部始終についてはいつも考える。私自身の、いや私たちのいきさつである。混乱しつつも、状況を正しく組み立てようとする。しかし現実に起こったことがらについてきちんと整理ができない。公証人の仕事では、そうした現実のできごとは抽象的な事案であるかのように順序よく処理していくが、それができない。文書登録簿の形式と慣用に従って私の人生の要約記録として注意深く処理することができないのだ。いや、内なる衝動によって心の中がかき乱されたとき、足が震えて言葉も出てこないとき、呼吸ができなくなり、ほかのことが考えられず、夜の眠りにつくこともできなくなるとき、それはもはや不可能になってしまう。

ふたたび夏が戻って来た。いまいましい夏。とくに石のヴォールト天井に覆われた私の屋根裏部屋では、酷い暑さで風も入らない。さらに疫病も流行する。農夫か兵士が運びこんだペストが町をのみこむ。外出するときは、麝香水《じゃこうすい》に浸した薄布で目から下を覆う。なすべき仕事はそれほど多くない。依頼をしてくれそうな人々は郊外に避難しているか、行方不明になったか、あるいは死亡していた。そのようなとき、ヴァンニは、同じく詐欺師だった古くからの友人のことを思い出した。ヴァンニにとっても必要となる旧友の書類の整理を手伝うために、私がその人物ドナート・ディ・フィリッポ・ディ・サルヴェストロのところに出向くことになった。住居はサント・ジリオ通りで遠くない、サンタ・マリア・ヌオーヴァ救貧院の先である。以前、この人物はヴェネツィアで銀行家と金箔工房を営んでいたが、その後すべてを失い、嘲笑を浴びながらフィレンツェに戻ってきた。噂ではそのようだ。昔からこの人物をよく知っているヴァンニは、税務関係での払い戻し、あるいは長期の利息を生む信用貸しや契約の形で偽装された相当額の隠し財産があると、彼独自の勘を働かせていた。

ドナートはヴァンニや私の父と同様、かなりの老人だが、二人よりもずっと老けこんでいて体調が悪い。おそらく、身体と精神に深く刻まれて消えることのないきわめて重大な何かが彼の身に起こったのだろう。事実、筋の通った話ができない。空想に取りつかれて意識を失いかけている子供のようだ。ときどき、はっとわれに返り、驚くべきことがらをはっきりと話すかと思うと、次の瞬間、目はうつろになり、空を見つめて意識が定まらない。議論が必要となるややこしいことで彼と話を続けることは難しく、長い沈黙をじっと我慢するのも疲れるので、彼の思考に沿って仕事を進めることは不可能だ。しかも、整理すべき証書類は膨大でヴァンニの比ではない。さらに悪いことに、それらはヴェネツィアに関係した文書である。ヴェネツィアという別世界の商慣習や書類処理の実際について私は経験がなかった。

最初にドナートの家に行ったとき、彼の背後にはいつも後妻のジネーヴラ夫人が付き添っていることに気がついた。ドナートより三〇歳も若いが、太っていて痛風を患っている。私の作業をまるで番犬のように厳しく監視する人だ。私が何かをごまかしてドナートに署名させるようなことのないよう、注意を払っているので、私は作業中つねに捜査官のような彼女の視線を背後に感じている。まもなくやってくる遺産相続で、ドナートが私に数フィオリーニといえども、贈与の約束をすることなどあってはならないという監視である。しかし、私の印象では、ジネーヴラ夫人の厳しい監視の目は、夫とその財産、実際にあるのか、あるいはそう思っているだけなのかわからない莫大な富だけに向けられているのではないようだ。この家にはもう一つ、彼女が特別の注意を払う大切な「宝物」が住んでいるに違いない。

その日のことは、鮮明かつ完全に覚えている。

この同じ部屋で、その同じ机に向かって書類の整理に取り組んでいた。部屋はいつも暑苦しい。私は一人だった。ドナートは用を足すため、ふらふらと部屋を出ていった。

一瞬の気配があった。石床の上を素足で歩く音、召使いが身に着ける軽くて長い衣服の衣擦れの音がした。その衣は胸をかろうじて隠している。光輝く身体、清々しい肌の香り、そして瑞々しい生気は、黴《かび》臭くなった証書の古い臭いを消し去った。

そのときから、私はほかのことがまったく頭に入らない。できる限りの言い訳をして、その家に戻る努力をする。通いつめるうちに、待ち望んだその日がやって来た。ジネーヴラ夫人が所用で外出し、監視の目が外れたのである。ドナートは机に向かい、ペーパーナイフと吸い取りパッドで機嫌よく遊んでいるのでそのまま放っておく。階段の隙間に忍びこむ蜥蜴《とかげ》のように、私はそっと部屋に忍びこむ。狭い螺旋階段を上ると同時に、胸の鼓動がいやがうえにも高まる。汗が出て、長衣《ルッコ》の襟と上着ににじむ。その場から逃げられるなら魂を売ることもいとわない。半開きの狭い扉の前に立つ。彼女はそこにいる。逆光を受けて窓台に寄りかかっている。窓の外に見える景色に見とれているようだ。巨大なサンタ・レパラータ聖堂のドームがこの家にのしかかるようにそびえる。窓の側柱にかかる手には、白鑞《しろめ》の小さな指輪が光る。

私の気配を感じたようだ。はっと振り返る。赤い長衣《ルッコ》を着た痩せて背の高い若者が、思いつめたような目で自分をじっと見つめるのに驚いている。私たちははじめて目と目を見合わせる。空のように深く青い彼女の目の中に吸いこまれるようにして、私は自分を失っていく。意識せずに私は近づいてしまい、彼女は大声を上げようとする。私は歩みを止め、彼女の足元にひざまずく。かすれたような細い声で、「髪をほどいてもらえませんか」と哀願する。ややや安心したように彼女はベッドの端に座り直し、巻き上げた髪をほどく。

輝く金髪があふれ、水の流れのように両肩と背中にかかる。私は身体も声も震えながら、「撫でてもいいでしょうか」と尋ねる。彼女は小さくうなずいて目を閉じる。私も目を閉じる。指で母の髪を梳《す》いて遊んだ遠い昔を夢のように思い出す。目を開けると、そこには母ではなく、女神の美しく白く柔らかい裸体があった。

　それから何が起こったのか、記憶がない。私自身の行動だったのか、何者かが私に乗り移って起こした行動だったのか。私たちの身体は溶け合って一つになった。あらがえない強い力、私たち二人の力よりもさらに強い衝動が私たちを揺り動かす。その力の下で私たちはあえぎ、窓の外へ、青く高い空に向かって自由に舞うかのようだ。私にとってははじめての経験だった。意識を取り戻し、彼女の腕の中にいる自分に気づくと、恐れが全身に広がる。同じ恐れを彼女も感じていることがわかる。彼女は処女だった。シーツは血で染まっていた。

　私はすぐに逃げた。だがまた戻った。一度、またもう一度。私たちはそのたびに身体を合わせ、深く愛しあった。身体と身体はただちに対話を始め、身体の言葉に導かれて心の交歓が続く。私たち二人は、口に出してなにかを確かめあうことはなかった。あとになって気づいたのだが、身体を締めつけていた鎖を断ち切って私を解き放ち、恐れを砕いてくれたその天使の名前すら私は知らなかった。名前を尋ねたことがなかったのである。私の心は逃げ出したいと叫んでいた。この家から、この町から。私は淫欲の罪を犯した。それを恥じると同時に、時を経ずして下される神の罰を恐れた。「主よ、怒って私を責めないでください、憤って懲らしめないでください[10]」

　私が恐れたのは主の裁きだけではない。私が犯した罪は人間が定めた法律にも反することをよく知っている。策を弄して他人の所有権を侵害した者には重い罰が科されること、さらにその所有物にたいして、たとえ部分的であっても損傷を与えた場合はさらに重い罰が与えられること、これも十分に知っている。その女性は女奴隷である。これは私も確信している。そして女奴隷は個人の所有物である。繻子《しゅす》やブロケードのように高価な商品である。もし、その高価な商品が傷つけられ、妊娠させられたとしたら、罰はきわめて厳しいものとなるだろう。私がそれを純粋な愛の行為として感じ、狂おしいまでに燃え上がった私の心がそれを認めるとしても、その愛はそもそもあってはならない愛であった。その愛の中で生き続けることができると考えるだけでも常軌を逸していたのだ。もしそうなれば、私の人生は破滅し、もう永遠に元へは戻れない。

　ヴァンニには何も話していない。彼はもう少しフィレンツェにとどまって、仕事を続けて欲しいと要求する。耐えがたい苦痛だ。ヴァンニの遺言書は、九月一九日にサンタ・マリア・デッリ・アンジェリ修道院[11]のアルベルティ家礼拝堂でカマルドリ修道会士たちの立ち合いで筆録され、私はそのイタリア語版を作ることになった。しかし、心は悲壮感で重く、ほかのことはいっさい頭に入らない。

　なんとか仕事だけはやり遂げる。手とペンは私の頭とは別に自動的に動くようだ。自分の息子のように思っている私の仕事に満足したヴァンニは報酬を払おうとする。ヴァンニは息子をもったことがなく、頭の悪い甥や間の抜けた養子は到底その代わりにならなかった。ヴァンニは私を一一月二九日にふたたび呼び、遺言書に一連の追加文書を書かせた。ヴァンニはアニョーラをまったく信用せず、アニョーラの代わりに私を遺言書執行者に指定した。さらにこの私が、夫人および甥と並んで、オルミの所有地とギベッリーナ通りの邸宅の使用権を得ることになった。信じられないことである。アニョーラ夫人はこの付記に激怒する。だが、安心するにはほど遠い状況だ。アニョーラ夫人はこれまで狙った獲物をけっして諦めたことがない。加えて、ヴァンニの所業と詐欺まがいの行為をよく知っている大司教が、ヒエロニムス修道会への遺産譲渡の正当性を疑い始め、遺言書の記載すべてを無効にすべきかどうかの調査を独自に始めたという噂が広まった。もしそうであるなら、私はもうこれ以上かかわりたくない。まず、フィレンツェから逃げ出した。サンタ・レパラータ聖堂の大ドームの脇を通るたびに、あるいはその大ドームを遠くから見るたびに、私はサント・ジリオ通りの小部屋の窓からそびえたつ大きな構造物を見たあのときを思い出す。その部屋で天使は私を解放してくれ、小さな自分から外に飛び出す力を与えてくれたのだった。

一二月になって私はピサに行った。安い報酬に甘んじて文句を言わない駆け出しの公証人の需要があったからである。フィレンツェに征服されてから、ピサはフィレンツェの直轄支配におかれ、以前の支配階級が徐々に権威を奪われ、左遷されたり転出を余儀なくされていた。われわれフィレンツェ人にはおおいなる可能性が開かれたのである。まるで草に群がるバッタのように、フィレンツェ商人はかつて栄華を誇った海洋国家を四方八方から喰い物にした。執政長官、隊長、行政官、代表委員、市庁舎役人、上から下までの役職者、関税取締官、収税吏、商人、職人、労働者、そして当然、公証人が、徐々にフィレンツェ人で独占されていく。市南部アルノ川に近いキンジーカ街区[12]には、新たにブルネッレスキの設計で城塞が建設された。これはスピーナの橋と海路に向かう交通を監視するためである。実際のところ、われわれフィレンツェ人は仲間だけでまとまり、ピサに対する疑念も消えていなかった。フィレンツェ人に対するピサ人の憎悪は心の底に根深く残っていたはずだ。新しい城塞の建設にあたり、サンタンドレアの救貧院と九〇軒もの家が跡形もなく撤去されたのである。そんな状況であったが、私は仕事に没頭した。一年以上ものあいだ、個々の事案を文書登録簿に順に記載し、それは一四五〇年の終わり、すなわち一月までの記録となる。珍しくヴィンチ村に帰ることがあると、父だけはピサに行ってよかったと言ってくれた。ピサと聞くと、父は若かりし頃の思い出を話し始め、堰を切ったように話すことで思い出は生き返り、話はとどまることがない。ポルト・ピサーノに行き、そこから西へ向かった船出と冒険を始めた青年時代がよみがえるのだ。

しかし、私はその話を聞いていたわけではない。忘れられない情念は心の中で消えず、穏やかな気持ちになれないのだ。それは保身のための利己的な懸念ではない。たった一回の無分別な行為により、罪ある一つの行為へと歩み寄ったことが原因で、これまでの実績とこれからの人生を台なしにする危険を恐れているのでもない。そうではない。逃げるようにピサに行った私が心に思ったのは、ただ一つ彼女のことだけだった。

何が彼女の身に降りかかるだろうか。もし妊娠した場合、負うべき対価はきわめて大きいものになる。つまるところ、法律によっても社会慣習によっても、彼女は人間社会の底辺に置かれた存在に過ぎない。女奴隷、つまり女性である。出産までの期間を彼女は一人でどう生きればいいのだろうか。出産の悩みと痛みをどう堪えればいいのだろうか。出産によって命を落とす可能性もある。慈愛によって授けられた死により、彼女の美しい目は閉じられ、その苦悩はそこで止まる。あるいは、無事に子供を出産するかもしれない。その子はどうなるのだろう。どこかに捨てるというのか。神様、その子は私の息子です。父としての最低限の責任も果たさずに、私はどうして彼女を一人にしておくことができよう。さらに不幸なことに、彼女については、その名前すら知らないので、私が一人離れているときに、彼女の名を挙げて祈ることも救済を願うこともできない。聖処女マリア様、あの方とその子、私たちの子をどうぞお守りください。

一四五一年、フィレンツェに戻ったとき、もちろん彼女のことは忘れていなかった。けっして忘れられない。ピサでの専門的な業務がうまくいき、自信を得た一方、私はつらい確信を固めざるをえなくなった。人生の流れはとどまることなく過ぎていく。私たちはもう二度と再会できぬ流れに身を任せているのか。彼女にふたたび会うことはないだろう。思い出は色褪せることなくはっきりと心に刻まれているとしても。彼女を包みこんでいた光の記憶、私を受け入れてくれたその柔らかな身体の記憶、その目の記憶。すべてが私の中にある。もう二度と会うことはないだろう。しかし、心に刻まれた秘密、それをともに抱く私たちはけっして離れることはない。

疫病が収まったフィレンツェは芽吹きの春を迎えようとしていた。私はヴァンニの家に戻る。だが、その家の空気は淀んでいた。アニョーラ夫人はもう私には挨拶すらしない。足の不自由な甥と養子も同様だ。夫人の女奴隷カテリーナは自由身分を与えてもらうか、あるいは結婚してもらおうという魂胆で甥と仲よくしているようだ。三月一六日、ヴァンニは遺言書に最後の文書を追加した。ヴァンニの具合はよくない。寝たきりである。この世界における自らの存在が終わり、別の世界に移って審判を受けるときが迫っていると感じて、やや落ち着きを失っている。死の床にあって、高利貸に対する大司教の恐ろしい説教に恐怖を感じているのかもしれない。ネーリ兄弟団の暗色の法衣《サイオ》を着ることも拒んだ。身の毛もよだつ処刑や異端のエピキュロス派と断罪された哀れな医者の火刑に立ち会うことを拒んだのである。

三月から、市の中心部とくに市庁舎周辺の仕事になりそうな場所で起草の仕事を始めた。大修道院《バディア》では、ピエロ・ディ・ガリアーノの店舗に場所を借りる。年老いたヴァンニを紹介されたサンタ・マリア・デッリ・アンジェリ聖堂前とポデスタ宮前にも場所を構える。だが四か月で六件だけで、仕事は多くない。大修道院の開廊やポデスタ宮の中庭で依頼を待ち続けて疲れてくると、付近の工房や店をぶらぶらと歩いて回る。

なかでも紙製品街[13]の角に並ぶ文房具店が好きだ。紙工場から運ばれてきたばかりの紙の香りは気持ちがいい。紙は私の商売道具でもっとも大切なのだが、上質紙は高価で手が届かない。手でめくってみたり、香りを嗅いだり、手触りや透かしの具合を確かめるように触ってみる。ぼろ布や木屑がこの新しい紙に生まれ変わるのは驚異だ。文字を書くという魔法によってそれは新しい命を与えられるのを待っている。

透かしを見るために紙を日にかざしてみる。この店台に置かれるまでいったいどのような旅をしてきたのだろうか。どこの水、どこの川が木綿屑[14]を揉みしだいたのだろうかと想像してみる。コッレ・ディ・ヴァル・デルザの谷、ルッカのセルキオ川、ヴァルディニエヴォレのパーシャ川、ファブリアーノのジャーノ川。いったいどれほど多くの透かし文様が作られ、光を受けてきただろう。[15]フィレンツェの百合、三つ葉の十字紋、蛇、牛頭、車輪、司教冠、セイレーン〔海の怪物〕。そういえば、父が持っていたアラビアの紙には透かしがなかった。それから羊皮紙も売っている。証書の正本を清書する羊皮紙は慎重に選ばなければならない。肉と接していた側は書きにくく、インクもにじむからだ。だが、羊皮紙は必要になったときに依頼人の支払いで買う。文房具店のジャンニ・パリージは人柄もよく、無理を聞いてくれる。自由に紙を見させてくれ、後払いも受け入れてくれる。何も買わないとき、あるいはせいぜい安価な用紙の束のみの買い物でも嫌な顔をしない。食料品店や税務事務所に売る安い紙だ。しかし金に余裕があり公証人を探している人物をなんとなく惹きつける専門家の雰囲気が私にはあるようで、ジャンニもそれに好感をもってくれている。

もう少し先に進むとヴェスパシアーノ師の店がある。驚くべき貴重な品々が置いてあり、細心の注意を払えば触れることができるが、それを買い求めることは一生できないだろう。たとえば、古い書体をまねた流行りの擬古書体の羊皮紙手稿は細かく入り組んだ文様、白い円形文様、著者の肖像画などの図で装飾されている。この店ではコジモ・デ・メディチ、ジャノッツォ・マネッティ[16]のような賓客が来たとき、邪魔にならぬよう敬意を払って通路を譲らなければならないので、つねに周囲に注意を払う。ヴェスパシアーノ師は、大切な古書を「お気に入りの子供たち」と呼ぶのだが、それらを私が触って傷をつけたりしないか、ぶつぶつと文句を言いながらときどき店から私を追い払うのだった。本に近づくことを許されないこともあった。騎士身分《カヴァリエーレ》の優雅な紳士で、上着をきちんと着こなしたフランチェスコ・カステッラーニなるお得意様が、稀

っ た。

観本の棚の前を占領しているときなどである。この人物はアルノ川に沿う通りを進んだ城塞風の邸館に住んでいるようだった。通りを歩くその人物に出会って気がつかない人はいないほどの重要人物である。理髪店の主人から、帽子に鸚鵡《おうむ》の羽ペンをつけて歩くのはこの人物に違いないと、冗談交じりに教わったことがあった。

ある日、私は勇気を出して件《くだん》の人物にへりくだって挨拶をしてみた。深く頭を下げ、職業を告げる。驚いたことに返答があった。上から見下すように侮蔑的な対応であったが、ともかく彼は答えてくれた。「貴殿はどこのご出身かな」ヴィンチ村からと知ると、ではあれはご存じか、これはご存じかと、いろいろ聞いてくる。自信をもってなんなく答えられることばかりだ。私はすべて知っていた。いや、ヴィンチ、ソヴィリャーナ、サン・ドナート・イン・グレーティ、チェッレート、エンポリなど、父がすべてを知っていたというべきかもしれない。その騎士殿は、郊外各地に所領をもっていたが、遺産継承や土地貸与、課税物件や境界画定など複雑な問題の整理がつかず、自分でもどこを所有しているのかわからないほどであるとのことだ。要するに、騎士カステッラーニ氏は、私のように仕事ができる、使いやすい公証人を必要としていたのだった。「私のような騎士身分が扱う非常に重要な案件を処理する有能な若手を探しておりましてな」と彼が言ってくれたのだ。騎士カステッラーニの家で雇ってもらえるとは、ほとんど信じがたい幸運である。いや、こういった身分の高い人物は費用を払わないことも多い。ヴァンニでさえ「住みこみを無料にしているのだから」と、私に一銭も払っていないではないか。ドナートは年老いて頭が回らず、支払いを忘れているようなふりをして、同じく支払わない。だが、カステッラーニ家ともなれば、多くの高価な生地を自宅に保管しているはずで、長衣《ルッコ》を新調してほしいという要求に応えられないはずはない。

騎士はすぐに私を城塞に連れて行った。二階の書斎に案内される。書斎机の上には、無造作に投げ出された書類の山が積み上がる。そのようすからすると、書類は確認もせずに放置されたようだ。書類に目を通すのは彼にとってとても煩わしい雑務に過ぎず、騎士としての晴れがましい地位にはそぐわないと感じたのだろう。私一人をそこに残して、騎士殿は隣室に行くが、扉は不用意に開けたままであった。白状しなければならない。すべての公証人の癖で、私もまた、与えられた仕事だけに集中せず、抱いてはならない好奇心を我慢できなかった。絵で装飾された扉が開いたままになっていたので、どうしてもそこを目の端で追ってしまう。だが、正面から見ているわけではないので、あまりよく見えない。中からは不思議な物音が聞こえ、それが私の好奇心をさらに高めてしまった。幼児期の混乱した記憶に結びつく何かだ。それは、ヴィオランテが生まれてまもない頃で、私はまだ小さかったが、母はすべての愛情を赤ん坊に注ぎ、私は母から離されていたときのことだ。

私は椅子から立ち上がり扉に近づいた。隙間からすべてが見えた。枕元が絵で装飾された背の高い大きな寝台に女が座り、その手をもう一人の女に添えて乳児に乳を与えている。私はその女を知っている。呼吸に合わせて膨らみ、戻るその胸、そしてそこにかかる金髪を私は知っている。その女も、ほんの一瞬、青く大きな目を上げて私を見つめたような気がした。いや、彼女であるはずがない。ここにいま、彼女がいるはずはない。幻影なのか。

よろめきながらあとずさりし、身体を投げ出すように椅子に座り肘掛けに寄りかかる。全身の血液は心臓の中へ戻り、手は震えて冷たく、息ができない。戻って来た騎士が見たのはこの状態の私であった。口ごもりながらなんとか気を取り直してその場を言い繕う。「文書はとても複雑で、混み入っております。何度か繰り返しお邪魔しないといけません。おそらく、現地で確認するため、ヴィンチ村にも行くことになると思います」平静を装って帰りの挨拶を済ませ、狭い急階段を急いで降りる。つまずいて転びそうになりながら、急いで屋敷の外に出た。どこへ行くべきか。川に沿って伸びる低い塀に寄りかかる。飛びこんで溺れ死にたいとも思う。振り返って上の窓を見上げる。鉛ガラス[17]の向こうから私を見下ろす人影がいたようだ。あやうく錯乱しそうになり、頭を両手で抱えて私は泣きだした。

翌朝、ふたたび城塞を訪れ、騎士の書斎に入る。騎士はすでに外出したようだ。邸内には誰もいない。騎士の妻と思しき女性も不在である。積み上がった証書類をめくるが、記載された文字はまったく頭に入らない。苦悶にあえぎながら何かが起こることを待つ私に、その何かが起こった。いつどこから現れたかはわからない。彼女は部屋の隅に立って、静かにこちらを見ている。その眼差しは何を語ろうとしているのか。非難や憎しみでないことは確かだ。だが、喜びでないことも確かだ。諦めによって生まれた悲哀と寂しさがそこにある。前日、寝台に座っていた彼女もまた私を見ていたのだ。彼女は向きを変え、使用人の出入り口から出ようとする。姿を消す直前こちらに振り返って、あとを追うようにと私を誘う。私は夢でも見るかのように立ち上がり、部屋を出て急な階段を上る。上りきったところの二本の煙突の間にある狭い屋根裏部屋に入った。川に面した小部屋で、部屋の真ん中にシーツが干されている。窓から入る風でその白い布が揺れている。

彼女はそこで私を待っている。なにも言わずに。私が口にするのは赦しを乞うほんのいくつかの言葉だけだ。それに応えて「私を棄ててなにも言わず、別れも告げることなく逃げ出したあなた。赦しとはいまさら何の意味があるのでしょう。赦しを乞わなければならないのは、私に対してではなく、私の息子に対してです。生まれてすぐに私から離されてしまった私たちの子供、永遠に失ってしまったその子に、あなたは赦しを乞うべきです」私は床に崩れ落ち、壁の脇にうずくまり、子供のように泣き出した。彼女は近づいて私の頭を胸に抱き、「あなたのお名前は」と聞く。私は目を潤ませて彼女を見上げて答えた。彼女が返す。「カテリーナ。私はカテリーナです」ふたりは黙って見つめ合い、驚いたまま、風を受けて進む船の帆のようなシーツにくるまって、そのまま動かなかった。

その日以来、私たちはほとんど毎日顔を合わせた。私は騎士のために熱心に働き、必要に応じてヴィンチ村に出かけた。ヴィンチ村では、父を助けて税の申告書を作り、フィレンツェに持って帰るのだ。聞き取りながら書類を作ると、私の学資を捻出するために父がどれほどの所有地を売ってきたかにはじめて気づく。一方、城塞では私とカテリーナは何をするのも自由だった。騎士は地下の一室に籠るか、金細工師や絹織物商の店を訪ね歩くので、ほとんど姿を見ない。騎士の妻がカテリーナに頼む用事といえばマリアの授乳だけである。マリアはすでに一歳を超え離乳の時期に入っていたので、授乳は日に一、二度であった。レーナ夫人は「身体の血を整え、滋味豊かな乳を出してもらうにはぐっすりと眠り、美味しい食事をしなければ」と言い、女奴隷に十分な自由を認めていた。普通の家庭で女奴隷にここまでの自由を許すことはない。主人夫妻の愛情と寛容さには驚くばかりだ。

私たち二人は、いつもの場所で誰にも知られることなく会うことができた。屋根裏部屋である。風とおしがよく、日当たりも申し分ない。カテリーナは洗濯物を抱えて上がっていく。最初の何回か、私たちはお互いに触れ合う勇気がなかった。そっと触れたり、手を取り合うこともできない。二年前、私たちを呼びこんだ凄まじい嵐の記憶が二人を恐れさせていた。それはいまになってもなお驚くべき衝動だった。だがいまは言葉を交わすようになった。その瞳の中に感じる彼女の素晴らしい命の力を、私は言葉でも理解するようになった。

私が逃げ出したあと、カテリーナに何が起こったのかを知ることができた。カテリーナは妊娠に気づき、主人であるジネーヴラ夫人にそれを打ち明けた。夫人は醜聞が広がるのを恐れ、まず妊娠をできる限り隠すように命じ、出産後、このカステッラーニ家に乳母としてカテリーナを貸し出した。レーナ夫人は出産したばかりなのに母乳が出なかったのだ。カテリーナが生んだ男の赤ん坊はすぐにどこかに連れ去られた。九か月ものあいだ自分の中で育て、少しずつ大きくなっていくのを感じ、自分の血液を分けてきた命。その胎内の小さな命にカテリーナは子守歌を歌い、話しかけ、一緒の時間を過ごしてきた。子供を捨てられたカテリーナの悲しみは計り知れない。言葉ではけっして表現できない苦しみと絶望。子供をこの世に産み落とすそのときに感じた痛みをはるかに上回っていただろう。癒されることのない深い傷、凄まじい暴力であった。

　カテリーナ、そして生まれたばかりの子供、私は二人の苦悩と悲しみを、激しい恥辱の念とともにはじめて強く意識した。私はカテリーナのすぐ傍らにいて、ジネーヴラ夫人に責任をはっきり告げるべきであったのにそうしなかった。そして子供を引き取り、教育を受けさせるべきであったが、そうしなかった。正しく善なる行為を自らに課すことができない者のために法の定めがある。しかし、私は逃げた。そしてその結果、子供は行方知れずになった。カテリーナも赤ん坊がどこに連れ去られたのか、洗礼を受けられたのか、なんと名づけられたのかを知らされていない。その子はマリアと同じ年になるはずだ。マリアに授乳するたびに、カテリーナの目には悲しみが漂う。名前も将来も与えられなかった小さな命を思う悲哀だ。彼女は捨て子養育院《インノチェンティ》という名の施設があると聞いていた。両親のいない子供たちを受け入れる施設だ。カテリーナの子はそこにいるのだろうか。養育院で雇われた乳母に育てられて生きているかもしれない。

　私はカテリーナに自分のこと、家族のこと、これまでの生活について話す。寂しく孤独な幼年期、進むべき道を見つけるまでの苦しい日々、そして獲得した現在をなんとか守ろうとする毎日。しかし、カテリーナは過去について自分から話そうとしない。過去を少しずつ消し去ろうとしているのだろうか。彼女がかつて生きた世界は、いまこうして生きている世界とはまったく異なっていたのだろう。果たしてそれは現実に存在した過去だったのだろうか。それとも、彼女の過去の記憶は時間を遡ってつながる夢、そもそも存在しなかった一連の空想だったのだろうか。あまりに違うその夢と空想の世界については、彼女自身どう表現したらいいのかわからないと言う。フィレンツェ語を話す彼女の話し方は奇妙だ。母音はほとんど使わず、喉から発音する。どこかヴェネツィア語の音調に似ている。年老いたドナートのようだ。

カテリーナは世界の果てともいえる山々の国からここに来た。大洪水のあと、ノアの箱舟が流れ着いた山、プロメテウスが神々の怒りに触れて鎖で縛られた岩山、アレクサンドロス大王が恐るべき異民族ゴグとマゴグの大軍を阻止するため、隘路に巨大な城門を築いて防衛した土地、そこからこの地に来た。ヤコブという名の族長の娘、カテリーナ。それは女奴隷によくある名で、聖職者たちはよく考えもせず、新たにやって来た異郷徒の女奴隷にこの名を与える。だが、彼女の場合は違う。カテリーナは最初に名づけられた名である。アレクサンドリアの聖女カタリナにあやかってその名で洗礼を受けたのだ。その名は父親から受け取った唯一の思い出となる指輪にギリシャ文字で刻されている。自らの信条にはやや不思議な点があるとはいえ、カテリーナは洗礼を受けたキリスト教徒だ。信条や思想に深入りする必要はない。われわれのなかで神学者の細かい議論に入りこめる者がいるだろうか。

カテリーナはターナで捕らえられ、奴隷にされた。ターナは黒海の突きあたりにあるヴェネツィア共和国の最前線都市だ。そして海から海へ無理やり運ばれた。コンスタンティノポリスでは黄金のドームを見上げ、ヴェネツィアでは迷路のような水路を眺め、ドナートを連れてここフィレンツェにたどり着いた。口を開くとき、力をこめて誇り高くカテリーナが言い切るのはたった一つのことだけである。「私は自由な人間として生まれました。風のように、そして森の動物のように。自由こそが至高の善であるとする部族に生まれました。この奴隷という身分で、品物や商品と同じ扱いでこれ以上生きていこうとは思いません。つらい日々、私の赤ん坊が連れていかれたとき、私は死にたいと思いました」いつの日か、自らの手でなしうる選択として、彼女は死をその腕に抱くかもしれない。彼女に残されたただ一つの自由は、死という極限なのだ。カテリーナはこの屋根裏部屋で喉を掻き切るか、あるいは窓から飛び出すかもしれない。自由になること、そして自由な女性として死ぬこと、これがカテリーナの唯一の望みだった。

言葉を交わしたあと二人の手はからみあい、徐々に二人の身体が対話を始める。言語や文化の違いを超えて誰もが宿している普遍的な言葉による対話だ。城塞の上の屋根裏部屋、明るい陽光を受けて、私たちはふたたび強く愛し合う。はじめてのときは抑えきれぬ衝動とその後の苦悩があった。しかしいま、二人の心は一つになり、欲望と感情は静かに抑制されつつも溶け合う。二人はいま、この時間の中で愛し合う。過去の思いから絶対的に離れたこの一瞬における二人の愛。その二人にとって、未来すら意識することはない。来るべき未来への恐れは何もない。カテリーナの愛は私を自分自身から解放し、自由にする。そこには別の私がいる。

金色に輝く秋、一〇月二四日、ヴァンニが亡くなった。サンタ・クローチェ聖堂の葬儀に参加する。そこでは予想どおり遺言書の実行にかかわる泥沼に巻きこまれる。処理はうまく進まない。だがどうでもいいことだ。私はカテリーナのことだけを考えている。

ある日、カテリーナはふたたび妊娠したことに気づいた。古書籍とブロケード服に関心を奪われていたカステッラーニ閣下は、カテリーナの腹部が隠せないほどに膨らんできてはじめてそれに気づいた。同時に私も彼女の妊娠を報告する。騎士閣下は一向に動転することなく「足の不自由なニコロも、レーナと結婚する前に私が女奴隷に産ませた子なのだよ」と落ち着いて言う。新たに生まれる生命は、運命への挑戦の結果であり、母なる自然と争う賭けなのであろうか。

でも、これからどうすべきだろうか。カテリーナは、騎士閣下ではなくジネーヴラ夫人が所有する女奴隷である。騎士は乳母カテリーナを借りているので、自宅で受けた棄損すなわち新たな妊娠に責任があるという解釈も成り立つ。この解釈は騎士に不都合である。名誉ある騎士の名が醜聞で汚されることは許さないだろう。城塞の中ではすべてが秘密とされ、誰も気づかぬようにする。ジネーヴラ夫人には、マリアが乳離れできず、滋養に満ちた母乳がしばらくのあいだ必要である、と連絡しておく。しかし、時が来れば、そのまま出産に向かうしかない。安心して出産できる場所にカテリーナを移さなければならない。さいわい、騎士は女性の差し迫った問題に余計な口出しはしない。

時間が経過する。選択肢は一つで、カテリーナも同意する。胎内に芽生えた新しい命はけっして捨てられてはならない。カテリーナのこの信念には迷いがない。妊娠を知ってから、彼女はずっと祈り続けてきた。主にただ一つの恵みを願ったのである。「私の赤ちゃんが無事に生まれますように、自由に生きていけますように。たとえ私から引き離されようと、私から離れてあの方が息子として養育することになろうとも、どうぞ生まれた子が、捨てられませんように」そして私に対しては、もう一つの恵みを切に願った。「もしできることなら、私の自由を取り戻してください。人間として生きられる自由を」

私はカテリーナに誓う。「そうならなければならない。お前の夢を必ず実現させるために、私のすべてをかける」主と聖母マリアの御導きによりそれが必ず実現できるはずだという確信を私は心に感じる。この切なる望みを抱きながら、私たちは生まれ来る新しい命を捧げる聖人の名、自由を求めるカテリーナの願いを届けるべき聖人の名を話し合った。レオナルド。そう、鎖を解き放ち、囚われし者、奴隷たち、そして妊婦の守護聖人レオナルド。生まれる子はレオナルダ、またはレオナルドと名づけることにする。自由を象徴する名、カテリーナの自由を象徴する聖人の名である。

一四五二年四月二日。カテリーナの体調を気遣いながら、長い距離をゆっくりと騎士の御者はヴィンチ村の近く、アンキアーノのオリーヴ碾き臼小屋まで馬車を進めていた。父がそこで待っている。父と会うのは気まずい。父は何も知らない。父は私が仕組んだ里帰りの理由を知って激怒するかもしれない。憤激のあまり、村の恥さらしとして私を追放し、どこか別の場所でそのふしだらな女奴隷に出産でも何でも好きなことをさせるがいい、と言い放つかもしれないのだ。そうなったら、われわれ二人は終わりだ。

だが、ここで奇跡が起こった。老いた父はカテリーナを好きになった。さらに母も、そして村の半分がカテリーナを愛おしく思った。村人全員がカテリーナの出産を手伝おうとした。あの小さな田舎の家に私たちの愛の結晶、新しい命の光が差した。子供は男の子で名をレオナルドという。

レオナルドは夜遅く生まれた。出産後すぐに、私は歩いてフィレンツェに行かなければならなかった。[18] 行政長官《ポデスタ》の歩兵が同行する。その翌朝、一四五二年四月一五日には隊長職の名簿を起草するという重要職務があった。受洗の式には参列できない。式のあとアンキアーノでは盛大で記憶に残る会食が催されたとのことだった。仕事を終えた私はすぐにヴィンチ村に戻った。カテリーナとレオナルドはヴィンチ村の父の家に移っていた。母子ともに体調を整えるのに好都合の家である。カテリーナの回復は順調で、母なる自然が出産と同時に彼女の身体に授けた生気あふれる血潮をみなぎらせ、小さなレオナルドに授乳を始めた。二人は、私たち兄妹が子供の頃に長いこと暮らしていた部屋に住んだ。その部屋は両親の部屋の隣で、兄妹三人が一緒に眠った大きな寝台が置かれている。部屋は狭く、私が机で文字の練習をしているときにヴィオランテはフランチェスコの巻き毛を巻きつけながら、あやして寝かしつけていた。猫のサラディーノはまだ小さく、小さな妖精のように飛び回っていた。私とヴィオランテはこの家を離れていたので、フランチェスコは叔父としての役目に誇りを感じ、このなじみの部屋をカテリーナと甥のレオナルドに譲り、自分は調理場で寝ることにしたという。

サラディーノも可哀そうだが年老いて死んだ。さんざんいたずらをしたが、いまはサラセン人というあだ名にもかかわらず、どこか猫の天国にいることだろう。その小さな魂が遊ぶ小さな天国は、われわれ人間には存在するのかどうかわからないが。祖父アントニオはすぐに代わりの猫を探してきたようだ。いまや、アントニオ様、あるいは髭のアントニオ殿などではなく、親しみをこめてアントニオ爺さんとみなから呼ばれている。家に戻ったとき、新しく来た黒い小悪魔が私の足の間に滑りこんだ。子供は必ず猫と一緒でなければならい、と爺さんが主張したそうだ。本当のところは、子供と猫が一緒にいるようすが見たかったのだろう。祖父はこの頃、ほとんど一日中、椅子にもたれていたので、猫は膝の上に乗って喉を鳴らし、毛布で寝ていた。猫の名前はセコンド（二番目）だ。本当の名前はサラディーノ二世《セコンド》らしい。

猫はそもそも好きではないのだが、この黒猫はなぜか私と相性がよく、可愛い。カテリーナに会うときは抱いて行く。授乳しているときでも、部屋に入っていいと許しが出ている。思い出す限り、人生でこの時間はもっとも幸せであった。私たち二人のあいだには、フィレンツェで経験したような、すべてを忘れて燃え上がる激情のままに相手を求める衝動はもはや湧き起こることがない。あの時すでに、そのようなことはもう起こりえないのではないかと私は感じていた。かわって私がいまカテリーナに感じるのは、肉体の結びつきよりもさらに広く強い、身体ではなく精神における一体感である。カテリーナの身体からほとばしる生命の泉によって、日に日に美しく健やかに成長する命を二人で囲むことでそれは生まれている。それは私にとって、何も言わずに彼女の前に座り、ルチア夫人がベッドの上の壁に掛けてくれた聖母マリアのイコンに感謝の祈りを捧げる時間でもあった。

別の公文書作成の仕事で四月三〇日にフィレンツェに戻る。騎士閣下に事の顚末を報告をしなければならない。いつもながらに人を皮肉るような嫌味のある表情を見せる騎士だが、今回はいつもと違う、これまで見たこともない何かを感じる。内に安らかな幸福感を秘めたような表情だ。レーナ夫人の雰囲気も違う。艶のある頰は幸せに満ちて輝き、寝台に横になって娘をあやし、可愛がるようなくつろぎの雰囲気に包まれている。あとでわかったことだが、私たちのレオナルドが生まれたその同じ月に、レーナ夫人にも神の恵みが訪れ、妊娠したのである。カテリーナの体調をきちんと把握し、ヴィンチ村に運んで安心して出産に備えるよう、すべてを了承してくれたのはレーナ夫人であった。

というわけで、今回、夫妻と私でカテリーナをこれからどうするかについて話し合い、ヴィンチ村に滞在して体力を回復し、乳児の世話に専念するのがもっともいい選択だろうという結論になった。ジネーヴラ夫人への説明について、まず夫妻が考えてくれるという。そしておりをみて、私が何をすべきかを指示してくれるそうだ。おそらくカテリーナと赤ん坊をフィレンツェに連れて帰ることになるだろう。レーナ夫人は、すぐにでもレオナルドを抱きあげたいと願っている。

公証人としての私には、夫妻から重要な任務が託された。カテリーナの解放である。まず、公証人の職務について復習しなければならない。とくに「所有奴隷の解放《マヌーミッシオー》」と「奴隷解放《エマンキパティオー》」の項が問題である。[19]最初に準備するのは起案文であるが、はじめてのことなので簡単な作業ではない。奴隷の解放という司法手続きはローマ時代にまで遡る。古代ローマ社会では、奴隷制度は過酷な条件ではあるが法律によって厳格に規定、管理され、その身分は通常、一時的であった。古代の人々は、奴隷が心をもつのかもたないのかという、神学的に困難な疑問を問うことはなかった。主イエスの受肉に伴い、福音書は奴隷身分と鎖からの解放を伝えた。のちの世になると、少数の強大な封建領主が、皇帝の名のもとに国土の所有権を獲得していった。その絶対的支配により、牧草から人間まで、封土に生きるすべてのものを自らに隷属させ、争いに敗れた人間は奴隷とされたのである。状況はこの封建時代に大きく変わった。

つまるところ、われわれはごく少数の主人に仕える奴隷である。ミケーレ・ダ・ヴィンチよりも前に生きていたわが家の先祖たち、もうその名前すらわからない人たちも名前をもたなかった奴隷であった。二百年ほど前、封建領主たちの権力は壊され、自由な市民が構成するコムーネとして都市が生まれた。都市の外にはヴィンチのような小さな村も誕生する。だがそこでは、ふたたび人間を物として扱い、商品や動物のように売り買いの対象とする悪しき習慣、非人間的な取引が復活してしまった。奴隷取引では、売買される人間は心をもたない下等な人類と見なされる。そうなのだ。私はこれを正さなければならない。これから手がける事案は、私の生涯でもっとも重要な行為となるだろう。どこかにいる一人の女奴隷の解放ではなく、私のカテリーナの解放、私の息子の母を解放する行為を成し遂げなければならない。

というわけで、一四五二年一一月二日、私はここ、すべてが始まったこの場所にいる。サント・ジリオ通りのドナート・ディ・フィリッポ・ディ・サルヴェストロの屋敷に。

いまは私一人だが、まもなく全員がそろう。要約記録はすでに準備した。証書正本を完璧なるラテン語で写す羊皮紙の巻物も手元にある。それがカテリーナに手渡され、カテリーナが自由を獲得する、その一瞬が待ちきれない。

老いたドナートを支えてジネーヴラ夫人が部屋に入る。ジネーヴラ夫人と会うのははじめてではない。気まずい雰囲気もない。騎士殿は以前から夫人の説得にあたり、一か月ほど前になって、公証人の私が屋敷に出向くのであればという条件で、ついに夫人の同意を得ることができたと伝えてくれた。騎士の話はそれだけだった。だが、解放事案の日までの乳母としての貸し出し料金に加え、解放のための支払い、さらに謝礼の金額を加えて、いっさいの支払いを済ませてくれたようだ。

これが単に公証人としての職業上の話し合いではないことは承知している。公証人となるために挑んだかつてのどの試験よりも難しい試験になる。ジネーヴラ夫人は私と正面に向かい合い、話をする最低限の勇気をもっているかどうかを確認するつもりだ。私をずる賢い偽善者と決めつけている夫人は、はたして本当にそうなのか確かめたいのだ。それが済んだら、夫人は解放について決断する。どのようなことになっても耐える心の準備ができていなければならない。軽蔑や恥辱に直面しても腹を立てて怒り出してはならない。勝負の賭け金はきわめて高額だ。カテリーナのために勝たなければならない。

たしかに、最初に会ったとき、ジネーヴラ夫人は極端に冷たかった。あの運命の夏から三年を経ての再会だ。いま、再会してすぐにわかったことがある。夫人は打算的な損得勘定でそこにいるのではない。夫人が所有する女奴隷を傷つけたという損害に対し、私に怒りをぶつけるために来たわけでもないのだ。私は夫人を誤解していた。夫人は心からカテリーナのことを思っていたのである。娘のように愛おしく思うカテリーナ。夫人はドナートとのあいだに娘をもつことができなかった。カテリーナを自分から手放したくないと思っていたかもしれない。あるいは、できればカテリーナを自由にして、持参金をもたせて結婚させてやりたいと願っていたかもしれない。人生最悪の悲惨な状況に置かれたドナートを助け、フィレンツェに連れてきて、じつに一五年ものあいだ、愛する人を待ち続けたジネーヴラ夫人の両腕に戻してくれたのはカテリーナであった。夫人はのちになってこの事実を知る。小説であるとしか思えないことが実際に起こったと確認できたのだ。それぞれの運命は大転換を迎える。かつて財をなし権力をもっていた男性、その男性を救い、命を救い、自由を取り戻してくれたのは、一人の女奴隷であった。ジネーヴラ夫人はどのような決断を下すのだろうか。すべては彼女にかかっている。何をしようと夫人の思いのままだ。一度ならず二度までもカテリーナを誘惑し、妊娠させた男として私を告発することもできる。しかもそのあげく、カテリーナを誘拐して田舎に連れ出した男として。夫人は私を破滅させ、永遠に葬ることができる。同時にカテリーナをも打ち砕き、残忍な復讐に走るのだろうか。だが、そうしなかった。夫人はカテリーナを愛していた。

　一方、かつての私は夫人にとって、ならず者、殺人犯同様であった。カテリーナと子供に酷い仕打ちをせずに何かをできたはずであるにもかかわらず、それをしなかった代償を手厳しく払わせても不思議はない。とくに最初の子に関して、卑怯にもただ逃げることだけを考えた私は、夫人から「この男には死を！」を叫ばれても言い逃れはできない。夫人のもとを訪ね、どのように責任を果たすのかについて話す勇気すらもてなかった私だ。夫人と妊娠したカテリーナをそのまま残し、子供も見捨て、ジネーヴラ夫人はやむなく下女に変装して捨て子養育院《インノチェンティ》の受付で「これは旅のヴェネツィア商人と女奴隷のあいだに生まれた子供で、まだ名前がないのです」と言いながらくるんだ包みを回転台に置くしかなかった。そうさせたのは私だ。ジネーヴラ夫人が私をこのように厳しく非難するなら、カテリーナが受けたすべての苦しみ、そしておそらく最初の子がいまなお置かれている悲惨な境遇への思いにさいなまれて、私の心はただちに死ぬだろう。その子は父と母のいない捨て子という運命を背負って生を受け、完全な孤独の中で自分の生に向き合っているのだ。

私は重ねてきた所業を認め、すべては私の責任であると明言する。そのあいだジネーヴラ夫人の態度は少しずつ和らいでいったように感じる。少なくとも、充血した目から抑えきれずにあふれる私の涙はみせかけではなく本心の表出であると感じてくれたようだ。自分の人生と職業を台なしにされることを避けるためだけに悲壮感を演じているのではない、とわかってくれたようである。いま、われわれが直面している状況、それと似たような困難はおそらくまだ若かりし頃の夫人にも降りかかったことがあるのではないだろうか。人々が頼る法律や宗教、あるいは奴隷身分という拘束、愛の力こそがそのすべてに打ち勝つという確信。遠い過去のある日、ジネーヴラ夫人も愛の力、愛ゆえの衝動で男に身を委ねたのかもしれない。夫人は四〇歳になるまで待ち続け、愛した男ドナートと結婚した。夫人もまた、「自由」という言葉が何を意味するのか、その言葉がどのような価値をもつのかを知っているのであろう。家族がお膳立てした結婚に屈することなく、独立した一人の女性として生きるなかで、自分の自由は、歯を食いしばって命がけで守らなければならなかったはずだ。女性は弱くて劣った存在であり、権利を与えられず、不完全な動物に過ぎないという常識がまかりとおるこの社会に生きる女性として。

ジネーヴラ夫人は背が低く、やや太っている。痛風にも悩んでいるようだ。だが、持ち前の気力と自由を尊重する心は賞讃に値する。世界を変える力をもつのはこのような女性である。現実を直視できる女性、ものごとの本質と処理を誤らず、いつ、何を実行すればよいのかを判断できる女性だ。むせび泣くばかりの私の手をとって、「ほら、公証人の貴方、しっかりしてくださいな。書類を作りましょう。スープは冷めないうちに飲まなければ」と短く言った。

ほかの人たちが来る前に、私は用意した文章をジネーヴラ夫人に見せた。問題がなければそれを要約記録として清書する。夫人が私に言った事項は細心の注意を払って記載した。「広範囲にかつ詳細に、以下の要約記録において、その本質を何も省略することなく」記録される。ラテン語を読むだけでなく、きちんと理解できる夫人は、私の草案を詳しく検討する。履歴証書に関する事項は空欄のままだが、夫人はそれにはこだわらないとのことだ。

「奴隷受け取り証書はありませんわ。私は証書の写しなど作らせませんから。カテリーナで商売をしようなどと思ったことはありません。私が引き受けたときの公証人の名も覚えていませんもの。いまから無駄な時間を使ってその公証人を探す意味もありません。どなたからいくらで私がカテリーナを買い受けたかもたいしたことではありません。私たちのあいだで合意すべきは、カテリーナを私に譲ってくれたのはドナートで、ドナートはヴェネツィアでカテリーナを引き受けたことです。その相手の名も、どのようにして引き受けたかも、もうわかりません。遡れば、その前はコンスタンティノポリス、その前はターナ、さらにキンメリア人の国の霧の中になりますわ」

ここに名を記す人物カテリーナは、かつて神の名のもと、神の子として自由を保証されて生まれ、いま女奴隷になっている、これを証明する一枚の紙はいったいどこにあるというのか。人間に対する犯罪、身体と精神を商品として取引すること、その汚れた連鎖はどこから始まったのか。ここで闇となる。苛酷な運命の流れ、それを語ることだけでもカテリーナは嫌うだろう。私は絶対に彼女を苦しませたくない。いいだろう。かなり前のこと、ジネーヴラ夫人はカテリーナを買った。売主は不明。現在の所有者はドナートではなく、ジネーヴラ夫人である、と書くだけで十分だ。

立会人たちが到着する。友人二人と隣人たちである。お互いはじめて会うようで、中庭から何やら話し声が聞こえる。そこにカステッラーニ家の馬車が着く。騎士は馬に乗って先導してきた。胸の鼓動が速くなる。膨らんだ腹部を抱えるレーナ夫人を支えて、騎士が部屋に入る。レオナルドを抱いたカテリーナが入ってくる。赤ん坊はフェルトの帽子をかぶり、布でくるまれている。外の風は寒く、雨が降りそうだ。さいわいレオナルドはぐっすりと眠っているようだ、泣き声は聞こえない。ここに来る前に授乳を終えているのだろう。集まった一同は互いに顔を見合わせている。乳母としてカステッラーニ家に行ってから、カテリーナははじめてジネーヴラ夫人と会う。カテリーナは立ち止まり、目を伏せている。ジネーヴラ夫人はそれを見てすぐに近寄り、カテリーナを静かに抱き寄せる。赤ん坊を起こさないように、何も言わずに。ほんの一瞬ではあるが母と子はジネーヴラ夫人に優しく抱かれていた。そして、夫人は自分の席に戻った。

私は証書と年次記載書を読み上げる。すでに、年、招請文、月、日は記入されている。「神の名において、アーメン。受肉と救済のときより一四五二年、第一の起案を」と、ここまで来て、私は日付を誤って記載したことに気づいた。細心の注意を払って書くこの種の書類で、日付の厳密な表記をいままで誤ったことなどない私だ。そこにローマ数字でXXXすなわち三〇、そして、メンシス・オクトブリス〔ラテン語の一〇月〕と書いてしまった。今日は死者の日、一一月二日だ[20]。すぐに修正する。すでに頭が混乱しているようだ。公証人であるだけでなく、事案の当事者の一人という立場で起草を進めるのははじめての経験だ。起草文書の読み上げを続ける。場所の記載は「ここサン・ミケーレ・ヴィズドミーニ教区」である。つづいて立会人の氏名を記載する。さらに家長権に関するただし書きをつける。ジネーヴラ夫人は女性なので、ランゴバルド時代に由来する野蛮な権利規定により、その夫ないし家長の許諾なしに女性単独の権利行使は認められないのである。現在なお、この馬鹿げた規定にわれわれは縛られている。これにより、女性はまず父、次に夫と、つねに男性のもとで権利の行使を認められる。現在ではその権利監督者は夫ドナートになる。ドナート本人はレオナルドのおもちゃの独楽《こま》で遊んでいる。

さらに続く。次は、ジネーヴラ夫人が事案の対象である女奴隷の唯一にして正当な所有権をもつという宣言である。起案対象となる女奴隷はカフカス地域の出身であり、ヤコブの娘であるカテリーナと記載する。ジネーヴラ夫人は当該の女奴隷を「自らの所有にかかるディナール金貨で」、ドナート氏との結婚契約を結ぶ前に買い受けた、とする。「したがってドナート氏は当該女奴隷に対して、使用権を含むいかなる権限ももはや有しない。一方ジネーヴラ夫人は、女奴隷を労働に就かせ、あるいは売却等の処分対象とするにあたってすべての権限を有する」ここでまた、私は自分の誤記に気づく。言葉が欠けている。私が起草した証書文書でこれは最悪のできになるだろう。ついに「位置付け」の記述となる。私のペンは飛ぶように動いていく。「今日までの数年間、当該女奴隷カテリーナはジネーヴラ夫人とその家人に忠実にかつ誠意をもって奉仕してきた。感謝の念をもってそれに報いるため、ジネーヴラ夫人は、その判断力を十分に発揮し、過誤、詐欺、脅迫によるのではなく、主へ捧げる愛により、自分自身、自らのあとに続く者、その財産を受け継ぐ者にわたって、当該女奴隷カテリーナの奴隷身分を解き放ち、自由にする」

ここで冷静なジネーヴラ夫人が「欠けていることがありますわ」と口を挟む。たしかにそうだ。なんと、「本事案の受益者はこの身分変更に同意し満足している」という一文を私は忘れている。起草文書の最後の一行を抹消し、「この場に立ち会い、受諾せし」という語句を加える。これで完了かと思ったとき、ジネーヴラ夫人がふたたび私を止めた。「欠けていたのはその一文だけではありませんわ。付帯条件も書かなければ」そういえば、この場の誰もそれに気づなかった。夫人は私にラテン語の筆記をさせる。「当該のカテリーナは、ジネーヴラ夫人およびその家人への奉仕を旧所有者の死まで引き続き担うものとし、その死の時点ではじめて真に自由な女性となり、キリスト教徒として生まれた女性がなしうるすべての行為をなすことができる。もし、カテリーナが不適切な行為を行うことでジネーヴラ夫人の不興を買う結果となった場合、上記の記載はすべて破棄され、当該女奴隷は他の人物に譲渡ないし売却も可能になる」

無情な文言に愕然とする。すぐに文意を理解したのは、ラテン語がわかる私と騎士閣下だけだった。私は胸がつぶれる思いで機械的に証書用紙を取り上げる。ジネーヴラ夫人は気が変わったのだ。カテリーナが去ることを望まず、手元に置くつもりだ。この勝負で切り札を切ったのは彼女だ。夫人が私たち二人の運命を握っている。赤ん坊については何も記載されない。赤ん坊は父親の身分を継承するので、すでに自由である。法が定めるように、子供は父親である私が引き取らなければならない。

書類の作成が終わった。ジネーヴラ夫人はカテリーナに少しばかりの遺贈、すなわち没後の贈呈をするむね記録を作って欲しいと言う。記載されたのは寝台、二連の錠前がついた金庫、敷布団、一組のシーツ、掛け布団である。これらはカテリーナが部屋に残した品々であった。ほかに夫人が選んだ少しばかりの品物が加わる。すべてが終わった。カテリーナはこれからも自由になれない。子供は私が連れていかなければならない。

沈黙。その場に「立ち会い、受諾せし」カテリーナは部屋の隅に佇む。すべて望みどおりに解決したと信じているのか、穏やかな微笑みを浮かべている。文字という魔法の道具を使って、私はカテリーナを縛りつけていた鎖を断ち切り、彼女は自由を取り戻した。だが、その内容を誰が勇気をもってカテリーナに言うことができるだろう。なんの役にも立たないこの羊皮紙の巻物が残る。私がまっさらな状態で用意し、証書を写して彼女に渡そうとしているその文書は、いったいなんの意味があるというのか。

しかし、これで終わりではなかった。その場の全員、とくにジネーヴラ夫人が驚いたことに、年老いたドナートが立ち上がった。しっかりとした足取りでドナートはカテリーナに近づき、レオナルドのおもちゃの独楽を返した。少しかがんでカテリーナの額にキスをしてから、われわれのほうに振り向いて話し始めた。それは年老いて頭が回らなくなった老人の言葉ではなかった。「カテリーナは自由です。私がカテリーナと会ってからいままで、カテリーナはいつでも変わらず自由でした。この部屋に集まったみなさんよりもずっと自由な女性です。偏見、法律、悪意、悲惨から、そして、われわれ一人ひとりを自らの最悪の部分に縛りつける無限の鎖から、彼女は完全に自由です。生命と自由、私ドナートがまさにこの二つをともに失う危機に直面したとき、カテリーナがそれらを取り戻してくれたのです。ここにいるみなさん、彼女はおそらくみなさんに生きる喜び、愛する喜び、自由であることの喜びを教えてくれるでしょう。カテリーナは生まれながらにして自由です。それに、何の条件が必要だというのです。鳥籠は開け放たれました。カテリーナは自由に羽ばたくべきです」こう言い切るとドナートは座り、ふたたび自らの沈黙の世界に浸った。

このときのジネーヴラ夫人の顔はけっして忘れない。それは苦々しい表情ではなかった。夫人は無頼漢であった夫をいまなお深く愛していた。そこにいる誰もが、ジネーヴラ夫人でさえも、あえて口に出せなかった真実をドナートははっきりと言い放った。しかしそれは、あっという間の出来事でもあった。ジネーヴラ夫人はすぐにわれに返り、私に証書を握らせ、「事案は完了しましたわ。みなさま方の立会いのもと、私の希望事項はここに記録されました。これ以上つけ加えることはありません」と宣言し、口述筆記により、ただちに証書正本の清書に取りかかるよう私に促した。立会人たちは何も言わず、何が行われるのかもよくわかっていない。レーナ夫人は憤慨して何か言おうとするが、夫に手を握られ、黙っているようにと無言で制止される。レーナ夫人と夫の二人は書面の上ではその場にいないことになっているのだ。部屋の隅にいるカテリーナも何も知らずに穏やかにレオナルドをあやしている。レオナルドはおとなしく幸せそうに眠っている。そして私は。私はというと、羊皮紙を広げて押さえ棒に挟み、ペンを取り、ふたたびインク壺に浸してジネーヴラ夫人が断言した文言を書いていく。それ以外、私に何ができるだろうか。私は一介の公証人に過ぎない。他人の言ったことを記録するだけの人間だ。

一行、また一行と書いていく。胸が締めつけられる。「立ち会い、受諾せし」と書き、酷い内容の「付帯条件」を書く前に手を止める。ジネーヴラ夫人も息を止めたようだ。私は考えこんで顔を上げた。紙面をじっと見つめ、それからカテリーナを見る。カテリーナは私の視線に目で応える。そして、感謝の微笑みを返す。ほんの一瞬、ジネーヴラ夫人の目も感きわまってうるんでいた。ありうるだろうか。夫人は私に向かって、「公証人殿はご自分の素晴らしい字体にほれこんでしまい、筆記が進まないようですわ。不必要な行を少し飛ばしてみてはどうでしょう。さもないと夜になってしまいますわ」と言った。続けて、ラテン語で「当該の女奴隷を自由とし、解放する」と口述筆記をさせ、なんと、そのあとの「付帯条件」をすべて省略し、形式的な結びの文言を書かせたのである。私は必死に書き続けた。おそらくその文字は乱れていたことであろう。誤記があったかもしれない。その後、筆記を終えるまでのことは興奮していて覚えていない。大急ぎでそれとわかればいいように私の書き判《シグヌム》を書く。小さなレオナルドが、私の図を描く粗末な手の動きを受け継いでいないことを望みたい。通常の書面よりもかなり雑な結語で文書を締めくくる。嬉しさがあふれるばかりだ。「フィレンツェ国公認の市民のための公証人および帝国の権威に基づく正規の司法官、フィレンツェ市民であり公証人である私、ヴィンチ村のピエロ・アントニオ・デル・ピエロは、上記証書文の各項すべてを作成し、ここに私がつねに用いる標章を添える」羊皮紙を丸め、震える手でそれをカテリーナに手渡す。夢は現実になった。カテリーナは自由な女性だ。いまこの瞬間から。

緊張は溶けていく。いま、まさにすべてが終わった。集まったすべての人と抱き合って喜びたいのだが、ここはこの集まりの性質と節度から自重しなければならない。ジネーヴラ夫人も満足げである。部屋から出て行く前に、ひとこと言いたいようだ。ほかの人たちはすでに中庭に出て馬車に乗りこんでいる。土砂降りの雨になってきたので帰宅を急いでいるのだ。部屋には私と夫人だけが残る。「私はカテリーナと離れたくないのです。女性が一人で家にいるのは危険ですので。この世界では、女性は真に自由にはなれません。女性の自由は幻想なのです。女性が外に出れば、その女性を利用しよう、口説いて自分のものにしよう、乱暴しよう、こき使おうといつでも準備を整えている男がすぐに近づいてくるのです。ですから、カテリーナを私から手放すことは望みません。きょう、カテリーナは鳥籠から飛び立ちました。主の御名において、貴方は私に誓わなければなりません。社会が認める方法と年月において、カテリーナの子供だけでなく、彼女の未来についてきちんと対策を講じるのです。貴方は、かくも多くの苦難の上に獲得されたカテリーナの幸せと自由について、思慮深く思いをめぐらさなければなりません」

「お別れする前に最後に一つ、これをお渡しします」と言って、夫人は何かを包んだ布を私に差し出した。中には聖母マリアの小さなメダルの割れた半分があった。苦悩の心に、それが何かはすぐに想像がつく。ジネーヴラ夫人は「そのとおりです」と私の思いを肯定する。片方の半分は、捨て子養育院にいる私とカテリーナの最初の息子の首にかかっているのだ。もしその子を見つけ出し、生きるうえで助けてやれるなら、主が私を助けてそうするように計らってくださるなら、二つの半分をピタリと合わせることができるだろう。ジネーヴラ夫人はその子に洗礼を受けさせ、二つの名を与えていた。最初の名は夫人がつけた。その子の誕生に重い責任を負った人物の名をつけるべきだという当然の考えである。第二の名はドナートが提案した。若き日に彼が見捨てた、いまは亡き父を思い出して名づけたのであろう。レオナルドの兄となるその子の名は、ピエロ・フィリッポである。

土砂降りの雨の中を歩き続け、やっとのことでカステッラーニ家の城塞に着いた。堤防の上を駆けながら、「家や店を閉めろ！　アルノ川の水が高い、氾濫するかもしれないぞ」と叫ぶ人々がいる。騎士と夫人、カテリーナとレオナルドに別れの挨拶をする。明日は朝早くヴィンチ村に行って、あれこれ多くの準備をしなければならない。今晩はみなにぐっすり眠って欲しい。誰も邪魔したくないので、私はベルナルディーニ家の向かいにある旅荘グアントに部屋を確保していた。アルノ川が氾濫し、すべてが流されないことを祈ろう。レーナ夫人とマリアにお辞儀をする。カテリーナを抱擁する。急いで着替えをしてレオナルドに授乳するところだ。部屋から出ていくカテリーナの姿を目で追い、心をこめて見送る。フィレンツェに帰ったらまた会える。ジネーヴラ夫人に誓ったことをやり終えれば帰ることができる。それをどうやるか、まだ方針は決まらないがなんとかなるだろう。ここまで私たちを助けてくださった主は、徒渉の半ばで見捨てることはなさらないだろう。

騎士閣下と二人だけになった。その高貴な居室から降りてきて、グラスにワインを注ぎながら「少し話さないか」と語りかけた。アンテッラ産の高級なワインだ。二人だけで杯を交わすのははじめてのことである。たしかにワインは極上の味だ。雨に濡れてまだ乾いてなかった身体が熱くなる。机の上にはカテリーナが置き忘れた羊皮紙のひと巻きが載っている。カテリーナにとって、その羊皮紙証書自体はたいして重要ではない。考えなければならない重要事項が残っている。騎士は羊皮紙を開き、笑い出した。「将来の事案まで起草するとは、まさに偉大なる公証人だな」と言って、日付の記載部分を私の目の前に見せた。なんと、そこには、「一二月二日」と書かれているではないか。一二月とは。今日は一一月二日である。私のせいで、ジネーヴラ夫人には乳母の賃借料一月分を余計に払わなければならない。騎士はふたたび笑い出した。かくも極端な過ちをするとはいったいどうしたことか。これと比べて取るにたらない過ちであっても、公証人試験は合格できないだろう。雨に濡れないように鞄の中にしまっておいた文書登録簿を取り出してみる。比較してみると、さらにおかしな誤りがあることに気づく。そこには「一〇月三〇日」と書いてあるが、それをあわてて修正している。しかも、一一月二日ではなく、一一月一日と記載しているのだ。いったい今日は何日なのか。「ま、仕方ないことだ。それほど重要なことではないだろう」騎士はカットグラスの杯に注いだワインを一気に飲み干して結論づけた。時間とは何なのだろう。普遍の世界で生きるうえで、日、月、年とはいったい何だというのか。何でもない。夜に飛ぶ蛾の羽ばたき一つではないか。

＊＊＊

フィレンツェ、サント・ジリオ通り
一四六六年四月一六日

この世界での生を終えるときが迫ると、これまで起こったさまざまなこと、もう忘れてしまったこと、夜の闇に消えてしまったこと、それらすべてが目の前につぎつぎと現れるものだ、といわれている。身体という獄舎の仕切り格子が弱り始め、朽ち果てようとするからなのかもしれない。鎖を解かれた過去の亡霊が暗い隠れ家の奥から徐々に姿を見せ始めるようだ。それらはまず、扉や窓の敷居から恐る恐るこちらを覗く。しかしすぐにがやがやと騒々しく、激しい川のように流れこみ、あっという間に部屋を占領してしまうのだ。ここ二、三週間、私にはこうしたことが起こっている。この間、屋外では新たな春の奇跡と夢がふたたび始まっているが、おそらく私が生きてこの春を見送ることはないだろう。この春が私にとって最後の春になるという予感は強い。数か月前からベッドに身を横たえるだけとなり、血液の流れと呼吸は日ごとに弱くなっている。いよいよわが人生の終着点が近いのであろう。「主よ、憐れんでください。私は嘆き悲しんでいます」[21]

長い眠りから覚めたかのようだ。私はいま、夢さえ見ることのない、長く深い眠りにつこうとしている。いま、すべてを思い出す。取るにたらないことも含めて、すべてを。いま死に近づいている私がいるこの家で、父は夜遅くまで働いていた。地上階の広い部屋だ。もうその部屋は使われず荒れているが、かつては工房の中心であり、父の人生の舞台だった。裏には菜園があり、一日中、明るい陽が射していた。菜園はなくなり、家を圧倒する大きなドームで陽射しも消えた。子供の頃、鑿《のみ》の動きやレバノン杉の木材を刳る作業を扉からよく覗いていたものだ。木材には貝殻を象嵌した平縁を受ける溝穴が彫られていく。愛人の芳しい身体を包みこむ寝台が組み上がっていく。

ああ、日々の細かい記憶。いままさに終えようとしている生命の感覚。それらは哀れな肉体に釘で打ちつけられた消えることのない記憶だ。父は怒ると柳の枝で私を鞭打った。枝は蛇のようにくねり、焼けつくような痛みだ。傷口ににじむ血からは工房の金属の臭いがした。るつぼから流れる溶けた金と銀の香り。型枠を作るために砕いた煉瓦の匂い。金箔職人が打つハンマーの力強い響き。ピオンビ監獄の鼠とかびの悪臭。ヴェネツィアに着岸したガレー船から漂ってくる海と海藻の香りや人々の体臭。リアルト地区で飛び交う声、言葉、口調など。商館に出入りするヴェネツィア人、パドヴァ人、キオッジャ〔ヴェネツィア本島の五〇キロメートル南にある町〕人、フリウリ人、ヘブライ人、ドイツ人、ボヘミア人、トルコ人、ギリシャ人、アルメニア人。娼婦のささやき。サン・ジャコメート広場の両替商人の大声、サン・マルコ聖堂の鐘の音、総督旗艦船《ブチントーロ》[22]の軍旗が海風にはためく音。なんという素晴らしい興奮。若いということはなんと幸せなことだ。

どれだけの顔、どれだけの目、どれだけの微笑みが、生き抜いてまた消え去っていったことだろう。年老いたバルダッサッレ公は、遠く夢のような世界を巡った旅から戻って来た。偉大なるセバスティアーノ・バドエルがいた。人のよいムッソリーノ、ずる賢いパスクア。トンマーゾ親方とベンヴェニューダ夫人。不幸な妻、可哀そうなキアーラ。奴隷のゾルツィと床に飛び散った恐るべき血。修道士クリストーフォロ。これらすべての人は亡くなった。そして、お前、ルーチェ。私が生涯で愛したたった一人の素晴らしい女。お前は瞳の中に燃え立つような星をもっていた。リュートに合わせて私の隣で歌ってくれた。その歌詞を私はいまもよく覚えている。「そう、私はあなたが好き。だから私は言うの。愛しい人、いつになったら私の心を満たしてくれるの？」

生きている人を考えてみよう。生命の力からいまだ見捨てられず、慈悲に満ちた死が現世での最後の休憩を許してくれている、そのような人たち。最初に思うのはジネーヴラだ。すべての障害、すべての人、私とも闘いながら、少女のときから私に愛と汚れなき身体を捧げてくれたジネーヴラ。私はそのけなげな存在と献身をほとんど気にかけることなく生きてしまった。そして運命が私たちをふたたび引き合わせる。追われて川に落ち、服を引き裂かれ、裸同然ですべてを失ってたどり着いた私を両腕で受けとめて、ついに君は忘れることなく愛してきた私と結婚することができた。セバスティアーノはヴェネツィアでどうしているだろう。私の息子だが、その消息はまったくわからない。生きているのか、すでに死んでしまったのか。元気に暮らしていると信じたい。私が革の店を畳んだという知らせを待っているかもしれない。ルーチェと私との娘、ポリッセーナはもう三〇歳になるだろう。あるとき一人の男と一人の女が心から愛し合った、という唯一の証人になる。どこにいるのだろうか。どのように生きているのだろうか。

そして、カテリーナ。桟橋からズアネートの小舟にひらりと飛び乗ったときの印象は鮮明だ。鎖を引きずっていなかった。女奴隷には見えなかった。いや、象牙と黄金と絹布で飾り立てたガレー船から降り立ったレヴァントの王女だった。着いたその地が自分にふさわしいかどうかと周囲を確かめるように見回す王女。金髪と空のように青く深い目。細く長い指をもつ手。肌は絹のように柔らかく、ほのかに輝いていた。その身体は野生の動物のようにしなやかでみずみずしかった。

しかし、私は一瞬たりともその美しい身体をわが物にしたいという欲望を抱かなかった。カテリーナは私の女奴隷だった。卑劣な本能のはけ口に自由に使える人間であった。しかし、会った瞬間から、彼女の身体に自由を求める強い気力が脈打っているのを感じた。いかなる強制、いかなる文書をもってしても、その内なる力を冒すことができないと直感する。私は心の奥深くでカテリーナは天使であったと知る。私を救うために、私を解放するために、天から舞い降りた天使であった。私自身から、私の中に巣くってうごめいていた悪魔から、天使は私を解放してくれた。

意識を失った私を広い川の水から引き揚げ、フィレンツェまで連れてきてくれたのはカテリーナであった。同時に、そのときから私は長く深い眠りに落ちた。あたかも魔法使いとなったカテリーナが私に魔法をかけ、世界という迷宮でその苦難を意識することなく生き延びることができるように、私を子供に戻し、純真な心を取り戻してくれたかのようであった。いま私は死へ向かっている。そして、その魔法は解け、守ってくれたヴェールは剝がされ、危険にさらされていた当時の記憶が戻ってきた。だが、大きな川で溺れかける前までは思い出せるが、その後の状況は曖昧として霧の中にいるようだ。ジネーヴラは、その霧は日没から明け方までの一夜限りの霧ではないと言う。あれから二五年が経過していた。

いま私はカテリーナが自由になったことを知っている。カテリーナは結婚し、落ち着いた生活を送っている。何人か子供もできた。あの大広間で会ったはずだ。カテリーナは彼女と同じようにまるで天使のように見える赤ん坊を抱いていた。だがカテリーナは二年前にもう一人の天使を授かっていたのではなかったか。ジネーヴラはその子をすぐに引き離し、捨て子養育院に送った。洗礼を受けたその子の名は、たしかピエルフィリッポ[23]だったと思う。カテリーナと公証人ピエロ氏の二人の子供は深い愛の結晶だ。美しい生の証だ。つまり、カテリーナはこの世界の外、天国に遊ぶ天使ではない。われわれと同じ人間であり、血と感情をもち、恋に落ち、愛を交わし、命を産み出すことのできる女性なのだ。

いま私は気分もよく、思考力を取り戻している。ジネーヴラは私の意識がなかった最近二五年間の出来事を手短に話してくれた。世間の大きな動向、誰が現在のフィレンツェで権力を握り、かつてその座にあった者がどうなったか、そうしたことに私は興味がない。かつて私の周りにいた人たちの近況が知りたいのだ。私とその人たちの人生が出会い、交差した彼らは、いまどうしているだろうか。そう、知りたいのはまさにそれだけだ。死を迎えるとき、人は自分たちの生が何かの役に立ったかどうかを知りたいと思う。ことによると、不本意ながら、あるいは結果を知ることなく、われわれのうっかりした行動がほかの人々の存在に大きく、しかも長く続く影響をおよぼしたことがあるかもしれない。そうしたことをきちんと整理し、納得しなければと思う。それぞれの生をほかの人々の生と結びつけていた糸を見つけ、からみあった糸玉をほぐして巻き直すかのように。

　ピエロは正直な人間であることがわかる。ジネーヴラがカテリーナを自由にしたとき、彼は男として、父親として、すべての責任を引き受けた。彼はカテリーナの名誉を守るため、彼女をヴィンチ村のある男と結婚させた。ピエロは靴職人の娘、アルビエーラ・ディ・ジョヴァンニ・アマドーリを正妻として結婚し、ボルゴ・デイ・グレーチに住んだ。そこには妻の弟のフランチェスコも同居し、無職だったが、アルビエーラの妹、アレッサンドラとの結婚にこぎつけた。ジネーヴラは「私が知るところでは、この二つの結婚には持参金がなかった」と言っていた。ピエロとアルビエーラはその後、パルテ・グエルファ広場に面する両替商組合の建物に引っ越した。二人のあいだには子供ができず、不幸にもアルビエーラは死産の折に命を落とした。ピエロのもとには、カテリーナとのあいだに生まれた息子、ヴィンチ村から来たレオナルドが残り、十歳で算術学校に通ったそうだ。その後、妻を失ったピエロはレオナルドの世話をすることが難しくなり、ヴェロッキオ[24]と呼ばれたアンドレア・ディ・ミケーレの工房にレオナルドを託した。ヴェロッキオとピエロは友人であったようだ。ヴェロッキオ親方は数か月前、父の遺産分配について弟のマーゾと交渉するという容易ではない仕事をピエロに頼んでいる。ジネーヴラが言うには、ピエロが捨て子養育院の入口に何度か入るのを見た人がいるそうだ。だが、正式な手続きを踏んで捨て子養育院との契約に署名したようすではなく、おそらく内密にしている婚外子ピエルフィリッポの面倒を見ていたのであろう。

不遇な目に遭ったもう一つの家はカステッラーニ家である。カテリーナの身分解放の件で騎士閣下がわが屋敷に来たとき、彼の妊娠した妻レーナ夫人が付き添っていた。子供は一四五三年一月一二日に生まれ、嫡出の男児の誕生ということで、騎士は有頂天になった。赦しの祝日[25]の翌日に、マッテオの名で洗礼が施された。洗礼はアントニオ大司教、アヌンツィアータ修道院のマリアーノ・サルヴィーニ院長、大司教付き補助司祭ジョヴァンニによって、なんと有名なサン・ジョヴァンニ洗礼堂で行われた。騎士は洗礼立会人と貧者のために蠟燭代と奉納金として相当な額を出した。カテリーナと入れ替わって来た乳母には生地一式を渡し、家を訪問した女性たちには菓子が配られた。しかし、この歓喜は悲嘆に変わった。一か月もしないうちに、乳児が亡くなったのである。乳母は気づかぬうちに窒息させてしまったらしい。「わが主よ、その魂を罪なき人々の中に加え、永遠の栄光で包み給え。アーメン」

この長い年月、私は何をしてきたのか、いま、ようやくその記憶が戻ってきた。ときどき、ジネーヴラと彼女の兄が私に着心地のいい仕事着を着せ、私をあちらこちらに連れて行って、これをしなさい、あれをしなさい、口をきいてはだめです、と指示していた。私は一四五七年に組合の地区代表に選出されたと思う。武力を擁する地区組合を統制して公共の秩序を守り、騒乱の動きを制止する仕事である。しかし、八〇歳の老いぼれの行政長官に緻密な行動を期待できるのか、私にはなんともいえない。私の任期であった三か月間、おそらく何も起こらなかったのだろう。同様に、昨年、私は箱作り職人同業組合の組合長と十二人委員会《ドーディチ・ブオノミニ》の委員に選ばれていたようだ。だが、それについてはなにも記憶がない。任期の三か月間、私とほかの一一人の老齢の委員は、いかにも事態をよくわかっているような顔をして、会議室におとなしく座り、行政委員たちがすでに承認されている議決案をあらためて承認するふりをするようすを眺めていたのだろう。まあ、どうでもいいことだ。後世の人々は、老ドナートは波乱に富んだ人生の最後に、栄光あるフィレンツェに奉仕してその行政にも参画したとでもいうのだろう。

とにかく、数か月前に私は意識を取り戻した。アルノ川が増水し、その水が堤防を越え、サンタ・クローチェ街区の街路や路地が浸水したのを目にした。また一か月ほど前にわが家から出たとき、ヴェールをかぶるインプルネータの聖母マリア様[26]が、熱狂する信徒たちに掲げられてサン・フェリーチェ聖堂[27]前の広場に向かって進むのを見た。その聖なるイコンが過ぎ去った直後に私は気を失って倒れ、誰かが家に運びこんでくれた。顔にはすでに死の予兆があらわれていたようだ。

こうなるとよくあることだが、多くの親族、友人、知人、なかにはもう何年も会ったこともない人たちが、急に病人のことを思い出し、家を訪問して体調を確かめ、遺言書について探りを入れたりする。まず、通例で聖職者たちが来る。白い法衣の裾をひらひらと翻し、頭巾をかぶり、腰紐を締め、帽子にマントという姿のモンテオリヴェートのサン・バルトロメオ修道院の二人、ロレンツォ・ダントニオ・デイ・サルヴェッティ修道士とピサのバッティスタ・ディ・フランチェスコ修道士である。ピンタッソと呼ばれるアンドレア・ディ・ネーリなる人物が同伴している。この人物は私の古くからの友人だというのだが、私にはまったく覚えがない。

そう、ジネーヴラはときどき気分転換のために私をモンテオリヴェートに連れて行ってくれた。サン・フレディアーノ門の外である。フィレンツェ市街を見晴らすことができるとても気持ちのいい場所で、静かに物思いにふけるにはうってつけの場所であった。いうまでもなく、死んでしまえば眺めなどどうでもいいことだ。だがあとになって、子孫ないし親族の誰かが、この丘の上の修道院を訪ね、そこに眠る者への代禱を捧げるとしたら、この景観を楽しんでもらえるのではないだろうか。

こうして、修道院の庭にいて低い石塀に腰を掛け、ロレンツォ修道士と話していると、やはりこの修道院の石壁の脇、あるいは院内にわが家の小さな礼拝堂を作ってそこに埋葬してもらいたいという気持ちがおのずと湧き上がってくる。ロレンツォ修道士は、妻ジネーヴラの一族と親しい著名な公証人一族の出身である。わが家の礼拝堂ができれば、私の両親の遺骨もそこに移したい。礼拝堂には一介の箱作り職人の家族、その仕事によって高い評価を受けた家族として紋章をつけ、聖母マリアへの祝福を描く美しい板絵を置く。位置は私の墓標の祭壇がいいだろう。偉大なバルダッサッレ・デッリ・ウブリアーキに仕えた人物という名誉を担う私のような人物にとって、この程度の要求を示してもいいのではないだろうか。

「たしかに、いいお考えですが」とロレンツォ修道士が沈んだ口調で応じる。「残念なことに、教会堂も修道院も、いまはとても傷んでいます。十年以上前から改修工事が続いているのですが、いつ完成するのかまだわかりません。優秀な石積み職人アンドレアが亡くなり、ジョヴァンニ・ディ・サルヴェストロ親方が工事を引き継いだところです。建設途中の現場では、修道士たちでさえ不便な生活を強いられていまして、オリヴェート修道会の規律が定める慈悲の業の実施、公共の施し、貧者にパンの配布を行うことも難しいのです。職人たちはただでさえ少ない修道会の建設資金を盗み、現場に上がっては、『回廊の円柱はサン・ロレンツォ聖堂より美しくしなければ』『ジェズアーティ会[28]がステンドグラスを設置してくれるだろう』などと言いながら、なにも決められず、資金はどんどん減っていくのです。今日、フィレンツェの富裕商人たちの信仰心は抑制されており、『死を迎えるとき《イン・アルティークオ・モルティス》』に魂の救済のために修道院に寄進をする人がいなくなってしまいました。異端の教義に惑わされ、魂の不死を信じなくなってしまったのでしょう」

「なにも問題はありません」私が言う。「私には資金があります。たくさんもっています。そのすべてを教会堂と修道会に捧げ、ドナート・ディ・フィリッポ・ディ・サルヴェストロ・ナーティ・デル・ティンタを記念する礼拝堂の建設をお願いします。お告げの聖母《サンタ・マリア・アヌンツィアータ》に献堂し、私と一族の墓所にしたいのです。私もそこに埋葬していただきたい。フィレンツェにある絵画の中ではもっとも美しいとされる『お告げを受ける聖母マリア〔受胎告知〕』の絵、フラ・アンジェリコやフラ・フィリッポの作品よりも優れた絵をそこに描くよう発注してください。天使が聖母の前にひざまずく情景ですが、場面は町の中、回廊の下、家々の前などではありません。さらに絶対に避けて欲しいのは、閉じた部屋の中です。私が望むのは、救済のお告げが広い屋外でなされることです。背景には低い塀の向こうに常盤樫《ときわがし》やレバノン杉が並ぶ、ちょうどこの庭園のような場所です。私は墓室の中に閉じこめられるとしても、マリア様と天使様には広い空の下にいて欲しいのです。生涯を通じて、工房、商館、銀行、さらにサント・ジリオ通りの自邸と、これまでつねに何かに閉じこめられてきましたので、閉じた場所にはうんざりしているのです。ここからアルノ川を越えて反対側のテレンツァーノの丘の上、オリーヴの木々、野原の上を私の魂が自由に飛び回ることを望みます」

さて、修道士たちは時間どおりにわが家に来てくれた。魂の救済を祈る。死の床に横たわる私は、彼らに早いところ立ち去って欲しいので、問いかけにはすべて「はい」と答える。修道士たちは最後まで真面目に務め、嬉しいことに、私が望む小さな礼拝堂を作ってくれそうな雰囲気である。ジネーヴラが部屋に入ってくる。善良なるピンタッソが安息の祈りを捧げるだけでなく、私の言うことを事細かに書きつけているのを見たジネーヴラは、「可哀そうな私のドナート、貴方はとても疲れているのね。ドナートが苦しんでいるではないですか。この馬鹿らしい作業で夫を疲れさせないでください」と強い調子で怒り、みなを部屋の外に追い出した。「そのときになりましたらお呼びしますので」と、うしろから声をかける。いつものように、その場の状況を確認し、取り仕切る。聖職者ではなく、その前に公証人を急いで呼び寄せるべきだ。信頼できる公証人は一人しかいない。ピエロだ。

カテリーナの一件が片づいたあと、ジネーヴラは引き続きピエロに仕事を頼んでいた。ピエロはここ数年評判を上げ、顧客も増えていたが、とくに修道院関連の業務を専門とするようになっていた。司祭、修道士、修道女、聖職者、聖堂参事会会員が処理する人間の心にかかわる証書の事務では、ピエロより優れた公証人を得るのは難しかった。加えて、ピエロは高尚な文書のみならず、俗世間の諸事についても能力を発揮した。商売契約、小作契約、売買契約、委任状、各種訴訟などである。また何年も前に私のヴェネツィア時代の証書類を目にして整理に取りかかった唯一の公証人も彼であった。多額の貸付金をどのようにして取り戻すか、それを知っているのは彼一人である。この債権回収は、どのみち私よりも長生きした者が実行することになるだろう。

ピエロは私たちの家に戻ってきた。いつものように冷たい言い方ではあるが、「ずいぶん前のことですが、ドナート様の証書類を調査したあの部屋、カテリーナにはじめて会ったあの部屋がどうなっているか、何年経っても忘れられないのですが」と心に抱くことを私に打ち明ける。ジネーヴラはピエロがそう望むだろうと予想していた。「上の小部屋には入れませんよ。使っているのです。カテリーナを解放したあと、その代わりを務めてくれる女奴隷を一人買って、その部屋にあてていますので」とうまくかわした。その女奴隷は二二歳になる。

すべての人にとって時間が経つのは早い。私はもう自分では寝台から起き上がれない。息をするのも苦しい。ピエロはこの部屋に小机を置き、私が言うことすべてを詳細に書き留める。ジネーヴラは記述ごとに必要となる文書や書類を探してピエロに渡す。ピエロが書いた文書は長くなった。少しずつ書いた文面を途中で読み上げ、私の同意を得る。文書作成の日付は四月一六日水曜日である。一段落したので、最後の願いとして私はピエロに「君の息子、つまりヴェロッキオの工房にいるカテリーナの息子をここに連れてきてはくれないか。ひと目会えると嬉しいのだが」と頼む。

その日が来た。命の火が燃えつきようとしている。枕から頭を上げることもできない。言葉も途切れ途切れになる。ジネーヴラは私の傍らに座り、頭を支え、ときどき水を少し飲ませてくれる。もうすべきことはない。うなずくのみだ。ピエロが来て書見台を広げ、要約記録を記した紙を開いて私と証人の前で読み上げる。証書正本は羊皮紙にラテン語で書かれる。ピエロは要約記録を持ち帰って、家で正本を仕上げるだろう。ジネーヴラは別の椅子を用意させる。扉の隙間から成長した少年の姿が見えた。ピエロ同様、背が高く、痩せている。豊かな金髪の巻き毛の若者だ。彼の息子、カテリーナの息子だ。

晩禱のときである。ジネーヴラは私を少し起こし、アンゲルスの祈りを言うのを助け、蠟燭を灯す。私が呼んだ証人が到着した。信頼できる数人の友人だ。ピエロが遺書を読み始める。公証人としての無感情な口調である。口から発せられる言葉は、あたかも自動的に動くペンで空中に浮かぶ見えない紙に一語一語書かれているかのようである。

「死ほど確実なものはなく、死のときほど不確実なものはない。先見の明ある人、ドナート・ディ・フィリッポ・ディ・シルヴェストロ・ナーティは、健康なる精神、感覚、視覚、聴覚、知性を有するが、その身体において衰弱していることから、いとも気高き創造者、われらの主イエス・キリストの恵みにより、以下の遺言を口述により筆記させる」

「第一に、私ドナートは、その魂を深い信仰の心をもって恐れ多くも全能の神、天国の園に差し出します。この現世から去る順番となりましたら、わが遺体はフィレンツェのモンテオリヴェートの修道院および修道会付属聖堂に埋葬されることとします。その葬儀には、わが妻ジネーヴラ夫人が適切と判断する額を充当することとします。フィレンツェ市民すべてが行うように、いくらかの金額は大聖堂の建設、新しい聖具室の建設、市壁の建設に寄進することとします。わが最愛の妻ジネーヴラには、結婚持参金として受け取った六〇〇フィオリーノ、銀行に対する預託金、毛織物および麻の生地を遺贈し、妻の新しい女奴隷一人、および当該女奴隷の雇用料も与えるとします」

さらに、「神の愛、魂の救済のために」モンテオリヴェートのサン・バルトロメオ聖堂への遺贈も定める。修道士への遺贈は、気高き都市ヴェネツィアにおける銀行と貸付事務局に対する貸付金、約束手形、三十年以上にわたって蓄積されてきたそれら負債の利息があてられる。それがどのくらいの額になるか、私は見当もつかないが、巨額であることは確かだ。公的負債は有利な利子がつき、返還請求と譲渡が可能である。礼拝堂には十分かつ余剰の出る額であり、修道院と教会堂の維持にも貢献するであろう。修道士たちには支払い、受け取りにかかわる全面委任状を渡したので、彼らは確実に事務処理を行うはずだ。宗教施設はヨーロッパ全土に数多く立地して連絡網をもち、国境や支配地域という境界を越えて、金の流れを統率できる政治的、経済的力を備えているはずだ。

二つの条件を追記する。「処理にあたる修道士たちは、回収した全資金の実額の五分の一をジネーヴラに渡すものとする。また、修道士たちはわが娘ポリッセーナを全力で探し出し、毎年ドゥカーティ金貨五枚を彼女に渡すものとする」

「法定の相続人はわが妻ジネーヴラ、遺言執行人は同人および修道士たちが推薦する通称ピンタッソ、絹織物商のフィリッポ・ディ・バスティアーノとする」

夜の三時課〔午後九時〕の鐘が鳴る。すべての人が引き取り、ジネーヴラも調理場に行った。軽く温かいものを私に用意してくれる。ピエロ殿はゆっくりと書類をまとめ、インク壺と羽ペン立てをしまっている。合図をして近くに来てもらう。言いたいことがある。「まもなく私は息をひきとるだろう。だが、ロレンツォ修道士とピンタッソが目配せして合意していたようすはどうも気に食わない。ピエロよ、気をつけてほしい。修道士たちはヴェネツィアでの貸付金だけでなく、買収されやすい裁判官を抱きこんで仲裁を有利に進め、遺贈金のすべてを懐に入れる恐れがある」。ピエロは「どうぞご安心ください。すぐに羊皮紙の証書正本を作成します。ご心配にはおよびません。ジネーヴラ様の権利すべては保証されます。修道院に関する事務については詳しく知っていますので、サン・バルトロメオ聖堂の礼拝堂建設につきましても、すべて規則に則って進むよう、私が厳密に監視します」と言ってくれた。「ただ、唯一の疑念はジネーヴラ夫人その人です」。ピエロ殿、貴方はまことに正直な公証人だ。この期におよんで市庁舎で聞きおよんだ噂を持ち出し、私を当惑させ苦しませる最後の質問を私に向ける義務があると考えるのか。いやはや、私よりも酷い悪魔のような公証人だ。そこまですべてを見通すとは。「ドナート様の没後、ジネーヴラ様はトンマーゾ・ディ・セル・ヤコポ・サルヴェッティと結婚するという約束をなさったそうですが、本当なのでしょうか」

もちろん、私は知っている、親愛なる公証人。妻に『私の死後の自分のことをよく考えなさい』と言ったのは私だ。死後もなお、ジネーヴラは私を愛し続けることを私は知っている。彼女の愛は永遠だ。それを疑う余地はない。だが、この町で未亡人、とくにジネーヴラのように勇気があり自立心の強い女性が一人で暮らすのはいいことではない。ジネーヴラはまだ五六歳で、トンマーゾ・サルヴェッティは七六歳のご老体だ。トンマーゾはジネーヴラに指一本触れないのではないか。彼が女性よりも少年を好むことをみなよく知っている。諸事を指示するのはジネーヴラで、望むことを彼にやらせるだろう。状況にもよるが最悪の場合、もしモンテオリヴェートの修道院との訴訟を避けたいならば、ジネーヴラは遺贈権の放棄も選択できる。生きていくのに遺贈を確保する必要はない。結婚持参金の返還は権利として保証されている。とくにトンマーゾ・サルヴェッティはロレンツォ修道士の従兄であり、ロレンツォ修道士に自ら望むこと、すなわちジネーヴラが望むことをさせるはずだ。要するに、ジネーヴラにナーティ家礼拝堂を作ってもらえるかもらえないかが問題になる。できないとすれば、この私の遺骨はどこに置いてもらえるのだろう。いま残された時間は少ない。煉瓦職人が立てる埃にまみれて、木箱に入れられ、修道院の倉庫に放置され、何年ものあいだ乾きって過ごすのは御免こうむりたいものだ。

ここで、ようやくピエロの息子つまりカテリーナの息子に会う。このやりとりのあいだ、長いこと外で待っていたのか。ピエロは門の外に行き、「お爺様が下の階でお待ちだよ」と外にいる彼を呼び寄せる。「急ぎなさい」とピエロ。夜の市内巡警が始まっている時刻で、一人でうろついている少年、彼のように見栄えのいい若者が呼び止められると面倒なのだ。安全のために、またここからヴェロッキオの工房までは送っていってやらねばならない。

レオナルドは円錐形のランプをもって部屋に入ってきた。ジネーヴラは油を足さなかったのか、炎は揺れて消えそうである。母カテリーナに驚くほどよく似ている。同じように輝く金髪、はっきりした目。鼻は父親譲りかもしれない。首襟のあるボタン付きの上着《ダブレット》を着て、鮮やかな赤い靴下を履いている。一四歳のはずだ。遠慮がちに私に近づいてくる。私が誰であるかは知っているだろう。母カテリーナは私とジネーヴラについて、これまでの長いいきさつを話しているに違いない。私もレオナルドに話したいことがたくさんある。母カテリーナとその身の上について。だが、もうできない。時間もなく、力も出ない。震える手を挙げる。美しくカールする金髪を撫でる。さらさらと流れる小川の小さな波のようだ。口ごもりながらなんとか言葉をかけるのが精一杯だ。問いかける。「アンドレア親方のところではどうだ？　技術をたくさん知っている親方から何か習い始めたのか」

少年は微笑む。母カテリーナの微笑みそのものだ。「はい。たくさんの技術があって、何をめざすのか難しいのですが、工房で行われていることすべてを学んでいます。竈《かまど》とるつぼがあります。金と銀を箔に打ちます。時計やら不思議な機械を組み立てるために、ばねと歯車を作ります。テラコッタの像を作り、顔料を混ぜ、ます。金型を作り、アンドレア親方の作品を鋳造する型も作ります。大理石やそのほかの石材を削り生き物を写して素描を描きます。いつの日か親方の許しを得て、私も絵を描きます」と説明してくれた。母カテリーナそっくりの輝くように明るい目を見つめ、私は「一つ頼みたいことがあるのだ。すぐにして欲しいのではない。お前が画家になったそのときでいいのだ。とても簡単な頼みだ。最初の作品を私のために描いてくれないか」まさに死のうとしている者を目の前にして、その頼みに対し、誰も「いや」とは言えない。この死の床での頼みをレオナルドの父、そしてモンテオリヴェートの工事を進めるはずの修道士たちとジョヴァンニ親方にも言っておこう。

「板絵が欲しい。大きくなくていい。礼拝堂の墓所の上に置きたい。いま、これから始めようとしている暗くて怖い世界への旅において、罪深き私の魂を守り助けてくださる聖母マリア様を描く絵が欲しい。主によって定められたお告げを知らせる天使を迎える、聖母マリア様の板絵だ」まさに一人の女性、カテリーナのように生まれも定かでない慎ましい少女、しかし産まれてくる子供の母であり、われわれすべての人間の母、救済へと助け導く女性、聖母マリア様。すべての人間の救済、それは私自身の救済でもある。「かつて描かれたことのないほどに美しく、素晴らしい『告知の聖母』、フラ・アンジェリコやフラ・フィリッポの作品をはるかにしのぐ芸術が欲しい。野外、空気と光と自然が満ちあふれる場所、制約や閉鎖とは無縁の自由な空間が欲しい。女性の胎内から新たな生命が生まれるという奇跡。自然が育む命、生きとし生けるものすべて、花、植物、木々の命がそこに描かれる。空気に満ちる命、大地に宿る命、水が生み出す命」

いまや消えそうになって揺らぐランプの炎を映して輝く少年の目を見つめる。少年はすでに私の言った情景を頭の中に思い描いているかのようだ。うまく説明しようとしたが、表現は混乱していた。最後の言葉のいくつかは、口ごもってどもってしまった。ああ、カテリーナ。私の天使。その手、そして指輪。徐々にその青い目は私から遠ざかっていく。霧のようにヴェールがかかり、私の目は見えなくなっていく。

意識を失う前、最後に思う。ジネーヴラはランプの油を節約し過ぎだ。ほら、もう消えてしまった。真っ暗ではないか。

1　フィレンツェの北西約三三キロメートルに位置する司教座都市。ギベッリーニ派（皇帝派）に与し、グエルフィ派（教皇派）のフィレンツェと争って敗北し、一六世紀にフィレンツェ共和国に併合された。
2　文書に記して原本であることを示す文字を図案化した署名。
3　「詩篇」と「箴言」は『旧約聖書』、「知恵の書」と「シラ書」は『旧約聖書外典』に含まれる。
4　ボローニャ大学の教授で法律学者であったロランディーノ・デ・パッサッジェーリ（一二一五頃―一三〇〇）が一二五五年に著した『書記方法大全（スンマ・トティウス・アルティス・ノタリアエ）』をさす。四書からなるこの書物は『ロランディーナ』の通称も得て、ヨーロッパ全土で一七世紀まで司法・行政関連の公文書様式、記載の基本文献として広く写稿、翻訳され普及した。
5　中世以降の大学で基本とされた、文法、弁証、修辞学の三科目。
6　ケルマルタンの聖イーヴォ（一二五二―一三〇三）。裁判官、公証人、弁護士、判事、および貧者の守護聖人。聖イーヴォを描いたフレスコ画がマザッチョにより一四二三―二五年頃に制作され、ジョルジョ・ヴァザーリの『芸術家列伝』で言及されているが、現存しない。

7　ゴンファローネは街区の旗。サンタ・クローチェ街区（サンタ・クローチェ聖堂周辺とその南部）の旗は上辺に六つの百合（フィレンツェの紋章）を並べ、中央に車輪状の三重同心円、その中央に赤の十字を描く。

8　主人公カテリーナとは同名の別人。

9　『旧約聖書』「詩篇」（一―一、二）

10　『旧約聖書』「詩篇」（六―二）。この語句のあとに、「主よ、憐れんでください。私は嘆き悲しんでいます」と続く。

11　学芸、芸術、工芸に優れ、初期フィレンツェの人文学の拠点であったカマルドリ会の修道院。修道院の円堂はフィリッポ・ブルネッレスキの設計で建築家ジュリアーノ・ダ・サンガッロが図を残し（ヴァティカン図書館蔵）、レオナルド・ダ・ヴィンチはそれを模写している（「パリ手稿」B, C.95r）。

12　ピサ市内、アルノ川の南を占める地域。一〇世紀初めにサラセン人の侵攻からピサを守った伝説的な娘キンジーカ・デ・ジスモンディの名に由来する。

13　大修道院（バディア）の近く、現在のフィレンツェ広場の一端には紙製品を扱う店が集まっていた。

14　この時代の製紙の主原料は木綿屑、ぼろ布であった。

15　紙の透かし模様は一二八二年にファブリアーノで発明された。

16　政治家、外交官、著述家、人文主義者（一三九六―一四五九）。古典諸語に通じ、アリストテレスの著作注解、ダンテ、ボッカッチョ、ペトラルカ、教皇ニコラウス五世の伝記などを著した。没後、膨大な書籍はヴァティカン図書館に移された。

17　ケイ素と鉛を主成分とする薄い黄緑ないし黄色の色味を帯びたガラス。

18　アンキアーノからフィレンツェまでは、東に約三二キロメートル、徒歩で八時間の行程である。

19　マヌーミッシオーはラテン語で「所有者による奴隷の解放、罪の免罪」の意。エマンキパティオーも「社会的、政治的、経済的な権利回復」を意味し、ほぼ同義。

20　ローマ・カトリック教会で、「信仰を抱いて逝ったすべての人々を記念する日」とされ、墓所に献花する。

21 『旧約聖書』「詩篇」（六―三）。

22 ヴェネツィア共和国の総督が乗り、共和国の旗を掲げる旗艦。船首には正義と権力を象徴する天秤と剣が飾られた。実戦用の軍船ではなく、復活祭に行われる祝祭「海との結婚」で出航した。

23 ピエロ・フィリッポの短縮形。

24 金細工師、画家、彫刻家、建築家（一四三五頃―八八）。工学や音楽にも才能を発揮した。貧しい家庭に生まれ、苦労して技術を身につけ、一四六〇年頃からメディチ家の支援で活躍し、その後工房を開設して多くの弟子を養成した。レオナルド・ダ・ヴィンチがヴェロッキオの弟子になったのは、一四六六年（一四歳）であったとするのが定説である。一四六〇年代にはサンタ・マリア・デル・フィオーレ大聖堂の頂塔の上に載せるブロンズ球と十字架を制作、レオナルド・ダ・ヴィンチが助手として設置方法を考案した。彫刻の代表作はブロンズの《ダヴィデ像》（一四七〇年代初め、高さ一二〇センチメートル）で、少年レオナルド・ダ・ヴィンチをモデルとしたとの説がある。ヴェロッキオ工房制作の《トビアスの天使》では子犬とトビアスが手にする魚、《キリストの洗礼》（一四七二―七五年）では、背景および天使像（二人のうち左端の一人）を助手レオナルド・ダ・ヴィンチ（当時二〇歳）が描いたとされる。家庭的な工房の雰囲気を好んだレオナルド・ダ・ヴィンチは、親方の資格を得てなお、ヴェロッキオ工房にとどまり、一四七七年にようやく独立して自分の工房を開いた。

25 ユダヤ教に由来する祝日。都市によって違う日に設定されており、フィレンツェでは一月一三日である。

26 一三五四年、ペストの終息を祝って、インプルネータの聖母マリア聖堂のイコン（おそらく一〇六〇年頃の制作）をインプルネータからフィレンツェのサン・フェリーチェ聖堂に運ぶ祝典行列の慣習が始まった。枝の主日の前日土曜日に適宜催行された。

27 アルノ川を挟んで市の中心部と反対側に位置する教会堂。一四一三年からカマルドリ修道会が管理し、夫の虐待から逃れる女性の避難所となっていた。

28 一三六〇―六四年頃にシエナで誕生した修道会。「キリスト貧者」と称し、寄付やワインと独自の薬水の販売によりブレーシャとヴェネツィアで信仰を広めた。

第11章　もうひとりのアントニオ

ヴィンチ村のカンポ・ゼッピ
一四九〇年　平凡な一日

おれの名はアントニオ。ピエロ〔第10章の語り手とは別人〕の息子だ。ピエロはみなが「マテ貝《チスキア》」〔痩せていることからついたあだ名〕と呼ぶアンドレア・ディ・ジョヴァンニ・ディ・ブートの息子で、みなはピエロを「牝牛《デル・ヴァッカ》」〔太っていることからついたあだ名〕、おれを「突進野郎《アッカッタブリーガ》」[1]のあだ名で呼ぶ。理由はわかっている。先陣を切って争いに突進する無鉄砲な兵士そっくりだからだ。一八歳のときに父親から離れて傭兵になった。父親にとっておれはなんの意味もなかったからだ。おれは長男ではない。長男には父親の望みすべてが託され、もてるものすべてが与えられる。おれは末っ子でもない。末っ子であれば金髪の可愛い男の子として可愛がられ、甘やかしてもらえたのだ。おれは兄カインでも弟アベルでもない。その中間の生まれで、つまり、夜明けにほかの兄弟よりも早く起きて、畑に出なければならない。季節になれば牛に鋤《すき》をつないで一生懸命耕し、あるいは暑い日を受けて穀物の刈り取りを行い、脱穀、葡萄の収穫、オリーヴの摘み取りなど、農作業のすべてをやらされる。額に汗して働く人にだけ、大地はその豊かな果実を呪われたアダムの子孫であるおれたち人間に与えてくれるのだ。

われらが土地。この土地はなぜつねにおれたちのものなのか。おれたちはいつからこの土地に住み始めたか、それは誰も知らない。ブート家はピサの山地から下りてきたという人もいる。地平線の彼方に見えるピサの山、日没には山々の稜線がくっきりと浮かび上がる。牧童の家系といってもいいブート家の故郷だ。だが、ある老人は「ジョヴァンニが名乗るブートという家名は『善き助け』という意味だ、誓ってもいい」と言う。おれはいつも問う。誰がおれに「善き助け」をしてくれるのか。善き神とは思えない。いつもそこまでおれたちに配慮してくれないからだ。「善き助け」とは、人それぞれが手を貸し合って助け合うということか。

古い文書は残っていない。いや、新しい文書すらない。家族の中に、そこそこ役立つ程度に読み書きの方法を知っている者は誰もいない。みなそれができないのだ。記憶は世代から世代に受け継がれるが、時とともに薄れていく。ジョヴァンニやブートの前に誰がいたのか。しかし、いったいそれを知ったことでなんの役に立つのか。この大地にはいつも同じ季節が順に訪れ、汗と血は雨水や陽光と同じように土くれの中に滲みこみ、土地を肥沃にする。おれたちの肉体も土に戻り、土くれがまた作られる。

老人たちが言うには祖先はみな奴隷だった。上に立っていたのは領主の家系であるグイディ伯爵家[2]だ。だが伯爵を見た者はいない。その代わりにおれたちが会うのは、伯爵の名で命令し、取り仕切る者たちだった。監視兵、農場管理人、聖務者など、彼らは死のように忘れることなくきっちりやってくる。年に一回ないし数回来ては貢納穀物、燕麦、家畜を要求する。健康でたくましい若者も、命令を受ければ兵隊要員として彼らについて行かなければならない。まれに、美人と評判の娘が姿を消すこともあった。そしてある日、すべてが終わった。君主は逃亡し、耕作していた土地はおれたちのものとなったのだ。[3]だが同時に平和な日々も終わった。教皇が誰で、皇帝が誰なのかさえ、おれたちはまったく知らない。さらに、教皇の近くにいる者はグエルフィで善き支配者、皇帝の近くにいる者はギベッリーニで破門された悪しき支配者らしいが、なぜそうなのか理由はわからない。普通ギベッリーニ派は年老いた貴族や君主たちだ。おれたちはすべてグエルフィだった。ピサ、フィレンツェ、ルッカ、シエナなど、獰猛な野獣のように互いに争う都市や君主の戦争の前線に近いおれたちの土地は、武器をもつ軍隊と傭兵団で蹂躙された。

ヴィンチ村の城塞[4]は変わらずフィレンツェ領内のグエルフィ派であり、占領を試みる多くの攻撃を撃退してきた。イギリス人の殺し屋ジョヴァンニ・アクート[5]の攻撃も跳ね返した。ギベッリーニ派、そしてギベッリーニである自分を誇らしく自慢していた人々は、絞首刑となるか、追放されるか、どうにか生き延びた残党も著しく自由と権利を制限された。そのなかにはアンキアーノの反逆者たちもいて、城塞は徹底的に破壊され、自衛や反乱で使えそうな武器や道具を手にすることは、鎌一つといえども絶対に許されなかった。一方、早くから堂々とグエルフィを自認していたおれたちは、土地の所有を許されたのである。曾祖父ジョヴァンニのとき、ヴィンチ村は街区に分割された。おれたちの土地とサン・パンタレオ教区はサン・バルトロメオ・ア・ストレーダ街区に入り、曾祖父ジョヴァンニとその息子アンドレア、パスクイーノ、マルコの名は大きな住民台帳に記載された。住民は抽選により、公共の仕事に奉仕する義務があった。しかし、その抽選はなされなかった。

おれたちの土地の中心はカンポ・ゼッピだ。この低い丘は村から一マイルほどの距離にあり、ヴィンチョの小川に沿って広がっている。丘の上には肩を寄せ合うように家がいくつか並び、中央に空き地を囲む集落となっている。馬屋、穀物庫、ワイン貯蔵庫が広い空き地に面している。そこに立つと、世界の中心にいるような気分だ。親しみのある場所や家々に囲まれ、遠くを見渡すとサン・パンタレオの小さな教会堂のある丘、ヴィンチ村の城塞の塔、さらにモンタルバーノの教会堂の鐘塔とその脇の集落が見える。ほぼ三〇スタイアの美しい土地の大部分は葡萄畑で、残りは畑と森だ。さらに、カンポ・ゼッピの農園、フランコネーゼ街道に面してミニャッタイア、クアルタイアの農園、そのほかの土地があり、すべて合わせると九二スタイアにもなるだろう。それぞれの農園が豊作であれば、九ブッシェルの小麦、六〇樽のワインが収穫できる。さらに、六〇頭は下らない羊に加え、牛、仔牛、豚、騾馬《らば》、仔馬もいる。

六四年前におれが生まれたとき、三家族が一緒に住んでいた。ジョヴァンニの息子パスクイーノとマルコとそれぞれの妻と息子と孫、残りがおれの父ピエロの家族である。祖父アンドレアは亡くなっていた。父の一家は、妻ピエラ、祖母リッパ、おれの姉ベッタ、兄ヤコポ、そしておれだった。家は裸足で汚れた騒がしい子供たちであふれていた。おれもその一人だった。いつも大人たちから叱られ、ときには打たれることもあった。しかし、生命力にあふれてすべてが成長する土地、カンポ・ゼッピでみなが幸福だった。

新しい季節が来ると新しい子供が生まれ、年老いた人々がこの世を去った。パスクイーノの息子モンテは妻と子供を連れて、蹄鉄工として働くためにピサに引っ越した。世を去ったマルコに代わり、息子のマッテオとマーゾがそれぞれの家族を率いるようになった。わが父ピエロだけがかつて家を守った世代でただ一人健在で、小さなわが村の代表を務めた。ピエロとピエラには息子アンドレアが生まれたが、ピエラはアンドレアの出産後まもなく亡くなった。ピエロはすぐに再婚し、後妻アントニアを迎えた。アントニアは息子ベネデットを産んだ。父ピエロにとって、おれはまったく存在感がなかった。すべての関心は長男ヤコポに向けられ、ヤコポが成年になるとすぐに所有不動産の一部が譲渡された。ヴィンチ村の城塞にある家とカンポ・ゼッピの一〇スタイアの土地である。土地からは三スタイアの小麦と一樽のワインが収穫できた。ピエロの愛情すべてが惜しみなく注がれたのは、第二の妻アントニアと末っ子ベネデットである。おれは成人になったらすぐに家を出て行こうと決めていた。おれの弟アンドレアも、父の情愛を末っ子の小さなベネデットに奪われていたので、同じ決心をしていた。奴隷はもうたくさんだ。自由が欲しい。古い家から、夜明けから晩遅くまで毎日背骨を折り曲げて働いた呪いの土地から、自由になりたかった。

子供の頃は厳しい時代だった。戦争に明け暮れていたからである。ジョヴァンニ・アクートの時代、何日も飢えに苦しんでさ迷った敗残兵は、葡萄畑に隠れて食物をあさるか、突然現れて農夫の首を切り裂き、その妻や娘を犯して欲望を満たしていた。だが、止むことのない兵士の行軍と共和国の重税をなんとか耐え忍ばなければならない。兵士が通って踏み荒らした畑には種をまくことができず、土地を棄てるしかない。たぶん六歳の頃だったと思う。フチェッキオ[6]に向けて騎兵と歩兵の軍団が通るあいだ、おれたちは家に閉じこもっていた。みなが言うには凄惨な戦闘があり、アルノ川の対岸、サン・ロマーノのモントーポリ城塞[7]の下には多くの死体が血の海の中に残されていたという。冬が十回ほど過ぎた。一団の兵士、いや盗賊団となった除隊兵たちが、ヴィンチョ川の付近で越冬するため、放棄された家に住みついていた。彼らは付近の家屋から盗んだ木材で大きなかがり火をたき、逃げ出した羊を捕えて食料にした。いざこざを避けるため、父は数樽のワインを彼らに届けた。敗残の盗賊兵たちがいなくなるまで近づかぬように、とくに女は絶対に外に出るな、と父は厳しく言っていた。

自分たちよりなにか大きなことに引かれていたおれとアンドレアは、盗賊兵たちの家に近づいてみた。春の初め、この迷惑な隣人らはピサに招集されたとのことで、その移動前日の最後の晩であった。盗賊兵たちの最後の晩餐を見てみたいという思いに駆られて、ブラックベリーの生垣に隠れることにした。好奇心にかられて目を丸くして見たその光景は、そそられると同時に恐れを抱かせる宴会だった。サン・パンタレオ聖堂の司祭が説教で厳しく禁止したそのままの情景が繰り広げられていたのである。村々から奪った仔羊の肉を刺した長く太い串が焚火の上にあり、肉の脂が音を立てて炎に落ちていた。火の周りでは二人の女が髪を振り乱して裸足で踊り、それを囲む兵士たちは村の蔵からせしめたワインを飲み、大笑いをし、手をたたいて上機嫌だ。地獄で催される魔女の安息日《サバト》8の光景とはこれをいうのだろう。刀傷や火傷の跡のあるいかめしい顔で酔っぱらう大男、そして恥じることなく腰布を上げて淫らに踊り続ける女、悪魔はこれら罪と欲望の生き物に姿を変えて、その饗宴に現れている。

こっそりとそこから逃げ出そうと動いた瞬間、二人は強い力でうしろから肩をつかまれた。二人の兵士に捕まったのだ。彼らは酔っていても辺りの警戒を怠らない。アンドレアとおれが気がつく前に、すでにおれたちの存在に気づいていたようだった。二人はおれたちを引きずり出して担ぎ上げ、大声を上げて空き地の焚火の前に乱暴に投げ出した。「串焼きにする馬鹿どもを獲ってきたぞ」男たちは大声で笑う。なかでも一番顔つきの悪い男、赤髭で燃えるような鋭い目をしたひときわ大きな男が、長い剣をおれたちの喉に突きつけ、「おい兄弟。このピサの回し者をどう始末するか?」地獄に響くような声で言う。みなはもう一度どっと笑う。兵士は戦場でこういう冗談をよく言うのだろう。おれとアンドレアは、悪ふざけのわけがわからず、恐怖のあまり生きた心地がしない。アンドレアは漏らしてしまいズボンをすっかり濡らしていた。兵士の一人はそれを指さしてさらに大声であざける。別の一人は燃え木を取り上げて顔を照らし、「こいつら女のような顔と巻き毛をしてやがる。楽しめそうじゃないか」と言うので、おれたちの恐怖はさらに大きくなった。さいわい踊っていた女の一人が、「女より子供が好きだとは、あきれた兵隊だよ」と怒って、手元の薪で男をたたいた。

頭領とおぼしき鬼のような大男は、「よし、ふざけるのはこれまでだ」と男たちや女たちを黙らせ、「仔羊はちょうどいい具合に焼きあがった」と、おれたちに大きな手を差し出して起こしてくれた。面倒見のいい頭領なのか。自分の脇に座らせ、木の杯にワインを満たして「飲めよ」と差し出してくれる。もとは村人たちが作ったものだ。こんがりと焼かれて脂が滴る仔羊のすね肉も勧めてくれるが、これもおれたちのものだった。気がつくとおれたちは不思議な祝宴に加わっていた。それは怖いだけの宴ではなかった。飾らない生き方がそこにはあったのだ。おれが夢見た自由な生き方だ。男たちの団結力にも感嘆する。強く、誰の支配も受けない男だけの仲間、彼らはやりたいことをする。やりたいことがあれば、法律、規則は無視する。国から、聖職者から、家族から彼らは完全に自由で、行きたいところに行く。

真夜中になった。「どうだ、一緒にピサに行きたいか」と尋ねられて、火とワインで酔ったおれとアンドレアは、行きたい、と叫んだ。うしろを振り返ることなく、おれたちは両親に別れの挨拶もせずに、村を出た。

ここから兵士として、おれ、向こう見ずの先鋒、突進野郎《アッカッタブリーガ》の生涯が始まる。戦闘ではあと先を考えず、大声を張り上げて、おれは真っ先に乱戦の中に飛びこんだ。それは、カンポ・ゼッピで夜明けとともに誰よりも早く起き、まるで本能や習性ですべきことをする動物のように、考えることなく畑で土くれを砕き、大地を耕したのと同じことである。おれが思う本能とは、生けるものすべてが備える始原の能力である。本能は、地球上でもっとも臆病な動物である豚や鶏にも備わっている。つまり、生き続けること、身体が死を迎えるその運命の瞬間を可能な限り遠ざけ、遅くしようとする衝動だ。頭はここ、腿はあちら、羽はそちらと、身体が切り分けられるその瞬間まで生き延びようとするのが本能である。なぜおれは戦闘に慣れることができたのか。畑や森で使う鎌、鉈《なた》、斧などの道具と戦場で敵を倒すのに使う武器にそれほど大きな違いはないからだ。習慣、すなわち考えることなくできる動作だ。振り下ろす、突き刺す、土を耕すのではなく、それを敵の腕や足、生きた肉に向ける。敵の腹を切り裂くのは膨らんだ土に鋤を入れるのと同じだ、そう、耕すときに邪魔になる石を割るように、頭蓋骨を叩き割ればいい。真夏に実った穂を鎌で刈り取るように人を切り殺すこと。人体から流れ出るぬるぬるした血で大地を潤すこと。このすべてが戦争なのだ。きつく、汚い仕事、習慣としてやる仕事だ。考えずにやらねばならない。

主の慈悲により、おぞましいと感じていたこうした仕事をおれはほとんどせずに済んだ。兵士になっていたのは短期間で、ちょうど見せかけの平和な時期であった。ピサに駐留していたフィレンツェの荒くれ軍隊へ追加部隊として合流し、彼らが進めていた新しい城塞の建設、および都市とその郊外地域の支配を安定させる任務を負った。血なまぐさい武力衝突はなく、ときどき収税吏や兵士が村の女たちに好き放題のことをして逆に村人に殺されたといった場合に、罰を与えるための派遣がせいぜいであった。おれたちの前に、突然、鎌と鋤で武装した農夫たちが現れたことがあった。脅すように農具を振り上げている。軍の石弓射手が農夫の一人を撃ち殺したので、ほかの農夫たちはいっせいに逃げ出した。司令官が命令する。「歩兵が家に焼き討ちをかけ、物を盗むとしても、やり過ぎは許さない。見せしめは許すが、女を辱めることは絶対に許さない」

アンドレアとおれは、ピサで従弟モンテ・ディ・パスクイーノとその家族に会った。モンテは駐屯隊の馬に蹄鉄を装着する蹄鉄工であった。その作業場は、サンタ・マリア・マッダレーナ教区に住むヴィンチ村出身のナンニ・ディ・フェッランテと共同所有であった。話をしていると故郷の懐かしさを感じる。おれはそれほどでもなかったが、アンドレアは望郷の念を強く感じて、夜、カンポ・ゼッピに帰りたいと泣くこともあった。だが、兵役を終えるまでは帰郷は望めない。思っていたほどここでは自由がない。むしろ、以前よりも奴隷のようになったと感じる。父の奴隷ではなく、市民を支配する国家の奴隷だ。国家は父よりも始末が悪い。おれたちをそこに釘づけにして、他の都市、他の国家を奴隷として支配するからだ。

グアッツァロンゴ街区やキンヅィーカ街区はおれたちのなじみだ。皮なめし作業所の小路と例の職業の専門店が並ぶ小路だ。別嬪さん小路、マッダレーナ小路、ヌンツィアータ通り、ヌンツィアティーナ通りなどの名前が暗示する、いかがわしい一画だが、おれたちの甥はまさにそうした街区の真ん中で生計を立てていた。おれたちが貰うわずかな給金は、居酒屋のワインと、どこから来たかわからない女たちとのつかの間の快楽ですべて消えた。

城塞では武器の指南兵から技術を学び練習を続けた。農村出身のおれたちは使い捨ての歩兵にされる。実戦では屠殺場の家畜ように最前線に送られ、敵を消耗させるために使われる。さいわい、おれたちの配属先では実際の戦闘は起こらなかった。「主と聖ゲオルギオスの名において」で始まる軍事訓練は乱暴で、「殺されたくなければ殺せ」という単純明快な原則をたたきこむだけだった。「理屈はない。お前たちの前に人間はいない。前にいるのはお前を殺そうとするやつだ。そいつより早く、うまく武器を使えばいいだけだ」この教えだけで訓練は続く。すべての動作は意識せず反射的でなければならない。何も考えずに、習慣のように動くのみだ。

「強く鍛えなければならない。戦闘は夜明けから日没まで一日中、土を耕すのと同じだ。騎兵が派手な動作で英雄のように一撃を加えても勝利には結びつかない。接近戦にあって汗と力を振り絞ってできるだけ長く持ちこたえる兵士がいてこそ味方全体の勝利がある。敵の一撃ではなく、疲労によって倒れ、倒れた者は死ぬ。地面にたたきつけられて生き残れるものはほとんどいない。運がよければ、という言葉は通用しない。捕虜になると、飢えと病魔に長く苦しむ地獄を味わう。小さな傷はみるみる悪化し、凄まじい苦痛となる」指南兵が平然と繰り返す。「お前たち、捕虜にならないほうがいいぞ。怪我はしないほうがいいし、死なないほうがいい」

「習得する最初の技は組み技だ。もちろん、男と女が抱き合う技ではないぞ。相手を殺す技だ。手、腕、足で相手を絞め殺す、さら口や歯で噛みつく。動物が獲物と戦うように、武器を発明する前の人間が戦ったように」これを聞いて、おれとアンドレアは笑った。カンポ・ゼッピの麦打ち場で、男同士でもふざけ合ってそうすることがあったのだ。しかし、実際の組み技はまったく違っていた。指南兵や訓練兵を相手にすると、おれたちはつねに負けて倒される。腕は脱臼し、殴られると痺《しび》れるほどの痛みだ。首を絞める技で本気を出されたら、確実に死んでいただろう。拳を一発食らったおれは鼻骨を折ってしまった。骨の一部は顔にめりこんでいる。それ以来、おれは醜い顔で知られる突進野郎《アッカッタブリーガ》になった。

木の短剣を使う決闘訓練もする。有効な一撃は「勝負あり《ジョーコ》」となる。おれたちと一緒に来た新参の田舎者たちの役割ははっきりしている。戦闘員どころではなく、補給員、補助員であり、鍬《くわ》と鋤だけで軍備の作業にあたる。必死で装備を運ぶ者、河川に架ける橋に使う木材を切り出して運ぶ者、道路を作るために地面を掘り返す者、塹壕の掘削と土塁の構築を命じられ、それが終われば、敵の領地と家屋に火を放つ。その作業でおれたちに支給されるのは、革の上着、小さな木の手押し車、帽子、短刀、そして短剣だけだ。武器を使う仕事、騎兵と戦闘員の仕事は、おれたちに向いていないということだ。

戦法の指南兵は身体中が傷だらけだった。過去数年間の戦闘、大激戦となったサン・ロマーノの戦い[9]とアンギアーリの戦い[10]で武勲を立てたときの傷だという。とても信じられない伝説のような戦いだったという。指南兵の名はヤコポ・ディ・ナンニで、カステルフランコ・ディ・ソット[11]の出身だ。おれたちの故郷から遠くない。みなは指南兵を突進野郎《アッカッタブリーガ》とあだ名で呼んでいた。この指南兵がおれに自分と同じあだ名をつけたのだ。

ピサでの安逸な日々は長く続かなかった。ナポリのアラゴン王は裏切りを繰り返すシエナ軍と同盟して、トスカーナに侵攻した。冬になると、フィレンツェはカンピーリャ[12]の守備を固める布陣をとり、他の軍勢をピエンツァ北西のスペダレット[13]に派遣した。しかし、おれたちは相変らずピサに待機となった。春になる。アラゴン王はカンピーリャに軍を進めると見せかけて、ピオンビーノ[14]を攻撃する。ピオンビーノを失うわけにはいかない。リヴォルノ[15]ではただちに四隻の大型ガレー船に軍備が整えられ、わが軍を二ないし三の中隊に分けてピオンビーノに派遣する。おれたちはカンピーリャとピオンビーノの間、カルダーネで待ち伏せる。一帯は浅い沼や湿地だ。アラゴン軍が私たちに襲いかかってくるのではないかという恐怖を感じる。アンドレアは恐怖で立ちすくんでいる。「おれは人を殺したことがない。目の前に同じ年頃の若者が短剣を手におれをじっと見つめたとする。おれはとてもそいつを殺すことなどできそうにない」とつぶやく。「おれは殺されるかもしれない。予感がするよ。剣が身体の中に刺さるのは怖いな。血が喉から噴き出すのかな。死ぬのが怖い。死ぬときは暗くなって、寒くなるのかな」とも言う。おれは「お前のそばを絶対離れない。危なくなったらおれがお前を守る。誓ってそうする。安心しろ。お前には何も起こらない」とアンドレアを勇気づける。

状況は悪かった。食べ物は何もない。周辺の土地にはもともと人が少なく、戦乱を恐れてその少数の住人も土地を棄てて逃げていた。夜、かがり火の周りで、元気を取り戻すために欠かせないワインさえ、すでに底をついていた。救援の兵士たちが来る望みもなく、おれたちは燕麦《えんばく》のゆで汁と蜥蜴《とかげ》で飢えをしのぎ、なんとか生き延びていた。蒸し暑さに加え、蝿がうるさく、蚊に刺されるが、ぶつぶつ言う以外に何もできない。腐った水、泥水を飲んで病気になり、それはつぎつぎと広がった。ついに、その場で持ちこたえることは困難になり、自軍の反乱の危険を察知した司令官たちは移動を決断した。なおアラゴン王の支配下にあったいくつかの城塞を取り戻すため、軍は小規模な戦闘に向かうことになった。

敵にとっても苦戦だったようだ。数において勝り、十分に武器を備え、しかもおれたちよりはるかに多くの食料を準備していた敵だが、湿地での戦闘で相手になったのは、マレンマ[16]という湿地、蚊、マラリアで、戦闘を交わすことなく退散せざるをえなかった。二千を超える死体が放置されていたが、そのほとんどは盗賊あがりの脱走兵であった。軍を裏切って天罰が下ったのだろうか。大型ガレー船二隻が到着したのでやっと帰れることになったが、ふたたびピサに戻ったのはおれだけだった。この栄光なき戦闘で、取り返しのつかない大きな犠牲がでた。弟アンドレアが不潔な小屋の中で高熱のために息を引き取ったのだ。アンドレアは錯乱状態で聖母マリアと母ピエラの名を繰り返すばかりだった。おれは弟を死神の鎌から守ってやることができなかった。

この地の陰鬱な空気の中で、おれはヴィンチ村出身のアントニオ・ディ・セル・ピエロの息子と知り合うことになった。ところで、ヴィンチ村の村人でアントニオ爺さんを知らない人がいただろうか。おれの家族で彼を知らない者がいただろうか。おれもアントニオ爺さんの顔をよく覚えている。カンポ・ゼッピにもときどきやってきた。わが家の土地に隣接する所有地を持っていたからである。カンポ・ゼッピに来たときは必ずわが家に立ち寄り、その年のワインの出来を味わい、前年のワインがいかに熟成しているかを確認した。そして、次から次へといろいろな話をしてくれ、おれたちはそれに耳を傾けた。おれたちブート家の者は「きちんと働く者、嘘をつかない者は口数が少なく、口先だけで喋りまくる連中とは違う。連中はおれたちを騙すために言ったことを書き留めるのだ」という家風だったが、アントニオ爺さんは違う。喋らずにはいられない爺さんだ。おれたちに、村のすべての人々に語りかけずにはいられないのだ。自分では事実であると信じ切っている話、しかし、聞く者全員は爺さんが頭の中で作り上げたものだとわかっている話、それをどうしても話したがる。世界の果てに船で向かう話、サラセン人の国の話、海賊の襲撃、蛇、ライオン、巨人だけしかいない果てしなき砂漠。そして、ただそうすることが好きだからというだけで、世界で許されるすべての自由を楽しんで身を委ねる、美しく芳しい香りの少女たち。おれはこういうアントニオ爺さんが好きだ。彼は公証人の息子なので、ときどき、おれたちが読めない文書を読んでくれた。払わなくていい税金についても教えてくれる。そして、父が持たせた鶏とワインの瓶を手にして満足して村に帰っていく。

アントニオ爺さんの息子は知らない。会ったこともない。おれたちは村まで上っていくことがなく、彼もカンポに下りてくることがなかったからでもある。少し前、公証人になったという。フィレンツェ市民に関する仕事でピサに派遣され、アルノ川に面するロッジェ・デイ・バンキ〔銀行開廊街〕の近く、キンジーカ街区のサン・セバスティアーノ地区にいた。馬に蹄鉄を打つために彼がモンテの店まで足を伸ばし、そこにいたおれと出会ったのだった。そのとき、おれはピサで軍隊での生活を切り上げたいと考えていたのだが、どこに行ってどのような手続きをすればよいかわからなかった。もう四〇年以上前の、一四四九年三月のことである。モンテは蹄鉄を打ちながら、おれたちを紹介した。おれとピエロはまず目と目を見合わせ、それから握手をする。同い年で、似た者同士の感覚があった。公証人という職業ではあったが、ピエロは信頼できそうである。その直観は正しいはずだ。アントニオの息子であるからには、親と同様に正直な人物だろう。

多くを説明しなくても、ピエロはおれが心に抱えている悩み、つまり故郷に帰りたいという強い願望をすぐに理解してくれた。さらに、もう一つの大きな疑問にも実務を踏まえてすぐに対応してくれた。父との関係が破綻した故郷で何をしたらいいのか、弟アンドレアを軍の作業に無理やり引きこんだ責任をどうとったらよいか、という問題である。ピエロはアンドレアが亡くなったことを知らない。誰もそれを彼に知らせないだろう。アンドレアは逃げ出して行方がわからず、その生死すらはっきりしないということになっている。故郷ではどんな仕事をすべきだろうか。おれが父と一緒に畑で働くことは拒むだろう。従兄のモンテの店、凄まじいハンマーの音の中で、ある考えがふと頭に浮かんだ。城塞の建設を通じて軍で多くの技術を学んだのだから、職人として生計を立てることは悪くないだろう。そもそもここ数年、おれは軍でもっぱら壁に使う煉瓦を焼く作業をしてきた。

そうだ、これはおれにとってとてもいい仕事になるはずだ。おれがいないあいだ、父がメルカターレ・ディ・ヴィンチにある煉瓦工場の半分を買っていたことをおれは知らなかった。工場はアルノ川に向かう街道の近くにあり、残りの半分は、フィレンツェのサン・ピエトロ・マルティーレ聖堂の修道女たちの所有であった。工場に隣接し、サン・パンタレオ聖堂からサン・ドナート・イン・グレーティ聖堂に広がる土地[17]も同じ修道女たちが所有していた。ピエロ氏はこれを知っていた。修道女たちの所有地は、彼の父アントニオとマルコ・ディ・セル・トンメの土地にも隣接していたからである。アントニオ爺さんも修道女たちを知っており、ピエロは土地所有者間の調整をうまく進めてくれた。修道女所有地の半分を賃貸で使わせてもらい、煉瓦窯の事業を始める段取りを整えてくれたのである。もし助けが必要となった場合、ピエロの従弟シモーネ・ダントニオがピストアから来てくれる。シモーネはピエロの妹ヴィオランテと結婚したばかりで、煉瓦職人でもあった。バッケレート[18]には、シモーネの母親の家族が水差しと小型の壺を専門とする別の窯を所有していた。

おれはヴィンチ村に戻ってきた。父は冷ややかな態度でおれを迎える。「福音書」では放蕩息子が帰ったときに祝宴をあげることが説かれているが、[19]それもなかった。だが父は、煉瓦窯を使うことにとくに反対もしない。窯は長らく放置されたままで、そこからの収益もなかった。息子がカンポ・ゼッピの家に居座らず、厄介なことがなくなれば父にとって問題はない。

家の状況はずいぶんと変わっていた。年長者は亡くなり、父と継母のアントニアを残すだけである。マルコの息子であるマッテオとマーゾがそれぞれの家族と住んでいる。モンテの息子でピサから戻ってきたピエロもいる。兄ヤコポは父から受け継いだ土地を所有し、城塞の中の家に住んでいた。若い妻フィオーレを迎えて、領主気取りの生活のようだ。ピエロの仲介で、窯の賃貸料は年額八リラとなった。滞りなく払うことを約束する。

始めた当初は悪いことがなかった。背を丸め、頭を下げて、仕事に打ちこんだ。騾馬のように一人で黙々と働いた。小さな家とおぼしき建物、馬屋、中庭周囲の建築、竈《かまど》の修繕などである。カンポ・ゼッピの家には戻れないので、おれはその小さな家に住んだ。父はおれが家に入ることを許さず、課税申告書でもおれの名を扶養家族から外した。のちに担当の事務員がおれを扶養者としてそこに記入し、煉瓦窯の半分を父の所有と認定したにもかかわらず、である。窯の燃焼室は半地下に作られていたが、穴があったので補修し、燃焼室を支える小アーチも補強した。その上の焼成室は念入りに掃除する。もちろん作業はすべておれ一人でする。あのシモーネ・ダントニオははったりだけで姿を現さないからだ。枯れ柴と木切れを集め、質のよい粘土を探し、よく練り、成形し、乾燥させる。それから数日間、窯で焼成すると、赤褐色の硬く丈夫な煉瓦ができあがるのだ。

そう、最初はすべてがうまく行った。だが状況は徐々に、しかもきわめて悪くなった。その原因はシモーネにある。賭け事という彼の悪い癖ですべてが暗転した。おれも巻きこまれ、修道女たちに賃貸料が払えなくなった。おれが働いて稼いだ少しばかりの金は、開業資金を清算したあと、すべて愚かな賭け事に消えた。シモーネの仲間で相棒でもある悪党に、ヴィトリーニ・セル・アンドレアという聖職者がいた。のちにささいな分け前をめぐって仲間割れをしたシモーネはヴィトリーニを司教に訴えることになる。アンドレアは神をも恐れぬ不届きな聖職者で、墓地という神聖な土地に豚を放し飼いにしたため、豚は地面を掘り返し、死者の骨をかじっていた。魂の宿るよすがに思いを馳せるのではなく、たまたま出会ったものの弾みで賭け事に没頭するような人物で、その衝動はどうにも抑えがきかないようだった。教区の聖職者用住居や彼の自宅で夜になってから、村の外のナンノーネの家で、さらにパテルノのサンタ・ルチアの積み藁の陰で、賭け事が繰り返された。ナンノーネの家では、明らかないかさま賭博でおれから一フィオリーノと二リラあまりをたっぷりと巻きあげた。また、賭け事に負けたシモーネは金を支払う代わりにおれの煉瓦窯から並品質の煉瓦三百個を買うという名目で持ち出した。おそらく、シモーネとアンドレアは、事前に煉瓦をせしめる段取りを打ち合わせていたのだろう。というわけで、おれは金も煉瓦も失うことになった。すでに三年も未払いが続いている修道女たちへの支払いは、これでさらにできなくなった。

もう一度ピエロ氏に助けてもらわないといけないのだが、どうも頼みにくい。ヴィンチ村の噂では、ピエロ自身、女性に関する大きな問題を抱えているというのだ。すべて悪の根源には女性がいるとみなが言うのは正しい。ピエロがそんなことになるとは予想もしなかった。誘惑という甘い幻想に浸り、女の腕に身を委ねた男だったのか。ピエロはそれなりに勉強し、頭の悪いおれのような激情に走る労働者ではないはずだが。すべては自分で差配し、冷静に物事を処理するはずの男。しかしそのピエロも、すべての男のように女の前でその頭を空にして女の奴隷になってしまったのか。

復活祭のとき、ピエロは妊娠しているあの謎の女をまったく人目につかぬようにアンキアーノに連れてきた。秘密はすぐにばれて、村のみんなはその女のことを知っている。わざわざ会いに行った者もいるぐらいだ。多くの村人が生まれた赤ん坊の授洗式に立ち会った。女をひと目見た者はすべて「このうえなく美しい人で、どんなに気難しい人でも、心を和ませてくれる天使だ」などと言っている。出産後は、アントニオ爺さんが家に迎え入れて女と赤ん坊の面倒を見ているようだ。フィレンツェに戻ったピエロ氏から連絡があって、勤勉な修道女たちは負債・債権者台帳に二四リラの借金ありとおれの名を書きこんだという。もし仕事を失いたくなければ、おれは返済を始めなければならない。

どうするか。アントニオ爺さんなら助けてくれるだろうか。借金は無理だとしても助言をもらえるかもしれない。こうなったのは彼の娘婿シモーネのせいだ。それは身を凍らせるような北風が吹く二月の寒い朝だった。畑はうっすらと雪をかぶって白い。マントを着ておれは村のほうに歩いていた。人影のない市場広場を横切る。城塞の手前にあるアントニオ爺さんの家のほうに坂を上る。爺さんは勢いよく火が燃える暖炉の前でおれを待っていてくれた。何年ぶりだろうか、久しぶりだ。大きな椅子に座り、やはり大きなひざ掛けを掛けて、その上には黒猫が寝そべっている。ルチア夫人は謝肉祭《カルネヴァーレ》に食べるフリッテッレとチェンチ（いずれも揚げ菓子）を買いにパン屋に出かけて留守だった。アントニオ爺さんの大好物なのだ。そうと知っていれば、おれが土産に持ってきたのだが。手ぶらで訪問とは田舎者丸出しだ。だが、手になにもないというよりは、ポケットになにもないのが実情だ。

爺さんがおれのことをどこまで覚えているのかは少々怪しい。爺さんがカンポ・ゼッピにやって来た頃、たくさんの子供たちが周りに集まっていつも話を聞いていたが、その仲間の中でおれはとくに目立つ存在ではなかった。しかし、ピエロはおれのこれまでのこと、おれが抱えている問題を爺さんに話してくれていた。爺さんは兵士としておれが従軍したこと、アンドレアが命を落としたこと、すべてを知っていた。そして、それは絶対守るべき大きな秘密であることもわかっていた。おれの身体を温めるため、「お前さんたちのものに比べると味は劣るがね。次は必ずカンポ・ゼッピのワインとオリーヴオイルを手に入れておくよ」と微笑んで、ワインを注いでくれた。「申し訳ありません。私は土地を所有していないので、ワインもオリーヴオイルも持ってこられないのです」とおれは謝る。土地を所有していたのは、父、兄、従兄で、数の中に入っていないおれは何も持てなかった。少しばかり煉瓦を焼く方法を身につけたが、なんの利益もなかった。爺さんはそれを聞いて、「いやいや、わからんものだ。若者にとって未来は高く広がる空のようなものさ。老人にとっての空は少しずつ閉じて、そのうち光も射さなくなる、そういう空とは違うのだよ」と微笑みながら言う。

アントニオ爺さんはさらに続ける。「煉瓦窯、それから修道女たちはどうするつもりなのか。いや、恐れるほどではない。修道女というのは善良なる聖職者、神を畏敬する清き人々であり、つねに貧しき者を助けてくれるはずだ。彼女たちのフィレンツェの修道院はローマ門《ポルタ・ロマーナ》[20]付近の下町街区にある。もちろん、修道女たちは受け取るべき金額を要求するだろう。正当な要求である。契約は守られなければならない。しかし一方で、修道女たちは一人の貧しいキリスト教徒の困窮状態を十分理解できるはずだ。やむをえない場合、もし農村からの支払いが農産物で届いても、契約を振りかざすことはしないだろう。たとえば、一樽のワインと大きな壺に満たしたオリーヴオイルは五リラになる。つまり一年分の賃料の半分以上の価値になるのだ」

さらに、思考の糸を頭の中でたぐり寄せるかのように、おれをじっと見据えてアントニオ爺さんは続けた。「カンポ・ゼッピのワインとオリーヴオイルを手に入れるためには、状況を変える必要がある。まず、年老いたピエロ・ダンドレア・デル・ヴァッカと和解するための手はずを整えるのがいい。もしそれがうまく行ったら、煉瓦窯の重労働は止めて、土地を相手にするのがいい。土はいい」

話が続く。「そう、何かを変える必要があるかもしれない。女がいればいいのだが。そして子供ができる。老父ピエロが寛容になるとしたら、孫を抱けること、それしかないのではないかな。孫ができれば満足するはずだ。古木が接ぎ木で新しい枝を伸ばすように、家系が続くのを実感できるんだから。ピエロはそういう男だ。私はピエロをよく知っている。悪い男ではない」

どう答えればいいのか。修道女の件でアントニオ爺さんに相談に来たのだが、「女を娶《めと》り、親父と一緒に暮らせ」という助言になった。いや、絶対に無理だ。ピサにいるとき、おれはすでに天に誓った。一つの奴隷からもう一つの奴隷へ移るだけの、そんな人生であってはならないと。土地の奴隷、家族の奴隷、聖職者たちの奴隷、金の奴隷、そして煉瓦窯の奴隷、借金の奴隷、賭け事の奴隷。そのうえさらに女の奴隷になれというのか。これほど馬鹿な話があるか。もし女が必要なら、悪党のシモーネを誘って坂を下ってエンポリに行き、アルノ川に近い居酒屋でわずかな金を出せば、望むことはすべてできる。いや、女の奴隷になど金輪際なってたまるものか。だが、親切に相談にのってくれ、ワインまで出してくれたアントニオ爺さんに険悪な態度はとれない。爺さんはおれのことを親切に考えてくれた。さらに、なかなかいい味のワインを出してくれた。少なくとも、兵士に出す酢のようなワインよりはましだった。

そこで、ちょっと冗談を言うことにした。だが、苦しい自虐の冗談になってしまう。

「おれはなにかをぶちまけたい、誰かに向かって打ち明けたい、話しかけたいのです。こんな気持ちになったのははじめてです。アントニオ爺さん、あなたはおれをからかっているのでしょうか。おれのように破滅した男を夫に選ぶ女がどこにいるというのでしょうか。息子として、労働者として、兵士として、煉瓦焼き職人として、そして男として、何回も何回も破滅を繰り返してきたのがおれです。鼻はつぶれてひん曲がり、ピオンビーノの戦いでは湿地の病気で顔半分はあばたになった醜い猫背の男、殺人や暴行、賭け事や娼婦との悪徳、それがおれです。何年も鋤や鍬や斧を握り、粘土をこね、火を焚いてきたおれの馬鹿でかい手は、荒れてひび割れています。そのゴツゴツとした手でいったいどういう女を撫でて抱けるのでしょうか。天使のような女がこの地上にいるとでもいうのですか。そんな女がいないことは知っています。おふくろのピエラと聖母マリア以外、この地上に生きる女はすべて愚か者か悪魔かです。でも、もしもいまの不細工で悪党のおれのような男を受け入れて愛してくれる女、奴隷のような状態のおれを解放してくれ、救い出してくれる女、そんな天使のような女が本当にいるとすれば、おれはわが主とローマ・カトリック教会に信仰を誓い、その女と必ず結婚します」

アントニオ爺さんは世界を知る男だ。おれの苦しい冗談を聞き、笑みを浮かべて答えてくれる。「そう、そのとおり。天使のような女はいないだろうね。突進野郎《アッカッタブリーガ》のような鼻が砕けた醜い男の前にそういう女が現れることはありえない。主がお創りになった女という人間を知っていれば、それは明らかだ。平和というご時世の幻想に浸ってくつろぐ男どもに、この地上で煉獄と地獄をかいま見させるために作られた存在、そこに行くべき罪を前もって地上で償わせるための存在、それが女なのだということを私たちはよく知っている。だが、逆の問いかけをしてみよう。いま仮にその天使のような女が目の前にいるとしたら、突進野郎《アッカッタブリーガ》、お前さんはその女と結婚するだろうか。そう、なにがなんでもすぐに結婚するだろう。さらに仮に、の話だが、天が与える美徳と美しさのすべてを備えたその女がとても貧しく、持参金をもっていないとしたら、お前さんは二の足を踏むのかな。その女が貧しさのどん底にいても、突進野郎《アッカッタブリーガ》、お前さんはその女と結婚すべきなのだ。その女がこの地に生きる人間の最後に残った一人であっても、その女を受け入れるべきなのだ。お前さんだって、この地に生きる人間の中で最後に残った一人の男だろう。その女が絶世の美女であるかどうか、それはお前さんにとって重要ではない。私は優しく善良なお前さんの母ピエラを忘れることができない。ピエラのように、素直で、正直で、優しい女であれば十分なのだ」

「ただ、もしもこの天使のような女がこの地上での短い生涯の中で、すでに言い表すことのできない苦しみにあえぎ、ほかの男とのあいだに子供をもうけていたとしたら、たとえその女が心の清らかさ、純粋さを失っていないとしても、その事実によりその女は、お前さん、突進野郎《アッカッタブリーガ》にとって花のような初婚の相手としてふさわしくないというのかな」アントニオ爺さんは難しい問いを出してきた。

おれはすぐに答える。「ほかの男と寝たことのある女を妻にするのはあまり気が進みません。なんだか話が曖昧で何も決められません。それと、このワインは美味し過ぎますね。私にとって花のような乙女は処女でなければならないという結論は意味がないように思えてきます。その女が素直で気立てがよく、しっかりしていて、私を愛してくれて、裏切ることがないのならば、そしておれが彼女に与えるのと同じように、生涯の伴侶として甘美な楽しみと慰めを与えてくれるなら、そう、おれはその女をまさに隣にいるべき存在として受け入れるでしょう。その女の過去などまったく意味がありません。その女にとって、おれの過去もあまり重要なことではないでしょう。おれたちは、自分たちの過去の亡霊や恐怖からは自由になって、いまこの現在に生きているんです。でも残念なことに、これは夢だけの話です。現実はまったく違うでしょう」

これを聞いたアントニオ爺さんの顔をその内側から照らすかのように生き生きと広がった明るい微笑みを、おれはけっして忘れたことがない。微笑みは顔の皺を消し去った。爺さんが生きてきた長い生涯の一年一年の苦労の跡、古木の樹皮のように刻みこまれた苦労の痕跡すべては、その微笑みによって一瞬みごとに消え去った。幸せの微笑み、自分のことではなく、別の誰かのための微笑み。生きている限り、おれはそれを忘れないだろう。そして気づく。このとき美味しいワインを満たした酒瓶を挟んで爺さんと向かい合っているのは、おれ一人だけではなかった。もし爺さんがそうできたなら、すぐに椅子から立ち上がって、おれの背骨がきしむのも気にせずにおれを固く抱きしめただろう。二人のそのときの会話は、思っていたように現実離れした空想ではないことをおれは直観で感じ取っていた。

爺さんは「上の階の寝室に行って眠りたいのだが、椅子から立つのを手伝ってくれないか。ちょっと疲れてきたのでね」とおれに言う。まず猫のセコンドをどかさなければならない。ずっしりと丸まった黒猫はすっかりいい気持ちになって特等席から動こうとしない。爺さんはおれの腕にもたれる。そのうしろに不機嫌なセコンドが尻尾を立てて続く。おれに一歩一歩進むように合図して、爺さんはゆっくりと階段を上り、廊下にたどり着いた。一方には寝室の扉、もう一方には部屋の狭い出入口があって扉が半開きになっている。アントニオ爺さんはここでまた微笑みを浮かべ、人差し指を口にあて、黙って中を見るようにおれを促す。ベッドの上で若い女が赤ん坊に授乳しているではないか。束ねずに肩に垂らした髪は、天国から舞い降りた天使のようにみごとな金髪だ。口を閉じて、静かに子守歌を歌っている。一人の人間からもう一人の人間へ注ぎこまれる母性と生命力、それは幻を見るかのようだった。

爺さんはおれに支えられて自分の部屋に入り、おれはベッドに寝かせてやる。猫もベッドに飛び乗った。

おれが強く心を動かされたことを爺さんは見て取った。おれの顔、おれの名前とは逆に、おれもそれなりの善良な男だということをわかってくれているようだ。別れの挨拶をする前、爺さんはおれに小声で、「その天使のような女はここに実際にいる。私たちと同じく、血と肉からなる人間で、私たちと同じく喜びと苦しみを味わってきた女だ。天の神さまは、安らぎと幸せを得てこのひとときの世界を楽しむ前に女がどれほどの苦しみを受けてきたか、よくご存知だ。女はいま、この家で赤ん坊と一緒に心から幸せをかみしめている」そして続ける。「そう、彼女だ。ピエロの女で、赤ん坊は二人の子供だ。赤ん坊は罪を背負っている。地上の愛欲という幻想、過ちによって生を受けた。しかし、命、そう、すべての命は神がお創りになる。生まれる命は神の贈り物だ。その赤ん坊も神の子なのだ。どれほどの感謝を捧げても十分ではないほど、その奇跡の贈り物は尊い」

　女はカテリーナという名だ。奴隷だったが、いまは自由身分を得ている。ピエロが奴隷から解放したのだ。だが、ピエロがカテリーナにふたたび会うことはないだろう。爺さんは公現祭《エピファニーア》[21]の直後、ピエロをアルビエーラという娘と結婚させていた。アルビエーラの父は、バッケレートに土地を所有するフィレンツェの商人ジョヴァンニ・アマビーニで、神を怖れる信徒として福者《ベアート》ジョヴァンニ・コロンビーニ[22]に篤い信仰を寄せていた。持参金はなく、神の思し召しによる結婚であった。

「ピエロはフィレンツェの義父の家に住んでいる。法律が定めるように、名前と身分を継承する赤ん坊については、そのうちピエロが考えなければならない。ただ、いまのところ、カテリーナに抱かれて、赤ん坊はとても元気にしている。カテリーナは身体も丈夫で、濃く甘く豊かな母乳で赤ん坊はすくすくと育つだろう。カテリーナは自由な女だ。だが孤独だ。いつかは赤ん坊と離れ、この家を出て行かなければならない。粗末な服以外には何も持っていない。もちろん、持参金もなかった。しかし、カテリーナと結婚する男は、この世界でもっとも素晴らしい贈り物を神から授かることになる。男を愛し、敬い、子供をたくさん作って、喜びに満ちた生涯を、困難に出会うかもしれない生涯を最後のときまで一緒に生き抜いてくれるだろう」

爺さんはきっぱりと言い切って、おれの手を固く握った。「これはもちろん契約ではない。私は結婚仲介人でもない。カテリーナは自由な女だ。苦しみに耐え、犠牲を払って、自由を手にした女だ。いまも、そしてこれからも、彼女に代わって決断をする権利は誰にもない。彼女を鎖で拘束し、自分の欲望を押しつけること、これは誰にもできない。カテリーナとともに生きることを選んだ男は勇気をもって、自分と等しくカテリーナその人が神によって創られた人間であることを理解しなければならない。支配と隷属を強いて当然の下等な人間ではなく、自分と同じ存在、自分と手を取り合う存在としてカテリーナを尊重する勇気をもたなければならない。お前さんを選ぶのか選ばないのか、それはカテリーナが自ら決めることだ」爺さんはおれに言いたいことをすべて言った。猫もうとうとしている。眠くなったようだ。おれが決める番だ。そしてカテリーナが決める番だ。

婚礼が禁止される期間[23]、すなわち復活祭の第八日《オッターヴォ》が過ぎてただちにおれたちは結婚した。花咲く三月の素晴らしい春が大地に広がる。誰にも知られぬ結婚だった。ヴィンチ村ではなく、サン・パンタレオでもなく、ストレーダのサン・バルトロメオ聖堂[24]で式を挙げた。アントニオ爺さんは体調が悪く、ルチア夫人が付き添ったので、二人は式に参列できなかった。ピエロ氏の弟フランチェスコが新婦の付き添いになった。フランチェスコとナンニ・ディ・ジャン・ジョコンドが結婚の証人となる。ナンニはアントニオ爺さんが近隣のリナーリに所有する農場で働く農夫だ。フランチェスコは花嫁の介添えと結婚誓約の証人という重要な役割を与えられて嬉しそうだ。この役を担うということは成人していることになる。人目につくことを避け、あれこれと噂が立たないように、フランチェスコはカテリーナを騾馬の背中に乗せ、大きなマントに身を包むようにして連れてきた。これなら無遠慮な人々も気づかないだろう。カテリーナはそのマントの中で赤ん坊を抱きかかえていた。その前日、同じ騾馬に引かせた荷車に荷物をいっぱい積みこんで、フランチェスコはヴィンチ村とメルカターレを往復していた。カテリーナの身の回りの品物、胡桃《くるみ》の木でできた立派な寝台、敷布団とシーツ一組と上掛け、羅紗《らしゃ》布の長衣《チョッパ》、肌着、裏生地、靴下、手拭きを詰めた二重鍵つきの衣装箱を、それとわからぬようにうまく覆って、煉瓦窯の隣の小さな家に運びこんだのである。その家はおれができるかぎり住みやすく修繕しておいた。ルチア夫人はベッケレートから取り寄せた籠を結婚のお祝いとしてこの荷物に加えてくれた。中にはトイアの陶器店で作られた聖女カタリナを描いた壺と二つの水差しが入っていた。

その日、おれは教会堂に来たが早過ぎたようだ。フランチェスコは人通りの少ない午後の早い時間に来ると言っていた。おれは六時課〔正午〕にはもうそこに着いていて、門の前にいた。聖具室の番人が門を閉めて昼食に出たばかりだった。髭を剃り、ナンニから借りた上着を着て、いつもよりずっと身なりを整えてきた。墓地の手前、大きな木の下にある日陰になった石に腰掛ける。教会堂のファサードに開く円窓、その沈黙の視線もそこに座ると避けることができる。尾根からの眺めは美しい。見慣れた山並み、その稜線が葡萄畑と野原の上に伸びる。下のほうの谷間にはストレーダの渓流が流れ、水車を回している。門が開いたときもなお、おれは一人ぼっちだった。おれは教会堂の中に入る。服を脱ぎ裸になって、髭を生やした聖バルトロメオの荒削りな像の前にひざまずく。書物を左手に、短剣を右手にしたその像は、厳粛な目で私を見下ろしていた。

その後まもなくチェッレート[25]から司祭が到着した。サン・レオナルドの教区司祭で、もちろん式には欠かせない。司祭の古くからの友人であったアントニオは、あるとき突然聖レオナルドゥスの信奉者になり、そうなった理由といきさつをすべて司祭に打ち明けた。司祭はすぐにおれたちの結婚に賛成してくれ、司式を行うことに同意してくれた。カテリーナが自由を得たことは、聖レオナルドゥスの偉大なる奇跡によると司祭は信じ、それを説教の中で引いて信仰の強さを力説した。アントニオ爺さんは、式の段取りを相談するようにと私を司祭のところに行かせた。司祭も折に触れておれを呼んだ。「貴方もまた、一匹の迷える仔羊なのです」と言う。

おれは時間をかけても、それまでのすべての罪を告白すべきだ。結婚の秘蹟について教わる。おれはそれを知らなかった。おれたち二人の名前、年齢、妻となる女の出身地、司祭はすべてを尋ねた。司祭として、女が善良なるキリスト教徒として受洗しているかどうかを確認しなければならないそうだ。おれはピエロ氏が書いた羊皮紙の巻き紙を司祭に見せ、ピエロがカテリーナの自由身分を証明していることを示す。二人の結婚になんら障害がないことを確認すると、司祭は教区のみなに公示する結婚報告の紙を掲示する。司祭は微笑みながら、「私を信じなさい。あなたは読めないのでしょう」と言う。おれたち二人の状況を見て、結婚式は可能かなかぎり単純で控えめな形にする。ひっそりと村はずれにたたずむサン・バルトロメオ聖堂で、公証人は頼まず、司祭の祝福と指輪の交換だけの式になる。

「婚約は？　あなたとカテリーナ、二人には婚約の期間はありましたか」と司祭が聞く。おれの答えは「はい」だ。四旬節[26]はまたたく間に過ぎた。アントニオ爺さんと話してから二日後におれはヴィンチ村から戻り、カテリーナにはじめて会い、話しかけることができた。ルチア夫人はおれたちを菜園に残して、二人だけの時間を作ってくれた。小さなレオナルドは植えこみの陰に隠れていた黒猫のあとを追いかけようとする。ひょいと顔を出して前足でレオナルドの小さな手をたたこうとする猫を見て、レオナルドは可愛い笑い声をあげる。おれたち二人は長いこと黙ったままだ。カテリーナは石の上に座り、おれはつばなし帽を手にして壁にもたれる。カテリーナは慎ましくも金髪を束ねて頭巾で覆っているので、髪は見えない。言葉を出す勇気をもっていたのはカテリーナだった。視線を上げておれをじっと見つめる。自分のすぐ前に立つ見知らぬ男、その存在に気おくれやとまどいをまったく抱くことなく、優しい眼差しがおれを捉える。それまで息子レオナルドのたどたどしい動きを追っていたその目には、いま、愛の光が輝き続けている。アントニオ爺さんとルチアはおれの名を出して、すでにカテリーナに「会って話してみたらどうだろう。カテリーナ、お前が自分で自由に決めなさい」と言っていた。そして「はい、会ってみます」とカテリーナが答えていた。おれをしっかりと見つめて、カテリーナは「あなたのことを話してくださいな」とだけ言った。

おれにとっては難しい面接試験だ。そのあとに司祭とする打ち合わせなんてものではない。暗い告解室の中で主に対して犯した罪を告白するのは、その格子窓の向こうに生身の人間ではなく、主がおられると信じるからこそ、すべてを打ち明けることができるのだ。そして心は落ち着く。たとえ正しい言葉が出てこないとしても、主はすでにおれたちの罪すべてをご存知であり、おれたちの心の中を見通していらっしゃる。とすると、この庭を明るく照らす陽射しの中で、カテリーナの瞳の前で、おれ自身についていったい何を話せばいいのだろう。これまで生きてきて、おれ自身のことを人の前で話したことはない。では、なぜおれはこの女を怖がるのか。なぜこの女の前で話ができないのか。おれ、おれ、突進野郎《アッカッタブリーガ》は兵士で荒くれ者だった。おれが話すのは言葉を使ってではない。おれは行動と手で話をする。だから、少しばかりの金をはたいて女の身体を買うか、田舎の貧しい村を襲撃して女たちに乱暴するか、それ以外、おれは女を相手にすることがほとんどなかった。うろたえるおれの心を見抜いて臆することなく先に口を開いたのは、またしてもカテリーナだった。おれの傷ついた顔に、なにかしら通じるものを見たのかもしれない。それは少年時代、カンポ・ゼッピのきつい農作業に自分を押しこめていた卑屈なおれに通じる表情だったのだろう。

隣に座るよう、合図をしてくれた。おれは右手を石についてぎこちなく座る。カテリーナはおれの手を取り、先が細く長いその指をおれの指にからませる。おれの手は硬く、粘土と炎の熱でひび割れている。そして静かに話し始めた。カテリーナの声は不思議だ。おれたちのように話すのではない。喉の奥から発音する。硬い響きが混じることもある。ときどきふっと話が途切れる。何を言おうか迷っているようだ。言葉を選ぼうとして見つからないのかもしれない。おれの手をじっと見て、「手を見ればわかるわ。働いたこと、つらかったこと、苦しんだことを。あなたが何をしてきたのか、言葉に出して話してくれなくてもいいの。感じることができるわ」カテリーナの手も雄弁に彼女のことを語っている。温かく、美しく、柔らかい。しかし、そこにはあかぎれや傷跡があり、つらい苦労の跡がある。薬指には銀色に光る古びた指輪をはめていた。意味のわからない記号が刻まれている。カテリーナの守護聖人、聖女カタリナの名だそうだ。その手はおれに何かを語っている。おれはそれがわかるような気がする。伝えたい何か、求めたい何か、そして同時に尽くしたい何かを。守って欲しい、優しくして欲しい、そして何よりも愛して欲しいという思いを。

おれとカテリーナ、二人とも多くは喋らない。その必要はないのだ。三、四度おれはカテリーナに会うため、アンキアーノに行った。ルチア夫人は窓辺に立ってちらっとこちらを見るが、おれたち二人はそれに気づかないふりをする。おれたちはいつも手を取り合って菜園のベンチに座り、芝生の上で遊ぶレオナルドを見ている。おそらく母を愛している男、鼻が曲がったおかしな顔つきの大男、レオナルドはその男の腕に飛びつこうとする。式の前日、最後にアンキアーノに行ったとき、アントニオ爺さんはみなで一緒に会いたがった。サン・バルトロメオ聖堂まで下りていく力がないと感じていたのだろう。おれたちに祝福の挨拶をしたいと言っていた。おれたちは手を取り合って暖炉のある部屋に入った。ルチア夫人は部屋の隅で椅子に座り、レオナルドをあやしている。爺さんは私に向かって、「お前の親父さんが私に会いに来た。結婚の同意とお祝いを伝えてくれとのことだ。婚礼の祝いの品として、煉瓦窯の横にオリーヴオイルの壺を置いていくと言っていた」と言う。それから「世界の裏側からこの土地にやって来た、この可哀そうな娘さんの父親がここにいたら、この結婚に心から喜んで同意し、二人に祝福を与えたことだろう」とうるんだ目でカテリーナを見る。であるなら、おれたち二人の親となり、家族となってくれるのはアントニオ・ディ・セル・ピエロ・ディ・セル・グイードしかいない。主が自分とルチア夫人にお赦しになった長い人生のように、末永く幸せに生きるよう、厳かに祝福の言葉を述べて励ましてくれるのは、爺さん、あなたしかいない。

ナンニが愛人と一緒に到着した。彼女は包みを抱えている。まもなく、カテリーナを乗せた騾馬をゆっくりと引くフランチェスコが見えてきた。遠くから見ると、エジプトへ逃げる聖家族[27]のようだ。カテリーナは暑くなって厚手のマントを脱いでいた。飾り気のない純白の衣装に包まれて輝くような姿だ。毎日着ている簡素な長衣《チョッパ》だが、清潔で新鮮な香りがする。髪は布で覆っているが、二人の質素な儀式のためにきちんと編みこんである。胸には幅の広い帯でレオナルドを抱いている。赤ん坊はもうずいぶん大きくなって、カテリーナの胸の中で抱き帯や掛け布がきついのか、そこから抜け出ようともぞもぞと動いている。小さな帽子からは巻き毛の金髪があふれ出て、澄んだ瞳は生き生きとあたりを見回している。その目は、周囲に広がる壮大な自然の劇場を捉えようと動きを止めることがない。空、太陽、鳥、木々、はじめて姿を現す世界のすべてがその小さな瞳に映っている。赤ん坊の澄んだ瞳で世界のすべてをもう一度見ることができたなら、どんなにか素晴らしいだろう。ナンニはからかうように「この赤ん坊は元気がよすぎる。式が終わるまで泣いたり叫んだりしないか心配だな」などと言う。教会堂の入口でナンニの愛人にカテリーナを紹介し、参列のお礼を言おうとするが、ナンニの愛人はおれにその余裕も与えずに、目で軽く挨拶すると有無を言わさず赤ん坊を司祭館のほうに連れて行ってしまった。フランチェスコもおれにほとんど挨拶せずにそそくさと堂内に入って司祭に小さな包みを届けると、そっと抜け出して司祭館に行ってしまう。なんか変だ。おれとナンニも堂内に入る。ナンニはおれを祭壇の前に立たせてそのまま姿を消した。

背後に気配を感じて、おれは振り返る。身廊の聖なる空間に外光が差しこみ、円窓の鮮やかな光を背に受けて門扉が開かれ、光の輪に浮かぶように花嫁が入ってくる。ルチア夫人が貸してくれた純白のレース地のケープをまとい、顔は絹のヴェールで覆っている。細かく編んだ金髪には花冠を載せている。その姿におれの心は感動で満ちあふれる。ルチア夫人とナンニの女が企んだ策略とはこれだったか。レオナルドはナンニの女の腕に抱かれて微笑んでいる。花嫁はフランチェスコに腕を取ってもらい、ゆっくりと歩いてくる。近づいてくるが待ちきれない。時の経過は急に遅くなったのか。止まりそうだ。すべてが止まるかのようだ。時が止まるなら、そこで命も止まり、呼吸も止まり、胸の鼓動も止まる。なんという美しさ。いまでも、あの瞬間の記憶におれの全身は震える。えもいわれぬ不思議な喜びが胸いっぱいに広がる。と同時に、一抹の不安が沸き上がる。おれはこの美しいカテリーナの何を知っているのか。何も知らないではないか。何も言わずにおれの心に応えてくれたことしか知らない。自分自身のこと、自分の人生、自分の物語について何を語っただろうか。指をからませてつぶやいたわずかな言葉だけだ。どこから来たのか、この世界が果てるどこの荒野から来たのかさえおれは知らない。だが、それを知ってなんになる。おれにとって世界は東に向かうとフィレンツェから見晴らせるプラートマーニョで終わり、西に向かうとピサやピオンビーノの海に伸びる水平線で終わる。このおれはカテリーナにふさわしい男といえるのか。このおれにカテリーナを愛することができるのか。カテリーナはその身体も心もすべておれに捧げ、おれを愛する準備をすでに整えているというのに。

　カテリーナがおれの隣に立つ。微笑み、勇気づけるようにおれの手を取る。突進野郎《アッカッタブリーガ》、花嫁はお前に勇気を与えているぞ。司祭がラテン語でミサを始める。夢の中にいるように、おれたちはその言葉を繰り返す。言ったことは何も覚えていない。ナンニが袖を強く引っ張るので、はっとわれに返る。司祭はおれの返事を待っているのだ。「アントニオ、汝は教会の聖母マリアの前で、ここにいるカテリーナを汝の正当なる妻として受け入れることを望みますか」おれはあわてて、あらかじめ教わっていた言葉を口に出した。「望みます《ヴォーロ》」そしてカテリーナにも問いかけがあり、「望みます《ヴォーロ》」と答える。

　ヴォーロ[28]〔おれは飛ぶ〕。そう、おれは飛び立ちたい。カテリーナと一緒に。二羽の鳩のように、つがいの白鳥のように。そしておれとカテリーナは右手を固く握りあい、神の前に二人が結ばれるとの言葉を聞く。「父と子と聖霊の名において、われ、汝らをここに結婚によって結ぶ」そういえば、と不安になる。指輪はどうする。考えていなかった。結婚には指輪が欠かせない。司祭は微笑んでフランチェスコのほうに向き直る。フランチェスコは小さなクッションを司祭に差し出す。その上には輝く金の指輪二つが載っていた。アントニオ爺さんからの贈り物だった。フランチェスコは耳元でささやく。「うまくはめられるといいけど。カテリーナの指輪はすでに試して大丈夫だった。おじさんの指輪は太い指を見た感じで作ってもらったけど」司祭は祝福の言葉とともに小さいほうの指輪をおれに渡す。古くなった聖女カタリナの指輪の先にその新しい結婚指輪をはめる。カテリーナもおれの指に大きい結婚指輪をはめる。フランチェスコはよい目を持っていた。

主の祈り《パーテル・ノステル》のあと、司祭はおれたちのほうを向いて、「ラテン語はもう十分でしょう。結婚の祝福の祈りを私たちの言葉で述べることにします。花嫁にも十分にわかってもらいたいので」と言い、祈りの言葉を続けた。「この女性は非常に遠い国からわが国土に来ました。その苦しみは大きく、試練は長く続きました」そう、これはカテリーナにわかる言葉で言うべきだ。司祭の祈りは素晴らしかった。いまでもおれはその一部を覚えている。カテリーナのために祈るとき、おれはそれを繰り返す。それはおれたちに創造の力の素晴らしさを意識させ、人間というささやかな生き物であるおれたちが愛という神秘によって生命を宿し、育むという摂理に参加することを讃える祈りだった。

「ああ、神さま。その徳の力により、無からすべてを創造なさった御方は、宇宙の始まりから自らのお姿に似せて人間をお創りになりました。男と女をお創りになり、その結びつきを聖なる合一となさいました。男と女の身体が一つになることで、祝福された至福が達成されるのです。原罪[29]に対する罰も、ノアの洪水も、けっしてその至福を消し去ることはできません」

祈りは続く。「ああ、神さま、慈悲の御心をもって、このあなたの慎ましき僕《しもべ》にその眼差しを向けてくださり、私どもが愛と平和の絆を保つことができますようにお守りください。忠実にして純潔なる花嫁、リベカ[30]のように夫に愛される花嫁、サラ[31]のように長命で貞節なる花嫁、おおいなる羞恥の心を忘れず、賞讃されるべき慎みと節度を備え、健全にして正直な子孫を産み育てるこの花嫁を主キリストのもとでお守りください。そして天の王国におけるおおいなる祝福と安寧がこの花嫁にもたらされるように祈ります。ここに結婚する花婿と花嫁は、ともに幸せに年を重ね、三世代、四世代後の多くの子孫に囲まれますように。アーメン」

第四の世代というのはいくらなんでも大袈裟だ。だが、おれたちの娘たちが産む最初の息子たちを見ることができればとても嬉しい。年は過ぎていく。早くもなく、遅くもなく。自然のリズム、季節の順序に従って、時は正確に過ぎていく。時は苦悩と不条理を和らげる。アントニオ爺さんが予測したように、カテリーナが妊娠すると、親父のピエロはおれたちをカンポ・ゼッピに呼び寄せた。おれが生まれた土地、おれが育った家についに帰るのだ。おれにとってこれ以上の幸福はない。なによりも、おれだけが嬉しいのではなく、カテリーナも喜んでくれた。カテリーナはおれと同じで、大地と自然の中で自由な人間として生を受けた。木々と動物を見ながら豊かな自然の中で生きること、夢に見たこの真実の生がついに実現する。煉瓦窯はそのままにして、おれは土地の上の労働に戻った。年老いた父ピエロは一人でその作業はできない。

一四五四年、長女のピエラが生まれた。その後、二、三年おきに、マリア、リザベッタ、フランチェスコ、サンドラが生まれた。カテリーナが母乳で育てるために、子供たちはちょうどいい間隔で生まれてくれた。子供たち全員がサン・パンタレオ聖堂の善良なる司祭フランチェスコ・グイドゥッチから洗礼を受けた。初産ではないので酷い陣痛もなく、みな元気に生まれてくれた。マリアの出産は積み上げた麦穂の束の陰だった。渓流の近くの畑で農作業をしていたカテリーナは、兆候を感じて一人で麦の陰に行き、出産してへその緒を鎌で切った。赤ん坊をすぐに渓流で洗い、手元の布で包んだ。おれが家に帰ると、揺り籠に赤ん坊が眠っているではないか。主は受胎させ、命を与えるためにカテリーナをお創りになったのだろうか。

そしてレオナルドはどうなった。カテリーナは母乳が出る限りレオナルドに授乳し、ピエラのいるお腹が大きくなって授乳を止めた。レオナルドはいまや健康な美少年だ。一人で歩き、言葉を話す。その言葉はときどき笑いを誘う。おそらく母カテリーナが歌って聞かせたあのゆっくりとした不思議な子守歌を聞くうちに、意味のわからない言葉が記憶され、唇からそれがふと出てくるのだろう。おれとカテリーナはレオナルドをアントニオ爺さんとルチアのところに連れていった。とても可愛がってくれるのだが、レオナルドはカテリーナの腕に抱かれて離れようとしない。やっとのことで「いつでも家に戻れるよ」と言い聞かせ、預けてくる。それからというものの、爺さん夫婦と同居するフランチェスコは、あちらこちらと農地を見て回るのだが、いつもレオナルドを騾馬の背中に乗せて、ヴィンチ村とカンポ・ゼッピを往復しなければならなかった。

フランチェスコはいいやつだ。いつまでも若く、おれたちと同じく、土の上の生活を楽しんでいる。おれたちのたった一人の男の子の洗礼では、迷うことなくフランチェスコの名をつける。赤ん坊の叔父フランチェスコは名付け親になってくれた。叔父さんフランチェスコは、レオナルドが六、七歳になってもなお、彼を連れてヴィンチ村とカンポ・ゼッピの往復をしてくれた。だが、この年頃の子供は迎えに来ても見つからない。ルチア夫人の優しい監督の目を盗んで、果樹園の低い壁を乗り越え、渓流に降りて行ったり、野原の小高い丘を見つからないように歩き回り、ついにはヴィンチョの谷を一人で下って畑や葡萄畑を越え、母カテリーナの家まで戻ってくることもあった。レオナルドが見る母は、豊かにして多産な母性そのものであり、事実、母はつねに妊娠しているか、妹たちに授乳していた。

幸福な、しかし苦労も続く月日であった。大地はそこで働く者にとって、かつてのように優しくはなかった。大地もまた齢を重ね、産み出す力が衰えるのだろうか。親父が所有し、おれが以前に働いていたカンポ・ゼッピの区画からは、かろうじて小麦四スタイア、ワイン四樽が得られるだけになった。兄ヤコポが所有する区画は、近隣で金と権力を握るルイージ・ディ・ロレンツォ・リドルフィに売却しなければならなかった。彼自身はフィレンツェに住み、おれたちの生活や困窮の実態を知らなかっただろう。売却は農場管理人アッリーゴ・ディ・ジョヴァンニ・テデスコとの交渉になった。アッリーゴはアントニオ爺さんの友人で、レオナルドの洗礼では立会人でもあった。ヤコポはさらに土地をつぎつぎと売り払ってしまった。一四五九年、おれははじめて課税所得申告書を提出した。課税を避けるために、おれは所有する不動産はなく、職業もなく、父親の家でその世話をしているという申告にする。申告書では、おれの名前、娘のピエラとマリアの名前の隣に妻として「夫人カテリーナ」という記載をはじめて目にする。おれは字が読めないので、それがわかるのに苦労した。書類は友人シモーネ・ディ・ステーファノ・ディ・カンビオが村の役所に提出してくれた。

秋に枯葉が落ちるように、老人はおれたちから姿を消す。親父のピエロ、そしてアントニオ爺さんが亡くなった。少年のレオナルドにも旅立ちの時期が来る。年老いたルチア夫人は少年を見守るのが難しくなった。レオナルドも教育が必要な年頃だ。実父ピエロも気にかけているようだが、この小さな村では十分な教育ができない。フランチェスコもしぶしぶこの村を出ることになった。兄ピエロの妻アビエーラの妹にあたるアレッサンドラを妻に迎えるという、フランチェスコにとっては申し分ない状況をピエロがフィレンツェで整えたからである。しかも、義父の靴作り工房で働くことができ、住まいと工房も用意されるという好条件だった。しかしフランチェスコは何度も何度も田舎に残りたいと訴えていた。レオナルドとその叔父フランチェスコは、ある日、寂しい顔で別れの挨拶に来た。カテリーナと熱い抱擁をする。このときカテリーナは息子フランチェスコに授乳しつつ、すでにサンドラを妊娠していた。おれとカテリーナは扉の前に立ち、騾馬にまたがって遠ざかっていく叔父と甥の二人を長いこと見ていた。彼らはサン・パンタレオの曲がり道でとうとう見えなくなった。

だが、もちろんそれは永遠の別れではない。フランチェスコ叔父は暇を見てしばしば村に戻り、アントニオ爺さんの所有地のうち、遺産として兄と分けあった農地と家で生活した。レオナルドの父ピエロは、息子に計算と文章をきちんと学ばせようとしたが、教育の成果が芳しくないと感じて、画家の親方が営む工房に入れることにした。レオナルドは叔父にうまく便乗して、できる限り何度もヴィンチ村に逃げ帰り、カンポ・ゼッピのおれたちの家に来てくれた。事前の連絡がなく、予期せぬ帰郷となることもあって、カンポ・ゼッピにレオナルドの姿を見たときの驚きと嬉しさはなんともいえないほどだった。妊娠と出産を繰り返してカテリーナもう若い女とはいえない。かつて、アントニオ爺さんのすばしっこい黒猫のように、まだ小さな子供だったレオナルドがブラックベリーの生垣に隠れ、いきなり飛び出して母に抱きついて驚かせたことがあった。驚いたカテリーナは強い鼓動に胸を押さえて、気を失いそうだった。

レオナルドは帰るときには母カテリーナにお土産を持ってくる。工房であまった銀を細工した飾り、長衣《チョッパ》を留めるブローチ、どこからか手に入れた芳香を放つ琥珀の断片、蒸留器で蒸留したオレンジの花の香水を入れた小瓶などだ。だがカテリーナは、蒸留香水の香りは強すぎて、自分のお手製の香水のほうが好きだと言っていた。それは昔ながらの素朴なやり方で作るものだ。殻をむいたアーモンド、薔薇の花、ジャスミン、ラヴェンダー、さらにカテリーナだけが知る野の草や花を冷たい水に入れる。カテリーナはまるで魔女のように、露に濡れた夜明けの野に出て草花を探すのだった。

レオナルドはいつも大小の紙を持ってきた。それは父や祖父が手元に置いていたような神経質な細かい数字や文言で覆われた紙片ではない。父や祖父の紙にはつねに握手や口約束よりはるかに強い拘束力をもつ文字が記され、農夫たちはその力を恐れていた。なぜなら、そこには借金、負債、義務、土地や家屋の賃貸料、契約違反の罰則や没収事項が細かく記載されていたからだ。

だがレオナルドの紙はまったく違う。母に渡す紙には絵が描かれていた。野原に咲く草花、百合、薔薇、グラジオラス、ブラックベリーの実を描いた紙があるかと思うと、考えることもなく自由に手を動かして、布の襞のようすを走り書きした麻の端布もあった。大部分は、宝石で飾られ微笑んで目を伏せる女性や天使の顔であった。

レオナルドはカテリーナを思いながら描いたと言っていた。最初の板絵、《受胎告知》を描くにあたり、覚えていられるように顔を描かせて欲しいとレオナルドはカテリーナによく頼んでいた。カテリーナは微笑むだけだ。甘く優しいカテリーナの微笑。そしていつも、カテリーナはレオナルドに「いいえ、遠慮するわ」と言い、おれにはわけのわからない難しい言い訳をしていた。「絵で遊んではいけないわ。絵は聖なる技で、創造の神秘を示すのだから。花、鳥、そして女性、そうして描かれた絵の中には、魂と命と美がこめられているの」こう言いながらカテリーナは赤いチョークの断片を手に取って、口を開けたままのレオナルドを前に、紐の結び目、蔓や植物がからみあう空想の図柄を描いてみせる。レオナルドは魔法をかけられたかのようにその線をなぞる。そしてカテリーナが続ける。「これはからみあう命、からみあう愛、私たちが生きる流れですよ。ひととき離れてしまうことがあっても、最後はまた出会うことができるの」そう言いながらカテリーナはおれを見つめ、おれの手を握った。

レオナルドはカテリーナの手にすっかり魅せられていた。長く先細りの指、しかし自信に満ちた強い指。レオナルドはいつもカテリーナの手の美しさを褒め、その手つきや動きを素早く絵に描こうとする。だが冗談なのか恥ずかしいのか、カテリーナは微笑むだけで手を長衣《ガムッラ》の中に隠してしまう。そして決まって、それまでの自分のこと、動物や奇妙な生き物の寓話、過去と失われた世界の物語を静かに話した。レオナルドは子供がそうするように口を開けたまま、すっかりその話に引きこまれていた。のちに立派に成長してからおれたちを訪ねてくれたときも、それは変わらなかった。母と息子が心を通わせる幸せな時間を横に見て、おれは軽い嫉妬にかられたものだ。カテリーナはレオナルドとだけよく話す。おれ、さらにほかの子供たちとはほとんど話さない。だが、言葉を使わなくても、子供たちとはおれよりもうまく思いを通じ合っている。手、目、そして微笑みによって。

カテリーナとおれは、もう四〇年近く一緒に生きてきた。だが、そのあいだ会話はほとんどなかった。会話というのは言葉を発して話すことだ。その意味での会話はおれたちには必要ないと感じる。おれたちの身体がお互いに親密に語り合っているのだから。そしておれたちの目も。すべてのこと、畑仕事の疲労と汗、そして厳しい季節には飢え、苦しい生活、そして誇るべき貧乏さえ、おれたちは沈黙のうちに分かち合ってきた。

レオナルドがいつもおれに聞くのは兵士としての生活と戦争についてだ。だが、おれは当時を思い出してその話をするのは好きではない。話すことは嫌いで、自分のことについて話すのはさらに大嫌いだ。一方、レオナルドは、かつておれが土を掘って、ときどき奇妙な化石や貝殻を掘り出した場所に行きたがった。もう煉瓦窯は手放したのだが、その近くだ。掘り出したものは農地ではなく海なら見つかりそうなものだった。その場所に連れて行くと、レオナルドは「遠い昔、ここは海だった。そのあと、海は消えて陸地に変わったんだ。すべては変化するのだから」と言う。それから、おれがどうやって粘土をこねるのかということを見たがった。しかも、母親譲りの器用な手と指で、微笑む天使と乳児の姿をあっというまに作ってしまった。そのついでに二つの頭も作る。小太りで善良そうな男、鼻が曲がった乱暴そうな男の二つで、フランチェスコとおれ突進野郎《アッカッタブリーガ》だ。これには笑うしかない。うまくできているのでバッケレートの焼き窯に持っていこうと思っていたが、その後、暇なときがないまま、まだ小さい子供たちがおもちゃにして遊んでいるうちに壊してしまった。レオナルドの絵が描かれた紙も、同じように猫が破いたり暖炉の灰になったりして消えてしまった。

レオナルドの端正な顔を曇らせたただ一つの悲しみがあった。時が経てば経つほど、カテリーナもまた同じ悲しみを深めていった。レオナルドはフィレンツェに出たときから、母親と連絡をとることを禁じられ、けっして「お母さん」「ママ」という言葉を使ってはならないと父から命じられたのである。レオナルドにとって、カテリーナはカテリーナであり、「お母さん」は継母アルビエーラに対してのみ使わなければならなかった。そのアルビエーラはすっかり身体を壊していた。初産の女の子を失い、さらにまだ若くして一四六四年に出産で亡くなった。ピエロはその後まもなくフランチェスカ・ランフレディーニと再婚したが、この女性も子供を産むことなく数年後に亡くなった。ピエロはその後一度ならず二度の再婚をして、多くの子供ができたという。しかし、この時期レオナルドはもう立派に一人立ちしていた。おれたちがピエロに最後に会ったのは一四七八年のことで、そのときレオナルドはすでにフィレンツェから逃げ出し、村の城塞で叔父フランチェスコの世話になっていた。パッツィ家の陰謀[32]とメディチ家の報復により、町には怒りが渦巻き、各所で血が流されていたからである。五月三日、おれは城塞に行き、二人と会った。おれは村の評議員の一人で、フランチェスコとその場は不在であったピエロに城塞の水車に関する永代借用権を認める協議に加わっていた。フランチェスコは契約書に特別なただし書きを加えるように主張した。正当な相続人がないまま受益者が死亡した場合、当該物件の使用権はピエロ氏の非嫡出子レオナルドに継承される、という文章だった。レオナルドがカンポ・ゼッピにまで足を伸ばし、母カテリーナと抱擁を交わしたのはこれが最後だった。

年月が経った。子供たちは成長し結婚適齢期になった。持参金は少ないが致し方ない。出費がかさみ、土地を切り売りすることになる。一四七四年、ピエラが嫁ぐ。七八年はマリアの番になった。カンポ・ゼッピでは公証人とサン・パンタレオの司祭を招いてにぎやかな祝宴となる。自分と同じように美しい花嫁となった娘たちを見守るカテリーナ。その幸福に満ちた目の輝きはいかばかりだっただろうか。みなは彼女をカテリーナ奥様と呼ぶ。二人の娘は村でも評判の美人だ。だが、フランチェスコは結婚していない。若かりし頃のおれのようだ。大地を相手の農作業はつらく、生きていくだけでせいいっぱいだった。どうにか目途が立つと、村を出た。儲け話があるとのことで、ピサに向かった。

ヴィンチ村の兄弟たちとはよく連絡をとっていた。サン・ピエトロ・マルティーレの修道女たちとの人脈で、ピエロ氏はフランチェスコと連名で城塞の永代借用権を獲得し、その後メルカターレの煉瓦窯の所有権も手にしていた。煉瓦窯は壊れたまま放置されていたが、ピエロは年に三百個の煉瓦を供給するという条件で、窯を修理する権利を得たのだった。この種の契約で役に立てそうな場合、おれが立ち合いの証人になった。あるとき、ピエロ氏は重要な遺書の件でフィレンツェに来て欲しいとおれに強く頼んできた。証人に信頼できる人物を加える必要があるという。つまり、読み書きのできない農夫のおれである。気が進まなかったが行くことにした。フランチェスコとは違って、ピエロはおれがことさら会いたい人物ではなかった。だが公証人としてずいぶんと世話になっているので、恩知らずのままでいるわけにはいかない。ずいぶん前の話になるが、ピエロ氏はおれがピサでの兵役を終えて家に帰るための手続きを助けてくれた。そして、カテリーナの件がある。思い浮かべるのは楽しくないが、カテリーナはおれの大切な妻であり、おれにとってもっとも大きな宝物なのだ。この件では、ピエロ氏も責任の一端を負っているわけだ。

おれとピエロ氏はジョヴァンニ・ディ・セル・トンメ・ブラッチの家で会った。サンタ・トリニタ地区である。ピエロ氏は一四七九年一〇月一六日付けの遺言書を起草していた。ヴィンチ村のブラッチ家は、その時点で多くの土地を所有していた。とくにアンキアーノの農園と家、およびオリーヴ碾き臼小屋《フラントイオ》はピエロがなんとしても買いたい物件であった。一二月二八日、死ぬ間際に、老トンメ氏は件《くだん》の農地と家をアヌンツィアータ修道院のセルヴィ派修道士たちに託した。そして三年後、その修道会の代理人であったピエロはそれを購入した。フィレンツェから戻ったおれはカテリーナに、おれたちの友人である公証人ピエロが思い切った取引に出たと、このいきさつを話した。まったく予期しなかったことに、これを聞いてカテリーナはひどく動揺した。めったにないことだが、泣きだした。それはカテリーナがレオナルドをお腹に宿し、命の危険を冒してフィレンツェから必死の思いでたどり着き出産した、その家だったのだ。公証人ピエロはレオナルドの誕生という奇跡が生まれたその家の所有権を自分に取り戻し、家の中を歩き回って、ほんの一瞬とはいえ、カテリーナとの愛を育んだ日々、そのあとはけっして訪れなかった愛の時間を懐かしく思い出したかったのだろうか。

最後にピエロに会ったとき、おれはその理由を尋ねたいと思った。三年前、リーザとモンテスペルトーリの農夫の婚約証明書を提出し、ささやかな持参金三五リラを供託するためにフィレンツェに行ったときのことである。九月一七日、ギベッリーナ通りのピエロ氏の机の前におれはじっと立っていた。寒い日であった。しかし、結局おれは黙ってしまった。何も聞かなかったのだ。

同じ年、おれは最後の課税申告書を提出した。カンポ・ゼッピにはもう資産といえるものはほとんどない。家といっても、全部ではなく、おれたちはその半分に住んでいるだけだ。ほかの半分には兄ヤコポが住む。

通りに面し、従兄のマーゾ・ディ・マルコが所有する中庭に接している小さな家だ。おれに残された六スタイアあまりの狭い農地からは、四スタイア半の小麦と二樽半のワインが作れるに過ぎない。本当はこれより少しましなのだが、課税事務所にはこの額を申請する。悲惨な実態である。少しばかり裕福でずる賢い隣人たちは、おれの土地の大部分をかすめ取っていった。息子フランチェスコはいなかったので、おれはこの狭い農地で老体に鞭打って背中を痛めて必死に働くが、儲けを出すほどの作業はできない。家にいるのは女たちだけだ。しかし、カテリーナはなお健康で力強く、畑でおれを手伝ってくれる。おれの代わりに農作業をすることも珍しくない。ピエラは未亡人となって悲しみのうちに実家に戻ってきた。サンドラは二四歳だ。もう家に金は残っていないので、この歳になって持参金なしで結婚するのは難しいだろう。この状況を見て考えた末、家族の最後、おれたちの最後を目にする前に、フランチェスコはすでに家を離れていた。

おれは古い家の柱廊に座っている。この大地に広がる一日の夕景を作りながら、赤い日が丘の稜線の向こうに沈んでいく。小道を上ってくるカテリーナが目に入る。うしろに続くのはピエラとサンドラだ。一列になって歩くようすを見ると、もうずいぶん前のことだが、みなが列になってサン・パンタレオでの日曜日のミサに行ったあのときを思い出す。うしろに続く子供たちは年長から年少まで順番に並んでいた。年老いた司祭は前庭の柱廊で微笑を浮かべて行列を招き入れていた。

三人の女は暖炉に使う枯れ木と小枝を拾いに行ったのだ。楽しそうに話したり笑ったりする声が聞こえる。と、少し真面目な話になったようだ。将来のことでも話しているのだろうか。娘たちは独立した大人だ。母親は二人を元気づけ、励ます。この家では女がすべてを仕切っている。つねに狼に狙われるこの世界で、お互いに支え合い、順に助け合い、生き延びていくのは女たちだ。狼はおれたち男のことだろう。唸ったり嚙みついたり、そして戦争をする。女たちが我慢をしてくれるうちは、おれたちは家の長にとどまる。ある日すべては変わるだろう。変えるのは女たちだ。

家の女たちにとって、またほかの誰に対しても、おれは狼にも、家長にもならないようにふるまってきた。この家に残る男はおれ一人だ。杖に頼ってよろけながら歩くおれ。だがカテリーナはどうだ。おれとほとんど同い年だと思う。誰もカテリーナの年齢を正確に知らない。生まれた年に関するカテリーナ自身の記憶はないし、その後どこで何年過ごしたかも時間の闇に隠されてしまった。おれたちとは違う時間が流れ、時間や年を数える必要もなかった土地や世界、かつてそこに生きたカテリーナは、おれよりずっと若々しく見える。

いや、まさにカテリーナこそは魔女なのかもしれない。サン・パンタレオに新たに着任した司祭は、不思議な生命力を備え、潑剌とした活力をみなぎらせる教区信徒のカテリーナに会って恐れに近い驚きを感じ、冗談なのか、本気なのか、魔女のようだと言っていたではないか。聖ヨハネの夜[33]、険しい谷に降りて魔法の草を探し出し、「時」と「死」という避けられぬ定めに打ち勝つ三人の魔女の一人[34]。魔法の草と泥で作った緑の乳液を裸身に塗りこみ、万聖節[35]の夜に空を飛びまわり、月の満ち欠けを作る三母神の一人である魔女だ。カテリーナの素晴らしい金髪は、いまは降る雪のようにすっかり白くなった。雪の聖母マリア、聖アンナ、月の三母神の一人のような神々しい白髪。その顔はなお美しさを失っていない。艶やかで皺はほとんどない。手はつらい作業の跡をとどめているが、それは仕方ない。腕や足は筋肉が張り、力強い。皮膚は日に焼けている。魔法の乳液を本当に塗っているのではないか。いつも娘たち、ほかの女たちと一緒に動き回っている。止まることをしない。先頭に立って女たちを導いていく。

人生、それはおれにたいしたことを教えてくれなかった。人生が教師として無能だったからではない。むしろ逆だ。起こりうるとき、つまりいつもなのだが、人生はおれたちにつらく忘れられない教訓を残す。問題はおれのほうにある。出来の悪い生徒で、示された教訓をまったく学ばないおれが問題だった。だが、たった一つのことを理解できてから、おれは完全に別の人間になった。すべてのことは女のおかげで動くということだ。人生の物語を先に進めるのは女だ。愛を与え、喜びをもたらし、自らの身体に生命の神秘を受け入れ、その生命を育みつつ九か月ものあいだ、ともに生き、痛みを伴ってその生命を世界に産み出し、さらにその生命を育て、よちよち歩きを離れずに見守り、腕に抱き、手をつなぎ、歩くことを教え、話すことを教え、考えること、愛することを教える。女は男より劣った人間で、つねにその下に置かれると男は信じて疑わない。だが、女はおれたち男の限界をはるかに超えて感性に優れ、限りなく自由な存在だ。一人一人の女の中には、天国の庭園でのみ輝く究極の美がきらめいている。美はおれたちにとっての救いだ。救済を求めたいというこのたった一つの願いがなお可能ならば、この地上の病める人間にとって、それは女によってもたらされる。

家族が貧しいことは大きな問題ではない。手元に残る土地や家財はかつて父がもっていたほどではない。一つだけ大切なことは、家族の人生が楽しく、充実していることだ。それが主によって与えられた最大の贈り物だ。カテリーナに出会う前、おれはまさに一人の奴隷に過ぎなかった。いま、おれは自由だ。カテリーナがおれに自由を与え、自由とは何かを教えてくれた。これまで何回、日が昇り、沈むのを一緒に眺めてきただろう。これまで何回、畑の土塊《つちくれ》を一緒に耕してきただろう。何回、一緒に種まきをしてきただろう。何回愛し合ってきただろう。狭い寝具に潜って冬を何度過ごしてきただろう。冬の嵐の恐ろしい風音を怖がる子犬のような子供たちと抱き合って、何度厳しい夜を乗り切ってきただろう。カテリーナはこれまで何度、預言者エリアに祈っておれたちを励ましてくれたことだろう。

カテリーナが家に着いた。少し疲れているようだ。薪の束を土の上に置き、おれの隣に座る。サンドラがコップ一杯の新鮮な水を運んでくれる。カテリーナがおれの腕をつかむ。贈り物があるようだ。そういえばおれの誕生日だったのか。忘れていた。おれが驚いた顔をしているので、微笑みながら「あなたは私にとって、棘のある美味しいカルドン[36]ですからね」と言って棘だらけの大きな食用アザミを差し出した。おれはその冗談を真に受けてしまった。突進野郎《アッカッタブリーガ》特有の困った顔をする。と、女たちは笑って、本当の贈り物を取り出した。おれのことを思い浮かべながら野原で摘んだ香り高い花の束だ。この日最後の日の光がそれを照らす。目を閉じておれはカテリーナの手を固く握った。生涯の伴侶、カテリーナ。

1　もめごとや争いに好んで首をつっこむ男を意味する。
2　中世のトスカーナ地域でパラティーノ伯（選帝侯）として権威をもった家系。フィレンツェ東方のポッピに主たる居城として城塞を構え、周辺を統治した。
3　ギベッリーニ（皇帝派）のピサとグエルフィ（教皇派）のフィレンツェが交戦し、後者が勝利して封建制度の弱体化が進んだカッシーナの戦い（一三六四年）直後の状況をさす。
4　ヴィンチ村の中心部の北寄りに位置するグイディ家の城塞（一二世紀）。現在は隣接建築とともにレオナルド・ダ・ヴィンチ博物館となっている。
5　イギリス名ジョン・ホークウッドの傭兵隊長（一三二〇頃－一三九四）。アクートはイタリア語で「鋭い者」を意味する。各地の封建領主、教皇などに雇われ、自由契約兵による「白の軍団」を率いて戦果を挙げた。
6　ヴィンチ村から約一三キロメートル南西、フチェッキオの沼の南に位置する町。フィレンツェとピサの中間点にあたる。

7　サン・ロマーノはフィレンツェの西約五〇キロメートルに位置するアルノ川左岸のピサ領の丘陵地。モントーポリ城塞（一二世紀創建）はサン・ロマーノ地区の南の高台に位置した。
8　魔宴、魔女の夜宴ともいわれる。中世ヨーロッパの魔女崇拝に関する儀式で、土曜の夜に魔女たちが森や山奥に集まり、狂乱の宴会を行うという伝説による。
9　一四三二年六月二日にサン・ロマーノで起きたフィレンツェ軍とシエナ軍の激闘。
10　フィレンツェの南東約九〇キロメートルのアンギアーリで一四四〇年六月二九日に起こったミラノ軍対フィレンツェ連合軍の戦闘。レオナルド・ダ・ヴィンチはフィレンツェ市庁舎（パラッツォ・ヴェッキオ）の大会議室（五百人広間）に《アンギアーリの戦い》の壁画を描くよう、フィレンツェの行政長官ピエロ・ソデリーニから一五〇三年に依頼を受けた。同時にミケランジェロには向かい合う壁に《カッシーナの戦い》が依頼された。
11　ピサの東方約三〇キロメートル、ヴィンチ村の東南東約二〇キロメートル。
12　フィレンツェから南のシエナに約五五キロメートル、シエナからは北西に約三〇キロメートル。
13　シエナの北北西約二〇キロメートル。
14　シエナの西南西約九〇キロメートル、リグーリア海に面する港町。
15　ティレニア海、リグーリア海に面する港。市壁に囲まれ、運河が交差する商都として、ポルト・ピサーノとともにピサの地中海交易を支える重要な都市であった。この時期、ピサおよびリヴォルノはフィレンツェの支配下にあった。フィレンツェから西に約九〇キロメートル。ピサからは南南西二五キロメートル。
16　ラテン語で「海辺の地」に由来する名。イタリア中西部、ティレニア海、リグーリア海に面する海岸地帯。一八世紀までは不毛の湿地が広がっていた。
17　煉瓦工場のあるメルカターレ・ディ・ヴィンチはヴィンチ村の南南西約四キロメートル、サン・パンタレオ聖堂はヴィンチ村の西約一キロメートル、サン・ドナート・イン・グレーティ聖堂はメルカターレ・ディ・ヴィンチよりさらに南、ヴィンチより約五キロメートルに位置する。
18　ヴィンチ村から北東約八キロメートル。
19　『新約聖書』「ルカの福音書」にある放蕩息子の話。

20　ローマ門の意。市の南部、アルノ川左岸地区にある市門。市壁の南辺で、シエナを経由してローマに到るカッシア街道に開く。

21　西方教会で「公現祭」（一月六日）、東方教会で「神現祭」（一月一九日）とよばれる祝日。イエスの誕生後、東方三博士の訪問と礼拝を記念する日。

22　シエナ生まれの商人で、ジェズアーティ同心会の設立者。一三〇四－六七。のちにローマ教皇から列福された。

23　西方教会では、復活祭直前の週はキリストの死を悼む期間で、祝宴には適さず、結婚式を行うことはできない。その最後の日曜日、第八日（オッターヴォ）が復活祭である。

24　ヴィンチ村から南西に二・五キロメートルの緩やかな丘の上、メルカターレからは道に沿って約三キロメートルの距離にある。

25　ヴィンチの南西約五キロメートルの丘にあるチェッレート・グィーディの集落。

26　復活祭前の四〇日間（日曜を数えずに四旬なので、実際は四六日間）。食事の節制と祝宴の自粛が求められ、結婚を行わない習慣であった。

27　幼児キリストと聖母マリア、その夫ヨセフの家族をさす（『新約聖書』「マタイの福音書」（二章一三－一五）にある記述。幼児キリストと聖母マリアとその夫ヨセフはヘロデ王から逃れてエジプトに逃避する。

28　ラテン語の volo は「（私は）望む、欲する」を意味し、イタリア語の volo は一人称単数現在形で、「（私は）飛ぶ」を意味する。ここでは、ラテン語の volo とイタリア語の volo を懸けている。司祭の問いかけに対し「volo と答えればよい」と教わっていたアントニオだが、それはイタリア語で「私は飛ぶ」の意味になる。

29　『旧約聖書』「創世記」三章が伝えるアダムとイヴから受け継がれた罪。

30　『旧約聖書』「創世記」（二四－六六）に登場するアラム人の女性で、イサクに妻として迎えられ、愛された。

31　『旧約聖書』「創世記」一一章から登場する（前半生ではサライと呼ばれる）アブラハムの妻。九〇歳で息子イサクを産み、一二七歳で死んだとされる（二一－二三）。

32　一四七八年四月二六日、ピサ大司教サルヴィアーティとパッツィ銀行のローマ支店長フランチェスコがサンタ・マリア・デル・フィオーレ大聖堂でミサに参加していたメディチ家のロレンツォおよびジュリアーノの兄弟を襲撃し、ジュリアーノを殺害した事件。
33 聖ヨハネが生まれたとされる六月二四日の前夜。夏至を祝う祭りの日。
34 三つの顔をもつ三重女神は、古来多くの神話的伝承で語られ、月に関連して、上弦の月、下弦の月、新月の三期に対応するとされることがあった。
35 すべての聖人と殉教者を記念する日で、西方教会の典礼暦では一一月一日。
36 アーティチョークの一種で、地中海沿岸の原産。

第12章　レオナルド

おそらく、私の一生でもっとも謎に満ちた存在はその人だろう。

秘密は私の心の奥深くしまいこまれている。安らぎを許さぬ焦燥、私を前に押し出そうとする強迫は止むことがなく、それはつねに知識と経験の限界のその先へと私を急かす。取りかかった仕事を未完成にしたまま、つねに別の新しい仕事に着手するようにと私は追い立てられる。そうなると、仕事はけっして完成することがないとわかっている。どこかで母に出会えるなら、その目をふたたび見られるなら、という起こりえない幻想を抱く私から、その焦燥は離れてくれなかった。しかし同時に、母を思い浮かべるだけで、私を腕に抱きながらその人が子守歌をささやいてくれたときのように、私を苦しめる心労は穏やかに静まるのだ。

意味のわからないその歌詞はぼんやりとしている。だが、哀しく波を打つように繰り返すその旋律はけっして忘れられない。家の周りを歩き、眠りにつかない子供たちを連れ去ってしまう黒い男を歌った詞らしいのだが、さいわいにも私にはまったく意味がわからず、母の声と呼吸だけで十分であった。何年も経って母は、その言葉は母が生まれた国の言葉ではなく、別の民族の言葉、ロシア語だと私に説明してくれた。母を育てた乳母はロシア人だったのだ。生まれた国の言葉を話してみて、と私がせがむと、母は何も言わずに微笑むだけだった。少女だったときに話していたその謎の言葉を、時を経て忘れてしまったのかもしれない。

時はすべてのものを非情に消費していく。私たちの外にあるすべてだけでなく、内においても。言語、記憶、感情、永遠に失われないと信じた少年期の理想、それらすべては時によって消費される。蠟燭の炎が蠟をゆっくりと溶かしていき、最後は蠟燭とともに消えるように、時は私たち自身の身体と精神を消費していく。私の一生はすべてにおいて時との闘い、忘却との闘いであった。けっして母を忘れたくなかったからである。母が亡くなり、その身体が地上には形をとどめなくなっても、母をめぐるすべての記憶、その顔、その声、その微笑み、その手の記憶が消え失せることを私はけっして望まなかった。

幼い頃の最初の記憶は母に結びついているはずだ。だが、その記憶はあまりに不思議で謎めいているので、どのように解釈したら納得できるのかわからない。それが本当の記憶なのか、または幻想、あるいは白昼夢であったのかもわからない。

私は揺り籠の中にいたように思う。空の上から鳶《とび》が私のほうに降りてきて尾羽で私の口を開け、何回も私の唇の中を打った[1]。揺り籠の中だとすると、私は二歳にもなっていなかっただろう。どうしてかくも古い記憶が残るのだろうか。鳶の行動は何かしら曖昧で、詳しく思い出せないのだが、どこか心に引っかかったまま気がかりなことがあった。生まれたばかりの乳児にとってもっとも素晴らしい瞬間、全身を包む絶対的な幸福感の中で母の身体と溶け合って一つになる瞬間、それは、その小さな口が膨れた乳首を探し出し、そこから命をつなぐ白く温かい液体を吸うときである。二歳にもなっていない私にとって、鳶の尾羽は乳首とあまりにも違う。唇の中を打つその尾羽の動きは、愛の行動ではなくむしろ暴力のようだ。

それがまさに鳶であったのはたしかに不思議だ。多くの知的課題の中でも私がこだわった飛行という問題、その飛行に関する観察で私が好んだ対象が鳶であった。手元の紙葉や冊子の余白に私は何度その鳥を描いたことだろう。何度その飛跡を曲線や図で描き、その運動の特徴について図に言葉を添えて表現したことだろうか。鳶は私が生まれた田舎ではごく普通に見られる小型の猛禽類である。鳶はどのように飛ぶのか、空気、風、上昇気流という自然の恵みを最小の力で巧みに利用し、つねに最大の飛翔を得ようとするその能力に、私は心を強く打たれた。[2]

わずかな翼の羽ばたきで鳶は空高く舞い上がり、上空で気流を探しあて、あたかも重力を受けることなく浮いているかのように、その高みでただ一羽、音もたてずにとどまる。昼の陽光が満ちる空でくっきりと姿を刻む小さな黒い鳶は、ゆっくりと大きな輪を描き、そして突然、すさまじい速さで垂直に急降下する。その瞬間、尾羽がいかに重要な役割を果たすか、それを見逃してはいけない。鳶の飛行は尾羽なくしてはありえない。美しく大きく広がる尾羽は飛行の舵《かじ》となり、飛ぶ方向を変えるとともに最終目標への急降下を可能にするのである。

いかにしてあのもっとも壮大な夢を実現できるのか。その多くは鳶が教えてくれる。人工の翼で私の身体を空高く引き上げ、鳥のように飛び、空中にとどまり、優雅に滑空し、空を切るような動きと反転、逆進を交互に繰り返し、水中にいるかのように空中を泳ぐことである。しかし、いつも私を悩ませる解決不能の頭痛の種はまたしても尾羽だ。幼児のときの記憶にある唇の中で羽ばたくあの尾羽。その先端を平らにしたり、下に向けたり、また左に右にと動く尾羽。まるで踊り回るかのように、その動き一つ一つは、上昇、下降、急な空中制止、宙返りや転回といったそれぞれ別の飛翔に対応する。

さらに不思議なことだが、フィレンツェ郊外の丘陵やヴィンチ村に近い丘で、われを忘れて鳶の観察に熱中していたとき、ふと幼児期のあの記憶が眼前に生き生きと浮かぶことがあった。
次から次へと続く学問と芸術に関する出来事や挑戦に明け暮れた一年。空中にとどまる飛び方に関する走り書きで埋まった紙葉を裏返すと、そう、そこに、一五〇四年六月二九日から八月四日の買い物の記録、日用の品々の買い物、上っ張りの仕立て、つばなし帽子、靴下一足に関する出費の勘定の脇に、同じ日の出来事として一人の男の死を記録している。[3]「水曜日の七時。一五〇四年七月九日水曜日の七時前に、ピエロ・ダ・ヴィンチ氏が亡くなる」少し間隔をあけて、何も起こらなかったかのように私は自分の出納事項をふたたび書いている。「一五〇四年八月九日金曜日、金庫から一〇ドゥカートを出す」この死去の記録を私は別の小型の紙葉でもう一度、やや詳しく記している。「一五〇四年七月九日水曜日七時にポデスタ宮殿の公証人ピエロ・ダ・ヴィンチ氏が死去。わが父。七時に。享年八〇歳。一〇人の息子と二人の娘を残した」[4]
それは私の父だ。無感情に日時、名前、そして「ポデスタ宮殿の公証人」という職業を記録したあと、その人が父親であることを終わりのほうで書き加えている。彼はただの公証人ではなく、まさに私の父でもあった。彼の子供は、四人の妻のうち二人から生まれた息子一〇人と娘二人である。当然だがこの数字に私は含まれていない。
彼は私をけっして嫡出子と認めなかった。私は彼とカテリーナのあいだに生まれた私生児だった。祖父アントニオが亡くなると、私は否応なくフィレンツェに連れてこられ、彼と同居させられた。法律が義務として定めていたので、彼は私を養育し、仕事の依頼人であり友人でもあったアンドレア・デル・ヴェロッキオの工房に送りこんだ。私は父の家での生活からは解放され、とくに同性愛の裁判に巻きこまれたときには、私が父にとって醜聞や恥の原因にならずに済んだ。[5]父が私を心から愛したかどうかはわからない。フィレンツェを去るまで彼と顔を合わせることはなく、言葉を交わすこともなかった。その後もついに再会することはなかった。
しかし、たとえ私が望まないときであっても、私がそれと気づかないように彼がいつも私を支援しようとしていたことは認めよう。彼は聖職者、修道院、そしてフィレンツェ市庁を相手に公証人として仕事をしていた。この町で私が受けたいくつかの注文は、ほとんどが彼のおかげである。モンテオリヴェート修道院[6]の《受胎告知》[7]、市庁舎《パラッツォ・デイ・プリオーリ》〔現パラッツォ・ヴェッキオ〕のプリオーリ〔執政長官〕礼拝堂の《聖ベルナルドゥスの幻視》[8]、スコペートのサン・ドナート修道院の《東方三博士の礼拝》[9]、サン・ジュストのジェスアーティ派修道院の《聖ヒエロニムス》[10]、セルヴィ派修道院付属アヌンツィアータ聖堂の《聖アンナ》である。このうち、完成したのは《受胎告知》のみで、父には最悪の成果で報いることになってしまった。報酬を受け取ったにもかかわらず、板絵を未完成のまま放置したり、制作に取りかかることすらしなかった。これは、ここフィレンツェでは同性愛よりもさらに重大な罪であった[11]。

夢は予言でもあり、時間という覆いを取り除いて未来を見せるといわれている。幼い頃の私を思い出すこともたしかに予言であった。しかしそれはある暗い過去に向かっていた。私は夢を見るのが好きで、祖父アントニオもまた夢を好んだことを覚えている。祖父は子供だった私にいつも彼の見た夢を話して聞かせてくれた。夢としか思えない海の向こうの空想的な冒険に加え、祖父は世界地図がどのように羊皮紙の巻物に描かれているかを話していた。

機械や技術の難問について、私は幾度となく夢の中で明解にして素晴らしい解決法に出会っていた。前日にさんざん苦しんで解けなかった問題だったが、覚醒しているときの思考と比べ、夢の中の目は格段に優れた正確さで物事を見通せるのだろうか。私の夢にはいつも同じようなものが登場する。壮大で心惹かれる自然の光景、嵐、降り注ぐ火の粉、目のくらむような輝きなど。夢の中の私は空を飛んで、そこから地上を見下ろし、ことさら大きな動きをすることなく、空中での位置を自由に変えて移動していると感じる。なんら痛みを感じることなく、目もくらむ高い頂上から落下したり、渦巻く急流に流される夢、そこで私は空気、水といった自然の力を肌で感じる。私を包みこみ、好きなようにもて遊ぶ自然。またあるときは、動物に語りかけ、動物の言葉を理解し、何も学んではいないのに異国の人間が話すすべての言葉がわかるのだ。そして誰にも言わなかったが、夢は不思議な情景で終わる。私はカンポ・ゼッピにある母の家にいる。そこにいる私は子供なのか成長した若者なのかはよく覚えていない。着衣を脱いだ母と姉妹が大きな寝台に私を招き入れ、私は彼女たちと身体を合わせる。抱き合い、からみあい、その愉悦の中で私は快楽の淵に沈んでいく。目を覚ますと、私は身体が精液で汚れているのに気づくのだった。

ところで、天空に現れる鳶は私の運命について何を意味するのだろうか。『ダニエーラの夢判断』と題された祖父の古い本に次のような記述があった。「自分の上を飛ぶ鳥の夢は損害を受けることを意味する」別の個所には「鳶の夢は親の死を意味する」とあった。これは明瞭だ。鳶は遠い未来の予言ではなく、損害や死、父か母の死の予告なのだ。鳶はいい夢見ではない。嫉妬の象徴とされる。鳶は自分の巣で成長の早過ぎる雛を見つけると、その肋骨を突き、餌を食べさせないようにするといわれているからだ。おそらく、母カテリーナを想う私の心の奥深くには、父への嫉妬が隠れていたのであろう。カテリーナは妊娠と出産を繰り返していた。私生児が何の問題もなく健康に育つ一方、父の最初と二番目の正妻は不運にも子供を産むことがなかった。鳶である父は、自分にはもう消え失せてしまった生命力と情熱を私の中に見たので、私の肋骨を突いたのだった。

うろ覚えで混乱しているが、母が私によく話してくれたおとぎ話を覚えている。魔法をかけられた島から母を助け出す少年の物語である。少年は白鳥に獰猛な攻撃を仕掛ける鳶を矢で射落としてその白鳥を救う。すると白鳥は美しい王女に姿を変える。王女の髪には月が、額には星が輝いていた。孔雀のような身のこなし、爽やかなせせらぎのような声。私にとっては明瞭な筋立てだ。鳶を射落とした少年は私で、母を救い、白鳥と結婚するのだ。

死の予言では、死が必ずしも身体の死を意味するわけではない。人間の死は、突然にして乱暴な別離、心の中でその存在を消し去ること、情緒による強い結びつきを断ち切ることであるかもしれない。私の運命の予言はそれであった。あるとき、母から永遠に引き離されるという事態が子供であったレオナルドの身に起こった。フィレンツェに追放されたあと、その別離に苦しまないように、父と母二人は心の中ではすでに死んでしまったのだと考え始めた。父の一族、母の家族のどちらにも居場所が得られなかった私は、父と母の二人を心の中で消そうとしたのである。私は父母と一緒に日々を過ごしたことがない。二人の面影、二人と一緒に過ごす生活、私が締め出されている団らん、それらを思い浮かべようとする気持ちは執拗につきまとうものの、消すことで苦しむことはなくなるのではないか。しかしそのなかで、母の面影だけはけっして「死ぬ」ことはなく、私の生涯を通じて私に寄り添い、生き続けた。それは妄想なのか。いや、おそらく神の恵みなのだろう。

フィレンツェに行ってからも、叔父フランチェスコに同行して私はできるかぎりヴィンチ村に帰り、母に会っていた。二〇歳になり、「医師および薬種商同業組合」の下部組織であった「サン・ルカ組合《コンパニア・ディ・サン・ルカ》」に登録した[12]。父のつてがあって、モンテオリヴェートのサン・バルトロメオ修道院の修道士たちは受胎告知の板絵一点の制作を私に依頼することを決めていた。それはドナート・ナーティの最後の願いであった。ドナートは自らを記念する礼拝堂をそこに建設するため、修道院に財産を寄託していたのだ。六年前の夕べのことを私ははっきりと覚えている。年老いたドナートは、その死の床から私に話しかけていた。私は生涯最期に彼が思い浮かべていた情景をありありと思い浮かべることができた。全景は戸外で、閉じた空間の制約から完全に解放されて、空気、光、自然の中にあり、女性の胎内から生まれる生命の奇跡がそこに発現し、自然の命、生物の命、花、植物、木々の命、空気、大地、水の命を呼び起こすのだ。

かなり前から、私ははっきりとその構成を思い描いていた。透視画法の適用についても相当の研究を重ねてきた。板絵が掲げられる場所はドナートの墓の上であり、斜め横や下からのみ見られるという条件に適合しなければならない。絵の専門家でない人々がどこか変だと感じないように、描写には複雑な視覚的補正を施さなければならない。まだ風景が仕上がっていない。私が最初に取り組む制作であり、きわめて重要な仕事だったので、それを描く前にまずヴィンチ村に行って母に会い、村の景色を見る必要があった。

一四七三年の夏。私はモンタルバーノの丘をあちらこちらと歩き、風景、丘の眺め、岩、急流、そして糸杉、常盤樫《ときわがし》、オークなどの枝ぶり、また百合や薔薇などの花を画帳にスケッチした。雪の聖母《マドンナ・デッラ・ネーヴェ》[13]の祝祭が行われていた八月五日にはモンテヴェットリーニの小さな聖所を訪れ、そこからモンスンマーノとフチェッキオの沼を見下ろすヴァルディニエヴォレの眺望を描いた。それは内心の不安や生きることの苦悩をほんのひととき断つことのできた記念すべき日であった[14]。私はその喜びから、素描の脇に厳粛な気持ちをこめて「雪の聖母《サンクタ・マリア・デッラ・ネーヴェ》の日、一四七三年八月五日に」と素描の日付を残した[15]。

はからずも日が沈む頃になってしまったが、カンポ・ゼッピに着く。母は菜園でずっと待っていてくれたようだ。裸足で腰をかがめ、ミネストラ〔野菜スープ〕に入れる香草を採っている。一人だ。髪は束ねていない[16]。素晴らしかった金髪には少し白い髪が混じり始めていた。歌を歌っていたのか、独り言のように何かささやいていたのか。少し驚かせてみたくなり、ブラックベリーの生垣のほうからそっと背後に近づいていく。私に気づいた母は驚きと嬉しさから気を失って倒れそうになったので、すぐに母を抱きかかえる。私の腕に抱かれて、その人は息を弾ませて微笑む。「ああ、驚いた。でもこうして死ねるなら、本当に幸せな死だわ」

神がお創りになったこの女性のような存在、私の母にもいつの日か死の黒い翼が触れるのだろうか。そして、死を免れえないすべての生き物の運命として、この母の身体にも、いずれ変形や腐敗のときが訪れるのだろうか。そう思うと私は胸が締めつけられる。

カンポ・ゼッピで母カテリーナ、そしてその家族と過ごした日々は、魔法の中にいる夢のような時間であった。私の全生涯であのときほど美しい日々はなかった。日中は私も彼らと一緒に働く。日を受けて乾いた大地に鋤を入れ、鍬で掘り返す。日が暮れるとみなでミネストラを飲み、ワインを楽しむ。その後、アントニオと妹たちは、私たちを二人にしてくれる。二人で話したいことがやまほどあることを、みなはよく知っている。夜は長く、澄んだ夜空が清々しい。流れ星は自然の涙のようだ。

私はいつもフィレンツェでの生活をあれこれと母に話した。工房での仕事、弟子として習うべきこと、私が見る夢、さらに抱えている問題や不安についても。母は私を見つめる。本当に私の話を聞いてくれたのだろうか。話のすべてをわかってくれたのだろうか。母の顔にはただ至福の表情が浮かぶだけだった。手元を離れ、いまふたたび会う息子への尽きせぬ思いで満たされている母。母に素描をいくつか見せる。新しいのは雪の聖母の日に描いたものだ。母はそれを見て「お前の描き方はまるで魔法のようだわ」と怖れを抱いたかのようだ。なぜなら、私は、生き物や物体だけでなく、石や岩を描くときも、そこに秘められた魂と命を捉えようとしていたからである。石や岩であっても、そこには魂があるのだ。万物創造の神の御業《みわざ》に果敢に挑む必要はないだろう。創造主と同じ水準に自分を高め、それにとって代わる描写をめざすという傲慢さは必要ない。一輪の花や一匹の蝶の命を描きたいと思うなら、まずそれを尊重し愛さなければならない。

さて、母と言えば、四十を超えた成熟した女性ではなく、まるで十三歳の少女のような輝く目で私をふいに驚かせることがよくあった。それは、私から赤チョークの断片を取り上げて、複雑にからみあう枝や草や花の絵を描くときだ。私は口を開けてただ見とれるだけだった。思いもよらないことだが、私の母、その人は教育を受けられず、字が読めず、書くこともできず、私たちの言葉をすらすらと話すこともできない。だが、天賦の才能を授かっている。描いた美しい線を指でなぞりながらその人は言う。「これが命、愛、そしてからみあう私たちの物語なの。離れていても、最後にはまた出会うことができるの。私たちもそうだわ。もし離れて生きることになっても、神さまと運命は、また私たちをふたたび会わせてくださるわ。いつどこで会えるかはわからないけれど。でも生き続けるにはそれを信じることよ」

私は母の細く長い指、同時にひび割れや労働の跡もとどめるしっかりとした強い指に魅せられる。その指が私を撫で、あやし、洗ってくれた。それを描こうとする。戯れる指一つ一つのつき方と動き、神経と腱による瞬発力、それをつかもうとするのだが成功したことがない。私が描こうとしていることに気づくと、母は微笑んですぐに手を上着の襞《ガムッラ》にそっと隠して私をがっかりさせるのだ。諦めた私が炭や赤チョーク片を置いて、遠くに立ち去るのを確認してから、ようやく母は隠していた手を出す。

同様に、顔を描くことも許してくれなかった。母の顔は記憶に刻むしかない。わずかにうるんで澄んだ優しい目の形、何を思っているのか、ふっと浮かぶ微笑み、それをはっきりと記憶しなければならない。その微笑みは、歓びの現れか、諦めの影か、遠い昔の苦しい思い出なのか、あるいは人間にはわからない秘密の知によるのか、おそらくそのすべてが混ざり合い、溶け合って作られるのであろう。部屋に戻ってひとり、記憶を頼りにその微笑を絵に描こうとする。しかし、できない。母を前にしているときの感情、心の高まりはどうしても描けない。

この素晴らしい日々にあってただ一つ悲しいこと、それは、私がその人を「お母さん」あるいは「ママ」と呼べないことだった。フィレンツェに移ったときからその言葉は厳しく禁じられ、名前でその人を呼ぶようにと命じられた。その人は、私の乳母カテリーナでなければならなかったのだ。

私は母に昔のことを尋ね始めた。母はけっして自分の過去を語らなかった。わずかな記憶をたどり始めると、苦難に満ちた過去全体がよみがえってしまうのかもしれない。私の家族ですらカテリーナの物語を語ってくれない。おそらく過去はあまり重要ではないと思っていたのだろうか。そのときまで私は母のことをほとんど知らなかった。確かなことは、その人こそが私の母であるということだが、人はそれすら言おうとしなかった。

知ることを拒まれること、それは私の幼年期、少年期に暗い影を落とした。どのように生まれたかは闇に閉ざされ、その深い霧の中で、母と出産に対する意味のない侮蔑が芽生えることさえあった。少年、青年と成長するにつれ、ヴィンチ村とフィレンツェの両方で、その悲しい闇を知るようになる。母は女奴隷あるいは娼婦で、若き公証人、そして年老いた祖父アントニオさえも誘惑した美女であった。その母から私は私生児、女奴隷の子として生まれた。生まれながらに罪を背負った子、人の道に外れた悪魔の子、もしかすると近親相姦で生まれた子が私なのだろうか。

カテリーナとはいったい誰なのか。その人はどこから来たのか。どのような苦難と悲惨を経て、その人はここにいるのだろうか。信じられないその苦難の人生、そのどこにおいて、その人は田舎の若者と出会い、私が生まれることになったのだろうか。そして、その人はカンポ・ゼッピに深く根を下ろしている。その人自身、これらの問いに答えるのは難しいのだろう。生き抜いてきた苛酷な出来事一つ一つを思い出すことがつらいだけでなく、時間とともに、悲惨にして苦しい出来事の記憶は徐々に薄れ、遠ざかっていき、ついには完全に消え去ってしまうからだ。その人自身、それを必死に忘れようとしてきたのかもしれない。前に進むため、生き延びるために。

しかし、母は私にだけ不思議な語り口でこれまでの生涯を語ってくれた。とくに最初のほうでは、母の物語は神話や古い伝説のようにも感じられた。われわれの文化、歴史、地理をまったく知らないので、母は自分が生まれた土地のようすを、現実とは思えない空想のように語ることができる。世界がそこで終わるその土地、そこでは自然がすべてを支配し、立ち入ることのできない未開の深い森が谷を覆い、すべてを凍らせる風が高原を鞭打つように吹き渡る。世界で一番高い山は解けることのない雪と氷で覆われる。その山影は数百マイル先に伸び、山頂の氷は雲の上に突き出る。周囲が夜の闇に染まっていく中で、その凍りついた山頂は沈みゆく陽光を受けて光り、彗星を仰ぎ見るかのようだという。

母の部族は原初の森の民で、世界でもっとも古い人種に属するらしい。その起源は巨人族の時代、大洪水の時代に遡るようだが、文字による記録よりもはるかに古い民族なので、それを伝える文書は存在しない。部族のみなは気難しく、誇り高き戦士であり、勇猛果敢だった。部族では女たちも武装し、馬を駆って血で血を洗う激しい戦闘に加わったそうだ。母もその一人だった。

「私はヤコブという名の部族長の娘で、王女のような身分だったわ。でも、あるときヤコブは殺され、私も捕虜になってしまったの。お父さん、隊長ヤコブが残してくれたのは、この左手の薬指にはめている擦り減った銀の指輪だけなの。結婚の指輪の下にあるでしょう。お父さんが私にそれをくれたのは六歳のときよ。この指輪が一番古い思い出だわ。まだ女の子のとき、お父さんが私をとても可愛がってくれる夢を何度も見たの。でも、お父さんはいつも戦いに出ていたので、本当はよく知らなかった。指輪にはギリシャ語で私の名前が刻まれているの。ギリシャの言葉は知らないわ。でもこの字だけはなんとか読めるの。エカテリーネと」

捕虜になって、母はターナという町に連れてこられた。そこから長い海の旅をさせられて、見たこともなく美しい町に着いた。本当にこの世界にそんな町があるのかと信じられない美しさで、もしかしたら夢だったのかもしれないと感じたそうだ。コンスタンティノポリスという名で、黄金のドームがそびえていた。その町は海が狭くなり、陸と海が溶け合うような場所にあった。だが陸と陸が接することはなかった。

捕虜になって自由を失ってからは、何人かの主人が母を物のようにして手から手へ渡していった。奴隷身分となった母だったが、何かが、あるいは誰かがすべての奴隷への蛮行や不運から守ってくれていると確信できたようだ。聖女カタリナ、全能の神、預言者エリヤかもしれない。風のように自由に生まれた母は、自由を願うというただ一つの行動により、とても長いあいだ、そう、長すぎる年月、耐えられないような苦しみとつらさの中で生き抜いてきた。

類まれな記憶力で、母は主人たち全員の名まで覚えていた。

「最初のご主人様の記憶はずいぶん薄らいでいるわ。ターナの家で数時間見ただけだもの。好奇心の強いヴェネツィアの実業家で、奇妙な女に命じて私からいろいろ聞き出そうとしていたわ。その後いったい何が起こったのかはよくわからないの。目が覚めたら船に乗せられていたの。私は船がどういうものか知らなかったわ。見たことがなかったの。海も知らなかった。限りなく遠くに広がる水はそれまで見たこともなかったの。海は恐ろしかった。船も怖かった。船は木でできた怪物で、私はその怪物のお腹にのみこまれてしまったと思ったわ」

「でも、その船にいたご主人様は優しい人だった。旅は想像を絶する毎日で、忘れられないわ。ご主人様はリグーリアの海賊で、赤髪の大きな人だった。テルモという名前だった。コンスタンティノポリスで私を自宅に連れて行ってくれたっけ。奥様や娘さんと会ったのよ。上の娘さんは、私と同じ名、カテリーナだった。そして、ご主人のテルモ様はヴェネツィアの商人ヤコモ・バドエル様に私を売ったの。バドエル様の商館で、マリアというロシア人の女奴隷に会ったわ。私たちはとても仲のよい友達になって、マリアは私を妹と呼んでくれた」

母はそれからヴェネツィアに連れて行かれ、ドナートが新しい主人になった。絹と金糸の織物工房で働きはじめ、母が絵柄を担当した。ある晩、母は男の奴隷に辱めを受けそうになった。ドナートはその奴隷を殺して母を助けたが、二人はヴェネツィアから逃げ出すことになった。大きな川に落ちたドナートを助け上げ、フィレンツェに連れてきたのだった。そのフィレンツェで最後の所有権の変更が行われ、カテリーナはジネーヴラ夫人の所有する女奴隷となった。ジネーヴラ夫人はドナートと結婚し、その世話をすることになった。

ここまで話すと、カテリーナは急に口を閉じ、先に進めなくなった。私をじっと見つめるその目はうるんでいる。母が泣いたのは見たことがない。話が父との出会いにおよんだことを私は直感する。私が生まれたときだ。細かいいきさつは必要ない。ジネーヴラとドナート、私は二人とも知っている。そしていま、確実な事実を私は知っている。そのとき父はたしかに母を心から愛していた。父はおそらく母をわかっていなかったかもしれない。その人が誰であるのか、何を求めたのか、何を感じていたのか、その心、女奴隷の心にどのような感情が抱かれていたのか、父はそれを自らに問うことをしなかった。カフカスの女奴隷であるということ以外、母について、その物語について、父は何一つ知らなかった。しかし、父は母を愛した。ただそれだけだ。内なる神秘の衝動に突き動かされ、あらがうことができずに。その後、父は、私が無事に生まれ、捨て子にならないように、尊厳をもって成長できるようにできる限りのことをした。父はその人カテリーナをヴィンチ村に連れて行き、ジネーヴラ夫人から解放して自由身分を確保した。おそらく、その人のために夫としてふさわしい男アントニオを探し、結婚を実現させたのも父であろう。

私の名レオナルド、洗礼を受けたその名は、ヴィンチ村の家族にゆかりのある名前ではないことを知っている。それは、妊娠しているときの最大の願い、ふたたび自由になりたいという思いからカテリーナがつけた名だ。母は、その奇跡、その恩寵をリモージュの隠遁士、聖レオナルドゥスに願った。囚人を鎖から解き放ち、妊娠した女性が無事にわが子を出産できるように助けた聖レオナルドゥス。私が生まれたとき、私は一人の女奴隷から生まれた。母が自由身分を獲得したのは、そのわずか数か月後、聖レオナルドゥスの祝日の数日前であった。私の名レオナルドは自由を意味し、自由こそ母と同じく私もまた渇望して止まない至高の善であることを思うと私は感動する。生きる自由、考える自由、どのような方法、どのような言語を用いようと、自己を表現する自由、対話と交流の自由。旅に出る自由、世界を知る自由、想像し夢を抱く自由、自分を他人に捧げる自由、そして愛する自由。拘束がなく、限界がなく、鎖がないこと。

《受胎告知》の制作を終え、モンテオリヴェートにそれを持参したとき、修道士たちと父は絵の中に描いたあるものに驚いていた。少し前、小型の楯に不気味な怪物の姿を戯れに描いて、父を驚かせたことがあった。[17] 父はその説明を求めたが私は答えなかった。父と修道士たちは、たとえば、実際に修道院の低い囲壁の向こうに見渡せるフィレンツェの街並みのように、壁の彼方に穏やかな風景が広がる描写を期待していただろう。だが、板絵の中央にある空想的な風景はいったい何なのか。「受胎告知」を主題とする絵画に、そのような背景が描かれたことはないだろう。

私の構想はまったく前例のない新しい試みだった。部屋あるいは市街という閉じた空間ではなく、壮大な自然が広がるのだ。だが、頂上は雲の上に達し、大気の中にはるか遠くにかすみ、絶壁となってそびえ立つ高い山はいったいなんなのだ。その麓には海に面して異国の港町が見え、灯台があり、壁に囲まれた市街にも大小の塔が立つ。海はその町を包みこむように広がり、大きな河口が左右の土地を分ける。微細な筆遣いで無数の小舟やガレー船が描きこまれている。博識な修道士が聖アウグスティヌスを引用して口を挟む。「海はたしかに世界を表現したのでしょう。高い山はキリストの姿です。だが、町は何を意味するのでしょうか。海に面するということは、町もまた世界の一部になりますかな」いや逆なのだ。入り乱れる交易と各地の誘惑に満ちたその絵は、世界の光と影に現実の形をはっきり与えているのだ。

私は黙って微笑んでいた。絵にはそれなりの解釈があってもいい。それは違うとは言いきれない。作品自体、誰にでもさまざまな方法でその美を語りかける。しかも多くの作品それぞれで、解釈は多様に膨れ上がる。素晴らしいことではないか。画中の女性は、私と同じく自由でなければならない。作品はいかなる解釈に対しても開かれているべきであり、受胎告知という一つの知らせに縛られた所作に固定されず、画家が伝えようとする内容からも解放される。画家自身、そこで何を伝えるのかわかっていないことすらあるだろう。

画家という人間は何よりも遊びを好む。好み過ぎることもある。これは、解釈する人間がしばしば忘れる画家の特性だ。私は目を欺いたり、気をそらせたりする世界が好きだ。人がそれについてなんと言うか聞くのだ。「上に向けたこの指は何をさしているのだ」「この微笑は何を暗示しているのか」「占星術のような不思議な星の描写に隠された意味は何か」つまるところ、私はいつになっても、小石や、花や、緑蜥蜴《みどりとかげ》で遊んでいたかつての子供のままだ。描く絵の中に、私はいつも謎めいた小品を加える。宝石、珍しい花、楽譜、鰻のひと切れにオレンジを添えた盆、母から教わった不思議なからみあいなど。からみあう線は故郷のヴィンチ村の名を思い出させてくれる[18]。ときにはこうした細かい描写は上に色をかぶせてしまうので、私だけが知っている秘密になる。小さな象、教会堂……、ただの遊びである。もしかしたら、いつの日か私が死んで数百年も経った頃、誰かがそれを発見するかもしれない。そのとき「遊び」がふたたび始まるのだろう。

もし絵について説明するとしたら、私は「それは空想の景観です」と言ったかもしれない。たしかにそれは、空想以外の何物でもない。だが、左側、木の向こうには現実も描かれている。雪の聖母《サンクタ・マリア・デッラ・ネーヴェ》のスケッチにあるように谷に向かって下るモンタルバーノの斜面があり、霧に霞む丘は私だけがカンポ・ゼッピだとわかる。だが、連なる山々や町は想像で思い浮かべた景色だ。カフカスやターナ、コンスタンティノポリスに私は行ったことがない。海もまだ見たことがないのだ。私が見る世界で一番高い山は、アンキアーノから遠望するアプアーネ・アルプスの白く輝く峰々で、子供の頃、フチェッキオの沼沢地が海というものだと思っていた。母が生きた驚くべき波乱の生涯に比べると、私の生活はきわめて浅い。私のもっとも長い旅は、その当時ではヴィンチ村からフィレンツェ、ピストイア、エンポリに過ぎなかった。

母の遍歴の出発地と到着地を描きたかった。左にはトスカーナの田園、中央には母が旅を始めた空想の世界を描く。かの地にそびえる氷に閉ざされた高い山、そこには神々と巨人族が棲むという。母が生まれた森の高地、母が自由を奪われることになった町、母を運んだ船。絵にはこれらすべて、夢のようなその時々の時間と空間のすべてがそこにある。書見台の上には、書物がまるで生きているかのように置かれている。そのページは透きとおって空間に漂う。ページには読むことのできない秘密の文字が記されている。それは母の生地の言葉、すでに失われた言語なのかもしれない。聖なる処女は王宮にある寝室の扉口に腰かけている。その女性は王女であり、自らの胎内に新しい命が宿っていることを告げられる。それはカテリーナだ。私の母である。その人、母にしかわからない秘密を私はこの作品に隠した。母がフィレンツェに来たときに、サン・フレディアーノ門[19]を通る前に、昔の主人ドナートの魂に祈りを捧げるためにモンテオリヴェートの礼拝堂に立ち寄るとしたら、この秘密に気づいてくれるだろうか。

ミラノに旅立つ前、母に会ったのは一四七八年の春だった。パッツィ家の陰謀事件の直後、街路で目にした血と死体に背筋が凍る恐怖を感じた私は、すぐにフィレンツェから逃げ出そうとした。ヴィンチ村では私の将来を心配して叔父のフランチェスコが迎えに出てくれた。フランチェスコの兄〔父ピエロ〕は私をけっして嫡出子と認めず、いまは三人目の妻が嫡出の子の出産を間近に控えていた。したがって、叔父の兄〔父ピエロ〕からは私の将来について援助は期待できない。私には遺産も残してくれないだろう。叔父は芸術の分野で私が生計を立てられるかどうかと心配してくれたと思う。というのも、フィレンツェでは惨めな仕事や失敗をすでに何度も繰り返していたからだ。しかも、私は同性愛の訴訟に巻きこまれていた。[20]罪にはならなかったが、汚点が残った。フランチェスコは、故郷に戻るのが私にとっての救いになると考えたようだ。フランチェスコ自身、そして祖父のアントニオも同じように故郷に戻って救われたからだ。

フランチェスコは自分と不在の兄と子孫のために、城塞の近くにある水車小屋の永代賃貸権を村の役場から得ていた。その文書に、私も使用権を共有するというただし書きをつけてくれることになった。大きな期待をしたわけではないが、五月三日にフランチェスコとともに役場に行き、契約書に署名をした。そこで、役場の委員の一員アッカッタブリーガ、すなわちカテリーナの夫に会う。私たちは彼と一緒にカンポ・ゼッピに帰り、そこで私は母と熱い抱擁を交わした。

これまでの生涯で私が描き終えた数少ない絵画について、また構想を練るだけにとどまった多くの、あるいは多すぎるほどの試みについて思い返してみる。未完の構想を抱き続けることで、私は創造という仮定に伴うすべての美とともに生きていく。そのような美こそがわれわれを創造主へ近づけてくれるのだ。創造主に取って代わって、物を作り出そうというのではない。この世界を創り上げてきた愛という計り知れない行いを、私はその極微にいたるまで理解したいのだ。これまでになしえた仕事、そしてなしえなかった構想を思い返すと、いたるところにカテリーナの幻影があると認めざるをえない。よくわかっている。それは私の秘密だ。他人に告白することはできないし、伝えることもできない。たとえ言ったとしても、誰もその秘密を信じないだろう。だが、それは重要だというのか。私が、私だけがその創造の秘密を知っていればそれでよいではないか。私が描く素描や絵の中には、私の中で変容を続けるその人、母の記憶を呼び覚ます何かが秘められている。

最初、その人は私にとって、砂漠で悔い改めた聖女マグダレーナ〔マグダラのマリア〕であった。貧しく、やつれ、飢え、追放され、すべての人に拒絶され、髪の毛を除いて何も身に着けるもののない女。われわれが通うヴィンチ村の教会堂で、やせ細った悲劇的な木彫の像を見た少年の私は動転した。

しかし次のとき、マグダレーナは豊かな髪を美しく結い、うっとりとする芳香を放つ軟膏の瓶を持って男を誘惑する娼婦に姿を変えて私の前に現れた。[21] 幻想の中のカテリーナもまた、深く暗く性的な力の感覚、成熟した女性の身体から発せられる感覚そのものであった。母はあらゆる試練を乗り越え、生き抜き、豊穣の頂点を迎えたと私は想像していた。結合と共生という祝福により、この女性の胎内で私は生を受けた。その人の胎内、そこは天国であった。

私はマグダレーナの姿に聖ヒエロニムスの姿を対比させる。この裸体の聖者も悔悛者で、岩山のある砂漠にいる。年老いて骨ばった聖者は手に持った石で自らの胸を打っている。それが私だ。傍らにいるライオンは私の名に入っている動物だ。[22] その人から離され、絶望のあまり人生の砂漠をさ迷う私。そうすべきであるのにその人の傍らにいられない、その罪をあがなうためにさ迷う私。あるいは私は裸でつねに木に縛りつけられ、まさしく同じ罪を犯して矢を受け続け、のちに死を迎える聖セバスティアヌス[23]なのだろうか。

幼児キリストを抱く聖母マリアを描くときは、いつもその人のことを思う。創作を貫く主題は変わらない。母と子の愛のすべてだ。裸で生き生きと動く幼児、それは私だ。幼児はカーネーション、菜の花、柘榴《ざくろ》の実、ガラスの水差し、果物鉢、猫、紡錘《つむ》で遊んでいる。かつて一度、その人に素描を見せたことがあった。とても気に入ってくれたのだが、その人はなぜだかよくわからない不思議な質問をするのだった。「これは聖母マリア様かしら。蜜蜂はどこにいるの？」

聖母マリアの眼差しは幼児キリストに向けられ、つねに目を伏せている。その瞳を見ることはできない。ときに微笑み、ときにそれが消える。二人を待ち受ける苦悩、別離、受難と十字架をすでに悟っているかのように。なかでももっとも美しい絵は、聖母マリアが幼児キリストに乳房を含ませ乳を与える姿である。二人の親密なときを邪魔しかねない鑑賞者の視線を咎めるかのように、幼児キリストの顔はこちらに向けられている。《東方三博士の礼拝》では、祝福に集まった人々に布を上げて御子の顔を見せるのはやはり聖母である。そこには、聖母は母でその子は私だというけっして言ってはならない「発現《エピファニーア》」[24]がある。《岩窟の聖母》[25]では、聖母マリアが幼児イエスを守り救うために砂漠に逃れる。聖母マリアと聖アンナによる構図では女性像が重なり合う。二人の聖女は、私の少年時代に登場した女性たち、祖母のルチア夫人、継母アルビエーラ、フランチェスカたちではない。それは、最初に少女であり、それから若き母、私自身の母として時とともに変わったその人ただ一人である。

その人の手をスケッチしよう、絵に描こうと何度試みたことだろう。捉えることのできない柔らかい手。そして、えもいわれぬ、甘美なその人の微笑み。あふれるばかりの愛と母性を生き抜いたその人、一人の女性の顔にその微笑みを見出すことができたと思い、それを描こうと必死に努力する。しかし、苦労の甲斐なくむなしく終わる。下絵を入念に準備し、彩色を施し、極微の線まで描ける極細筆で描きこみ、目視ではほとんどわからないほど透明に近い薄塗りでぼかしの効果を出すことで[26]、唇と頬の繊細な動きを捉え、その微笑みに宿る目に見えない何か、内なる心を描こうとする。すでに四年ものあいだ、この試みをフィレンツェの貴婦人、フランチェスコ・デル・ジョコンドの妻、リザ夫人《モンナ・リザ》の肖像画の中で続けてきた。だが降参せざるをえない。私は夫人の顔を描くだけで、それ以外のすべてを描くことができていない。肖像画を完成させることができるのだろうか。

聖なる物語だけではなく、大昔のおとぎ話も幼少期の私の想像力を刺激した。物語を聞いたり、私からその人に話したりするのが好きだった。本を読む楽しさに熱中するようになってからも、それは止めなかった。私は本の虫で、隅から隅まで読みあさり、読みすぎるほどだった。よそ者の領地に忍びこみ、見つけた動物は何でも狩る密猟者のように、創造という休むことなき道で、出会ったものすべてを吸収し自分のものにしてきたように思う。

古代の神々と英雄の話はなんと素晴らしいことか。母が話してくれた故郷の山々に住む神々と英雄の不思議な話とよく似ている。彼らは自然の始原の要素、つまり土、水、火、空気と密接なかかわりをもっていた。

私は屈強なソスラン、あるいは人々が使うすべての武器と道具を作り出した鍛冶の神トレプシュのような英雄になった気分だった。サタナという女神についての話は母がとくに好きだった。サタナはヴィーナスあるいはアフロディーテによく似た女神で、出会う男の英雄と自由に愛の行為を交わし、岩や木から子供を産みだすという信じられない方法でつぎつぎと英雄の子を作っていく。なぜだかはわからない。私はつねに誕生の神秘に魅せられる。それが計り知れない力であればあるほど、ますます強く惹かれるのだ。

オウィディウスの『変身物語《メタモルフォーシス》』を読み始めたとき、私は、ありえない不規則な結合から生まれた者たちを自分に投影していた。その書物に描かれた状況は、サタナをめぐる物語のように、そこに描かれているのは実際にありうる規範だと思われた。美男のアドニスはミュッラとその実父キニュラスの近親相姦で生まれた。つまり、アドニスは母であるミュッラの弟になる。母ミュッラは木に変身し、自らの樹皮を切り裂いて子供を産む。[27] 勇士ペルセウスはメドゥーサを殺し、有翼の履物で空を飛ぶ。ペルセウスはダナエの息子だ。ダナエは黄金の雨に姿を変えたユピテルによって妊娠した。[28] かくも美しい物語があるだろうか。この神話劇は一四九六年のミラノで上演された。[29]

告白しなければならないが、この劇で私はいつものように聖と俗の混淆を楽しんだ。背信の父アクリシオスによって塔に幽閉されたダナエの姿は、牢獄に閉じこめられて龍に食べられた殉教者、聖女マルガリータに重なる。しかし龍の腹は鋭い十字架で切り裂かれる。どうして私は英雄的な女性に惹かれ続けるのだろうか。迫害され、投獄され、拷問を受ける女性の英雄、その女性はその人、カテリーナなのだ。そして、男あるいは父親という存在は、キニュラスやアクリシオスのように、つねに否定されるべき存在、逃げ出すか、あるいはまさにペルセウスがアクリシオスに死をもたらしたように、殺されるべき存在である。これはいったいなぜなのか。

夢の中で、母がフィレンツェのつまらない公証人とではなく神と交わって私を妊娠したという幻想を抱く。かの至高にして壮大な神話、レダの物語が、覚醒しているときであっても私にこの幻想を抱かせる。レダは白鳥に姿を変えたユピテルに抱かれ、二つの巨大な卵によって四人の息子を産む[30]。卵の一つからはカストールとポリュデウケースの神の双子《ディオスクーロイ》が、もう一つからはヘレネーとクリュタイムネストラが生まれる。出産の苦しみと死の危険を知ることなく生命を創り出す一人の女の神話である。私の中にいるレダはしぐさと位置を変えながら動き続け、気持ちを高ぶらせることを止めない。まず地に片膝をつき、次に起き上がり、そして古代彫刻のように裸身を見せて堂々と立つ。そのレダは愛の行為を終えてなお白鳥を抱いている。殻の割れた卵は地面に散り、すでに子供が生まれている。レダは甘美な追想の中で息子たちを見やる。うずくまり、そして立ち上がるという姿態の動きは、ほつれ髪の女の頭部を描く下絵とともに、ダンテから想を得ているのかもしれない。「汚れて髪を乱した娼婦は、うずくまるかと思うとすっくと立ちあがる」娼婦タイス[31]である。

　ここでも聖と俗が溶け合う。私の最初の構想は、官能的というよりもはるかに強い淫欲を挑発して立ち上がろうとするレダの姿態であった[32]。愛の関係を終えて、白鳥を抱きしめたその腕を緩めようとする女、その顔、半ば閉じた目、開いた口、女の全身を貫いた快感の絶頂と震えがそこに描かれる。そう、私はその姿態をたしかに古代彫刻の断片に見出していた。ローマで発見されたうずくまるヴィーナス像である。だが、この着想を私が手元の本、挿絵入りイタリア語聖書から得たことは誰も気づいていない。

「ホセア書」の冒頭の挿絵では、市壁と跳ね橋のある市門を指さす年老いた預言者ホセアの隣に白鳥はいないが、私の描いたレダと同じ姿勢をとる女性が描かれていた。女性は立ち上がろうとしながら、腕の中によじ上ろうとする子供を抱き止めるため、顔を反対側に向けている。もう一人の男の子は彼女に抱きつき、さらに別の女の子が彼女のほうに近寄ってくる。襟を広くはだけて首飾りが踊るその胸はあふれるような肉感をもち、髪は見栄えよく整えられているこの女性が誰であるかはすぐにわかる。女は多淫な娼婦だ。預言者の記述が示すように、多くの男と関係を持つ淫らな女だ。「主はホセアに言われた。行け、淫行の女を娶り、淫行による子らを受け入れよ」[33]そこで生まれた私生児たちが解放され、嫡出と信じられていた子供たちに代わり、イスラエルの子孫となるのである。

姦淫の女レダの描写で、私はどこにいるのか。卵を割って生まれた赤ん坊たちの一人が私なのか。いや違う。ここでは白鳥が私なのだ。胎内にいたとき、その人と一つの身体に結ばれていたように、もう一度その人と一つの身体に結合する夢を見る。また、白い翼を大きく羽ばたいて空を飛び、その人にその姿を見てもらう夢を見る。ヴィンチ村とカンポ・ゼッピの辺り、ランポレッキオ[34]の丘から大空に向かって飛び立つのだ。チェチェーリまたはチェチョーリの丘と呼ばれるその丘から空へ。チェチョーリはフィレンツェの言葉で白鳥の意味だ。その丘から空の高みをめざして、自作の飛翔機械で飛び立つ。宇宙を驚愕と名声の文言で満たし、私が生まれた故郷に永遠の栄光を与えるために。

女性の身体は至高の神秘だ。レダの立ち姿がその神秘すべてを表現する。画家や彫刻家の工房で、たとえばボッティチェッリが好んだように、痩せて冷えた裸体を研究するだけでは満足できない。私はパヴィアの売春宿に行った。性の活力を完璧に発揮する女性の身体を詳しく観察できる所だ。また、ミラノのプステルラ・デイ・ファッブリ[35]にあるサンタ・カテリーナ病院に行った。そこには苦しむ女性たちがいる。そこで出会った少女ジョヴァンニーナの幻想的な表情から、私は《最後の晩餐》[36]のキリストの顔を描くことができた。

私は性行為の体位と動きを詳細に観察し、描写する。男と女には売春宿で金を渡し、指示どおりに汗をかいて性交をさせる。私はそのようすをいたって冷静に詳しくスケッチする。細部が観察できるように、立位の性交もさせる。その行為と動きはさほど美しいとはいえない。むしろ、動物の交尾と変わるところはなく、醜悪に感じる。性の神秘とはほど遠い交接である。結論としてわかったことがある。女は男の快楽を満たすためにその下に組み敷かれる受動的な存在ではなく、性の結合においてはむしろその逆に能動的な動きで男を迎え入れる。男の器官によって満たされたいという欲望が旺盛な性交を促す。自然は、雌の胸部との比例において、ほかのすべての種類の動物よりも人間の女性の生殖器を相対的に大きく作ることにより、人間の女性に性の主導権を与えたのである。

　女性の身体を外から観察するだけでは十分とはいえない。その中に入り、生命がどこからどのように生まれるかを観察しなければならない。女性の身体は、その内部で液体と容器が複雑な均衡を保つという驚くべき仕組みを備え、粗雑な装置でしかない男の身体に比べると、比較にならないほど優れているからだ。人体解剖による研究の最終目標は女性の身体の分析であるが、それには教会当局によって取り調べを受ける危険が伴う。生命の誕生と魂の実相を探るこの種の研究に猜疑の目を向ける人間がいるのだ。私はすでに女性だけでなく牝牛の生殖器と子宮の詳細な解剖も行った。首から性器まで、女性の体内臓器を示す大きな素描は、これまでの長く詳しい研究の最終成果である。この素描は私が描いた素描の中でもっとも美しいといえる。人類の歴史において、かくも詳細厳密な観察と素描の作成を成し遂げたのは、神がイヴをお創りになってからこの方、私がはじめてではないだろうか。多くの秘密をなおも宿す世界、すなわち女性の身体を旅するための地図がここに生まれたのだ。祖父アントニオが使った航海図、あるいはプトレマイオスの世界地図《コスモグラフィア》に並ぶ、素晴らしい地図がいまここに完成した。[37]

　かつて私は妊娠した女性の遺体を研究する機会に恵まれた。女性は死んでおり、その子宮内の胎児も生まれる前に死んでいた。女性が息を引き取ったのはほんの数時間前で、出産による死ではなく、突然心臓が止まり、死にいたったという。遺体の状態は理想に近い。女性は女奴隷で、誰が妊娠させたかは明らかでない。すでに息絶えたその女を病院に運びこんだ者はすぐに姿を消した。遺体の所有者は不明であり、その処理に制約はなかった。よくある話だ。カテリーナも同じだったかもしれない。そして私も。メスを持つ手が震える。創造主のみがかかわった生命の秘密を犯そうとしているのだ。目にするものすべてを図に描く。[38]その小さな水の宇宙で自分を包むように丸くうずくまる胎児。割られた卵のようにその身体はすでに乾き始めている。生きているかのように、細心の注意を払ってそっと胎児を取り上げる。濡れて透明な絹布のように薄い膜が三つの層になっている。それを丁寧に剝がしていく。死後の硬直が始まった下肢、足先、手の関節は無理に動かさない。開花の時期を迎えられなかった花の蕾《つぼみ》のように四肢は丸まっている。私もこのようにカテリーナの子宮の中で丸くなっていた。からみあった四肢を緩める勇気はもてない。

解剖によって確実になったことがある。その生命が消える前、胎児には存在しているというたしかな自我がなく、母親の生命力によって命を吹きこまれていたという事実である。[39]母親はまず子宮の中に人間の形を作り、最初は眠ったように温存されていた生命力が、しかるべき時間を経ると母親からそこに注ぎこまれるのである。一つの魂が母体と胎児の二つの身体を支配するので、母親の希望、恐れ、苦痛を胎児もまた受けていたであろう。

母を失ってからも、私は母の故郷にまで旅をするというほぼ不可能に近い夢を抱きながら、その人の影を追い求めた。《受胎告知》で想像したようにカフカスの高い山々を見ること、母が生まれた高原を歩き、母の部族の人々と知り合う夢。父ヤコブに私が信じられないほど似ていると母が語ったことは本当なのかどうか確かめてみたいとも強く思う。そう、高原に登り、部族の人々、遠い親戚や従兄弟たちと話し合えたら、と願う。彼らは私と同じように金髪で背が高いのだろう。私はカテリーナのことを伝え、人々はその父や先祖が果たした英雄の事跡を讃え、焚火の周りに座ってワインを酌み交わし、歌い、未知の星座を仰ぎ見るだろう。もしそうなれば、私は世界を探検し、人類の知の限界をさらに押し広げたことになる。

この古く病める世界、自ら息をつまらせている世界から、ほんの短いあいだであっても逃げ出すことができたら。地上に住む他の民族を野蛮人と蔑み、自分たちだけがもっとも優れた文化を担っていると信じこむ世界、戦争という狂気を広めることしか頭にない世界、すべては金と儲けで決まり、暴力と蔑視と憎悪が渦巻く世界、人間の自由さえも金で買うことができ、人間を奴隷としておとしめることができると信じる世界、そこから逃げ出すことができるなら。そう考えると、私は戦慄を覚える。

一四九八年が過ぎていく。私はミラノで大きな仕事を仕上げることができた。私の最初の大作であり、生涯最大の成果となる《最後の晩餐》である。しかし、その同じ年、もう一つの仕事《スフォルツァ公の騎馬像》が幻となって消えた。[40] この地での滞在に区切りをつける時期だと、私は周囲の人々に先んじて感じていた。イタリア半島とヨーロッパ各地で戦争の嵐が激しさを増し、私が依頼を受けた諸侯もいつ破滅するかわからない。できるだけ早く、誰にも知られずに逃げ出す方法を考えなければならない。

雇用主、ミラノ公ルドヴィーコ・イル・モーロがミラノの領土に組みこまれたジェノヴァを訪問することになり、私にミラノ脱出の機会が訪れた。[41] 高官、貴紳、世話係を従えた大訪問団には、とくに軍事技師が加わった。これは迫りくるフランス軍の侵攻に備えて、公国領土の防御構造を点検し、城塞の管理を徹底するためである。ジェノヴァには三月一七日から二六日まで九日間滞在した。そのあいだ市壁と城塞の調査を行い、直近の嵐で被害を受けた港の状況を検分した。滞在先はミラノ公がいるサン・ジョルジョ宮殿[42]ではなく、カステッレット地区の聖フランチェスコ会修道院であった。どこに行っても聖フランチェスコ修道会の修道士たちは私を親切にもてなしてくれる。あれこれ話を重ねなくてもすぐに打ち解けることができる。旅に出たときは、いかがわしい宿ではなく、聖フランチェスコ会の修道院に世話になるほうがいい。

修道院の中庭で休憩していると、ほかの修道士たちと風貌の異なる一人が近づいてきた。彼は信仰についてではなく、研究や学問について強い興味があるようだ。体格は私よりかなり大きく、髭と剃髪は赤茶色であった。「修道士ヤコポ・ダ・サルツァーナです」と自己紹介する。飾らない態度が気に入って、私たちはすぐに親しくなった。フラ・ヤコポ[44]は、私が長いこと夢見てきた人生、しかし、いまだ実現できていない人生を送ってきたようだ。レヴァント地域のほぼ全域を旅したという。コンスタンティノポリスの対岸、ガラタにある聖フランチェスコ会の修道院から戻ってまもないそうだ。この修道院はオスマン・トルコ皇帝から特別の許可を得て活動を許され、キリスト教徒とトルコ人の非公式な外交問題や水面下の交渉を担う戦略的な機関でもあったという。興味津々で耳を傾ける。フラ・ヤコポは、私が細心の注意を払って倒壊した港の建物を調査し、波浪の破壊的な威力に負けない新しい構造物を設計し始めていることをすでに知っていた。「この頑丈な構造こそ、ボスポラスに求められるものです」と彼は言う。「皇帝バヤジット[45]はガラタ地区からコンスタンティノポリスまで、金角湾を横断する橋を架けようと計画しています。その橋は船が帆を張ったまま航行できるように、十分に高い橋脚をもつものです。皇帝のもう一つの夢は、橋床が必要に応じて上下に移動する可動橋を架設してアジアとヨーロッパを結ぶことです。巨大な軍隊を帝国の一方から別の地域に移動させるための橋の構想です。この計画のため、皇帝はこの挑戦を受けるにたる優れた技師を探していまして、その人選を修道会の裁量に委ねることにしています。異教徒すなわちわれわれキリスト教徒の国々からでも構わないとのことです」

フラ・ヤコポは、自分自身についても話をする。彼の母はテルモという船長とカフカス人のあいだに生まれた。テルモは黒海とカスピ海の港を結ぶ航海に詳しかった。母の名はカテリーナで、私の母と同名だ。彼の母はターナの近く、辺境の町マトレーガで生まれ、オスマン・トルコ軍の征服までコンスタンティノポリスに住んでいたという。フラ・ヤコポは各国の言葉を学びたいと異郷への遍歴を好んだ。それは母親譲りの性格だそうだ。ギリシャ語とオスマン語[46]を学び、修道誓願を立てたあと、修道会は彼をコンスタンティノポリスに派遣した。彼の母カテリーナは、自らの出生やその後の生活を彼に話して聞かせたが、その中でけっして忘れることのできない一人の女性がいたという。一度、年老いたテルモがカフカス人の女奴隷を連れて帰郷したことがあった。その女奴隷は当時一三歳で、名前は同じくカテリーナといった。金髪と青い瞳をもち、世にもまれな美しい王女だったが、まもなく誰かに売られてしまった。しかし、テルモにとってその女奴隷との出会いは生涯でもっとも思い出深い大切な出来事であったのだろうか、死の直前までその話をし続け、けっして告白を望まなかった一つの罪に対し、主に赦しを求めたという。

もうそれ以上話を聞く必要はなかった。素晴らしい王女カテリーナであったその女奴隷こそ、私の母カテリーナその人であることに間違いはない。母はそのとき、このわが土地にたどり着く長い遍歴の旅程の起点にいたのだ。私はさらにフラ・ヤコポの別の話題にも惹かれた。そう、私は皇帝の要望に従って、壮大な橋梁の設計を成し遂げ、それからカフカスをめざして逃亡を続けるのだ。フラ・ヤコポにオスマン語とアラビア文字を習う。その不思議な文字は、祖父アントニオの帳簿や書類ですでに見たことがある。あるノートにいくつかの言葉を書き留め、海に沈む太陽を歌ったオスマン語の詩の一節も書きこんだ。

浮かんだ構想とその図をすぐに描く。皇帝宛てに書簡の草案を作成し、それを訳してコンスタンティノポリスに送付するようにフラ・ヤコポに頼んだ。書簡には、帆によって稼働する風車と船舶のための水圧式排水機の提案とともに、その上を通る人々が怖がるほど高いアーチを架構したガラタ橋、そして水流に耐えうる堅固な木組み構造と杭による基礎でその橋を支持する設計を述べる。[47] また別にボスポラス海峡に架ける可動橋に関しては、海水の強い流れが橋の側縁を傷つけることなく、その下を通過できるような構造を考案した。七月に入り、フラ・ヤコポから書簡が届く。フラ・ヤコポは私の書簡文をオスマン語に訳し、七月三日に発送したとの連絡だった。だが、その後、何も進展がなかった。何度も夢に見た東方への旅は、煙のように消えてしまった。[48]

続く何年ものあいだ、私は変わらずに東方への旅を夢みていた。空想の旅をするのはいつも楽しい。机の上にわがプトレマイオスの世界地図を広げ、ゴーロ・ダーティの『スフェーラ』の細密画をなぞる。あるいは、プリニウスの記述、マンダヴィッラ旅行記[49]やフォレスティの年代記[50]で、世界の多くの異郷の地を巡る幻想的な描写を読む。私は旅行記の熱狂的な読者だ。ポルトガル人の航海記叢書、すなわちアメリーゴ・ヴェスプッチの航海記[51]、東インド諸島および最近発見された西インド諸島に向かうコロンブス提督の航海誌の出版では、初版を買い求めた熱心な読書家たちの一人は私だった。

黒海と地中海のあいだの潮の満ち干と海流について、私は関連資料を詳しく調べ、現地を見ることなくその地域の図や地図を作り、シリア地域の総督《ディオダリウス》すなわちディワーダール〔スルタンの副官〕に仕える技師であるとする偽の書簡を作った。ディワーダールは領土北縁の国境を探査するために派遣された高官で、トロス山脈[52]の斜面を流れ下ったと思われる豪雨の水と、それによる大規模な洪水について証言する役目を与えられていた。だが実際のところ、私はトロス山脈に関して、どこかの文献、たとえばアリストテレスの『メタウラ』[53]、イシドルスの記述[54]で読んだ程度の知識しかもっていなかった。地図として参照したのはプトレマイオスだけである。トロスの連山はカフカスの神話の山へ向かう峠の一つだと多くの人がいう。私にとってもそうだ。その神話の山こそが母の聖なる山なのだ。スキタイ人の言葉、母の言葉で、世界最高の高みを意味するという。岩と土による孤高の巨魁。その白銀の氷の世界を少しでも実感しようと、私は七月半ばに苦労してモンボーゾ〔モンテ・ローザの古称〕の氷河に挑んだ。フランスとイタリアを分けるアルプスの峠にある氷雪地だ。高所の張りつめた青い冷気とまぶしい陽光が私を包んだ。

　いつの日か私は母の聖なる山に登るだろう。夢の中になるかもしれないが。あるいは死の瞬間、肉体の鎖から徐々に解き放たれるとき、私の魂がその望みを叶えてくれるかもしれない。無限に広がるサルマツィアの平原[55]の上を滑空する私は、夏至の日にその長い影が徒歩で一二日もかかる距離に伸び、冬至にはヒュペルボレイオスの山々[56]まで達するのを目にするだろう。そこまでは北へひと月もの旅になる。山の麓では、泉や渓流の清らかな流れで水浴を楽しむことができる。樅《もみ》や橅《ぶな》の大木の森林の中を三マイルほど登ると、広い草原と牧草地がさらに三マイルほど続く。さらに登り続け、一四マイルの高さでいよいよトロス山脈の麓となる万年雪が始まる。そこから二つの頂上がそびえる山頂を見上げることができる。雲、吹き荒れる風よりも高く、大地の生命のさらに上に届くかのような頂《いただき》。それをさらに越えるのは、数少ない大型の猛禽類だけだ。それらは低い草原にいる獲物めがけて、雲の下へ急降下する。目前に迫る巨大な氷壁は光輝き、神の無関心を示すかのように沈黙の微笑みを浮かべて小さな私を凝視する。私たちの母、自然。

　その地方では、神の創造の痕跡を見ることができるのではないか。時の闇の中で壮大な地殻変動が起こったことは間違いない。黒海やポントスを形成した千ブラッチャもの大陥没、ドナウ川の河岸峡谷の造山、トロス山脈の彼方に位置する北部アナトリアの誕生、カフカスから西の海まで伸びる大草原とリフェイの山々[57]

に囲まれたターネの平原の生成、すべてを創り出した壮大な大地の動きだ。私の計算によれば、ジブラルタル海峡から三五〇〇マイルの距離にあるターナの海水面は、地中海よりも高い。そこにはターネ川〔現ドン川〕からつねに真水が流入し、岩屑《がんせつ》、砂、堆積物を運びこむ。ターネ川は地球上でも大きい河川の一つで、母はそこから旅立ったのだ。その水の流れは絶え間なくわが世界の大地を形作り、新しい姿が創り出され、同時に流れは蛇のように川筋を変えていく。

私がもっとも大きな刺激を受けたのは、フィレンツェでみなに読まれ、有名になったダーティの『スフェーラ』である。巻末には東地中海と黒海を描くきわめて美しい彩色図版がついていた。カスピ山地ともよばれていたカフカス地方とトロス山が一連の山岳地となり、トロス山の頂上には木造の小屋らしき構造が見える。大洪水によってこの山頂に着岸したノアの箱舟に違いない。ターネ川の河口には、ターナの町が確認できる。町を描く絵はこれ以外に見たことがない。母が自由を失うことになった町だ。家や商館が密集し、鐘塔、教会堂、そしてこの遠く離れた町を無の恐怖から守る唯一の単純な構造、市壁と塔が描かれている。

私は数年前から記憶力の低下を感じている。以前は、母の細かなようすもすべて驚異的に記憶していたものだが。これまで描きためてきた数千にもおよぶ紙葉に目を通し、書きなぐったままの考えや構想を見つけ出すのがどうも難しくなってきた。紙葉はどこにいってしまったかわからない。何度も同じことを繰り返し書いたり、詳しく書き直してみたりして、以前考えていたことをふたたび記憶に植えつける必要が出てきた。さいわいなことに、それぞれの紙葉には日付や場所を書きこむようにしているので、それを頼りにいつどこで何を経験し、何を考えたかを思い出すことができる。

記憶は部屋を組み合わせる建築のようだ。しかし、部屋が多すぎるとそうなるように、記憶もまた迷路のようになる。遠くの部屋は暗い牢獄になってしまい、そこにしまわれた図や記録はそのまま永遠に取り出されない恐れがある。さらに、私の生涯に起こったさまざまな出来事についても、時の経過を追って、順序よく理解していくことがいまでは難しくなっている。はるか昔の出来事でも、ときについ最近のことのように思えるのは不思議だ。逆につい最近の出来事であっても、幼児期や青年期の古い過去であったかのように思えることがある。おそらくそれは判断や知覚の誤りによるのだろう。ちょうど特別な条件にある光源によって、視覚が弱められたり、錯覚が生じて近くのものは遠くに、遠くのものは近くに見える場合があるように。

一四九三年、私はミラノにいた。すでに四〇歳を超え、ある計画の最終段階を準備しているところだった。それはおそらく私に大きな栄光をもたらしてくれるだろう。かつてない大きさのブロンズ騎馬像である。この制作は、「何をやっても結局完成させることができない人」と私を中傷する人々を見返す絶好の機会になるはずだった。この仕事によって母は息子の私をどれだけ誇りに思うだろうか、と心の内で考える。しかし、母にはもう会えないのではないだろうか。

だが驚いたことに、初夏になってヴィンチ村の叔父フランチェスコから一通の連絡が私に届いた。カテリーナが巡礼団に加わって、ミラノに向かってピストイア[58]を出発したという知らせである。それは聖フランチェスコ修道会が組織したローマ巡礼団の帰りの行程であった。巡礼団は各地の修道院や救貧院に泊まりながら移動するので、カテリーナは何も心配せずに旅をすることができる。母はおそらく六六歳になるはずだが、年齢よりずっと若いのだろう。

その簡単な連絡の紙片が、喜びと心配が渦巻くどれほどの動揺を私にもたらしたことか。言葉では表現できない。喜びだけでなく、不安のうちに数週間が過ぎる。というのも、巡礼団には不運な出来事がよく起こっていたからである。渡し舟が川に流される、崖崩れに巻きこまれる、山賊の攻撃を受ける、そして病気だ。何が起こっても不思議はない。それにしても、なぜ母は旅に出たのか。何があったのか。いつも中途半端だったフランチェスコはその点について何も書かなかった。いまとなっては連絡をやり取りする日数はない。カテリーナはミラノで何をするつもりなのだろう。どのように母を迎えればよいのだろうか。作業をする工房に寝泊まりしている私には、家と呼べるほどの住居がない。工房には弟子と使用人が同居している。コルテ・ヴェッキア[59]と呼ばれる建物の二階部分に広い部屋をいくつか作業に使っているのだ。ミラノ大聖堂の裏手にあるサン・ゴッタルド聖堂の鐘塔と公爵の礼拝堂の近くだ。少なくとも私の身の回りのものを置く余地はあったが、部屋の帆型天井《ヴォールト》は高すぎるで、冬の寒さは並大抵ではない。中庭には騎馬像の粘土模型を置き、鋳造の段取りを検討することができる。サン・ゴッタルド聖堂の鐘塔からは飛翔機械の実験をしたことがある。木骨に布と紙を貼った小型模型を飛ばしたのだが、舗石に激突して無残にも砕け散ってしまった。

　二人の少年が私の助手をしていた。わがままで手に負えない一人は、失敗を繰り返すのでサライ〔小さな悪魔〕とあだ名で呼ぶジャンジャコモ、もう一人はジュリオである。ジュリオはミラノ大聖堂で働くドイツ人職人の息子で、ばね、小槌、錠前を作るのが得意であった。また、昔からの仕事仲間トンマーゾ・マシーニ、すなわちトンマーゾ親方もいた。みなはこの親方をゾロアストロと呼ぶ。偉大な魔法使いの衣装を着て楽しんでいたからである。金属の加工に関しては右に出る者のない腕前であった。数か月前、私は親方を呼び寄せていた。親方も女奴隷を母とした私生児で、父親はフィレンツェの要人であったらしいが、その名は言えないという。

　私たちは木板、鋸、ハンマーを使って力の限り働き、ようやく私の私室兼書斎の隣の壁に四角い窪みを掘り出してそこにベッドを置いた。大きな暖炉の近くなので、厳しい季節の冷気からは十分に守られた場所だ。

高窓からは白い石造りの大聖堂[60]が見える。日々、その高さは高くなっていた。フィレンツェにいて、サンタ・マリア・デル・フィオーレ大聖堂のドームの影になる家々の一軒に入ったかのような感覚になる。

いまかいまかと待ちこがれる毎日だ。私はこの小さな手帳に赤チョーク片で知る範囲で親族の名を書きこんだ。アントニオ、バルトロメオ、ルチア、ピエロ、レオナルド。私の家族だ。カテリーナだけが欠けている。その手帳をポケットに入れ、外出する。気分転換のため、素晴らしい体つきの馬二頭を見にいく。ブロンズの大騎馬像に何か参考になることがあるかもしれない。手帳を取り出して、家族の名を書きこんだページを開き、その裏に馬についてのメモを書く。帰ったら素描の紙葉にそれを写しておこう。

コルテ・ヴェッキアの中庭に戻ったが誰もいない。いつもは人が動いているのだが。仕事について尋ねてくる者、注文しておいた道具の金属部分を見せにくる職人、各種資材、木材、布、金属、土、ときに赤色の岩の塊、山から切り出した海洋生物の化石が入った石を降ろす荷運び人夫、いつも行き交うこれらの人々の姿がない。フィレンツェから来た奇妙な芸術家は、化石の入った珍しい岩を喜んで買ってくれるそうだという噂が広まっていた。何かが違う。もしかすると、誰かが、あの人が到着したのか。胸を高鳴らせて中庭に入る。

カテリーナはそこにいた。長椅子に腰掛けて。その人の周囲には、まるで東方の三博士のようにトンマーゾ、サライ、ジュリオがいる。サライは一杯の水をカテリーナに差し出し、できる限りのもてなしをしているつもりか、砂糖菓子を入れた紙包みを大切に隠し持っている。私の財布から盗んだ小銭で買ったものに違いない。トンマーゾは動揺を隠せず、黙って立っているだけだ。私の目とその微笑み、それに近い何かをカテリーナの顔に認めたからだろう。ジュリオも黙って彼女と向き合っている。口を開かずにおとなしくしているのは、巡礼団で配られた古いマントに身を包んだ老婦人がいったい誰なのかがわからず、その老婦人には私たちの会話がひと言もわからないからだろう。彼女は目の前に現れ、かくも自然な動きがどこにあるだろうかと思わせる軽やかな歩みで、こちらに進んで来た。まるで帰宅したかのように、自分の家に着いたかのように。人生の長い旅路の目的地に着いたかのように。

かつてブラックベリーの生垣で待ちぶせた私に驚いたときのように、私を見たカテリーナは倒れてしまうのではないか、と心配になる。その人の可憐な心はこれ以上堪えられないだろうと思い、私は立ち上がろうとするその人に駆け寄り、強く、強く、強すぎるほどに抱きしめる。カテリーナはひと言「レオナルド、私に息をさせて」と言う。その人が喜びに打ち震えていることははっきりわかる。

夕方、私はその人の額にキスをして、雪のように白くなった髪を束ね、シーツを掛けた。カテリーナは、息子に世話をしてもらうという幸福感に浸り、旅の疲れからすぐに深い眠りに入った。カテリーナにとって、目の前の息子レオナルドは遠い昔、情愛深く自分を見守ってくれた父でもあった。カテリーナもまた、私と同じく、父をもてなかった。

部屋の財布の中身を開けて、持っていた手帳を取り出す。馬のスケッチを描いたページを開き、公証人のよき息子、商人の孫は、赤チョーク片で「七月一五日」と書きこむ。おや、どうしたことか。感動のあまり、うっかり間違えてしまった。今日はカルミーネの聖母の祝日[61]、七月一六日だ。すぐに五を六に修正する。さらに、かくも重要な出来事を赤チョーク片のような消えやすい筆記具で書きつけるのは正しくないと気づく。まず、姿勢を楽にしてインク壺を取り出す。ペンにインクを含ませ、はっきりと書く「一四九三年七月一六日　カテリーナが到着[62]」

その数か月間、母と私がどのように生活したか、私はそれを手帳に書かなかった。今後も書かないだろう。人生には書けないこともある。伝えることのできない物質で作られた「存在」がある以上、それらをことさら書こうとすべきではない。自らの全力で生き抜いた存在であること、それだけで十分なのだ。唇を開いて役に立たない言葉を発する必要はない。そこに生きていること、それだけで、私たちにそれを与えてくださった主に対する感謝の祈りになる、そのような存在がある。はかり知れない至福のとき。もし、そのすべてが幻想で、すぐに終わってしまうかもしれないとあらかじめ知っていても、なんら問題ではない。それはそのとき生ける存在であり、そのあと心の中に永遠に生き続けるのだ。

その人の名を走り書きの中に書いたかもしれない。ミラノとヴィジェーヴァノ[63]の間を移動中、持っていた小型の手帳の最初のページに書いた買い物のメモである。ミラノ公は豪壮な居館の新築を検討するため、私を無理やり派遣した。その出発の前日、一四九四年一月二九日にその人のためにいくつか買い物をしたことを書いた。それとは別に、サライには駄賃として八ソルディを渡す。靴下のための生地が四リラ五ソルディ、裏地用の布一六ソルディ、仕立て代八ソルディ、碧玉《ジャスパー》の指輪一三ソルディ、星型の貴石一一ソルディ、さらに個人的な品物二〇ソルディである。その冬は厳しい寒さで、厚手の羊毛の靴下、裏打ちをした上等な上着は、年老いたその人の足と、小さくなって背中も曲がった身体を寒さから守る必需品だった。その人は「ちっとも寒くないわ。娘の頃は冬山の氷から流れる泉に裸で入って水浴したのだもの」と言うが。一方、指輪を差し出したとき、その人は予期せぬ贈り物に顔を輝かせて喜んでくれた。星のような模様が入る碧玉《ジャスパー》をはめこんだ指輪である。その人は、長いこと指輪を見つめてから、「ヴァグワ」と意味のわからない言葉をつぶやいた。そして、私に「聖女カタリナの指輪の上にはめてちょうだい」と頼む。アントニオとの結婚指輪はもうはめていなかった。埋葬の前、硬くなった夫の手にそれを戻し、固く握らせたのだった。夫を見送っていまやひとりになり、その人は旅に出て私のもとにやって来たのだ。息子フランチェスコもピサで火砲の直撃を受けて命を落としていた。息子の遺体にすがって泣くことはかなわなかった。叔父フランチェスコとカテリーナの娘たちは、もう会えないかもしれないと覚悟を決めつつも、カテリーナと私を結ぶ深く強い愛情を意識して、ミラノへの長旅を勧めたのだった。カテリーナと私、二人がその愛を育むことはかつてけっして許されなかったことを娘たちはよく知っていたのだ。

六月後半、私はヴィジェーヴァノからミラノに戻った。ミラノ公とその愚かな取り巻きの馬鹿げた気晴しにおつきあいするのはもううんざりだ。貴重な時間をすっかり無駄に奪われてしまった。それがなければ母と一緒に過ごすことができただろう。壮大な騎馬像についても、これまでの作業が突然無駄になるのではないか、とどうも嫌な予感がする。戦争に生きる武官たちは、集めた金属を騎馬像よりも有効に使おうと考え始めている。大砲、大型石弓[64]、破壊と死をもたらす武器に使おうというのだ。これは受け入れられない。もってのほかだ。たとえ軍事技師として死をもたらす兵器の設計図を作ったのが私自身であったとしても。焦燥に満ちて、私はコルテ・ヴェッキアに戻った。酷い六月だった。異常な蒸し暑さで、夕方になると町の運河は腐臭を放ち、さらに湿気が立ちこめる。人間の血に飢えた小さな吸血鬼、つまり無数の蚊に悩まされた。

中庭には人がいない。一年前と同じだ。何かが起こったような予感がする。カテリーナはベッドに横になっている。蒸し暑さにもかかわらず、カテリーナはひとり悪寒で震えている。哀れなサライは、カテリーナの苦しみを和らげようとするが、何をしたらよいかわからず、うろたえている。少し前から、もう一人の若い助手ガレアッツォを雇っているのだが、サライに輪をかけて役立たない。トンマーゾはしばらく前から個人的な仕事で休みをとっている。カテリーナは私を見て微笑み、「なんでもないわ」とか細い声で言う。「すぐによくなると思うの。どうか心配しないで。仕事の邪魔になっては困るわ」

私はカテリーナをなだめ、勇気づけようとする。同時にようすを詳しく見る。額は熱く、脈は速い。美しい薔薇色の肌は黄色味を帯びている。血尿もある。数時間後、熱が少し下がり始め、汗が多量に出たので、急いで着替えを手伝う。着衣を脱がせる。そのあいだ、遠い記憶の中から呼び起こした古代の言葉なのだろうか、意味のわからない言葉をつぶやく。その人は不思議な高揚状態にあるようだ。二日も経たないうちに熱はぶり返し、さらに高くなる。あきらかにマラリアの兆候で、しかも命にかかわる状態だ。回復せず、さらに重篤になる。

絶望しかない。私の科学的知見に照らしても、何をしたらよいのか見当がつかない。オスペダーレ・マッジョーレ[65]〔大病院〕に入院させたくない。棄てられた女性患者が「十字架の道」を歩む最期の時を迎えるサンタ・カテリーナ病院も選びたくない。宮廷の医者はすべてヴィジェーヴァノに出払っている。市内に残る医者は名ばかりで、占星術師か毒薬の専門家で、まったく信用できない。ただ一人助けてくれるとすれば、ポルタ・ヴェルチェッリーナ街区、サン・フランチェスコ・グランデ修道院の近くに住むコンコルディオ・ダ・カストロンノ先生しかいない。サライを迎えに走らせる。すぐに息を切らして戻り、「大至急、患者を先生の自宅に連れて来なさい」とのことだ。ほんのひととき、少し回復の兆しがあったが、カテリーナはすぐに酷い咳をし始め、呼吸も苦しそうだ。先生は薬を煎じて胸にあてて、呼吸の回復を図る。発作はさらに続くので、白ワインに漬けた苦草《にがくさ》[66]の液を使う。しかし、まったく効果がない。先生によれば、身体を巡る命の流れが大きく乱れ、健康が維持できない状態だそうだ。とくに胆汁が腐敗し、太い静脈に閉塞があるという。すぐに瀉血《しゃけつ》にとりかからなければならない。痛めつけられた小さな肉体に治療を施すのはきわめて難しい。しかし、なんとか終えたその治療法も効果がなく、むしろ状態は悪化したようだった。私は医者としてガレノスやモンディーノ[67]を学んだわけではないが、体内の水はむしろ肺の中に流入しているように思える。目の前の母は死の寸前にあり、私にできることは何もない。

そのままの病状で一週間が過ぎた。母は何度も危機的状況を迎え、その度に日増しに弱っていく。空気がたりない。満足に呼吸ができないのだ。だが、その人がその苦しさを訴えることはなく、涙も見せない。サライは少しでも気分をよくしてあげたいと、田雲雀《たひばり》を入れた小さな鳥籠を持ってきた。田雲雀は病気を治す力があるといわれている。

しかし、田雲雀は頭をそむけてしまった。不吉な前触れだ。ときどき母は目を開けて私を見てくれる。力を振り絞って微笑む。私は近寄って氷のように冷たいその手を取る。聖女カタリナの指輪と星型の碧玉《ジャスパー》の指輪をはめた、その人の美しい手。その人は最後の言葉を残そうと、息を整えて、ささやくように言う。「こうしていま死ぬのなら、本当に幸せな死だわ。私の息子レオナルド、泣いてはだめ。私はいま、真の自由を手に入れるのだから」これを聞いた私は泣き出さずにはいられない。その人はなぜ苦労してミラノに来たのか、いま、はっきりとわかる。私の腕の中で死を迎えたかったのだ。その人を強く抱きしめ、それまで禁じられていた言葉を必死に叫んだ。「ママ」

わが主の降誕より一四九四年、六月二六日、聖なる殉教者聖ヨハネと聖パウロの祝日であった。その人の身体を洗い、髪を梳《す》き、頭巾の中に丁寧に束ねる。その人のために注文した美しい衣装を着せる。二つの指輪ははめたままにする。私が贈った指輪と、その人が父から受け取り生涯をともにしてきた聖女カタリナの指輪。私は一人でその人を見守る。コンコルディオ先生はサライを連れて、このような場合にすべき諸事の段取りを整えにいく。部屋を出ていく先生を赤い目で見て、私は言った。「出費については考えないでください。王女にふさわしい厳粛な葬礼を望みます」

役所の担当者が来て、死亡確認と埋葬許可の手続きをする。その人の隣で、深い悲しみと沈黙のまま私は自分の中に閉じこもり、その冷たい手を握り続ける。担当者はコンコルディオ先生に尋ねる。だが、先生は何も知らない。「この女性の名は?」「カテリーナだそうです」「誰の娘で、誰の妻ですか? どの家に属するのですか?」「知りません。フィレンツェから来たそうです。レオナルド氏の年老いた女奴隷だろうと思われます」担当者はその答えどおりに記録簿に記入する。「六月二六日、木曜日。サンティ・ナボーレ・エ・フェリーチェ教区のポルタ・ヴェルチェッリーナにおいて、フィレンツェ出身のカテリーナ、年齢六〇歳は、マラリアの高熱により、医師コンコルディオ・デ・カストロンノの家にて死亡」

死者にかける布ですべてが覆われる。透きとおった絹でできた繭のようだ。棺台には死者を祀る金糸で装飾された黒い厚布が掛けられ、カテリーナはその上に横たえられる。蠟燭を作るため、三リッブラもの蠟の塊が修道士たちに渡される。サンティ・ナボーレ・エ・フェリーチェ教区の教区聖堂を擁する聖フランチェスコ修道院から、修道会の長老を先頭にして、四人の司祭、四人の聖職者が到着する。長老は十字架を持ち、その脇には棺を運ぶ助手が控える。日没が近い。サンタンブロージョ聖堂の鐘塔の向こうに赤い大きな夕陽が輝く。家から教会までの短い道を悲しみの行列が進む。一人の修道士が弔鐘を鳴らし、埋葬される者への冥福の祈りをまばらな通行人に呼びかける。ほかの修道士たちは聖書と布を手に持っている。

教会堂[68]に入る。広い空間には誰もいない。ヴォールト天井にゆっくりとした足取りの音が反響する。無原罪の御宿り《インマコラータ・コンチェツィオーネ》礼拝堂の前、私の板絵《岩窟の聖母》[69]の前に着く。天使はいつものようにそこにいて、私を見つめ、微笑んでいる。

地下祭室《クリュプタ》の重い石板が上げられ、白い繭がゆっくりと降ろされる。できることならもう一度、母に強く抱きしめて欲しい。最後に一度、もう一度だけでいい。夜の闇に一人残され、道に迷って怖くなった子供のように。だがもう遅い。遅すぎる。

1 「アトランティコ手稿」（ミラノ、アンブロジアーナ図書館蔵 186v / 66v-b、既刊文献の表記に従い、新装丁の紙葉番号とレオーニ版旧装丁の番号を併記）には、「鳶についての明確な記録をここに記すことは、私の宿命であるように思われる。私の幼児期の最初の記憶では、私が揺り籠の中にいたとき、一羽の鳶が飛び降りてきて、その尾で私の口を押し開け、唇の中をそれで何度も打ったように思われた」と記されている。「口を押し開け、唇の中を打つ」というやや不可解な表現は、レオナルド・ダ・ヴィンチ自身の記述であり、関係書や和訳書で伝統的に踏襲されてきたことから、本書でもそれに従うこととした。

2 「鳥の飛翔に関する手稿」（「トリノ手稿」トリノ王立図書館蔵）および「パリ手稿 E」（パリ、フランス学士院図書館蔵、紙葉 35v 以降）、「パリ手稿 L」（同上、紙葉 54r 以降）に羽の動き、重力と気流に関する飛翔行動の観察と分析、技術的な工夫が記される。

3 「アトランティコ手稿」（ミラノ、アンブロジアーナ図書館蔵）877r / 319r-b の記述。

4 「アランデル手稿」（ロンドン、大英博物館蔵）272r, R1372 の記述。

5 同性愛に関してレオナルドが告発され、無罪となる時期（一四七六─七八年頃）、ヴェロッキオはピストイアで注文制作を受け、レオナルドは助手として彼に従ってピストイアに滞在し、フィレンツェを離れることができた。

6 正式名称はサン・バルトロメオ修道院で、《受胎告知》はその聖具室に飾られていた。

7 ウフィッツィ美術館蔵（一四七二─七五年頃）。定説ではレオナルド・ダ・ヴィンチ単独だが、ヴェロッキオ工房での共同制作との説もある。

8 着手されなかったか、着手直後に制作中断。フィリッピーノ・リッピによる同名の絵画はよく知られる。

9　ウフィッツィ美術館蔵。一四八一年にサン・ドナート修道院より礼拝堂の祭壇画として依頼されるが、翌年のミラノ出発前に制作中断、未完となる。修道院は契約を打ち切り、フィリッピーノ・リッピに新たに依頼した。

10　ヴァティカン美術館蔵。一四八〇年頃の制作開始だが未完に終わった。聖ヒエロニムスの首の筋肉の描写が一五一〇年以降に得た解剖知識を反映しているので、一五一〇年以降、レオナルド・ダ・ヴィンチによる加筆修正が行われたとされる。

11　一五世紀のフィレンツェでは犯罪とされ、教会からも強く非難されていたにもかかわらず、男性が美少年を愛する同性愛の事例が多く、年に百人から数百人が訴えられた。

12　当時の画家は「医師および薬種商同業組合」に所属し、このギルドをとおして顔料を調達していた。

13　八月五日にローマのエスクイリヌスの丘に雪が降り、聖母の導きで子供のいなかった夫婦に子供が生まれたという奇跡を記念する祝日。

14　モンタルバーノの西端（ピストイアの西）にある凹状の低地。

15　アルノ渓谷の風景スケッチ（ウフィッツィ美術館蔵）は、《兜をかぶる戦士の横顔》（大英博物館蔵、一四七二年頃あるいは一四七五年以降）とともにレオナルド・ダ・ヴィンチの最初期の作品である。

16　髪を束ねず、香草を摘もうとやや下を向くカテリーナの姿は、年齢的に差があるものの、レオナルド・ダ・ヴィンチによる未完成の油彩による下絵《ほつれ髪の女（ラ・スカピリアータ）》（制作一五〇六―八頃、パルマ国立美術館蔵）を想起させる。ただし、制作の意図やモデルとなった女性が誰であったかは知られていない。

17　伝記作家ヴァザーリの『美術家列伝』が伝える話。父ピエロ経由で、木製の小楯に絵を描いてほしいと依頼されたレオナルドは、昆虫、両棲類、蝙蝠などを部屋に持ちこんで、小楯に怪物を描き、部屋を薄暗くしてからに見せて驚かせた。

18　ヴィンチ（vinci）の単数形ヴィンコ（vinco）は、「柳の枝」を意味し、詩語で「しなやかな枝や蔓」、さらに「紐」など意味する。柳の枝で作る籠細工はヴィンチ村とその周辺の特産品で、からまる枝は故郷を想起させた。

19　アルノ川左岸、フィレンツェ市街から西へピサに向かう街道（旧ヴィア・ピサーナ）に位置する門（一三三二年完成)。アンキアーノやヴィンチ村からフィレンツェに来る場合、この門を通る。モンテオリヴェート修道院はこの門の手前(市街側)、西南西約五〇〇メートルに位置した。

20 一四七六年四月、レオナルド・ダ・ヴィンチは男娼ヤコポ・サルタレッリと関係をもったとして、告発された。その一週間後にも同様の告発があったが、いずれの告発も棄却された。一方、生涯未婚であったレオナルド・ダ・ヴィンチが、工房に美少年を住まわせていたことはよく知られている。

21 《レダと白鳥》のレダが連想されている。

22 レオナルドはレオーネ(ライオン)を暗示する。

23 聖セバスティアヌス(二五六―二八八)は木に縛られて矢を射られ、瀕死となるが聖女イレーネに介抱され、その後撲殺されて殉教した。若く美しい裸体に矢を受ける姿で描かれたので、同性愛を想起させるともいわれた。レオナルド・ダ・ヴィンチは、《聖セバスティアヌス》の制作を進め、八枚の習作を用意したが(ハンブルク美術館蔵)、作品としては完成しなかった。

24 主の顕現の祝日において、人間の母子を聖母子に喩えるのは冒瀆になるという意味。

25 レオナルド・ダ・ヴィンチによるこの主題の絵画は、一四八三―八六年頃制作(パリ、ルーヴル美術館蔵)、および一四九五―一五〇八年頃制作(ロンドン、ナショナル・ギャラリー蔵)の二点が知られる。ともに荒涼たる岩山と洞窟の前に聖母マリア、幼児イエス、子供の洗礼者聖ヨハネ、聖アンナを描く。

26 スフマート技法をさす(第13章訳注12を参照)。

27 オウィディウス『変身物語』九巻、五〇〇以降。

28 オウィディウス『変身物語』四巻、六九八以降。

29 一四九六年一月上演の喜劇『ラ・ダナエ』(ルドヴィーコ・スフォルツァ公の書記官兼詩人バルダッサーレ・タコーネ作、全五幕)。レオナルド・ダ・ヴィンチは回転舞台の設計、背景移動を含む特殊効果、役者の宙吊りの仕掛けなど機械装置を工夫した。

30 ギリシャ神話によると、スパルタ王テュンダレオスの妻レダは白鳥に変身したゼウスと交わり、卵を産む。

31 タイスはアテナイ出身の遊女で、アレクサンドロス大王や同三世に付き従ったといわれ、さまざまな著述家が記載した。引用はダンテ『神曲』「地獄篇」(第一八歌―一二九、一三五)による。

32　レダと白鳥の絵は『ヒュプネロトマキア・ポリフィーリ（ポリフィリスの夢物語）』（一四九九年）の木版挿絵に描かれて以降、ルネサンス期にたびたび描かれた。レオナルド・ダ・ヴィンチは《レダと白鳥》を描いたが現存しない。レオナルド自身による下絵素描と、模写者による全図が残る。

33　『旧約聖書』「ホセア書」一―二。

34　ヴィンチ村およびアンキアーノから北西に二、三キロメートルの村落。

35　プステルラは中世の市壁に設けられた小規模なアーチ門。プステルラ・デイ・ファッブリは家屋が密集したミラノの下町（南西部）にあり、アーチの上にも家屋があった。

36　ミラノ、サンタ・マリア・デッレ・グラツィエ修道院の食堂に描かれた壁画（一四九五―九八年制作）。

37　一連の解剖素描群はイギリス王立図書館（ウィンザー）に所蔵される。

38　胎児を宿す子宮の断面スケッチは、イギリス王立図書館所蔵の手稿（目録番号RCIN919102）。

39　同右の紙葉に「胎児は母親の手足と同様、母親の身体の一部であり、母親と胎児二つの身体をつかさどり養っているのは同一の（つまり母親の）魂である」というレオナルド・ダ・ヴィンチ自身の記載がある。

40　一四九四年、スフォルツァ公の大騎馬像（すでに粘土模型は完成）の材料として準備されたブロンズ（一四トン）は、フランス軍との戦争に使う大砲に転用されることになった。

41　一四九九年ミラノはフランス軍に占領される。レオナルド・ダ・ヴィンチは一四九九年一二月にミラノを出発し、翌年フィレンツェに到着した。

42　ジェノヴァ中心部、港に面するカリカメント広場に立つ中世のジェノヴァ総督宮殿。一二六〇年創建。ジェノヴァ軍と戦って捕虜となったマルコ・ポーロ（一二五四―一三二四）が収監された（一二九九年釈放）。収監中に口述した東方旅行の記録が『東方見聞録』である。

43　ジェノヴァ市街を見下ろす丘陵地区。

44　フラ（fra）は托鉢修道会（ドミニコ会、聖フランチェスコ会、聖アウグスティノ会、カルメル会）の聖職者につける尊称。

45　オスマン・トルコ帝国のバヤジット二世（在位一四八一―一五一二）。

46　テュルク系言語に属するオスマン語は一四世紀に急速に発展したオスマン朝、オスマン帝国の言語として版図内に普及・定着した。

47 一九五二年にイスタンブールのトプカプ宮殿内国立古文書館で発見された。「パリ手稿 L」には、陸側に設置部分を横方向でY字に開いた橋の図とともに、「コンスタンティノーポリ（原文）のペラ橋は、幅四〇ブラッチョ、水面からの高さ七〇ブラッチョ、長さ六〇〇ブラッチョ、すなわち海上の部分四〇〇ブラッチョ、地上にのる部分二〇〇ブラッチョである」と橋の寸法が記されている（紙葉 66r）。

48 バヤジット二世の橋梁建設計画については、ミケランジェロも関心をもったが、レオナルドとミケランジェロのどちらもイスタンブールに行く機会はなかった。

49 出自不詳のマンデヴィル（本名ジャン・ドゥ・ブルゴーニュ）なる人物が書いた空想旅行記『ジョン・マンデヴィル卿の旅』。

50 ヤコポ・フィリッポ・フォレスティ（一四三四―一五二〇）による『年代記録補遺』（一四八三年）。

51 アメリーゴ・ヴェスプッチ（一四五四―一五一二）は、フィレンツェ生まれの探検家で、アメリカ大陸に到達し、そこがコロンブスのいうアジアやインドではない新大陸であることを発見、南米大陸について論じた『新世界』を一五〇三年に発表した。

52 トルコ南部の急峻な山脈。タウロス山脈とも呼ばれる。ほぼ東西に伸びて地中海沿岸地域とトルコ中央部を分ける。

53 アリストテレスの『気象論（メテオロロギコーン）』（全四巻）。

54 セヴィーリャのイシドルス（五六〇頃―六三六）による百科全書的な大著『語源（エティモロギアエ）』（六二五年頃完成、全二〇巻四四八章）をさす。

55 現在のルーマニア、モルドヴァ、ウクライナ一帯からカスピ海に広がる地域。

56 「ボレイアース（北風）の彼方（ヒュペル）の地域とそこに住む人々」の意。極北の地でありながら温暖肥沃な理想郷と考えられていた。

57 アリストテレス（『気象論』）、ウェルギリウス（『アエネーイス』）、ダンテ（『神曲』）などで北方の冷地、ヨーロッパの北東の辺境とされる地。

58 ヴィンチ村から北に約二〇キロメートル、ローマから北に向かうカッシア街道に沿う都市。

59　「古い宮廷」の意。ドゥオーモ広場を挟んでミラノ大聖堂の南に位置する建築。サン・ゴッタルド聖堂（一三三〇－三六年建設）はこの建築のさらに南に隣接する。レオナルド・ダ・ヴィンチが騎馬像の制作を進め、実大粘土模型を作ったのもこの旧宮殿内の中庭である。

60　一三八六年起工。フランスやドイツの石工親方の指導下でミラノの職人が建設を進める。中央交差部の上に載る主尖塔（ティブーリオ）の形状と建設方法をめぐり、一四八七年に設計競技が行われ、レオナルド・ダ・ヴィンチも応募した（ジョヴァンニ・アントニオ・アマデオの案で工事実施）。

61　カルメル修道会の守護聖人として崇められた聖母マリアの意。

62　「フォースターⅢ手稿」88r の記述。

63　ミラノの南西約三五キロメートルに位置する都市。

64　大型台車に載せて戦場に移動させる石弓で、長さは二四メートルにおよんだ。「アトランティコ手稿」149br にスケッチ（一四八五年頃）が描かれている。

65　カ・グランダ（大きな家）とも呼ばれた。一四五六年、ミラノ公フランチェスコ・スフォルツァの命で建築家フィラレーテが設計した。一四九四年頃には患者の受け入れが進んでいた。現在はミラノ大学になっている。

66　消化器系の機能改善を図る薬草ないし食用に用いられたが、効果は医学的に確認できず、逆に肝臓に負の影響を与えるとして、近年、使用が禁止された。

67　ガレノス（一二九頃－二〇〇頃）はペルガモンに生まれたローマ時代の医学者。臨床と解剖による医学体系を確立し、その学説はルネサンス時代まで、全ヨーロッパ、イスラム圏に支配的影響を及ぼした。モンディーノ（モンディーノ・デ・ルッツィ　一二七〇頃－一三二六）はボローニャで活動した医師。人体の解剖を行い、解剖に関する医学書を著した。

68　サン・フランチェスコ・グランデ修道院付属聖堂。聖堂は一八〇六年に取り壊されて現存せず、埋葬された遺体の改葬については明らかではない。

69　レオナルド・ダ・ヴィンチ作《岩窟の聖母》は第一作と第二作があり（本章訳注25参照）、一四九二ないし九三年に、おそらく《岩窟の聖母》と考えられる祭壇画がミラノ公から神聖ローマ皇帝マクシミリアンに贈呈された。カテリーナの葬儀のときに第一作、第二作どちらが設置されていたかは確定できない。

第13章　私

カテリーナはそこに佇んで私を見つめる。

彼女がなぜ自ら進んでこの部屋に入り、もはや大きな意味をもたないことを私たちに考えさせようとするのか、よくわからない。私は長椅子にかけたまま、いつのまにか眠ってしまったに違いない。カテリーナの気配にはっと気づいて私は目を覚まし、まったく思い出せない長い夢から起こされたように身体をすぼめる。頭はずしりと重かった。

カテリーナがこうして、断りもなく部屋に入ってくるのは初めてではない。もう誰も弾かなくなったリバティ様式のクリメス社製ピアノ[1]と、黒檀を使ったオランダ式キャビネットの間の壁に少しもたれて部屋の隅に静かに佇むのだ。カテリーナは、そのほっそりとした長い指でキャビネットの扉に象嵌された貴石をなぞることもあった。光沢のある黒色を背景に、花々や果実が実る枝の色合いが生み出す生命の心象を好んだのかもしれない。大理石を模した壺にとまる蝿も象嵌であった。カテリーナはときおり、すり減った奇妙な銀色の指輪をもてあそぶのだった。しかし、けっしてそれを指から外そうとはしなかった。

カテリーナは話さない。世界の始まりと同じように古いあの言語、すでに地上から消えてしまった人々の言葉、おそらく彼女自身忘れてしまった言葉が、私にはまったく通じないことを知っていたからだろうか。長い旅を耐え忍び、生き抜くために、そのときどきで覚えなければならなかった言葉、それらをごちゃ混ぜにした言語で語りかけることを嫌ったのかもしれない。カテリーナがそのかわりに選んだのは、沈黙のうちに私をじっと見つめることだ。伝えなければならないこと、命と自由を望む気持ち、それを言葉に出さずにどう私に伝えるか、彼女はよく知っていた。大空のように青く深いその瞳によって。

カテリーナは声もかけず、そっと私の部屋に入ってきた。けっして私のほうから探していたわけではない。少し前まで誰も彼女を探してはいなかった。結婚の前に産んだ子供の一人は、誰もがその名を知るあまりにも有名な人物になったので、すべての人はその人物に注目し、彼女は忘れ去られていたのだ。しかし、カテリーナはそれをいっこうに気にしていない。逆に、誰もが、自分ではなく自分の子供について語るのは、カテリーナにとってこのうえなく幸せなことなのだ。

太陽のように素晴らしく、澄んだ水のように穢れのない幼い私生児は、カテリーナの命そのものであり、彼女は何ものにも代えがたいその子をほかの誰よりも愛した。自分の身体を奪いその子を宿らせた男、のちに心から愛して結婚したもう一人の男、生涯で産んだほかの子供たち、その誰よりも。カテリーナは言葉で私に語ったわけではない。その目の中に、私はそれを悟ったのである。その子は母への愛を口に出して告げられず、「ママ」と呼ぶこともできず、さらに彼女はその子が自分の息子ではないふりをしなければならなかった。それにもかかわらず、彼女は生と自由を望む意志よりもさらに強くその子を愛し、その子もまた、同じように強く深く彼女を愛した。持てるものすべてをその子に与えられることが彼女の最大の幸せだった。世間や社会の常識からすれば、それはおそらく哀れなことに見えたであろう。というのも、彼女は何ひとつ持ち合わせていなかったからである。自分自身や自由すらもてなかった。ある男が一枚の紙に「汝は自由である」と書くまでは。自由、それは紙に書くまでもない言葉だ。それは私たちが存在する前から誰かが私たち一人一人の中にすでに書きこんでいる言葉で、誰もそれを消すことはできない。

カテリーナは、生命、そして生きとし生けるものすべてに対する無限の愛をその子に授け、教えた。その子は少年になり、青年になり、母が生きたように生きた。彼は肉を食べることを止めた。生き物を殺し、その肉と血を自分の喉へ投げ入れて腸で腐らせることに強い憎悪をもったからである。レオナルドは軍事技師を装い、驚くべき大量殺戮兵器を発明して戦いを好む諸侯を驚嘆させ、唖然とさせた。しかし、彼自身はそれを作らないと心に決めていた。武力をもてあそぶ君主たちはその同じ武力で打ちのめされ、滅ぼされるからである。また、神殿の商人とイエスのように、[2] 広場の市場はレオナルドが来るといつも大混乱になった。籠に入った鳥を見ると、すぐに近づいて籠を開けて中の鳥を逃がしたからである。

カテリーナは何よりもまず、自由がどれほど大切なものかをわが子に教えた。自分が信じ、父が自分に教え、すべての人間からけっして奪ってはならない至高の善、それが自由なのだ。真の自由、それは生きることから得られ、生き抜いて愛を貫くことで獲得され、それを他者へ与えることによって得られるのだ。

「女性という存在にまさる不思議はない」とマルグリット・ユルスナール〔一九〇三―八七。フランスの小説家〕は言った。カテリーナの生涯にまさる不思議もないのかもしれない。あたかも一貫してすべてが抹消され、忘れられたかのようである。誰も彼女の名前すら知らなかった。二百年前まで、彼女の息子がどこでどのように生まれたのかが不明だったように、まさに天上の神がひと筋の光を放って子供が生まれ、そこに女性の身体は必要なかったかのようである。

カテリーナという名が世に出たのは一八三九年、ルネサンス時代のイタリア人芸術家に関する書簡や史料が編纂集成されたときのことであった。想定できるように、その名は想像を刺激するような詩的な文書ではなく、納税申告書類の中にあった。一四五八年（フィレンツェの紀年では一四五七年）二月二七日、レオナルドの祖父アントニオ・ダ・ヴィンチがフィレンツェの土地台帳管理局《カタスト》に提出した未公開の書面である。扶養控除を請求するため、書面の最後に被扶養者の一覧が記されている。祖父アントニオ、祖母ルチア、ピエロとその弟フランチェスコ、ピエロの妻アルビエーラに続き、「レオナルドは上記のピエロの非嫡出の息子として、アッカッタブリーガ・ディ・ピエロ・デル・ヴァッカ・ダ・ヴィンチの現在の妻カテリーナから生まれ、五歳」という記名が現れるのだ。人間関係という視点からより重要なことは、この付記がアントニオではなく、その息子ピエロの筆跡で記されたことである。ピエロはかつて自分が愛し、息子の母であり、しかし「現在は」他人の妻となっている女性をそこにあえて記すことで何を示そうとしたのであろうか。そもそもこの妻カテリーナとはいったい誰なのだろうか。

その後、一八七二年に最初の手がかりが見つかる。この年、ガッディ家の図書室に由来し、最終的にフィレンツェのマッリアベキアーナ図書館に収蔵されたレオナルド・ダ・ヴィンチの古い伝記が出版された。著者は、「ガッディ家の逸名者《アノニモ・ガッディアーノ》」ないし「マッリアベキアーノ逸名者《アノニモ・マッリアベキアーノ》」とよばれた一六世紀半ばのフィレンツェの人物である。その逸名者は、記述の冒頭で天才の謎めいた出生に触れている。「レオナルド〔原著者が引用する原史料の表記ではリオナルド〕・ダ・ヴィンチはピエロ・ダ・ヴィンチ氏の嫡出の息子であり、母からよき血筋を受けて生まれた」。その後、延々と続くレオナルドの伝記作家や研究者（私もそこに加わっている）は、「嫡出」の前に括弧付きで「非」をつけてこの記述を解釈してきた。レオナルドが非嫡出子であるという重要な事実を逸名者が忘れたとまでは断言できない。おそらく逸名者は正確に記録していたのだろう。そこに、父と母すなわち両親は対照的に記載されていた。まずピエロは、レオナルドをけっして認知しなかったものの、息子を手元に置き養育する父の義務を定めた法律によって、「嫡出子」レオナルドの父であった。一方、息子に「よき血筋」を与えた母については、これまで多くの研究者が（私も含め）それを「高貴な血筋、よき家柄の生まれ」の意味ではないかと誤解してきた。「よき血筋」の息子は、じつはそうではなく、単純に「自然に生まれた」息子、「善良な母」「無名の母」の息子、すなわち、宗教的、社会的取り決めとしての結婚という枠の外で、愛情と情熱の赴くままに男女の結びつきによって生を受けた息子を意味していたのである。

カテリーナという名前はレオナルド・ダ・ヴィンチの手稿、とくに一四九三年に彼が手元に置いていた二冊の手帳にも現れる。ロンドンのサウス・ケンジントン博物館に所蔵される「フォースター手稿Ⅲ」、およびフランス学士院所蔵の「パリ手稿H」である。一四九三年七月一六日にカテリーナなる女性がミラノのレオナルドの書斎を訪れたこと、その女性のために少額の買い物をしたことが簡単に記されている。後者の出費については、裏生地の購入と、指輪に碧玉《ジャスパー》を埋めこむ工賃の領収書が関係しているのだろう。一四九四年以降と年代づけられる「フォースター手稿Ⅱ」には、おそらく同じ女性と思われるカテリーナの埋葬のための細かいリストが見られる。では、そのカテリーナとは誰なのか。初期のレオナルド研究者は疑念を抱くことなく、それは身分の低い家政婦であり、何も詳細が知られていないレオナルドの母親とはまったくの別人であるとした。ミラノにいる有名な息子にひと目会うため、そして彼の腕に抱かれて息をひきとるため、生涯の最期が近いことを悟った年老いた女性が一人で長くつらい旅に出たと仮定すること、それは信頼できる史実というよりは、小説になりそうな想像と見なされたのかもしれない。

事実、史料に記されたカテリーナが同一人物であると考えたのは、一人の作家であった。小説『神々の復活　レオナルド』（一九〇一年）を書き、象徴論や心霊論から着想を得ていたロシア人作家ドミートリー・セルゲイヴィッチ・メレシュコフスキー〔一八六六―一九四一。ロシア象徴主義の詩人、小説家、思想家。『神々の復活』は歴史小説三部作の一冊〕である。彼は次のように書いている。一六歳の少女カテリーナは、小さな集落で農夫をしていた両親をなくし、一四五一年にアンキアーノの居酒屋で女給として働いていた。オリーヴ碾き臼小屋《フラントイオ》の譲渡契約に関する文書作成を依頼されたピエロはそこに立ち寄り、飲み物を注文した。子供が生まれるが、カテリーナは若すぎて母乳が出なかったため、息子レオナルドはモンタルバーノの雌山羊の乳を飲んだ。のちにレオナルドは集落に住む祖父母に預けられたが、母はそのときすでにアッカッタブリーガに嫁いでいたため、母に会おうとしばしばそこを逃げ出したという筋書きである。年月を経て寡婦となり、年を重ねたカテリーナは、ミラノに旅してレオナルドに会った。一四九三年の手短な走り書きは彼女に関係し、列記された買い物は彼女の埋葬に関する出費であった。一方カテリーナは、平織りのシャツ二着、山羊の毛で彼女自身が編んだ靴下三足を息子への贈り物として持参していた。

メレシュコフスキーは続けて、「レオナルドは夢の中で母を思い出していた。とりわけ、その優しい微笑を、ごく普通の女性の顔に現れる、理解しがたく、ときに人を困惑させ、悲しく、厳しく、また美しく、素朴な、そして不思議な微笑を彼は思い出すのだった」と書いている。母の顔には、影、追憶、そして生涯を通じてレオナルドを捉え、悩ませた謎の微笑みがあった。それは《モナリザ》の微笑である。ウィーンの医師ジークムント・フロイト[3]も、その微笑みの虜となる。彼は神経症を治療する新しい手法、精神分析学を体系立てていた。メレシュコフスキーの小説にのめりこんだ彼は、何年ものあいだ、レオナルドの人物像の解明を続けていた。おそらく彼はそこに自分自身を投影していたのかもしれない。

この頃のフロイトは、弟子のカール・グスタフ・ユング〔一八七五―一九六一。スイスの精神科医・心理学者〕とシャンドール・フェレンツィ〔一八七三―一九三三。ハンガリーの精神分析医〕を伴う招待旅行で訪れた合衆国のクラーク大学から帰国したばかりであった。一九〇九年一〇月一七日、彼はユングに「帰国したとき、ある考えがひらめいた。レオナルドの性格の謎が突然はっきりとしたのだ」と書き送っている。同年一二月一日、彼はウィーン精神分析協会による「レオナルドの有名な微笑」と題された講演でその着想を発表した。モナリザの微笑へ、さらにレオナルドが描く他の人物像へと受け継がれるカテリーナの微笑みは、レオナルドの幼児期に遡る遠い記憶とつながるという、まさに衝撃的な解釈が提出されたのである。それは、一羽の鳶《とび》が乳児レオナルドの揺り籠に飛び降り、唇の間に尾羽を挿し入れて羽ばたくという夢だった。この短い抜粋は実体験の記憶ではなく、空想の産物として解釈される。それは一種の白昼夢であり、レオナルドの内的世界へ通じる特別な鍵となる架空の体験であった。乳児の唇の間に入りこむ鳶の尾羽の動きは、母から受ける授乳を象徴する記憶であり、受動的な同性愛の妄想の投影でもある。

カテリーナに関してフロイトが言及したのは、その時期に知られていた唯一の史料、すなわち一四五八年の不動産登記台帳の記載であった。一方、彼はメレシュコフスキーの物語を踏襲し、その女性の人物像を具体化し、強調している。一四九三年にミラノに着き、まもなく没した女性は一四五八年の記録に残るカテリーナその人であるという仮説に基づく考察である。フロイトにとって、レオナルドの人間形成に決定的な役割を果たした存在はカテリーナ以外にありえなかった。レオナルドが幼少期を一緒に過ごしたのは、父親や継母ではなく、自分を産んでくれた母その人、そして祖父母であった。端的にいえば、レオナルドの最初にして唯一の偉大な愛人がカテリーナであった。フロイトはおそらく、レオナルドとカテリーナの関係に自分自身と母アマリアの関係を投影したのであろう。鏡像としての家族の物語である。アマリア・フロイト夫人はモナリザと同じ微笑み、つまりカテリーナの微笑みを浮かべていたのだろうか、ふとそれを問いたくなる。

フロイトの講演は、手間をかけた細かい修正を経て、一九一〇年五月に「レオナルド・ダ・ヴィンチの幼児期の記憶」という新しい表題で刊行された。しかし、あの異常なディーノ・カンパーナ〔一八八五―一九三二。イタリアの頽廃的詩人〕を例外として、ほとんど誰もそれを読まなかった。レオナルド研究者や美術史の専門家は、総じてその奇妙な論考の公表に顔をしかめ、それを鼻であしらった。

レオナルドの生涯に関するもっとも重要な史料が、フィレンツェの古文書の中で一九三一年に発見され、一九三九年に公表された。一四五二年四月一五日にレオナルドが生まれ、洗礼を受けたことが、その子の父セル・ピエロ・ディ・セル・グイード・ダ・ヴィンチの公証人文書登録の最終ページにアントニオ・ダ・ヴィンチの手で記されていたのである。これは一種の公文書控え記録で、アントニオは息子ピエロから始まり、一四五二年の孫レオナルドの誕生まで、一族の出生をそこに書き留めていた。さらに、司祭ピエロ・ディ・バルトロメオ・パニェーカを筆頭に、洗礼に立ち会った名付け親を含め十人もの立ち合い人の名がそこに書き連ねられている。この史料は、その時点では非嫡出子であったその子供の誕生が誰にも知られないように隠されたのではなく、集落全体に認められ、明るい陽光のもとで祝福を受けたということの重要な証拠となる。しかし、出生の場所、母の名前、そしてじつの両親が洗礼に立ち会ったか否かについて、その史料には何も記されていない。

第二次大戦後、ヴィンチ村の若い司書レンゾ・チャンキ〔一九〇一―一九八五〕は、レオナルド・ダ・ヴィンチという不世出の天才が生まれたことで世界に名を知られることになった小さな村に、将来長く継承される何かを残せればと努力を続けていた。彼は関連する展示、参考文献を集めた図書室、そしてレオナルド研究にとって核となる文書史料室の整備を構想し、粘り強い努力によってその実現への道が徐々に開かれた。その過程で、フィレンツェの古文書館に保管された史料が新たに調査され、レオナルド誕生後の最初の数年間、ヴィンチ村での幼少期とその家族、なかでもカテリーナの人物像の解明に焦点があてられた。

チャンキはカテリーナにことのほかこだわった。一九五二年、彼はいまだカテリーナ関連の新史料を発見するには至らなかったものの、アッカッタブリーガに関する未公開史料を公表した。それによると、アッカッタブリーガは、サン・ピエトロ・マルティーレ女子修道院から煉瓦工場を借り受け、アンキアーノで続いて来た家業を粘り強く守ったことが知られる。それから二〇年後の一九七三年、彼はカテリーナに捧げて『レオナルドの母（カテリーナの謎に関する史的な余談）』という小論を公表し、続けて一九七五年に『レオナルドの母に関する史料と研究』と題した書籍を出版した。後者では、関連する場所や人物の状況とようすが当時を彷彿とさせるように再現されていた。カンポ・ゼッピの田舎家、古いサン・パンタレオ教会堂、アッカッタブリーガとその家族、彼らの日常、契約、係争、結婚などに関する細かい記録である。とくにアッカッタブリーガの税務申告書はその考察、公刊時での未公開史料として重要であり、そこに女性扶養者の一人として、「妻カテリーナ夫人」の名が見え、一四八七年の時点で彼女が六〇歳であったことも確認できる。チャンキはその後、一四五一年のヴィンチ村の土地台帳を隅から隅まで調べたが、残念ながら成果はなかった。一五世紀半ばにヴィンチ村の近隣で家族として登録され、年齢と状況に照らしてレオナルドの母と認定できるカテリーナらしき女性の手がかりは得られなかった。

結局、この長い歴史の中で、私もここにたどり着いた。

二〇年以上も前のこと、ジュゼッペ・ガラッソ〔一九二九―二〇一八。歴史家、ジャーナリスト〕が自ら主監する人物評伝双書にレオナルドの伝記を書いてはどうかと私に依頼してきた。私はレオナルディスタ、すなわちレオナルド研究の専門家ではなかったし、またそれを自認する位置にあるとも思っていない。ただ、たとえばジュゼッペ・ビラノヴィッチ〔一九一三―二〇〇〇。文献学者、文芸評論家〕のような先達から、紙葉や手稿の研究者、分析家としての専門知識を少なくとも学んでいた。そこで、ことさら意識することもなく、私は大胆にもレオナルドの手稿に挑戦し始めたのである。それはカルロ・ペドレッティ〔一九二八―二〇一八。レオナルド・ダ・ヴィンチの研究者〕の博識にして寛大な指導、予断と偏見をもたずに進める限界なき研究への情熱がなければ、まったく不可能な作業であった。

やや軽い気持ちでガラッソの依頼に同意し、第一章に取りかかった私は、すぐにこの世にレオナルドを送り出した女性の出自と謎めいた生い立ちの解明という、解決不能とも思える問題に直面する。カテリーナとは誰か。純朴な農家の娘なのか、あるいは零落し世間から距離を置いてヴィンチ村で暮らす良家の令嬢なのか。どちらの答えも満足できるものではない。おそらくフロイトを十分に検討しつくしたうえでの解釈とはいえないかもしれないが、以下の一点だけは確かだといっていいのではないだろうか。レオナルドは幼少期の決定的な時期をカテリーナとともに過ごし、考え方、世界や他者との愛し方やかかわり方、さらに天使の美を宿す顔だち、そのすべてをカテリーナから受け継いだということである。夏の暑い夕べ、アンキアーノの農地と納屋、耳に響くコオロギの声、空高く輝く星、それらを背景にしてカテリーナとピエロ二人の愛が交わされた、と私は想像していた。

たちまち数年が過ぎた。時の経過は早すぎる。カテリーナについても追加の情報は得られていない。しかし、レオナルドの誕生に関する調査には多少の進展があった。レオナルドはアンキアーノで生まれたと断言できる。ヴィンチ村の住人ないし祖父アントニオの近所仲間であったとはいえ、レオナルドの受洗の証人は、すべて丘の上のアンキアーノの集落と密接な関係にあった。

ミラノの国立公文書館の住民記録文庫所蔵の記録簿から、「フィレンツェのカテリーナ」なる女性が六〇歳でマラリアにより死亡したという記載が見つかった。これは、「フォースター手稿Ⅲ」と「パリ手稿H」に一四九三年に記されたカテリーナと同じ女性であろう。レオナルドは「フォースター手稿Ⅱ」でこの女性の埋葬にかかわる出費を記録している。つまり、女性はほぼ確実に彼の母であった。唯一の問題は年齢である。アッカッタブリーガの妻でありレオナルドの母としてのカテリーナは、一四八七年の資産申告台帳に六〇歳と明記されているのだ。それが同じカテリーナだとすれば、一四九四年に彼女は六〇歳ではなく、六七歳となる。しかし、これは大きな問題ではない。とくに庶民に関して、年齢に曖昧な記述が見られることはよく知られている。役所の担当者はほかに確証がなければ、正確にいつその人物がこの世に生まれたかについてはさほど関心がなかった。年齢を決めるには、皮膚や身体に時が刻んだ跡、ちょうど木の年輪のように皺の数や白髪の程度を見るだけで十分であった。

一方、ピエロの家族の系譜は、フィレンツェの古文書館所蔵の史料からたどることができた。ピエロの妻たち、子供たち、さらに彼らがどこに住んでいたかまでが明らかになった。ピエロのもう一人の非嫡出子であり、おそらくレオナルドより前に生まれ、一五一六年に死亡したピエルフィリッポについて、それまで知られていなかった詳細が判明したことは、なかでも重要であった。ヴィンチ村の資産申告台帳では、一四五一年と一四五九年を比較すると、カテリーナの可能性をもつ未婚ないし既婚の女性が何人か確認できる。そのうちの一人がレオナルドの母カテリーナであるはずだという仮説を立てるならば、まず候補としてカテリーナ・ディ・アントニオ・ディ・カンビオが浮かび上がる。だが、小規模な自作農の家族に生まれた彼女は、一四五二年にまだ一四歳の少女であった。

しかし、その後の研究からもう一人のカテリーナが現れた。一五歳の孤児で、メオ・リッピという名の貧しく不運な男の娘であった。父の死後、彼女は二歳下の弟とともに、年老いた祖母と大叔父が所有するマットーニの農場で暮らすことになる。古い家屋が集まるその場所は、ヴィンチ村とカンポ・ゼッピの間を抜けてランポレッキオに向かう街道沿いにあった。葡萄畑が広がり、そこから今日なお、最上のキアンティ・サン・パンタレオが生産され、その赤ワインには、モンナ・カテリーナ〔カテリーナ夫人〕と、的確な名がついている。その土地では名士であった家の若き公証人にとって、マットーニ農園の孤児の少女は性の衝動の恰好のはけ口になったであろう。

カテリーナがその少女だったということで満足するならば、私は謎の女性たちに関する無駄な詮索をして消耗することもない。だとすれば、それを認めようか。すべてが本来の場所に戻るのだろうか。マットーニは陽光に映える葡萄の木が美しく並ぶ快適な所で、カンポ・ゼッピの隣に位置して、ブート家とアッカッタブリーガの家に近いことは誰もが知っている。そのカテリーナなる女性を彼に嫁がせるには、白い衣装を着せ、農地を分けるブラックベリーの生垣を越えて連れ出すだけで十分なのだ。だが残念なことに、その孤児の少女はレオナルドとなんら関係がなかった。

カテリーナ・ディ・メオ・リッピは、アッカッタブリーガではなく、リッピ家の隣人タッデオ・ディ・ドメニコ・ディ・シモーネ・テッリと結婚した。もちろん、マットーニに土地を所有するほかの男に嫁いだのでもない。このカテリーナはすでにタッデオ農場の家に住んでいたので、ブラックベリーの生垣を越える必要もなかったであろう。この種の話はよくあることだ。だが、少なくともここではピエロに婦女暴行と小児愛の罪がないことを示している。哀れなピエロは、危うくそうした罪の濡れ衣を着せられ、しかも後見人や公証人というかなりの地位にあったため、名誉を汚され、さらに重い罪をかぶせられるところであった。

ここ十年以上にわたり、まったく別の筋書きが語られている。ヴィンチ村とその近隣地域の家系に関する史料には誰もカテリーナの名を見つけることができないので、カテリーナはどこか別の地からそこにやってきた女、より可能性が高いこととして奴隷であったのではないか、という仮説である。

レンゾ・チャンキは、彼の最後の着想となったこの仮説をカードの中に残していた。その未発表のメモは彼の没後二〇〇八年に出版された。血統種の猟犬のような鋭い嗅覚で、チャンキは一四五八年の祖父アントニオの資産申告書にある宣言文に残る不可解な一節から、その先へと手がかりをたどっていた。それは、ヴァンニ・ディ・ニッコロ・ディ・セル・ヴァンニなる人物がアントニオの息子ピエロに与えた遺贈の記録である。フィレンツェのギベッリーナ通りにある自邸の使用権を若き公証人ピエロに譲るという内容だが、高利貸として名を知られた遺贈者にはあまりになじまない行いであった。ピエロは一四八〇年にこの家に引っ越し、一五〇四年にそこで没している。ヴァンニは一四五一年一〇月二四日に没したが、不思議なことに、ピエロはすぐに遺贈を受けることができなかった。この遺贈の件でフィレンツェ大司教アントニオが介入し、当該不動産が不正に取得されたとの理由で、上記一四五八年の資産申告書宣言文（これはピエロが書いたことを想起しなければならない）に、遺贈をすべて凍結し、「そこからいかなるものも引き出してはならず、すべては消去され無効となる」旨を加筆したのである。

チャンキはヴァンニの遺言状を苦労して見つけ出した。よい成果である。遺言状は一四四九年九月一九日にフィリッポ・ディ・クリストーファノによって起草され、一一月二九日には公証人ピエロの手によってすべてがピエロ自身の利益になるような追加条項が加えられた。チャンキは、ピエロと年老いたヴァンニの関係がいかに複雑であったかを再現する作業に取りかかった。多くの規定の中に、妻アニョーラへの遺産に関して感嘆すべき記載があった。「上記遺言者の女奴隷カテリーナは、その生涯すべての期間を通じ、遺言者の妻アニョーラ夫人の支配下にあって奉仕する」。この女奴隷カテリーナが、ヴァンニの家でピエロと出会ってレオナルドの母となり、のちに自由身分を得てアッカタブリーガと結婚するということは、果たしてありえただろうか。

カテリーナは私を見つめる。別人だったり重なったりする自分自身の人物像がこうして追求されることを彼女は楽しんでいるのかもしれない。女の子や少女、農家の娘、居酒屋の女給、身寄りのない女、そして女奴隷。みなカテリーナという名であった。彼女はアンジェリカのようにいつまでも逃げ続ける。おそらく、ただ自分をからかうために、あるいはアトラスの城塞で自分の姿を追いかけていることに気づかずに彼女を追い続ける騎士たちをからかうために[4]。私は立ち上がって、古いクリメス社製のピアノに近づき、彼女のためにオペラの何小節かを弾き始めた。彼女の故国よりもずっと遠い国を舞台にしたオペラ。「しかし私の秘密は胸の内に閉ざされたまま。誰も私の名を知ることはできないでしょう[5]」名前だけは知っていると言いたいが、それ以外はほとんど知らない。

カテリーナは意地悪だ。その跡を追うと逃げる。彼女を探さなければ、見つけに来る。会えると期待しなければしないほど、それだけすぐに目の前に姿を現す。少し前、不可避の畏敬の年としてレオナルド没後五百年が近づいていたときのことだった。私は二〇年前に書いたレオナルドの伝記をふたたび手に取り、そこに何か新たな事実を加筆して伝記をより充実できればと考えた。同時に、これまで絶えず関心を向けてきたレオナルドのある側面をさらに深く研究しようと考えた。レオナルドと本の関係、文字で記された世界との関係である。[6] 当時「学なき人」[7]と見なされていた一人の人間について、なお書くべき歴史があるのではないだろうか。研究が再開され、一つの夢がそれを導いてくれた。レオナルドの蔵書を目に見える形にすることである。彼がしていたように、手元に置いた本のページをめくることができる仮想現実と、実際の書籍の展示の企画が、スタンフォード、フィレンツェ、ローマ、ベルリンで始まった。これにより、とくに図書館と文書館に戻り、これまでの史料と手稿を徹底的に見直し、新たな史料を探すことが可能になった。

ある日、フィレンツェ国立古文書館で、フランス政府によって廃止された信徒会に関連する文庫から、私はカステッラーニ家関連の書類を綴じこんだバインダーを手元に置いていた。文体や書式構成をレオナルドの手稿と比較するだけでなく、一五世紀半ばのフィレンツェでの書籍や識字について正確な情報の一端を得るために、記録文書類をより詳細に分析する必要があった。この点できわめて興味深い人物は、騎士《カヴァリエーレ》称号を受けたフランチェスコ・ディ・マッテオ・カステッラーニである。彼は文人であり、人文主義者であり、若きルイージ・プルチ[8]を支援していた。かつてメディチ家の敵対勢力に与《くみ》したため、一族は公の場から排除されていたが、その不利な状況にもかかわらず、彼だけはコジモ・デ・メディチと良好な関係を保っていた。フランチェスコは情熱を傾けて書物を収集し、その時代にあってもっとも充実した古書店や文具商に通いつめていた。そこから判断すると、そのときはまだ知られていなかったラテン詩人による卓越した詩文、すなわちポッジョ・ブラッチョリーニ[9]がほんの数年前に発見したルクレティウスの『事物の本性について』を、ごく限られたコジモの友人として彼が手にすることは不可能ではなかったといえよう。

さて、ここ私の手元に、古びた羊皮紙の表紙を備えたフランチェスコの『回想録』がある。表見返しには、彼の追想の時系列の記述とは別に加筆された奇妙な注記が見られる。「ピエロ・ダントニオ・ディ・セル・

ピエロ氏は、マリアの乳母カテリーナの自由身分について、ドナート・ディ・フィリッポ・ディ・サルヴェストロ・ディ・ナーティの妻であり、カテリーナの所有支配権を有するジネーヴラ・ダントニオ・レッディーティ夫人の求めにより、一四五二年一一月二日に本書面の起草を依頼された。紙面では誤ってそれを一四五二年一二月二日と記すが、私フランチェスコ・マッテオ・カステッラーニは、それを一四五二年一一月五日であると確認する」

このピエロがレオナルドの父であることは確実である。なぜこの記述にこれまで誰も気づかなかったのであろうか。一四五二年は普通の年ではない。その年の四月一五日にカテリーナという名の女性からレオナルドが生まれているのだ。では、ここに名前があるカテリーナとは誰なのか。ドナート・ディ・フィリッポ・ディ・サルヴェストロ・ナーティの妻ジネーヴラ・ダントニオ・レッディーティなる人物の請求により、ほかならぬピエロが起草して自由身分にするとあるので、その女性は奴隷であった。その女性が乳母だとすれば、すでに出産の経験があったことになる。ピエロを愛し、レオナルドの母となったカテリーナとこの女性が同じなのか。いや、無理だ。それは難しいように思える。その女性は、いったい若き公証人にそのような重要証書を起草させることができたのだろうか。しかも、公証人は胸の鼓動と息遣い、手の震えをなんとか抑えながら起草したというのだ。いや、その女性は彼女ではありえない。

私はさらに『回想録』のページを繰り、ふたたびカテリーナという名を見つけた。一四五〇年五月、そのカテリーナは、ジネーヴラからフランチェスコの妻レーナに娘マリアの授乳のために貸与された。貸与の金額は年に一八フィオリーニというそれなりの額であった。「一四五〇年。同年五月□日フィリッポつまりティンタと呼ばれた箱作り職人の家の出であるドナート・ディ・フィリッポの妻ジネーヴラ夫人の上記女奴隷、□のカテリーナは私の娘マリアの乳母として、健康な乳を娘に与えるため、娘がそれを必要とする限り、われわれがふさわしいと判断する限り、上記日付より二ないし三年間、年に一八フィオリーニの給与という条件で、私のもとに来た。以上の点でわれわれ、すなわち私の母とジネーヴラ夫人、仲介人の古物商、□のルスティコは合意し、上述のジネーヴラ夫人はAの印をつけた赤表紙の仕訳帳の c.56〔紙葉五六〕に債権者と債務者を記載し、上記の給与の全額を支払えるよう確保する」

なぜそこに空白があるのか。なぜフランチェスコは、カテリーナが「私のもとに来た」日付を、カテリーナの父親の名を、またルスティコの父の名を書かなかったのだろうか。彼は何に関心を奪われていたのだろうか。

幸運にも、私はこの古文書館でその問題をただちに検証することができた。「コジモ以前の公証人文書」には、ピエロによる文書登録簿すべてが保存されていた。上記の証書がピエロによって起草されたなら、おそらくその要約記録があるはずなのだ。彼の活動開始期から一四五七年までを収めた第一巻で十分であり、その閲覧を申し込む。焦らずに、その若き公証人の経歴初期に該当するすべての証書と付記を丁寧に見直していく。一四四九年から一四五二年のあいだに起草された証書はきわめて少ないことから想像できるが、一四四九年末から一四五一年の初めまでピサに長期の出張があるなど、この数年間はピエロにとって決定的かつ困難な時期であった。

ここで、私は一四五一年六月から七月の時期をより注意深く検討した。カテリーナがレオナルドを妊娠した時期である。この期間の証書はすべてフィレンツェで起草されていた。つまり、ピエロはフィレンツェで彼女に出会い、二人は愛しあった。では、一四五二年、レオナルドが生まれたとき、彼はどこにいたのか。つねにフィレンツェである。その年、彼は三月三一日大修道院《バディア》で文書を起草、四月一五日と三〇日、隊長職の名簿に公認署名をする。その後、四月三〇日から五月三一日までの一か月は空白で、活動の記録がない。もしピエロがヴィンチ村に行っていたとしたら、妊娠したカテリーナをそこに連れて行き、出産後に彼女と子供に会いに行くという短期の移動しかなしえない。

私は先へ進み続けた。文書の月日は次々と先へ進んでいく。そしてついに、一四五二年の末に記されたピエロの文書から、カテリーナの生涯にとってもっとも重要な記述が現れた。他人の出来事や諸物件を記録し公証する単調かつ変化のない彼の乾いた文章の中にそれは現れた。カテリーナの自由解放である。そう、まさにこの記録だ。ピエロは手が震え、頭が混乱したであろう。若いとはいえ、正確さを求められた公証人の要約記録にこれほど多くの誤記が入ることは異例である。あたかも、自らの身体さえ震えるような大きな興奮を覚えた日付を、動揺のあまり暦の上で正しく確認することができなかったかのようである。フランチェスコ・カステッラーニはすぐその間違いに気づいた。というのも、名を知られていたが羽ぶりはよくなかった騎士にとって、すでに奴隷ではなくなり家を去っていった乳母の給金として、ひと月前倒しとなる誤記ではジネーヴラ夫人に一フィオリーノ半を余計に支払うことになるからである。

ラテン語で記された公証人の定型文を読み、翻訳していく私も、頭の中で呪文が響くかのように、手が震え、頭が混乱した。高ぶる気持ちでそれを理解したと確信するまで、私は何度もそれを読み返した。そして、私の目の前に場所と人がはっきりとその姿を現したのである。サント・ジリオ通りにあって、高価な木材の芳しい香りと箱作り職人の父が使う油の匂いがいまだに漂うドナートの古い家。サン・ミケーレ・ヴィスドミーニ聖堂の裏手、ブルネッレスキのドームの影になった大聖堂建設局の仕事場では、石工が鑿《のみ》を打つ音が響く。そして証人たちと妻ジネーヴラ、そしてついに、その場に「立ち会い、受諾せし」ヤコブの娘カテリーナ、「ヤコブの娘であり、カフカスの地の出身、女捕虜または女奴隷、カテリーナ」がそこにいた。

カテリーナはカフカス人、つまり当時の歴史と文化の枠を外れ、地上でもっとも自由で、もっとも誇り高く、粗野にして素朴な民族の出であった。カフカスの人々は自然と動物に密接にかかわって生き、文字、貨幣、商売、法律、市民制度や政治のすべてを排し、ただ一つの厳格な道徳律に従っていた。詩、音楽、踊りを愛し、自然と、馬、鷲、狼、熊といったすべての動物たちを崇め、遠い先祖からの豊かな遺産としての歴史、物語、叙事詩《サーガ》、神話を受け継いでいる。大小多くの部族に分かれ、黒海からカスピ海へと連なるカフカス山脈の高原地帯の各地に村を作っていた。一つのアイデンティティを共有するわけではなく、単一の言語を話す集団ではないので、彼らは真の意味での民族ではないかもしれない。

カフカス地方から送られてきた女奴隷は、読むことも書くこともできなかった。子音すべてを喉で発する、その古い言語で育った彼らは、なかなかイタリア語を話せるようにならなかった。フィレンツェではカフカス出身の若い女奴隷に高い値段がついた。健康で、背が高く、筋力に恵まれて力のある女奴隷たちは「よき血筋」であり、子を産むには最適の装置であり、性の道具としてうってつけの生き物であった。妊娠し、出産し、母乳で子供を育て、また家の仕事は何でも黙々とまじめに働き、まったくあるいはほとんど話せないので文句を言うこともなかった。しかもカフカスの女は目を疑うほどの美人ぞろいだと誰もが口々に言うが、一方で、目の前の一人の女が人間としての心をもち、感情、苦悩、希望、そして夢といった内なる世界をもっていることなど、どうでもよかったのである。

カテリーナはドナートではなくその妻ジネーヴラが所有する人間であった。ジネーヴラは、女奴隷を自ら所有する金で買うこと、その女奴隷が何年も彼女に勤勉忠実に仕えたことを記載するように求めている。そのあとに、完全な自由解放を定める決まり文句が続く。「その奴隷身分から自由にし、かつ解放する」。しかし、この定型語句はすぐに削除されている。かわりに、真の自由の獲得を無条件に保証するのではなく、将来に向けた曖昧な期待を抱かせるやりきれないただし書きが記載される。この種の書類でよくあることだ。カテリーナは主人ジネーヴラの死まで、主人に奉仕しなければならないのだ。ジネーヴラは女奴隷を失いたくないので考え直したのだろう。

しかし、正式証書と要約記録のあいだで、何かが起こったに違いない。ジネーヴラの健康にはさほど問題はなく、その後長く生きるだろうと想定された。事実、一四五八年の資産申告書によると、彼女はカテリーナではなく、新たに一五歳の女奴隷を手元に置いている。カステッラーニの注記から推定されるように、身分の自由は、かの一四五二年一一月二日、ただちに完全かつ無条件で与えられたはずである。おそらくカテリーナは、ジネーヴラが約束し、ピエロが細かく記録していたわずかな餞別の品を受け取って主人の家を出たのだろう。それは寝台の木枠、二つの鍵がついた木箱、敷布団、一組のシーツ、毛布であった。

はたしてそれが彼女であったといえるだろうか。私にはまだ信じられない。もし彼女がレオナルドの母であるなら、一四五二年一一月二日に乳児レオナルドはすでに生後六か月半であり、捨て子養育院の乳児のように布に包まれ、サント・ジリオ通りのあの古い家で「立ち会い、受諾せし」彼女の腕に抱かれていたであろう。レオナルドが生まれた四月一五日に、女奴隷カテリーナはたしかに子供を生んでいる。では、遡って一四五一年の七月、カテリーナはどこにいたのか。疑う余地はない。一四五〇年五月以降、彼女はカステッラーニの家にいて、フランチェスコとレーナの娘マリアに授乳していた。その家は、当時からいまなおフィレンツェでも指折りの美しい邸館《パラッツォ》として現存する。アルノ川に面してウフィッツィ美術館の隣にあり、中世の城塞建築カステッロ・ダルタフロンテの上に現存し、現在はガリレオ博物館となっている。不思議だ。かくも理屈に合わない仮説を認めるのは難しいのではと私は感じてしまうが、それはある懸念が頭をよぎるからだ。この数日、邸館の諸室を歩き回り、二階の図書室から地下に降り、古い城塞の重厚な石のアーチをくぐってみる。カテリーナはここに住んだのだろうか。ここでピエロと愛を交わしたのだろうか。

私は時系列を逆行して、カテリーナの歴史に登場する出演者全員、カテリーナの生涯と交錯する存在となった人々全員の身の上をあらためて追ってみることにした。レオナルド、アッカッタブリーガ、ピエロ、祖父アントニオ、カステッラーニ、ジネーヴラ、ドナート。それぞれの物語は、先行する物語とからみあい、一つ一つの物語は別の人物の物語へと分かれていく。それぞれの生命、血、汗、さらに性の本能は交錯し、パンと葡萄酒、苦悩、喜び、希望を分かち合いながら、子供をもうけ、未来の人たちへと世代をつないでいった。

鍵となる人物はドナートである。それは単に彼が時代を象徴する人物、世の中をよくも悪くも変えつつあった果敢な実業家の見本であったからだけではない。生涯の最後にヴェネツィアから故郷フィレンツェに戻るが、四〇年以上にわたって自らの運命と闘い続けたからである。ヴェネツィアでは、彼が本業としていた金箔張りの工房は女奴隷の手仕事で成り立っていた。西欧文化の広がりが止まり、ヴェネツィア帝国の黒海北東部の版図が果てる前哨地ターナ、無の世界との境界を越えてカフカスやタタールの女奴隷が運びこまれる奴隷交易の中心港がヴェネツィアであった。

さて、最後の驚愕を用意してくれたのは、やはり古文書館であった。ドナートの遺言書である。年老いた山師が信用した唯一の公証人すなわちピエロが偶然にもそれを起草した。遺言書のほぼ全文は、フィレンツェのサン・フレディアーノ門から近いモンテオリヴェートにあるサン・バルトロメオ修道院の利益になるように記されていた。というのも、そこにドナートおよびその家族の墓所と礼拝堂が建設されるからである。レオナルドの最初の絵画《受胎告知》は、その同じ修道院で「古くから」所蔵されていたとされる。それは偶然とは思えない。

　時を遡る私の旅は地中海の航路に沿って、カテリーナの旅の節目となったそれぞれの寄港先を逆にたどる試みとなった。ヴェネツィアからコンスタンティノポリスへ、トレビゾンドから黒海沿岸のジェノヴァ植民都市へ、マトレーガからターナとドン川の河口へ。見学が可能な場所は自分の目で確認するつもりだった。しかし、現代のこの地域には、カテリーナの時代に比べ、はるかに多くの障害や壁がある。トレビゾンドからソチ、アゾフへ、ドン川の河口にある旧都ターナへと黒海東岸に沿う船旅、またクバン川を遡ってカフカスの高原にあるその源流に到り、エルブルス〔オシャマホ〕の双峰に立つ、このもっとも美しいと思える旅は、永遠に実現不可能な夢のままとなるだろう。その双峰は夕闇に包まれてしまう。愚かな狂気の侵略によってアゾフ海の北岸は荒廃の極みにあり、女奴隷マリヤが連れ出された港、マリヤの都市マリウポリは戦いの終結もなく、理性もない非道な恐怖の殉教地になってしまった。

　夢で描くこの旅では、あるところから先に進むと、史料はもはや助けにならない。船を進めようにも海図は何ひとつ信頼できず、羅針盤の針は激しく振れる。暗礁や波に隠れる岩礁を避けなければならず、突然の嵐に見舞われる恐怖におののき、海に住む獰猛な怪物の脅威に震え、そして夜になって停泊している船の甲板で眠気を感じて油断すると、海賊が音を立てずに背後から命を狙う。世界の果てを越えると、すべては時間という無限の霧の中に消失していく。文明はその記録とともに消滅し、古文書館は略奪と戦乱の中で焼け落ち、火災と蹂躙の炎はコンスタンティノポリス陥落の夜を血のように赤く照らす。

　しかし、これらの土地に生きた者の言葉だけは残る。ヨサファ・バルバロの記憶は、強健で、現実主義で、葡萄酒と干物にする魚を洗った水の匂いが染みついた体臭だ。日々の連禱の祈りを唱えるかのように、ヤコモ・バドエルは数字、勘定、貨幣を数える。そしてヤコモが出納簿に書き残したテルモとロシア人の女奴隷マリヤの名前。だがそれ以上、先に進むことはできない。いまだ歴史の光で照らされていない闇の世界には、カテリーナが耳にしていた同じ声、同じ音が反響している。高原に生き、消えていった部族の叙事詩《サーガ》と神話、満月の夜に響き箱《プシネ》が奏でる悲しい抑揚の哀歌、イスラメイ〔チェルケスの民族舞踊〕のめまぐるしいリズム、樺の林をヒューと吹き抜ける風の音、氷河から流れ落ちる水の轟音、狼の遠吠えが。

これまでカテリーナの生涯と交錯してきた人々、その最後が私である。幸運にもカテリーナに出会い、彼女の誕生、その生きざまと死を見届けるという冒険をした最後の人物が私になる。ここで最後というのは、時の流れが存在するとして、もちろん時系列においてである。分岐をもたずに一方向のみに直線的に進むものであったとして、具体的に測定できるもので、それが真実であるとわれわれに錯覚させる一種の定数を時の流れとするならばの話である。それとも、時の流れは、記憶や夢の闇とまではいわないまでも、自らの存在すら感じ取ることのできない世界、無次元にして無限の可能性を広げる変数とはいえないのだろうか。そこに始まりはなく、始まったこともない。おそらく終わりもないであろう。

いや、私はこの物語を彼女に語ることはできない。自信を失って長椅子に座る私は、その物語をカテリーナに説明しようとする。しかし、彼女には私の言葉が通じない。あるいは、彼女は通じないふりをする。カテリーナが私に何を語って欲しいのか、それはわかっているのだが、私もまたわからないふりをしてしまう。私に勝たなければ、彼女は部屋から出て行かないということも知っている。私は屈服する。カテリーナは不屈だ。

私にはよくなじんでいる文書の形式があり、それを使うこともできた。すなわち、厳密な史料批判、詳細な脚注、注釈つきの豊富な参考文献を整備した学術論文の出版も選択肢の一つだった。しかし、それは誰も読まないだろう。もう一つの選択は歴史物語である。それに挑戦した私は、しかし、数ページ書いたところですぐに降参して手を挙げた。たんに鎖の輪がいたるところで欠損していたからだけでなく、史料がすでに失われているか、そもそも存在すらしなかったからだけではない。科学的に確実であり反論の余地のない論証に頼るとすると、一つの手段をとらざるをえず、ほかの方法が閉ざされるのだ。つまり、文献学である。確実を論じる不確実な科学である！　もしかしたら、すべては夢であり、カテリーナの存在もまた夢として消えてしまうかもしれない。

しかし、私の選択の真の理由は別にある。カテリーナの物語は壮大で、ちょうど彼女が越えてきた海のように、つねに形を変え、うねる波を作っている。それは美しい物語で、あまりにも美しすぎて誰も書き留めることはできない。カテリーナは自由であり、自由な女性として生を受けた。いったい誰がその自由を阻止できたであろうか。事実が厳として存在する以上、それをあらためて文章に書く必要はない。私はカテリーナの生涯に入りこんできた人々、彼らの顔を見つめ、その声を聞くことにした。なぜなら彼らはすべて実際に歴史の中に生きた人々であり、作家が作り出した人ではないと知っているからだ。彼らは存在し、生き、苦しみ、愛した。しかし、真の物語はすべて彼女、カテリーナのものだ。他人によって、もてるものすべて、身体、自由、未来のすべてを奪われた少女の物語である。しかし、彼女のほうが強かった。何も恐れることなく一人で世界を突き進み、苦しみ、戦い、愛し、そして勝利した。いや、この物語を書くことは不可能かもしれない。彼女にどのように話してもらうのか。どんな口調で、そして何語で語ってもらうのか。

いま私はカテリーナを見る。彼女は変わらずそこに佇み、古いクリメス社製のピアノにもたれている。外見は落ち着いているが、その心を隠しているのは確かだ。ここから立ち去って自由になりたいと思っているような気がする。場を立ち去ったときに、はじめてそれに関する物語は誕生するのだから。あらためて彼女を見つめる私は、この少女が私たちのすべてを変えつつあることを確信する。出会ったすべての人々にそうしたように、彼女は私たちに喜びと自由を与えてくれる。と同時に、彼女はそのかわりに私たちにあることを求めている。単純だが、真摯に取り組むべきことを。夢も見ない長い眠りから目覚めることを。目を覚ましなさい。

もし彼女が本当にレオナルドの母であるとすれば、レオナルドは生粋のイタリア人ではない。その半分がイタリア人であった。残りの半分、いうなればより優れた半分は、女奴隷の息子であった。社会と人間の階層の最下段に置かれた異国の人間、どこから来たかも問われずに船から無理やり降ろされ、声も尊厳も身分の保障もなく、読むことも書くことも知らないまま、われわれの言葉を片言で口にするしかなかった女性の子供であった。アンキアーノの村へと続く道で彼女と出会った人々の最大の功績、ヴィンチ村とその近郊にそのとき住んでいた人々の最大の栄誉は、そこが類まれな子供の誕生を迎えた場所になったということではない。その子供はどこかほかの場所で生まれたかもしれないのだ。そうではなく、故郷をもたず、家族もなく、自由もなく、さらに妊娠した女を、みなで温かく村に迎え入れ、人間として本来受けるべき尊厳を彼女に取り戻したこと、それこそが村人たちのもっとも美しい栄光なのだ。

それはわが国が誇るべき最大の美徳であろう。地中海に突き出るこの細長い半島は、文化、文明、言語、芸術をつなぐ巨大な橋のようだ。北から南へ、東から西へ、ヨーロッパ大陸からアフリカ大陸へ、またその逆へと数千年にわたってけっして止むことなく出会い、ときに衝突し、混ざり合ってきた人々、大陸と島々を航海し、命をつなぐことを渇望し、知識を求めて行き来した多くの民がそこにいた。沿岸の港を誰かが閉鎖していたならば、今日のイタリアの文化はけっして生まれなかったであろう。

たとえカテリーナがレオナルドの母親ではなかったとしても、たとえこの物語が真夏の世の夢にすぎず、やや頭のおかしい老教授の目に映る蜃気楼であったとしても、一人の若い女奴隷の非情な現実は存在した。歴史から無視され見捨てられた生き物にすぎない無数の少年少女たちとともに、苦悩と苦痛を背負ってその女奴隷はこの土地に送られてきたという現実だ。それ一つで、ヨーロッパや西洋の文明を粉々に砕くにたるスキャンダルであろう。それはルネサンスの栄光の中心で起こったのだ。古代の文芸が復興し、その価値、美徳の理念、人間性、普遍的な人類愛が再生し、さらに古代の人々が想像したとしてもけっして実現できなかった新しい文化の創造、とどまることなく広がる世界とそこで展開される芸術と技術、自然を凌駕することで自由に行き交う商品と貨幣、そこで作り出される富と終わりなく輝き続ける進歩への信仰。これらルネサンスの栄光の中心にその現実があった。

帆を広げるカラベル帆船〔三本マストの小型船〕やガレー船は、その航跡の翼をルネサンス文化が伝播した全域に広げた。しかし、その翼の下で未知の大陸への探検と血塗られた征服が始まり、奴隷制の上に築かれた広域経済の発展が進んだ。支配的な国家は、その権力によって他の民族から土地と自然資源を収奪し、枯渇させて、その恩恵の上に数世紀にわたって君臨した。人類そのものが作り出してきた文化、言語、自由そして限りなく多様な生き方と多様な夢は、認可か抹消かの二極に向かうことになった。

「暗殺者の時代がここにある」[11]。しかし、どの時代も暗殺者の時代ではなかったか。歴史が始まってからこの方、一万年以上、人間の争いは絶えない。

私はカテリーナを見つめる。はるか昔から彼女をよく知っている。事実、彼女はいつも私たちの近くにいて、私たちの周りのできごと、私たちの日々の生活の中に息づいている。労働力と人間の尊厳を搾取する奴隷制はどこにでもありうる。私が着ているシャツの綿は、収奪で破壊された中央アジアの農園で働く一人のカテリーナの手で摘み取られたかもしれない。私が使うスマートフォンの心臓部を作る希少金属や細線には、アフリカ大陸の鉱山から原料を掘り出した子供たちの血と汗が染みこんでいることだろう。

今日、交差点の信号の脇で、小さな一人のカテリーナは物乞いをしなくてはならず、その兄弟たちはトマト畑で腰を傷め、安全管理が不十分な建設現場の足場から足をすべらせて落ちたりする。また妹や姉は紡織機や布織機に巻きこまれ、挟まれて命を落としている。今夜も市街の外れの通りで、皮膚の色の濃い薄いの区別なく、もう一人の女奴隷カテリーナが元締めに渡す金を得るために身体を売る。おそらく彼女は子供のときに、飢えに苦しむ家族によって、あるいは甘い話で騙されて売り買いされたのだ。おとなしく言われるとおりにしなければ、痛めつけられるか、断崖から姿を消してしまうだろう。

今晩も飢えと戦争と凌辱から逃れようと、名前すら知らない遠国からもう一人のカテリーナが送られてくる。人の手から人の手へ何度も転売され、暴行され痛めつけられ、地獄の旅を経てリビアの海岸にたどり着き、そこから他の数百人とともに、獣のようにボロ船に詰めこまれる。しかし、彼女は目にしたこともない果てしない海の広がりにたじろいで、船に乗ろうとしない。ボロ船の黒いハッチが口を開き、彼女とほかの子供たちをのみこむ怪獣のように思えるからだ。そして、その船は壊れ、転覆し、地中海の深い海底にゆっくりと沈むだろう。彼女の肺は海水で満ち、目は開かれたまま、最後の叫びはけっして音にならない。

とくに関心を寄せられることなく、十年間に三万人がこうして命を落としてきた。一方、そこから少しばかり離れた同じ海上では、地中海クルーズの客船が明るい光を灯しながら行き交う。多くの人にとって、難民の死は存在しないし、難民も存在しない。彼らが運よく生き延びてわれわれの家で使用人として働いたとしても、パンを盗みに入ったこそ泥だ、汚い、野蛮だ、泥棒だ、麻薬の売人だ、娼婦だと蔑まれる。伝染病や病気を持ちこむ迷惑者とされることもあるだろう。見知らぬ他人に自分と同じ人間を見ることはかくも困難なのだろうか。

　この物語は、おそらくこうした状況の中で語られる必要があるだろう。カテリーナのために。いまも、彼女が渡った海の中に消え、あるいはわれわれの周囲で苦難に耐えている、名もなきカテリーナの妹たちのために。

　立ち去る前、カテリーナは私に微笑む。それまで浮かべたことのない微笑。気づかぬほどの微笑、唇のわずかな弧に浮かぶ、このうえなく優しくしかし精妙な深み《スフマート》[12]を帯びた微笑。歓びと痛み、欲望と恐怖、神秘的で分かちがたい抱擁、人生の素晴らしいことすべて、生まれること、出産すること、愛すること、夢を見ること、そしておそらく死ぬということ、これら古くからの普遍的な苦しみの響きをたたえた知の微笑。

1　クリメス社はドイツのピアノ製造会社で、生産期間は一九〇四－三四年。イタリアではアール・ヌーヴォーをリバティ様式とよぶ。
2　『新約聖書』「ヨハネによる福音書」（第二章一四－一六）に、イエスの言葉として「このような物はここから運び出せ。私の父の家を商売の家としてはならない」とある。
3　オーストリアの精神科医師（一八五六－一九三九）。精神分析学の創始者として知られる。
4　アンジェリカはルネサンス時代の詩人マッテオ・マリア・ボイアルド（一四四一－一四九四）の物語詩『恋するオルランド』およびルドヴィーコ・アリオスト（一四七四－一五三三）の代表作『狂えるオルランド』に

登場する主人公。逃げるアンジェリカを追う騎士たちは冒険を繰り広げる。魔法使いアトランテはアトラス山に鏡の城塞を作り、騎士を惑わす。

5　北京を舞台とする歌劇『トゥーランドット』第三幕第一場で、名を伏せたタタールの王子カラフが歌うアリア「誰も寝てはならぬ」の一節。

6　著者による著作『失われた図書館――レオナルドの蔵書』(Carlo Vecce, *La biblioteca perduta, i libri di Leonardo*, Salerno, 2017) 参照。

7　レオナルド・ダ・ヴィンチはギリシャ語を知らず、ラテン語の知識が浅く、ラテン語で文章を書かなかったことから、しばしば「文字すなわち基礎教養を知らぬ人」「学識なき人」と批判された。「アトランティコ手稿」327v / 119v-a には「私は良い教育を受けていないので、ある種の傲慢な人々が私を無学な男と断定してけなすことができると考えているのはよく知っている」とある。同じく「アトランティコ手稿」323r / 117r-b では、「他人がした仕事をラッパを吹き鳴らすように言い立てる連中」を軽蔑する一方、ウィンザーのイギリス国王室図書館所蔵の手稿 (19086) では、「私は母国語においてきわめて多くの語彙をもっているのだから、もし嘆かなければならないとすれば、それは私が事物をよく理解できないということであって、私の考えを十分に表現するための語彙が不足しているということではない」という記述があり、古典語の教育を受ける機会がなかった自分を卑下する意識はなかったことが知られる。

8　初期ルネサンスにフィレンツェで活躍した外交官、詩人（一四三二－八四）。

9　ルネサンス期の人文学者（一三八〇－一四五九）。一五世紀前半の歴代教皇に仕える一方、各地の修道院で古典ラテン語文献など古書探索を続け、一四一七年にフルダの修道院でルクレティウスの『事物の本性について』の写稿を発見した。

10　ウクライナのドネツク州にある、アゾフ海に面した港湾都市。「マリヤの都市」を意味する。ロシアのウクライナ侵攻による激戦地で、二〇二二年五月以降、ロシアの支配下にある。

11　ジュリアン・デュヴィヴィエ監督、ジャン・ギャバン他が出演するフランス映画（一九五六年）。邦題『殺意の瞬間』。

12　スフマートは「微妙な陰影や色彩をぼかした」という意味で、絵画ではきわめて微妙な上塗りにより、色彩の混合や移り変わりの描写に深みを作り出す技法をいう。スフマート技法の代表例はレオナルド・ダ・ヴィンチ作の《モナリザ》および《ほつれ髪の女》であるといわれる。

著者はカテリーナの旅をめぐる本書において、その航路を意識したか否かは問わずに意見交換や調査研究の形で協力してくれた以下の人々に深く謝意を表する。アレッサンドロ・ヴェツォッツィとアニェーゼ・サバトはヴィンチ村一帯の地勢について、類を見ない知識と情熱で教示してくれた。マリオ・ブルスキ、エリザベッタ・ウリーヴィ、エドアルド・ヴィッラータ、ヴァンナ・アッリーギ、マルティン・ケンプ、ジュゼッペ・パッランティにはレオナルド・ダ・ヴィンチ一族およびカテリーナの家族に関する詳細かつ正確な史料研究に関して感謝する。

パオロ・ガッルッツィ、ピエトロ・チェーザレ・マラーニ、パウラ・フィンドレン、マルコ・クルシ、パオラ・ヴェントゥレッリ、ロマーノ・ナンニ、ロベルタ・バルサンティ、モニカ・タッデイ、サラ・タッリヤラガンバ、マルゲリータ・メラーニ、パスカル・ブリオイスト、セルゲイ・P・カルポフ、エウゲニイ・クバルコフ、レインノルド・C・ミュラーの協力も特記したい。ドナートとその家系と歴史に関する情報を惜しむことなく提供してくれたイザベッラ・ナーティ・ポルトリには、さらに特別の謝意を表する。

訳者あとがき

出会い

半世紀も前のことである。場所はフランスのトゥールであった。ルネサンス研究所で私にとって最初の国際学会での発表を終えたとき、最前列に座っていたルネサンス美術史の大家アンドレ・シャステル教授が、「フィラレーテとドゥ・ヴァンスィの関係について、何か新しい着想があったら説明して欲しい」と私に問いかけた。フィラレーテは私の発表の主題となった初期ルネサンス時代の建築家である。だが、「ドゥ・ヴァンスィ」とは誰なのか？ わからない！ 大御所の質問に答えられず、私は演壇で緊張する。「答えられないようだね。では、皆さん、ランチに行こう」とシャステル教授は立ち上がり、サスペンダーが伸びる丸い身体をゆさゆさと動かして退室した。会場の人々も後に続く。

隅のテーブルでランチをいただく。質疑応答に対応できなかったことで、味も分からない。ローマのヘルツィアーナ図書館でよく話していたクリストフ・フロンメル教授が遠くから私を見つけ、隣に来てくれた。「アンドレも意地が悪いな。君の発表はイタリア語だったのに、ドゥ・ヴァンスィはおかしい」と慰めてくれて、そこで初めて私はそれが「ダ・ヴィンチ」のフランス語読みだと気づいた。ほろ苦い国際学会デビューであった。レオナルド・ダ・ヴィンチは一五一六年、フランソワ一世に招かれ、晩年の三年間をアンボワーズのクルーの館で過ごす。そこでは「レオナール・ドゥ・ヴァンスィ」と呼ばれていたのだろうか。

二〇二三年　春

年度初めの四月、本を読んでみようかとイタリア語の新刊案内を見ると、本書 *Il sorriso di Caterina* が目にとまった。別の理由からカテリーナという名に惹かれるところもあって、さっそく取り寄せてみる。学生時代、つまり半世紀前は、洋書の取り寄せには船便で三か月を要した。増刷中で日数がかかりますと連絡を受けるが、二週間ほどで届く。往時とは雲泥の差である。

論文をとおして原著者ヴェッチェ教授の名を知っていたが、今回発表したのは「小説」であるということで、果たしてどのような内容かと興味が湧いた。まず、当然のことではあるが、学術論文とは違う語彙、言い回しに新鮮な「香気」を感じる。あらためて、イタリア語の美しさに感動を覚えつつ、物語の展開、場面や人間の変化、特に地中海ほぼ全域をおおう雄大な筋書きに魅了されて五日間で読了した。

読み終えた後も、感動と追想は消えない。調査や研究で訪れた多くの都市、移動の経路が甦ってくる。五月に入り、翻訳への情熱を抱いて、知人に相談し、八月になって翻訳の話が本格化した。それから一年ほどの作業で、二〇二四年の晩夏、翻訳が完了した。時を忘れる楽しい日々であった。しかし、机上を離れると、本書前半の舞台に近いウクライナ東部でロシア軍の侵攻が激化し、悲しい報道が繰り返されていた。

パリ手稿

訳者はこれまで、ルネサンス時代の建築書として、フランチェスコ・ディ・ジョルジョ・マルティィーニの『建築論』、研究書としてカルロ・ペドレッティ著『レオナルドの建築論』の和訳を行った。レオナルド・ダ・ヴィンチとの距離を少し縮めてくれたのは、『パリ手稿』の訳出である。パリのフランス学士院に保管される十二の手稿にはJを除くAからMまでの記号が付く。このうち、割り当てられたBとKを共訳の形で終えることができた。素晴らしい勉学の機会になったことは言うまでもない。Bには建築関係の内容が含まれるが、Kはレオナルドがユークリッド（エウクレイデス）の数学理論を研究した難解な数表や図で満たされている。手稿Kは縦の寸法が一〇センチメートルに満たず、横は六センチメートルをやや超える程度の小型の原本で、出版社から渡された精密な複製を手にした時、かの天才はこれを持ち歩いていたのか、と傲慢にも「距離が縮まった」かのような実感を抱いてしまった。カフカスの主峰オシャマホを麓の草原から遠く仰ぎ見るだけの自分であるが、「出会い」で感じた違和感は楽観的に消え去っていた。

東へ

ローマ大学で指導を受けたアルナルド・ブルスキ教授、ヘルツィアーナ図書館で折に触れて相談したリチャード・クラウトハイマー博士からは、「東に目を向けなさい」と言われていた。ビザンティンとルネサンス、これはある意味、ルネサンスの個別主題の研究よりも困難な広域研究である。ためらいはあったが、恩師飯田喜四郎博士に相談して、ハギア・ソフィア大聖堂学術調査を実施することになり、幸い研究助成金もいただけることになって、イスタンブール（旧コンスタンティノポリス）での調査活動が始まった。その後十年以上の研究となり、本書に出てくる地名や各地の建築の多くに感じる現実感は翻訳作業の大きな動力となった。並行して、ヴェネツィアの名家からキプロス王家に嫁ぎ、女王として宮廷を取り仕切り、退位のあと、ヴェネツィアの北、アーゾロに暮らして多くの文人を厚遇した女性、カテリーナ・コルナーロに興味をもち、関連資料を集めた。本書を手に取ったのは、レオナルド・ダ・ヴィンチと同じ時代にヴェネツィアとキプロスをつないだ才女カテリーナの名に惹かれた一面もあった。

主題と主人公

翻訳は一人の女性カテリーナとの対話で進んだ。流麗なイタリア語原文は、あたかも数百年の時をさかのぼって、個々の現場にいるかのような映像美を作り出してくれる。

本の主題は以下の五つではないだろうか。それらは相互にからみあう。「女性」「時と出会い」「尊厳と自由」「地中海」、そして最後に、表題にもある「微笑」である。最終章を除き、十二の章で、女性が語り手となるのは、二つの章のみである。しかし、女性が普遍的につないできた命への賛歌は、すべての章を通じて、途切れることがない。語り手の男性は、実はその周囲に生きた女性の背景なのだ。そして人は死を免れない。登場人物は生き、そして去ってゆく。描かれるのは天才や支配者ではなく、ごく普通の市井の人々だ。いつの世にあっても、与えられた時間の中で、精一杯生き抜き、その過程で、さまざまな人と出会う普通の人々。カテリーナにとっても出会いはつねに決定的な意味を持った。

カテリーナはただ一つのこと、自由を求めて止まない。求めるということはそれが彼女に与えられていないということだ。束縛や隷従の悲惨な状況は本書にほとんど描かれない。それだからこそ、読者は想像によって、本書の行間に隷属と支配の不条理、尊厳と自由の大切さをあらためて強く感じるのではないだろうか。ひとりカテリーナだけではなく、多くの、ほとんどすべての登場人物は、人として享受すべき尊厳と自由を奪われ、見えない大きな力に抑圧されつつ一生を送った。

その多様な生の舞台は地中海である。ピサ、ヴェネツィア、ジェノヴァといった海洋国家が交易と軍事の覇権を争う海の世界は、同時にさまざまな人が行き交う人種のるつぼであった。人間の欲と利害が衝突する都市はけっして青い海に面する風光明媚な楽園ではない。しかし、沿岸の都市では、言語、慣習を異にする人々がお互いを排斥するのではなく、理解しあった。なぜか。生きるために、である。異なる人間を「異」として遠ざけるのではなく、「多」の一つ、自分を含む「多」として広く許容する世界がそこにあった。砂漠を越える隊商路の終着地ではあったが、本書の描く時代に荘厳な美術が頽廃への影を宿していたコンスタンティノポリスは、海で結ばれた混沌たる世界であった。

微笑は本書を貫く重要な主題であるが、「モナリザ」の微笑をめぐる無数の議論を想起するのではなく、カテリーナの微笑をそのまま受け取って欲しいと考える。苛酷な運命に翻弄され、トスカーナの田園で平和な時を過ごし、最後に巡礼団に加わって愛する息子に会うために北に向かって村や町、林を抜け、山道を歩き続ける老いた女性。その姿は、われわれにひたむきな生涯の大切さを強く訴える。カテリーナはいつも微笑を忘れない。その生涯最後の瞬間にも。なんと幸せな一生であろう。

素描の少女

ここに一枚の素描がある。微笑は確認できないようだ。少女は振り向いた視線の先に澄んだ目で何を見たのか。こちらに微笑を返す直前のように見える。その表情は、微笑を受け入れる穏やかな温かさを私たちに求めているのだろうか。と同時に、素描の少女は私たちにも微笑を誘いかける。カテリーナが生涯忘れることなく抱いてきた「どうぞ微笑を取り戻してください」という優しい願いがそこに隠されている。

疾駆する馬の姿は、私たちに強い力を与えてくれる。走ることはすべての動物の生存本能だろう。本書は、少女の誕生、そしてカフカスの草原を走る馬、その背に乗る少女の「映像」から始まる。力強く走る馬の姿は、私たちに力を与えてくれる。しかし、少女を乗せて疾駆する馬は過酷な運命を象徴する。走り抜ける精悍な馬のように少女の生涯は風のように進む。われわれの生涯も一陣の風なのかもしれない。許されたその短い時の経過の中で、「微笑を忘れずに生きること」を願うすべての人々に、そして特に訳者に西洋建築史研究への道を開いてくれた飯田喜四郎博士に本書を捧げたい。

みすず書房編集担当の川崎万里氏、座右宝刊行会の山本文子氏、後藤真樹氏に心から謝意を表します。

日高健一郎

二〇二四年九月九日

レオナルド・ダ・ヴィンチ
《少女の頭部または《岩窟の聖母》の天使像のための下書き》
1483年頃　トリノ王立図書館蔵

著者略歴

(Carlo Vecce)

1959年生まれ．現在，ナポリ東洋大学のイタリア文学教授．ミラノ・カトリック大学でペトラルカの専門家ジュゼッペ・ビラノヴィッチに師事し，1982年博士号を取得．ルネサンス期の文学と視覚文化に焦点を当てたイタリアとヨーロッパの文化的関係について研究．その後レオナルド研究の第一人者カルロ・ペデレッティのもとでレオナルド・ダ・ヴィンチの手稿（ヴァチカン図書館所蔵『絵画論』，大英博物館所蔵「アランデル手稿」1998年）を出版．併行して古文書の文献学的調査も実施した．また2003年にはレオナルド・ダ・ヴィンチの素描と写本の展覧会（メトロポリタン美術館，ルーブル美術館）に協力するなど，数々の展覧会や国際会議の企画に参画している．著書に *Leonardo*, Salerno, 2006; *Piccola storia della letteratura italiana*, Liguori, 2009; *La biblioteca perduta. I libri di Leonardo*, Salerno, 2017 など．詩や演劇の脚本なども手がける．

訳者略歴

日高健一郎〈ひだか・けんいちろう〉 1948年生まれ．筑波大学名誉教授，工学博士．専門は西洋建築史（ルネサンス建築史・ビザンティン建築史），世界遺産学．東京大学工学部建築学科卒業後，1975–77年イタリア政府給費留学生としてローマ大学で研究．これまで北アフリカ・中東の初期ビザンティン建築のほか，ルーマニア，セルビア，チュニジア，リビアなど各地で調査を行う．筑波大学に世界遺産学専攻を開設し，専攻長をつとめた．イタリア政府「マルコポーロ賞」を共同受賞．ミラノ工科大学で招聘教授として建築史を担当．『ハギアソフィア大聖堂学術調査報告書』（共編，中央公論美術出版，2004）で建築史学会賞受賞．著書に『建築巡礼　イスタンブール』（共著，丸善，1990），訳書にマラーニ『マルティーニ　建築論』（中央公論社，1991），共訳に『レオナルド・ダ・ヴィンチ パリ手稿K』（岩波書店，1993）『レオナルド・ダ・ヴィンチ パリ手稿B』（同，1995）など．

カルロ・ヴェッチェ
カテリーナの微笑
レオナルド・ダ・ヴィンチの母
日高健一郎訳

2024年10月16日　第1刷発行

発行所 株式会社 みすず書房
〒113-0033 東京都文京区本郷2丁目20-7
電話 03-3814-0131(営業) 03-3815-9181(編集)
www.msz.co.jp

本文組版 キャップス
本文・カラー地図印刷所 中央精版印刷
扉・表紙・カバー印刷所 リヒトプランニング
製本所 松岳社
装丁 大倉真一郎

ISBN 978-4-622-09728-0
[カテリーナのびしょう]